My Dark Romeo

À propos de ce livre

Veuillez noter que cette œuvre de fiction contient des éléments explicites et sombres ainsi que des passages qui sont susceptibles de heurter la sensibilité d'un public non averti.

Pour la présente édition :
Collection dirigée par Arthur de Saint Vincent
Ouvrage dirigé par Sophie Le Flour

Département de Hugo Publishing
59, quai Alphonse Le Gallo
92100 Boulogne-Billancourt
www.hugopublishing.fr

ISBN : 9782755680751 / 001
Dépôt légal : août 2025
Imprimé en Espagne par Liberdúplex en juillet 2025
sur papier provenant de forêts gérées de manière durable.

My Dark Romeo

Parker S. Huntington

L.J. Shen

Traduction de l'anglais (États-Unis)
par Claire Sarradel

Hugo Poche

NEW ROMANCE®

« Je meurs ainsi…
sur un baiser ! »

Roméo et Juliette,
William Shakespeare

Certains Romeo méritent de mourir…

PROLOGUE

DALLAS

Je suis toujours partie du principe que je vivais dans une romance. Qu'entre les pages de mon existence se nichait le dénouement d'un conte de fées.

Je n'avais jamais pensé que j'aurais pu me tromper de genre littéraire. Qu'en fait, c'était peut-être une histoire à ranger au rayon « horreur ». Voire un thriller à vous glacer le sang.

Puis Romeo Costa a débarqué dans ma vie, comme un ouragan, m'arrachant les jolies lunettes qui me faisaient voir la vie en rose.

Il m'a appris à naviguer dans les ténèbres.

Il m'a appris à être forte.

Et surtout, il m'a donné la plus cruelle des leçons : toutes les Bêtes ont leur part de Belle. Toutes les roses ont des épines.

Et une histoire d'amour peut fleurir n'importe où, même sur les restes d'une charogne haineuse.

CHAPITRE 1

DALLAS

– Dieu du Ciel ! Ce n'était pas une blague, alors ? Il est vraiment là ?

Emilie s'agrippe à mon poignet comme si elle enfonçait des clous de cercueil dans ma chair bronzée.

– Oliver von Bismarck aussi, ajoute Savannah en tendant le bras. Est-ce que quelqu'un pourrait me pincer ?

Ce que je fais avec plaisir.

– Aïe, Dal. Arrête d'être aussi premier degré.

Je lui réponds d'un haussement d'épaules en me concentrant sur le buffet juste à côté de nous. La véritable raison de ma présence à ce bal des débutantes ce soir.

Je cueille une écorce de pomelo confit nappée de chocolat présentée sur un plat de cristal et l'écrabouille entre mes dents, savourant l'amertume de ce nectar acide.

Dieu n'est pas un homme.

Dieu n'est pas une femme, non plus.

Dieu existe probablement dans l'incarnation d'un morceau de fruit nappé de chocolat.

– Qu'est-ce qu'ils font là ? Ils ne sont même pas du coin.

Emilie pique son programme à Sav pour s'éventer le visage avant de reprendre :

– Et ils ne sont certainement pas là pour rencontrer des filles. Ces types sont des célibataires endurcis. Ce Costa n'a pas largué une vraie princesse suédoise l'été dernier ?

– C'est quoi, la différence avec une fausse princesse suédoise ?

– *Dal.*

Voilà la réaction de mes copines quand je réfléchis à voix haute…

Où sont les tartelettes portugaises ? On m'en avait promis. Pour compenser, je fais main basse sur un prix de consolation, un bout de *melopita* grecque, et l'agite devant le nez d'Emilie.

– Tu m'avais promis des *pastéis de nata*. Ça m'apprendra à te faire confiance.

De son œil de lynx, elle me choppe en train de glisser deux beignets polonais dans mon sac.

– Dal, tu ne peux pas planquer un truc pareil dans ton Chanel. Tu vas abîmer le cuir.

De son côté, Sav enfouit ses doigts dans sa pochette pour en extirper frénétiquement un tube de rouge à lèvres.

– J'ai entendu dire que von Bismarck était en ville pour acheter le Fleur.

Cette boîte appartient au papa de Jenna. Ils fabriquent des draps en percale de coton pour des hôtels vingt-cinq étoiles. Quand on était en quatrième, Emilie et moi avons fugué. On a dormi dans leur showroom pendant une semaine avant que nos papas nous retrouvent.

– Pourquoi aurait-il besoin d'acheter cette entreprise ?

J'attrape une petite pâtisserie orientale, tournant toujours le dos aux créatures mythiques qui ont fait perdre la tête à mes meilleures amies. Si j'en crois les chuchotements furieux qui nous entourent, je pense qu'elles ne sont pas les seules.

Emilie arrache le tube de Bond n° 9 des mains de Savannah pour en appliquer une couche épaisse sur ses lèvres.

– Il trempe dans le secteur de l'hôtellerie. Il possède une petite chaîne qui s'appelle le Grand Regent. Vous en avez peut-être entendu parler.

Le Grand Regent s'est fait connaître comme un complexe hôtelier sur invitation avant de métastaser en une multitude de branches à faire pâlir Hilton. J'en déduis que M. Pompeux von de La Haute n'est pas franchement à sec côté pognon. En fait, la règle tacite pour obtenir un ticket d'entrée pour une soirée comme celle-ci, c'est bel et bien de posséder une fortune familiale résolument obscène.

Le 303e Bal des Débutantes de Chapel Falls a tout du concours canin option paillettes. Il attire l'ensemble des milliardaires et autres multimillionnaires du coin. Les pères y font parader leurs filles dressées pour l'exercice dans le foyer de l'opéra en espérant que leur performance soit suffisante pour se faire courtiser par un homme dans la même tranche de revenus qu'eux.

Je ne suis pas venue y chercher un mari. Avant même ma naissance, papa m'avait déjà promise à quelqu'un. Le diamant à mon doigt est là pour me le rappeler. J'étais toujours partie du principe que c'était un problème que j'aurais à régler plus tard. Jusqu'à ce que je découvre l'annonce officielle de mes fiançailles dans la rubrique « Carnet mondain » du journal il y a deux jours.

– J'ai entendu dire que Romeo s'est juré de devenir P.-D.G. de l'entreprise de son papa.

Bon Dieu, Sav est toujours en train de radoter sur ce gars. Elles ont décidé d'écrire sa page Wikipédia ou quoi ?

– Il est déjà milliardaire.

– Pas seulement milliardaire. Multimilliardaire.

Emilie tripote le diamant marquise sur son bracelet. Elle fait toujours ça quand elle est nerveuse.

– Et il n'est pas du genre à tout claquer en yachts et cuvettes de toilettes en or, ni même en finançant des projets loufoques pour se faire plaisir.

Prête à tout, Sav tente de les espionner dans le reflet de son face-à-main.

– Tu crois qu'on pourrait nous présenter ?

Emilie fronce les sourcils.

– Personne ne les connaît ici. Dal ? Dallas ? Tu nous écoutes ? C'est important.

La seule chose importante que j'ai remarquée ce soir, c'est l'absence de *shortbread* sur ce buffet. À contrecœur, je regarde les deux hommes qui ont fendu la marée de robes en mousseline de soie et de chignons en carton.

Ils dépassent tous les deux allègrement le mètre quatre-vingts. Ils ont l'air de géants engoncés dans une maison de poupées. Bon, ils n'ont rien de banal non plus. Ils n'ont de semblable que leur taille. Là s'arrête leur ressemblance. Pour le reste, ils sont diamétralement opposés. L'un a tout de la soie et l'autre, du cuir.

Si je devais deviner, je dirais que le clone de Ken est von Bismarck. Châtain clair, la mâchoire carrée ornée d'une pseudo-barbe de trois jours, pas top. On dirait qu'il a été dessiné par les studios Disney. Un cliché de prince charmant, jusqu'au bout de ses yeux parfaitement bleus et de sa stature façon sculpture grecque.

Lui, c'est la soie.

L'autre mec est un sauvage raffiné. Une menace dans un costume italien. Ses cheveux noirs sont rigoureusement sculptés au gel, soumis par des ciseaux experts, avec une raie sur le côté bien nette et les tempes dégagées.

Chez lui, tout semble méticuleusement travaillé. Intentionnellement créé pour injecter des doses mortelles de fascination directement dans le sang d'une femme. Des pommettes saillantes, d'épais sourcils, des cils… Je serais prête à aller en prison pour avoir des cils pareils. Et les yeux gris les plus froids que j'aie jamais vus. En fait, son regard est si pâle et glacial que je me dis qu'il n'a rien à faire au milieu de ces traits italiens au teint bronzé.

Lui, c'est le cuir.

– Romeo Costa.

Il passe à côté de nous et le ton de Savannah crie l'envie et le désespoir.

– Je laisserais ce gars me détruire de façon aussi spectaculaire et totale qu'Elon Musk avec Twitter.

– Oh oui, je le laisserais me faire toutes les horreurs du monde, ajoute Emilie en jouant avec le diamant bleu autour de son cou. Genre, je ne sais pas trop ce que ça pourrait être, mais je serais quand même partante. Vous voyez ?

Ça, c'est un problème. Être des filles du Vieux Sud au XXIe siècle, à savoir : chastes, qui vont à la messe et issues d'une communauté de fondamentalistes. Chapel Falls est connu pour deux choses : 1) ses résidents pleins aux as, pour la plupart propriétaires de célèbres entreprises plus que rentables dans l'État de Géorgie ; et 2) leur côté terriblement conservateur, pour ne pas dire rétrograde, en mode on enferme ses filles à double tour.

C'est différent ici. Pratiquement aucune d'entre nous n'ira plus loin que quelques baisers maladroits en cachette avant de se marier, même si nous avons toutes franchi la barre des vingt et un ans.

Mes copines bien élevées les observent discrètement. Moi, je n'ai aucun scrupule à les regarder ouvertement d'un air pas vraiment aimable. Nerveuse, l'hôtesse les escorte à leur table tandis qu'ils passent en revue leur environnement. Romeo Costa arbore le détachement mécontent d'un homme qui doit faire un festin de déchets trouvés dans les poubelles ; quant à von Bismarck, il a l'air amusé ; jubilant d'un entrain cynique.

– Qu'est-ce que tu fais, Dal ? Ils peuvent voir que tu les mates !

Savannah est à deux doigts de tomber dans les pommes. Ils ne regardent même pas dans notre direction.

– Et alors ?

J'attrape une flûte de champagne sur un plateau circulant à proximité tout en bâillant ouvertement.

Sav et Emilie continuent leur manège enchanté et pendant ce temps, je pars me promener en passant devant d'autres tables jonchées de pâtisseries exotiques, de champagne et de sacs de goodies. Je fais ma tournée, saluant mes acolytes et autres cousines éloignées, juste pour avoir accès au buffet de l'autre côté de la pièce. Je tente aussi de garder un œil sur ma sœur, Franklin.

Frankie doit être dans les parages, probablement en train de mettre le feu à la perruque de quelqu'un ou à dilapider la fortune de notre famille aux cartes.

Si on m'a collé l'étiquette de la feignasse de la tribu, sans ambition et avec beaucoup trop de temps libre à occuper, elle a été désignée comme la harpie du clan Townsend.

Je ne sais absolument pas pourquoi papa l'a fait venir ici ce soir. Elle a à peine dix-neuf ans et à peu près autant envie de rencontrer des hommes que j'ai envie de me lancer dans une carrière de mastiqueuse de seringues usagées.

Marchant fièrement dans mes Louboutin (des souliers en série limitée, velours noir, talons de douze centimètres ultrafins ornés de perles et de cristaux Swarovski), je souris et envoie des baisers à toutes celles et à tous ceux qui croisent mon chemin, jusqu'à ce que je rentre dans quelqu'un.

– Dal !

Frankie me prend dans ses bras comme si elle ne m'avait pas vue il y a à peine quarante minutes quand elle m'a fait jurer de garder le silence alors que je venais de la choper à planquer de la tequila Clase Azul dans son soutien-gorge rembourré. Le plastique des mignonnettes me rentre justement dans un sein.

Je la redresse précisément avant qu'elle chavire.

– Tu t'amuses bien ? Tu as besoin de quelque chose ? De l'eau ? De l'aspirine ? Une intervention divine ?

Frankie sent la sueur. Et le parfum bon marché. *Et* le cannabis.

Que Dieu vienne en aide à papa.

– Ça va, me répond-elle, une main levée en regardant autour de nous. T'as vu qu'il y avait genre un duc du Maryland ce soir ?

– Je ne pense pas qu'il y ait une monarchie en place aux États-Unis, Sœurette.

Ce n'est pas parce que le nom von Bismarck a l'air inventé que c'est un aristocrate pour autant.

– Et son pote plein aux as ? continue-t-elle en m'ignorant. C'est un marchand d'armes. Au moins, ça, c'est drôle.

Il n'y a que dans son univers qu'être un marchand d'armes pourrait être plaisant.

– Ouais, Sav et Emilie sont tellement à fond qu'elles sont prêtes à se battre contre un cougar pour leur parler. Tu les as rencontrés ?

– Pas vraiment.

Frankie plisse le nez, sans faire de pause dans sa surveillance des environs. Elle est probablement à la recherche du dealer qui lui a fourni de quoi empester comme un bébé diabolique dans un film d'horreur.

– Celle qui les a invités voulait faire bonne impression, parce qu'il y a des *shortbreads* sur leur table. Et pas n'importe lesquels, ceux du pâtissier préféré de l'ancienne reine d'Angleterre. Ils l'ont fait venir directement du Surrey, ajoute-t-elle en m'adressant un sourire en coin. J'en ai piqué un bout quand personne ne regardait.

J'ai un pincement au cœur. J'aime tellement ma sœur. J'ai aussi envie de la *tuer* en ce moment. Je lui crie à moitié dessus :

– Et tu ne m'en as même pas pris ? Tu sais que je n'en ai jamais goûté de vrais. Tu déconnes ou quoi ?

– Oh ça va. Il y en a encore plein, commente-t-elle en insinuant les doigts sous son chignon hyper-serré pour se masser le crâne. Et les gens sont agglutinés devant ces cons pour leur parler, comme s'ils étaient de la famille Windsor. Vas-y. Tu te présentes et tu en prends un, l'air de rien. Il y en a des tonnes.

– Des *shortbreads* ou des gens ?

– Les deux.

Je me contorsionne pour regarder derrière elle. Elle a raison. Ils font la queue pour lécher les bottes de ces deux types. Puisque je suis prête à pas mal m'abaisser pour goûter quelque chose de délicieux, je fonce vers la marée humaine qui auréole leur table.

« … Terrible, ce projet fiscal. Ils vont mettre la pagaille dans l'équilibre économique de… »

« … Voyons, monsieur Costa, il doit bien y avoir une alternative à toutes ces dépenses ? Nous ne pouvons pas continuer à financer ces guerres… »

« … vrai qu'ils manquent d'armes technologiquement avancées ? Je voulais demander… »

Tandis que les hommes de Chapel Falls radotent à les plonger dans le coma et que les femmes se penchent pour mieux exposer leur décolleté, je me faufile au milieu de la foule compacte sans lâcher mon objectif des yeux : un présentoir à pâtisseries de trois étages remplis de *shortbreads*. J'en salive d'avance. D'abord, je pose la main sur la table d'un air nonchalant. *Circulez, il n'y a rien à voir.* Puis j'avance centimètre par centimètre vers les délices de Grande-Bretagne.

J'en suis presque à les effleurer quand une voix sèche me détourne de ma progression.

– Et vous êtes ?

C'est *Cuir*. Ou plutôt Romeo Costa. Il est affalé sur sa chaise et me regarde sans ciller avec toute la sympathie qu'on pourrait attendre d'un crocodile sur les bords du Nil. Le saviez-vous ? Ils considèrent la chair humaine comme partie intégrante de leur régime alimentaire commun.

Je le salue d'une révérence ironique.

– Oh, désolée. Où sont mes manières ?

– Pas au milieu des *shortbreads*, c'est certain.

Il parle d'un ton froid et détaché.

OK. Pas un public facile. Mais j'ai *vraiment* essayé de lui piquer ses biscuits.

– Je suis Dallas Townsend, de la famille Townsend.

J'accompagne ma réponse d'un sourire chaleureux et lui présente mes doigts pour qu'il me fasse un baisemain. Il ignore mon geste d'un air dédaigneux et répugné. Sa réaction est franchement disproportionnée par rapport à mon supposé crime.

– Vous êtes Dallas Townsend ?

Son visage de dieu grec est teinté d'un soupçon de déception. Comme s'il s'attendait à quelqu'un d'autre. Qu'il attende qui que ce soit serait déjà présomptueux. Nous ne sommes pas du même monde. En fait, je suis sûre et certaine que ce type vient d'une autre galaxie. Il a le tranchant d'un extraterrestre robotisé.

– Depuis vingt et un ans.

Je ne quitte pas les *shortbreads* du regard. Si proches et pourtant si loin. Costa m'interpelle d'un ton mordant :

– Mes yeux sont plus haut.

Von Bismarck glousse en assistant à la scène. Il attrape le plus gros bout, certainement pour me contrarier.

– Elle est adorable, Rom. Un vrai petit cœur.

Adorable ? Petit cœur ? Ça sort d'où ? À contrecœur, je redresse la tête, passant des *shortbreads* à Romeo. Il est tellement beau. Et il me regarde droit dans les yeux. Il se penche vers moi.

– Vous êtes sûre que vous êtes Dallas Townsend ?

– Laissez-moi réfléchir, dis-je en me tapotant le menton. J'aimerais bien changer ma réponse et vous dire que je suis Hailey Bieber.

– C'est censé être drôle ?

– Vous êtes censé être sérieux ?

– Vous faites exprès de ne pas me comprendre.

– C'est vous qui avez commencé.

Tout autour de la table, j'entends des petits cris estomaqués. Romeo Costa, lui, a l'air plus indifférent qu'offensé. Il se rencogne dans son fauteuil, posant ses avant-bras sur les accoudoirs. Sa posture – et son costume sur mesure – lui donne un air brusque et royal, avec une touche de parfum guerrier.

– Dallas Maryanne Townsend !

Barbara Alwyn-Joy se dépêche d'intervenir. La mère d'Emilie chaperonne l'événement. Elle prend sa mission bien trop au sérieux, comme tous les autres.

– Je devrais aller chercher ton père pour qu'il te fasse sortir d'ici sur-le-champ. Parler comme ça à M. Costa ! Ce comportement n'est pas digne de Chapel Falls.

À Chapel Falls, on est encore capable d'immoler les roux.

Je baisse la tête en signe de contrition, traçant la forme d'un *shortbread* de mon pied sur le sol de marbre.

– Pardon Madame.

Je ne suis pas du tout désolée. Romeo Costa est un petit con. Nous sommes en public, il a de la chance. Sinon, il aurait eu droit à la version sans filtre de Dallas Townsend. Je me tourne, sur le point de m'extraire des lieux avant de créer encore plus de remue-ménage et que papa fasse opposition à ma carte de crédit illimitée.

Mais c'est à ce moment-là que Romeo Costa se remet à parler :

– Mademoiselle Townsend ?

Madame Bieber, pour toi.

– Oui ?

– Je crois que des excuses sont nécessaires.

Faisant volte-face, je lui jette un regard haineux avec toute la colère dont je suis capable.

– Si tu crois que je vais m'excuser, tu te fourres le doigt…

– Je voulais dire que *je devrais présenter mes excuses*, corrige-t-il en se levant pour boutonner son veston.

Oh. *Oh.* Une douzaine d'yeux suivent notre échange façon ping-pong. Je ne sais pas trop ce qu'il se passe, mais je crois que mes chances de récupérer un morceau de *shortbread* viennent d'être multipliées par dix. Et puis, j'ai vraiment besoin de choper son truc pour garder le contrôle et avoir l'air confiant en présentant des excuses. J'ai toujours l'impression d'être sans défense quand je le fais. Lui, par contre, on dirait que ça l'aide à se catapulter en haut de la pyramide humaine. Alors qu'il semble déjà appartenir à une autre espèce.

Je croise les bras sur la poitrine, ignorant tout ce que j'ai appris en cours de maintien, comme d'habitude.

– Ouais, là, je suis d'accord.

Il n'esquisse pas même un sourire. Il ne me mate même pas. En fait, il me transperce de son regard.

– Je suis désolé d'avoir douté de votre identité. Pour de mauvaises raisons, j'ai cru que vous seriez… différente.

En temps normal, je lui aurais demandé ce qu'on lui aurait raconté sur moi, mais là, je dois arrêter les frais avant que ma grande bouche m'enfonce encore plus dans les problèmes. Si je l'occupe en grignotant quatre-vingts pour cent du temps, ce n'est pas pour rien. En plus, je suis incapable de regarder cet homme en face sans avoir l'impression que mes jambes sont en guimauve. Il me rend vaseuse et je n'aime pas ça. Tout comme quand ma peau rougit partout où il pose les yeux.

– Mmm, d'accord. Pas de problème. Ça arrive à tout le monde. Bonne soirée.

Et sur cette phrase, je retourne en vitesse à ma table.

Heureusement, papa est d'excellente humeur pendant le dîner. Il parle affaires avec ses copains. Barbara ne doit pas avoir mis à exécution sa menace de tout balancer, car juste après la quatrième entrée, il m'autorise à danser.

Et, pour danser, j'ai dansé. Tout d'abord avec David, de l'église. Puis avec James, avec qui j'étais au lycée. Et enfin avec Harold, qui habite la rue derrière chez nous. Ils m'ont fait tourbillonner et plonger à quelques centimètres du sol en marbre, et même laissé conduire quelques valses. En fin de compte, j'en suis presque venue à me dire que cette soirée est un succès. Jusqu'à ce qu'Harold s'incline devant moi à la fin de notre chanson et que je me dirige vers ma chaise. Car lorsque je me retourne, Romeo Costa surgit devant moi. Comme si j'avais invoqué un démon. Il est à peine à cinq centimètres de mon visage.

Jésus, Marie, Joseph, pourquoi le péché doit-il être aussi tentant ?

La main sur la clavicule, je lui sors mon excuse :

– Monsieur Costa. Désolée, mais j'ai la tête qui tourne et je suis épuisée. Je ne pense pas pouvoir danser…

– Je vais conduire.

Il m'entraîne dans une valse sans que j'y participe activement. Mes pieds ne touchent même pas le sol.

Énorme red flag !

Les lèvres pincées, je lui demande gentiment de me reposer. Il ne fait que resserrer son étreinte autour de ma taille, je suis engloutie sous ses muscles.

– Laissez tomber vos airs de lady. J'ai vu Olivia Wilde beaucoup plus convaincante que vous dans certains films.

Aïe. Je me souviens parfaitement d'avoir eu envie de me passer les yeux à l'eau de Javel après avoir regardé *Lazarus Effect*.

Je relâche tous mes muscles, ce qui le force à soutenir l'ensemble de mon poids mort ou à me faire tomber toute molle sur le marbre, puis lui réponds :

– Merci. Avoir l'air respectable est honnêtement épuisant.

– Vous êtes venue à ma table pour les *short-breads*, c'est ça ?

Une autre fille aurait peut-être menti comme une arracheuse de dents. Mais en fait, j'aime bien l'idée qu'il sache que je ne m'intéressais pas à lui.

– Oui.

– Ils sont délicieux.

– Il en reste encore, dis-je en jetant un coup d'œil à la table par-dessus son épaule.

– Très perspicace, mademoiselle Townsend.

Il me fait tournoyer avec l'effarante expertise d'un pro de la danse de salon. J'ai la nausée, mais je ne sais pas si c'est parce qu'il va trop vite ou parce que je suis dans ses bras.

– Je suppose que vous n'êtes pas intéressée par du champagne pour aller avec ? Oliver et moi venons de mettre la main sur une bouteille de Cristal brut. Cuvée Millénium.

On claque treize mille dollars rien qu'en faisant péter le bouchon de ce truc. *Bien sûr* que je suis partante. J'essaie d'imiter son ton morne pour accepter :

– Effectivement, je pense qu'une coupe accompagnerait parfaitement une bouchée de *shortbread*.

Son visage reste impassible. Bon Dieu, qu'est-ce qu'il faut faire pour obtenir un sourire de ce type ?

Je suis vaguement consciente qu'on nous observe. Je me rends compte que M. Costa n'a dansé avec personne d'autre. Ce qui me met mal à l'aise. Savannah et Emilie ont bien dit qu'il n'était pas venu chercher une femme ici, mais bon, quand on était en maternelle, elles m'ont aussi dit que c'étaient les vaches marron qui faisaient le chocolat au lait. Elles ne sont pas une source d'information fiable. Je m'éclaircis la voix et reprends :

– Il y a quelque chose que vous devriez savoir.

Il me toise avec ses yeux d'un gris hivernal, me faisant clairement savoir que je n'ai rien à lui apprendre sur quoi que ce soit.

– Je suis fiancée. Donc, si vous cherchez à faire connaissance avec moi…

– Faire connaissance avec vous ne m'intéresse pas le moins du monde.

Quand il parle, je remarque pour la première fois qu'un chewing-gum est écrasé entre ses incisives. Menthe verte, si j'en juge par l'odeur. En l'entendant, je me détends.

– Dieu merci. Je n'aime pas rejeter les gens. Il n'y a rien que je déteste plus. Vous voyez ?

Je n'aime pas l'idée d'épouser Madison Licht non plus, mais je ne le hais pas pour autant. Je le connais depuis toujours. Il est le fils unique du copain d'université de papa. Celui avec lequel il a partagé une chambre à l'internat. Je le vois généralement à Noël ou pour les fêtes de famille, et de temps en temps pour les grands dîners. Chez lui, tout est assez acceptable. Assez séduisant. Assez riche. Assez bien élevé. Toutefois, il tolère mes excentricités. En plus, comme il a huit ans de plus que moi, il semble jouir de la sagesse d'un homme expérimenté. Nous sommes sortis ensemble deux fois et pendant ces rendez-vous, il m'a clairement fait comprendre qu'il me laisserait vivre ma vie comme je l'entendais. Une rareté pour les couples issus des mariages arrangés de Chapel Falls.

Romeo Costa me dévisage comme si j'étais une petite crotte sur son paillasson. Une déjection à piétiner. Sa voix n'est que moquerie emballée dans du velours quand il me demande :

– Quand est prévu le mariage ?

– Aucune idée. Probablement quand j'aurai fini la fac.

– Qu'étudiez-vous ?

– Les lettres à l'université d'Emory.

– Quand aurez-vous votre diplôme ?

– Quand j'arrêterai de planter mes semestres.

Un sourire amer anime ses lèvres, comme s'il reconnaissait la blague censée le faire rire.

– Vous aimez étudier ?

– Pas du tout.

– Qu'est-ce que vous aimez, à part les *shortbreads* ?

Il semble vouloir se prêter au jeu de la discussion pour que je reste.

Je ne sais pas du tout pourquoi. Il n'a pas l'air d'apprécier ma compagnie plus que ça. Mais bon, j'essaie de penser vraiment à sa question puisque je n'ai pas besoin de me concentrer sur les pas de danse. Il fait tout le boulot pour nous deux.

– Les livres. La pluie. Les bibliothèques. Conduire toute seule la nuit avec ma playlist préférée. Voyager, principalement pour la nourriture. Mais je n'ai rien contre les trucs historiques non plus.

À Chapel Falls, je suis connue comme la fille qui passe ses journées à upcycler l'argent de papa pour le transformer en sacs de luxe, fréquenter les meilleurs restaurants et traquer tout roman à peu près lisible dans la Bible Belt. Je n'ai aucune aspiration digne de ce nom et chacun le sait.

Mais en fait, les commères n'ont pas tout à fait raison. J'ai un désir secret. Une ambition clandestine qui malheureusement nécessite la participation d'un homme. Plus que tout au monde, je veux devenir maman.

Ce projet semble si simple. Si facile. Et pourtant, il nécessite de franchir de grandes étapes que je suis loin d'approcher dans un environnement aussi rigide que celui de Chapel Falls.

– Vous êtes très franche, commente-t-il comme si ce n'était pas quelque chose de positif.

– Vous êtes très curieux.

Je le laisse me cambrer en arrière, même si le mouvement nous rapproche physiquement. J'attends que s'écoule un moment de silence par politesse, puis lui retourne la question.

– Et vous, qu'est-ce que vous aimez ?

– Quelques petites choses.

Il nous fait tourbillonner en passant devant Savannah, bouche bée, avant de préciser :

– L'argent. Le pouvoir. La guerre.

– La guerre ?

Je m'étrangle.

– La guerre, confirme-t-il. C'est un business lucratif. Une branche très stable, aussi. Il y a toujours une guerre quelque part sur terre, ou des pays qui s'y préparent. C'est extraordinaire.

– Pour les politiciens, peut-être. Pas pour les gens qui la subissent. Les victimes, les familles, la souffrance…

– Vous êtes toujours aussi pénible ou vous avez réservé ce discours de concours de miss rien que pour moi ?

Ce connard est tellement imbattable sur l'échelle de la raclure que j'en reste sans voix un instant avant de lui répondre :

– Rien que pour vous. J'espère que ça vous rend tout chose façon arc-en-ciel à l'intérieur.

Il claque une bulle avec son chewing-gum. Un vrai gentleman. *Ou pas.*

– Retrouvez-moi dans la roseraie dans dix minutes.

Tout le monde sait ce qu'il se passe dans la roseraie.

Je fais la moue. N'a-t-il pas participé à notre conversation ces cinq dernières minutes ?

– Je viens juste de vous dire que j'étais fiancée.

– Vous n'êtes pas encore mariée.

Il me fait encore plonger en arrière le temps de réviser son argument. Quel crâneur !

– C'est votre dernier tour de piste avant de vous passer la corde au cou. Votre moment de faiblesse avant qu'il soit trop tard et que vous ne puissiez plus essayer un nouveau truc.

– Mais… Je ne peux pas vous encaisser.

– Vous n'avez pas besoin de m'apprécier pour me laisser vous faire du bien.

Redressant la tête, je l'assassine du regard, les yeux un peu fous.

– Qu'est-ce que vous proposez au juste ?

– Un moment de répit au beau milieu de cette soirée assommante.

Encore un tour virevoltant. J'ai l'impression d'avoir subi le coup du lapin. Peut-être à cause de la conversation. Il continue à me parler d'un ton bas et égal.

– Je vous assure la plus totale discrétion. Dix minutes. J'apporte les *shortbreads* et le champagne. Tout ce que vous devez apporter, c'est vous-même. En fait…

Il marque une pause le temps de me reluquer de la tête aux pieds avant de continuer :

– Laissez votre personnalité à l'intérieur, ça ne me dérange pas.

Là-dessus, il me plante en plein milieu de la piste de danse, avant même la fin de la musique.

Abasourdie, je le regarde s'éloigner d'un pas nonchalant. Je ne comprends pas ce qu'il vient de se passer. M'a-t-il proposé un coup d'un soir ? Notre conversation semble l'avoir atterré. Mais peut-être est-il toujours comme ça.

Glacial, réservé et cavalier.

D'un côté, je me dis que je devrais profiter de son offre. Pas jusqu'au bout, bien sûr. Je préserve ma virginité. Mais quelques minutes à se peloter dans le noir ne peuvent pas faire de mal. Ce n'est pas comme si Madison restait tous les soirs à la maison pour préparer notre album de famille façon scrapbooking.

Je sais très bien qu'il s'est envoyé tout Washington, qu'il a eu plusieurs brèves liaisons avec des mannequins et quelques filles en vue. Ma copine Hayleigh habite en face de chez lui et m'a parlé de la quantité de femmes qui entrent et sortent de son appartement.

Ce n'est pas comme si nous étions vraiment ensemble. On se parle au téléphone une fois par mois, pour « apprendre à se connaître », à la demande de nos parents, mais rien de plus.

Un mec comme Romeo Costa, ça n'arrive qu'une fois dans la vie. Je *devrais* profiter de la situation. Profiter de lui. Il pourrait même m'apprendre deux ou trois trucs. Histoire d'impressionner Madison.

Et puis bon… des *shortbreads*.

Dès que papa se tourne vers M. Goldberg pour lui parler, je me précipite vers les toilettes. Je serre la porcelaine dorée du lavabo à m'en faire blanchir les jointures, me dévisageant dans le miroir.

Juste quelques baisers.

Tu as déjà fait ça avec plein de garçons.

Il est tellement nouveau, tellement mûr, tellement sophistiqué que peu m'importe qu'il soit franchement méchant. Soyons honnêtes, Mr Darcy non plus n'était pas un cadeau avant la fin du bouquin.

Je rassure mon reflet :

– Rien de mal ne t'arrivera. Rien du tout.

Derrière moi, quelqu'un tire la chasse. Emilie ouvre une porte et fronce les sourcils en s'installant à côté de moi pour se laver les mains.

– T'as fumé le truc que ce serveur a filé à ta sœur ? demande-t-elle en levant sa main pleine de savon vers mon front. Tu parles toute seule.

J'esquive son geste et lui réponds par une question.

– Euh, Em. Tu as rencontré Romeo Costa ?

– Von Bismarck et lui sont les attractions principales de la soirée, répond-elle en faisant la moue. Ils sont tout le temps entourés d'une foule de gens. Je n'ai même pas réussi à prendre ce mec en photo. Je t'ai vue danser avec lui. T'as du bol. Je tuerais pour avoir cette chance.

Un rire téméraire m'échappe. J'ai le souffle coupé. Elle me demande :

– Où tu vas ?

Faire un truc dingue.

CHAPITRE 2

DALLAS

Assise sur le dossier du banc de pierre à l'attendre derrière les rosiers, je ne me dis pas une seule seconde que je pourrais faire une bêtise. Le souffle chaud de l'été s'accroche à la fraîcheur de la nuit, lestant d'humidité les roses pleinement écloses. Romeo Costa a trois minutes et trente-quatre secondes de retard. Pourtant, je savais qu'il viendrait. Je me mords les lèvres pour m'empêcher de glousser. L'adrénaline parcourt mes veines à toute vitesse.

Quand des bruits de pas écrasant des feuilles percent le chant des criquets et le bourdonnement des voitures au loin, je me redresse pour me tenir bien droite. Les traits parfaits de Romeo apparaissent, illuminés par les rayons bleutés de la lune. Il est encore plus beau dans la noirceur des ténèbres. Comme s'il était dans son habitat naturel et qu'il jouait à domicile. Il a tenu parole : il tient une bouteille de champagne par le goulot d'une main et une serviette remplie de *shortbreads* dans l'autre.

– Mon précieux !

J'ai imité la voix de Gollum, les mains en avant. Il m'adresse le regard las de l'homme habitué à repousser les groupies avant de se rendre compte que ce sont les gâteaux qui m'intéressent, pas lui. J'engloutis un morceau entier d'un seul coup, renverse la tête en arrière et pousse un grognement de satisfaction.

– C'est tellement bon que j'ai l'impression de goûter Londres.

– Le Surrey, me corrige-t-il en me dévisageant comme si j'étais un sanglier contre lequel il devait lutter. Vous appréciez le goût des ruines et du fumier ?

– Rabat-joie.

Pour une raison qui m'échappe totalement, il semble vraiment ne pas aimer passer du temps avec moi alors qu'il est à l'origine de cette escapade.

– Trouvons un endroit plus discret, exige-t-il plus qu'il ne le suggère.

– Personne ne nous trouvera ici, dis-je en désignant notre environnement d'un geste de la main. Je participe à ce bal depuis que j'ai seize ans. Je connais ce lieu dans les moindres recoins.

– Des serveurs pourraient venir ici pour fumer.

Romeo doit vraiment ne pas vouloir être vu en ma compagnie. Presque autant que moi avec lui. Je ne suis qu'une provinciale écervelée pour un magnat des affaires, un milliardaire de sa réputation.

Je pousse un soupir en faisant tomber par terre les miettes de *shortbread* accrochées à ma robe.

– D'accord. Mais tu te goures complètement si tu penses que je vais aller jusqu'au bout avec toi.

– Loin de moi cette idée.

Il achève sa remarque en me tournant le dos, en route pour l'autre côté de la cour. On a l'impression qu'il me fuit, pas qu'il cherche à nous guider. Je le suis quand même, en grappillant mon troisième morceau de gâteau.

– Qu'est-ce qui vous a persuadée de me rejoindre dans la roseraie ? Le dessert ou la proposition ?

– Un peu des deux, réponds-je en me léchant les doigts. Et aussi le fait que je suis à peu près certaine que Madison n'est pas fid…

Je m'interromps. Je ne devrais pas dire du mal de mon fiancé, même s'il me cocufie à tour de bras. Bon, nous ne sommes pas officiellement ensemble. Nous ne nous sommes même jamais embrassés. Ce n'est pas comme si j'étais jalouse. Je n'ai absolument rien à foutre de ses fréquentations tant que nous ne sommes pas un vrai couple. Alors je me corrige :

– Je donne ma langue au chat.

– Gardez votre langue, votre minou aussi. Même si l'idée de vous le rendre un peu moins immaculé me tente.

Mon minou ? Est-ce qu'il parle de ma chatt…

Oh. Mon. Dieu. Mon corps, qui n'a pas reçu le mémo pour l'avertir que nous détestons tous les deux les gros connards arrogants, est tout émoustillé, même à des endroits dont j'oublie l'existence en temps normal.

– Tu es vraiment horrible, lui dis-je gaiement. Tu vas être mon erreur de parcours préférée.

Il s'arrête sur une colline verdoyante à l'arrière de l'opéra. L'endroit semble assez isolé, avec un grand mur sur notre droite. Romeo me passe la bouteille de champagne et m'ordonne :

– Buvez.

– Tu n'es pas le roi de la drague, toi.

Je presse la bouteille contre mes lèvres et en draine une bonne partie. Il s'adosse au mur, les mains dans les poches.

– Je n'ai que très rarement à me livrer à l'exercice.

Le frais liquide pétille le long de ma gorge. Je tousse un peu et lui refile la bouteille.

– Quel sens de l'humilité.

Il boit une grande lampée à son tour, le chewing-gum toujours en place.

– Vous êtes vierge ?

– Oui.

Je jette un coup d'œil autour de nous, me demandant soudain si tout ça en vaut la peine. Oui, il est canon. Mais c'est aussi un salaud.

– Et toi ?

– Pas loin.

Ma question était au départ une mauvaise blague, alors il me faut quelques secondes pour percuter. Je finis par éclater de rire.

– Eh bien. En fait, il y a vraiment un peu d'humour sous toute cette glace.

– Vous avez réfléchi ? Vous savez jusqu'où vous voulez aller ?

Il me repasse la bouteille, vide aux deux tiers.

– Je ne peux pas te dire quand arrêter ?

– Je ne vous connais pas depuis longtemps, mais j'ai l'impression que vous ne vous arrêterez pas non seulement avant d'avoir perdu votre virginité, mais aussi incité toutes les filles de bonne famille à suivre votre exemple. Mettons-nous d'accord pour préserver votre hymen.

J'en connais un qui aurait bien besoin de bosser son vocabulaire coquin.

– Ça me va. Tu viens de New York ?

– Non.

– D'où al…

– Gardons le silence.

Bon. D'accord. Ce mec ne rentrera pas dans mon carnet comme le flirt le plus sympa, mais c'est le plus canon, et de loin. Alors je laisse courir. Nous nous repassons la bouteille de champagne jusqu'à la vider. J'ai l'impression d'être électrisée, bourdonnante d'anticipation. Et puis enfin, *enfin*, il pose la bouteille par terre, se décolle du mur et pince mon menton entre son pouce et son index pour redresser ma tête. Mon cœur fait un salto arrière, puis plonge dans mes entrailles où il finit par se liquéfier.

– J'ai rencontré des agents du fisc plus agréables que vous, mademoiselle Townsend. Mais je vous accorde une chose, vous êtes délicieuse.

J'en suis bouche bée.

– Comment peux-tu sav…

Mais je ne termine pas ma question, parce qu'il crache son chewing-gum dans l'herbe et me fait taire d'un baiser torride. Sa bouche est chaude. Elle a une odeur de feu de joie, de parfum coûteux et de menthe. Il aspire toute logique qui pourrait me rester et me laisse étourdie. Son corps semble puissant, ferme et inconnu. Je me fonds en lui, m'agrippant à ses bras comme une pieuvre.

Il sépare mes lèvres de sa langue. Je m'ouvre à lui et sa satisfaction vibre jusque dans mon ventre. Il agrippe ma nuque pour approfondir notre baiser. Sa langue est maintenant complètement dans ma bouche, explorant le terrain comme s'il cherchait à le conquérir centimètre par centimètre. La morsure de la fraîcheur de son chewing-gum m'envahit. Il est renversant et exerce juste assez de pression pour me plaire. Et d'un coup, ses mots si durs et son apparence glaciale se muent en un feu de passion et en promesses de dépravation. Je ne sais pas si je serai capable de les assumer.

Mon intimité pulse entre mes cuisses. J'essaie de me souvenir si j'ai déjà fait quelque chose qui m'ait donné de telles sensations. La réponse est déprimante : *non*. J'explore des terres inconnues. Des eaux indomptées dans lesquelles j'ai envie de plonger la tête la première. Je gémis dans sa bouche, tirant sur les revers de sa veste. Ma langue pourchasse la sienne. Peu importe ce qu'il pense de moi. Je ne le reverrai jamais.

Je caresse ses bras, empoignant le tissu et ses muscles noueux en dessous. Il est baraqué, mais il a le muscle sec, fin. Bonté divine, ce qu'il est beau ! Froid, lisse et impérial, comme une statue de marbre. Comme si quelqu'un avait insufflé juste assez d'âme dans une sculpture grecque pour l'animer, mais pas assez pour lui donner des sentiments.

Nous nous dévorons mutuellement et je me demande si je pourrais sentir toutes les crêtes et tous les creux de ses abdos. Je les tâte. Ah oui. Je vais tellement en parler à Frankie. Elle va en pleurer des larmes de concupiscence.

Romeo me pousse contre le mur, enroulant des mèches de mes cheveux bruns deux fois autour de son poing comme les rênes d'un cheval. Il tire dessus, ramenant ma tête en arrière pour approfondir notre baiser. Son érection, massive, s'enfonce dans ma cuisse. Brûlante, je la sens pulser de désir. Un frisson d'excitation me parcourt le dos.

Son étreinte se resserre encore. Sa carapace se fendille.

– Eh bien, eh bien. Vous êtes la tentation incarnée. Le saviez-vous, Shortbread ?

Il vient de m'appeler Shortbread ou je rêve ?

– Encore.

Je m'agrippe à son costume. Je ne sais pas ce que je veux. Mais tout ce que je sais, c'est que c'est encore meilleur que n'importe quel dessert. Et que ce sera terminé dans quelques minutes. Je ne peux pas me permettre plus.

– Encore quoi ?

Sa main s'est déjà insinuée dans la fente de ma robe.

– Encore… Je ne sais pas. C'est toi l'expert.

Il prend mon cul à pleines mains. Un index se glisse sous l'élastique de ma culotte en coton et s'enfonce dans la chair de mes fesses.

– Oui. Voilà. Encore ça.

J'interromps notre baiser, lui mords le menton. Mon inexpérience transparaît en cet instant, toutefois je ne peux pas m'en empêcher.

– Mais… de l'autre côté. Devant.

– Vous êtes sûre de vouloir vous faire dépuceler par les doigts d'un inconnu qui vous a donné des gâteaux ?

– Ne les mets pas dedans, alors.

Je recule ma tête d'un mouvement brusque et le regarde d'un air sévère.

– Reste sur les bords… tu vois ?

Il enfouit sa main entre mes jambes, couvrant mon sexe de sa paume, et la presse contre mon intimité.

– Je devrais vous baiser pour faire taire votre impertinence, là, maintenant, tout de suite.

C'est la première fois que cet homme à l'élocution parfaite profère un gros mot et, d'une manière ou d'une autre, je sais que c'est quelque chose qu'il ne fait que rarement.

Cambrant le dos, je me frotte contre sa main, cherchant à maximiser le contact.

– Mmmm. Oui.

Il me caresse à travers le tissu de ma petite culotte, dessinant un ovale avec ses doigts sans me toucher véritablement. Peut-être est-ce parce qu'il m'effleure doucement, sans se presser, avec l'intention de me rendre dingue que mon sous-vêtement devient totalement trempé. Douce torture. C'est incroyable.

– Est-ce que vous vous attirez toujours des ennuis à cause de votre grande bouche ?

Il s'est arrêté de m'embrasser pour se consacrer à une autre activité : me faire sombrer dans la folie en caressant ma chatte tout en me regardant, visiblement irrité. Bizarre, ce mec. Très bizarre. Mais pas assez pour me faire partir et mettre un terme au truc qui se passe entre nous.

– Tout le temps. Maman me répète en permanence que si je faisais autant marcher mes jambes que ma bouche, je participerais aux Jeux olympiques… *Oooohh*, c'est bon, ça.

L'un de ses doigts a parcouru ma fente avant de se recourber sur mon clitoris, puis il est parti aussi rapidement qu'il est arrivé. Je suis mortifiée, j'ai entendu un net son humide quand il a écarté mes grandes lèvres. J'enfouis ma tête dans son cou pour le renifler.

– Recommence ça. Mais jusqu'au bout.

Il grogne puis gronde en marmonnant un truc qui ressemble à un « quel bordel ». Ça va, hein, personne ne lui a mis un pistolet sur la tempe.

– Tu t'éclates, au moins ?

Je commence à me dire qu'il regrette de s'être mis dans cette situation. Même perdue dans le désir, je vois qu'il semble plus énervé qu'excité. Enfin, sa bite clairement en érection me dit qu'il ne souffre pas, mais il semble outré de me trouver séduisante. Il répond à ma question sur un ton sarcastique :

– Je suis ravi.

– Tu peux sucer mes tétons, si tu veux. J'ai entendu dire que c'était super bien.

Je m'apprête à tirer sur le tissu corseté du haut de ma robe mais il m'arrête d'un geste. Sa main englobe la mienne, puis soupèse mon sein et le rhabille.

– C'est généreux de votre part, mais je vais faire l'impasse.

– Je te jure qu'ils sont pas mal.

J'essaie de tirer plus fort pour les lui montrer, mais sa prise se fait plus ferme.

– J'aime que mes possessions restent privées. Hors de la vue d'autrui. Pour en jouir dans l'intimité.

Ses possessions ?

Je dessaoule sur-le-champ.

– Tes possessions ?

Juste à cet instant, le mur contre lequel nous étions appuyés s'effondre. L'hôtesse de la soirée est debout sur un podium, une télécommande pour lancer un feu d'artifice dans la main. *Nous aussi*, nous sommes sur ce podium. *Oh Mon Dieu.* Ce n'était pas un mur. C'était une paroi mobile. Et devant nous se tiennent les trois cents et quelques invités du bal. Tous bouche bée, les yeux écarquillés et prêts à juger n'importe qui à l'emporte-pièce.

Je repère immédiatement papa. En quelques nanosecondes, son teint mat passe au blanc cassé et ses oreilles virent à l'écarlate. Quelques idées s'infiltrent dans mon cerveau perdu dans la lubricité. Tout d'abord, papa va faire opposition à toutes mes cartes, de l'Amex à celle de la bibliothèque, c'est sûr à deux cents pour cent. Enfin, je prends conscience de ce que tout le monde peut voir. Moi, dans les bras d'un homme qui n'est pas mon fiancé. Sa main entre mes jambes. Mon rouge à lèvres étalé autour de ma bouche. Mes cheveux décoiffés… et je sais que je lui ai fait quelques suçons bien visibles.

– Meuf ! Maman va te punir jusqu'à tes quarante ans.

Ça, c'était Frankie au beau milieu de la foule médusée. D'un seul coup, un brouhaha excité explose. Des flashs de photos attaquent mon visage alors que je trébuche en essayant de repousser Romeo Costa. En revanche, lui s'en fiche. Ce psychopathe fait mine de me protéger en me poussant derrière lui. Ses gestes sont froids et détachés. Comme s'il jouait un rôle. Mais qu'est-ce qu'il se passe, bon sang ?

« … Plus aucun homme ne voudra d'elle dans les parages… »

« … pauvre Madison Licht. C'est pourtant un chic type… »

« … a toujours été problématique… »

« … attire les ennuis… »

« … aucun sens de la mode… »

OK, celle-là, c'est un mensonge pur et simple.

– P… p… papa. Ce n'est pas ce que tu crois.

J'essaie de lisser ma robe Oscar de la Renta et écrabouille le pied de Romeo avec mon talon aiguille pour me libérer de son étreinte.

– Malheureusement, c'est exactement ce que vous croyez, me contre Romeo en s'avançant sur la scène.

Il m'attrape par le coude pour que je le rejoigne. Mais qu'est-ce qu'il fout, bon Dieu ?

– Notre secret a éclaté au grand jour, mon amour.

Son amour ? Moi ? Il essuie ostensiblement la main qui était encore il y a quelques secondes entre mes cuisses sur ma robe de créateur et poursuit :

– Je vous en supplie, ne dites pas de ma Dallas qu'elle est une fille perdue. Elle n'a fait que céder à la tentation. Comme Oscar Wilde l'écrivait, il n'y a rien de plus humain.

Son regard reste dur. Rivé sur celui de papa.

Oscar Wilde ? Il se la joue littéraire ? Et pourquoi il parle comme un figurant de *Downtown Abbey* ? Et pourquoi il dit que je suis une fille perdue ?

– Je devrais vous tuer.

Mon père, le grand Sheperd Townsend, se fraie un chemin dans la foule en jouant des coudes pour atteindre la scène et poursuit :

– Correction. Je *vais* vous tuer.

Je panique. Je ne sais pas s'il s'adresse à Romeo ou à nous deux. Mes doigts sont tellement glacés que je ne les sens plus. Je tremble comme une feuille dans le vent d'automne.

Cette fois-ci, je me suis dépassée. Je n'en suis plus à planter des semestres à la fac, à être insolente avec une personne que mes parents cherchent à impressionner, ou à manger le gâteau d'anniversaire de Frankie pas tout à fait par accident. Je viens simplement de détruire la réputation de ma famille. J'ai entaché le nom des Townsend, je l'ai plongé dans les décombres du scandale et de l'opprobre.

– Shep, c'est bien ça ?

Romeo sort de sa poche la main qui ne me retient pas à la taille et vérifie sa montre Patek. Papa monte maintenant sur la scène avec nous et enchaîne :

– Pour toi, c'est M. Townsend. Qu'est-ce que tu as à dire pour ta défense ?

– Je vois que nous venons d'atteindre le point négociation de la soirée.

Romeo Costa me reluque de la tête aux pieds comme s'il essayait de décider quel prix il veut m'accorder avant de poursuivre :

– Je sais qu'à Chapel Falls, vous appliquez la politique « objet cassé, objet acheté » quand il s'agit de vos jeunes filles virginales.

Ses mots me lacèrent, laissant de violentes traces rouges partout où ils me touchent. Maintenant que plus personne ne peut nous entendre, il ne prétend plus que nous sommes un couple. Il parle à papa comme un homme d'affaires.

– Je suis prêt à acheter ce que j'ai cassé.

Pourquoi il parle de moi comme si j'étais un vase, une cruche, même ? Et qu'est-ce qu'il propose au juste ?

– Je ne suis pas cassée, dis-je en le poussant sauvagement, ce qui ne fait que renforcer sa prise sur moi. Et je ne suis pas à vendre.

– La ferme, Dallas.

Le souffle de papa est court et laborieux. Je ne l'avais jamais vu transpirer autant, des gouttes ruissellent sur ses tempes. Il s'interpose entre nous comme si nous allions nous jeter l'un sur l'autre à tout instant. Et, enfin, Romeo me libère.

– Alors, je ne sais pas trop ce que vous proposez, M. Costa, mais ce n'était rien que quelques baisers un soir d'ivresse…

Romeo lève la main pour l'interrompre.

– La chatte de votre fille n'a plus de secrets pour moi, Monsieur. Je connais même son goût.

Il lèche son pouce sans quitter papa du regard et poursuit :

– Vous pouvez essayer de convaincre la terre entière jusqu'à la fin des temps. Tout le monde croira ma version des faits. Nous le savons tous les deux. Votre fille est à moi maintenant. La seule chose que vous pouvez faire, c'est négocier de bonnes conditions.

Barbara se lève et nous interpelle :

– Que se passe-t-il au juste ? Est-ce une demande en mariage ?

– Mieux vaut que ce soit une demande en mariage, renchérit quelqu'un dans la foule.

– Ils ne se connaissent même pas ! crie Emilie. Elle n'a parlé que de gâteaux toute la soirée.

De honte, mon visage rosit. La seule chose qui me permette de tenir debout, c'est la certitude que je ne laisserai jamais cet horrible bonhomme gagner. Ma colère est tellement intense, tangible, que je peux en sentir l'aigreur dans ma bouche. Elle la tapisse dans les moindres recoins, s'infiltrant dans mes veines comme un poison noir.

Papa baisse le ton, pointant Romeo avec toute la haine dont il est capable.

– J'ai promis ma fille à Madison Licht.

– Licht ne l'approcherait pas à moins de dix mètres maintenant.

– Il comprendra.

– Ah oui ? demande Romeo en arquant un sourcil interrogateur. En admettant qu'il accepte que sa fiancée a été surprise avec mes doigts sous sa robe devant toute sa ville natale, je suis certain que vous savez que nous sommes rivaux en affaires.

Mesdames et Messieurs, voici l'homme qui, apparemment, souhaite m'épouser. On peut facilement dire qu'Edgar Allan Poe ne se retourne pas dans sa tombe, effrayé de se retrouver chassé de son trône de Grand Poète.

– Oh, là. C'est ma fille et je…

– L'ai refilée à un blaireau plein aux as qui, j'en suis sûr, la traitera comme un meuble ancien.

Il n'y a aucune joie dans sa voix. Ni jubilation victorieuse non plus. Il débite son discours comme un dieu grec maussade décidant du destin d'un simple mortel.

– Il n'y a aucune différence entre ce que je vous offre et ce que Madison Licht a apporté à la table des négociations, mis à part le fait que je vais bientôt valoir vingt milliards de dollars et que son entreprise n'est même pas encore cotée en Bourse.

Le poids du monde s'écroule sur moi quand je comprends deux choses : 1) Romeo Costa savait exactement qui j'étais quand il est arrivé. Il m'a cherchée. Attirée dans son piège. S'est assuré de mon attention. Je suis sa cible depuis le début. Après tout, il l'a dit lui-même : Madison Licht est son ennemi juré et il veut lui pourrir la vie, tout détruire ; 2) Romeo Costa est un connard puissance mille, il m'épouserait même si toutes les personnes impliquées dans cette union en souffraient, juste pour emmerder mon fiancé. *Enfin ex-fiancé, plutôt.*

De rage, je me projette en avant, le plat de mes mains contre son torse.

– Je ne veux pas me marier avec toi.

– Moi non plus.

Il avance contre mon geste impétueux, attrape ma main gauche et retire la bague de fiançailles de Madison de mon annulaire avant de poursuivre :

– Hélas, à Rome, on fait comme les Romains. Je vous ai touchée, je vous ai souillée. Dites bonjour à votre nouveau fiancé.

Romeo, clairement blasé, examine l'anneau entre ses doigts et commente :

– Ce truc coûte à peine seize mille balles.

Il le jette dans la foule et quelques filles pas trop encombrées par l'honneur tentent de l'attraper.

Mes poumons se vident de leur oxygène. Il dévisage papa, parfaitement impassible, sûr et certain que malgré mon impulsivité, je n'oserai pas défier les ordres de mon père s'il venait à décider que nous devrions nous marier.

Non. *Non, non, non, non.*

– Papa, je t'en supplie.

Je me précipite vers lui, cherchant à me blottir dans ses bras. Il me repousse d'un geste brusque, regardant ses mocassins d'un air sombre, luttant pour calmer sa respiration. Mes joues brûlent de me sentir ainsi rejetée, comme s'il m'avait giflée.

Mon père n'a jamais été aussi cruel envers moi. J'ai envie de pleurer. Et je ne pleure *jamais*.

Le diable a un visage. Il est d'une beauté à couper le souffle… et il appartient à l'homme qui vient de devenir mon futur mari.

– Pourquoi ne pas discuter de tout cela loin des regards indiscrets ?

Papa regarde autour de lui, fatigué et perclus de douleur. J'ai probablement terni ce costume pour lui aussi, tout comme j'ai terni mon avenir.

– M. Costa, veuillez vous rendre immédiatement chez moi.

Romeo effleure mon épaule de son bras en passant, sans m'accorder le moindre regard, et commente :

– Une vie gâchée pour des *shortbreads*.

Il expédie un cube de chewing-gum dans sa bouche en sortant de scène, toujours aussi imposant.

– Grandeur et décadence de la pâtisserie.

CHAPITRE 3

Ollie vB : @RomeoCosta
Alors, ça fait quoi de se faire
dépuceler du scandale ?
Bienvenue au club, mon petit.
On a des cacahuètes et la famille
Kennedy est parmi nous.

Romeo Costa : www.dmvpost.org/
Heritier-Von-Bismarck-surpris-avec-la-
femme-du-gouverneur-de-Georgie.

Ollie vB : Appelle-moi papa
et je pourrai te transmettre mon talent.

Zach Sun : Détruire une famille
ne requiert aucun talent.

Ollie vB : Dis ça à Rom.
Il vient juste de détruire des fiançailles,
une réputation et un avenir
en moins de dix minutes.
L'élève a surpassé le maître.

Ollie vB : Shia LaBeouf standing
ovation GIF

Zach Sun : Où est Romeo
en ce moment ?

Ollie vB : Chez elle. Il fout
probablement le feu à ses souvenirs
d'enfance et noie son chat.

Zach Sun : Si j'avais un cœur,
il se briserait pour elle.

Ollie vB : Vu comme elle s'est battue,
si quelque chose devait se briser,
je dirais que c'est le moral
de ton champion, d'ici la fin du mois.

CHAPITRE 4

ROMEO

Un million de Dallas Townsend valsent dans mon cortex, et ses talons pointus se plantent dans chacun de ses replis. Je me force à ouvrir les yeux. La pièce tangue autour de moi, comme si j'avais embarqué clandestinement sur un navire en train de couler.

– Tu n'aurais pas dû finir cette bouteille de Pappy Van Winkle tout seul, mec.

La voix enjouée d'Oliver flotte depuis les profondeurs des toilettes et poursuit :

– Entre amis, on partage.

Au loin, Zach fait entendre son désaccord.

– Pour la dernière fois, von Bismarck, ce mannequin lingerie ne voulait pas de plan à trois.

Je rage dans mon oreiller en soie du Grand Hotel La Perouse, regrettant chacune de mes décisions depuis que j'ai mis un pied dans ce trou à rats. Poussés par ma découverte de dernière minute, nous sommes arrivés tous les trois à Chapel Falls une demi-heure avant le début du bal.

Nous occupons à cet instant les quatre chambres de la suite présidentielle. Pas vraiment parce que nous apprécions mutuellement notre compagnie, mais surtout parce qu'on a appris qu'un pauvre type l'avait réservée avant nous pour la soirée. J'éprouve de la joie à savourer le malheur des autres, c'est l'un de mes petits plaisirs. Et j'avoue assez souvent céder à la tentation.

Oliver entre dans la pièce d'un pas tranquille, un cigare éteint entre les lèvres.

– Tu avais besoin d'anesthésier la douleur. D'effacer de ta mémoire que tu as doigté une ado devant la crème du Fortune 500, précise-t-il en enfilant un polo. Notre ardoise a atteint quarante plaques, rien qu'en alcool et en cigares, au fait. On devrait monter un business d'organisation de bals des débutantes. Il y aura toujours des filles privilégiées qui chercheront des milliardaires à épouser.

L'idée de perdre mon temps à supporter encore une fois une soirée pareille me répugne.

– Tu transformerais le truc en casino clandestin et engendrerais quelques bâtards avant même la première valse.

Il pose une fesse sur le coin de mon lit, tire sur ses bottes d'équitation et répond :

– Oui aux jeux d'argent. Non aux bâtards. Je sors toujours couvert. Pas de latex, pas de sexe. Pas d'amour sans velours.

Sachant qu'il considère les femmes comme des garages à bite pour la nuit avec option chauffage, je doute qu'Oliver sache quoi que ce soit de l'amour. Il marque un temps d'arrêt en mâchouillant son cigare avant d'ajouter :

– Tout le monde n'est pas aussi rigoureux que toi avec ta méthode pour éviter qu'un enfant illégitime prétende au trône.

Zachary Sun entre d'un air désinvolte dans la pièce, son ordinateur portable coincé sous le coude. Il est grand, élégant, odieusement génial et a autant d'empathie qu'un caillou.

– C'est quoi, la méthode de Romeo ? demande-t-il.

Il a préféré rester à l'hôtel hier soir. Sa présence au bal aurait été superflue. L'idée seule que son fils puisse épouser une fille du Vieux Sud suffirait à coller une crise cardiaque à Mme Sun. Aucune fille du peuple ne saurait être à la hauteur de leur riche lignée qui remonte à la dynastie Zhou.

– Il y a un trou qu'il ne baise jamais et c'est celui duquel viennent les bébés.

Oliver a lâché l'info avec un entrain inutile. Zach fronce des sourcils, il essaie probablement de se souvenir de mon passé.

– Récemment ou jamais ?

Nous partageons la même vision du monde : l'oxygène que nous procurent les forêts qui disparaissent de la surface de la Terre est un privilège que les humains ne méritent pas. J'ai fait une seule exception en trente et un ans d'existence et je savais que c'était une erreur. Une erreur que j'en suis venu à regretter. Amèrement. Très publiquement aussi.

– Il est abstinent depuis si longtemps qu'il s'est refait une virginité, explique Oliver en enfilant sa veste d'équitation. Ce qui fait de lui un bon gros loser.

Si ses mots sont censés m'offenser, ils tombent à côté de la plaque, d'environ trois mille kilomètres. Les femmes ne m'intéressent pas.

Les gens dans leur globalité non plus.

Zach m'observe, partagé entre l'émerveillement et la confusion.

– Comment ça se fait que je l'aie jamais su ?

– Tu as dû passer à côté de ma pub en première page du *New York Times* pendant trois mois.

Je vide une bouteille d'eau d'un seul trait puis place un chewing-gum à la menthe sur le bout de ma langue et demande :

– Quelle heure est-il ?

– Content que tu poses la question, répond Oliver en allumant son cigare avant de tirer virulemment dessus, créant une volute de fumée qui s'échappe du bout ambré. Il est l'heure que je te rappelle ce qu'il s'est passé hier soir. L'incident qui a précédé ta descente vertigineuse d'une bouteille de Bourbon à toi tout seul dans l'espoir de te suicider à l'alcool après ton retour de chez les Townsend.

Je balance la bouteille vide dans la poubelle.

– Vas-y, fais-toi plaisir. Dis-moi à quel point ça craint vu de l'extérieur.

– On ne dirait pas que ça craint.

Zach pose son ordinateur sur la table devant mon lit.

– Bizarre ? Oui. Scandaleux ? C'était prévu. Mais au final, tu en sors avec l'image du mec bien qui essaie de convaincre une fille. Du moins sur les vidéos qui remontent partout sur TikTok et YouTube. Plusieurs sont devenues virales. Ils appellent ça la demande en mariage du siècle.

– Tu as même ton propre hashtag, commente Oliver après avoir sifflé d'admiration.

Je n'ai jamais été à l'origine du moindre scandale de ma vie et je n'apprécie pas du tout d'être au beau milieu de cette spirale maintenant. Mais bon, la fin justifie les moyens.

Je l'ai fait.

J'ai piqué la fiancée de Madison Licht. Elle est à moi maintenant.

Ce petit crétin finissait toujours ses soirées avec une michetonneuse pas franchement majeure qui croyait pouvoir le garder plus d'une nuit. Imaginez ma surprise il y a deux jours quand Oliver l'a entendu s'extasier sur la délectable silhouette de sa fiancée, sur son visage parfait et ses sublimes cheveux.

Pour une fois dans sa misérable vie, on dirait bien qu'il n'a pas menti. Je me frotte le menton.

– Est-ce qu'elle est aussi belle que dans mon souvenir ?

– Elle est exquise. Délicieuse, précise Oliver en mimant un baiser, les doigts devant la bouche. Mais aussi, à peine pubère. Elle est majeure au moins, Rom ?

– Oui.

Je détecte un creux en forme de croissant sous mes doigts. Cette petite diablesse m'a mordu en laissant son empreinte. Je poursuis :

– Elle est à la fac depuis deux ans au moins.

Même trois ou plus, si elle n'a pas exagéré ses semestres plantés. Comment peut-on foirer des études de lettres ? Ça me dépasse, mais on peut faire confiance à cette mégère infernale pour y parvenir.

– Zach, quand je te dis que cette fille était furieuse… reprend Oliver, incrédule, en soufflant de la fumée par les narines comme un dragon démoniaque. Elle l'a quasiment poignardé. Je crois que le seul truc qui l'a arrêtée, c'était le risque de mettre sa famille encore plus dans la merde.

Heureusement, Dallas Townsend a ses limites. Si je me fie à notre brève relation, elle n'en a d'ailleurs qu'une. Impossible d'imaginer une femme aussi haute en couleur qu'elle.

Elle est tout le temps à fond, soit elle pique de la nourriture, soit elle parle, comme si c'était une discipline olympique. Rien que le souvenir de son visage me donne envie d'avaler quatre cachets d'aspirine et de les faire passer au brandy.

Si j'avais eu connaissance de la nature de sa personnalité avant d'investir sur elle, j'aurais choisi d'entendre cette brute blafarde chanter ses louanges pour le restant de sa pathétique existence plutôt que de l'épouser moi-même.

Oliver s'en tape la cuisse et poursuit :

– Elle lui en a fait voir de belles.

– Je suis certain qu'il se vengera une fois qu'il lui aura passé la corde au cou, assure Zach en continuant à taper sur son clavier, à moitié intéressé par la conversation. Que s'est-il passé quand tu es allé chez elle ?

Je m'adosse à la tête de lit et me masse le pied que ma future femme a transpercé avec son talon.

– Son père l'a envoyée dans sa chambre. Puis nous avons conclu un joli marché. Je vais perdre un sacré paquet de fric à faire des donations pour ses œuvres de charité pendant les cinq prochaines années et devoir le présenter à des gens qu'il veut rencontrer pour ses affaires.

Et tout ça pour quoi ?

Je compterais sur les doigts d'une main le nombre de fois où je verrai Dallas Townsend après la cérémonie qu'il m'en resterait au moins cinq.

Oliver tire sur le cuir de ses gants bruns et jette le mégot de son cigare par la fenêtre en annonçant :

– Bon. C'est pas comme si je n'appréciais pas le récit de la nuit où Romeo a niqué sa vie, mais j'ai des chevaux à monter et des femmes à corrompre. Ou l'inverse.

– Toute femme assez stupide pour se retrouver sous toi a déjà été irrémédiablement corrompue, rétorque Zach, un sourcil ironiquement levé.

– Tellement vrai, acquiesce Oliver.

– Tu ne te fais pas chier ? demande Zach, l'air répugné.

Si Oliver aime toutes les femmes, Zach n'arrive pas à en trouver une à la hauteur de ses idéaux insensés. En fait, Mme Sun lui organisait des rendez-vous toutes les semaines avec des héritières d'empires de l'import-export, ou de mines de cuivre et même d'éditeurs de logiciels.

Son hobby préféré était de les rejeter à cause de critères plus absurdes les uns que les autres, comme « trop jolie », « trop intelligente », « trop riche », « trop charitable » et ma préférée : « trop comme lui ».

– J'arrêterai de courir après la queue du Mickey quand je serai mort.

Oliver se lève et glisse son portefeuille, puis son téléphone dans une élégante sacoche en cuir.

– En fait, poursuit-il en fronçant des sourcils, même les vers ne sont pas à l'abri de ma libido. Allez, je vous prie de m'excuser, mais je vais tirer le meilleur de ce trou à rats avant de nous en casser et il n'y a pas mieux que passer du temps loin de vous.

Oliver parti pour rendre le monde un peu plus terrible, Zach et moi nous dévisageons. Sur le papier, nous avons beaucoup en commun.

Une seule chose nous motive.

L'argent.

Zach est à l'origine de deux applis auto-développées qui rapportent des milliards. Quant à moi, je règne sur l'entreprise de mon père en tant que DAF et je m'amuse avec des fonds spéculatifs et des investissements boursiers à haut risque. Depuis que je suis sorti du MIT, j'ai triplé le chiffre d'affaires de Costa Industries.

Nous sommes tous les deux réservés, calculateurs, pragmatiques et absolument imperméables à toutes les attentes de la société. Nos parents nous mettent la pression pour nous marier. Et ils sont prêts à aller très loin pour nous forcer à sauter le pas avec la mère de leurs futurs petits-enfants.

Mais là s'arrêtent nos ressemblances.

À l'inverse de Zach, je suis absolument insensible à tout. C'est comme l'intégrité, je n'en ai pas. Il s'agit d'un concept que je trouve aussi mythique que les sirènes. Je fais des choses atroces et je dors comme un bébé la nuit.

Zach, par contre, est un mec bien. Ce qui n'a que peu d'importance, car il trouve quatre-vingt-dix-neuf pour cent de la population insupportablement stupide. Sans lever les yeux de son écran, il me demande :

– Alors, tu penses développer une conscience et laisser cette pauvre fille tranquille ?

Je pose les pieds par terre et plante les coudes sur mes genoux avant de me frotter les yeux avec les paumes de mes mains.

– Non.

– Pourquoi ?

Pour un million de raisons, mais une seule qui compte :

– Parce qu'elle était destinée à Madison et qu'il ne mérite rien de bien dans sa vie.

– Alors c'est vraiment une fille bien ?

– J'ai dit ça ? Elle est insupportable.

– Magnifique compliment.

– Insupportable est un compliment pour elle. Cette fille pourrait donner des envies de meurtre à un moine.

– Intéressant.

Il ne trouve pas ça intéressant. Il ne trouve rien d'un tant soit peu intéressant à moins que ce ne soit lié à l'argent, la technologie ou l'art.

– Je ne t'ai jamais entendu parler d'une femme de manière aussi passionnée, que ce soit en mal ou en bien depuis Mo…

– Ne prononce pas son nom. De toute façon, Dublin et moi ne serons mariés que sur le papier.

C'est Zach ou moi que je cherche à convaincre ?

– Dublin, alors ?

Il arrache son regard à son écran pour me dévisager avec pitié et assène :

– Ne sous-estime pas le pouvoir du papier. Après tout, l'argent en est fait.

– Vingt-cinq pour cent lin. Soixante-quinze pour cent papier.

Je le corrige, mais il le sait parfaitement.

– Les chèques alors. Que sais-tu d'elle ?

Pas grand-chose. Après notre rencontre d'hier, on ne peut pas dire que ma curiosité soit piquée. La séduire a été encore plus facile que de dérober son bonbon à un gamin. Ironiquement, lui dérober une sucrerie à elle pourrait me valoir une amputation du bras.

– Elle est belle, tarée et préférerait se manger les yeux plutôt que m'épouser.

Zach salue mon analyse d'une bouteille de boisson énergisante.

– Je vais préparer le pop-corn.

– Ne fais pas le malin. Tu es le suivant.

– Suivant ne dit pas quand.

Il se met à cliquer, passant déjà de notre conversation au boulot, et finit par conclure :

– Et je suis très doué pour temporiser.

CHAPITRE 5

ROMEO

La journée se traîne comme une terreur nocturne. Le rythme est atrocement lent. Zach enchaîne les appels pour préparer son imminente OPA hostile. Oliver s'occupe à monter à cheval et à se faire sucer, en même temps si possible.

Et moi, j'engloutis un filet de poulet et des choux de Bruxelles, dont je chasse l'amertume en buvant une chicorée avant de refaire mon stock de chewing-gums. J'exige du concierge qu'il me trouve la marque Mastika.

Quand je ne peux plus reculer devant l'inévitable, je quitte l'hôtel pour aller acheter une bague au poison de mes jours. Il est très important que Dallas porte un bijou qui ait au moins trois fois la valeur de celui que son ex lui avait donné.

Rien à voir avec elle, ce geste est pour Madison. Je veux qu'il ait envie de s'empaler sur un Bic à chaque fois qu'elle apparaîtra en public.

Et si la chose est trop lourde pour ses doigts délicats, elle se débrouillera. Ce n'est pas comme si elle se servait vraiment de ses mains.

J'ai entendu les on-dit. Ma future épouse est très connue pour être excessivement paresseuse. C'est un fait notoire.

Alors que la responsable de la boutique charge la babiole à deux millions de dollars sur ma carte sans plafond, accompagnée de la grosse assurance qui va avec, mon téléphone vibre pour me prévenir d'un appel.

Ma mère.

Je décroche mais ne lui accorde pas la grâce de mes mots.

– Eh bien ? aboie Romeo Senior à la place. Comment ça se passe ?

Faites confiance à mon père pour ignorer ce que la moitié d'Internet sait déjà. Même qu'on en est déjà aux *mèmes*.

Il est d'ailleurs fâcheux, pour ne pas dire franchement idiot que je sois devenu la coqueluche des réseaux sociaux pour avoir dérobé l'honneur d'une jeune femme lors d'un bal des débutantes. J'ai tenu trente et un ans sans nuire une seule fois à ma réputation, ce que le département de la Défense apprécie grandement.

J'ai donné à Dallas Townsend mon premier scandale, elle m'a donné son avenir. L'échange ne semble pas équitable et il marque la première fois de ma vie d'adulte où je me retrouve du côté perdant d'un marché, ou du côté perdant tout court.

Tout ça pour une fille qui foncerait dans la camionnette blanche d'un étranger si elle pouvait y trouver des bonbons.

J'arrache le petit sac turquoise des mains du vendeur et sors dans la rue pour leur répondre :

– Chapel Falls a beaucoup de charme. Comment ça va chez vous autres ?

– Romeo, Dieu du ciel !

Une voix horrifiée s'est précipitée sur le téléphone pour intercepter l'appel. Aucun doute, ma mère a crispé une de ses mains autour de ses perles et poursuit :

– Je ne t'ai pas envoyé à Sidwell Friends, au MIT puis à Harvard pour que tu te mettes à jargonner comme dans le Vieux Sud.

– Tu ne m'as pas non plus envoyé à Sidwell Friends, au MIT et à Harvard pour que je devienne simplement le directeur administratif et financier de l'entreprise de ton mari et pourtant, c'est le cas.

Nous savons tous que je mérite le poste de directeur des opérations qui est pour le moment occupé par Bruce Edwards, l'autre nuisible qui me pourrit l'existence.

Mon père ignore ma pique et me relance :

– Tu as trouvé une épouse ? Rappelle-toi Romeo : pas de femme, pas d'entreprise à diriger.

Ah. Le cœur de mon problème existentiel.

La raison pour laquelle je me trouve dans ce trou humide.

Idéalement, j'aurais simplement souillé la fille et envoyé quelques photos de son sang virginal sur mes draps en coton égyptien en guise de souvenir.

En fait, mes parents m'ont posé un ultimatum un peu plus tôt dans la semaine : trouver une femme et me poser ou le poste de P.-D.G. ira directement à Bruce Edwards.

Bruce est le résultat d'unions consanguines parmi les familles de premier plan du Massachusetts. Il a passé neuf ans à la Milton Academy, puis quatre à Phillips Andover, et possède deux diplômes d'Harvard.

Senior et lui ont séjourné dans la même chambre de résidence universitaire, dans Winthrop House à dix-huit ans d'écart. Tous les deux ont été admis au Porcellian Club et même que ce bon vieux Senior y a été son mentor.

Pas une goutte de sang des Costa ne circule dans les veines de cet être inutile qu'est Bruce, ce qui est un affront à la tradition de népotisme de la famille, mais Romeo Sr se considère comme trop honorable pour mettre de côté la filiation de Harvard.

Donc à mon grand dam, Bruce est devenu une constante de nos existences. Il a pris l'habitude de m'appeler Junior en public dès que possible, ce qui me fait rager. Il y a huit ans, il s'est mis à nommer mon père par son prénom, juste pour le plaisir de m'attribuer ce surnom.

Il est aussi à l'évidence dans la même pièce que mes parents.

Sa voix profonde et irritante au possible vient apaiser mon père :

– Romeo, Mon…

Mon. Pas Monica, comme s'ils étaient potes et qu'ils golfaient ensemble.

– Les enfants mûrissent plus lentement de nos jours. Peut-être que Junior n'est pas prêt. Pas pour le mariage, et pas pour le poste.

Voilà.

Voilà pourquoi je préfère les nombres et les tableurs aux humains. Je sais que Senior s'attend à moitié à ce que je me débine et ne relève pas son défi en restant célibataire, peut-être même l'espère-t-il.

La seule chose qu'a Bruce et que je n'ai pas est une femme. Une petite chose effacée répondant au nom de Shelley.

Il n'y a rien qui cloche chez elle, sauf peut-être son mari. Il n'y a rien de bien chouette non plus. Elle est purement et simplement fade : un pain blanc de supermarché, un blanc de poulet pas assaisonné. Elle est d'ailleurs aussi appétissante que ces deux aliments.

– Je ne vais pas remettre l'une des entreprises les plus rentables du pays entre les mains d'un célibataire sans âme que la moitié des employés a trop peur d'approcher.

Mon père se trompe.

C'est justement parce que je n'ai pas d'âme que je suis le parfait candidat pour ce boulot : mettre des armes de guerre dans les mains de gouvernements douteux et autres républiques bananières. Il se fiche de ma situation familiale.

Tout ce qui compte pour lui, c'est faire perdurer la lignée des Costa.

Bruce se réinsère dans la conversation :

– Allez, Romeo. Ce n'est pas bon pour ta tension.

Le frère de Bruce dirige un géant de l'industrie pharmaceutique, une sorte de Goliath de la pilule. À côté, Pfizer fait figure de David. Alors il fait mine de s'intéresser à la santé de mon père. En vérité, nous voulons tous les deux sa mort. Et on se la joue tous les deux sympa en attendant qu'il passe l'arme à gauche.

Enfin, surtout moi.

Bruce lui lèche tellement le cul que ça doit lui chatouiller les amygdales.

Senior ignore la remarque de Bruce et continue de râler :

– D'autant plus avec Licht Holdings qui nous colle au train.

Licht Holdings, vous l'avez deviné, appartient au père de Madison Licht. C'est une entreprise rivale dans le secteur de la défense, qui gagne en popularité auprès des huiles de Washington. Bien sûr, quand on parle de défense, on parle surtout d'armes.

Ma famille en fabrique un volume extraordinaire et les vend pour la plupart aux États-Unis. Armes à feu sous-marines, armes à guidage de précision, systèmes robotisés armés, tasers à impulsion de masse, missiles hypersoniques.

Si une arme peut tuer des milliers de personnes en une seule fois, nous la fabriquons probablement.

La guerre est une industrie profitable. Bien plus que la paix.

Désolé Tolstoï. L'idée était bonne au départ.

– En fait, j'en ai trouvé une.

Je soupire en me rappelant que ma soi-disant promise doit être en train de changer de nom, chercher un faux passeport et s'enfuir dans un pays avec lequel nous n'avons pas de protocole d'extradition.

– C'est vrai ? s'excite Monica en poussant un petit cri.

– C'est vrai ? demande Senior, sceptique.

– C'est vrai ? s'enquiert Bruce comme si je venais de lui fourrer un missile balistique dans le fion.

Je commande un Uber pour aller chez ma future femme puisqu'il n'y a pas d'entreprise de location de véhicule avec chauffeur dans ce trou à rats.

– C'est vrai. J'ai hâte que vous la rencontriez.

– Comment est-elle ?

Monica agite probablement ses perles avec tout cet enthousiasme.

– Elle est la fière détentrice d'un pouls et d'un utérus, vos deux seules conditions préalables.

Non pas qu'elle utilise cet utérus un jour.

– Oh, Rom, réagit Monica en crachant un rire de délice. Que tu peux être rustre, parfois !

Un Uber soi-disant Lux s'arrête devant moi. Une Range Rover de l'année dernière. Je devrais être déjà parti de chez ces péquenots. Je me glisse dans l'habitacle du véhicule en ignorant le contact visuel que le chauffeur essaie de m'imposer. La seule chose qui pourrait faire empirer cette journée serait d'avoir à faire la conversation avec un inconnu.

– Quand allons-nous rencontrer cette fille ?

Si c'était à Monica de décider, elle aurait fait livrer Dallas en moins de deux heures devant chez elle grâce au service Amazon Prime.

– Dès que ce sera humainement possible.

Je dois détruire toute alternative viable que Bruce pourrait avoir à mon accession au poste de P.-D.G. Malheureusement, pour ça, il me faut encore passer quelques heures dans un espace confiné avec Dallas Townsend.

Monica est à deux doigts d'exploser de joie.

– Oooh ! Tu es vraiment si impatient de la présenter à tout le monde ?

– J'ai du mal à me contenir, dis-je en regardant par la fenêtre.

– Junior… Bon Dieu, gamin !

C'est à cet instant que je comprends que Bruce a trouvé l'une des vidéos virales d'hier soir.

– Mon, Romeo, je crois qu'il y a quelque chose que vous devriez voir. Vous vous souvenez de Clinton Brunswick du Pentagone ? Sa femme vient de transférer un fichier à ma Shelley. Je regrette de devoir vous la soumettre, mais je ne serais pas à l'aise à l'idée de vous la cacher, car Junior a fait quelque chose de terri…

C'est donc là que je raccroche. En observant Chapel Falls qui défile devant moi dans sa gloire de petite ville, je me dis qu'épouser cette fille n'est pas une si mauvaise idée, après tout.

Je pourrais la laisser gérer ses affaires (Faire du shopping ? Organiser des déjeuners ? Des soirées botox ?) et ne revenir dans sa vie qu'épisodiquement pour la traîner à des soirées de gala ou à des sommets importants où je dois apparaître comme un bon père de famille respectable.

Elle retournera probablement à Chapel Falls au bout d'un an ou deux. Elle vieillira mal en passant son temps à s'abîmer dans des extravagances matérielles et à propager des rumeurs iniques pour masquer le goût amer de sa propre inutilité.

Quant à moi, je reprendrai le cours normal de ma vie à Potomac.

Mon boulot. Mes amis. *Mes projets.*

Après quelques années, peut-être dix ou douze, quand son désir de maternité la brûlera trop, je songerai éventuellement à lui accorder le divorce. Tout dépendra de son utilité à ce moment-là. Elle va devoir signer un contrat de mariage, de toute façon. Cette femme ne vaut pas la moitié de la fortune des Costa.

Voilà, c'est décidé. Épouser cette fille sera un incident anecdotique de ma vie, pas un moment crucial.

Peu importe qu'elle fasse autant de bruit.

Mon silence sera toujours plus assourdissant.

CHAPITRE 6

ROMEO

Il semble ironiquement délicieux que ce manoir on ne peut plus standard avec son look tarte à la crème abrite ma fiancée obsédée par la pâtisserie. Fraîchement repeinte en blanc, avec ses volets noirs, ses colonnes sur le perron et la porte rouge vif, cette merveille au look préguerre coloniale pourrait figurer dans le magazine *Southern Living*.

Sur le balcon du premier étage, deux rocking-chairs se balancent. Deux personnes viennent donc de s'en lever. Ce qui confirme mes doutes. Shortbread attendait mon arrivée. Attendait que je vienne réclamer ma nouvelle acquisition : *elle*.

J'entretiens vaguement l'idée de lui accorder tout le week-end pour lui permettre de faire ses adieux, principalement pour me soulager de son encombrante présence. Mais mieux vaut en finir dès que possible.

Shep Townsend vient ouvrir la porte dans son costume du dimanche. Bien entendu, ils rentrent de l'église. Rien ne saurait mieux illustrer le concept de jeune chrétienne dévote qu'une fille qui se fait coincer avec la main d'un inconnu dans sa culotte.

– La bague est acceptable ?

Il m'arrache le petit sac du bijoutier des mains et l'ouvre comme un sagouin.

– Parce que je ne te laisserai pas humilier ma fille davantage.

Humainement parlant, je suis peut-être une merde d'avoir entraîné sa fille dans un mariage qui lui donne envie de tout casser, mais lui est une véritable sous-merde de le permettre. Et aussi d'avoir arrangé une union pour elle avec Madison Licht, cette maladie vénérienne sur pattes emballée dans un vulgaire costume.

Il ouvre la boîte. Ses sourcils viennent rejoindre ses cheveux et sa pomme d'Adam fait des allers-retours.

– Ça ira.

Je le contourne sans faire mine de l'écouter et jette un coup d'œil dans l'entrée et sur la pièce de vie. Ma future épouse n'est pas là. Une version plus petite et plus renfrognée – sa petite sœur, j'imagine – est debout au pied de l'escalier. Elle tient fermement la rambarde et m'observe comme une créature des bois prête à sauter sur sa proie.

Je jette un coup d'œil à ma Rolex et demande :

– Où est Dallas ?

– À l'étage. Elle se repose.

L'ancienne Miss America, Natasha Townsend, sort d'un pas nonchalant de la cuisine, portant une respectable robe vichy et un air de franche aversion, voire de haine patente. Heureusement que Dallas a hérité ses traits de sa mère et non pas de son père.

– Se repose de quoi ?

Une chose est sûre, cette fille n'a pas un planning surchargé. Elle n'a même *aucun* planning.

– Arrête de la provoquer. On n'attrape pas les mouches avec du vinaigre, philosophe Shep en posant une main sur mon bras pour me conduire dans le salon. Tu l'as disgraciée seulement hier, tu as mis un terme à ses fiançailles et l'as forcée à t'épouser. Elle a besoin de temps pour tout digérer.

Je ne m'étais pas dit un seul instant que Dallas Townsend pouvait être un personnage à trois dimensions, avec des besoins, des désirs et des motivations. Elle me fait l'effet d'une gamine un peu peste, trop gâtée, très belle et qui semble habituée à ce qu'on se plie à ses moindres désirs. Une fille qui en plus a une obsession quelque peu malsaine pour la nourriture.

Je m'octroie de moi-même la chaise en bout de table devant toute la famille de Dallas, choquée.

– Dites-lui de venir sur-le-champ, nous devons parler organisation.

La petite Townsend bondit et commence :

– Et pourquoi t'irais pas te faire f…

– Va chercher ta sœur, Franklin, l'interrompt Shep en grimaçant. Et lave ta bouche au savon juste après.

Renfrognée, Franklin fuit mon regard. Shep reste debout. Tout comme sa femme. Ils me regardent d'un air mauvais. De ma sacoche en cuir, je sors des papiers que j'étale sur la table, ma fiancée va devoir les signer.

– J'apprécierais un café. Sans sucre, sans lait, sans crachat.

Mme Townsend écarquille les yeux. En fin de compte, la tradition d'hospitalité du Vieux Sud l'emporte sur sa rancœur. Elle se précipite dans la cuisine. Probablement pour prier Jésus fissa et le supplier de m'accorder une crise cardiaque fatale dès que possible. Shep appuie ses deux mains sur le dossier de la chaise.

– Est-ce que tu fais ça pour te venger de Madison ou parce que ton père te force à te marier ?

J'époussette mon costume d'une peluche invisible, marquant d'une croix tous les endroits où Dallas doit signer sur le contrat.

– J'en ai profité pour faire d'une pierre deux coups.

Il s'assied à côté de moi et enlace ses doigts sur la table.

– Ma fille est très spéciale.

– Elles le sont toutes, dis-je en luttant pour ne pas lever les yeux au ciel.

– Non, insiste-t-il. Tu n'en as jamais vu ni rencontré comme Dallas, je te l'assure.

Si on m'avait donné une pièce à chaque fois qu'un papa tout fier m'avait présenté sa fille en me vantant ses mérites… eh bien, je serais toujours milliardaire.

– Quand tu tomberas amoureux d'elle, fais en sorte de ne pas lui en vouloir.

Bon. On dirait que le délire psychiatrique est courant dans la famille. Heureusement que je n'ai pas besoin d'utiliser l'ADN de Dallas. Je jette un coup d'œil autour de moi. Je m'ennuie.

– Je ferai de mon mieux.

– Je suis sérieux, continue-t-il, l'air déterminé. Je sais que tu n'éprouves pas ces sentiments pour le moment, mais ma fille est absolument irrésistible. Il n'y a pas un homme dans cette ville ni dans celle d'à côté qui n'ait pas proposé de l'épouser. J'espère que quand elle capturera ton cœur, elle aura la présence d'esprit de te le briser. Tout comme tu brises le sien.

Là, j'en ai assez.

– Elle n'est pas amoureuse de Madison Licht.

– Qu'est-ce que tu en sais ?

– Je ne suis pas expert en relations humaines, mais je suis à peu près certain qu'il m'aurait fallu un peu plus de trente secondes pendant une valse pour la convaincre que mettre mes doigts dans son vagin était une bonne idée si elle était follement amoureuse.

Ce type grimace à chaque fois que je mentionne mon interaction sexuelle avec sa fille.

– Elle l'apprécie tout de même beaucoup.

– Elle y viendra pour moi aussi, réponds-je vertement.

Je n'en ai même pas envie. C'est juste que je refuse de perdre quoi que ce soit face à Licht. Shep se rencogne dans sa chaise.

– Ça, ça reste à voir.

Ma promise interrompt cette étrange conversation en entrant d'un pas lourd dans la pièce, vêtue d'une robe de chambre en satin vert sapin. Ses cheveux bruns détachés cascadent de ses épaules à sa taille. Je suis tellement soulagé que j'en ai du mal à respirer. Dallas Townsend est vraiment une beauté. Encore plus que dans mon souvenir. Elle possède de longs cils recourbés, un regard noisette méprisant et des lèvres pulpeuses.

Très bien. Je suppose qu'au vu du prix que j'ai accepté de payer pour elle, je vais pouvoir la débaucher totalement, ce n'est que justice. Tout rapport sexuel est exclu, mais quelques idées me viennent tout de même en tête. Aucun doute, il me faudra certainement deux minutes et un paquet de Skittles pour parvenir à mes fins.

Toujours debout, Shortbread me regarde d'un air ouvertement dédaigneux.

– Ma douce, lui dis-je d'une voix traînante. Comme je dois vous avoir manqué.

– Qu'est-ce que tu veux ?

La mort de Bruce et de Madison. Et que toi, tu te fasses transplanter une nouvelle personnalité.

– Nous nous envolons pour Potomac dans trois heures.

– Bon débarras. Passe le bonjour à von Chicos de ma part.

Elle vole le cupcake dans la petite assiette que Natasha m'a apportée et le gobe en deux bouchées.

Dallas Townsend, Mesdames et Messieurs. Elle est moitié moins bien élevée et deux fois plus belle que n'importe quelle femme de ma connaissance. Quel dommage qu'une personnalité aussi abominable soit attachée à un visage aussi éblouissant.

– Vous venez avec moi.

– Oh.

Son mécontentement se lit sur son visage, mais elle ne cherche pas à discuter.

– Allez faire vos valises.

Elle pivote vers son père et se mord les lèvres avant de lui demander :

– Je dois y aller ?

Il répond d'un hochement de tête. Elle soupire. Super. J'épouse une femme qui a douze ans d'âge mental.

– Crois-moi, Dal, ta mère et ta sœur ne me le pardonneront pas non plus.

– Mais je ne peux pas emménager avec lui avant le mariage, ce n'est pas convenable.

Je refais une pile nette avec les papiers de notre contrat de mariage. Cela m'ennuie déjà.

– Tout le monde sait que j'ai testé la marchandise.

– Tu n'as rien testé du tout, rétorque-t-elle en tournant brusquement la tête vers moi pour me jeter un regard haineux. C'est à peine si tu m'as touchée. Toi et moi le savons très bien.

Le savoir et l'admettre sont deux choses très différentes. Attendre de l'honnêteté de ma part, c'est comme attendre d'une prostituée qu'elle soit fidèle.

Je force un contact visuel entre nous en levant la pile de papiers.

– Vous avez deux heures pour rassembler vos affaires. Après quoi, vous signerez ce contrat de mariage. Je vous attends ici.

Elle hausse les épaules. Je la regarde d'un air sévère. Du peu que je sais d'elle, une chose est certaine : ce n'est pas son truc de suivre les ordres, d'autant plus quand ils viennent de moi. Je suis à deux doigts de l'avertir qu'il y aura des répercussions si elle ne fait pas ce que je lui demande.

Puis je prends conscience que je n'ai plus besoin de la séduire. De l'enjôler pour la faire venir dans mon monde. Elle est déjà bien ficelée dans ma toile d'araignée, bien en sécurité. Elle se débat et résiste, mais elle ne peut plus s'en échapper.

La prochaine fois qu'elle fera une bêtise, elle devra en assumer les conséquences.

Il n'y a pas de meilleur professeur que l'expérience.

CHAPITRE 7

ROMEO

Les habitants de la résidence Townsend ne figurent pas parmi mes plus grands fans, c'est le moins que l'on puisse dire. Me virer de chez eux serait impoli à leurs yeux, mais ils ne me proposent aucun divertissement. Ma fiancée enfermée dans sa chambre, je m'invite moi-même à une visite de sa maison d'enfance.

Elle est imposante et pourtant, ennuyeuse. Ou du moins, c'est ce que je pensais, jusqu'à ce que j'atteigne le bout du couloir. La bibliothèque. Sentant qu'il s'agit du sanctuaire de Shortbread, j'entre dans la pièce. J'avais raison. Elle porte son odeur. Une odeur que je reconnais du bal des débutantes. Un mélange de talc, de rose en bourgeon et de folle furieuse.

Je caresse le dos des livres en passant devant, écrasant un chewing-gum entre mes dents pour me soulager d'une certaine irritation. Ils sont usés, le cuir de la couverture, abîmé. À l'évidence, Shortbread n'est pas tendre avec ses précieuses possessions. Elle est de nature agitée ; un tempérament de feu et une langue au tranchant si net qu'elle pourrait en couper du métal. Impossible de l'imaginer avec un mec comme Licht qui est l'équivalent humain du radis.

Dallas est une lectrice éclectique. Ses genres les plus prisés varient. De la romance au thriller. De la fantasy aux romans policiers. La seule tendance qui se dessine, c'est qu'elle semble être l'heureuse détentrice des treize volumes de l'univers d'Henry Plotkin. Un succès littéraire mondial dont même moi, j'ai entendu parler. C'est l'histoire d'un jeune sorcier qui apprend à se servir de la magie pour faire revenir ses proches dans le monde des vivants. *Henry Plotkin et la potion mystique. Henry Plotkin et la fille qui osa. Henry Plotkin et la baguette magique.* Celui-là, c'est certain, son titre sonnait mieux dans la tête de son auteur.

– Tu touches pas.

Le ton de sa voix est tellement mordant qu'il lacère la pièce.

Juste par principe, je sors le volume et me tourne pour trouver Franklin devant moi. Elle avance d'un pas décidé pour me l'arracher des mains. Ses yeux rouges et gonflés me disent qu'elle vient de passer cette dernière heure à pleurer.

– Dal est super fan de ces livres. Elle fait la queue des nuits entières devant les librairies à Noël pour les acheter à leur sortie. Personne n'est autorisé à les toucher. Personne. Même pas moi.

Elle remet l'objet à sa place puis se retourne et reprend :

– J'ai une proposition pour toi.

– Je ne suis pas intéressé.

– Prends-moi à sa place. Je serai ta petite copine… ta femme… T'as *ce que tu veux*, ajoute-t-elle en levant les yeux au ciel. Je suis forte. Je peux encaisser. Et avec moi, tu ne t'ennuieras jamais.

Franklin est une version moins raffinée de sa sœur. Pas aussi belle. Pas aussi tentante. Et, probablement, pas aussi téméraire. Elle est aussi très nettement encore une jeune fille. Même si je ne possède pas la moindre fibre morale, mettre mon pénis dans la bouche d'une lycéenne est au-delà de mes limites.

– Votre offre n'a aucun intérêt pour moi, dis-je en glissant ma main dans ma poche. J'ai déjà plus de Townsend sur les mains que je le souhaite.

– S'il te plaît.

C'est plus un ordre qu'une supplique, ça. Elle se tient très droite et me regarde dans les yeux. Je me demande d'où les sœurs Townsend tiennent leur courage, parce que ce n'est certainement pas de leur papounet chéri.

– Nous sommes mieux assortis, toi et moi. Je suis plus pragmatique, elle est plus…

– Détraquée ?

– Dans son monde.

– Il y a seulement un problème, dis-je en m'adossant à la bibliothèque.

– Ah oui ?

– Je ne suis pas un pédocriminel.

– D'abord, j'ai dix-neuf ans, connard. Ensuite, tu ne veux pas l'épouser elle, crois-moi.

Je dois lui accorder au moins ça : elle ne cherche pas à parler à mon cœur. Elle a dû sentir que je n'en avais pas.

– Et pourquoi ça ?

– Parce qu'elle est amoureuse de Madison.

Là, elle retient mon attention. Je pars du principe qu'elle parle de ces choses avec sa sœur, et non pas avec son père. Je me souviens aussi que Shortbread s'est plainte des infidélités de Madison.

Je la regarde de près, presque intéressé pour une fois.

– Ah oui ?

– Oui, confirme-t-elle, le regard ivre de colère. Prends-moi. Je suis sans attache.

– Mais aussi : inapte.

– Elle ne t'aimera jamais.

– J'essaierai de faire avec.

Sa demande se métamorphose en supplique désespérée.

– *Romeo.*

Elle avance d'un pas nonchalant vers moi et caresse ma cravate. Ses doigts s'arrêtent juste au-dessus de mon nombril et seulement parce que je les intercepte avant qu'elle attrape mon engin.

Je préfère me faire un sandwich à l'œuf pourri que cette gamine. C'est encore une enfant. Franklin se penche en avant et frotte son torse plat contre mon estomac.

– Laisse-moi te montrer que…

Je recule et la laisse tomber sur le tapis, la tête la première. Elle grogne, sa bouche à quelques centimètres de mes mocassins.

– Espèce de grand malade !

Du bout de ma chaussure, j'écarte son téléphone. Il se retourne et sur l'écran, je vois qu'une appli enregistre notre conversation. Elle a cherché à me piéger. On se croirait dans *Les Frères Scott*.

Franklin bataille pour se relever, le front plissé, l'air mécontent.

– Tu sais quoi ? En fait, je suis ravie que tu l'épouses. Elle ne s'arrêtera pas tant que ta vie ne sera pas un champ de ruines.

– Là, je vous crois.

Elle ouvre la bouche pour se préparer à se lancer dans une diatribe ambiance diarrhée verbale mais mon téléphone m'indique que les deux heures de Shortbread sont écoulées.

– Allez chercher votre sœur.

– Je ne suis pas ta secrétaire, Tête de Fion. Vas-y toi-même.

Pour mon plus grand mécontentement.

Je sors seul de la bibliothèque et grimpe le grand escalier central vers l'étage. La chambre de Shortbread est au bout du couloir. Je frappe.

– C'est l'heure.

Aucune réponse.

Plutôt que de recommencer, sachant qu'elle ne bougera pas, j'ouvre la porte. Si elle n'est pas dans une tenue décente, ça me va. Il n'y a rien qu'elle n'ait déjà proposé de me montrer. Mais elle n'est pas nue. Elle ne crie pas comme une hystérique, ou comme un tas émotif perché sur le rebord de sa fenêtre telle une demoiselle en détresse. Non. Elle dort tranquillement dans son grand lit, toujours vêtue de sa robe de chambre, une vieille émission de téléréalité des années 2000 sur l'écran de sa télé. Un ronflement lui secoue les épaules.

Les mots me manquent. Pour la première fois de ma vie, je pourrais me dire que mon vocabulaire est peut-être trop limité. Bien entendu, Dallas n'a pas commencé sa valise. Pas l'ombre d'un bagage en vue.

Comme s'ils sentaient une tempête sur le point d'éclater, Shep et sa femme apparaissent à sa porte. Shep s'agrippe au montant et me répète :

– Rappelez-vous bien qu'on n'attrape pas les mouches avec du vinaigre.

J'entre d'un pas dansant jusqu'à son lit et m'assieds au bord. Ses cheveux, épais, ondulés et incroyablement doux, encadrent son visage. Je caresse le milieu de son dos du revers de ma main. Elle s'agite et sa peau exposée se couvre de chair de poule. Un petit gémissement s'échappe de ses lèvres.

– Allez, on se réveille, Shortbread, dis-je d'une voix si douce qu'on la dirait glisser sur sa peau comme du velours. Il est temps de dire au revoir.

Elle est tellement désorientée qu'elle suit mes instructions pour la première fois et commence par ouvrir les yeux. Puis, le petit sourire serein qui animait ses lèvres se transforme en une expression renfrognée. Bon, sa personnalité reste intacte.

J'attrape sa main sous la couette et glisse le diamant 20,03 carats, coupe émeraude sur son annulaire.

– Bien dormi ?

Derrière moi, Shep soupire de soulagement. Dallas me regarde d'un air sceptique et ignore la bague.

– Faut croire. Dommage que je me sois réveillée.

T'inquiète, ma belle, moi aussi ça me fait chier.

– Notre avion décolle dans quarante minutes. Nous devons partir.

– Très bien, dit-elle en se levant, la couette tombant à sa taille. Laisse-moi juste faire ma val…

– Désolé, Shortbread. Je vous l'ai déjà dit, vous aviez deux heures pour ça.

– Arrête de m'appeler Shortbread. J'ai un prénom.

– Qui est probablement encore plus ridicule que ce surnom.

– Mec, tu t'appelles Ro…

– Ne m'appelez pas « mec ».

– Bon sang. D'accord, va-t'en. Je vais faire ma valise.

– On y va maintenant, sinon je renonce à nos fiançailles.

– Tu crois que c'est une *menace* ? demande-t-elle, les yeux écarquillés.

– Tout à fait, réponds-je en me levant pour attraper mon téléphone et commander un Uber. Si je vous lâche maintenant, vous serez considérée comme une fille perdue, souillée, sans aucune chance d'attirer de demande en mariage d'un respectable mec du coin. Vous resterez celle qui s'est fait doigter par un inconnu à un bal pour réussir à se faire larguer par deux mecs à vingt-quatre heures d'intervalle. Qu'est-ce que vous croyez que ça fera à votre famille ? Votre réputation ? Vos ambitions ?

Elle ne répond pas. Elle comprend la gravité de la situation. Je l'attrape par le coude et l'escorte dans l'escalier. D'une main douce, mais ferme.

Maintenant parfaitement réveillée, elle trébuche dans le couloir.

– Laisse-moi le temps de m'habiller au moins.

– Vous êtes parfaite juste comme vous êtes, *chérie.*

La ponctualité est importante à mes yeux. Ma femme ne sait même pas ce que c'est. Encore une raison qui me fait penser que notre mariage sera catastrophique. Nous n'allons pas avoir le temps de signer ce contrat de mariage. Nous pourrons le faire en arrivant à Potomac, je suppose.

– Il me faut des vêtements. Des sous-vêtements. J'ai besoin de…

– De mieux gérer votre temps. Pour tout le reste, vous aurez une carte de crédit et accès aux centres commerciaux et à Internet. Vous survivrez.

À mon grand dam.

Nous descendons l'escalier. L'Uber sera là d'une minute à l'autre. Shortbread tire dans la direction opposée, essayant de foncer vers le placard à chaussures. Je l'attire vers moi.

– La rumeur a tort. Vous n'êtes pas fainéante du tout. Quand vous êtes motivée, vous êtes une boule d'énergie.

– Je ne pars pas d'ici sans chaussures, dit-elle en me regardant droit dans les yeux, furieuse.

– Vous voulez parier ?

– Laisse ma sœur mettre des chaussures.

Franklin galope vers nous, ses petits poings en l'air. Elle fait pleuvoir les coups sur mon torse. Je ne sens rien du tout.

– Elle avait deux heures pour mettre des chaussures. Elle a préféré regarder *Cheaters* à la télé.

M. et Mme Townsend sont aussi au pied de l'escalier. Ils se disputent. Natasha couvre son visage de ses mains en pleurant :

– Oh Shep, qui se soucie de notre réputation ? Arrête ce cirque immédiatement.

– Tu sais aussi bien que moi que ce Costa est sa meilleure option pour le moment, dit-il en lui tapotant le dos.

– Je te déteste.

Shortbread se jette dans les bras de sa mère et s'exclame :

– Ne t'inquiète pas pour moi, maman. Ça va aller.

– Oh, ma chérie.

Encore des pleurs, des câlins, autres couinements et exagérations. Je regarde ailleurs. Pas parce que je suis mal à l'aise à cause de cette scène digne du *Jerry Springer Show*, mais parce que je veux voir par la fenêtre si la voiture est arrivée. Ce qui est le cas. Oliver et Zach sont probablement déjà dans l'avion.

– Il est l'heure d'y aller.

– Je peux au moins prendre un livre pour me tenir compagnie pendant le voyage ?

Impossible de ne pas remarquer que son visage est sec et son attitude, stoïque. Toute sa famille est en larmes, mais elle n'en a pas versé une seule. Une étrange sensation de respect pour elle me traverse.

Je vais refuser, puis je prends conscience que si elle venait à s'ennuyer, elle essaierait de me faire la conversation.

– Prenez un classique. Il y a déjà trop d'idioties dans votre tête, ça va déborder.

Elle se précipite dans la bibliothèque et revient une minute plus tard avec *Anna Karénine* sous le bras. Shortbread fait une dernière tentative pour récupérer ses chaussures, mais je l'attrape et la porte pour lui faire franchir l'entrée. Je la dépose dans la voiture avant qu'elle puisse échapper à sa punition pour conduite incorrecte.

Le chauffeur passe la première et s'apprête à s'engager dans la circulation quand le véhicule est heurté par quelque chose. Ou plutôt quelqu'un. Ça a l'air sérieux. Ils donnent quoi à manger aux chats errants dans le coin ?

– Frankie ! Tu vas bien ?

Shortbread baisse sa vitre et sort la moitié de son corps de la voiture.

Franklin tape du plat de ses deux mains sur le capot pour arrêter la voiture et fourre une petite valise dans l'habitacle.

– Tiens. Impossible de te laisser partir sans.

Alors au final, Dallas parvient à s'échapper de ce trou à rats avec vêtements et sous-vêtements.

Shortbread serre le bagage contre son cœur et demande :

– Ils sont tous dedans ?

– Oui, tous, confirme Frankie en opinant. Rangés dans leur ordre de publication.

– Oh, Dieu merci.

What ?

– Henry Plotkin saura veiller sur toi, annonce Frankie en serrant la main de sa sœur.

Ma fiancée passe le reste de notre transfert vers l'aéroport à câliner sa valise en regardant partout sauf dans ma direction. Cette femme est un agent du chaos certifié conforme. Et maintenant, Oliver et Zach vont voir ce que j'ai dû me taper.

Je n'oublierai jamais.

CHAPITRE 8

DALLAS

On dirait que mon futur mari n'utilise sa bouche que pour mastiquer un chewing-gum ou me faire enrager. Quand il ne fait pas l'un, c'est l'autre. Il s'est fait plaisir en passant tout le trajet vers l'aéroport en silence. *Aucun problème pour moi.* Si j'en juge son regard dédaigneux pour ma valise, remplie des éditions grand format d'Henry Plotkin, il vient de contrevenir à l'une de mes règles cardinales : ne jamais faire confiance à une personne qui a mauvais goût sur le plan littéraire. Le jet privé de Romeo, un Gulfstream G550 flambant neuf, nous attend sur la piste. On nous traîne dans une voiturette qui nous transporte du hangar au tarmac. Au pied de l'avion, il récupère ma valise et grimpe l'escalier sans se préoccuper du fait que je suis pieds nus.

Je me vengerai. Mais d'abord, je dois trouver mon équilibre à Potomac. J'ai déjà un plan. Je connais quelqu'un là-bas. *Madison.* Nous n'avons jamais vraiment rompu nos fiançailles. Pas officiellement. Ce matin, papa a appelé son père pour le tenir informé des événements (en oubliant à l'évidence les passages pas franchement flatteurs). Les Licht ont insisté pour dire qu'ils comprenaient. Ils ont promis qu'ils m'appréciaient toujours. Madison est l'ennemi de Romeo. Nous pourrons nous venger ensemble.

Quand j'entre dans l'avion, je suis confrontée à une palanquée d'hommes. Nous passons devant le cockpit où deux trentenaires, plutôt beaux gosses, discutent des matchs de poule qui attendent les Ravens de Baltimore. Le pilote et le copilote. À l'intérieur, Oliver von Bismarck est affalé sur un sofa couleur crème et boit une bière importée tout en regardant quelque chose sur son téléphone. Il a le visage d'un ange, presque celui d'un chérubin. Avec une petite bouche rouge boudeuse et de légères boucles qui retombent sur ses oreilles et son front. C'est le diable qui se fait passer pour un ange, tout simplement. Si la demande en mariage de Romeo était le plus gros événement du bal, les rumeurs allaient aussi bon train sur Oliver qui a fricoté avec au moins trois femmes divorcées de la ville. *En même temps.*

Et puis, un autre homme, beau, grand, vêtu de l'uniforme décontracté du type fortuné : pantalon de toile repassé, chemise blanche et cardigan zippé. Installé derrière une tablette, il poursuit une conversation téléphonique sérieuse. Il est séduisant et véhicule cette impression que toute personne entrant dans la même pièce que lui cherche à attirer son attention.

Romeo nous présente succinctement, sans même prendre la peine d'approcher ses amis individuellement.

– Oliver, Zach, voici ma fiancée, Dallas. Dallas : Oliver et Zach.

Oliver me salue d'un geste de la main. Zach m'adresse un sourire si impatient et impersonnel qu'on dirait l'un de ces signes de politesse qu'on fait à une femme de chambre qui sort après avoir laissé un room-service. Romeo s'installe dans un fauteuil inclinable.

– Mettez-vous à l'aise. On décolle dans dix minutes.

Refusant d'avoir l'air intimidé, c'est exactement ce que je fais. La présence d'une planche de charcuterie m'aide pas mal. Plusieurs rangées de *shortbreads* parent le plat en cristal juste à côté. Je le repousse. Pour des raisons assez évidentes, ce biscuit me dégoûte un peu ces temps-ci.

– Est-ce que le *shortbread* te déplaît, Dover ? demande Oliver en désignant la panière de pâtisseries importées devant lui. Tout est pour toi.

D'abord Shortbread. Et maintenant Dover ? Charmant.

J'ai très envie de lui faire un doigt (très poli). Mais c'est là que je repère les chips de crevettes et j'abandonne ma dignité plus vite que la fille qui a transformé le visage de Jésus Christ en celui d'un singe dans *Ecce Homo*.

Je vide la moitié du sac quand la voix tranchante de Romeo lacère le silence.

– Mademoiselle Townsend, est-ce vous ou vos vêtements que vous nourrissez ? Il y a un lieu et un endroit pour engloutir les réserves alimentaires de tout un village en les gobant, la bouche ouverte. Je vous suggère de vous abstenir de ce type de comportement indigne lors de votre séjour à Potomac.

– Sinon quoi ?

Je ponctue ma question d'un jet de chips dans ma bouche pour la mastiquer le plus bruyamment possible.

– Sinon, vous vous retrouverez sous le feu des médias les plus sournois et les tabloïdes vous rendront misérable.

– Je suis déjà misérable. À cause de toi. Sous le feu des médias, dès qu'on s'est rencontrés. Devant tout Chapel Falls.

– Si je me rappelle bien, vous avez adoré chaque instant.

Il penche la tête sur le côté et extirpe une boîte en métal noir mat de sa poche.

– Tu as dû mettre de la drogue dans le *shortbread*.

– J'avoue, j'avais tort. Vous avez bien un talent. Pour le contresens délibéré.

– Quand m'as-tu accusée de n'avoir aucun talent ? demandé-je, l'air interrogateur.

Oliver part d'un grand éclat de rire.

– C'est absolument fantastique. Au final, Bruce n'aura pas besoin de te tuer pour obtenir ton poste. Ta femme s'en chargera pour lui.

Bruce ? Prendre contact avec l'homme qui veut tuer mon futur mari semble être une grande idée, mais avant que je puisse demander son nom de famille, ils changent de sujet de conversation et parlent d'actions en Bourse.

Sur ce, je place le paquet de chips sur mes lèvres et penche la tête en arrière pour le finir jusqu'à la dernière miette. Romeo déballe des chewing-gums et transfère chaque petit cube dans la boîte métallique de ses doigts agiles en formant une rangée parfaitement alignée. Puis il en propose à ses deux amis et m'oublie. Et c'est *moi* qui n'ai pas de manières ?

Je regarde par le hublot d'un air mauvais, essayant de trouver du positif à ma situation. N'importe quoi. Tout d'abord, nous ferons de très beaux bébés. Tout ce qui serait le produit de son sperme et de mes ovules ne peut être que d'une perfection esthétique totale. Impossible de faire autrement. Ensuite, de ce que j'ai entendu, ni Romeo ni moi ne disons de gros mots. Notre enfant sortira de mon utérus avec l'élocution d'un duc du XIVe siècle. J'espère simplement qu'il laissera de côté la misogynie. Et enfin… Ah non, je n'ai rien d'autre. Bon sang, même le deuxième point est pourri.

Déprimée, je m'avachis dans mon fauteuil.

Après le décollage, Zach me parle en premier. Romeo semble écrire des e-mails sur son téléphone et Oliver ronfle sur le canapé.

– Vous n'avez pas de pensées suicidaires, hein ?

On ne dirait pas qu'il s'en soucie véritablement, mais le fait qu'il pose la question me soulage immensément. Au moins *une personne* reconnaît l'horreur de ma situation. Je lui réponds en haussant les épaules :

– Plutôt des pensées meurtrières. Pourquoi dois-je être punie à cause de la mauvaise conduite de Romeo ?

– Potomac est sympa.

– Qu'est-ce qu'il y a de sympa là-bas ? dis-je en le regardant méchamment.

– C'est assez près de New York, principalement.

Sa remarque lui vaut un petit gloussement de rire. Pourquoi n'est-ce pas Zach qui m'a forcée à l'épouser ? Et c'est quoi, le truc avec les grands mecs bruns, beaux et ayant la capacité émotionnelle d'un ongle incarné ?

– Ne l'encourage pas, Zach, l'avertit Romeo. Quand elle commence à parler, rien ne l'arrête.

Puisque mon futur mari est absolument contre l'idée de m'avoir à côté de lui, je me lève pour gagner le cockpit. J'ai toujours voulu en visiter un. Quand j'étais petite, mes parents me disaient que c'était grossier d'aller voir, parce qu'on voyageait toujours en première classe. Je me faufile derrière la porte :

– Ça ne vous embête pas que je jette un coup d'œil ?

– Pas du tout, répond le copilote en m'invitant à entrer d'un geste. Je suis Scott.

– Et moi, c'est Al, se présente le pilote en m'adressant un salut militaire.

J'explore le petit espace et observe les épais nuages blancs que nous traversons, au beau milieu d'une nuit noire.

– Vous pouvez vous asseoir à côté de moi, si vous voulez, me propose Scott en se serrant pour me laisser de la place. C'est un peu étroit, mais vous pouvez vous glisser ici.

J'hésite. Maman n'approuverait pas. Ce n'est pas convenable de s'asseoir aussi près d'un homme. Puis je me rappelle que je suis promise en mariage à la grande faucheuse de cœurs en personne. Être inconvenante est mon nouveau but dans la vie.

– D'accord.

Je m'insère dans son siège, collée serrée. Je me penche pour faire l'inventaire des boutons et des écrans. Une carte s'illumine à côté de lui. J'effleure la console centrale, pleine de petites commandes.

– On dirait une navette spatiale.

– C'est cool, hein ?

Je l'entends sourire. Al pousse un soupir impatient. J'ai l'impression qu'il n'est pas trop fan de l'idée que son copilote soit aussi proche de moi. Scott désigne brusquement le hublot à sa droite du pouce.

– Attendez la vue depuis ma fenêtre. En dessous, il y a une couverture de nuages blancs. On la dirait solide.

– Je veux voir !

Je m'appuie sur son torse. Il a raison. Des nuages joufflus s'empilent les uns sur les autres, épais et denses comme la neige.

– Waouh, dis-je dans un souffle. C'est incroyable.

L'autre truc incroyable, c'est mon sein pressé contre le ventre de Scott dans cette position. Son visage dans mes cheveux. Je prends conscience que j'entretiens une sorte de rage sexuelle refoulée depuis ma rencontre d'hier avec mon cher fiancé. Il n'a jamais fini le boulot. Je suis à deux doigts de me redresser quand la porte du cockpit est violemment ouverte.

C'est Romeo, évidemment. Et bien entendu, de son point de vue, on dirait que je taille une pipe à Scott. J'ai la tête devant son entrejambe et mon corps cache ses jambes. Malgré mon immuable volonté de l'emmerder, je n'ai pas tout à fait envie qu'il pense que je suis allée aussi loin.

Je me relève rapidement et croise son regard. Comme d'habitude, ses yeux sont morts et résignés. Un silence entêtant envahit le petit espace. Scott flanche en premier :

– Monsieur Costa, je vous assure, ce n'est pas ce que vous…

– Chérie.

Romeo me surprend en passant sa main sur mes reins avant de m'attirer contre son torse. Il sourit mais ne semble pas du tout amusé. On dirait que quelqu'un lui a sculpté un rictus au couteau suisse.

– Y a-t-il un pilote sous votre culotte ?

Bon sang, il pense vraiment que j'ai fait une gâterie à Scott. Bon, une chose est sûre, je ne vais pas me plier en quatre pour essayer d'expliquer mes actes.

Scott et Al sont maintenant debout et l'observent en attendant sa réaction. Je lui souris en ignorant son air crispé.

– Oui.

– Oui ?

Il fronce les sourcils, comme s'il attendait que je présente des excuses ou des explications. N'importe quoi.

– J'ai beaucoup apprécié. Merci les garçons.

Rejetant mes cheveux par-dessus mes épaules, je sors du cockpit d'un pas décidé avec toute la dignité dont on peut faire preuve pieds nus en robe de chambre.

Romeo reste là-bas quelques minutes pendant que je traîne devant le buffet en grignotant des pois au wasabi. Oliver et Zach font une partie d'échecs dans un coin sans m'accorder la moindre attention. Une cinquantaine de paquets de chewing-gums de luxe sont disposés en colonnes militantes sur toute la table. C'est quoi le délire de mon fiancé avec son obsession orale ? Il a peut-être mauvaise haleine.

C'est ça quand on est un sac à merde, il y a des conséquences à assumer.

Soudain, des doigts chauds et sévères enserrent ma nuque. Mon souffle se coupe quand mon futur mari redresse ma tête pour me forcer à croiser son regard gris glacial. Il me domine de sa hauteur et son torse s'écrase contre mon dos. Il doit vouloir commenter ce qu'il s'est passé dans le cockpit, mais il me surprend en disant :

– Dois-je vous rappeler, mademoiselle Townsend, que votre père vous a confisqué toutes vos cartes après vous avoir découverte en train de chevaucher mes doigts ? Si vous souhaitez manger, vous doucher, vous vêtir ou dormir, vous ne dépendez que de ma bonne volonté. Adoptez un comportement approprié.

– C'est bon, t'as fini ? réponds-je en bâillant. J'aimerais aller m'asseoir pour lire mon livre.

– Et j'ai justement l'endroit indiqué pour ça.

Il attrape l'exemplaire d'*Anna Karénine* que j'ai laissé sur la table et me fait avancer vers son fauteuil. Confuse, je le suis et le regarde s'asseoir, puis me tendre l'ouvrage. J'arque un sourcil interrogateur.

– Tu veux que je reste debout ?

Il me répond non d'un signe de tête, prend ma main et m'attire vers son entrejambe. Mes yeux s'écarquillent. Il va m'obliger à lui faire une faveur sexuelle devant ses amis ? Me forcer à lui tailler une pipe en représailles, me punir pour ce qu'il pense m'avoir vu faire avec Scott ?

Du coin de l'œil, je remarque Zach s'immobiliser, la main sur une tour au-dessus de l'échiquier. Oliver regarde aussi Romeo, bouche bée, comme si son ami avait complètement perdu les pédales.

Il peut me jeter de l'avion s'il le souhaite, mais rien à foutre, je refuse de le faire.

– Non.

J'essaie de libérer ma main, mais au lieu de pousser ma tête vers sa braguette, il me fait pivoter pour que je sois face à la carlingue. Mes fesses finissent par terre, mon dos entre ses jambes.

– Voilà. Maintenant, je peux garder un œil sur vous.

– Je n'ai rien fait avec Scott.

Je m'étais pourtant promis de ne rien dire. La colère plante ses griffes dans mes poumons, m'empêchant de respirer correctement.

Romeo se penche vers moi, ses lèvres frôlent le lobe de mon oreille par-derrière.

– Vous pensez que je crois que vous avez taillé une pipe au copilote ? Si ça avait été le cas, il se serait envolé par l'issue de secours de l'avion en plein vol. Maintenant, lisez votre livre et faites comme si vous étiez une femme légèrement respectable.

Me battre contre lui maintenant ne servirait à rien. Je dois arriver à Potomac, évaluer ma situation, faire le point et me venger.

Pendant tout le reste du trajet, je reste assise entre les jambes de mon futur mari, comme une chienne fidèle. Mes cheveux sont étalés sur ses cuisses.

Je peux sentir son regard transpercer mon visage sur le côté. Sa main glisse de temps en temps sur le haut de mon crâne, me caressant pour me rappeler que je ne suis rien d'autre qu'un animal domestique pour lui. Je le hais de tout mon être, de chaque cellule, chaque atome, chaque molécule de mon corps.

Ses amis se murent dans un silence mortel, je les entends même déglutir. Je parie qu'il prend son pied à me voir dans une position aussi dégradante. À genoux par terre, lisant *Anna Karénine*, la tête basse.

Il continue à envoyer des e-mails depuis son téléphone, mais d'une manière ou d'une autre, je sais que je retiens toute son attention. Une demi-heure plus tard, l'avion se prépare à atterrir.

– Shortbread.

Encore ce surnom.

– Connard ?

Je ne fais que l'imiter, c'est la chose la plus polie à faire.

– Je n'ai pas lu *Anna Karénine* depuis un petit bout de temps, mais je suis à peu près certain que si Anna et le comte Alexis se livraient à des ébats sulfureux, je me le rappellerais.

Je me crispe. Et garde le silence. Je sens Romeo se pencher vers moi. Son menton frôle ma clavicule. Il regarde directement mon livre, sa joue pressée contre la mienne, et se met à lire à voix haute :

– « … il enfonça sa bite dans sa chatte trempée, juste à moitié, pour la rendre folle de plaisir et de désir. Dedans. Dehors. Dedans et dehors. “Pitié, supplia-t-elle. Pitié, tape au fond, remplis-moi, j'en ai besoin. De chaque centimètre de ton sexe." "Seules les gentilles filles sont récompensées, insista le bel inconnu en abaissant sa main sur son derrière rebondi. Et tu as été vilaine, très vilaine." »

Bon, déjà, ce type pourrait se reconvertir en narrateur de livres audios et faire fortune si son truc pour perpétuer les guerres dans le tiers-monde ne fonctionne pas. Ensuite, je suis incroyablement stupide d'avoir seulement relevé ce point. Ce mec est une ordure. On se fout qu'il ait une voix sexy et une mâchoire si carrée qu'on pourrait s'en servir comme planche à fromage, non ?

Romeo me prend le livre des mains. Je me tourne pour le regarder. Il retire la couverture en papier et révèle un volume tout à fait différent en dessous. Il fronce les sourcils en lisant le titre :

– *Mon papa secret* ?

– C'est un classique, dis-je en le lui arrachant des mains.

– C'est du porno.

– D'après toi, ils font quoi, Anna et Alexis ? La même chose. Mais entre les pages.

– Oui. Je suis certain que Tolstoï a coupé le chapitre avec les perles anales lors de sa dernière relecture.

– Pourquoi pas ?

À ce stade, je cherche à le contredire juste pour le sport. C'est aussi le *seul* sport que j'aie envie de pratiquer.

Oliver étouffe un son entre la toux et le rire derrière mon épaule et Zach se frotte le visage. Je jurerais que je l'ai vu esquisser un demi-sourire. J'ai une montée de courage quand il m'avertit :

– Arrêtez de me défier.

– Alors, arrête d'être insupportable. Tu ne me laisses pas respirer.

– Ah ça, c'est une bonne idée.

– Ce n'est pas ma faute si tu as décidé d'épouser une femme que tu détestes juste parce que tu fais un concours de quéquettes avec Madison. Je n'ai jamais rien demandé. Pas toi, pas lui, rien.

Incroyable. Ma tirade semble percer sa carapace d'indifférence. Sa mâchoire, habituellement tendue, se détend un peu. Il se rassied, me donnant enfin un peu d'air.

– Continuez de lire votre livre et arrêtez de parler.

– J'ai mal aux genoux, assise comme ça.

Je mens. Je suis parfaitement à l'aise, mais une idée me vient en tête :

– Je peux m'asseoir sur le fauteuil à côté du cockpit ?

– Absolument pas.

– *Romeo*. Arrête tes conneries.

Zach l'a interpellé d'une voix tranchante et d'une froideur saisissante comparée à son look plutôt détendu.

Mon futur mari semble en colère.

– Asseyez-vous sur mes genoux.

J'entretiens l'idée de le défier, mais une autre, encore meilleure, me vient en tête. Soupirant avec force, je me lève puis pose mon cul sur ses cuisses. Ses amis continuent à nous observer. Je devrais peut-être me sentir gênée, mais non. Rien de tout ça n'est ma faute.

– C'est mieux ?

Pas une once de sollicitude dans sa voix.

Je soupire pour lui répondre. Il ne mérite pas mes mots.

Pendant la demi-heure suivante, je me dandine et m'étire dans son giron, prétendant chercher une position confortable, me frottant contre son entre-jambe. Son érection est devenue si dure que j'ai l'impression d'être assise sur un tuyau.

– Arrêtez de bouger, exige-t-il d'un grognement guttural.

– J'essaie juste de m'installer pour être à l'aise.

Je lève la tête et croise les yeux d'Oliver par hasard. Il affiche un grand sourire. J'ai l'impression d'être Bugs Bunny qui s'amuse à rendre Elmer complètement dingue, mais en s'en tirant d'une manière ou d'une autre.

– C'est dur à ce point-là ? demande Romeo d'un ton mordant.

– Oh, très dur. Très, très dur, crois-moi.

Oliver explose de rire. Je tourne la tête pour observer la réaction de Romeo. Il semble prêt à enrouler ses doigts autour de ma gorge pour m'étrangler. J'attends qu'il me dise de partir, mais il ne le fait pas. Il sait qu'il perdrait notre petit jeu s'il me le demandait.

– Je l'adore, Rom, salue von Bismarck depuis son siège en applaudissant au ralenti. Si tu ne l'épouses pas, je le ferai.

– Tu devrais épouser Oliver. Il est plus beau, plus agréable et plus riche que Dieu.

Tout ce qui sort de la bouche de Zach ressemble à une proposition commerciale.

– Oh, je t'en prie, rétorque Oliver en levant la main. La valeur nette des revenus de Dieu n'atteint même pas ce que je paie en impôts tous les ans. Mais est-ce que je suscite le même engouement et autant d'adeptes que lui ? Non.

– Je rejoindrai ton culte, dis-je en me portant volontaire.

– Étrangement, je n'en doute pas un instant.

Zach baisse le menton en adressant un petit sourire moqueur à Romeo avant de lui dire :

– Eh bien, eh bien. Da Nang est finalement un succès.

J'attends que mon fiancé réagisse. Mais rien. Il fait comme si je n'existais pas. Si seulement je pouvais me conformer à son souhait et disparaître…

CHAPITRE 9

DALLAS

En arrivant, je suis si soulagée que je pourrais apaiser toute la douleur du monde. Probablement provoquée par les activités de mon futur mari, pendant les trente dernières minutes, je n'ai pas pu me concentrer sur un seul mot de mon livre. Parfois, en lisant, je me rendais compte que j'étais plus heureuse dans un monde qui n'était pas le mien. Cette fois-ci, toutefois, la seule chose qui manifestait sa joie, c'était l'érection de Romeo bondissant par à-coups sous mes fesses. Il n'y a pas d'amour entre nous. Par contre, côté désir sexuel, on est servis. Il y en a à revendre, ou à convertir en parties de jambes en l'air débridées et bien salaces.

Quand l'avion s'immobilise, l'hôtesse ouvre la porte. Elle adresse son sourire le plus chaleureux à Romeo qui possède ce jet.

– Nous attendons juste la voiture. On ne devrait pas en avoir pour plus de quelques minutes.

Al et Scott émergent du cockpit derrière elle. Je sens le danger avant même qu'il ne se manifeste. La tension fend l'air comme un coup de fouet. Romeo se lève, me faisant tomber dans son fauteuil tout chaud au passage. Il avance d'un pas nonchalant vers Scott, grand, menaçant et franchement terrifiant.

Le visage de Scott se décompose. Il recule d'un pas et se cogne contre la porte du cockpit. Il lève les deux mains dans un signe d'apaisement.

– Monsieur. Je ne sais pas ce que vous croyez, mais je peux vous assurer qu'entre votre fiancée et moi il ne s'est rien pass…

Sans dire un mot, Romeo l'attrape par le col et le traîne devant la cavité créée par la porte de l'avion qui n'est plus là. Il jette Scott par terre, la tête la première, dangereusement près du vide. Son corps est encore sur le sol, mais pas en entier.

Mon futur mari presse son mocassin entre ses omoplates. Un cri se coince dans ma gorge. Non mais qu'est-ce qu'il fait ?

– Touchez ma fiancée d'une manière ou d'une autre, respirez simplement en la regardant, et je vous soulagerai de ce que vous tenez pour une colonne vertébrale.

Il parle d'un ton calme, froid et insensible. Scott se tortille sous sa chaussure.

– Aïe ! Mon dos.

Pour une fois, le visage de Romeo revêt un air de pure sérénité.

– Dites-moi que vous comprenez et vous pourrez retourner à votre misérable existence.

Oliver fronce les sourcils en regardant ce qui semble être un ongle cassé sur sa main parfaitement entretenue et demande :

– Bon Dieu, Costa. Qui t'a mis les nerfs en boule, comme ça ?

Zach appelle l'assistante de Romeo, il a son numéro préenregistré. Imperturbable, il se comporte comme si de rien n'était.

– Bonjour Cara. Veuillez appeler Hayward ou quiconque est d'astreinte en ce moment.

Pause.

– Coups et blessures, si vous me croyez.

Encore une pause.

– Non, je ne souhaite pas rencontrer votre nièce un soir, mais merci de me l'avoir proposé.

Enfin, le cri coincé dans ma gorge se libère. Romeo ne m'accorde même pas un coup d'œil. Scott bredouille par terre :

– Je vous le promets. Je vous le jure sur la vie de ma mère, je ne la regarderai plus jamais.

– Je vous crois, dit Romeo en retirant son pied pour le faire rouler sur le dos de la pointe de sa chaussure. Parce que vous êtes viré. Sans préavis.

Dans l'avion, tout le monde garde le silence. Même moi, je ne trouve pas les mots.

Je suis bouffée par la culpabilité. Scott est victime de mon inconséquence. De mon besoin juvénile de ne rien lâcher face à mon fiancé.

– Mais c'est votre père qui m'a embau…

– Mon père n'est pas là et devrait bientôt passer l'arme à gauche. C'est moi qui décide.

Je ne sais pas combien de temps s'écoule, mais au final, Al traîne Scott pour l'aider à se relever, la voiture arrive et Zach et Oliver s'avancent vers moi. Oliver me tape sur l'épaule.

– Allez viens, Davenport.

Je n'ai même pas l'énergie de le corriger.

Quand Zach passe devant Romeo, il lui dit, l'air dépité :

– Je te connais depuis vingt-neuf ans et je ne t'avais jamais vu péter un câble. C'est arrivé trois fois rien que ce soir.

Romeo le regarde d'un air mauvais.

– Si tu as quelque chose à dire, dis-le, Sun.

Zach époussette son épaule couverte de cachemire et répond :

– Une image vaut mille mots, mais ton visage n'en crie qu'un. Arrête de penser avec tes couilles.

CHAPITRE 10

DALLAS

Un silence complet s'abat sur nous.

Sentant l'ambiance assez sombre, Jared éteint la musique classique diffusée par la radio et relève la vitre de séparation de la limousine Mercedes S600 Maybach.

Bien entendu, Romeo a un chauffeur.

Et bien entendu, son chauffeur a un costume trois pièces pour uniforme, dont la panoplie se complète d'une casquette noire et de gants de cuir.

Romeo semble très attaché à l'idée de traiter les gens qui l'entourent comme s'ils avaient la profondeur de caractère d'un Sims. Pour lui, une personne est un élément de substitution qui n'existe que pour faire avancer son histoire personnelle.

Je regarde par la fenêtre d'un air sombre, observant les voitures nous doubler, sachant pertinemment que je perdrais le contrôle si nous nous disputions. Une plaque d'immatriculation de Washington DC me fait de l'œil, avec une inscription supplémentaire à l'arrière : *Taxation sans représentation.*

Cette petite phrase suffit à me faire exploser et lâcher la colère que je retenais.

Quand on parle de coïncidences.

Je paie très cher une petite erreur et je n'ai pas voix au chapitre. Si seulement je pouvais pleurer ma colère. Trouver un moyen de me soulager.

Mais Romeo Costa ne mérite pas mes larmes.

Zut, il ne mérite *aucun* de mes fluides corporels.

Nous finissons par entrer dans une rue sans fin, bordée par de hautes haies pour maintenir l'intimité des résidents derrière et des rangées de grands portails massifs cachant des douzaines de maisons de maître à la vue des passants.

Il semble approprié que le tyran à mes côtés habite une rue nommée « Dark Prince Road ».

Quelques minutes plus tard, d'immenses portes en fer forgé entrent dans mon champ de vision.

Un chemin de quelques centaines de mètres flanqué de cerisiers guide la limousine vers sa maison.

« Maison » n'est peut-être pas le bon terme pour décrire cette villa de style italien d'un peu moins de trois mille mètres carrés sur un terrain de quatre hectares en pleine zone historique dont les faits marquants remontent avant la guerre civile.

Six chambres, douze toilettes et salles de bains, deux piscines, un vignoble.

À l'instant où mes yeux se posent sur cette structure gigantesque, j'essaie de rentrer l'adresse dans mon appli d'évaluation immédiate des biens immobiliers.

La première douzaine d'arbres passée, Romeo se souvient enfin de ma présence et m'annonce :

– À cause des risques impliqués par mon activité professionnelle, il y a des caméras de sécurité installées un peu partout au cas où vous chercheriez à organiser votre grande évasion.

Ça n'arrivera pas.

Principalement parce que je n'ai nulle part où aller.

Mon père n'accepterait en aucun cas de m'accueillir à la maison. De toute façon, je ne ferais jamais ça à Frankie. Et je refuse de partir avant de m'être vengée de tout ce qu'il m'a fait subir.

Je choisis de garder le silence.

Il serre les dents.

– Il n'aurait pas dû se comporter ainsi.

– Tu n'aurais pas dû lui marcher dessus, réponds-je en faisant de mon mieux pour garder une voix constante. Pourquoi humilier si durement toute personne qui te fâche ? C'est un trait de caractère vraiment inopportun.

– On ne choisit pas sa personnalité. On ne fait que la supporter.

C'est évident, il a assez de casseroles pour remplir une quincaillerie, mais je refuse de lui donner satisfaction. Rien ne peut excuser son comportement, peu importe son passé.

Plus nous approchons de sa villa, plus je la distingue clairement. Une végétation luxuriante entoure cette demeure faite pour impressionner, tout à fait dans le style local. Le personnel est logé dans un bâtiment séparé.

De l'autre côté, une annexe technique coincée au bout d'une petite forêt accueille l'arsenal de sécurité.

Dire que je pensais ma famille plutôt bien lotie.

– Et arrêtez de faire cette tête.

Il a vraiment un problème avec tout ce que je fais. Ou ne fais pas.

– Quelle tête ?

– Celle qui montre que vous allez vous venger en salissant absolument tous les meubles de ma maison.

Je n'y avais même pas pensé. Je préfère opter pour un peu plus de finesse quand je me venge. Mais je ne vais certainement pas le rassurer.

– Je ne peux rien promettre.

– Vous allez me donner la migraine au quotidien, c'est ça ?

– La migraine ? Tu m'as kidnappée, espèce de taré. Je ne vais pas te donner la migraine. Je vais au minimum te coller une tumeur au cerveau, de type mortel.

On dit que le destin n'est que la conséquence de nos décisions. Eh bien, je projette d'être la pire chose que le destin puisse lui réserver.

– Très bien, répond-il d'un ton mordant. Je vous en accorde un.

– Theo James, dis-je sans hésiter. Si jamais je le rencontre un jour.

– Je ne vous accorde pas de fermer les yeux pour coucher avec une célébrité, me corrige-t-il, le visage sombre, clairement consterné par ma réponse. Je voulais dire un vœu. Vous pouvez me demander une chose. Je vous l'accorderai sans poser de questions.

Il me dévisage, comme s'il regrettait déjà de m'avoir tendu ce rameau de la paix. Je le regarde de côté.

– C'est quoi, l'embrouille ?

– Vous devez me promettre de bien vous comporter.

Je ne le ferai jamais. Mais ma colère ne me permet pas non plus de garder ma bouche fermée. Un sourire amer vient creuser mes joues.

– Tu veux savoir ce que je veux ?

Son regard sombre me dit que la réponse est *non*.

La voiture s'arrête devant l'immense porte à deux battants. Je le regarde en face, droit dans les yeux, sans ciller.

– Mon seul et unique vœu est que tu meures dans mes bras, Romeo Costa. Je veux te voir rendre ton dernier souffle. Sentir ta peau refroidir et la vie te quitter sous mes doigts. Mon vœu, c'est d'être le témoin de ta mort, de te voir batailler pour respirer une dernière fois, dis-je avant de marquer une pause, la main sur le cœur. Je veux te voir souffrir pour toute la peine que tu m'as infligée. Et il n'y a rien d'autre que je désire plus dans cette vie.

CHAPITRE 11

DALLAS

Le karma doit prendre sa pause déjeuner, parce que vingt-cinq bonnes minutes se sont écoulées depuis que j'ai souhaité la mort de mon fiancé et pourtant il est encore bien en vie.

Tout comme ma colère quand je traîne ma valise seule dans l'escalier du perron, en attendant que Romeo termine son appel téléphonique urgent. Je me demande si je dois défoncer sa porte à coups de pelle. J'en ai repéré une devant la serre.

En fin de compte, j'espionne la conversation de l'homme avec qui je vais bientôt habiter. Je m'assieds sur la dernière marche et l'observe, les coudes sur les genoux, le menton posé sur la paume de ma main.

Le soleil perce à travers un nuage joufflu blanc qui me fait penser à un chamallow, laissant apparaître les premiers rayons du jour dans le ciel. La lumière forme un halo autour de mon fiancé. L'espace d'un instant, il paraît angélique.

Puis il ouvre la bouche.

« Cette cargaison requiert une sécurité renforcée. Je n'ai pas besoin de vous rappeler que les rebelles connaissent un regain d'activité ces derniers mois. »

Pause.

« Ou peut-être que si ? »

Des armes. Ils parlent d'armes. Les petites choses exotiques que j'ai grignotées dans l'avion me restent sur l'estomac.

« Plantez cette opération et je vous assure que votre prochain boulot nécessitera le port du tablier et une connaissance approfondie du fonctionnement des friteuses industrielles. »

Romeo met un terme à l'appel et se tourne vers moi, une fois encore agacé et ennuyé par ma simple existence.

– Hettie est dans la cuisine, s'il vous faut de la nourriture. Si quoi que ce soit a besoin d'être réparé, vous pouvez joindre Vernon *via* l'interphone. Je comprends que ce sera difficile pour vous, mais essayez de ne pas ravager ma propriété. La ville non plus.

– Ouais, parce que de nous deux, c'est moi qui suis la plus destructrice, dis-je en me levant avant d'épousseter ma robe de chambre. Frère, ton job, c'est de vendre la *mort*. Tu te fous de qui, au juste ?

– La prochaine fois que vous m'appelez « *frère* », je confisque votre téléphone, votre télé et toutes vos collations. Veuillez conformer votre comportement à votre pedigree.

– Je suis une personne, pas un golden retriever.

Puis avant d'oublier, j'ajoute :

– *Frère.*

Un muscle tressaute sur sa joue et menace de percer sa peau.

– Vous en avez terminé, mademoiselle Townsend ?

– Je n'ai pas encore commencé, je réplique en m'agrippant à la poignée de ma valise. Tu vends des armes à celui qui te paie le plus cher…

– C'est factuellement incorrect. Ce n'est pas toujours celui qui paie le plus cher, me corrige-t-il en semblant déjà lassé de notre conversation. Malheureusement. Le patriotisme est à la racine de la plupart des conflits géopolitiques et ce fait est trop dichotomique pour des individus complets.

Sa phrase n'a aucun sens, donc je refuse de réagir sur ce point. Je m'adresse à lui comme à un enfant de deux ans :

– Tu fournis des moyens de tuer des gens à des armées. Et tu le fais pour gagner de l'argent.

– Ce n'est pas pour l'argent.

– Pour quoi, alors ?

Il ne répond pas, avançant vers la porte d'entrée avant de composer une combinaison de chiffres sur un clavier.

– 4 – 8 – 1 – 0 – 4 – 3 – 2 – 4 – 1 – 5. Le code change toutes les semaines.

– Et tu crois que je vais m'en souvenir ?

Là, il va falloir que je me construise une arche pour ne pas me noyer dans toutes ces conneries.

– Il y a un lit de camp dans la remise si vous oubliez.

Je reste sur place, refusant de passer la porte sans regagner une once de ma dignité.

– Passons un accord.

– Un accord suppose que chaque partie ait de quoi négocier. Je sais ce que j'ai. Je sais également ce que vous n'avez *pas*. Que pensez-vous pouvoir mettre sur la table ?

Son regard assassin et insensible me toise de la tête à mes pieds nus. Je résiste à la tentation de me couvrir en claquant la porte pour occuper mes mains.

– Pas *ça*. Mon corps est un temple.

– Et vous polluez votre temple avec trois tonnes de junk food pleine de sucre et d'arômes artificiels toutes les trois heures.

À en juger par cette glorieuse image qu'il a de moi, je suppose qu'il me voudrait plus raffinée. Je refuse. Si on doit changer pour être accepté par quelqu'un, c'est que cette personne ne nous mérite pas. Parce que ce n'est pas avec toi qu'elle veut être. C'est avec sa vision de toi. Je ne céderais aux attentes de Romeo Costa dans aucun univers.

Un rire dur et amer me saisit.

– Parce que tu crois que c'est toi qui tiens le pouvoir dans cette relation, c'est ça ? Eh bien, *mon petit mari*, tu te plantes complètement. Nous sommes égaux.

Son sourire est féroce, il gagne ses joues.

– Égaux ? De la part d'une femme qui n'a aucun objectif. Aucun rêve digne de ce nom.

– Mais si, j'ai des ambitions.

Avoir un bébé. Enfin, des bébés. Au pluriel.

Quelque part, je sais qu'il trouverait ça nul. Et il aurait tort. Tous les rêves ont une valeur pour ceux qui les font. Même s'ils sont minuscules et insignifiants aux yeux d'une personne et impossibles à atteindre à ceux d'une autre.

Romeo attend que j'élabore ma réponse. Je m'abstiens. Il occupe le silence avec encore plus de conneries, ce qui n'est pas étonnant.

– Il n'est pas sage de provoquer la colère de l'homme qui tient votre destin dans ses mains, mademoiselle Townsend. Considérez cet adage comme mon deuxième cadeau.

– Deuxième ?

– Le premier a été de vous épargner une vie entière de moqueries. Le nom de Dallas Licht sonne comme celui d'un centre médical spécialisé dans les maladies vénériennes.

Il croit vraiment que c'est à cause de Madison ? *Pas du tout.* Je ne l'apprécie pas plus que ça. Pas vraiment. Je ne veux pas de Romeo non plus.

– Très bien. Tu veux savoir ce que je souhaite ?

Je m'avance vers lui en lui tapant le torse de l'index et réponds à ma question :

– Je veux que tu quittes ton job.

– Donnez-moi une bonne raison.

– Parce que ce que tu fais me dégoûte.

– Ce que je fais financera votre existence. Du moins jusqu'à ce que vous ayez accès à votre fonds fiduciaire.

Romeo compose encore le code de la porte avant de poursuivre :

– Et vous pourrez continuer à vivre votre vie comme vous l'avez toujours vécue. Sans aucune responsabilité. Sans aucun but.

L'adrénaline explose dans mon corps, brûlant toute mon énergie avec elle. Je fais demi-tour en me rendant compte que je ne gagnerai pas cette dispute.

– Zach est célibataire ?

– Hors sujet. Il ne vous toucherait pas, même avec un pistolet sur la tempe.

– Pas de problème. Je n'ai jamais fantasmé sur les armes, réponds-je en léchant mes lèvres. Il est canon.

– Il est incapable d'éprouver la moindre émotion qui n'est pas de l'ennui.

– Au moins, il est sympa. C'est toujours mieux que toi.

Il ignore ma pique et ouvre la porte.

– Entrez et trouvez une chambre. N'importe laquelle sauf la suite parentale, celle-là, c'est la mienne.

– Oh, comme c'est mignon. Tellement territorial. Pourquoi ne pisserais-tu pas sur le tapis, juste pour marquer ton territoire ?

– La seule chose qui me donne envie de pisser, c'est vous. De rage. Je vous suggère de travailler sur votre amabilité en mon absence.

– Attends. Où vas-tu ?

Il se passe tellement de choses, c'est dur de suivre. J'essaie de rassembler mes neurones, ils sont comme éparpillés sur le marbre au sol.

– Il y a un truc qui s'appelle le travail, dit-il par-dessus son épaule en retournant vers la voiture dont le moteur tournait toujours. Vous ne connaissez pas le concept, je pense.

– Il est cinq heures du matin.

– La guerre ne s'arrête jamais. Elle fait rage à toute heure du jour et de la nuit.

J'en suis bouche bée.

– T'es pas sérieux.

– Je le suis on ne peut plus, Shortbread. J'ai oublié de le mentionner : je n'ai pas le sens de l'humour.

À cet instant, affamée, glacée et perturbée, j'ai vraiment envie de mourir.

– Tu vas juste me laisser là comme ça ?

Je ne sais pas pourquoi je pose la question. Je connais déjà la réponse. Sans m'adresser un seul regard, Romeo claque la porte de sa limousine. Sa réponse se matérialise sous la forme d'une fumée noire sortant de son pot d'échappement et d'un éclat de rire sombre.

CHAPITRE 12

DALLAS

Le besoin irrépressible de fuir pour retourner à Chapel Falls, m'électrifie. Qui se soucie d'un éventuel scandale ? Le mot a perdu tout son sens depuis que papa l'utilise pour décrire *tout et n'importe quoi*. Depuis l'incident du flan jusqu'à ce truc lors de notre voyage à Aspen en famille. Vraiment, s'il voulait que je le prenne au sérieux, il devrait l'utiliser avec plus de discernement.

Puis je me souviens de ma sœur et de ma mère. *Moi*, je peux souffrir si je leur épargne cette peine à *elles*.

Nichée dans un luxueux lit à baldaquin, je me tourne et me tortille pendant des heures, jusqu'à ce que ma couette jusqu'alors moelleuse devienne raplapla. Toute seule dans une chambre à l'odeur différente, à l'aspect différent et aux sensations différentes. Une crise de larmes serait dans l'ordre des choses, inévitable. Mais je ne pleure *jamais*.

D'après maman, j'ai quitté son ventre sans verser une seule larme, même quand la puéricultrice m'a pincée à la naissance.

Frankie me manque, maman aussi et même le truc qui me sert de père, aussi pathétique qu'il soit. Tellement que mes poumons me donnent l'impression d'être placée dans un flipper, à chaque souffle la boule tape sur quelque chose. À gauche. À droite. À gauche. À droite. Et *toujours* pas de larmes. Impossible.

Je suis au lit depuis que Romeo m'a laissée sur le pas de la porte et que je me suis précipitée à l'étage, choisissant la chambre la plus éloignée de la sienne. Je ne peux pas supporter l'idée de partager un code postal avec lui, mais on va dire que ça va le faire.

Les yeux fermés de force, je compte les moutons. Quand ça ne marche pas, je compte les moyens que je pourrais avoir de lui faire payer ce qu'il m'a fait. Et enfin je sombre dans un sommeil apaisé.

Des balles fusent de la gueule d'une mitraillette, dans un boucan terrible.

Boum. Boum. Boum.

Le souffle court, j'attends que chacune d'elles atteigne sa destination. Le cœur desséché de la bête qui m'a capturée.

Boum. Boum. Boum.

Mes yeux s'ouvrent d'un coup et mes tempes sont enduites de sueur. Des étoiles lumineuses dansent dans mon champ de vision. Le réveil à mon chevet annonce midi et demi.

Je jette un regard mauvais à la porte, comme si elle allait me révéler l'identité de la personne coupable de m'avoir réveillée avant la meilleure partie de mon rêve. On frappe encore, à en faire vibrer le chambranle. Une lumière brumeuse perce à travers les rideaux bordeaux de ma nouvelle chambre et me réchauffe la peau. Je remonte la couette sous mon menton.

– Entrez.

Un homme au visage buriné et aux vêtements boueux entre. Ses joues sont striées de terre et la masse de cheveux blancs qui lui sort du crâne va dans tous les sens. Il a le sourire facile et authentique d'une personne qui n'a pas de projets derrière la tête.

– Bonjour, ma jolie. Je suis Vernon, se présente-t-il en s'arrêtant au bout de mon lit. N'aie pas peur. J'ai une petite-fille de ton âge. Je ne supporterais pas qu'elle me craigne.

– Qu'est-ce que vous faites là ? je demande en remontant la couverture sous mon menton.

– Je suis le gardien de M. Costa, continue-t-il en m'observant avec intérêt, nullement déconcerté. Je pensais venir me présenter puisque nos chemins sont amenés à se croiser. Il y a à manger dans la cuisine. Hettie prépare trois repas par jour. Et de quoi grignoter aussi.

– Merci.

Vernon ne bouge toujours pas.

Je ne montre pas mon visage.

Il doit bien se rendre compte qu'il y a un problème et que je ne suis pas là de mon plein gré.

– Romeo est un incompris, mais il est extraordinaire, poursuit-il en se mordant les lèvres. C'est une belle âme complexe. Quand il commence à s'ouvrir aux autres.

– Je n'ai aucune intention de l'ouvrir.

À moins que ce soit avec un couteau à steak.

Vernon hésite. Puis il finit par sortir une rose blanche toute simple de sa poche arrière et la pose sur ma table de chevet. Il a de la terre sous les ongles. Je trouve ce détail étrangement rassurant.

– Tu connais la variété Venus et Fleur ?

– Oui, c'est une sorte de rose qui dure un an.

Maman les aime beaucoup. Pour les fêtes, elle en donne aux voisins, aux amis et à la famille.

Le visage de Vernon s'illumine.

– Si on en prend bien soin, une rose peut vivre jusqu'à trente-cinq ans. Il faut aussi les bonnes conditions climatiques. Tu t'es jamais dit que c'était triste que la plupart ne passent pas l'hiver ?

Je réponds d'un signe négatif de la tête.

Je crains plus de ne pas survivre à l'automne.

Sentant qu'il a perdu mon attention, Vernon s'éclaircit la voix et continue :

– Je m'amuse à faire des croisements de fleurs. J'arrive à combiner deux variétés pour créer quelque chose d'assez remarquable.

Je me redresse d'un coup, plaquant mon dos contre la tête de lit.

– Remarquable comment ?

Avec du poison dedans ?

L'idée d'exercer une vengeance lente et fatale m'attire. Je devrais être terrifiée. En temps normal, je ne suis pas aussi violente. Mais pour Romeo, je ferai une exception.

– Ah, la voilà !

Le visage de Vernon s'illumine d'un sourire de soulagement. J'ai comme dans l'idée qu'il ne serait pas aussi content s'il voyait ce qu'il se passe dans ma tête. Il poursuit :

– Cette rose peut vivre jusqu'à six mois sans une once de soleil ou de chaleur. Peut-être même plus. Il ne faut pas plus de temps pour tomber amoureux. Pas moins non plus.

Mon excitation retombe d'un coup. Mes épaules s'affaissent et mon visage s'assombrit.

– Personne ne tombera amoureux ici.

– Ce n'est pas parce que ce n'est pas prévu que ça n'arrivera pas, philosophe Vernon en baissant la tête. Prenez ma rose par exemple. Elle peut survivre dans les pires conditions et continuer à fleurir. Peut-être que vous aussi.

Je retiens ma langue. Rien ne sert de m'en prendre à ce pauvre homme pour me soulager.

Vernon recule d'un pas sans se retourner.

– Eh bien, si M. Costa vous fait des ennuis, vous savez où me trouver. Prenez soin de cette rose pour moi, d'accord ?

Quand il s'en va, je repousse la couette d'un coup de pied et attrape la fleur en vitesse avec l'idée de la casser en deux.

Tomber amoureuse, mon cul.

J'aurais de la chance de ne pas faire une dépression. C'est seulement quand mes doigts s'enroulent autour de sa tige délicate que je me rends compte que je ne suis pas Romeo, qui écraserait une fleur sous le talon de sa chaussure dans la roseraie. Je ne veux pas saccager quelque chose de beau juste parce que j'en suis capable.

Et cette rose est vraiment jolie. Blanche comme la neige et ornée d'épines recourbées. Je pousse un soupir avant de me mettre à lui parler :

– Ce n'est pas ta faute. Tu as raison.

Je vais alors dans la salle de bains attenante à la chambre en marchant d'un pas rageur et en grognant de frustration. J'y attrape une boîte à Coton-Tige et la remplis d'eau fraîche. Je la plante dedans et la dépose sur ma table de chevet.

Cette rose pourrait vivre.

Même si ma vie a pris fin.

CHAPITRE 13

DALLAS

Les cages ne sont pas faites de barreaux. Elles sont faites d'idées, d'attentes et de peur.

Ma citation préférée n'a maintenant plus aucun sens à cause de Romeo Costa qui a fait d'Henry Plotkin un menteur.

La cage dans laquelle Romeo m'a enfermée est un palais de type italien constitué de patios pavés à l'ancienne et où tout est doré. Une maison propre et bien rangée. Avec des sols tellement impeccables qu'on pourrait manger directement dessus.

Une fois toutes les pièces explorées, je me faufile dans le jardin pour absorber les derniers rayons du soleil, planquée entre deux lilas luxuriants. Puis, je retourne à l'intérieur pour passer au peigne fin chaque palier, couloir, coin et autre retranchement. Le calme des lieux est tellement troublant que j'en ai la chair de poule. Un silence complet, absolu. Au point où je ne peux rien entendre. Pas même des oiseaux qui gazouillent, la soufflerie de l'air conditionné ou le grésillement d'un appareil électroménager. Chaque mur doit être insonorisé. Mon futur mari, cet homme qui a entouré son cœur d'une carapace de glace indestructible, préserve sa maison exactement de la même manière. Pas étonnant qu'il me déteste. Je n'ai aucune inhibition, on lit en moi comme dans un livre ouvert et ainsi que le dit souvent papa, quand je parle, on pourrait m'entendre de l'autre côté du pays.

Vers six heures du soir, mon estomac gronde, ce qui me rappelle que je n'ai pas mangé depuis presque quarante heures. Pas depuis que Romeo m'a forcée à monter dans cet avion et que je me suis goinfrée de fromage, de biscuits et de chips à la crevette. Il est temps d'explorer la pièce la plus importante de la maison. Je me tiens bien droite pour aller parader dans la somptueuse cuisine professionnelle des lieux.

Une légère odeur de nourriture s'échappe des casseroles et autres poêles sur la gazinière. Je pose une main sur le couvercle – toujours chaud – et jette un coup d'œil dedans.

Je me décompose.

– Beurk.

Des choux de Bruxelles et un filet de poulet ? Je sais que cet homme n'a pas de cœur, mais il n'a pas de papilles non plus ?

– Il y a un problème ?

La voix qui s'élève est tellement forte comparée au monde du silence que je viens de traverser que je sursaute.

Faisant volte-face, je tombe nez à nez avec une femme. Hettie, j'imagine. C'est un petit format, elle est stylée et ne doit pas être beaucoup plus vieille que moi. Elle n'est pas du tout comme je le pensais. Même si je déteste mon futur mari, je ne peux pas m'empêcher de paniquer légèrement à l'idée que quelqu'un d'aussi charmant traîne dans cette maison à toute heure de la journée.

Il t'a littéralement poussée à t'agenouiller entre ses jambes et t'a caressé la tête. Tu devrais encourager toute idylle entre eux.

Je me pince les lèvres et me dirige vers le frigo pour lui répondre :

– Aucun problème.

Pourquoi les pointes rose fluo de ses cheveux blonds ont l'air si cool ? Et pourquoi son piercing à la lèvre me donne envie d'en avoir un moi aussi ? Maman en ferait une crise cardiaque.

Hettie plisse le nez.

– Alors pourquoi dire *beurk* en soulevant le couvercle ? Ma cuisine n'est pas assez bonne pour Sa Majesté ?

– Je suis certaine que c'est délicieux, dis-je en ouvrant le frigo. Mais j'ai envie de quelque chose de plus réconfortant. Et ce plat est…

– Dégueulasse ? propose-t-elle en riant.

Je fais un demi-tour express pour la dévisager. Malgré mon humeur plus que sombre, un sourire vient me chatouiller les lèvres.

– J'allais dire « très sain », mais… des choux de Bruxelles ? Meuf, c'est chaud.

– C'est la faute de Romeo. Son régime alimentaire est très strict. Il ne se nourrit que de flocons d'avoine, de viandes maigres et de légumes verts. Vingt-quatre heures sur vingt-quatre, sept jours sur sept. Quel poseur aux abdos en béton !

Alors elle sait qu'il a des abdos en béton. Une étincelle jaillit, j'ai trouvé un truc intéressant. Engager un chef privé pour te faire ce genre de plat tous les jours, c'est comme aller chez Chanel pour acheter un vernis à ongles. Sauf si elle fait plus que la cuisine pour lui.

– C'est tout ce que tu lui prépares ?

– Oui !

Hettie lève les bras au ciel, puis s'installe sur le tabouret haut à côté d'elle. Son tee-shirt Joy Division coupé façon crop top expose son ventre plat juste au-dessus de son jean skinny.

– C'est horrible. J'ai pris ce boulot en sortant de l'institut Le Cordon bleu. Je me disais que j'étais logée gratuitement et que c'était bien payé. Comme ça, je peux faire des économies et rembourser mon prêt étudiant. Mais c'est ultra-chiant de cuisiner des repas sains et sans aucune matière grasse.

Aurais-je trouvé mon âme sœur ? Elle serait peut-être open pour l'empoisonner lentement.

Je note dans un coin de ma tête de me plonger dans quelques polars pour trouver l'inspiration.

Je ferme la porte du frigo, tout excitée à l'idée d'avoir quelqu'un à qui parler vraiment et qui se comporte comme si elle vivait au même siècle que moi. Elle est comme une copine à la maison, mais bien plus cool.

Et plus expérimentée.

Et couche probablement avec mon fiancé.

– Tu crois qu'on pourrait envisager autre chose ?

– À quoi tu penses ? demande-t-elle en arquant un sourcil interrogateur.

– Des frites à la truffe, un rôti de porc bardé au bacon, du jambon laqué et du pain brioché au caramel, je propose en me léchant les babines. Tu vois, un truc dans le genre.

Hettie se dresse, littéralement, prête à relever le défi. Sauf qu'au lieu de préparer le repas toute seule, elle m'assigne plusieurs tâches. Elle me parle d'elle pendant que nous cuisinons. Elle me raconte qu'elle est originaire de Brooklyn, qu'elle a fait un tour du monde gastronomique et qu'elle tuerait pour recommencer. Elle évoque Romeo avec respect et curiosité. Comme une énigme qu'elle espère résoudre.

Hettie glisse la brioche dans le four vapeur et me demande :

– Bon, on peut s'attaquer au gros tabou qui traîne au milieu de la cuisine ?

Je poignarde d'un coup de couteau la patate douce que je suis censée couper en dés.

– D'accord. C'est parti.

– Euh… Alors t'es qui en fait ? Qu'est-ce que tu fous là ?

Romeo ne lui a rien dit ? Maintenant que j'y pense, il n'a rien annoncé à Vernon non plus. Je vais ajouter « mauvais en communication interpersonnelle » à la liste sans fin des choses que je déteste chez lui.

– Je… Euh… Je suis la fiancée de Romeo, je crois.

– Tu crois ?

Ses sourcils viennent de rejoindre ses cheveux.

– Peut-on être sûre de quoi que ce soit avec les hommes comme lui ?

Hettie verse les frites à la truffe dans une panière pleine de papier absorbant et me fait signe d'en goûter une. Ce que je fais. *Un délice.*

– Tu n'as pas l'air trop surprise.

Je la dévisage en piquant une autre frite et je poursuis mon interrogatoire.

– C'est un truc qui arrive souvent ? Que Romeo ramène une fiancée à la maison ?

– Non, répond Hettie en léchant du miel sur son pouce. Mais son père le saoulait pour qu'il se marie, alors j'imagine que ça devait arriver un jour ou l'autre. Mais je ne m'attendais pas à ça.

– Genre une femme achetée sur catalogue ?

– Meuf, des filles font le pied de grue devant sa porte tous les jours. C'est même devenu super chiant à gérer. Tu peux les faire partir, tu crois ? Avec un pschitt à l'eau, comme pour les chats.

Je devrais avoir plus de jugeote que ça, mais impossible de m'empêcher de lui demander :

– Avec quel genre de filles il sort d'habitude ?

Hettie fronce des sourcils et prépare le couvert pour deux personnes. Nous partagerons ce repas. Des papillons à la con viennent s'envoler dans mon ventre.

– En fait, je ne lui ai jamais vu de copine. Mais les filles qui l'accompagnent à des événements sont du genre coincé, je crois. Jupe crayon et abonnement à l'opéra. Elles m'adressent à peine la parole et elles ne mangent définitivement pas de frites à la truffe. Enfin, ça ne devrait pas être important pour toi. Il ne les amène jamais à la maison. Devine qui est trop flippé à l'idée qu'elles salissent un truc, ajoute-t-elle en désignant la pièce autour de nous.

J'archive cette conversation pleine d'informations cruciales. J'ai la ferme intention de parler particulièrement fort, d'être super kitch, voire inculte, juste pour embêter mon fiancé maniaque de l'extrême.

Nous attaquons le repas, qui est absolument délicieux. J'en gémis de plaisir, ce qui me vaut un grand sourire de la part d'Hettie.

– C'est super bon, hein ?

Je réponds d'un hochement de tête.

Et c'est probablement le seul truc bien de toute cette baraque.

CHAPITRE 14

DALLAS

Je suis extrêmement déçue que Romeo ne soit pas là pour admirer mon beau travail. J'ai taché son sofa restauré, une pièce de mobilier ancien de près de deux cents ans, avec la sauce de mon sandwich au rosbif tout en regardant une chaîne payante à la télé.

Je n'aime même pas particulièrement la boxe, mais j'aime beaucoup dépenser son argent si précieux. Je n'avais pas prévu de salir son intérieur. Vraiment. Ça n'a jamais été mon intention. Puis j'ai vu à quel point tout ici était abominablement propre et je n'ai pas pu m'en empêcher.

Et puis, il est où, d'abord ? Ce n'est pas comme si je pouvais poser la question à quiconque. Je n'ai même pas son numéro de portable. Par contre, ce que j'ai, c'est sa carte Centurion trouvée sur l'îlot central de la cuisine avec la carte de visite d'un chauffeur. Puisque je suis certaine à cent pour cent que cet enfoiré n'est pas venu se ravitailler, j'en déduis que l'insaisissable Cara est responsable de cette once d'humanité.

Par principe, je n'achète aucun vêtement. Je continue à me balader dans ma robe de chambre, même si elle commence à sentir.

Hettie plisse le nez et abandonne sa tentative stérile de faire disparaître ma tache de sauce.

– Il y a une buanderie à l'étage.

– Je sais. Tu n'as pas faim ?

J'enroule des *pappardelle* autour de ma fourchette.

– J'ai dîné avec toi, il y a à peine deux heures.

Ses yeux suivent le mouvement de la sauce *arrabiata* qui s'écrase d'abord sur ma robe de chambre puis sur la laine du tissu d'ameublement.

– Tu ne flippes pas que Romeo pète un câble quand il verra… tout ça ? ajoute-t-elle après avoir fait tourner son index autour de la zone incriminée.

– Pas du tout.

– Vous êtes en pleine dispute ?

Si c'est une dispute, la Seconde Guerre mondiale était un conflit de voisinage.

Sentant mon humeur, elle se lève et revient avec une coûteuse bouteille de champagne entre les mains.

– On pourrait se prendre une cuite pour oublier nos malheurs.

J'engouffre une énorme fourchetée de pâtes avant de lui répondre :

– Pour que je puisse continuer à m'en souvenir demain, mais avec une gueule de bois ?

– Bien vu.

À minuit, Hettie me laisse mijoter dans mes pensées. Une violente fureur éclipse le soulagement de ne pas avoir Romeo sur le dos. Comment ose-t-il m'enfermer dans sa villa et continuer à vivre sa meilleure vie de grand vilain méchant ?

Puisque je ne peux pas passer mes nerfs sur mon fiancé, chaque objet de sa chambre et de son bureau est à ma merci.

Je ne laisse aucun coin ni recoin m'échapper dans ma quête d'en savoir plus sur l'homme qui est entré d'un pas dansant dans ma vie, vêtu d'un costume hors de prix et qui l'a complètement retournée juste parce que ça l'arrangeait. Je fouille la nuit entière dans les papiers de son bureau, les passant méthodiquement en revue pour les remettre dans le désordre juste pour le faire tourner en bourrique.

Quand le soleil atteint son zénith, j'ai appris quelques petites choses sur mon futur mari : 1) il est exceptionnellement, anormalement, *odieusement* doué pour faire de l'argent. Son talent pour transformer une pièce jaune en gros billets est incomparable ; 2) depuis quelques mois, Senior lui met la pression pour qu'il se marie. En échange, il lui accordera le poste de P.-D.G. de Costa Industries juste après son imminente retraite ; 3) les e-mails tendus, voire hostiles, que s'échangent Romeo et son père incluent des mots très durs pour la famille Licht. Les Costa sont intimidés et je suis la clef pour faire monter les enchères de leur bataille.

Contente d'avoir bien avancé dans mes recherches, je passe par la cuisine renifler le fumet des gaufres myrtilles-noix de pécan d'Hettie avant de retourner dans ma chambre pour faire la sieste.

Le lendemain soir, je m'assieds à côté d'Hettie en buvant à grandes lampées un thé chaï qu'elle a rapporté de Darjeeling.

– Il dort souvent en dehors de la maison ?

Sous nos yeux, les infos dansent sur l'écran de la télévision. Un truc à propos de voleurs qui osent s'attaquer aux plus fortunés en plein jour en organisant des razzias dans les restaurants et magasins de luxe. Hettie s'enfonce dans les coussins pour me répondre :

– Généralement non. Parfois, quand il bosse super tard, il reste dans son appartement à Woodley Park. Mais il n'aime pas que son emploi du temps soit chamboulé. Il est aussi bizarre avec ses repas. Il veut que tout reste toujours pareil.

Bon, alors… Romeo a un appartement en ville. Encore une info qui pourrait devenir bien utile.

– Pourquoi ? poursuit Hettie, tout sourire, en bousculant mon épaule de la sienne. Ton beau gosse te manque ?

Beau gosse, beau gosse, salle gosse plutôt. Donc non.

Je ne me suis pas confiée à Hettie. Elle ne connaît pas la nature de notre relation. Mais bon, il n'est pas nécessaire d'avoir fait une thèse en neurosciences pour comprendre un truc aussi basique.

Sa question me fait donc sourire.

– J'ai tellement hâte de le revoir.

Ce n'est même pas un mensonge. La prochaine fois que je verrai Romeo, je me rappellerai à son bon souvenir. Fortement. Salement. Et sans vergogne.

CHAPITRE 15

DALLAS

Il n'y a qu'une chose de pire que se réveiller d'un profond et paisible sommeil, c'est d'être *brutalement* éjectée d'un profond et paisible sommeil par un harem d'hommes blancs privilégiés d'un certain âge avec assez de doubles mentons pour sculpter une personne supplémentaire.

– C'est elle ?

Je ne reconnais pas le son de cette voix.

– Malheureusement.

Cette réponse sèche ne peut venir que d'une personne.

Mes yeux papillonnent pour s'ouvrir. Sans surprise, deux inconnus rôdent au pied de mon lit à côté d'un homme que je connais, à mon grand regret : mon fiancé. Je me redresse et m'adosse à la tête de lit avant de me frotter les yeux et de bâiller. Si j'avais espéré que Romeo soit décoiffé et qu'il ait l'air fatigué d'avoir passé plusieurs nuits loin de chez lui, je me serais gravement trompée. Il semble aussi frais que le chewing-gum qu'il mastique, dans son costume gris clair, accompagné d'une chemise bleu layette et d'une montre Panerai.

Il y jette un coup d'œil et remarque :

– Il est quasiment dix-huit heures.

– Dieu du ciel, dis-je en plaquant une main sur mon cœur. Tu sais lire l'heure. Quelles autres qualités distinctives doivent être cachées en toi, mon chéri ?

Le regard qu'il me jette aurait pu inverser la fonte des glaces de l'océan Arctique. Fini le réchauffement climatique. Je jette un coup d'œil à ses deux acolytes. Je sais déjà qui ils sont. Papa m'a prévenue par SMS. Un message auquel je n'ai pas répondu, malgré ses fréquentes demandes pour que je le rappelle.

Je me rallonge sur le confortable matelas en fermant les yeux.

– Eh bien, c'était sympa de vous voir. N'oubliez pas d'éteindre la lumière en partant.

– Qu'est-ce que vous croyez faire ?

– Dormir ?

– Au milieu d'une conversation ?

– C'était une conversation ?

Je me dandine pour remonter la couette sur mes épaules et reprends :

– Tu t'en souviens, j'en suis certaine, tu m'as un jour accusée de ne pas avoir de rêves. Je ne peux pas rêver sans dormir, dis-je en bâillant avant de les chasser d'un geste de la main. Alors, je suis en bonne voie pour les retrouver. À plus.

Romeo m'arrache la couette.

– Voici Jasper Hayward, mon avocat. Et là, c'est Travis Hogan, le vôtre. Nous allons signer notre contrat de mariage ce soir.

Il avance d'un pas décidé vers la fenêtre et ouvre les rideaux d'un coup sec. Même le soleil couchant brûle mes yeux lourds.

– Tu as engagé un avocat pour moi, dis-je en sortant du lit pour avancer vers lui, vêtue de la robe de chambre que je porte depuis six jours. C'est tellement mignon de ta part. Je suis certaine qu'il aura à cœur de défendre au mieux mes intérêts.

Romeo me regarde d'un air méprisant pour me répondre :

– Votre père a approuvé ce contrat ce matin même. Soyez assurée qu'il est tout ce qu'il y a de plus standard en matière de contrat de mariage.

Ses mots sont si réservés et prudents que j'ai envie de le secouer. De l'attraper par le costume et de l'agiter jusqu'à ce que ses inhibitions tombent par terre comme de la menue monnaie de ses poches.

– Relax, chéri. Je te fais confiance. Jusqu'à présent, tu ne m'as pas causé de tort.

J'avance vers le minibar de ma chambre et me sers deux doigts de whisky de la carafe, sachant qu'il n'appréciera pas. Si le sarcasme était un poison, il serait déjà mort au moins cinq fois.

– Boire de l'alcool en pleine journée, commente-t-il, les lèvres pincées. Oserais-je demander si c'est l'une de vos habitudes ?

Je pourrais compter sur les doigts d'une main le nombre de fois où j'ai bu de l'alcool dans ma vie. Le résultat d'une éducation dans une famille aux valeurs religieuses aussi strictes que les nôtres. Mais il n'a pas besoin de le savoir. Je soupire en faisant tourner l'alcool dans le verre.

– Vois le bon côté des choses. Ça pourrait être pire. Je pourrais être accro à la coke, dis-je en buvant une gorgée. Malheureusement, la cocaïne n'a aucune odeur. Tu arrives à y croire, toi ? J'ai vraiment perdu cinq cents balles sur ce coup-là. Avec un peu de chance, le crack sera plus cool.

Jasper tousse de travers. Travis lui tapote le dos en regardant partout sauf vers moi. Si j'en juge par le regard compassé de Romeo, je dirais qu'il commence à regretter sa décision de m'épouser, tout comme je sais qu'il est trop tard pour nous pour revenir sur notre arrangement.

– Veuillez vous vêtir. On dirait que vous fouillez dans les poubelles pour survivre.

Ses yeux répertorient chacune des taches que j'ai faites lors de mon séjour à Potomac. Je joue les blondes pour le prendre pour un con.

– Avec des vêtements ? Mais, bébé, je n'ai pas de vêtements. Tu te souviens ? Nous avons dû courir à l'aéroport pour pouvoir rester ensemble. Je n'ai pas eu le temps de faire ma valise.

– La carte de crédit que je vous ai fournie n'était pas là pour décorer.

Je pousse un petit cri en écarquillant les yeux.

– Ah bon ? Elle est pourtant si jolie sur la table de la cuisine. Mais soit, j'étais trop occupée à pleurer ton absence pour l'utiliser.

Les deux avocats nous regardent à tour de rôle, clairement perdus. Jasper rajuste sa mallette.

– Vous souhaitez avoir un moment en privé ?

Romeo aboie un « oui » à l'instant où je lève mon verre pour annoncer :

– Un moment ? J'adorerais avoir *toute une vie* en tête à tête avec cet Apollon.

Jasper et Travis fuient en se jetant des regards gênés.

Seule avec Romeo dans ce petit espace confiné, je me sens plus petite. Pas aussi courageuse. Néanmoins, je fais un pas en avant pour me retrouver nez à nez avec lui. Plus vite il se rendra compte que je pourrais transformer sa vie en enfer, plus vite il me laissera partir.

– Où étais-tu, bébé ?

J'y vais à fond sur l'accent bien gras du Vieux Sud. Je sais que ça va le rendre dingue. Je lève ensuite ma main pour caresser sa joue.

– Je voulais qu'on regarde des magazines de mariage. Je pensais à prendre des pivoines pour la déco et un thème paillettes. Tu serais vraiment canon dans un costume à sequins. L'été à Portofini.

Pour rendre hommage à tes ancêtres italiens, tu vois.

– Portofi*no*.

Il me prend le verre de whisky des mains et le fait glisser entre mes seins. De délicieux frissons me parcourent.

– La cérémonie aura lieu à la fin du mois dans le jardin des von Bismarck et la liste des invités a été arrêtée par nos deux familles.

Ses mots durs et tranchants me donnent le tournis. Il y a déjà une date. Et un lieu.

– Vous pouvez avoir vos pivoines… et vos sequins. Si vous croyez qu'un costume moche me ferait dévier de mon plan, vous n'êtes pas très attentive.

Il incline le verre, laissant couler quelques gouttes de whisky entre mes seins, puis sur mon ventre ; elles disparaissent dans ma culotte à travers la robe de chambre. La sensation est érotique et même rageante. Elle me rend folle. Tout ça à la fois. Ma respiration se fait haletante alors que mes tétons effleurent son torse à chacune de mes expirations. Je m'étouffe en lui répondant :

– J'ai trop hâte.

– Bien. Voilà un autre événement de rêve pour vous. Vous m'accompagnez chez mes parents quand nous aurons signé ce contrat. Votre comportement sera irréprochable, autant que possible, ce qui pour vous implique éventuellement l'usage de couverts pour manger, et de s'empêcher de renifler le derrière des gens pour les saluer.

Je le dévisage avec toute la haine du monde, secouée de rage. C'est sa complète indifférence qui m'achève. Il est l'homme le plus froid et le plus méchant que j'aie jamais rencontré. Ses yeux passent de mon visage à ma robe de chambre. Ma poitrine se soulève rapidement, au rythme de ma respiration. Je ne porte pas de soutien-gorge et mes tétons se dressent sous le coup de l'adrénaline.

– Vous ne pouvez pas vous en empêcher, c'est ça ? demande-t-il, son regard pâle animé d'une étincelle sadique. Quelle créature basique vous faites.

Il glisse le rebord glacé du verre à whisky, à travers le satin de ma robe de chambre, sur le bout de mes seins tout durs, et porte son téléphone à son oreille de sa main libre.

Impossible de bouger. Impossible de respirer, même. La sensation est tellement intense et incroyable que mon corps devient de glaise. Avec ce simple contact, j'ai l'impression qu'il possède chaque once de mon être. Une chaleur brûlante s'accumule au niveau de mon nombril. Ma poitrine semble lourde, pleine et sensible. Comme si elle suppliait qu'on joue avec elle.

Romeo dessine paresseusement un cercle autour de mon téton avec le verre. Je résiste à la folle envie de me plaquer contre lui. De le supplier de m'en donner plus. Je maudis mon père de m'avoir donné une éducation de nonne. Si seulement j'étais un peu moins innocente sur ce plan, Romeo n'aurait pas une telle emprise sur moi.

« Cara ? Veuillez vous rendre au centre commercial Tysons Galleria et apportez-moi tous les articles pour femmes de la saison dernière des marques suivantes : Yves Salomon, Celine, Burberry et Brunello Cucinelli. En taille *small.* »

Il pose le verre et tend la main vers moi. Il couvre mon sein droit en entier de sa paume.

« Taille de soutien-gorge : 85B. »

Pile-poil. Punaise !

M'attrapant par la hanche, il me fait pivoter pour que mon dos soit contre son ventre. Je sens son regard braqué sur mon cul. Sa main glisse sous ma robe de chambre. Il caresse mon torse nu.

« Taille de pantalon : 36. »

– 38, connard.

Une étrange sensation entre mes jambes, un fourmillement, fait grésiller ma peau. Comme si j'attendais quelque chose. L'idée de résister me traverse l'esprit, mais je sais que si je fais ça, je pourrais ne plus jamais explorer cette sensation de plaisir.

Cara dit quelque chose que je n'entends pas dans son téléphone. Je brûle de honte. Il parle à une autre femme tandis qu'il s'amuse avec mon corps comme si c'était son jouet. Pourtant, j'aime trop ce qu'il me fait ressentir pour y renoncer.

« Petite longueur de jambes pour les pantalons. Elle a la taille d'un nain de jardin. »

Romeo pince l'un de mes tétons. Mes genoux flanchent. Je ravale un gémissement. J'ai la nette impression qu'il m'asticote sexuellement juste pour me prouver qu'il en est capable. Encore l'un de ses petits jeux de contrôle. Il pousse son érection contre mon cul, presse mon sein d'une main et me caresse de l'autre du mamelon au cou. Il l'enserre pour me tourner la tête et que je le regarde en face.

– Quelle pointure, Shortbread ?

Ma taille de chaussures ? Je ne peux même pas me rappeler mon deuxième prénom avec sa bite frétillant entre mes fesses.

Réfléchis. Tu le sais, ça.

– Du trente-huit.

Ma voix est gutturale, comme râpeuse.

Il lâche immédiatement ma gorge et fait un pas de côté, comme si mon corps ne l'affectait pas. Comme si mon excitation ne l'affectait pas.

« Trente-huit. Veuillez faire livrer tous les articles dans les deux heures. Le planning est serré. »

Il met un terme à son appel. Je pivote pour me placer face à lui, clairement déçue par mon propre comportement. Je l'ai laissé jouer de mon corps comme d'un instrument de musique. Encore une fois. Je n'ai pas retenu la leçon du bal des débutantes ?

– Ce soir, vous vous présenterez à ma famille comme une jeune femme convenable avec la tête sur les épaules.

Il attrape brusquement la bouteille de whisky par le goulot pour la confisquer et continue :

– Si vous parvenez à leur faire croire que vous êtes le genre de fille qu'on épouse, je vous récompenserai en vous soulageant de toute cette frustration sexuelle réprimée.

– Tu veux dire que ce que tu viens juste de faire, c'était du chantage ? Pour me forcer à bien me comporter afin qu'on puisse s'envoyer en l'air ce soir ?

Sa dernière phrase me fait l'effet d'une gifle, j'en ai les joues rougies. Il pense vraiment que je vais devenir sa petite poupée gonflable juste parce que les tours qu'il me joue provoquent ma curiosité ?

Son visage prend un air désapprobateur.

Bon Dieu, ce qu'il est coincé.

– Nous ne sommes pas encore mariés, mademoiselle Townsend. Je faisais allusion à des faveurs sexuelles de nature orale.

– Des faveurs sexuelles de nature orale ?

Je plisse le nez, remarquant qu'il vient de parler comme s'il sortait des pages usées d'une romance historique. Ce qui se trouve être le genre littéraire que j'apprécie le moins.

– Et pourquoi tu parles comme si tu sortais du casting de *La Chronique des Bridgerton* ?

Inutile de lui dire qu'il n'y aura pas de leçon d'oral, de dîner cordial ni de fiancée convenable ce soir.

– Nos avocats doivent perdre patience, annonce-t-il avant de boire une lampée de whisky à même la bouteille. Et franchement, moi aussi.

Je passe devant lui en refusant d'avoir l'air bouleversé.

T'inquiète, chéri. Quand j'en aurai fini avec toi, il n'y a pas que la patience que tu auras perdue.

CHAPITRE 16

Ollie vB : Comment se passe
l'installation de Delaware ?

Romeo Costa : Dallas.

Ollie vB : Quel jeu télé
ma grand-mère aime-t-elle ?

Romeo Costa : On ne regarde pas
Jeopardy, espèce d'incarnation puérile
du concept de médiocrité.
Elle s'appelle Dallas.

Zach Sun : Dommage pour elle.
Pas de bol.

Zach Sun : Mais pas autant que
d'avoir à épouser un con
comme toi.

Ollie vB : @ZachSun D'accord.
Cette fille doit avoir été nazie
dans une vie antérieure
pour se choper un retour
de karma pareil.

Zach Sun : La main droite
de Mussolini.

Ollie vB : La main à branlette
de Mussolini.

Romeo Costa a quitté la conversation.

*Ollie vB a ajouté Romeo Costa
au groupe.*

Zach Sun : Est-ce qu'elle te fait
toujours tellement chier
que tu pourrais couvrir de merde
l'hémisphère nord ?

Ollie vB : Je n'oublierai jamais
la tête de Romeo qui s'est fâché rouge
quand elle a remué son petit cul
sur ses genoux. Elle gère trop,
cette meuf. Trop badass.

Zach Sun : Ou quand Rom a piqué
une crise contre le copilote.
Son self-control s'est évaporé
plus vite qu'une pensée
dans le cerveau d'Ollie.

Ollie vB : Tu as déjà consommé
vos fiançailles ?

Romeo Costa : Tu sais quelque chose
des conventions sociales humaines ?
Il n'y a rien à consommer
avant le mariage.

Ollie vB : Trop nul. Jamais de la vie.

Romeo Costa : Un gentleman ne révèle pas ses secrets d'alcôve.

Ollie vB : Balance, trou du cul.

Ollie vB : Laisse tomber le délire gentleman. J'ai connu des sex-toys avec plus d'honneur que toi.

Zach Sun : @OllievB Tu as connu des sex-toys ? Sur un plan social ou intime ? Ou les deux ?

Romeo Costa : Je n'arrive pas à croire que près de vingt ans d'éducation dans les établissements scolaires les plus prestigieux du pays aient formé mon esprit à devenir meilleur ami avec vous deux.

Ollie vB : Je te ferais remarquer que je suis un ravissement au quotidien et un super copain.

Ollie vB : Et je te le prouve avec plaisir : tu veux que je te la rode avant usage ?

Romeo Costa : Fais encore cette blague une fois et je te coupe les couilles moi-même pour te les faire bouffer. Morceau par morceau. Jusqu'à ce que tu t'étouffes.

Zach Sun : Colère numéro 2 bien enregistrée et documentée dans l'historique de nos conversations.

Zach Sun : Cette femme a fait de toi un primate.

Ollie vB : …

Ollie vB : Ça veut dire que c'est non ?

CHAPITRE 17

ROMEO

Je vois les warnings clignoter en rouge, immanquables. Ils me mettent au défi de leur prêter attention. En l'occurrence, je suis tellement content d'observer le teint doré de ma future épouse rosir, son cou enivrant, sa poitrine pleine et sa beauté macabre que je baisse la garde. Elle a l'air délectable, même dans sa robe de chambre tachée. Si douloureusement jeune, innocente et vivante. Caresser ses seins m'a donné l'impression de verser de l'encre sur de la neige fraîche. Comme le plus parfait des péchés. Corrompre l'incorruptible.

La conclusion du contrat de mariage se déroule sans incident. Shortbread a passé le texte au peigne fin, griffonné sa signature sur les lignes indiquées une douzaine de fois et écouté ce qu'on lui disait en hochant la tête quand il le fallait. Elle fait preuve de rationalité, c'est une première.

J'aurais dû prendre conscience de ce premier avertissement.

Son tempérament de feu revient au galop dès que nos avocats partent et que Cara arrive pour livrer un milliard de nouveaux vêtements. Shortbread a examiné sous toutes ses coutures ma secrétaire de cinquante-sept ans avec un anneau à l'index de la main gauche. Et ses épaules se sont affaissées.

Ma fiancée a les capacités de bluff d'un chiot avide d'affection.

– Ces vêtements sont une insulte à la mode dans le monde entier. Je vais avoir l'air d'une fille qui joue à se déguiser en vieille.

Dallas jette des robes en cachemire et des gilets tricotés main sur le plancher en cherchant une tenue pour le dîner. Ma température corporelle grimpe en flèche. Je ne supporte pas le bazar et chez elle, tout est négligé.

Cara tourne autour de Dallas en lui proposant différents vêtements. Hettie se joint à la fête, morte de rire à chaque fois que Dallas teste les limites de la patience de Cara. Je me doutais bien qu'elles allaient devenir amies pendant mon séjour à Woodley Park. Ça ne me gêne pas. Ce n'est pas plus mal que Shortbread ait quelqu'un à qui parler. Parce que cette personne ne sera pas moi.

Toutefois, je ne suis pas nécessairement ravi d'être aux premières loges de ce spectacle.

Cara propose une robe-pull écossaise et demande :

– Qu'est-ce qui cloche avec cette robe ?

Dallas ne retient pas son fou rire, comme une gamine, juste pour m'énerver avant de lui répondre :

– J'aurais l'air de me lancer dans un monologue dans lequel je vais expliquer pourquoi je n'ai pas croisé mon amant depuis quatre-vingt-quatre ans.

Hettie, qui a compris la référence à *Titanic*, se roule par terre, morte de rire. Confuse et exaspérée, Cara campe ses poings sur ses hanches et la tance :

– C'est la seizième robe que vous rejetez, jeune fille. Elle est superbe. C'est un grand classique. Elle coûte une fortune. Il n'y a pas eu la moindre plainte quand Romeo l'a achetée pour son ex-petite a…

Elle ne termine pas sa phrase, mais ce qu'elle a entendu suffit à Shortbread pour que son visage s'empreigne de dégoût.

– Dans ce cas-là, il devrait l'épouser, elle.

Non merci.

Face à Morgan, je choisirais toujours Dallas, tous les jours de ma maudite semaine. Après quarante minutes de ce spectacle, j'arrache une robe des mains de Dallas et la défie :

– Si tu ne veux pas sélectionner de tenue, je vais le faire. Oserais-je penser que nous n'avons pas les mêmes goûts ?

Un regard violent lui transforme le visage quand elle annonce :

– Je veux qu'on me laisse seule. Tout le monde dehors.

Avec grand plaisir.

J'attends dans le hall d'entrée, le nez plongé dans ma messagerie.

Ollie vB : Ce canapé a besoin
d'être refait de toute façon.

Zach Sun : Désolé de te l'apprendre,
mais tu vas épouser la version
féminine et virginale d'Oliver.

Romeo Costa : Zach, mon chéri,
tu es sûr que tu te fais des lignes
de code et pas de coke ?

Juste à côté de moi, Hettie se met à siffler en jurant : « Bordel de merde. »

Je remets mon portable dans ma poche. Shortbread descend l'escalier et d'un seul coup, je me rappelle pourquoi je l'ai volée à un autre.

Pour la première fois de ma vie, je regrette ma ligne de conduite zéro sexe. Voir cette femme naïve et inexpérimentée se tortiller sous moi pendant que je lui prends sa virginité devrait me refaire pour toute la décennie, voire pour l'éternité.

Ma future épouse est sublime. Un grand décolleté plonge dans la partie supérieure très structurée de sa robe dorée. Ses mouvements de hanches guident la petite traîne qui la suit. Un chignon lâche retient ses cheveux et quelques mèches s'en échappent pour encadrer son visage.

Elle est tellement belle que c'en est absurde. Je l'observe bouger comme un mirage dans le désert. Hélas, même Mlle Townsend, aussi superbe soit-elle, ne me fera pas enfreindre ma règle : pas d'héritier.

Dallas atteint la dernière marche et elle me plaque sa pochette Chanel sur le torse. Pour lui faire plaisir, je l'attrape. Si le fait de tenir son sac maintenant me permet d'obtenir qu'elle se comporte bien quand je lui présenterai mes parents, j'accepte de jouer les gentlemen pour quelques instants.

– Je vais prendre un goûter avant de partir. Je n'ai pas mangé depuis deux heures.

Où met-elle toute cette nourriture ?

– Dépêche-toi et fais attention à la robe.

Elle se dirige vers la cuisine, puis s'arrête, l'air interrogateur.

– Est-ce que ta famille est horrible ? Il faut que je sache si je dois boire un truc fort avec ma collation.

– Fais-toi quelques shots. En fait, prends la bouteille. On va partager.

CHAPITRE 18

ROMEO

Quand j'y pense, maintenant, j'ai des doutes.

J'ai passé tout le trajet à dévisager ma future femme, à me demander si elle a été élevée par une meute de coyotes. Elle ouvre un Oreo en deux, lèche la crème en gémissant et la fait glisser avec une gorgée du champagne millésimé que nous partageons.

– Tu savais qu'au Japon, ils ont des biscuits Bourbon au café avec de la ganache chocolat au milieu ? Tu imagines le goût que ça doit avoir ?

La seule chose que j'imagine, c'est mon sperme à la place de la substance blanche des Oreo, coulant entre ses succulentes lèvres. Quand elle a voulu me faire croire qu'elle était alcoolique, je suis brièvement tombé dans le panneau et ça me rend furieux. Cette fille est vraiment droite dans ses bottes. Paresseuse, trop gâtée et téméraire, c'est sûr. Mais son unique vice semble être un amour pour la nourriture qui pourrait la précipiter dans le clan des diabétiques de type 2 ou vers une mort précoce.

Malheureusement, Dallas interprète mon regard assassin comme une invitation à la conversation.

– Alors, pourquoi ton papa veut-il tellement que tu te maries ?

Elle balance son biscuit proprement léché dans la poubelle et se saisit d'un autre pour l'ouvrir et se contenter de la crème au milieu.

Je n'essaie même pas de lui demander comment elle a eu connaissance de ce fait. Les caméras dans mon bureau l'ont filmée en train de fouiller dans mes affaires en 4 K Ultra HD.

– Parce qu'il prend son pied en contrôlant tout, presque autant que moi, et il sait que je préférerais adopter un ours plutôt que me marier si j'avais le choix.

– Ouais, trop la fête pour moi.

Sa langue ramasse la crème. *Bon Dieu.*

– Et pourquoi tu lui obéis ?

– Parce qu'il me fait miroiter l'entreprise dont je suis censé hériter et que je refuse de perdre face à ce sac à merde plein de maladies vénériennes de Bruce.

– Parle-moi de ce Bruce.

Elle a arrêté de déguster son biscuit et me regarde avec attention, son intérêt est piqué. C'est la première fois que cette femme ne cherche pas activement à me tuer ou à me rendre dingue, alors je lui fais une autre fleur.

– Il est le COO de Costa Industries. C'est un abominable connard, et le pire de tout, c'est qu'il est très bon dans ce qu'il fait. Tu remarqueras que mon père le traite comme un caniche de concours. Senior a rencontré Bruce un an avant que Monica tombe enceinte de moi. Ils ont essayé d'avoir un enfant pendant des années avant que ça fonctionne, alors il s'est dit que Bruce était sa seule et unique chance de laisser une trace de son passage sur terre.

– Et le père de Bruce ?

– Hors sujet. Il possède un empire pharmaceutique dont héritera son grand frère, alors la lignée est assurée de ce côté-là.

– Donc Bruce veut s'incruster dans celle des Costa.

– Exactement, Senior a pris Bruce sous son aile en lui faisant intégrer Costa Industries quelques mois avant qu'il découvre la grossesse de Monica. Bruce lui obéit comme un petit chien depuis ce jour. Il a épousé l'héritière d'un magnat de la mode qui ne ressemble à rien juste pour que son père puisse investir dans ses projets. Mon géniteur veut jouer les marionnettistes avec nous. Tout ce qui nous appartient doit lui revenir.

Shortbread coince une mèche de cheveux derrière son oreille.

– Ton papa semble encore pire que le mien.

– J'en doute. Aucun père digne de ce nom n'offrirait sa précieuse fille à un type comme moi.

– Tu admets être horrible, alors ?

Elle fête cette révélation en levant le poing d'un air victorieux.

– J'admets manquer de compassion, d'empathie, et ne pas être sympathique. C'est pour cette raison que je devrais plutôt rester célibataire.

– Et ta mère ?

– Elle manque surtout de cran. Son degré de compassion envers les autres est approprié.

Dallas lève les yeux au ciel et clarifie sa question :

– Je voulais savoir si tu étais proche d'elle.

– Pas le moins du monde, dis-je en buvant une gorgée de champagne. Elle n'a vraiment rien d'extraordinaire.

– Elle ne devrait pas être au moins ton extraordinaire maman ?

Pffff. Dallas parle encore comme dans un livre pour enfants.

– Assez discuté, Shortbread. Tu es là pour avoir l'air d'une fille mignonne et vivante. Pas la peine de te lancer dans une thérapie gratuite.

– C'est horrible, hein, dit-elle après un soupir. En fin de compte, nous ne sommes que le produit des ambitions, des principes et des désirs de nos parents. Un recueil de souvenirs, d'erreurs et d'un inexplicable besoin de faire plaisir à ceux qui nous ont donné la vie. Regarde-nous.

Ses yeux se perdent un instant par la fenêtre et l'arc parfait de ses lèvres tire vers le bas avant qu'elle reprenne :

– Tous les deux prix au piège de fiançailles dont nous ne voulons pas à cause de nos parents.

Je la dévisage. Le bloc de glace qui prend toute la place dans mon torse se met légèrement à fondre. C'est la première fois qu'elle dit quelque chose d'aussi profond et je me demande si d'autres pensées intéressantes emplissent sa jolie tête ou si c'était une citation mémorisée par hasard.

Dallas s'éloigne, probablement effrayée à l'idée que je la fasse jouir encore, mon nouveau hobby, malheureusement.

– Pourquoi tu me regardes comme ça ?

– Parce que je pense que tu viens de voir juste sans le faire exprès.

À cet instant précis, la voiture se gare devant la résidence de mes parents.

CHAPITRE 19

ROMEO

Mes parents habitent un manoir de style campagne française à la façade de briques. Bien que nous vivons dans la même rue, il faut bien dix minutes en voiture pour aller de ma porte à la leur et deux supplémentaires pour traverser le jardin qui y mène. Le terrain de plus d'un hectare abrite une immense maison assez majestueuse et discrète pour crier leur vieille fortune. Des fenêtres sont animées de lumières chaudes, illuminant une longue table, couverte de mets préparés par des professionnels. Je sais que cette image a l'apparence du bonheur domestique, pour toute autre personne que moi.

Je lance à Dallas un dernier avertissement avant d'appuyer sur la sonnette :

– Souviens-toi. Ce soir, tu es une femme bien élevée.

– Quelqu'un a parlé de pâte levée ? s'étonne Dallas en jouant les blondes. Pitié, dis-moi que c'est pour accompagner un plat en sauce. Ou n'importe quoi, que je puisse la tremper dedans.

Les talons aiguilles de Monica claquent sur le sol de l'autre côté de la porte. Dès qu'elle l'ouvre, je lui jette Shortbread dans les bras, tel un sacrifice humain.

– Mère, Dallas Townsend. Dallas, voici Monica, la femme qui m'a donné la vie, probablement pour me contrarier.

– Mon Dieu, que tu es belle.

Monica néglige tout décorum et étiquette en saisissant Dallas par les joues avec ses griffes pour examiner le visage délicat de ma future épouse, les pupilles dilatées comme une hystérique.

– Je ne vais pas prétendre que je n'ai pas passé quelques appels pour en savoir plus sur toi. Tout le monde m'a dit que tu es magnifique, mais le mot ne te rend pas justice.

Dans un grand geste théâtral, Shortbread prend ma mère, d'ordinaire plus réticente aux contacts humains, dans ses bras. Même si je ne les apprécie pas particulièrement l'une et l'autre, j'ai l'impression qu'elles font la paire, ce qui me satisfait.

– Eh bien, madame Costa, je vois déjà que nous allons bien nous entendre.

– S'il te plaît, appelle-moi maman !

Même *moi*, je ne l'appelle pas maman. Et puis pourquoi ponctue-t-elle chaque phrase qui sort de sa bouche d'un point d'exclamation ?

– Oh, si vous insistez, alors. Vous connaissez de bonnes adresses pour le shopping dans les environs, *maman* ?

– Est-ce que j'ai de bonnes adresses ?

On dirait que Monica fait une attaque cardiaque avant de continuer :

– J'ai un *personal shopper* dans chacune d'entre elles.

Son regard s'arrête sur le rang de perles que Dallas doit avoir volé dans ma chambre. Je sais qu'elle a fouiné. Elle a laissé des traces de doigts gras partout. Mais ce n'est que maintenant que je remarque le collier autour de son cou. Monica couvre ses lèvres de ses doigts puis jette un coup d'œil à Senior.

– Oh, chéri, Rom a donné le collier de ton arrière-grand-mère à Dallas. Ils vont vraiment se marier.

Derrière mon père, Bruce et Shelley la regardent avec curiosité. J'observe mon père. La ligne dure de ses épaules. La façon dont elles sont secouées à chaque expiration. L'une de ses mains est plantée sur la rambarde. Pour se maintenir, je pense, même s'il ne l'admettra jamais. Il déteste profondément le concept de faiblesse. La mauvaise nouvelle, c'est que Senior est toujours en vie. La bonne ? Il semble l'être un peu moins que la dernière fois que je l'ai vu.

Bruce et Shelley se rapprochent avant que Dallas ait eu le temps de s'extirper de la prise de Monica.

Shelley serre l'épaule de Shortbread, le visage sombre :

– Nous avons entendu ce qu'il s'est passé au bal des débutantes. Tout va bien, mon petit ?

– Mademoiselle Townsend, ajoute Bruce en se glissant entre elles pour attraper la main de Dallas dans une performance digne des Oscars. Si vous avez besoin de parler de quoi que ce soit en privé un instant, je suis à votre disposition.

Cette petite bite veut que Shortbread tombe à ses pieds et le supplie de la sauver du grand méchant loup. J'avais prévu ce comportement de la part de Bruce, tout comme la réaction de Dallas. Elle sait qu'elle ne peut pas se sortir de la situation dans laquelle nous sommes. Aucune maison où rentrer. Chapel Falls ne l'acceptera que comme ma femme après la débâcle de la roseraie. Même si je m'attendais à ce que Dallas envoie paître Bruce, je n'avais pas prévu qu'elle le toise et le regarde de haut, tel un misérable serviteur. Son regard se fait dur et elle recule d'un pas.

– Bruce, c'est bien ça ?

– Oui, répond-il en inclinant la tête dans un geste de fausse modestie. Pas besoin de prendre des airs courageux, mon petit. J'ai vu les vidéos sur les réseaux sociaux…

– Vous savez ce qu'on dit sur les réseaux sociaux, le coupe-t-elle avec une moue condescendante. Ils ne sont que le reflet d'une réalité altérée.

Shelley avance, essayant de soutirer une confession à ma fiancée :

– Mais tu avais l'air tellement furieuse…

– Oh, je l'étais.

Dallas éclate de rire et tortille une mèche de cheveux autour de son index. Je remarque une volée de taches de rousseur sur son nez, réparties comme une constellation. Avant qu'elle continue :

– Puis j'ai eu le temps de reprendre mes esprits et de comprendre à quel point cet homme est fou de moi. Voyez donc où il en est arrivé pour que nous puissions nous marier. Je vous jure qu'à chaque fois qu'il me regarde intensément, des larmes perlent à ses yeux. Il ne peut pas s'en empêcher. Son bonheur est à ma merci. N'est-ce pas romantique ?

Je pourrais l'embrasser à cet instant. Évidemment, elle me mordrait les lèvres pour se venger. Déçus, Bruce et Shelley déguerpissent pour se ranger sur le côté quand Senior se dirige enfin vers Shortbread. Mon sang ne fait qu'un tour. Mes muscles se tendent. Je campe une main possessive sur sa taille.

Dallas apprécie l'état de santé général de mon père. Ou plutôt son manque de santé. Un million de questions dansent dans son regard couleur miel. J'espère que Senior les a toutes vues, sans exception. Savoir que des gens ont compris ce qu'il lui arrive le rend dingue. Savoir que son corps impérial l'a laissé tomber, que lui-même va flétrir et finir par disparaître. Ce qui explique pourquoi il a choisi de se retirer de la vie publique avant qu'on puisse voir ce que la maladie lui inflige.

Senior capture la main de Dallas et la porte à ses lèvres, puis la regarde droit dans les yeux :

– Romeo, elle est ravissante.

– J'ai des yeux.

– Tu as des mains aussi et elles semblent être partout sur elle. Du calme, dit-il en gloussant. Elle n'est pas près de s'enfuir, n'est-ce pas ?

Dallas regarde le cercle d'humains qui l'entoure avec attention, essayant de décrypter l'atmosphère. À l'évidence, une certaine animosité règne entre les hommes. Misant sur la sécurité, elle prend Monica par le bras et lui sourit pour lui parler :

– J'aimerais vous donner un coup de main dans la cuisine, maman.

– Oh, je ne suis pas entrée dans cette pièce depuis 1998, s'exclame-t-elle en faisant un grand geste. C'est le domaine du petit personnel.

Dallas lui adresse un sourire éblouissant, mais je vois bien qu'elle n'apprécie pas l'expression de Monica pour qualifier les employés de maison. Ma jeune épouse aurait-elle une éthique ? C'est fort peu probable. Mieux vaut ne jamais le découvrir.

– Si nous allions nous asseoir pour dîner ? suggère Senior.

– Tout à fait, Romeo.

Bruce est à deux doigts de faire le beau et de se rouler par terre pour qu'on lui gratte le ventre.

Quand ils se précipitent dans la salle à manger, Shortbread me retient et me demande à voix basse :

– Est-ce que ton père va bien ? Il a un problème ?

Senior est effectivement un problème. Et l'ataxie de Friedreich est peut-être la seule chose chez lui à ne pas m'en poser. Cette maladie finira par le tuer, un jour ou l'autre. Dans bien trop longtemps, à mon goût. Mais j'ai ainsi l'occasion de savourer la progression de sa dégénérescence. Chaque moment où il lutte pour marcher par à-coups. Sa fatigue. Son élocution ralentie. Je ne l'écoute parler qu'à ces occasions. Vraiment.

– Il souffre d'une rare maladie héréditaire qui provoque une paralysie progressive du système nerveux.

J'avance d'un bon pas vers la salle à manger, refusant de parler à mi-voix comme elle. Peu importe si Senior m'entend. En fait, ça me ferait même plaisir. Son front se plisse.

– Héréditaire ? Est-ce que tu… ?

– Vas la développer ? Non, il faut deux gènes récessifs pour ça, lui dis-je en me penchant vers elle pour que mes lèvres effleurent son oreille. Attention, Shortbread. Je ne voudrais pas te croire concernée par la situation.

Le dîner est en fait un interrogatoire croisé de Shortbread mené par Bruce et Shelley à propos du bal des débutantes, de Monica qui essaie de l'attirer dans plusieurs virées shopping de l'extrême en Europe et de Senior qui tente de détecter ses plus gros défauts. Ce dont elle ne manque pas. Ma fiancée ne se tient pas droite à table, comme une crevette trop cuite, fort probablement pour mettre mes nerfs à rude épreuve alors que je suis déjà bien attaqué. Je vois qu'elle n'apprécie pas d'avoir à défendre notre relation, tout simplement parce qu'elle n'existe pas. Elle est forcée de mentir comme une arracheuse de dents pour un homme qui l'a expulsée de force d'une vie au charme indéniable. Je suis choqué quand le dessert est servi : elle n'y touche même pas.

Bruce et Shelley la passent au gril avec leur millionième question sur sa relation avec Madison Licht. Elle boit de l'eau en grande quantité, mais par petites gorgées. Son tempérament de feu est noyé.

– … trouvons juste étrange qu'après les discours de Madison qui chantait tes louanges à qui voulait l'entendre, vous ayez rompu vos fiançailles, puis ce flirt avec notre petit Junior…

Bruce aurait continué à creuser le sujet comme une excavatrice si Shortbread ne l'avait pas brusquement interrompu :

– Puis-je sortir de table ?

Mes parents se regardent, médusés. Je me lève et lui tire sa chaise en lui disant d'y aller. Elle disparaît alors plus vite qu'un haut de maillot de bain dans une fête à Cancún pendant les vacances de Pâques. Bruce se tourne vers moi.

– Junior, mon garçon, ce que tu fais à cette enfant est déplorable.

– Tout comme ce que tu me fais à moi

– Qu'est-ce que je te fais ?

– Tu existes.

Senior intervient comme pour me réprimander, mais il adore cette compétition entre nous pour s'approprier son trône :

– Romeo. Arrête de te moquer de Bruce. Tu sais très bien qu'on ne doit pas manquer de respect à ses aînés.

– C'est lui qui a commencé, dis-je en sirotant mon brandy.

– Comment ça ? rétorque Bruce, perplexe.

– En venant au monde.

Rien ne révèle plus le gamin en moi que de me quereller avec ma Némésis devant mon père.

– Madison répète à qui veut l'entendre que le département de la Défense va leur faire une offre pour un contrat annuel renouvelable.

Senior attaque sa part de tarte en changeant le sujet de la conversation. La fourchette qu'il pince entre ses doigts tape bruyamment contre l'assiette. C'est soit un signe d'irritation, soit un symptôme de sa maladie.

– Celui dont nous bénéficions en ce moment même. Vous savez que leur entreprise détient les droits d'un prototype de nouveau taser électrique. D'après mes sources, c'est un argument bloquant.

Ils ont des projets à la pointe de la technologie que nous n'avons pas.

Voilà la conséquence de la propension de Senior à se reposer sur des experts aux connaissances vieillissantes, sans réelle expérience du terrain. Mon père n'a pas simplement lâché l'affaire. Il l'a laissée s'envoler directement chez nos concurrents. Quand je préparais ma licence au MIT, il me disait que mes études en ingénierie étaient une perte de temps, puisque Costa Industries disposait d'une armée de concepteurs aguerris. Pourtant, voilà où nous en sommes. Nous avons dix ans de retard et le pantalon autour des chevilles.

– Madison a raison. Nous sommes périmés. On n'a rien dans le froc, dis-je en cognant mon verre à whisky contre la table, le regard plongé dans celui de mon père. Fais de moi ton P.-D.G. et je te donnerai des armes de pointe. Je parle de destruction nucléaire.

Bruce déglutit bruyamment. Il est prêt à aller jusqu'au bout pour l'argent. Nous savons tous les deux que Senior doit rapidement prendre sa décision – et soit elle sera une aubaine, soit elle signera notre perte.

– Romeo. Tu devrais y réfléchir cette nuit. Ou tout du moins…

– Commençons par te voir te passer la corde au cou, mon garçon. Alors, j'y penserai sérieusement.

Mon père essaie de couper un morceau de tarte et échoue encore une fois. C'est donc sa maladie qui progresse. C'est certain. Sa fourchette fait un bruit fracassant en tombant dans son assiette alors qu'il tente d'attraper son verre.

Je ne suis pas ton fils. Pas sur les plans qui comptent.

J'écrase mon chewing-gum entre mes dents. Certes, il veut que la dynastie Costa se perpétue, mais Senior voit surtout dans mon hypothétique reproduction un moyen de distraire sa femme. Il se dit que s'il arrive à me forcer à me marier en me faisant du chantage, j'aurai des enfants, une famille, un truc permettant d'occuper Monica et de la combler. Elle veut des petits-enfants et des vacances de Noël ultra-cliché, mais aussi des portraits de groupe formatés super kitch et idéalisés. Une famille de substitution pour remplacer celle qu'elle n'a jamais eue parce que mon père était trop occupé à baiser tout ce qui porte une jupe sur la côte est pour nous accorder une réelle attention.

Monica lève son verre et m'interroge.

– Romeo ?

– Oui ?

– Où est Dallas ?

Bonne question. Elle m'était sortie de l'esprit. Elle est peut-être aussi sortie prendre l'air. Puisqu'il est probable que la réponse à la question de ma mère soit qu'elle s'est enfuie dans les bois avec une compagnie de blaireaux, je jette ma serviette sur mon assiette et me lève en annonçant :

– Je vais la chercher.

– Regardez-le, dit Monica, la main sur le cœur. Je n'ai pas vu Romeo aussi impliqué dans une relation depuis Morgan.

Morgan.

Je ne prends même pas la peine de vérifier si Shortbread est dans la cuisine, dans le jardin ou dans la bibliothèque de mon père. Je sais exactement où elle est et je monte l'escalier à toute vitesse. Je contourne le palier massif aux murs lambrissés d'acajou et ouvre brusquement la porte de ma chambre d'enfant. Évidemment, Dallas est à l'intérieur, assise sur un coin de mon lit d'adolescent. Elle feuillette un vieil album photo. Morgan et moi en vacances à Aspen. Morgan et moi à New York. Morgan et moi nous embrassant. Nous serrant dans les bras. Existant dans notre petit univers.

Elle ne lève même pas les yeux quand j'entre dans la pièce et ferme la porte derrière moi.

– Pourquoi tu ne l'as pas épousée ? demande-t-elle d'une voix distante, si lointaine qu'on la dirait venir d'une autre galaxie. Morgan. À l'évidence, tu l'aimes encore.

Pourquoi Dallas penserait-elle autre chose ? Mon ancienne chambre est comme un temple à la gloire de mon ex. Des albums photo. Des portraits encadrés. Des billets de concerts auxquels nous avons assisté. Des souvenirs de destinations exotiques. Avant, j'étais un être humain qui fonctionnait normalement et je refuse de jeter les preuves de cette existence. Le visage de Morgan hante le moindre recoin de cette pièce. Sa silhouette élancée de ballerine. Ses fossettes quand elle sourit. Elle était aussi gracieuse qu'une de ces parfaites journées d'automne. Excellant partout où mon actuelle fiancée échoue.

J'approche de ma future épouse et lui prends l'album des mains pour le reposer dans le tiroir de ma table de chevet, où il réside habituellement. Pour ce que j'en ai à faire, je pourrais foutre le feu à tous mes souvenirs et même pisser dessus pour maîtriser l'incendie. Je me suis remis de nos cinq ans de relation et des fiançailles rompues qui les ont suivis. Mais je n'ai pas pu en détruire les preuves, sinon, les membres de ma prétendue famille en auraient mal interprété la raison.

– L'épouser n'a jamais été envisageable.

Principalement parce que je l'ai virée de notre appartement en toit-terrasse, à poil, le jour où nous avons rompu nos fiançailles, et qu'ensuite j'ai demandé une mesure d'éloignement à la justice parce qu'elle n'arrêtait pas de se pointer devant ma porte pour me supplier de lui pardonner.

– Tu l'aimes encore, n'est-ce pas ?

Dallas incline son adorable visage vers moi et cligne des yeux, mettant en mouvement ses longs cils recourbés qui lui donnent des airs d'animal dessiné par les studios Disney.

J'ai envie de tout nier, les mots sont sur ma langue, mais je prends conscience que si je lui dis oui, je lui épargne la peine d'avoir le cœur brisé quand je me débarrasserai d'elle. Son corps est déjà bien trop sensible au mien. Sous ses airs rebelles se cache une jeune femme susceptible d'aimer avec force. D'un amour que je serais certainement incapable de lui rendre. Mieux vaut établir au plus tôt l'idée que nous ne sommes qu'une transaction commerciale.

Je m'entends alors lui répondre :

– Oui.

C'est la première fois depuis des années qu'un véritable éclat de rire se forme dans ma gorge. Moi. Amoureux de Morgan. J'ai plus d'affinités avec le diable.

Dallas déglutit visiblement. Elle hoche la tête, réajuste sa robe et se lève.

– Et toi ? Est-ce que tu as donné ton cœur à Madison ?

C'est ce qu'affirmait Frankie. J'avais l'intention de creuser le sujet. Non pas parce que j'en ai quelque chose à faire, mais parce que je veux savoir si je dois la surveiller étroitement. Ce n'est pas parce que je n'ai pas de sentiments pour elle que j'accepterais un scandale qui secouerait la capitale.

Elle s'arrête à la porte en me tournant le dos.

– Ton collègue et sa femme me tapent sur le système, me dit-elle en ignorant ma question. J'aimerais rentrer à la maison d'ici dix minutes.

Je l'aurais bien poussée à me parler de Madison, mais je n'arrive pas à me motiver. Je suis incapable de faire preuve de curiosité.

– J'appelle Jared.

CHAPITRE 20

DALLAS

Au moins, je peux être rassurée. Le manque de politesse de mon futur mari s'applique aussi aux autres. Jared se gare devant la porte vers minuit. Mon fiancé, toujours absorbé par la lecture d'un article de *Forbes Money* sur son téléphone, détache sa ceinture de sécurité.

La main sur la portière, il grogne un ordre :

– Jared. Restez dans les parages. J'irai à l'appartement dans environ une heure.

Pas de s'il vous plaît. Pas de merci. *Et* je prends conscience que cette chose qui se prétend humaine, qui vient juste de me confesser être toujours amoureuse de son ex, s'attend à ce que je lui fasse une fellation avant de retourner dans sa garçonnière. Pour me récompenser de ma bonne conduite, rien de moins.

Je pourrais l'informer qu'il se fourvoie… ou je pourrais lui donner une bonne leçon. Je suis plus qu'un petit faon innocent et je vais le faire flipper jusqu'au mariage. Pour la première fois de ma vie, je choisis la voie de l'éducation. Nous arrivons à la porte. Le silence vibre entre nous comme une bande-son dramatique.

Il l'ouvre et me laisse passer devant lui.

– Tu ne t'es pas tenue très droite, sinon, ta performance était à la hauteur de ta mission.

J'imagine que dans sa tête, c'est un compliment. Pas étonnant que Morgan l'ait largué. Ce mec est aussi chaleureux qu'Uranus.

Je garde le silence, concentrée sur mon objectif : foncer dans ma chambre sans l'assassiner. Une véritable prouesse de mon côté. Il me suit, marchant derrière moi. Je fais demi-tour et pose une main sur son torse. Ses muscles bougent sous cette chemise cintrée. Pour une fois, il semblerait plus ou moins conscient de mon existence.

– Pourrais-tu rapporter de la chantilly de la cuisine ? dis-je avant de me mordre la lèvre. J'ai toujours eu ce fantasme de…

– Non.

Son visage s'est refermé d'un seul coup.

– Romeo, ô Romeo.

Je passe mes bras autour de ses épaules et presse mon corps contre le sien. Il est dur de partout. Et je veux bien dire *partout*. Cette pauvre Morgan a peut-être eu son cœur, mais sa bite, on dirait bien que nous nous la partageons.

– C'est mon *rêve*.

– Trouves-en un meilleur, répond-il en retirant mes bras.

Je convoque alors mon meilleur regard de chaton ardent, celui qui fait toujours flancher papa, et je lui murmure :

– Ce serait ma première… *expérience*.

On dirait que ça marche.

– Ça pourrait être ta dernière si tu continues à te comporter comme une sale gosse.

Il se retourne et se dirige d'un pas décidé vers la cuisine. *Bon Dieu de merde*. Il va le faire. Maman avait raison. Les mecs sont encore plus simples et basiques qu'une petite robe noire.

Je cours vers ma chambre et enfile une nuisette rose poudrée avec des lanières de satin qui se croisent sur ma poitrine. Merci, Cara, de m'avoir tunée pour l'occasion. Romeo refait surface quelques minutes plus tard avec une bombe de chantilly dans la main. Voir le mec le plus coincé et le plus sérieux que j'aie jamais rencontré tenir un objet aussi incongru est plus qu'hilarant.

Il me toise des pieds à la tête.

– C'est Cara qui t'a acheté ça ?

– Oui, réponds-je en me forçant à sourire. Tu aimes ?

– Je l'aimerai encore plus quand elle sera en lambeaux par terre, dit-il en me mettant la bombe de crème dans les mains. À genoux, maintenant, mademoiselle Townsend.

– Tu pourrais… te déshabiller d'abord ?

Je fais mine de déglutir ostensiblement pour feindre la timidité avant d'enchaîner :

– Je n'ai jamais vu d'homme totalement nu.

– Une nudité complète n'est pas requise pour ce que je prévois.

Un cri se coince dans ma gorge. Mais quel salaud ! Quel égoïste ! Son *ego* aurait besoin d'avoir son propre code postal, un talk-show rien qu'à lui et une palanquée d'agents pour le gérer. J'insiste :

– Tu pourrais juste… t'allonger sur mon lit, d'accord ?

– Je préfère faire ça debout.

– Si tu ne veux rien m'accorder, je préfère ne rien faire du tout.

J'ai craqué, j'ai parlé d'un ton sec. Puis, pour conserver les apparences, j'adoucis un peu ma déclaration :

– On a toujours fait comme tu l'entendais jusqu'à présent. C'est important pour moi. J'ai besoin d'avoir l'impression que j'ai aussi mon mot à dire.

Romeo fronce les sourcils, pesant mes mots, avant de céder :

– Prends avantage de ma bonté d'âme et je t'assure que tu te rappelleras longtemps qu'en fait, je n'en ai pas.

Les genoux en coton, j'attends qu'il s'allonge sur mon matelas avant de m'asseoir sur lui, enserrant sa taille fine. Il me détaille encore, son indifférence laisse place à un éclat de désir dans son regard couleur brouillard.

– Tout ça, c'est très nouveau pour moi.

Je me lèche les lèvres et me sens rougir. En fait, ce n'est pas un mensonge. Mes doigts tremblent quand j'essaie de lui retirer sa chemise.

– Je t'ai dit que je ne me déshabillais pas.

– Je vais le faire.

Je coince sur ses boutons de manchette monogrammés. Il prend le relais et les retire en poussant un grognement impatient. J'hésite avant de lui sortir :

– J'espère ne pas te décevoir.

– Même si je ne suis pas très fan de ta personnalité, je serais prêt à payer cher rien que pour te voir respirer assise, admet-il, la voix de plus en plus rauque. Tout ce que tu as à faire, c'est être vivante pour provoquer une érection, alors rassure ta jolie petite tête, tu n'as rien à craindre sur ce plan.

C'est triste, mais il ne m'a jamais rien dit d'aussi gentil.

Sa chemise tombe doucement par terre, exposant son torse musclé. J'ai tellement envie de toucher ses abdos que j'en ai des fourmis dans les doigts. On dirait une œuvre d'art. Que de la peau douce et bronzée, des tablettes de chocolat en bas, de parfaits pectoraux en haut et du muscle sec. Les veines qui parcourent ses biceps et ses avant-bras racontent l'histoire d'un homme qui entretient brillamment son corps. Je suis aussi très consciente qu'il pourrait m'écrabouiller avec une facilité déconcertante s'il le souhaitait.

Je me lèche les lèvres et autorise mes mains à se promener de son torse à son nombril.

– Dieu que tu es beau, dis-je dans un souffle.

Il attrape mon poignet du bout des doigts alors que ma main était à mi-chemin entre son nombril et son pantalon. Son regard se plante dans le mien.

– Si tu t'assieds sur mon visage et que tu me laisses te bouffer la chatte à travers ta nuisette, je t'achète l'opéra qui a accueilli le bal des débutantes.

Il me faut bien quinze secondes pour comprendre vraiment ce qu'il me dit. Je ne le reconnais pas du tout. Ce ton possessif. Cette urgence charnelle que je lis dans son regard de requin d'habitude si froid.

– Hein ? Quoi ?

– Je te l'achèterai, précise-t-il sans ciller, mon poignet toujours coincé dans sa main. Tu pourras en faire ce que tu veux. Annuler le bal des débutantes. Y mettre le feu. Le faire détruire pour construire un centre commercial super moche et te venger de la manière dont Chapel Falls t'a traitée ce soir-là. La ville entière saura que ton mari te l'a offert juste parce que tu en avais envie.

J'ai les yeux écarquillés et une grosse boule dans la gorge. Le mec est carrément sérieux. À l'évidence, il n'a pas la lumière à tous les étages, comme dirait papa. Pas la peine de lui rappeler que c'est à cause de *lui* que je suis maintenant une paria.

– Cet opéra n'est pas à vendre, dis-je quand je retrouve enfin ma voix. Il appartient à l'un des amis de papa, Paul Dunn…

– Tout est à vendre si tu proposes plus d'argent que ça n'en vaut. Mets toi-même cette théorie à l'épreuve. Assieds-toi sur ma bouche, Dallas, et je te donnerai tout ce que tu veux. Je t'achèterai cette usine à biscuits japonaise, si tu me laisses déguster ton jus.

Je le dévisage avec curiosité, frissonnant d'excitation. Ma sexualité détient un pouvoir sur lui dès qu'il baisse la garde. Ce qui est arrivé une seule fois jusqu'à présent.

– Mais tu retournerais dans ton appartement après ? Après que…

– Oui.

Reprenant ses esprits, il lâche ma main comme si elle le brûlait.

– Ne confonds pas la concupiscence et l'estime. La concupiscence est une envie irrépressible. L'estime est un sentiment. Je n'ai aucun sentiment pour toi.

Je pose les mains sur sa ceinture pour lui répondre.

– Alors je préfère faire les choses à ma manière.

Cette fois-ci, mes gestes sont précis. Je descends sa braguette jusqu'au bout et m'agenouille tandis qu'il baisse son pantalon cigarette. Son boxer noir est apparent. L'élastique de la taille est signé Givenchy. Ce mec est tellement riche que je parie qu'il se torche avec des draps en soie. Les contours de sa bite me mettent l'eau à la bouche. L'espace d'un instant, j'envisage sérieusement de la goûter. Elle est longue et épaisse, la forme de son magnifique gland est parfaitement visible sous ce luxueux bout de tissu. Je trouve le pénis de mon fiancé plutôt attirant. Dommage qu'il soit attaché à une tête de nœud.

– Shortbread, m'appelle-t-il sèchement.

– Moui ?

– Il faut qu'on soit à égalité. Tu enlèves le haut, sinon je le fais.

Détournant le regard de son membre, je détache les rubans de satin rose qui préservaient ma modestie. Ses yeux s'illuminent de désir lorsqu'ils tombent sur ma poitrine. Il enserre ma taille et me soulève puis me déplace pour que mon sexe soit positionné au-dessus du sien, toujours caché derrière son vêtement, puis il me frotte contre lui en poussant un grognement de douleur.

J'ai la tête qui tourne. C'est bête, mais l'adrénaline et l'envie m'y poussent. Il est temps d'agir, sinon, je vais être submergée par la tentation et lui donner ce qu'il veut. La *seule* chose qu'il veut de moi. J'attrape un ruban et un poignet pour le placer à côté du poteau de mon lit à baldaquin derrière sa tête.

– Tu ne m'attacheras pas.

– Oh, s'il te plaît.

J'approche l'un de mes tétons de sa bouche. Je sais très bien qu'il va le saisir de ses lèvres pour le sucer. J'en profite pour lui dire :

– Allez, fais-moi plaisir. Je vais probablement me planter et faire ça mal.

Romeo est tellement concentré sur le mouvement de balancier de ma poitrine pour essayer de happer ce petit bout de chair rose entre ses dents que lorsque je me baisse, il me laisse attacher son poignet gauche au poteau.

– Tu as effectivement tendance à mal faire les choses, marmonne-t-il en me léchant le mamelon.

Je suis traversée par une série de frissons.

– Maintenant l'autre main.

Je me penche encore plus, mon ventre est collé au sien quand je fixe fermement son autre poignet à mon lit. Il referme ses lèvres chaudes et humides sur mon téton et l'aspire dans sa bouche, faisant venir à lui pratiquement tout mon sein. Mes mains s'appuient sur ses épaules et je tremble sous sa chaleur. Ma culotte est trempée entre mes jambes. Je me sens vide. Folle de désir. Je passe alors les doigts dans son épaisse chevelure noire et laisse tomber ma tête en gémissant. Ses dents viennent érafler ma peau si fine en même temps que sa langue s'enroule autour du petit renflement. Je me frotte contre sa bite, sachant que je tache son boxer de mon désir.

– Toutes ces choses que je vais te faire, Shortbread…

Mon surnom me fait revenir brusquement à la réalité. Je me souviens de ses mots pendant le bal des débutantes. *Une vie gâchée pour un shortbread.*

Je me redresse alors de toute ma hauteur et m'écarte de lui. Puis je suis debout, à côté du matelas.

Romeo essaie de se lever. Ses magnifiques abdominaux se contractent quand il comprend que je l'ai attaché au lit avec des triples nœuds de chaque côté. Sa tête retombe sur l'oreiller. Parfaitement calme et impassible, il arque un sourcil interrogateur.

– Faites attention avec la crème fouettée, mademoiselle Townsend. Je déteste la saleté et le désordre et à en juger par votre maladresse, vos capacités à viser juste doivent laisser amplement à désirer.

Laissant tomber mon petit jeu de faux-semblant, je lève les yeux au ciel et tire sur les rubans le retenant pour m'assurer qu'ils restent bien en place.

– Pas étonnant que Morgan t'ait largué. Sur le plan amoureux, tu pues encore plus que les baskets d'un ado qui revient du sport.

Sur le point de dire quelque chose, il ouvre la bouche, mais je lui montre que je n'en ai strictement rien à faire en me tournant pour ramasser la bombe de crème. J'avance d'un pas chaloupé vers lui, ondulant des hanches pour le séduire. Mes seins sont toujours à l'air, mais bizarrement, je ne me sens pas du tout mal à l'aise. Ce mec parle de mon apparence comme si c'était mon plus gros défaut. Eh bien maintenant, j'ai transformé cette faiblesse en force.

Je remarque quelques cicatrices sur sa cage thoracique. Anciennes, mais encore roses sur sa peau bronzée, assez importantes aussi. La curiosité me ronge, mais je sais que si je pose la moindre question dessus, il m'arrachera la tête.

Romeo prend un air sombre.

– Ne pousse pas les limites, Shortbread.

– Pourquoi pas ? Ce n'est pas comme si tu t'étais déjà empêché de me punir.

Je lui adresse un sourire mièvre avant d'attraper son boxer et de tirer d'un coup sec sur la ceinture. Sa bite bondit hors du vêtement. Elle est épaisse, frémissante et prête pour le service. Ce truc est énorme. Et il veut que je la place dans ma bouche ? C'est à peine si je pourrais l'enfermer dans ma valise. Morgan a peut-être mis un terme à leur relation parce qu'elle a eu une entorse à la mâchoire à cause de son engin. Le faire entrer dans mon vagin serait comme en sortir un berger allemand. Adulte.

Je secoue la bombe de chantilly dans ma main en observant mon futur mari en train d'essayer de libérer ses poignets. Il se tortille et se débat comme un animal sauvage en cage.

– Ah, j'ai oublié de te dire… J'ai passé toute mon enfance chez les scouts. Ça fait partie du package « éducation de sainte Nitouche ». Je sais parfaitement faire les sept nœuds de base, même les yeux bandés avec une main attachée dans le dos. La blague est intentionnelle, bien sûr.

Je lui adresse un clin d'œil. Il me regarde d'un air mauvais et tire encore plus fort, secouant le lit. Les rubans de satin s'enfoncent dans sa chair, lui faisant de vilaines marques rouges autour des poignets.

Me tenant à bonne distance de lui, je lui demande ensuite :

– Pourquoi mâches-tu tout le temps du chewing-gum ?

Il serre les dents.

– Réponds-moi et je pourrais avoir pitié de toi.

C'est un mensonge.

– Tu ne le feras pas. Et quand bien même ce serait ton intention, je ne négocie pas avec les terroristes.

– C'est une obsession.

– C'est un *mécanisme de défense*.

– Comme le silence dans ta maison. Ton idée du paradis est un enfer pour la plupart des gens.

– L'enfer a mauvaise réputation. Il y fait chaud toute l'année, il y a plein de voisins très intéressants mais pas d'église le dimanche.

Il me cherche sur la religion, maintenant ? Ce mec essaie vraiment d'atteindre le point le plus bas de l'univers.

Sans un mot de plus, je pointe la tête de la bombe sur son engin et appuie dessus, répandant la crème mousseuse sur son pénis et ses testicules. Le froid provoque une traînée de chair de poule sur sa peau et il ravale un sifflement.

Romeo m'assassine du regard et reprend :

– Ça y est, tu t'es bien amusée. Maintenant tu me détaches ou tu auras à assumer de graves conséquences.

Je me laisse aller à rire.

– Tu me fais chanter pour t'épouser, tu as détruit ma réputation et ma relation avec mon père. Qu'est-ce que tu veux faire d'autre ?

Je vise maintenant son torse et enduis chacun de ses tétons, puis je dessine un smiley à la crème sur ses abdos.

– Rho. Tu as l'air *adorable*. J'ai hâte qu'Hettie ou Vernon te trouve comme ça.

Ses sourcils font un bond en l'air.

– Si tu ne me libères pas dans la seconde, Dallas…

– La liberté ne vient pas sans rien, mon lapin. C'est toi qui m'as appris cette leçon. La carte de crédit que tu m'as donnée va bien me servir ce soir.

Je fais demi-tour et attrape par terre l'une des robes qu'il m'a achetées, puis je l'enfile.

– Je vais passer la nuit à l'hôtel. Commander quelques trucs au room-service. Peut-être un dessert. Je n'avais pas faim chez tes parents.

Je m'approche de lui, fourre la bombe dans l'une de ses mains et lui murmure à l'oreille :

– *Une vie gâchée pour de la crème chantilly.*

Je fais claquer ma langue, comme lui le soir où nous nous sommes rencontrés, et reprends ses mots :

– *Grandeur et décadence de la pâtisserie.*

Je sors de la pièce d'un pas léger et enjoué car je sais que Romeo ne peut que rester là où je l'ai laissé, nu et couvert d'une substance collante jusqu'à demain matin. Jusqu'à ce qu'un de ses employés de maison le trouve.

Avant de sortir, je lui fais une révérence exagérée et imite sa façon de parler, avec cet accent bourgeois de Potomac et son air supérieur :

– Nous nous retrouverons peut-être au siècle prochain, Lord Costa. Ou au suivant.

Il ne répond pas.

Pas un public facile.

Je sais que ce moment reviendra sur le devant de la scène le jour du Jugement dernier.

CHAPITRE 21

Romeo Costa : @OllievB Tu as
toujours envie de me débarrasser
de cette mégère ?

Ollie vB : Pourquoi ?

Romeo Costa : Je la mets
sur le marché.

Zach Sun : Oh non.

Zach Sun : Quelque chose s'est mal
passé ? Comment est-ce possible ?

Zach Sun : [GIF-personne faisant
un saut en parachute
avec un parapluie]

Ollie vB : Pas sûr de vouloir aller
jusqu'au mariage, mais je serais
heureux de lui procurer un lit où dormir
jusqu'à ce que tu te calmes.

Romeo Costa : Tu me ferais
la même offre ? Il y a des travaux

à l'appartement et il est hors
de question que je retourne
à la maison avant le mariage.

Ollie vB : Désolé, cette offre
est réservée aux personnes
sur qui j'aimerais éjaculer,
plus particulièrement sur leur visage.

Zach Sun : J'ai l'image en tête,
maintenant. C'est exquis. Merci,
@OllievB.

Ollie vB : Que s'est-il passé ?
Montre-nous sur la poupée gonflable
où elle t'a touché.

Romeo Costa : @ZachSun ?
Tu as cinq chambres d'amis.

Zach Sun : Désolé, j'attends
de la visite de Guangzhou.

Romeo Costa : Ta famille n'a pas
prévu de venir avant le Nouvel An.

Zach Sun : Tu as bonne mémoire.

Zach Sun : Alors tu ne peux pas
squatter chez moi parce que
tu es insupportable.

Ollie vB : Je connais une chaîne
d'hôtels sympa si tu cherches
un bon plan.

Romeo Costa : Que c'est grand
de ta part.

Ollie vB : Est-ce que tu vas nous dire ce qu'il s'est passé ?

Romeo Costa : Si je le fais, vous serez dégoûté de la chantilly pour la vie.

Zach Sun : Je suis intolérant au lactose.

Ollie vB : Et je suis intolérant aux limites, donc rien ne peut me dégoûter.

Romeo Costa : D'accord. Alors voilà…

CHAPITRE 22

ROMEO

Je ne pourrai plus jamais regarder Hettie en face. Le silence qui a pris possession de la chambre de Dallas quand elle m'a trouvé à huit heures du matin et m'a détaché du lit était assourdissant. Mon érection matinale était à peine couverte par la crème fouettée retombée et collante.

Au début, elle a essayé de défaire les nœuds à mains nues. Puis après trois bonnes minutes à s'acharner, elle a poussé un soupir et s'est exclamée :

– Bordel de merde, de toutes les femmes avec qui vous auriez pu vous fiancer, il a fallu que vous choisissiez celle qui a les compétences d'un James Bond en situation de combat ?

– Croyez-moi, personne n'est moins enthousiaste que moi pour ce mariage imminent. Maintenant, allez chercher une paire de ciseaux et tant que vous y êtes, pourriez-vous me couvrir les parties de la couette ?

À classer : phrase que je n'aurais jamais cru dire à une personne que j'ai engagée pour cuire mes brocolis à la vapeur.

– Les parties de la couette ?

– Cachez ma bite avec la couette, Hettie. Bon Dieu, existe-t-il encore des personnes de moins de trente ans dont le vocabulaire ne vient pas exclusivement de TikTok ?

Elle a vu mes cicatrices. J'en suis certain. Tout comme ma fiancée les a vues. Toutes deux ont eu assez de jugeote pour ne pas chercher à en savoir plus. Mais je n'aime pas que les gens sachent qu'elles existent. Je n'aime pas qu'on puisse deviner ce qui est arrivé. Je n'aime pas ce rappel qu'un jour, j'ai été faible, moi aussi.

Mon premier arrêt : la douche. J'ai frotté tout ce qu'il restait de sucre et de crème puis j'ai tapé dans le carrelage jusqu'à ce que deux de mes doigts se mettent à saigner.

Puis, j'ai enfilé mon plus beau costume, mis trois chewing-gums dans ma bouche, et j'ai attrapé mon téléphone pour informer le monde que je suis malheureusement toujours en vie.

Je n'ai jamais disparu plus de quatre heures d'affilée pour dormir. Au travail, ils ont pensé que je m'étais jeté du haut d'une falaise par accident. Les employés de Costa Industries ont sans aucun doute été très tristes de découvrir que je fais encore partie du royaume des vivants. Mon comportement de rustre ne m'a pas gagné beaucoup de fans et d'admirateurs.

Pendant qu'il me conduit au travail, Jared m'informe également que ma fourbe fiancée a pris une chambre à l'hôtel Grand Millennium Regent. C'est l'un des établissements les plus luxueux de von Bismarck. Dans une suite à quinze mille dollars la nuit, bien évidemment.

Il me faut moins de cinq minutes pour annuler toutes ses cartes de crédit et transférer ses livres d'Henry Plotkin de sa chambre à un coffre-fort installé dans la mienne, puis pour faire disparaître de la cuisine et du garde-manger l'ensemble de ce qu'elle pourrait grignoter. Inutile d'ajouter que la crème fouettée est maintenant absolument interdite de séjour chez moi. J'annule également mes abonnements Netflix et Xfinity, puis Internet pour faire bonne mesure. Mon attrayante fiancée n'a pas besoin d'être distraite. Elle a besoin de réfléchir à ses actes.

La prochaine fois que je la verrai, elle me promettra de se donner à moi pour l'éternité.

Et je lui prendrai son avenir.

Rien que pour l'emmerder.

CHAPITRE 23

DALLAS

– On peut toujours essayer de prendre la fuite. J'ai récupéré la bague de Madison. Celle que Romeo a jetée par terre.

Frankie arpente ce qui sert de suite nuptiale dans la résidence de von Bismarck, le visage chiffonné tant elle se concentre. Elle serre ladite bague entre deux doigts. Sa robe de soie ajustée couleur safran virevolte au-dessus du sol en marbre quand elle commente :

– Elle doit bien valoir quelque chose, non ?

Le jour de mon mariage est arrivé. J'ai à peine aperçu mon fiancé en quasiment trois semaines. Pendant ce laps de temps, maman et Frankie sont venues me rendre visite deux fois et pourtant, je ne me suis jamais sentie aussi seule.

– Laisse tomber. Il n'y a pas moyen de revenir en arrière.

Je me regarde d'un air mauvais dans le miroir alors que deux maquilleuses et une coiffeuse s'affairent autour de moi. Ma sœur ne saura jamais à quel point je suis tentée de suivre son conseil et de partir en courant. Je l'ai presque fait la semaine qui a suivi mon tour de force. Mais mes amis et ma famille éloignée ont commencé à répondre qu'ils seraient présents à mon mariage. Ils avaient déjà reçu les faire-part. Je me suis alors rappelé à quel point Romeo avait pourri ma réputation.

Un soir, Savannah a même gueulé au téléphone un magnifique : « C'est vrai que tu es enceinte ? On dit que ton papa l'a forcé à t'épouser après avoir trouvé un test de grossesse dans la poubelle. »

Emilie a réussi à faire preuve d'un peu plus de finesse en me sortant un : « Tes parents m'ont envoyé une invitation. Merci. Est-ce que ça te dérangerait beaucoup si je ne venais pas ? Je n'ai pas dit que j'allais le faire, hein. Je dois juste m'assurer avec mes parents que ça ne nuirait pas à… euh… ma réputation. S'il te plaît, ne m'en veux pas, Dal. Au moins, tu te maries. Avec Romeo Costa, rien de moins. Je n'ai toujours pas reçu la moindre proposition et je ne veux pas être mal vue parce que je n'ai pas de bonnes fréquentations. »

En fin de compte, l'univers a fait preuve de clémence. Emilie est venue, escortée de ses parents qui la surveillent comme le lait sur le feu. Sav est là, elle aussi. Elle est même accompagnée d'un homme.

En fait, j'ai entendu que dehors, dans le jardin du XIXe siècle de la résidence d'Oliver von Bismarck, plus de huit cents invités profitent de la fête et, parmi eux, la famille Licht. Mes parents les ont invités, leur offrant l'opportunité de sauver les apparences en prouvant qu'il n'y a aucune animosité entre nos familles. Aucun scandale. Madison est là.

L'idée de le savoir présent me donne envie de ramper sous la coiffeuse pour m'y cacher. Je culpabilise tellement de lui avoir fait ça, je m'en veux. J'ai provoqué une réaction en chaîne qui a fait dérailler le cours de nos vies à tous. Impossible de contrôler la situation.

– Dal ! Oh, Dal ! La pièce montée !

Maman entre en trombe dans la salle où je me prépare, aussi connue comme la douzième chambre d'amis, en s'éventant de la main. Elle s'effondre à moitié contre la porte en levant ses doigts tremblants au niveau de la clavicule.

– Il y a au moins huit étages. Entièrement blanche. La même forme que ta robe, décorée de roses comestibles et toutes calligraphiées à la main.

Maman est aux anges. Frankie et moi lui avons caché le pire à propos de mon mariage. J'ai passé toute la semaine dernière à chanter les louanges de Romeo.

Que puis-je faire d'autre ?

Frankie m'a appris qu'elle avait arrêté de manger et de parler à mon père pour essayer de me faire revenir à la maison. Même si je déteste papa, je ne supporte pas l'idée de voir maman si triste. Je me force à sourire.

– Oh là là ! Quel dommage ! Je ne vais probablement que pouvoir le sentir avant que tout le monde se mette à prendre des photos.

– Allez, c'est l'heure du show, Mesdames !

La *wedding* planeuse vient d'ouvrir brusquement la porte. Elle sue à grosses gouttes dans sa robe de créateur. Elle porte une oreillette reliée à un petit micro non loin de sa bouche.

– Le marié vous attend déjà – et quel délicieux spectacle il offre, si je peux me permettre. Tous les invités sont assis. C'est parti.

Frankie me lance un regard désespéré.

C'est maintenant ou jamais.

Même si je n'arrive pas à m'imaginer trouver le bonheur avec mon beau et cruel futur mari, je ne me vois pas non plus revenir à Chapel Falls avec mon étiquette de fille perdue qui risquerait l'avenir de Frankie. De toute façon, quel genre d'avenir ai-je encore ? Personne ne voudra m'épouser. Au moins, avec Romeo Costa, je suis à l'abri du besoin sur le plan financier, j'aurai un toit sur la tête et une vie avec des enfants à attendre avec impatience.

Maman chasse les maquilleuses et la coiffeuse pour m'inciter à me lever. Son sourire disparaît dès que nos doigts se touchent.

– Allez, ma chérie. Tes mains sont froides.

– C'est juste le stress, dis-je en déglutissant.

– Tu es sûre de toi ? demande-t-elle en me dévisageant. Tu me le dirais, si tu n'étais pas heureuse ? Hein, mon petit chou ?

Je manque de m'effondrer en l'entendant m'appeler comme quand j'étais petite. J'ai tellement envie de retourner à la maison. Pour effacer mes erreurs du mois dernier. Je ne veux même rien d'autre.

– Tout est parfait, maman. Je suis la fille la plus chanceuse de la terre.

CHAPITRE 24

DALLAS

Comme tous les mensonges, mon mariage est trop beau pour être vrai. Trop bien répété et, par-dessus tout, sans âme. Ma robe est la parfaite illustration de la tenue régalienne par excellence. Un profond décolleté en V, de longues manches de dentelle, tout le reste en satin, avec une coupe structurée et une traîne ronde qui couvre l'escalier d'apparat de la résidence de von Bismarck. Trois magazines différents sont venus prendre des photos. Les bénéfices de l'opération seront reversés à une organisation caritative qui soutient la lutte contre l'ataxie de Friedreich. C'est l'idée de Romeo. Comme le reste. Je n'ai pas eu mon mot à dire.

Les tabloïdes et la presse locale ont annoncé que le budget octroyé à la décoration florale excédait les cent vingt mille dollars. Je n'en doute pas un instant. Mes parents n'ont pas regardé à la dépense pour ce somptueux événement. Maman a mentionné tout à l'heure qu'on avait rapidement dépassé le million de dollars. La réception, qui doit se tenir dans le second jardin botanique d'Oliver, offrira un cocktail signature R&D, créé à partir de nos prénoms, des hors-d'œuvre cuisinés par des chefs italiens étoilés au Michelin et des sacs de *goodies* à cinq chiffres pour les invités, spécifiquement composés pour faire parler les bavards.

Je nage dans le tissu de cette robe qui pèse une tonne et qui me rentre dans les côtes. J'ai l'impression de flétrir. Je n'ai pas mangé à ma faim depuis plusieurs semaines. Pas depuis que Romeo a organisé la disparition de toute nourriture comestible de la maison. Hettie me faisait passer en douce des burritos pour le petit déjeuner et des petits pains sous ses vêtements pour que les caméras ne la surprennent pas à désobéir aux ordres de Romeo. Il n'y avait plus que du chou kale, des filets de poulet, de l'avoine et de la détresse à la maison.

Quand j'arrive au pied de l'allée centrale, je m'arrête, cachée par un rideau d'orchidées blanches. Je vais bientôt la remonter pour rejoindre un dieu de la guerre et devenir une Costa.

Papa fait irruption à mes côtés et me prend le bras. Il tente de me regarder en face alors que nous sommes au bout du long tapis immaculé qui traverse le parc entourant la résidence d'Oliver. Je garde les yeux braqués sur les orchidées et je serre les dents.

– S'il te plaît, Dallas, tu ne vois pas que ça me bouleverse ?

Est-ce qu'il essaye vraiment de tout ramener à lui ?

– Encore heureux.

J'agrippe mon bouquet de roses blanches. Les épines des tiges m'entaillent les mains. Papa ouvre la bouche, mais par chance, la musique le fait taire. Maman et Monica ont pris en charge la plus grande partie de l'organisation (j'ai plaidé la migraine pendant tout le mois). Je ne sais absolument pas quelle chanson elles ont choisie pour mon entrée. L'*Ave verum corpus* de Mozart. Comme ça tombe bien. J'ai toujours associé ce morceau à des images de carnages ultra-violents dans le cinéma, un peu ambiance *Les Noces pourpres* dans *Game of Thrones*. Même ce mariage-là est mieux que le mien.

Je ne sais pas comment je fais pour mettre un pied devant l'autre et avancer, mais je le fais. Arrive le moment où papa et moi traversons le rideau d'orchidées et entrons dans le champ de vision des invités. J'entends des murmures et des souffles coupés tout au long de ma progression. Les flashs des appareils photo me lèchent la peau. Mes demoiselles d'honneur, Frankie et Sav, portent ma traîne tandis que six petites filles de ma paroisse jettent des pétales de rose sur mon passage sans oublier de bombarder des invités. J'ai les yeux baissés et j'évite de croiser le regard des gens qui se lèvent en applaudissant pour exprimer leur joie.

Morgan est-elle là, quelque part dans la foule, à boire du champagne, amusée de me voir ainsi, dans l'absurde position de celle qui va épouser un homme lui vouant encore un culte ? Je me demande si Romeo l'a croisée depuis que je le connais. L'idée me donne la nausée. Non pas parce que je l'apprécie, mais je refuse d'être encore plus tournée en ridicule que je le suis déjà.

J'atteins l'autel. L'homme que j'ai aperçu pour la dernière fois attaché à mon lit, couvert de crème chantilly, est devant moi. Puissant, imposant et plus vrai que nature. Cette image de lui me donne un fou rire incontrôlable. Je sens mon cou rougir. Je lève les yeux et toute envie de rigoler m'échappe.

J'avais presque oublié à quel point Romeo Costa était splendide. *Presque*. Il porte un smoking ajusté. Ses cheveux, plus courts que dans mon souvenir, coupés à la perfection, sont coiffés en arrière. Ses yeux gris, qui d'ordinaire flirtent avec le bleu, semblent d'une couleur argentée, quasiment métallique. L'expression de son visage est neutre, vide, comme un de ces tableaux lambda peints en série pour les salles d'attente. Quand papa s'écarte et que je me place face à Romeo, il me surprend en déposant un baiser sur le bas de mon visage.

Il ne m'embrasse pas sur la joue, oh non. C'est juste l'impression qu'il veut donner aux invités. En réalité, il me murmure quelque chose à l'oreille :

– Fais-moi une blague et je t'assure que ta réputation ne sera pas la seule chose que je détruirai.

J'essaie de trouver un truc à répondre, mais je bugge. Je cligne des yeux et reconnais l'officiant de mon mariage. C'est le prêtre de ma paroisse. Le père Redd lance la cérémonie. Quand c'est mon tour de lire mes vœux, j'ânonne un discours aussi cliché qu'hypocrite. Je suis certaine que mon presque mari a envie de vomir tant il le trouve kitch.

Derrière lui, Oliver et Zach portent des costumes de créateur. Zach irradie d'impatience et jette des coups d'œil à sa montre en permanence sans lever le poignet. Malgré son charme de garçon propre sur lui et ses jolies manières, on sent quelque chose de sombre en lui, sous la surface. Quelque chose de juste assez effacé pour laisser entendre qu'il ne montre pas sa réelle personnalité au monde extérieur. Pendant ce temps, Oliver, qui est un véritable livre ouvert avec plein d'annotations croustillantes, regarde droit derrière moi pour mater mes demoiselles d'honneur. S'il pense qu'il peut s'attaquer à Frankie sans risque, j'ai deux ou trois petites choses à lui faire savoir, comme la façon dont je m'y prendrai pour lui couper les couilles.

Le père Redd tourne une page de son livret et entame la suite.

– Monsieur Romeo Niccolò Costa, voulez-vous prendre cette femme pour épouse ? Promettez-vous de respecter les sacrements du mariage, de l'aimer, de la chérir et de lui rester fidèle, dans la richesse ou la pauvreté, dans la santé et la maladie, jusqu'à ce que la mort vous sépare ?

Romeo enlace nos doigts. Ils sont froids et sans vie. Mais un sourire charmant vient fendre son visage, éblouissant le public. On dirait qu'il a été photoshopé quand il répond :

– Oui, je le veux.

– Et vous, Dallas Maryanne Townsend, voulez-vous prendre cet homme pour époux ? Promettez-vous de respecter les sacrements du mariage, de l'aimer, de le chérir et de lui rester fidèle, dans la richesse ou la pauvreté, dans la santé et la maladie jusqu'à ce que la mort vous sépare ?

L'aimer et le chérir ? Il pourrait s'estimer heureux de pouvoir quitter les lieux autrement qu'en ambulance. Mon nouveau but dans la vie : contribuer à sa collection de cicatrices sur le corps en ajoutant mes propres créations.

– Mmmm.

Le père Redd s'éclaircit la voix et me relance en riant :

– Dois-je prendre ça pour un oui ?

– Oui, je le veux.

Ces mots, je ne les ai pas dits, je les ai crachés.

– Vous pouvez maintenant embrasser la mariée.

Je ne sais pas à quoi m'attendre. Peut-être un petit bisou sur la joue très digne pour achever publiquement les négociations. Mais Romeo Costa est plein de surprises. Il s'approche de moi, enroule son bras musclé autour de ma taille et me plaque contre lui. Faisant preuve d'une possessivité glaçante, il m'attrape le cou, me cambre et écrase sa bouche contre la mienne, montrant une force démesurée.

Ce geste ne déclare qu'une chose : *Elle est à moi.* Derrière nous, les gens deviennent dingues. Ils crient, applaudissent et certains nous sifflent, même. Des voix féminines s'extasient sur ce baiser iconique.

– … Aussi épique que sa demande en mariage…

– … Jamais vu un homme aussi amoureux…

– … devrait en faire un film…

Dans ses bras, je suis toute molle, même quand sa langue sort de sa bouche pour faire une incursion dans la mienne, léchant, jouant, explorant mes lèvres et un peu plus. Ce n'est pas un baiser, c'est une déclaration. Une information à destination du monde entier : je lui appartiens dorénavant, comme un objet dont il est propriétaire.

Tout intrus sur ses terres sera abattu. Ou pire.

Je retiens mon souffle, ignorant cette chaleur qui s'insinue le long de mon dos. J'attends qu'il arrête. Je refuse de céder et de participer à cette débâcle.

– Votre soumission est encore plus douce que de la chantilly, *madame Costa*.

Il recule en caressant mon nez du sien.

– Alors, cette vie loin de toute civilisation ? Tu as déjà appris à allumer du feu avec des cailloux ?

Pour lui répondre, je mords sa lèvre inférieure jusqu'à ce que je sente le goût métallique du sang et la résistance de sa chair. Il s'essuie du revers de la main en souriant d'un air narquois.

– Ah, voilà. Je commençais à avoir peur que tu aies perdu tes dents.

– Tu les aimes mes dents ?

Je fais semblant de caresser sa tête et de le regarder avec adoration quand je l'achève :

– Tant mieux, parce que tu vas bientôt découvrir mes griffes.

Puis, parce que j'ai très envie de le blesser en retour, je sors la bague de Madison que Frankie m'a remise un peu plus tôt et je la manipule du bout des doigts.

– Tu devrais peut-être te procurer de meilleures caméras, *mon petit mari*. Je me suis retrouvée chaude comme la braise quand tu as disparu, mais ce n'est pas avec des cailloux que j'ai fait jaillir la flamme.

Suis-je vraiment en train de faire allusion à une liaison avec Madison ? C'est imprudent et dangereux, mais tellement satisfaisant. La tête qu'il fait, celle d'un homme sur le point de déclarer une guerre, me déclenche une montée d'adrénaline.

Refusant de montrer à quel point j'ai été mal ces dernières semaines, je lui souris en achevant :

– Allez, profite de notre mariage.

L'organisatrice de la journée cornaque les invités vers la réception. La résidence d'Oliver von Bismarck comprend une véritable salle de bal. Sérieux, cette baraque ferait passer le Shangri-La pour un motel miteux. Des tables rondes nappées de dentelle et surmontées d'un chandelier ancien décoré de fleurs entourent la piste de danse. Des lustres anciens, des dorures et des douzaines d'essences végétales différentes, toutes blanches, ornent la pièce. Je préférerais que cet événement ne symbolise pas ma chute. Au moins, j'aurais pu apprécier les lieux dans toute leur splendeur.

Dès que j'arrive à me décoller de Romeo, Frankie me rejoint et agrippe mon bras, comme pour m'ancrer dans sa zone sécurisée. Elle est tellement belle que les yeux me brûlent. Elle a intérêt à trouver un bon parti. Un homme qui l'aimera vraiment après le sacrifice que je fais pour elle.

– Je sais qu'on le déteste et dans une seconde, je l'assassinerai du regard, mais si ça peut te rassurer, ce baiser de Romeo a mouillé toutes les petites culottes de la côte est.

– Pas la mienne.

C'est un mensonge.

– Et puis bon, il y a une tonne de mecs canon sur cette terre.

– Dire que ton mari est canon, c'est comme dire que l'Everest n'est pas tout plat. Cette raclure scintille de beauté.

Je n'ai pas le cœur de lui avouer que Romeo a volé tous mes livres d'Henry Plotkin. J'aimerais aussi qu'elle ne le poignarde pas avec l'une des stalactites décoratives qui gardent le champagne millésimé au frais. Papa et maman se joignent à nous. Nous effectuons le tour des tables ensemble de notre côté et remercions les gens qui nous ont honorés de leur présence. Je suppose que Romeo fait pareil avec ses convives. Mais je me force à vider mon esprit pour essayer d'oublier que nous sommes dans la même pièce. Mon subterfuge fonctionne presque.

Je recommence à peine à respirer normalement, mes doigts ne me semblent plus trop engourdis, quand papa me traîne jusqu'à la table des Licht. M. Licht est son meilleur ami de l'université, de Georgetown. Il est venu malgré son animosité envers les Costa. Il ne passerait pas à côté d'une opportunité de prouver qu'il n'est pas affecté par ce fiasco.

– Dallas, ma chérie, félicitations. Tu es sublime.

Mme Licht s'essuie la commissure des lèvres de sa serviette, même si elle n'a pas touché à la délicieuse nourriture dans son assiette.

Je lui réponds d'un hochement de tête rigide. J'ai les yeux rivés au sol. Impossible de regarder Madison en face. Madison qui m'a laissée choisir ma bague de fiançailles. Madison qui m'a promis que je pourrais transformer l'une des pièces de son appartement en bibliothèque privée.

– Dallas…

Sa voix est neutre, sans la moindre trace de colère. Je suis à deux doigts de flancher. Même après avoir été souillée par sa Némésis, il est toujours gentil avec moi.

– Regarde-moi, s'il te plaît. Je ne peux pas… commence-t-il avant de jeter sa serviette et de se lever. Je ne supporte pas l'idée que tu me croies en colère contre toi. Nous n'étions pas vraiment ensemble. Je comprends.

Je décolle les yeux du sol. Madison me semble tellement familier. Avec sa tête de bon Américain, ses cheveux blonds, ses iris un peu verts sur les bords. Même si je n'ai aucun sentiment pour lui, je suis toujours partie du principe que l'amour viendrait avec le temps. Que du réconfort naîtrait le bonheur.

– Dallas, continue-t-il en posant la main sur mon bras. Oh, Dal, s'il te plaît. Accompagne-moi, dit-il en capturant mes doigts. Allons te laver le visage.

Je le laisse m'escorter hors de la salle de réception. Qu'il pense possible que j'accepte de mettre de l'eau sur ma figure après m'être fait maquiller pendant trois heures d'affilée pour atteindre ce résultat est à la fois mignon et franchement crétin.

– Je ne veux pas me laver.

Il s'arrête et se tourne vers moi, ma main toujours dans la sienne.

– OK. Tu sais quoi ? Je vais aller te chercher une assiette de dessert. Les sucreries te remontent toujours le moral. Retrouve-moi derrière.

Je me sens à l'aise à l'idée de quitter mon mariage en douce pour me réfugier dans un patio qui donne sur la pièce de réception principale, derrière la rambarde. Après tout, peu importe qu'on me découvre en compagnie de Madison. Je n'en ai rien à faire.

La cour donne sur un petit lac. Des cygnes et des canards glissent sur l'eau froide. Madison réapparaît avec une assiette chargée de macarons rose et corail, des éclairs au chocolat blanc et des tartelettes aux fruits décorées à la feuille d'or. Ces desserts semblent trop beaux pour être mangés. Quoi qu'il en soit, j'engloutis un macaron d'un coup sans vraiment en sentir le goût.

Madison s'assied à côté de moi.

– Ça va mieux ?

Je réponds d'un hochement de tête, plissant les yeux pour regarder le paysage de collines verdoyantes à n'en plus finir et les jardins qui encerclent la propriété de von Bismarck.

– Je suis vraiment désolée, Mad…

– S'il te plaît, arrête avec ça, m'interrompt-il en me tapotant le genou. Toi et moi savons que tu ne m'as pas vraiment trompé. Notre relation a toujours été un arrangement. Ne te charge pas d'une culpabilité qui n'a pas lieu d'être. Est-ce que j'ai été déçu ? Oui. Je t'aimais bien. Je t'apprécie *toujours*, Dal. Mais tu as fait ton choix et je l'accepte.

Voulant désespérément l'apaiser, mais aussi me décharger du fardeau de la vérité, je crache tout ce que j'ai sur la conscience :

– Je ne l'ai pas choisi, justement. En principe, c'était censé être un petit baiser avant de t'épouser. Tout est parti en sucette et m'a échappé. Maintenant, je suis coincée avec… avec… cette *brute*.

C'est tellement bon d'être puérile et authentique. Avec Madison, mon ami d'enfance, je me sens libre d'être cette version de moi qui se ferait jeter des salons de la haute société, peuplés de gens matures.

On dirait que le ciel vient de tomber sur la tête de Madison.

– Est-ce que tu es en train de me dire que tu ne voulais pas épouser Romeo Costa ?

– Non, dis-je en levant les mains. Papa m'a forcée à le faire quand nous avons été surpris. Romeo avait tout prémédité. C'était un piège.

En expliquant la suite des événements à Madison, dans mon cœur, je sais que je ne joue pas avec le feu, mais avec une caisse de dynamite. Mais c'est bien trop tentant. S'il existe la moindre chance que Madison me libère de cet arrangement, je veux la saisir.

Il m'a fallu trois minutes pour tout lui expliquer. Il prend ensuite mes mains dans les siennes et se place face à moi.

– Tu es sûre de ne pas vouloir rester mariée à lui ?

– Certaine, dis-je avec conviction. S'il y a un moyen de sortir de ce marasme en préservant ma réputation, je suis partante.

Je n'ai même pas eu besoin de réfléchir avant de parler. Madison se mord la lèvre avant de me dire :

– Je ne peux rien te promettre, mais je pense qu'on peut le faire tomber.

Le faire tomber ? On se croirait dans *Riverdale*. Aux grands maux, les grands remèdes. Je note tout de même dans un coin de ma tête d'abandonner le plan de Madison s'il monte un cercle rouge.

– Quand pourras-tu me dire si c'est bon ? Chaque minute passée dans sa maison est une véritable torture.

Surtout depuis qu'il a confisqué toute la malbouffe. Madison soupire et plonge les doigts dans ses cheveux.

– Je suis désolé que tu te retrouves coincée dans ce bazar, Dal. Crois-moi, je n'aurais jamais cru que quelqu'un soit assez rancunier pour s'attaquer à toi comme ça.

– Tu pourras m'appeler quand…

– Commençons par le commencement. D'abord, garde un œil sur lui, d'accord ? m'interrompt-il, tout à ses affaires. Je suis certain qu'il surveille ton téléphone, alors ne m'envoie rien de trop sensible par SMS. Contente-toi de m'appeler et nous nous retrouverons quelque part. Utilise tout ce que tu trouveras qui a l'air louche, dans sa vie pro, comme dans sa vie perso.

Est-ce qu'il essaie de… me recruter pour lui tendre un piège ? J'ai du mal à imaginer mon mari pris la main dans le sac en train de faire quelque chose de mal. Il est bien plus sophistiqué que ça. Il est même plutôt du genre maniaque du contrôle à la con. Même quand il a présenté Scott le copilote à la moquette de son avion, il semblait calme et plein de sang-froid.

Retirant mes mains de celles de Madison, j'attrape une tartelette aux fruits que je commence à grignoter.

– Et si je ne trouve rien ? Il n'est pas vraiment du genre facile à décrypter.

Madison fait mine d'être tourmenté. Il n'est vraiment pas bon acteur. J'ai vu de meilleures productions de films pour adultes lors de soirées pyjama chez ma copine Sav.

– Alors… Je veux dire, tout dépend de ton envie de coincer cette raclure. Tu peux aussi *fabriquer* des preuves, propose-t-il en se rongeant un ongle (une habitude que j'ai toujours trouvée répugnante). Tu sais, révéler au grand jour toutes les horreurs qu'il te fait subir. Tout ce qui peut ternir sa réputation. C'est important, Dal. Si tu veux te débarrasser de Romeo Costa, qu'il sorte de nos vies à tous les deux…

– Eh bien, eh bien. Vous avez l'air adorables tous les deux.

Des applaudissements lents et sarcastiques suivent la voix tranchante.

– La Belle et le Benêt.

Alors oui, Madison a effectivement un peu une tête de simplet. Mon tout nouveau mari nous rejoint d'un pas ferme et assuré, réchauffant son whisky dans son verre. Il a retiré sa veste dans la soirée. Les manches de sa chemise sont retroussées jusqu'aux coudes, exposant des avant-bras musclés et bronzés. Ses cheveux semblent légèrement ébouriffés. Morgan l'a peut-être décoiffé quand ils se sont éclipsés dans l'une des vingt-trois chambres d'amis pour baiser entre deux portes. Mon cœur s'emballe quand je me souviens que la dernière fois que je l'ai vu, je lui ai montré la bague de fiançailles de Madison. Qui est à présent assis à mes côtés. Pire encore, sa main est posée sur mon genou et il regarde Romeo d'un air féroce et déterminé.

– Je t'ai à l'œil, Costa.

– Je n'ai rien à faire de vos yeux. Votre bras, par contre, c'est un autre sujet. Si vous souhaitez le garder attaché au reste de votre corps, je vous suggère de l'éloigner de ma femme.

– Ta *femme* ! s'exclame Madison en renâclant.

Il lui obéit tout de même et laisse pendre ses mains entre ses propres cuisses quand il reprend :

– Pour toi, elle n'est rien d'autre qu'un moyen de te venger parce que j'ai renforcé nos liens avec le département de la Défense et que j'ai fait une proposition commerciale imbattable qu'ils ne peuvent pas refuser car notre package coûte vingt pour cent de moins que ce que peut offrir Costa Industries.

– Pour commencer, je vous suggère l'usage de la ponctuation. Votre phrase était péniblement longue.

Romeo prend l'air étonné, comme si Madison avait parlé dans une langue étrangère, puis il continue :

– Ensuite, je n'en avais pas terminé.

– Ah oui ?

Romeo crache son chewing-gum. C'est la première fois que je le vois se séparer volontairement de cette chose.

– Prenez ceci comme mon premier et dernier avertissement. Dès que vous vous approcherez de ma femme, je vous briserai les os. Je pense commencer par le fémur, même si je pourrais changer d'avis.

Madison se lève d'un coup. Une rougeur lui envahit le cou.

– T'as du culot. Après ce que tu nous as fait, à moi et à Dallas…

Romeo s'assied à la place de Madison et fait mine de retirer une poussière de la manche de sa chemise.

– Je vous en prie. L'année passée, lors de tous les événements auxquels nous avons assisté ensemble, vous avez été systématiquement accompagné d'une blonde qui facture ses honoraires à l'heure.

La mâchoire de Madison se crispe. Ses dents vont d'avant en arrière.

– Dallas et moi avions un accord.

Même si ce n'est pas vrai du tout, je reste immobile. Romeo passe un bras autour de mes épaules. Il me caresse ensuite le cou du revers de ses doigts, me faisant frissonner de chaleur.

– Intéressant. Dites-moi, madame Costa, allons-nous avoir le même type d'arrangement ? Suis-je autorisé à prendre des maîtresses et à parader en ville avec elles, comme des pouliches de compétition ?

Je préfère encore mourir que lui donner la permission de se taper quelqu'un d'autre. Juste pour l'empêcher de s'éclater. Je lui réponds d'un air mauvais :

– Non. Tu ne mérites pas d'avoir cette liberté.

– Alors il faudra que je me contente de ce que j'ai, hein, ma petite femme, commente-t-il avant de se retourner vers Madison. Je vous accorde une chose, Licht. Vous n'exagériez pas quand vous parliez de sa beauté. Elle est renversante.

Romeo place son visage contre le mien, puis caresse l'ovale de mon visage de ses lèvres avant de reprendre :

– Qui aurait pu croire qu'elle est aussi délicieuse que fougueuse ? Ma femme m'a dit que vous aviez eu votre compte.

Je frissonne dans ma robe de mariée de couturier, de colère comme d'excitation. Mes paupières se ferment et j'avale une grosse boule dans ma gorge.

– Non, tranche Madison d'une voix puant la rancœur. Jamais.

– Ah. Oui, maintenant je m'en souviens, dit Romeo en claquant des doigts avant de rire sans joie comme un diable sorti des Enfers. Elle a préservé sa virginité pour vous, n'est-ce pas ? J'en ai, de la chance.

Madison observe Romeo dessiner le contour de mon visage de ses dents. Mes tétons se tendent contre mon corset.

– Vous pouvez disposer, Licht, dit-il en lui faisant signe de s'écarter d'un mouvement de la main. J'ai dit ce que j'avais à dire.

Il prend ensuite mon visage en coupe et enfouit son nez dans le creux de mon cou pour inspirer profondément. Si seulement j'avais la force de l'arrêter, mais c'est tellement bon.

– Alors Shortbread, vais-je devoir démolir ce qui reste des ruines de la vie de ce pauvre Madison Licht pour m'assurer qu'il garde ses mains loin du corps de ma femme ?

– Je l'aime bien.

Il me soulève pour m'asseoir sur une barrière, juste au-dessus d'un rosier, et me saisit par la nuque. La seule chose qui m'empêche de tomber dans ce fichu buisson d'épines est sa bonté d'âme et nous savons tous les deux qu'il connaît à peine l'expression et qu'il n'a aucune idée de comment s'en servir.

Je prends une grande inspiration et ouvre les yeux. Le visage de Romeo est à quelques centimètres du mien. Madison est retourné dans la salle de bal après la menace de Romeo.

– Laisse-moi éclaircir la situation, Dallas *Costa*. Tu m'appartiens, maintenant. L'affaire est conclue, toutes les mesures de contingence sont levées, les sommes ont été versées. Si je revois Madison poser ne serait-ce qu'un doigt sur toi, je le lui casserai. S'il t'embrasse, je lui couperai les lèvres. S'il te baise…

Il n'a pas besoin de finir sa phrase. Le goût amer de la bile envahit ma gorge. Romeo montre les dents :

– Mais je te fais confiance, tu sauras te comporter comme il le faut. Même ta stupidité a ses limites.

– Et toi ? Je suppose que tu as le droit de courir après qui tu veux, de me tromper avec Morgan à droite et à gauche ?

– Tant que tu rempliras ton devoir conjugal…

Il desserre sa prise sur moi. Je me sens pratiquement tomber. Je meurs d'envie de m'agripper à sa chemise, mais je refuse de lui montrer la moindre vulnérabilité. Il achève :

– … Tu n'auras pas à t'inquiéter de qui que ce soit d'autre.

Je prends une nouvelle inspiration en forçant mes muscles à se détendre. Je suis à deux doigts de tomber. Il m'incline un peu plus par-dessus la rambarde, la majeure partie de mon corps est suspendue en l'air.

Souriant malgré la douleur, je lui crache en plein visage :

– M'inquiéter ? Je te livrerais devant sa porte, emballé dans du papier cadeau à Noël si j'en avais l'opportunité.

– Comment peux-tu être aussi insensée ?

Son visage est quasiment collé contre le mien. Sa question est véritablement née de sa curiosité, elle n'est pas rhétorique.

– N'importe quelle fille avec la moitié d'un cerveau tomberait à genoux devant moi pour essayer de m'apaiser.

– J'ai toute ma tête et chaque cellule de mon corps se souvient de la haine que je te porte.

– Madison ne t'aime pas, continue-t-il en caressant ma joue. La seule raison pour laquelle il t'a accordé la moindre attention aujourd'hui, c'est qu'il veut t'utiliser contre moi.

– Je sais, lui dis-je en lui adressant un sourire plein de poison. Et *ça m'intéresse*.

Je le sens. Le moment où il manque de me laisser tomber. Ce n'est que par miracle qu'il nous redresse tous les deux. Une sueur froide perle sur mon front et mes bras tandis que je peine à respirer. Chancelante, je m'éloigne de lui autant que possible sans le quitter des yeux. Je ne lui fais pas confiance. Le visage de Romeo retrouve son apparence princière et neutre à la fois.

– La bonne nouvelle, c'est que nous allons avoir amplement le temps de parler de tes projets pour me détruire dans l'avion.

– Quel avion ?

– Eh bien, Shortbread, tu ne croyais tout de même pas que je ferais l'impasse sur notre lune de miel ? demande-t-il en feignant la surprise. Comment notre union aurait-elle l'air crédible sans ce voyage ?

Je me décompose et recule d'un pas.

– C'est absolument inutile.

Il avance d'un pas en annihilant la distance que j'ai mise entre nous.

– Comme d'habitude, nous ne sommes pas d'accord. Nous devons célébrer notre changement de statut social. D'autant plus que le gratin de Washington nous observe de près.

Je trébuche en reculant encore.

– On peut faire quelque chose dans les parages. Comme un week-end à New York, mais chacun dans un hôtel différent.

Il s'approche, tel le prédateur concentré sur son prochain repas.

– Si j'avais pensé que nous pourrions nous en tirer à si bon compte, je t'aurais joyeusement renvoyée chez toi puis j'aurais fait ma vie de mon côté. Malheureusement, toi, ma très chère épouse, depuis que nous nous sommes rencontrés, tu as passé chaque instant de ton existence à essayer de te débarrasser de moi publiquement et de façon très sonore. Donc, dans deux heures, nous allons embarquer dans mon avion, direction Paris, pour un long week-end. Maintenant, rentre dans cette salle de réception et va faire tes adieux.

J'en suis quasiment bouche bée. Il n'est pas sérieux. Impossible. Je n'ai même pas pu discuter avec Frankie, maman et Sav. Et pire. Il y a encore six kilos de gâteau avec mon nom dessus. *Littéralement*.

Enfin, je ne peux plus battre en retraite, mon dos s'écrase contre la porte vitrée du patio.

– Mais… Je n'ai pas de valise. Ni… de vêtements… non plus.

– Cara a préparé tout ce qu'il te faut.

Il me plaque contre le panneau de verre, les bras au-dessus de la tête.

– Sans la moindre crème chantilly.

– Elle ne me connaît pas.

– Désolé de te l'apprendre, mais la composition d'un hot-dog est plus mystérieuse que ce qu'il y a dans ta petite tête.

– Et mon passeport ?

– Ta mère me l'a donné avant la cérémonie.

Zut. Elle pensait certainement me faire plaisir.

– J'ai besoin de me reposer. Ces dernières semaines ont été si stress…

– Nos mères se sont tapé tout le boulot. Tu t'es reposée toute ta vie. Ce voyage aura lieu, que tu le veuilles ou non. Maintenant, va dire au revoir à tes invités.

– Je te hais.

J'essaie de lui écrabouiller le pied, mais il est trop rapide et me voit venir.

– Quel dommage, commente-t-il en effleurant mes lèvres des siennes. Tu vois, je ne te déteste pas du tout. En fait, tu es une magnifique distraction pour moi. Comme une douzaine de clowns qui sortent d'une minuscule voiture au cirque. Tu es une acrobatie aérienne, Dallas. Quand tu parviens à tes fins, je suis impressionné. Quand tu te plantes, je suis amusé. Mais je ne me soucie vraiment pas assez de toi pour m'impliquer personnellement d'une manière ou d'une autre. Pour que je te haïsse, il faudrait que tu sois mon égale.

Sa bouche est sur la mienne, maintenant. Nos lèvres se touchent, mais nous ne nous embrassons pas. Mon cœur bat à toute force contre mes côtes, menaçant de me déchirer la poitrine, de sauter entre nous et d'éclabousser sa chemise immaculée, avec du sang et tout. Mes paupières se ferment de leur propre volonté.

Je suis prête à retrouver sa chaleur, quasiment familière. Mais au lieu de me retrouver prise dans ses bras qui me rendent accro, je sens un courant d'air frais qui vient me gifler le visage. J'ouvre les yeux et vois Romeo qui a reculé de deux pas, ricanant avec mépris.

– Tellement naïve. Te détruire va devenir un jeu spectaculairement amusant.

CHAPITRE 25

Ollie vB : La mariée était absolument
magnifique.

Romeo Costa : Va immédiatement
rincer tes yeux à l'eau de Javel.
Tu n'as pas à la regarder.

Ollie vB : Sa sœur aussi.

Romeo Costa : La gamine
est mineure.

Ollie vB : Allez, Rom. Sois réaliste.
Nous savons très bien
tous les deux que je suis trop riche
pour voir une cellule de prison
de l'intérieur.

Zach Sun : Quelqu'un pourrait-il
faire partir le fantôme
de David Bowie
de cette conversation ?

Romeo Costa a exclu Ollie vB
de la conversation.

Zach Sun : Pourquoi ai-je toujours
l'impression d'avoir besoin
de prendre une longue douche
brûlante après avoir parlé
à Ollie ?

Romeo Costa : Parce qu'il est
l'incarnation du concept
de harcèlement sexuel engoncé
dans un costume Tom Ford.

Zach Sun : Est-ce que Denver
est emballée par l'idée
d'aller à Paris, d'ailleurs ?

Romeo Costa : J'ai connu des chats
plus emballés par l'idée
de prendre leur bain.

Zach Sun : Tu as pensé à essayer
de t'entendre avec elle ?

Romeo Costa : Jamais.

Zach Sun : Existe-t-il une version
plus élaborée de cette réponse ?

Romeo Costa : Je pense que
nous avons dépassé ce cap
le jour où je l'ai traînée de force
dans un État qu'elle ne connaît pas
pour vivre dans une maison
qu'elle n'apprécie pas
pour épouser un homme
qu'elle hait avec passion.

Ollie vB a rejoint la conversation.

Romeo Costa : Comment a-t-il fait ça ?

Ollie vB : J'ai un ingénieur informatique d'astreinte en permanence. @ZachSun m'a branché sur lui il y a quelques mois quand j'ai dû gérer la crise des dickpic.

Zach Sun : Une crise judicieusement nommée Mobi Dick.

Romeo Costa : D'ASTREINTE EN PERMANENCE ?

Ollie vB : Tu as un tel talent pour l'écrit @ZachSun. Et dire que tu ne l'utilises pas, j'en ai le cœur brisé.

Romeo Costa : Je répète : D'ASTREINTE ?

Ollie vB : Le nombre de fois où je me suis retrouvé dans la panade à cause de contenus partagés… Tu serais surpris.

Romeo Costa : Quelque chose me dit que je ne serais pas si étonné que ça.

Ollie vB : Alors, la petite Townsend, elle est prise ?

Romeo Costa : LA PETITE TOWNSEND VA ENCORE À LA FAC, PUTAIN.

Ollie vB : Ça me peine
de te l'apprendre, Costa,
mais tu as toujours été prude.
Hein, Zach ?

Zach Sun a quitté la conversation.
Romeo Costa a quitté la conversation.

Ollie vB : Ah les drama queen.
Je parie mon cinquième yacht
que la fille a plus de dix-huit ans.

CHAPITRE 26

ROMEO

Dallas Townsend me fait penser à un phœnix, renaissant des cendres de ses mauvaises décisions. Une inspiration pour les masses désœuvrées. Dans l'épisode de ce soir, Shortbread a tellement bu qu'elle est à moitié dans les vapes. Depuis que je lui ai appris la tragique nouvelle de notre imminent départ pour une luxueuse lune de miel, elle s'est mise à descendre des coupes de champagne à la chaîne, bafouillant ses remerciements aux invités, zigzagant au milieu de la pièce.

Son apparence agréable mise à part, j'ai déjà rencontré du mobilier de bureau plus à même de me faire passer un bon moment. Le fait qu'elle nous embarrasse tous les deux en invoquant sa meilleure représentation de la tata bourrée à Noël qui dit n'importe quoi assez fort pour qu'on l'entende jusqu'au pôle Sud n'aide pas.

Sa famille n'intervient pas dans ce spectacle. Shep parle affaires pendant que Natasha concentre ses efforts sur son objectif premier : trouver un mari à l'autre menace qu'elle a enfantée. Et Franklin… Franklin sait très exactement à quel point Dallas a trop bu. Elle l'a laissée faire, bien consciente que je déteste le scandale.

Que je sois parvenu à faire entrer Shortbread dans mon jet privé sans perdre un œil tient du miracle. Nous sommes en route pour Paris et son niveau d'excitation est quelque part entre un marathon d'arithmétique de trois jours et un enterrement.

– Je crois que je vais vomir, annonce Dallas en se tenant le ventre, toujours vêtue de sa robe de mariée.

Son visage est extraordinaire pour une personne qui n'est pas le Grinch.

– Quelle surprise, dis-je en tournant la page de mon journal.

Elle gémit et rejette la tête en arrière, la cognant contre l'appuie-tête de son fauteuil.

– Je suis à peu près certaine que je vais vomir sur cette robe.

On dirait qu'elle souffre d'une intoxication alcoolique. Juste quand je pensais que choisir de vieux pilotes moches nous garantirait un voyage sans trop d'accidents.

Je corne une page et passe à la suivante.

– Pas besoin de me raconter toute ta vie. Je m'en fous complètement.

– Tu ne vas pas m'aider ?

– Non.

– D'accord. Je crois que je vais gerber partout dans ton jet et le faire puer pour l'éternité.

Je me lève en soupirant et la prends dans mes bras pour la porter dans la salle d'eau, façon nuit de noces. Elle est comme sans vie. À tel point que je me demande s'il ne faudrait pas faire demi-tour pour l'emmener directement à l'hôpital.

Puis, en chouinant comme elle seule sait le faire, elle se met à donner des ordres :

– Prends tous mes cheveux, fais gaffe, sinon y'a des trucs qui vont se mettre dedans… Oh, et la robe. Retire-la.

Les privilèges. Le culot. La croyance aveugle que le monde lui doit quelque chose. Tout va bien pour elle.

– Essaie de ne pas boire comme si l'avenir de la nation en dépendait, la prochaine fois.

Je la pose par terre avant d'arriver devant les toilettes, je l'allonge sur le ventre et commence à défaire sa robe. Il y a beaucoup de couches à enlever. Elle nage dans des kilomètres de tissu. Il me faut dix bonnes minutes pour la libérer de ses boutons, fermetures et autres frous-frous.

Dallas, fidèle à elle-même, se tortille à même le sol en plantant ses griffes dans la moquette.

– Plus vite ! Je ne tiens plus.

– Tout va bien ?

L'hôtesse passe la tête dans l'embrasure de la porte. Elle était dans la cuisine à confectionner une salade de fruits et des mimosas. Je dois donner l'impression de me battre à mains nues contre un sanglier.

– Oui.

– Je suis navrée, Monsieur, mais je vois bien que…

– Est-ce que je vous paye pour voir des choses ou pour nettoyer les toilettes et préparer à manger ? Tant que j'y suis, jetez les mimosas. La dernière chose dont ma femme a besoin, c'est de plus d'alcool dans le sang.

Tous mes employés sans exception, du plus important au plus insignifiant, signent un accord de confidentialité. C'est un arrangement des plus opportuns, au vu de mes manières, qui laissent franchement à désirer tant que je n'ai pas le micro d'un reporter de *Bloomberg Finance* sous le nez.

Quand Dallas s'échappe enfin de sa robe, vêtue seulement d'un soutien-gorge beige sans bretelles et d'un string assorti, je récupère l'élastique autour de son poignet pour lui attacher les cheveux.

– Pas le temps ! Je dois vomir.

Elle est dans tous ses états et *me frappe au visage*.

Je la traîne jusqu'à la salle de bains, soulève la cuvette des toilettes et rassemble ses cheveux d'une main tout en essayant de la stabiliser d'une autre. Alors c'est l'explosion. Je la surplombe en retenant sa tête pour qu'elle ne se brise pas la nuque et ne me plonge donc pas dans un tourbillon d'ennuis juridiques. C'est à cet instant que je me demande quel genre d'idiot épouse une femme comme elle.

En temps normal, je suis un être rationnel. Qu'est-ce qui a bien pu me faire penser que c'était une bonne idée ? Même faire chier Madison Licht n'est pas une raison valable. Shortbread est l'équivalent humain d'un ouragan de catégorie six. Elle détruit absolument tout sur son passage.

Après quelques minutes à vider l'intégralité de son estomac, elle s'effondre et se roule en boule par terre en s'accrochant à la cuvette. Ses joues sont striées de larmes. Son teint est passé du vert au blanc cireux. Je m'échappe de la petite pièce pour aller lui chercher de l'eau et un cachet d'ibuprofène, simplement parce que je ne veux pas avoir à atterrir en urgence en Irlande pour nous retrouver dans un hôpital. Elle accepte mes offrandes sans la moindre gratitude. Après avoir avalé le comprimé, elle m'adresse un regard haineux.

– Pourquoi ne m'as-tu pas apporté ma brosse à dents et du dentifrice ?

– Pour la même raison que je ne t'ai pas fait couler un bain ni coupé les ongles de pied. Je ne suis pas ta bonne.

Je jette sa bouteille d'eau vide à la poubelle. Je n'ai jamais autant apporté de soin à quiconque, même à Oliver, quand il a fait irruption devant ma porte, complètement pété après son initiation au Porcellian Club à Harvard.

Elle me jette un regard noir avec ses yeux injectés de sang, pourtant toujours allongée par terre.

– Mon haleine est abominable.

– Le reste de ta personne aussi.

– Brosse à dents.

– Manières, j'ordonne sur le même ton grinçant.

– Va te faire foutre.

Elle se dit peut-être qu'elle fait un effort puisqu'elle n'essaie pas de m'arracher les yeux en le disant.

– Je vais devoir décliner, à mon plus grand regret. Je vais lire le *Wall Street Journal* un peu plus loin.

– Tout ça, c'est ta faute ! crie-t-elle à mon dos. C'est à cause de toi que j'ai pris une cuite.

Je continue à marcher à la même vitesse quand elle enchaîne :

– Bon, d'accord. Peux-tu m'apporter ma brosse à dents, *s'il te plaît* ? T'es content, maintenant ?

Je ne suis pas content, maintenant. Je ne serai probablement *jamais* content après avoir malencontreusement décidé d'épouser cette femme. Mais apparemment, j'ai trouvé les limites de mon sociopathe interne, parce que je me traîne jusqu'à sa valise, en extirpe une brosse à dents et un tube de dentifrice puis les lui rapporte.

Je la laisse prendre une douche, se laver les dents et revenir à elle tandis que je parcours les dernières nouvelles du monde de la finance depuis mon fauteuil en sirotant un café tiède. Elle émerge une demi-heure plus tard, les cheveux mouillés, le visage tout rose, récuré, et vêtue d'un sweat à capuche du MIT qu'elle a dû piquer dans ma valise.

Elle semble ronchon et hébétée en tombant sur le canapé à côté de moi et elle s'attaque à la salade de fruits et aux *banh mi*. Du coin de l'œil, je l'observe engloutir deux plateaux de sandwichs et un Coca.

Quand elle en a terminé, elle regarde autour d'elle et soupire :

– Je ne suis pas fatiguée.

Je garde les yeux rivés sur le journal. Peut-être que si je reste immobile, elle va me croire mort et arrêter de parler.

– On se pelote ?

Puisqu'elle semble à l'évidence encore en état d'ébriété avancée et puisque le parfum « eau de vomi » n'est pas une senteur que je trouve des plus attrayants, j'ignore sa proposition fort peu alléchante.

– Allez !

Shortbread se lève d'un bond pour se retrouver pieds nus sur la moquette à essayer de m'escalader. Elle donne une pichenette au journal dans ma main et s'assied à califourchon sur mes genoux.

– Je suis assez saoule pour te tolérer, là. C'est une opportunité unique qui ne se représentera pas. Peut-être que j'arriverai à m'endormir plus facilement si j'ai un orgasme.

Elle passe les bras autour de mon cou.

– Donne-moi une bonne raison de t'aider.

– Femme heureuse, vie heureuse ? propose-t-elle en souriant de toutes ses dents.

Alors une idée me vient en tête.

– As-tu déjà eu un orgasme ?

– Je crois que je m'en suis donné un par accident l'an dernier.

Ses grands yeux innocents s'écarquillent. C'est dans des moments comme celui-ci que je me rappelle pourquoi j'ai fait tout ça pour la piquer à un autre. Où aurais-je pu trouver en Amérique une jeune femme de vingt et un ans comme elle ? Une telle page blanche sur laquelle imprimer ma marque, sur laquelle griffonner, une personne à modeler comme je le souhaite.

J'en mets plein la tête à Oliver de trouver sa sœur séduisante, mais honnêtement, Dallas est tout aussi virginale. Un fruit défendu. Toujours aussi protégée du monde extérieur. Elle a piqué ma curiosité.

– En faisant quoi ?

– Du motocross.

Je me pince les lèvres pour ne pas rire.

– Ne rigole pas, dit-elle, le front plissé avant de me taper le torse. Toute ma famille était présente. J'ai laissé un gémissement s'échapper et maman a cru que je m'étais fait une entorse à la cheville. J'ai dû laisser croire que je m'étais vraiment blessée et j'ai fait semblant de boiter pendant une heure. C'était vraiment pénible.

Vais-je vraiment me mettre à rigoler pour la première fois depuis mes quatre ans à cause de cette petite migraine sur pattes ?

– Descends de mes genoux.

– Ou fais-moi grimper aux rideaux sur tes genoux ?

Elle se trémousse en faisant danser ses sourcils.

– Tu es trop bourrée. Sans mentionner que je n'ai pas assez bu moi-même pour ça.

Son état d'ébriété est la seule chose qui me retienne de la faire jouir sur ma main. Malheureusement, le fait d'avoir vu cette bouche expurger des morceaux de macaron, de tartelette et de crème plus ou moins digérés ne me détourne pas de mon envie de la voir autour de ma bite.

D'ordinaire, mes standards ne sont pas si bas et je ne vais pas jusqu'à *capacité à respirer : optionnelle*. C'est plus le genre d'Ollie. Mais je trouve Shortbread étrangement séduisante. Quand Shep m'a dit que sa fille était irrésistible, j'ai eu envie de rire. Maintenant je suis plus inquiet qu'amusé.

– Tu ne comprends pas ? C'est justement parce que je suis bourrée que ça va, rien de mieux ne pouvait nous arriver, commente-t-elle en me claquant le torse. Allez, viens, on s'envoie en l'air. Ça ne me dérangera même pas que ce soit avec toi. Et ça fait super longtemps que je veux me faire dépuceler.

Si j'étais d'humeur charitable, je lui dirais que son pucelage serait gâché sur mes doigts ou sur ma langue, mais ce n'est pas le moment.

– Éloigne-toi de mes genoux.

D'ordinaire, je prends mon pied en contrôlant totalement et méticuleusement chaque situation. Mais avec Dallas, pour une raison qui m'échappe, continuer à interpréter ce personnage me semble un fardeau lourd à porter.

Elle frotte sa chatte, couverte simplement d'un petit string, sur mon entrejambe. Bien évidemment, je bande. Elle n'a besoin que d'exister non loin de moi pour que tout mon sang se concentre dans mon pénis.

Elle roule des hanches et son intimité se traîne le long de la mienne encore une fois.

– Pourquoi devrais-je t'écouter quand tu ne m'écoutes jamais ?

– Parce que je suis à deux doigts d'obtenir une annulation de mariage et de te renvoyer à Chapel Falls pour épouser un fermier, dis-je en serrant les dents.

Elle me tape encore sur le torse :

– Mais abuse de mon corps, merde.

J'ai envie de lui attraper la nuque et de l'embrasser comme un malade, de la baiser à travers ses vêtements jusqu'à ce qu'elle jouisse à en crier. Jusqu'à ce qu'elle ait une extinction de voix. Puis de la guider entre mes cuisses pour éjaculer sur son élégant nez retroussé, ses taches de rousseur juvéniles et ses grands yeux d'animal dessiné par Disney.

Mais je n'ai pas la force de faire quelque chose qu'elle pourrait regretter ensuite. Même si on ne peut pas m'accuser d'être trop proche du concept de chevalerie, je me fixe toujours la limite du consentement, d'autant plus quand il est douteux. Et plus encore quand je sais pertinemment que je vais me la taper rapidement et comme j'en ai envie. C'est d'une évidence pitoyable.

Je suis à deux doigts de m'engager dans une lutte sur le canapé quand elle tombe la tête la première dans le creux de mon cou.

– Si tu as prévu de me sucer le sang…

Un petit ronflement me coupe dans l'élan de ma menace. Puis je la sens baver. Dans mon cou. *Bon Dieu.* Elle vient de s'endormir sur moi. Avec mon érection coincée entre ses cuisses. Si j'étais malin, je la reposerais sur le canapé et retournerais à mes affaires. Je vais le faire. Je vais me lever et me débarrasser d'elle.

Sauf que je ne le fais pas.

Peut-être parce que je ne souhaite pas risquer de la réveiller pour qu'elle se lance dans un autre épisode de diarrhée verbale. Ou peut-être parce qu'il y a pire au monde que sentir sa chatte irradier de chaleur directement sur ma bite.

Quelle qu'en soit la raison, je la laisse dormir sur moi. En lisant le *Wall Street Journal* et en remerciant ma mauvaise étoile qu'au moins Zach et Oliver ne soient pas là pour se foutre de ma gueule et de ma nouvelle épouse fort peu civilisée.

Je vais la dresser, sans problème.

Après tout, je l'ai déjà mise en cage.

CHAPITRE 27

ROMEO

Quatre heures plus tard, le calme et la raison qui nous berçaient s'arrêtent brusquement. Shortbread est réveillée et quasiment sobre, à en juger par le temps qu'il lui a fallu pour tomber par terre, paniquée, puis me cogner les tibias quand elle se rend compte qu'elle a dormi sur moi.

– Lâche-moi ! Dégage !

Je tourne une page de mon journal, même si je lis le même article en boucle… Difficile de me concentrer quand elle se presse contre ma bite. En temps ordinaire, je me félicite d'être immunisé contre les charmes féminins. Mais bon, je n'ai pas passé autant de temps avec une belle femme depuis très longtemps.

– Je ne t'ai jamais tenu et je n'ai jamais été sur toi. Et je ne le serai jamais, d'ailleurs.

Shortbread fronce les sourcils, croise les jambes au niveau des chevilles, puis plaque la main sur son front. Ses souvenirs des douze dernières heures doivent lui être revenus en masse d'un seul coup. J'espère qu'elle se souvient de tout. Que nous sommes maintenant légalement mariés. Qu'elle a bu l'équivalent d'une baignoire d'alcool. Qu'elle a vomi partout sauf sur les ailes de l'avion et qu'elle m'a fait des avances avec autant de finesse qu'un télémarketeur avant de s'écrouler sur moi et de s'y endormir.

– Je crois que je vais encore vomir. Le souvenir de m'être frottée contre toi suffit, dit-elle, une main sur la bouche, tremblant visiblement. J'espère ne pas avoir attrapé de maladie vénérienne à m'être autant rapprochée.

– Dis bien toutes tes prières ce soir et je pourrai éventuellement t'épargner mes verrues génitales.

Je bâille, mais intérieurement, je meurs d'envie de lui crier dessus que si les maladies sexuellement transmissibles l'inquiétaient vraiment, elle devrait plutôt remercier le ciel de ne pas avoir fini avec Madison Licht, l'homme qui crame un paquet de capotes par nuit. Elle me dévisage, incrédule.

– Sois sérieux. Tu t'es fait dépister récemment ?

– Non. Mais je n'ai pas été sexuellement actif non plus.

– Sérieux ?

Je réponds à son froncement de sourcils d'un mouvement de tête négatif. Je ne sais pas pourquoi j'ai choisi de donner des explications à cette catastrophe ambulante.

– Pas même avec Morgan ?

Particulièrement avec Morgan. Je ne la toucherais même pas s'il n'y avait plus de femmes sur terre et que nous avions la charge de repeupler la planète. La civilisation a eu sa chance, c'était pas mal, mais franchement, c'est mort.

– *Personne.*

Ça cogite dans sa jolie petite tête, mais je ne me soucie pas assez de son opinion pour me demander ce qu'elle en pense. Quoi qu'elle puisse se dire, j'y serai forcément opposé.

– Ne me dis pas que tu envisages sérieusement de m'être fidèle ?

Elle fait une drôle de tête, comme si c'était une mauvaise chose. C'est quoi, son type de mec ? Des enfoirés qui la trompent ? Ce qui expliquerait pourquoi elle est toujours accro à Licht.

– Un trou est un trou. Autant me servir du tien.

Renversant sa tête en arrière, elle éclate d'un rire sans joie.

– Pas étonnant que tes parents t'aient donné le nom de l'incarnation la plus pure du héros romantique. Ils devaient se douter que tu deviendrais un tel Apollon.

– Mes parents m'ont appelé Romeo, comme mon père, qui lui-même a été nommé comme son père.

Mais la tradition s'arrête avec moi. Pas d'autre Romeo Costa. Le monde pourra me remercier plus tard.

Elle se mord les lèvres :

– Je me posais des questions sur… les trucs sexuels.

Je repose le journal sur mes genoux et la regarde d'un air morne.

– Est-ce une invitation ?

– Est-ce que tu y… répondrais ?

Elle mordille un sourire naissant. Un autre éclat de rire me chatouille la gorge. Quand elle ne prend pas tout l'espace pour le gâcher, elle est supportable. C'est surprenant.

Je me contente d'arquer un sourcil interrogateur :

– La maîtresse de maison est-elle toujours en état d'ébriété ?

– Non, avoue-t-elle, les joues rosies.

– Est-ce que tu vas essayer de me tuer ?

Je lui parle lentement, comme un parent morigénant un enfant.

– Pas dans ce cas de figure.

Un ange passe. Je sais que l'hôtesse s'affaire dans la cuisine, prétendant ne pas espionner notre étrange conversation. Je ne suis pas exhibitionniste, mais que cette femme nous observe ne m'inquiète pas plus que ça.

Je jette alors mon journal de côté et me tapote le genou.

– Viens ici.

– Et les manières, alors ?

Elle me parle sur le même ton que moi quand elle m'a fait une crise avec sa brosse à dents.

Je suis à deux doigts de lui dire qu'elle peut découvrir les plaisirs sexuels toute seule grâce à Tumblr avec un gode. Puis les mots de Zach me reviennent en mémoire. *Essaie de faire un effort.* Je ne vois pas l'intérêt de rentrer dans le lard de cette délectable et simple créature au caractère de cochon qui se trouve juste devant moi. Notre brève cohabitation sera bien plus plaisante si je lui fais plaisir de temps en temps.

– S'il te plaît.

Ce mot me semble étrange. Je lève les coins de mes lèvres pour essayer de sourire.

– Beurk, arrête de faire cette tête. On dirait que tu vas essayer de me bouffer.

C'est exact. J'ai vraiment prévu de la bouffer, mais pas comme elle le croit. Elle regarde autour d'elle, désorientée, passant à côté du fait qu'il y a une hôtesse de l'air derrière elle.

– Oh, et puis zut. La vie est trop courte et si quelqu'un pose la question, je nierai tout en bloc. Je ne dirai à personne que je me suis approché de toi.

Elle se lève, approche, puis se pose sur mes genoux en clignant des yeux et me relance :

– Et maintenant, on fait quoi ?

Quelques options s'offrent à nous, toutes plus dépravées les unes que les autres, mais je me dis que la plus sûre serait de la laisser en plan à me supplier de lui en donner plus. Ce qui implique de devoir remettre à plus tard ma propre jouissance et de la préparer pour l'avenir. Elle va devoir adhérer à mes goûts particuliers et à mes règles strictes, dont certaines me sont encore inconnues.

Mes yeux tombent sur mon sweat du MIT.

– Est-ce que je t'ai autorisée à porter mes vêtements ?

– Eh bien non, mais…

– Enlève ça. Tout de suite.

Elle ouvre la bouche, pour me contredire. J'arque un sourcil narquois pour la mettre au défi de le faire. Elle pince les lèvres, attrape le bas du sweat et le retire. Elle ne porte qu'un soutien-gorge.

– D'accord, d'accord. J'imagine que c'est ça… le langage coquin. Hein ?

Je n'arrive pas à trancher. Est-ce adorable ou pitoyable ? Très probablement un peu des deux. Mais alors que ses seins magnifiques me regardent, à peine contenus dans son soutien-gorge sans bretelles, me suppliant de m'intéresser à eux, j'oublie à qui ils sont attachés.

Lui prenant le cul à pleines mains, je la plaque contre ma bite. Elle fait comme un bond en avant et son visage se retrouve à quelques centimètres du mien.

– Voilà l'effet que tu me fais.

Je la soulève une nouvelle fois en lui attrapant les fesses et la fais brusquement retomber sur ma queue. Elle en a le souffle coupé et les yeux écarquillés.

– Je suis allé encore plus loin dans mon aversion pour toi, Shortbread. En fait, je devrais inventer un tout nouveau mot pour exprimer ce que je ressens. Et pourtant, sur ma vie, je suis incapable de résister à la tentation que tu incarnes.

Au lieu de chercher la bagarre, Shortbread semble comprendre le mouvement et me fait taire d'une grosse pelle baveuse. Elle n'est que langue et dents. Un baiser d'amateur, comme un faon qui tente de se mettre debout pour la première fois. Maladroit et pourtant d'un charme magique.

Elle ne fait même pas de pause pour reprendre son souffle. Sa langue trouve la mienne. Elle n'est plus ni timide ni incertaine. Ses mains sont partout. Sur mon visage, dans mes cheveux, sur mes épaules, mes pectoraux, mes *cicatrices*. Elles s'attardent sur la peau irrégulière aux petites boursoufflures. Je sais qu'elle veut savoir d'où elles viennent.

Ma bouche attaque à son tour : ses lèvres, son menton, puis sa gorge, ses clavicules, laissant des baisers humides et brûlants partout sur son parcours. Elle penche la tête en arrière et pousse un gémissement. Ses doigts se mêlent à mes cheveux, tirent dessus trop fort, avec trop de désespoir. Je baisse d'un coup son soutien-gorge, le laissant tomber autour de sa taille, libérant ainsi sa poitrine.

– On n'est pas tout seuls, dit-elle, le souffle court, en se frottant contre ma queue.

Je sais que je vais le regretter quand nous atterrirons et que mes couilles seront prêtes à exploser, mais je ne peux pas m'en empêcher.

– Elle ne dira pas un mot. Elle est sous contrat.

Je grogne contre sa peau, j'attrape un téton entre mes dents et tire dessus jusqu'à ce qu'elle retienne son souffle.

Je sens l'avion amorcer sa descente, donc je sais que nous sommes presque arrivés à Paris. Toutefois, ni l'hôtesse ni les pilotes ne sont assez stupides pour m'approcher alors que je dévore les seins de Dallas comme s'il s'agissait de mon dernier repas.

Je lèche, suce, tire, égratigne ses mamelons rose pâle, lui prend la poitrine à pleines mains, la tapotant tendrement de temps en temps. Ma bite frémit entre ses cuisses.

Son clitoris appuie sur ma fermeture Éclair, déjà repoussée au maximum de mon côté. Je le sais car la friction la rend dingue. Sa tête dodeline d'un côté, puis de l'autre.

– Oh, mon Dieu. C'est tellement… tellement…

Mais elle ne parvient pas à trouver le bon mot et je n'ai pas l'intention de la presser à s'exprimer encore plus.

– Monsieur…

Une voix nous parvient à l'autre bout de la cabine. C'est nettement celle d'un homme, ce qui veut dire que l'hôtesse n'a pas eu envie de me parler directement. Elle a envoyé un pilote.

– Nous sommes presque au Bourget. Notre atterrissage est programmé dans quinze minutes et nous avons déjà obtenu le feu vert des autor…

– Non.

J'ai parlé avec conviction. Ma bouche avale quasiment l'intégralité de l'un des seins de Dallas. Je couvre la plupart de son innocence de mes bras, mais tout de même… Je n'apprécie pas qu'il reste planté là comme un gros pervers.

– Partez.

– Monsieur, nous devons nous préparer à aterr…

– Non.

Je lève le nez des seins de Shortbread et le transperce d'un regard assassin.

– Mon avion, mes règles. Nous avons assez de carburant pour refaire une boucle et tenir encore une bonne heure.

– Une *heure* ? C'est une perte de…

– Votre existence entière est une perte. Ne voyez-vous pas que je donne du plaisir à ma femme ? Soit vous cherchez seul le chemin pour trouver le poste de pilotage et faire une boucle autour de Paris jusqu'à ce que nous en ayons terminé, soit je vous botte le train pour que vous vous y rendiez.

Il rejoint le cockpit d'un bond et j'imagine que l'hôtesse s'y cache également pour le restant du vol pendant que je m'affaire à embrasser, lécher et sucer les seins de Dallas.

Elle pouffe de rire dès qu'il s'en va en me remettant sa poitrine sous le nez, à la recherche de mes attentions.

– Tu es vraiment horrible.

– Je ne me souviens pas t'avoir vue défendre ce cher Paddy quand je lui ai dit de rester en vol.

Je retourne ensuite immédiatement à ma tâche en faisant ce qui semble fonctionner le mieux pour ma femme et moi : l'exciter jusqu'à approcher l'orgasme sans jamais l'y précipiter et l'entendre glousser quand elle me tire les cheveux à m'en rendre chauve.

Lorsque nous atterrissons une heure plus tard, le torse de Dallas est rouge, à vif et plein de marques de succion. Il est aussi couvert de mon sweat du MIT et d'un manteau que j'ai passé sur ses épaules à la va-vite par précaution.

En fin de compte, ce n'était pas le meilleur vol de ma vie, et de loin. Mais au moins, à la différence de celui que nous avons partagé pour revenir de Géorgie, je n'ai pas manqué de tuer quelqu'un.

Ce qui me rappelle… J'espère que Scott, où qu'il soit maintenant, se souvient de son nouveau mantra : « Ne jamais toucher ce qui appartient à Romeo Costa Junior. »

CHAPITRE 28

DALLAS

Je n'attendais pas grand-chose de ma lune de miel parisienne. Et *pourtant*, mon mari parvient à me décevoir.

Après avoir atterri à Paris, la ville la plus romantique du monde, Romeo et moi nous installons dans l'extravagante suite nuptiale de l'hôtel Le Bristol.

Ce que j'aurais dû faire, c'est retirer son sweat à capuche et rincer les rougeurs de notre précédent moment coquin dans l'avion.

Mais non, il a fallu que je fasse tourbillonner ma valise en jouant avec la poignée face à la vue imprenable sur Montmartre par la porte-fenêtre ouverte sur la terrasse et que je lui demande :

– Tu veux aller bruncher puis faire la tournée des coins touristiques ?

Romeo avait déjà retiré sa veste de smoking et posé un costume parfaitement repassé sur notre lit.

– J'ai des réunions et des rendez-vous déjà organisés avec des clients et un vieux copain de fac.

Il me laisse en plan, toute seule, pendant notre *lune de miel* ?

Puisque essayer de solliciter sa conscience et son sens de l'introspection s'est révélé inutile, je tente une autre approche. J'essaie la tactique de la crème fouettée.

– Pas de problème.

Je hausse les épaules et ouvre ma valise au pied du lit. Cara m'a mis assez de lingerie pour séduire l'intégralité de la nation française.

– J'imagine que je te verrai quand je te verrai, alors.

Il traîne devant la porte de la salle de bains. Ses cicatrices sont visibles sous sa chemise déboutonnée, puis il sort son téléphone et me le jette dans les mains.

– Mets ton numéro dans mon répertoire. La dernière chose dont j'aie besoin, c'est que tu te perdes.

Avec un peu de chance, on pourrait me kidnapper contre une rançon, comme dans *Taken*. Je suis certaine que mes ravisseurs seraient de meilleure compagnie que lui. J'entre mon numéro et lui relance son portable de la même manière.

Il appuie sur son écran et met un terme à l'appel dès qu'il entend ma sonnerie retentir. *Il a vraiment un problème de confiance.*

– Brave fille.

– Vilain mari.

– Arrête d'essayer de me faire croire que tu veux passer plus de temps avec moi que je ne souhaite rester avec toi.

C'est assez pathétique, mais en fait, si. J'ai envie d'être avec lui. Je suis en manque de contact humain. Je ne dirais pas vraiment qu'il en est un, mais c'est ce que j'ai de plus proche.

Dès qu'il saute sous la douche, je me glisse dans une jupe crayon, un top en soie et des bas noirs transparents avec une ligne rouge devant. Puis, je trotte vers la table de chevet et j'ouvre son portefeuille.

Il n'a jamais proposé de substitut pour la carte sur laquelle il a fait opposition. Donc j'interprète comme un signe le fait qu'il ait laissé traîner la sienne. C'est une invitation à se servir. Et pour me servir, je me suis servie. Le temps qu'il finisse de prendre sa douche, j'étais déjà partie depuis un bail. Mon téléphone éteint. Et la carte Centurion dans la poche.

Tout d'abord, je me suis offert un déjeuner dégustation en quatre temps dans un restaurant sur les Champs-Élysées. Quand je n'ai plus rien pu avaler, j'ai répandu ma fortune dans tous les sens du terme en invitant tous les clients présents à ce moment-là.

Ensuite, j'ai pris un taxi jusqu'à la rue Saint-Honoré où je me suis procuré quelques babioles en guise de cadeau de mariage, soit trois sacs Hermès. Puisque je ne peux pas mettre mon nouveau chéri dans l'embarras en achetant l'un des Birkin les plus accessibles (comprendre : pas en vente pour une somme totalement obscène), je n'ai pas eu d'autre option que de mettre le cap sur les respectables modèles en édition limitée.

Cent vingt mille l'unité, multiplié par trois.

Une bouchée de pain.

Pas étonnant que j'y sois retournée pour en prendre un pour maman et deux pour Frankie.

D'Hermès, je suis passée à Dior, puis Chanel, avant de faire un dernier arrêt chez Balmain. Mais il aurait été inhumain de quitter les lieux sans apporter mon soutien aux petits créateurs du coin, alors j'ai fini par laisser un gros paquet de cash dans une boutique unique en son genre pleine de trouvailles. Cet épuisant calvaire a duré dix bonnes heures, pendant lesquelles mon téléphone est resté éteint, et la carte de crédit noire a flambé.

J'ai claqué quasiment sept cent mille dollars avant de héler un taxi vers vingt et une heure. Paris fourmille d'activité. Des lumières illuminent la nuit partout comme une nuée de lucioles. Des couples amoureux envahissent les trottoirs. Ils se tiennent la main. Ils rient. Ils s'aiment toujours plus fort. Ils font des choses que je ne ferai jamais. Des choses encore plus inatteignables qu'embrasser le soleil. La jalousie transperce mon cœur. Tout l'argent du monde ne pourra jamais m'acheter ce qu'ils ont. Un véritable amour authentique.

Le taxi s'arrête devant l'entrée de l'hôtel. Je laisse un pourboire de cinq cents euros au chauffeur et m'en extirpe avec ma douzaine de sacs. Un groom se précipite pour me sauver. Il me décharge et transfère mes achats sur un chariot doré puis me suit.

Je ne suis pas dupe des claquements réguliers et affirmés de mes talons qui résonnent contre le sol en marbre. Je sais ce qui m'attend dans la suite. Un époux furieux. Je m'imagine Romeo en train de faire craquer ses doigts et de se lécher les lèvres, prêt à me punir.

Une fois que j'ai détalé dans l'ascenseur, j'allume mon téléphone. Tout comme je le suspectais, je vois s'afficher trois appels en absence et un certain nombre de messages.

Romeo Costa : J'ai terminé
ma journée, je n'ai plus
de rendez-vous. Où es-tu ?

Romeo Costa : Typique de ta part
de bouder juste quand je n'ai pas
envie que tu te taises. Pour une fois.

Romeo Costa : Réponds quand
je t'appelle.

Romeo Costa : 200 000 balles ?
En shopping ? Est-ce que tu as la
moindre idée de la valeur de l'argent ?

Romeo Costa : 700 000 DOLLARS !
C'EST LE PRIX D'UNE MAISON,
PUTAIN.

Oups.

Il a dit un gros mot.

Il ne dit *jamais* de gros mots.

Quelqu'un ne voit pas le verre à moitié plein dans le coin. Cette carte permet d'économiser. Il y a 1,5 % de remise sur tous les achats. Je viens de gagner 10 500 dollars. Dire que papa m'a un jour reproché d'être nulle en maths.

La sonnerie de l'ascenseur retentit. Je débarque sur le palier, les jambes en coton. Maintenant que je dois assumer mes actes, je me rappelle à quel point j'ai obstinément voulu dépenser assez d'argent pour acheter une grosse villa juste pour énerver mon grossier mari.

Le groom fait rouler le chariot avec mon shopping derrière moi sans la moindre idée de l'orage qui menace. Je m'y prends à quatre reprises avant de parvenir à glisser ma carte dans la serrure magnétique. Comme je m'y attendais, quand la porte s'ouvre, j'aperçois Romeo installé dans le séjour, les jambes croisées au niveau des chevilles sur une table basse en train de mâcher du chewing-gum et de savourer un whisky, le costume à moitié défait.

Son expression glaciale ne change pas quand il me voit entrer dans la pièce avec le contenu d'une demi-boutique Chanel derrière moi. Il repose son Macallan sur le dernier numéro de la revue *Bloomberg*, cherche un peu de monnaie dans sa poche et se lève pour mettre une poignée de billets dans la main du groom.

Il sort en nous remerciant joyeusement et ferme la porte derrière lui dans un léger claquement mortel. Il n'y a maintenant plus que Romeo et moi. Debout, face à face, comme deux ennemis avant un duel.

Le langage corporel indolent de Romeo fait grimper ma vigilance en flèche. Il arbore l'un de ses rares sourires, un sourire vicieux.

– Tu as passé une bonne journée, ma chérie ?

Est-ce que j'aurai l'impression d'être assise dans un grand huit à deux doigts de faire son gros plongeon à chaque fois que je le regarderai dans les yeux ?

– Oui, dis-je en filant vers le minibar pour y prendre une bouteille d'Évian. Et toi ?

– Également. Tu as vu des choses intéressantes ?

Je hausse les épaules en lui tournant le dos. Mes sacs ne sont-ils pas un bon indice ? Après avoir bu cul sec la moitié de la bouteille, je la pose à côté de son verre de whisky quand sa main s'enroule autour de ma gorge. Il appuie doucement, puis incline mon visage pour que nos regards se croisent.

Ses durs yeux gris me transpercent le crâne.

– Je vais reposer la question et cette fois-ci, tu vas me donner une réponse étayée. Ou étais-tu, Dallas Costa ?

– Je suis allée faire du shopping. Qu'est-ce que tu crois ?

– Que tu es allée dans un endroit discret, ou tu as pu écarter ces charmantes cuisses pour quelqu'un d'autre, propose-t-il, ses lèvres un poil au-dessus des miennes. Pour quelqu'un comme Madison Licht.

Un sentiment de malaise me grimpe le long de la colonne vertébrale.

– Madison ?

Romeo serre les dents. Il s'éloigne brutalement pour aller jusqu'à la chambre. Je le suis comme un petit chien et je déteste ça. Je déteste que ma curiosité me mène par le bout du nez.

– De quoi tu parles ?

– J'espère sincèrement pour lui que tu simules mieux les orgasmes que l'innocence. Ne prétends pas que tu ignores la présence de Madison deux portes plus loin.

Il me fait face. Pour la première fois, une lueur semblable à de l'angoisse traverse son regard. C'est toujours le même Romeo, cet homme distant et détaché. Mais quelque chose d'autre vient d'effleurer la surface de son personnage. Un aperçu du petit garçon qu'il était. Une incertitude qu'on retrouve sur le visage d'un enfant qu'on vient de déposer dans sa nouvelle école pour la première fois.

– Je ne savais pas que Madison était à Paris. Comment le sais-tu ?

C'est la vérité.

Il me jette un regard du type *« D'après toi ? »* et je ferme les yeux, puis me les frotte avec la paume.

– Tu le fais suivre ?

Bon Dieu ! Que s'est-il passé entre eux dans le passé ?

– Ton talent pour la déduction est sans précédent. Tu es sûre de ne pas vouloir abandonner tes études de lettres à la fac quand tu pourrais apporter tellement au monde des mathématiques ?

– Je te l'ai déjà dit. Je ne savais pas qu'il était là.

– Tu serais beaucoup plus convaincante si tu ne m'avais pas avoué il y a à peine vingt-quatre heures que tu étais de mèche avec lui pour me faire tomber. *Et* si tu ne m'avais pas nargué en me montrant ton ancienne bague de fiançailles.

Oh, et puis va te faire foutre.

Je me faufile entre lui et la porte pour courir dans la salle de bains. Il me suit d'un pas lent, ses larges épaules détendues.

– Il t'a piqué ton ex ou quoi ? Je sais que tu n'es pas jaloux car tu n'en as rien à fiche de moi, alors il doit y avoir autre chose, dis-je en me brossant les cheveux.

– Madison n'a pas les compétences pour voler un grain de sable dans mon jardin, alors un être humain…

Son regard intense prend le mien au piège dans le reflet du miroir et il reprend son interrogatoire :

– Que fait-il là ?

Aucune idée. Mais je sais qu'il n'acceptera pas cette réponse.

– Si je devais deviner, je dirais qu'il joue à te rendre dingue.

Je pousse un soupir. Je déteste avoir à sacrifier Madison de cette manière. Mais je n'ai pas envie de m'infliger ça une centaine de fois jusqu'à finir réduite en bouillie. Bref, Madison est un gros con. Il fait de la provocation de bas étage en venant ici. Il nous a mis en danger tous les deux. Il est temps que je me défende toute seule.

– Peut-être devrais-je le prendre de court et m'approprier ta virginité avant lui. Qu'en penses-tu ?

Il avance vers moi et je pivote brusquement en m'apercevant qu'il m'a coincée contre la coiffeuse. J'ai le bas du dos plaqué contre le marbre. En l'espace d'un instant, Romeo se colle contre moi et passe ses mains entre mes cuisses. Mon corps se soumet à lui à une vitesse folle, c'est hallucinant. Alors que ma tête lui résiste à chaque étape. Je m'agrippe au meuble sous mes fesses.

– Qu'est-ce que tu en dis ?

Un rictus de sauvage au bord des lèvres, il revendique les miennes, m'embrassant durement. Il fait glisser son chewing-gum dans ma bouche et même si en temps normal, je trouverais ce geste répugnant, sinon complètement dégueulasse, je le laisse se nicher entre mes dents.

– Est-ce que je devrais abîmer la marchandise ?

Je refuse de le laisser m'humilier, mais je suis incapable de l'arrêter pour autant. Il tombe à genoux devant moi, retrousse ma jupe et tire sur l'élastique de ma culotte. J'ai le souffle coupé quand il déchire mes collants de créateur au milieu et tire mon sous-vêtement sur le côté. Il passe sa langue brûlante sur toute la longueur de mon sexe.

– Ooooh.

Les dents de Romeo effleurent mes chairs.

– Mieux vaut agir rapidement, au vu de ton empressement à perdre ta virginité. Ou t'a-t-il déjà souillée ?

Il enfonce sa langue entre mes grandes lèvres, sollicitant toutes mes terminaisons nerveuses. C'est comme s'il me roulait une pelle en bas. Lapant mon intimité à un rythme sensuel. J'ai les jambes en compote, le corps en feu et les tétons tendus. *Oh mon Dieu.* C'est encore meilleur que tout ce que j'ai jamais ressenti. *Définitivement* mieux que les sensations que je me suis procurées en faisant du motocross.

Romeo suce ensuite mon clitoris.

– Réponds-moi.

Je ne peux rien faire d'autre que gémir, alors que mon tout premier orgasme s'enroule comme du lierre au niveau de mes pieds et remonte partout. Il me lèche à l'intérieur et masse le petit bouton rose de son pouce.

– Est-ce qu'il a pris ton innocence ?

Il sait très bien ce qu'il fait. Il me déchire. Il s'assure de la destruction de mon hymen. Et pourtant, toute pensée rationnelle fuit mon esprit. Je lutte pour formuler une réponse.

– Non, non. Je te le jure. Je ne l'ai pas vu aujourd'hui.

– Mieux vaut prévenir que guérir, j'imagine.

Sa langue plonge profondément en moi. Je me cambre au maximum et laisse tomber ma tête en arrière, gémissant si fort que je suis à deux doigts de crier.

– J'ai acheté une vache. Je peux bien profiter de son lait.

Il explore le terrain : *moi*. Je sens qu'il rencontre une certaine résistance. Une petite douleur accompagne cette pression, mais aussi du plaisir. Tant de plaisir que je pourrais en mourir s'il s'arrêtait. Je mouille tellement, je mouille pour lui. Mon désir ruisselle le long de mes cuisses, dépasse même le niveau de mes genoux. La jointure de mes doigts blanchit tant je serre la coiffeuse.

– S'il te plaît. S'il te plaît, j'y suis presque.

– C'est comme piquer son bonbon à une gamine.

Encore une poussée. Puis une autre. Et encore une autre.

La jouissance s'empare de tous les muscles de mon corps. Elle s'insinue partout. De la tête aux pieds. Une sensation étrange m'envahit, comme si je flottais dans de l'eau tiède. Je me balance d'avant en arrière contre lui, défaite, cellule après cellule.

Une sonnerie stridente perse soudain à travers le brouillard et juste comme ça, Romeo recule puis se lève. Il pose son téléphone contre son oreille et s'essuie du revers de la main. Des filaments roses strient le bas de son visage. Un autre trophée de mon innocence macule sa joue gauche également. *Mon sang.* Il y a du sang de mon hymen dans sa bouche.

Une satisfaction carnassière touche ses traits. Ses doigts s'enroulent autour de ma nuque et il me tire vers lui pour me dire tout bas :

– Il a de la chance de ne pas t'avoir déjà souillée. Sinon je l'aurais tué devant toi et t'aurais forcée à regarder.

La substance collante de mon désir enduit mes cuisses. Mon sang aussi, très probablement, mais je n'ose pas baisser les yeux pour m'en assurer. La langue de Romeo à bonne distance de mon sexe, ma culotte a repris sa place initiale. Elle est sans doute tachée. Encore un trophée pour mon mari, c'est certain. Je ne suis plus vierge. Il m'a dépucelée. Il m'a faite sienne.

Romeo fronce les sourcils et repositionne son téléphone contre son oreille.

« Vous avez vérifié une troisième fois ? »

Mon cœur bat la chamade, je le sens pulser sous ma peau. J'ai bien cru exploser en une multitude de confettis rouges. Pourquoi suis-je si anxieuse ? Je n'ai rien à cacher. J'ai passé toute ma journée avec une armée de vendeurs. Romeo glisse son appareil dans sa poche et m'observe d'un air insatisfait et peu concerné. Comme s'il ne s'était rien passé entre nous il y a quelques secondes à peine. Comme s'il ne m'avait pas pris quelque chose de si précieux à mes yeux.

– Va te laver et t'habiller. On part.

– Tu m'as fait suivre ?

La colère me coupe le souffle. De toute ma vie, je n'ai jamais été assujettie à un comportement aussi misogyne. Même dans la petite ville très religieuse dans laquelle j'ai grandi.

Romeo se tourne et attrape son portefeuille et ses clefs.

Je saisis une brosse à cheveux à la volée et pars à sa suite, les épaules encore vibrantes des restes de mon orgasme et de ma rage, toute fraîche.

– Réponds-moi !

Mais non. Il fait comme si de rien n'était. En cet instant, absolument misérable, je suis tellement en colère, bouleversée, perdue dans cet univers pervers dans lequel il m'a embarquée, que je lui jette la brosse à la tête. Elle s'écrase contre son dos puis tombe par terre. Il s'immobilise. S'arrête de respirer. Qu'ai-je fait ? *J'ai agressé mon mari.*

Je n'ai jamais frappé quiconque de toute ma vie. Jamais.

On dirait qu'une éternité s'écoule avant qu'il se retourne pour me faire face. Ses yeux ont pris une couleur de cendre, de mort sombre.

– Je… Ce… n'est pas ce que je voulais f…

Le reste de la phrase reste coincé dans ma gorge. Je trébuche en reculant alors qu'il avance vers moi. Il n'y a aucune colère dans sa posture. Juste des pas mesurés, normaux et efficaces. Dès qu'il fait un pas, moi aussi, mais dans l'autre sens. Quand je me retrouve littéralement dos au mur, il m'encercle de ses bras. Il lève mon menton d'un doigt. Son souffle chaud glisse sur ma peau. Il porte mon odeur. Ou du moins, l'odeur de ce qu'il m'a fait. Je prends une inspiration tremblante qui ondule dans ma gorge.

– Mettons les choses au clair, ma belle femme de quelques heures complètement dérangée. Sachant que ton ex-fiancé aimerait planter ma tête sur une des piques de son portail en fer forgé, je ne reculerai devant rien pour m'assurer que Madison et toi ne fomentiez pas de plan pour me faire la peau. Ne prends pas mon envie de te bouffer la chatte pour de l'affection. Ces deux choses n'ont strictement rien en commun. Je te détruirai irrémédiablement sur un coup de tête si tu fais preuve d'une déloyauté avérée envers moi.

– Je ne…

Son pouce effleure ma clavicule, arrêtant ma protestation.

– En ce qui concerne le shopping… Je t'invite ouvertement à flamber mon argent, à me ruiner, mais si tu refuses délibérément de prendre mes appels et que tu éteins ton téléphone, tu seras punie. Et pour finir en beauté, dans ce mariage, nous ne portons pas la main sur l'autre sans consentement explicite. Cette règle s'applique aux objets inanimés, aux animaux domestiques et aux petits bébés. Ne. Me. Jette. Plus. Rien. Dessus. Jamais. Me suis-je bien fait comprendre ?

J'ai du mal à croire qu'il me laisse m'en tirer avec un simple avertissement après que j'ai manqué de lui fendre le crâne avec une brosse à cheveux.

Enfin, j'avais assez d'élan pour y arriver. L'univers du lancer de poids est passé à côté d'un sacré talent.

Même s'il a été plus que clair, je ne suis pas prête à accepter les règles qu'il vient de me présenter. Mais ce n'est pas le moment de me disputer avec lui. Pas quand il pourrait appeler la police. Le visage tourné sur le côté, je lui réponds silencieusement en me libérant de sa prise.

– Dallas, Bon Dieu, je te jure que…

– Tu n'as pas de dieu.

J'essaie de le repousser. Il attrape mes poignets et les plaque contre le mur de tout son poids. Son regard est enflammé. Les lignes nettes de son visage sont si rigides que je crains que ses muscles percent sa peau.

– Que ça te plaise ou non, nous sommes mariés. Ça ne changera pas. Et l'une des conséquences peu appréciables de mon travail comporte de réels risques pour notre sécurité à tous les deux. Ton téléphone reste allumé, chargé et prêt à être utilisé. En permanence. Pour ce qui est de tes choix de vie douteux…

– Mon pire choix de vie est de t'avoir épousé. En fait…

J'essaie, en vain, de me libérer avant de finir ma phrase.

– Ce n'était même pas un choix.

– Est-ce vraiment si horrible d'être unie à moi ?

Il semble perplexe. Comme si l'idée de ne pas être désiré lui était totalement étrangère. J'imagine que c'est le cas.

– Oui. *Oui !*

Un désespoir profond me prend à la gorge et je lui explique :

– Tu te fous de moi ? Le simple fait d'exister m'a complètement retournée plusieurs fois. Tu me forces à t'épouser, tu me traînes chez toi, tu m'y abandonnes, tu me menaces. Tu me bouffes la chatte à un moment et une seconde plus tard tu m'engueules comme une gamine. Tu… Tu…

– Pouce.

Il se recule brusquement pour me donner de la place.

Quand il n'est plus là pour me tenir droite, je manque de m'effondrer sur le carrelage. Levant la tête, je le regarde d'un air mauvais.

– Hein ?

– Je te propose un cessez-le-feu. J'agite un drapeau blanc. Une occasion de repartir à zéro. J'accepte d'entendre ce que tu as à me dire et de faire des concessions pour rendre notre arrangement plus supportable de ton côté. Quitte à y être, autant le rendre acceptable.

Difficile de refuser une offre aussi charmante et romantique.

Incertaine, je le dévisage.

– C'est quoi, l'embrouille ?

– Pas d'embrouille.

– Il y a toujours une embrouille avec toi.

– Accepte ma proposition ou refuse-la, Shortbread. Mais si tu dis non, ne t'attends pas à ce que je revienne à la table des négociations dans cinq minutes, explique-t-il avant de grimacer. Si une personne qui a facilement accès à tes affaires se trouve être proche d'un homme qui veut ta perte, mieux vaut s'assurer qu'il n'y a pas d'animosité dans ta relation avec elle.

Un ange passe avant qu'il reprenne :

– Et puis il y a pire que de goûter à tes charmes sur mon temps libre.

– Arrête, je vais bientôt avoir des petits cœurs dans les yeux.

– Malheureusement, il me faut encore atteindre les sommets de l'ardeur d'un Madison Licht qui a passé son temps à fourrer ses organes génitaux dans tous les trous ayant croisé son chemin pendant vos fiançailles.

– Il est vraiment là ?

Je fronce les sourcils en me rappelant le début de notre dispute. Romeo me répond d'un hochement de tête et poursuit :

– Tu as acheté des choses intéressantes ?

Je réponds d'un mouvement de tête négatif et également silencieux, soulagée qu'il change de sujet.

– Juste un tas de trucs de couturiers et de créateurs. Oh et les livres d'Henry Plotkin en français. Je les collectionne dans toutes les langues. C'était le meilleur moment de ma virée shopping.

– Intéressant.

– Non, pas du tout. Pas pour toi, du moins, dis-je en jouant avec sa carte de crédit illimitée dans ma poche. Tu sais, si j'avais vraiment dépensé trop d'argent, tu aurais pu faire opposition. Je suis surprise que tu ne l'aies pas fait.

– C'était ma seule façon de savoir que tu étais encore en vie.

– Tu veux dire que tu ne m'as pas fait suivre ?

– Tu as échappé à ton garde du corps quand tes copains de table sont venus te remercier de les avoir invités en dépensant plus de trente mille balles en cuisine parisienne surcotée.

– Si tu avais essayé leur fricassée de fruits de mer, tu ne la trouverais pas surcotée.

Pour une fois, il ne semble pas navré par mon comportement et pourtant, je n'ai absolument rien fait pour altérer mon mode de fonctionnement. Il me dévisage, comme s'il m'acceptait telle que j'étais, avec réticence tout de même. Comme si j'étais une corvée qu'il devait accomplir puis mettre derrière lui. Je vois bien que ce qui est en train de se produire dans son esprit est totalement nouveau pour lui.

– Recommençons, tu veux bien ? J'ai une réservation pour un restaurant avec une vue panoramique sur la ville. Souhaites-tu te joindre à moi ?

– Trop bizarre, dis-je en me frottant les oreilles. Je dois avoir les oreilles bouchées, parce que je ne pense pas avoir entendu la formule qui commence par S.

– Dire que tu es un serpent ne me semble pas des plus appropriés au vu de la situation.

– J'attendais un « *S'il te plaît* ».

Je vois bien que je le rends dingue et qu'il a envie de m'étrangler, mais je dois m'assurer quelques petites victoires. Après tout, il vient de m'arracher ma virginité avec la langue juste pour s'assurer que Madison ne passe pas avant lui.

On dirait qu'il préférerait encore se frotter le pénis avec une râpe à fromage rouillée que de le dire, mais il finit par marmonner : « S'il te plaît. »

– Accorde-moi quelques minutes pour prendre une douche et enfiler une robe.

Une demi-heure plus tard, je porte une robe en satin couleur olive qui dénude une épaule, moule mes hanches et s'évase au niveau des mollets.

– Ta tenue est acceptable, marmonne Romeo en traversant le hall de l'hôtel avant de retrouver notre chauffeur.

– Arrête ou je vais tomber dans les pommes.

Il m'ouvre la portière et je me glisse dans l'habitacle. Je ne sais pas trop comment me comporter pendant son « cessez-le-feu ».

– Des demandes particulières, ce soir ?

Chacun des mots qui sort de sa bouche est comme cloué à sa langue. Il se les arrache. Je lui réponds d'une vanne avant de pouvoir m'en empêcher.

– Mourir sur place ?

– J'étais plus parti sur une idée comme un tour en hélicoptère ou un bijou.

Si mon corps entier pouvait lever les yeux au ciel, il le ferait.

Un membre du personnel en uniforme nous accueille à l'entrée du restaurant et nous conduit à une table tranquille à l'étage. Après avoir passé commande, je m'agrippe à ma flûte de champagne et j'observe les voitures filer le long de la Seine. J'attends que Romeo rompe le silence. Une foule d'insultes leste ma langue. J'ai peu de choses à dire sans leur compagnie. Ma seule alternative serait de lui poser des questions sur ses cicatrices. C'est un sujet qui revient régulièrement occuper le cours de mes pensées. Mais je sais qu'il ne me répondra pas. En plus, ça le mettrait de mauvaise humeur, ce qui viendrait seulement gâcher mes escargots au beurre d'ail.

Lorsque notre silence commence à attirer les regards curieux des tables alentour, je finis par craquer :

– Quand nous aurons des enfants, j'aimerais les élever à Chap…

– Nous n'aurons pas d'enfants, m'interrompt Romeo en dépliant sa serviette d'un geste sec.

– Je ne veux pas dire tout de suite.

Je lui lance un regard assassin. Ce n'est pas comme si j'étais super fan de l'idée qu'il soit le père de ma descendance. Je pourrais trouver plus d'intelligence émotionnelle dans une tarte au citron que dans cet homme. Plus de réconfort, aussi.

– Nous n'aurons pas de progéniture. Pas maintenant. Ni plus tard. *Jamais.*

– Et pourquoi pas ?

Je suis sûre que j'ai mal entendu.

Oublions le manque de manières et de conscience, son comportement de connard en général. *Ça*, c'est ma limite. En fait, je ne veux qu'une chose dans ma vie. Des enfants. Quatre. Je les aime. J'aime tout chez eux. Leurs petites joues rondes, leurs rires tonitruants, leur adoration sans limite. Même lors de ce dimanche où Romeo m'a arrachée à mon foyer, j'ai passé la majeure partie de la journée à l'église à jouer avec les gamins. Grand-maman disait toujours qu'une maison sans gosses était comme un corps sans âme. Je partage son opinion. Romeo fait un tas de foie gras sur sa cuiller.

– Parce que je n'en veux pas.

– Mais *moi*, si.

– Bonne chance si tu penses concevoir un bébé en suçant ma bite et en te faisant lécher la chatte, parce que ça résume à peu près tout le panel de notre future activité sexuelle.

Derrière lui, une femme s'étouffe dans son pickle de maquereau. Mes joues sont en feu.

– Tu me dis que tu ne veux pas baiser avec moi ?

– J'ai envie d'avoir des rapports sexuels avec toi. Il y a peu de choses qui me font plus envie que ça, Shortbread. Incidemment, ne pas avoir d'enfant est l'une d'entre elles, alors la réponse est non. Nous ne copulerons pas.

Je ne sais pas quoi dire. Peu importe que la moitié des gens autour de nous aient arrêté de manger et nous regardent comme si nous interprétions un film en avant-première.

– Ne jamais dire jamais.

– C'est probablement le truc le plus stupide que j'aie entendu. Les gens renoncent à plein de choses à vie. Faire du saut à l'élastique sans corde, les drogues dures, la pizza à l'ananas…

– J'aime bien la pizza à l'ananas.

Il boit d'un coup la moitié de son verre.

– Bon Dieu. C'est de pire en pire.

Je me rencogne dans mon fauteuil en essayant de déterminer ce que je trouve le plus répugnant : la personnalité de mon mari ou les escargots dans mon assiette. Ils ont le goût d'un truc sorti d'une imprimante 3D.

– Pourquoi es-tu autant contre l'idée d'avoir des enfants ?

– Mis à part le fait que je les déteste vraiment ? Ils interrompent ton sommeil, font baisser ta qualité de vie, exigent qu'on leur consacre chaque instant de notre existence et ils finissent toujours par te décevoir dans les grandes largeurs une fois arrivés à l'âge adulte.

Mon regard noir se suffit à lui-même. Mais puisqu'il refuse de le croiser, je rétorque :

– Toi et moi savons très bien qu'avoir des enfants est plus une question de vanité que d'investissement. C'est un réflexe civilisationnel pour préserver sa survie. Un plus grand facteur t'empêche d'avoir des enfants et ce n'est pas une question d'inconfort. Ton statut financier te permet d'assumer une descendance sans jamais avoir à t'en occuper.

Une lueur d'intérêt vient illuminer son regard.

– Tu n'es pas une crétine finie, c'est ça ?

Pour toute réponse, je croise les bras et arque un sourcil interrogateur.

– Eh bien, il se trouve que tu as raison. Il y a effectivement une plus grande motivation derrière mon choix. Je ne veux pas avoir d'enfants parce que je veux mettre un terme à la dynastie des Costa.

– Je croyais que Bruce et toi vous battiez pour obtenir le contrôle de Costa Industries.

– C'est le cas.

– Pourquoi souhaites-tu hériter de cette entreprise si tu ne veux pas la transmettre à une hypothétique descendance ?

– D'après toi, Shortbread ?

Il me faut moins d'une seconde pour comprendre. *Pour la bousiller. L'annihiler. L'atomiser comme tout ce que ses mains froides peuvent toucher.* C'est tellement typique de sa part de vouloir à ce point détruire quelque chose.

Pendant le seul dîner de famille auquel j'aie assisté, j'ai compris que Senior s'intéressait à une seule et unique chose : Costa Industries. Tuer son seul amour avant sa mort représenterait un coup d'une cruauté inouïe. Un acte de vengeance pure. Je suis agacée de ne pas connaître la raison qui pousse Romeo à le haïr à un tel degré. Je ne suis pas assez naïve pour croire qu'il pourrait se confier à moi. Toutefois, une idée me vient en tête.

Romeo ne veut pas d'enfants. Je ne veux pas de lui près de moi. Que ferait-il si je tombais enceinte ? Est-ce qu'il demanderait le divorce ou m'enverrait à Chapel Falls avec ma dignité intacte et mon alliance au doigt ? Ce plan est loin d'être idéal. D'une part, savoir que mon enfant ne connaîtra pas Romeo comme figure paternelle est douloureux. Mais je refuse d'abandonner mon rêve de devenir mère. De toute façon, cet enfant hypothétique aurait toute la famille Townsend à portée de main. Sans papa, qui a été officiellement déchu de son rôle de grand-père à cause de son comportement de grosse mauviette.

Inutile d'informer Romeo de mes projets. Alors je sirote mon champagne et fais mine d'aller dans son sens.

– Très bien.

– Tu me prends pour un idiot ? réagit-il d'un air suspicieux. Ce n'est pas ton genre de renoncer aussi facilement.

– Désolé, *mon petit mari*, mais ton ADN n'est pas franchement de premier choix.

– Tu te reproduirais avec un sac en plastique recyclable d'épicerie de quartier si tu voulais vraiment un enfant.

– Tu veux que je me mette à genoux pour te supplier ?

– Oui, mais pas d'avoir un bébé.

Partant d'un rire creux, parce que notre situation n'a rien de drôle, je lui fais remarquer :

– Tu n'as pas tort. Les enfants prennent tellement de temps. Ils sont trop épuisants pour une feignasse à haute capacité pour le bordel telle que moi. On peut s'envoyer en l'air sans faire de bébé, tu sais.

– Merci pour cette étonnante révélation. Mais mieux vaut prévenir que guérir.

Son regard de braise se consume lentement pendant qu'il découpe sa nourriture avec la précision d'un neurochirurgien. Eh bien, je ne vais pas le prévenir de grand-chose. Je vais mettre un terme à ses projets en tombant enceinte – en lui donnant l'héritier dont il n'a jamais voulu – et en même temps, me libérer de ses griffes. Sa fourchette s'arrête devant ses lèvres.

– Tu apprécies ton plat ?

– À peu près autant que ta compagnie.

Je le cajole. Pendant tout le reste du dîner, nous faisons mine d'être un couple normal.

CHAPITRE 29

DALLAS

– Je n'ai jamais rencontré quelqu'un qui souhaite autant perdre ses dents.

En entendant Romeo marmonner, je lève les yeux du dernier SMS de Frankie. Mon cœur plonge tout droit dans mon bide. Madison est assis sur la moquette du couloir, le dos contre la porte de notre suite. La lumière bleutée de son téléphone se reflète sur son front. Dès qu'il nous repère, il se lève et prend un air contrit assorti à son allure dépenaillée.

Je comprends d'un seul coup ses motivations, j'en suis comme foudroyée. Madison et Romeo ont commencé un petit jeu stratégique. Je suis leur objectif, leur balle. Et ils se la renvoient à coups de pied. Et soudain, le plan que j'ai esquissé avec Madison me semble d'une incroyable stupidité. Je l'abandonne *illico*, mon coconspirateur ayant l'instinct de survie d'une mite bourrée.

– Dallas !

Il n'a jamais fait preuve de tant d'enthousiasme à l'idée de me voir depuis que nous nous connaissons.

– Il faut qu'on parle. Je n'arrête pas de penser à toi.

Je ralentis. Pour une fois, Romeo a raison. Madison a vraiment envie de se faire trucider.

– Vous avez perdu toute capacité à penser. Votre minable intelligence, toute relative qu'elle est, vous aide à peine à fonctionner.

Romeo remonte le couloir, attrape Madison par le col et le plaque contre notre porte. Comme d'habitude, sa voix respire le calme et la maîtrise :

– Que pensez-vous faire, Licht ?

Madison se tortille tel un ver sorti de terre en répondant :

– Je récupère ce qui m'appartient.

Je manque de renâcler. *Non, mais quel cliché.*

– Pourquoi ne l'avez-vous pas dit plus tôt ?

Romeo le relâche, sort un chèque vierge de son portefeuille et le plaque sur le torse de Madison avant de conclure :

– Voilà.

Le bout de papier tombe en tourbillonnant sur les mocassins de Madison.

– C'est quoi ça ?

– Les dommages et intérêts que je vais devoir vous payer après le procès que vous allez m'intenter pour avoir cassé votre nez.

– Je n'ai pas le nez cass…

Romeo plante son poing en plein dans la figure de Madison. Mon ex pisse le sang. Son costume en est couvert et même la moquette du couloir. Il vacille et retombe contre le mur.

J'ai le souffle coupé et les poumons vidés.

– Putain !

Madison gémit et se pince les narines.

– J'appelle la police.

Romeo feint de s'intéresser réellement à l'ouverture de la porte. Il glisse sa clef dans la serrure magnétique.

– Pour lui dire quoi ? Que vous êtes venu depuis les États-Unis en vue de séduire l'épouse d'un autre ?

Madison s'insinue entre Romeo et la porte.

– Je veux parler à Dallas. Je mérite une conversation pour mettre un terme à notre relation.

Je me demande quels abominables crimes j'ai pu commettre dans une vie antérieure pour avoir ces deux tarés pour prétendants. Pire ! Si je veux un bébé, ce qui est le cas, je vais devoir le faire avec Romeo.

Poussant un soupir, j'écarte Madison du bout du pied en faisant attention à ne pas tacher mes escarpins avec son sang.

– Ça ne pouvait pas attendre notre retour à la maison ? Désolée, Mad, mais là, c'est un peu… tu es à côté de la plaque. Et puis, je devrais probablement te conduire à l'hôpi…

– Il va y aller tout seul.

Romeo ouvre la porte en grand et me guide à l'intérieur, cachant quasiment Madison à ma vue avec ses larges épaules.

– Ce n'est pas la première fois qu'un mari casse un os à Madison et à en juger par ses singeries, ce ne sera pas la dernière.

Madison fait mine de se jeter sur Romeo :

– Je n'ai même pas touché Charity.

Oui, c'est bien ce que j'ai dit : des crimes abominables.

D'un doigt sur le front, Romeo repousse Madison qui avait perdu l'équilibre contre le mur.

– La prochaine fois que je vous vois près de ma femme, même Dieu ne pourra vous venir en aide. Maintenant, allez vous rendre présentable. Vous donnez une image déplorable des Américains. Les Français nous pensent déjà gauches.

Il claque la porte. L'idée d'aider Madison me traverse rapidement l'esprit. Puis je me souviens qu'il est venu ici pour une raison et que cette raison est certainement « saboter ma lune de miel » ou « comploter contre mon mari ». Quel qu'en soit le prix. Me sacrifiant au passage.

On dirait que personne ne songe à défendre mes intérêts. Sauf moi. Plus j'y pense, plus je me dis que l'idée de me faire mettre en cloque est bonne. Il n'y a pas de moyen plus rapide de me faire renvoyer à Chapel Falls par Romeo avec ma dignité et mon alliance intactes. Il me planquerait certainement quelque part où sa famille ne pourrait pas me voir.

Il m'accorderait même peut-être le divorce pour s'assurer que notre enfant ne reçoive absolument aucun des avantages qu'on obtient quand on naît dans la famille Costa.

Je me redresse. *Allez, on oublie ce qu'il vient de se passer. Et on lance l'Opération Bébé.* Alors oui, ma stratégie a certes des avantages, bien que pas mal d'inconvénients aussi, mais la plus infime des chances d'avoir un bébé et de retourner à la maison l'emporte.

Showtime.

– Avant que tu te mettes à pleurnicher sur le nez de Madison, commence Romeo en retirant sa veste pour la suspendre à un cintre, sache que ma limite de tolérance s'arrête aux autres hommes. Tant que tu porteras mon alliance, sous aucun prétexte tu ne pourras conspirer avec un homme ou te l'envoyer. Je ne demande pas grand-chose.

Je ne dis pas un mot. Je ne trouve pas la force de le rassurer. En plus, me disputer avec lui malmènerait mes plans pour la soirée. Je le fais reculer contre la porte et pose ma main sur son torse. Sur son cœur, lent et régulier. Nous restons dans cette position une éternité.

Il finit par froncer les sourcils :

– Tu me jettes un sort comme Henry Plotkin ?

Un éclat de rire involontaire naît dans ma gorge, mais je le ravale. J'ai honte, mais la perspective de me faire dépuceler par Romeo me rend toute chose. On pourrait écrire une étude autour de cette question : comment un homme si froid peut-il me communiquer autant de chaleur quand ses mains me touchent ?

Je dessine un cœur du bout du doigt à son emplacement.

– J'ai envie que tu m'apprennes des trucs.

– Les bonnes manières, j'imagine.

– J'envisageais plus des trucs… euh, au rayon literie.

– Pourquoi ? Dormir semble ce que tu sais faire de mieux.

– *Romeo.* Un peu de sérieux.

Il se lèche les lèvres. C'est évident, l'idée lui plaît. Nos torses se pressent l'un contre l'autre. J'effleure sa pomme d'Adam.

Il m'arrête en m'immobilisant le poignet.

– Pourquoi ai-je toujours l'impression que tu cherches à m'avoir, Shortbread ?

Parce que c'est le cas.

– Tout ce que je veux, c'est qu'on passe du bon temps pendant notre lune de miel, dis-je d'un air boudeur en le regardant par en dessous. J'en ai marre de me sentir mal.

Puis, pour lui montrer que je suis sérieuse, je défais la fermeture Éclair de ma robe et m'en débarrasse d'un coup de hanches. Le tissu soyeux cascade le long de mon corps. Comme je ne porte pas de sous-vêtements, puisqu'ils auraient fait des marques, je suis toute nue devant lui. Ses yeux vont partout, il me caresse l'intégralité du corps du regard. Pour quelqu'un qui fait tout ce qu'il peut pour que je me sente mal, il a une drôle de capacité faire en sorte que je me sente chérie.

Sa pomme d'Adam exécute un aller-retour. Je sais que malgré son apparent sang-froid, il a envie de me faire un tas de cochonneries toutes plus taboues les unes que les autres. Il promène un doigt autour de mon nombril, puis sur mes côtes et ma poitrine, perdu dans ses pensées.

Je le regarde droit dans les yeux et lui dis :

– Je veux te sentir à l'intérieur de moi. Tu ne veux pas l'envisager ? Pas même pour notre première fois ensemble ?

– Non.

Le mot s'arrache à ses lèvres, enroué et guttural. Sa caresse fait flamber le désir sur ma peau.

– Mais si je commence à élargir ton anus maintenant, je pourrai probablement te prendre le cul la semaine prochaine, quand je reviendrai de ma réunion à New York, mercredi.

Une douzaine de réponses peu courtoises dansent sur ma langue. À commencer par l'endroit où il peut mettre sa suggestion. Mais ça mettrait en danger mon plan. Et pour le moment, mon plan consiste à incarner le rôle de la gentille épouse qui ne veut rien d'autre qu'un rapport sexuel avec son mari.

– OK… dis-je en m'éclaircissant la voix. J'irai… acheter un de ces *trucs*…

Beurk, comment on appelle ça, déjà ? Je ne suis pas si innocente. Je sais ce que c'est. J'en ai même vu sur Amazon.

– Un plug anal, précise Romeo.

– Oui… euh… ça.

– Ce ne sera pas nécessaire. J'ai une brosse à dents électrique, c'est l'outil idéal pour s'initier au sexe anal. La largeur et le format sont idéaux et les vibrations te feront jouir.

Je n'arrive pas à croire que j'ai cette conversation avec mon mari.

Je n'arrive pas à croire qu'il veuille me foutre sa brosse à dents dans le cul non plus.

Il m'observe en attendant que je réagisse. Comme je reste de marbre, il continue :

– Donne-moi accès à ton cul, Shortbread et je te ferai jouir pendant des jours.

Une montagne de jurons s'accumule sur ma langue. Ils me supplient de les libérer. Dans quel pétrin me suis-je fourrée ? Une fille stupide avec ses idées stupides, voilà ce que je suis. Quand on ne pense à rien, on finit toujours par en payer un prix qu'on n'a pas envie d'assumer. Mais je sais qu'il pense que je vais faire machine arrière. Peu importe que j'en redoute les conséquences, je ne lui céderai pas cette victoire.

Je passe les bras autour de son cou.

– OK.

– OK ?

– Tu m'as entendue. Tu te dégonfles, *mon petit mari* ?

Il essaie de voir à quel point je bluffe en allant à la salle de bains chercher sa brosse à dents.

Le regard un peu fou, je l'observe en détail. Elle n'a pas vraiment l'air trop grosse, mais l'idée de l'enfoncer dans l'un des recoins les plus intimes de mon anatomie me rend hystérique. Je ne veux pas de ça. Il n'y a rien de mal à le faire, hein, mais je n'ai pas encore beaucoup coché de cases sur le chemin de ma découverte de la sexualité. J'ai l'impression de sauter d'une falaise à l'autre.

Nue et tremblante, j'attends les instructions de Romeo.

Il allume la brosse à dents. Une symphonie de vrombissements et de vibrations s'élève entre nous avant qu'il l'éteigne.

– Il n'y a aucune honte à prendre du plaisir par des moyens moins conventionnels.

Je ne réponds pas. Il joue encore avec le bouton.

– Tu es sûre que c'est ce que tu veux ?

J'essaie de ne pas trop trembler.

– Oui.

– Sur le lit, alors, Shortbread.

J'y file à toute allure et l'observe approcher. À chaque pas qu'il fait, je recule un peu plus jusqu'à le sentir derrière mes cuisses.

– Retourne-toi.

Je lui obéis et me mets à genoux sur le matelas. Je sens sa chaleur irradier partout derrière moi. À ma grande surprise, il ne me la fourre pas dedans. Non, il passe les bras autour de ma taille pour me faire reculer. Ses lèvres suivent un chemin le long de mon dos, pressant de petits baisers ma nuque.

Il joue avec mes seins et lèche l'ovale de mon visage, provoquant une onde de chaleur brûlante entre mes cuisses.

Même si j'adore ses caresses, ses baisers, ses attentions, je n'arrive pas à me concentrer sur l'instant. Pas avec le sang de Madison encore sur ses doigts et la perspective intimidante de ce qu'il veut me faire. Je ne peux que rester immobile et attendre l'inévitable en ravalant ma bile.

Ses doigts glissent entre mes cuisses et en retirent le fruit de mon excitation. Il m'en enduit d'avant en arrière, faisant de très lents petits cercles autour de mon anus, sans aller au but. Je me raidis de partout et ferme les yeux.

Il s'interrompt.

– Shortbread ?

– Non, mais vas-y, enfin.

Silence. Tellement de silence. *Trop* de silence. Là, je sais que j'ai merdé. Il m'agrippe par la taille et me fait rouler sur le dos. Je tombe dans un nuage de coussins luxueux, n'osant même pas cligner des yeux, de peur de laisser couler mes larmes. Il a toujours sa brosse à dents à la con dans la main.

Je me mords la langue à l'en faire saigner.

– Qu'est-ce que tu regardes ?

– Tu pleures.

Non. Mais je n'en suis vraiment pas loin. Je n'en ai jamais été aussi près, même. Je pince mes lèvres, gardant le silence. J'ai fait imploser mon plan. Il s'est brisé en une multitude d'échardes impossibles à recoller. Chapel Falls, ville de merde avec ses règles à la con. Ça les aurait tués de me donner un peu d'expérience en matière de séduction ?

Romeo balance sa brosse à dents sur la table de chevet. Je manque de pousser un petit cri quand elle vole à quelques centimètres de ma tête, comme si elle pouvait me pénétrer de son plein gré.

– Tu trembles, en plus.

– J'ai juste un petit peu froid.

D'un seul coup, il me prend dans ses bras, me plaquant contre son torse. Je ne sais pas ce qui me surprend le plus. Le fait qu'il ait eu une réaction humaine ou les battements réguliers de son cœur contre le mien. Toute ma colère à l'idée d'avoir pourri mon plan s'évapore puis se liquéfie en soulagement. Quelle horreur, je commence à trembler. Je sais qu'il déteste les êtres faibles. Je sais aussi que je ne me suis jamais sentie aussi minable de ma vie. Allongée là, nue dans tous les sens du terme, dans les bras d'un homme que je déteste, à lui soutirer du réconfort comme je le peux.

Il me berce, comme si j'étais une chose belle et précieuse, il me caresse les cheveux et effleure ma tempe de ses lèvres. Je m'attends à ce que ses prochains mots soient : « Ne pleure pas », mais Romeo refuse d'entrer dans une case.

– Tu n'as jamais rien demandé de tout ça, Dallas. J'en suis bien conscient. Aucun des hommes de ta vie n'a été à la hauteur, moi y compris.

Alors j'ai une brutale révélation. Je revois sa chambre chez ses parents, ses photos. Ses tickets de concert. Son *amour*. Romeo Costa n'a pas toujours été une bête sans cœur. Un jour, il a été capable d'aimer. *Jusqu'à Morgan*.

Romeo finit par mettre un terme à notre câlin. Je regarde le ciel nocturne par les portes-fenêtres. Minuit doit être passé depuis longtemps. Il prend ma joue en coupe.

– Oublie le sexe anal. On peut toujours faire plein d'autres choses.

– Je sais, dis-je en hochant la tête. Je suis juste chamboulée parce que…

Je me rappelle à moi-même mon but tandis que Romeo est toujours à mi-chemin (un chemin défoncé) entre sa personnalité d'homme soucieux d'autrui et la bête que je connais si bien.

– Je suis triste parce que je ne saurais jamais ce que ça fait d'être prise au sens traditionnel du terme.

Je ronronne et prends mon air le plus innocent.

– Tu as déjà fait ça, hein ? Tu es allé… jusqu'au bout ?

Là, je pousse le bouchon un peu loin.

– Tu connais la réponse à cette question.

– Oui, dis-je en reniflant.

Il marque un temps d'arrêt.

– Même si je voulais te le montrer, je n'ai pas de préservatifs sur moi.

– Je comprends.

– Non, tu ne comprends pas.

– C’est vrai. Je ne comprends pas. Je ne vais jamais faire l’expérience d’un rapport sexuel, puisque jamais tu ne me la donneras. Donc bien sûr que je suis triste. C’est mon droit.

Il s’arrache au lit et se met à arpenter la chambre. Il irradie d’une culpabilité si intense qu’elle en est tangible. Alors, il a effectivement une conscience.

Mon regard va de gauche à droite, suivant ses mouvements à la trace et enfin, il s’arrête devant le lit.

– Habille-toi.

Je ne lui cherche pas querelle, pataugeant dans les eaux saumâtres de mon projet pour me le faire, dans tous les sens du terme. Ma valise me fournit une culotte en coton blanc et un top en satin couleur lavande. Je suis à deux doigts de me trémousser pour entrer dans un pantalon assorti quand Romeo m’interrompt.

– C’est suffisant, retourne sur le lit.

Je me gratte le crâne et lui demande :

– Tu ne viens pas juste de me dire de…

– Avant que je change d’avis, putain, Shortbread.

Bon.

– Alors seulement parce que tu me le demandes si gentiment.

Je retourne vers le lit et me laisse tomber dessus.

Il me regarde avec intensité.

– Dors.

– *Quoi ?*

– Dors ! répète-t-il plus fort.

– J'avais entendu la première fois, mais…

– Je vais revenir.

Il attrape son portefeuille et s'en va. Comme ça. Sans la moindre explication. Il est passé où, le « avant que je change d'avis » ? Peut-être n'a-t-il pas changé d'avis, après tout.

Décidant que ma journée a été assez mouvementée, je tombe effectivement dans les bras de Morphée. Dans mes rêves, je me noie dans des livres. Des grands formats à l'odeur d'encre. Peuplés de mots, d'univers et de créatures lointaines et inconnues.

Dans mes rêves, il n'y a pas de bête sauvage se faisant passer pour un mari.

Et plus important encore, pas de cœur brisé se faisant passer pour un mariage.

CHAPITRE 30

Ollie vB : Alors, elle t'a dompté ?

Romeo Costa : Considère-moi
comme indomptable.

Zach Sun : Considère-moi
comme consterné. On dirait que
tout ce que tu dis sort d'une chanson
de Sia en ce moment.

Romeo Costa : @ZachSun
Depuis quand utilises-tu
des références culturelles
qui n'ont rien à voir
avec les beaux-arts ?

Ollie vB : Ses parents lui ont organisé
un date avec une influenceuse
la semaine dernière.

Romeo Costa : Combien de neurones
ont survécu à l'expérience ?

Zach Sun : Quasiment tous.
J'ai mis des bouchons d'oreilles

filtrants et j'ai souri en hochant la tête toutes les deux minutes.

Romeo Costa : C'est prometteur. Quand sont prévues les fiançailles ?

Ollie vB : @RomeoCosta
Tu vas vraiment me dire que
tu n'as pas encore goûté
à cette délicieuse petite chatte
toute serrée ?

Romeo Costa : Je vais te couper la langue avec un couteau à beurre la prochaine fois que je te verrai.

Ollie vB : Pourquoi un couteau à beurre ? L'opération n'en sera que plus longue et compliquée. Ce n'est pas nécessaire.

Romeo Costa : Justement.

Ollie vB : @ZachSun Remarque qu'il n'a pas répondu à la question quand je lui ai demandé s'il avait goûté aux charmes de son épouse. Qu'en penses-tu ?

Zach Sun : Qu'il a joué avec les zones périphériques.

Zach Sun : Bourré.

Zach Sun : Dans le brouillard.

Ollie vB : Sa chute sera spectaculaire.

Romeo Costa : On peut résister
à la tentation, que tu le croies ou non.

Ollie vB : C'est valable
pour un gâteau.
Pas pour une femme qui ressemble
à la tienne.

Ollie vB : Sa sœur est encore
au lycée ?

Romeo Costa : Tu as posé
cette question il y a dix heures
pour la dernière fois, donc oui.

Ollie vB : Le temps traîne
en longueur quand on attend.

Zach Sun : Dis-le à ton maton
quand tu seras en prison
pour délit sexuel sur mineure.

CHAPITRE 31

ROMEO

Je traîne le long de la rue du Faubourg-Saint-Honoré en mastiquant sept chewing-gums à la fois. Je manque de m'arracher tous les cheveux du crâne. Mais putain, pourquoi j'ai cherché Shortbread avec cette brosse à dents ? Cette petite nymphe entêtée est presque allée jusqu'au bout. Bien sûr que c'était un défi de ma part. Je me le suis pris en pleine tête, c'était spectaculaire. L'arroseur arrosé. Elle a réussi à me faire dire des gros mots. *Et* à la câliner.

Alors oui, je pourrais faire un saut dans une pharmacie et y acheter une boîte de préservatifs. Un féminin pour elle et un autre pour moi. Puis finir la boîte et enchaîner avec une autre. Puis une autre. Et une centaine de boîtes plus tard, plus ou moins, quand Dallas agitera son cul en l'air pour m'inviter à rendre visite à sa chatte, la capote pétera. Et une boîte de production nous ajoutera au casting d'une émission type *19 à la maison, une famille XXL*. Jamais de la vie.

La pilule et les stérilets ont aussi des inconvénients. Déjà, je ne peux pas lui dire quoi faire avec son corps. Ensuite, je n'ai pas confiance en elle, elle pourrait arrêter de prendre la pilule ou faire retirer son DIU. Elle veut des enfants, c'est évident. Enfin, la solution couic. Les vasectomies ne sont efficaces qu'à 99,9 %. Connaissant ma chance, je tomberais dans le 0,1 %. Après tout, je tombe dans ce rare pourcentage pour tout le reste : l'intelligence, le physique, la tranche de revenus fiscaux, etc.

Une idée me vient en tête. Je la considère en arpentant le trottoir. Shortbread m'a supplié de sentir ce que ça faisait *une fois*. Juste une fois à fourrer ma bite dans sa chatte. Elle ne me demande pas la lune. Je pourrais lui accorder cette faveur et passer à autre chose.

Avant d'avoir le temps d'y repenser, je retourne à l'hôtel. Je ne m'attendais pas vraiment à ce que Dallas s'endorme. Pas après la journée que nous venons de vivre. Mais j'ai sous-estimé la paresse de ma femme. Non seulement elle dort profondément, mais en plus, elle ronfle avec un scone à moitié mangé collé au torse.

Je m'assieds sur le bord du lit et repose le gâteau sur la table de chevet avant de replacer ses mèches rebelles derrière ses oreilles. Oliver a raison. Elle est irrésistible. Belle, innocente et fougueuse à la fois. Aussi exquise qu'une rose sauvage avec ses épines.

Je n'hésite même pas avant de retirer mes chaussures et mon pantalon. Portant simplement mon boxer, je m'agenouille entre ses cuisses. Je plaque le nez dans son entrejambe, toujours couvert de sa culotte.

Elle murmure quelque chose dans son sommeil et tortille un peu du cul. Un sourire naît sur ses lèvres. Je presse ma langue contre elle. Elle réagit d'un petit cri. Le coton de son sous-vêtement se mouille de part et d'autre : de ma bouche et de son corps qui s'éveille à mes attentions. À travers le fin tissu, je la caresse de mes doigts et suce son clitoris pour l'exciter.

Ses tétons durcissent derrière le satin de sa blouse et ses yeux papillonnent. Pour mon plus grand plaisir, elle est encore à moitié endormie, pas tout à fait cohérente. Elle va peut-être la fermer pour une fois. Elle flanque alors son sexe contre mon visage en gémissant doucement :

– Encore.

Je sollicite davantage son clitoris, relâchant la pression. Je la pénètre de l'index et du majeur à travers sa petite culotte toute fine, étirant le tissu, puis je recourbe les doigts à l'intérieur.

– Mmmm, c'est bon.

C'est bon ? Je n'ai pas touché une femme depuis près de dix ans. Bon, ce n'est pas assez. Les cuisses de Shortbread tremblent en m'enserrant les oreilles. Ses mains trouvent mes cheveux et tirent brusquement dessus. J'y vais plus fort également en m'accrochant à l'un de ses seins en même temps.

Je lui pince un téton à travers son vêtement. Elle finit par ouvrir les yeux et cligne des paupières derrière un rideau de désir innocent.

L'espace d'un instant, je me dis que je pourrais m'habituer à ça. Puis je me souviens de ce qu'a dit Oliver sur elle et je me sens transpercé d'une flèche de jalousie. Je me sens possessif vis-à-vis d'elle et j'ajoute un troisième doigt dans la bataille. Je titille son clitoris du bout de la langue avec de petits cercles.

Elle fait un mouvement brusque en avant, glissant son petit bouton le long de mon nez.

– *Putain de merde !* s'exclame ma belle épouse bien élevée du Vieux Sud traditionaliste. Pas étonnant que papa ne nous ait pas laissées sortir avec des garçons. Si j'avais su que c'était aussi bon, je me serais tapé tous les mecs de ma classe.

Je manque de m'étouffer dans sa culotte. De rire ou d'outrage, je ne sais pas trop.

– Oui. Oui. Comme ça, mais peut-être… peut-être même plus vite.

Sa voix, comme prise d'une jubilation quasi puérile, fait monter mon rythme cardiaque en flèche. Mon cœur cogne contre mes côtes. Impossible de me souvenir de la dernière fois où je l'ai senti battre normalement.

D'habitude, il assure le minimum syndical : il me garde en vie et rien de plus.

Elle frétille et gémit sous moi, puis encercle mon crâne de ses jambes, le serrant comme dans un étau.

Elle s'assure que je n'irai nulle part. Il faudrait trois armées et une apocalypse pour m'éloigner. Dallas Costa est une œuvre d'art. J'ai envie de la mettre sous cadre pour immortaliser ce moment et pour revivre cet instant à chaque fois que l'envie pressante de la dévorer viendrait montrer sa vilaine tête. Elle est tellement réceptive. Elle déborde de cette excitation réelle. Rien dans sa réaction à ce que je lui fais n'est prémédité ou calculé. Elle est brutalement honnête. Honnête quand elle m'a dit à quel point elle me détestait du fond du cœur. Et honnête quand je la fais jouir de ma bouche et de mes doigts.

Pour couronner le tout, elle est tellement différente de Morgan Lacoste, qui ne se laissait aller à jouir sur ma langue que lorsqu'elle avait trop bu, ce qui était pour le coup bien plus fréquent que ce qu'il est recommandé. Morgan, calculatrice et impitoyable qu'elle était, avait plus à cœur d'avoir l'air belle lorsqu'elle s'envoyait en l'air qu'elle n'appréciait l'acte en lui-même.

– Oui. Oui ! Je vais jouir !

Ma petite pornstar sauvage pousse tellement fort sur ma tête que je vais manquer d'oxygène. Elle se contracte autour de mes doigts encore couverts de sa culotte alors qu'un orgasme la renverse par vagues. Un jet de liquide chaud imprègne le coton. Je l'embrasse à travers le tissu, encore et encore, sachant que demain, tout reprendra sa place : mes restrictions, mes limites, mes complexes et mes démons.

Dallas s'assied à moitié :

– Est-ce que je peux te faire pareil ? Mais pas à travers ton boxer. Les sous-vêtements des garçons sentent toujours le vieux fromage resté trop longtemps dans la casserole. Je le sais parce qu'à chaque fois que la gouvernante part en vacances chez nous, on doit faire la lessive à tour de rôle. Je ne devrais vraiment pas dire ça, mais ceux de pap…

Ne voulant pas tuer l'instant avec une conversation sur les sous-vêtements de son père, je me redresse et lui ferme la bouche avec un baiser au goût de sa tendre excitation. Au début, elle a serré les lèvres et grimacé, incertaine de son opinion sur son propre goût. Mais quand j'ai traîné le bout de ma bite durcie le long de son sexe à travers nos vêtements, elle s'est déchaînée et m'a rendu mon baiser en enfouissant sa langue si profondément dans ma bouche que j'ai cru qu'elle allait chercher mon dîner.

Elle se tortille contre moi.

– Oui. J'en voudrais encore, Monsieur, s'il vous plaît.

Elle cite *Oliver Twist* en se faisant baiser. Vraiment, cette femme est unique en son genre.

Sachant que c'est absolument crétin et dangereux, et fou, j'enfonce le bout de mon sexe dans son intimité. Elle est étroite, encore plus étroite, même à travers le coton de sa culotte malmenée, mais toujours humide, prête pour la suite.

La sentir aussi ardente et serrée me fout complètement en l'air. Je m'enfonce encore plus profondément, la pénétrant à travers nos sous-vêtements, la baisant tout doucement, séparés seulement d'une fine épaisseur de tissu. J'arrache ma bouche à la sienne, les yeux rivés sur mon sexe, le regardant s'enfoncer en elle. C'est à peine si je peux entrer, tant ses chairs sont resserrées. Je n'ai jamais ressenti ça de toute ma vie.

Elle halète.

– C'est ce qu'on appelle le « frottage à sec » ?

Non. Il n'y a rien de sec là-dedans. En gros, je suis en train de la baiser à travers ses sous-vêtements. Mais lui expliquer qu'on s'envoie vraiment en l'air avec une explication de texte sur mes complexes et insécurités n'est pas au programme ce soir. Ni jamais d'ailleurs.

– Oui, c'est ça.

À chaque mouvement, je m'approche un peu plus de l'orgasme. Au début, j'y allais lentement et mes gestes étaient contrôlés pour faire monter le désir, à l'en rendre folle, mais j'ai vite déraillé et maintenant, je plonge en elle comme un dératé, n'importe comment, comme un possédé qui n'a d'autre besoin que d'être dans cette femme. Comme un homme assoiffé de contact humain, d'affection, débordé d'une faim charnelle qui doit être comblée et satisfaite.

J'ai la tête qui tourne. J'ai aussi pris en compte la possibilité que Dallas ne puisse pas jouir par simple pénétration. Ce qui ferait d'elle une femme normale, car c'est le cas de la majeure partie d'entre elles. Mais elle tremble, elle griffe et cherche à m'attraper. Elle semble prête à exploser. Ses seins rebondissent et ballottent à chaque fois que je m'enfonce dans son corps. Sa bouche est grande ouverte, probablement parce que cet orgasme lui semble différent des deux premiers. Il est plus profond et plus violent.

Elle s'agrippe aux pans de ma chemise et tire mon visage vers le sien.

– Vire ce boxer.

Elle me rend chaque pénétration, grognant quand le gland de mon pénis dépasse de mon sous-vêtement.

– Je veux que tu jouisses en moi. Je veux te sentir.

Je suis à deux doigts de céder à ses exigences. Heureusement, ma raison reprend le volant que ma bite s'était approprié dans la soirée pour faire dérailler la situation et éviter une monstrueuse calamité.

J'arrive à attendre qu'elle jouisse, à peine, avant de me retirer, la retourner sur le ventre et finir par éjaculer. Je vise son cul, mais j'atterris dans ses cheveux. Peu importe. Elle aura tout le temps de les laver. Ce n'est pas comme si son emploi du temps était surchargé.

Dallas retombe sur les oreillers, un grand sourire de travers aux lèvres.

– C'est officiel.

Elle me tire contre elle et saupoudre mon visage de gros baisers baveux, me rappelant une fois encore à quel point la différence entre elle et un jeune chiot est négligeable.

– M'envoyer en l'air est mon nouveau sport préféré, continue-t-elle.

– Le sexe n'est pas un sport.

– C'est un tort. Si c'était le cas, j'en ferais toute la journée.

– C'est possible. Ça s'appelle la prostitution.

Je me laisse tomber sur elle, me foutant royalement de sa frêle carrure et je tends la main vers la table de chevet pour y attraper deux chewing-gums à la menthe que je me fourre dans la bouche.

– Il n'y aura pas de prochaine fois.

Je roule sur le côté pour la libérer, le corps enduit de transpiration, les muscles au repos pour la première fois depuis des années.

– Mais oui, chéri. Juste cette fois-ci.

Elle colle ses seins contre mon bras. En dessous, les draps sont trempés de tout ce que nous venons de faire.

Mais la tentation est trop grande. Je me retrouve à m'autoriser un écart de conduite pour la durée de notre lune de miel. Pendant une semaine entière, je baise Dallas à travers ses vêtements ça ne me protège en rien, mais ça me rassure. Et toutes les nuits, je me la fais, séparé d'elle par un drap, en prenant bien soin d'éjaculer sur son visage, sa langue ou ses seins. J'ai même failli me l'envoyer sans aucune protection au Louvre. Puis je lui ai bouffé sa délicieuse petite chatte à La Madeleine. Dans une église, rien de moins, tout ça parce que mon trublion de femme ne pouvait simplement pas attendre de revenir à l'hôtel. Elle m'a même supplié de la doigter sur le manège Dodo du jardin des plantes. Ce qui veut aussi dire que j'ai dû lui sucer les seins sous un manteau qui drapait son torse dans un taxi sur le chemin du retour.

C'est clair et net. C'est aussi déprimant. J'ai épousé une femme avec des prédispositions pour la nymphomanie et je n'ai strictement aucune envie de la priver de ce qu'elle veut. Elle me mène à la braguette. Tellement que j'en ai oublié d'attendre d'elle qu'elle me rende la pareille. J'aime tellement sa chatte que j'ai occulté le fait que son piège à miel était une plante carnivore affamée de mon sperme.

Une chose est certaine. Quand nous retournerons aux États-Unis, je vais devoir me tenir le plus loin possible de mon épouse. Si je reste près d'elle, je serai en position de faiblesse dans la guerre psychologique qui nous oppose. Il lui faudrait un mois. Deux. Une année entière peut-être. Mais je sais qu'elle finirait par me convaincre de la baiser au naturel, sans protection. Salement. Jusqu'à ce qu'elle déborde de ma semence.

Tout ce que veut Dallas Costa, Dallas Costa l'obtient.

Et là, ce qu'elle veut, c'est mon héritier.

CHAPITRE 32

DALLAS

Le pénis de Romeo pourrait soigner la dépression. Malheureusement, il ne peut pas soigner la haine. Et ça, j'en éprouve encore beaucoup. Je jette ma culotte tachée de sang dans la poubelle et j'attrape un tampon. Je ne m'attendais pas à tomber enceinte aussi rapidement. Ce n'est pas pour ça que je suis aussi déçue. C'est juste que je ne voulais pas d'interruption dans ma quête pour briser une sorte de record du monde des orgasmes qu'on aurait pu inscrire au *Guinness Book*.

L'avion me secoue comme une boule à neige. Je me cale contre le lavabo en attendant la fin de la turbulence. Mon sexe est déjà endolori, étiré au maximum et prêt à prendre sa retraite après une seule semaine d'utilisation. À chaque fois que mes tétons frôlent mon soutien-gorge, d'engourdis, ils passent à douloureux. Quand le jet se stabilise, je retourne dans la partie salon de la cabine juste à temps pour observer Romeo tourner une page de son journal. J'ai les fesses qui frétillent à chaque fois que j'aperçois ses mains puissantes. Nous avons passé tout notre séjour en France à nous disputer et à jouir.

Je me laisse tomber sur le confortable canapé, m'attendant à ce que Romeo m'ignore. Ce qu'il fait. À la seconde où nous sommes montés dans cet avion, il a trouvé plus d'intérêt à sa boîte e-mail qu'à ma personne. *Bon, très bien*. Bref. J'ai appelé Frankie, maman et Sav sur FaceTime en boulottant des galettes de riz aux algues, mais aussi en ignorant l'âne bâté à mes côtés.

Quand nous sommes rentrés à la maison, je me suis rendu compte que j'avais oublié de demander à Hettie ou Vernon d'arroser la rose blanche sur ma table de chevet. *Oups*. Je fonce à l'étage dès que je m'en souviens, laissant Romeo en plan dans l'entrée avec nos valises, un peu paumé et – comme toujours – mécontent.

– Merci pour la lune de miel à un million quatre, Shortbread.

Je l'ignore, montant les marches quatre à quatre en le laissant marmonner.

– De rien !

Je débarque dans ma chambre, essoufflée. Même si j'ai les pouces plus noirs que verts, je déteste quand les fleurs meurent. Elles symbolisent l'espoir et la force. Car après chaque hiver vient le printemps, avec ses bourgeons prêts à éclore. Une plante entretenue peut s'épanouir et atteindre toutes ses promesses. J'aime à penser que les humains sont pareils. Est-ce que moi aussi, je pourrai m'accomplir dans les circonstances qui sont les miennes ?

Je suis plus que surprise, la rose blanche semble parfaitement fleurie dans son vase de fortune. Pas un seul pétale de tombé. *Ouf.* Vernon lui aurait-il changé l'eau ? Je tombe à genoux devant elle et remarque la couleur verdâtre du liquide dans lequel elle nage. Ben non, alors. On dirait que la fleur a survécu par ses propres moyens. *Eh bien, qui l'eût cru ?* Vernon a peut-être raison. Il aurait créé une sous-espèce de rose qui peut survivre aussi longtemps qu'il le faut pour tomber amoureux.

– Au moins toi, tu n'as pas besoin de beaucoup d'entretien, lui dis-je en caressant la tige épineuse. Merci d'avoir survécu. Tu es une vraie star du terrain, Rose.

Est-ce que je viens d'appeler Rose ma rose domestique ? *Eh bien, oui. Oui, j'ai fait ça.*

– Je vois que converser avec les plantes est une autre excentricité que je devrai ajouter à la liste sans fin de tes bizarreries du quotidien, commente Romeo, appuyé contre le chambranle de la porte.

Il ressemble à une statue de glace.

Je lui réponds d'un regard mauvais. Maintenant que la nouveauté du filtre « romance à Paris » s'est estompée et que je ne peux plus lui plaquer le visage entre mes jambes, je me souviens du point auquel je le déteste. On va préciser la quantité : *énormément.*

– Les Anglais ont débarqué au cas où tu serais là pour… euh, *un en-cas*.

– Je te prierais de bien vouloir m'épargner la présence de membres de ta famille, d'où qu'ils viennent. Je subis déjà un intense syndrome post-traumatique dû à tous les Townsend que j'ai rencontrés jusqu'à présent, dit-il avant de se redresser et d'entrer dans ma chambre sans invitation. En l'occurrence, je ne suis pas venu pour te donner du plaisir, Shortbread. Crois-le ou non, mes centres d'intérêt débordent du cadre de ton lit.

– Ne t'inquiète pas. Je sais que ton plan machiavélique consiste à détruire l'empire de ton père. Tu es une sorte de méchant dans une production Marvel mal écrite, mais avec une belle coupe de cheveux.

Me surplombant maintenant, il me dévisage, impassible.

– Je déménage.

Mes genoux restent coincés sur le parquet. La scène est abominablement dégradante, ça me prend aux tripes. Alors je me lève d'un coup pour épousseter ma robe.

Il attrape sa petite boîte métallique et propulse deux morceaux de chewing-gum dans sa bouche.

– C'est la folie au bureau en ce moment et nous avons un énorme marché public à renouveler avec le département de la Défense.

J'ai lu tout ce qu'il y avait à savoir sur le sujet dans la presse locale. J'ai aussi rangé ces informations dans la catégorie « Rien à faire » dans ma tête. C'est encore une histoire de concours de quéquettes entre les Licht et les Costa. Un concert de pipeau à six cents millions de dollars. Je lève les yeux au ciel pour lui répondre :

– C'est toujours la folie au bureau. Sois honnête au moins et admets que tu veux rester loin de moi.

Il m'observe avec moins d'intérêt qu'un bulletin de trafic routier.

– Tu es une distraction et je ne tolère pas ce genre de chose.

– Je suis ta *femme*.

– Tu ne fais que répéter mes paroles, soupire-t-il avant de détourner le regard. Je viendrai certainement te rendre visite le week-end pour vérifier l'état de la maison. Tu peux inviter les membres de ta famille et des amis, comme tu le souhaites. Pas plus de deux à la fois tant qu'aucun homme ne franchit ces portes. Parmi les hommes, j'inclus Madison, même s'il n'entre pas nécessairement dans cette case.

– Attends, tu ne peux pas vraiment partir.

Je bondis pour bloquer le pas de la porte. Je ne sais pas pourquoi je trouve son idée si dure à avaler.

Il me contourne et continue :

– Pourtant, c'est le cas. En plus, tu es sur mon passage.

Je lui barre la route en me mettant les bras en croix dans l'embrasure de la porte.

– J'imagine que le seul moyen de sortir, c'est de me passer sur le corps.

– Très bien, conclut-il avant de faire craquer ses vertèbres. Je vais vous passer sur le corps, madame Costa.

Romeo avance vers moi, il abaisse une épaule et me fait passer par-dessus et s'engage dans le couloir comme s'il ne portait pas un humain.

Je tape son dos en grognant.

– Lâche-moi, espèce de… psychorigide… cœur de pierre… débile…

– Je ne suis pas débile. Les autres adjectifs sont appropriés, par contre.

Il me fait passer sur son autre épaule et je suspecte que c'est moins une question de charge à répartir que le plaisir de me mettre dans une situation inconfortable.

Ma tête rebondit contre son dos à chaque pas. Il me porte en respirant d'un souffle léger et d'un pas encore plus désinvolte. Si l'on considère le verre à moitié plein, disons qu'à l'évidence, je peux manger encore plus, car on dirait que je ne pèse quasiment rien.

Romeo descend l'escalier. Je repère ma valise, toute seule dans l'entrée, et remarque qu'il n'a pas rapporté la sienne dans la maison. Il ne mentait pas. Il n'a jamais eu l'intention de rester.

Il contourne les marches et me dépose dans la cuisine devant une Hettie perplexe.

– À compter de cet instant, Mme Costa fait partie de vos responsabilités, mademoiselle Holmberg. Vous superviserez son comportement, y compris d'éventuelles indiscrétions et autres mésaventures. Vous vous assurerez qu'elle ne s'attire pas d'ennuis, puisqu'elle semble être un aimant à problèmes.

Hettie fronce les sourcils.

– Je gagne quoi, là-dedans, moi ?

– Une augmentation de cent cinquante mille dollars par an et le plaisir de garder votre emploi.

– D'accord, accepte-t-elle avant de siffler et de le saluer de deux doigts comme un militaire. J'accepte le marché, boss.

– Traître, grogné-je.

– Cadre, me corrige-t-elle.

Quelques secondes plus tard, Romeo a déjà quitté la maison – et ma vie – comme si Paris n'avait jamais existé.

Furieuse, je me tourne vers Hettie :

– Whaaa. Il a suffi de cent cinquante mille dollars pour que tu me lâches.

Hettie semble immunisée contre ma rage.

– Cent cinquante mille boules, ce n'est pas rien pour les gens normaux, Dal.

Je sais qu'elle a raison. Mais maintenant que Romeo n'est plus là, je dois bien passer ma colère sur quelqu'un. Elle hausse les épaules et continue :

– En plus, je n'ai jamais prétendu être une *bonne* gouvernante. Mon boulot, c'est de cuisiner ses flocons d'avoine. Si je ne gère pas bien mes missions périphériques, personne ne peut m'en vouloir.

Elle appuie sa dernière phrase d'un clin d'œil qui me fait sourire.

– Merci.

– De rien. Par contre, ne me mets pas dans la merde en organisant des orgies dantesques ou en foutant le feu à la maison, d'accord ?

– Je vais faire de mon mieux.

Mais silencieusement, j'ajoute que je ferai absolument tout, sauf peut-être les deux choses qu'elle a citées.

Je me traîne dans l'escalier, jusqu'à ma chambre où je passe le restant de ma journée à lire et à chouiner. Mon esprit vagabonde des milliers de kilomètres plus loin, dans un royaume lointain, où mon livre m'a transportée. Avant de sauter dans mon lit, je remarque qu'un pétale est tombé de la rose. Un seul.

Tu vois, Vernon ? La fleur se flétrit, mais la haine que j'éprouve pour mon mari est là.

Je me glisse dans mon lit, toujours incrédule.

Je me vengerai de Romeo Costa. Même si c'est la dernière chose que je ferai avant de mourir.

CHAPITRE 33

Ollie vB : @RomeoCosta Ta mère vient de sortir d'un magasin de fringues pour bébés bourge. Avec ta femme et environ cinq cents sacs remplis. Aurais-tu quelque chose à nous annoncer ?

Romeo Costa : Oui. Occupe-toi de tes affaires.

Zach Sun : Que faisais-tu dans ce magasin @OllievB ? Aurais-tu TOI quelque chose à nous annoncer, à NOUS ?

Ollie vB : Je te signale que ce magasin est juste à côté de ma salle de tir.

Romeo Costa : En parlant de tirer…

Zach Sun : Ne va même pas sur ce terrain. C'est un double homicide. Tu en prendrais pour cinquante ans derrière les barreaux. Juste pour te donner des faits.

Romeo Costa : Elle n'est pas enceinte. La seule chose qu'elle est capable de produire commence par MER et finit par un E.

Ollie vB : MERVEILLE, c'est comme ça que *People Magazine* m'appelle. Mais mon vrai nom, c'est Oliver.

Romeo Costa : Et ton vrai âge mental, c'est cinq ans.

Zach Sun : Resserrer les liens avec sa belle-mère. Elle est maline.

Romeo Costa : Malheureusement, elle n'est pas aussi basse de plafond que je l'ai cru.

Ollie vB : Admets-le, Costa. Tu t'es planté. Tu voulais une poupée gonflable décérébrée et tu te retrouves avec super Barbie intello.

Ollie vB : Alexa, joue *American Idiot.*

Zach Sun : Ollie a raison. Tu pensais acquérir un jouet. En réalité, tu contrôles plus la météo que ta femme.

Romeo Costa : Elle se comporte comme une gamine de deux ans.

Elle finira bien par se calmer
un jour ou l'autre.

Zach Sun : Tu crois ? À ce stade, nous vivons tous dans une démo de logiciel et seule Detroit Townsend possède un accès Administrateur. Tu ne peux pas me convaincre du contraire.

Romeo Costa : Detroit COSTA.

CHAPITRE 34

ROMEO

Le fonctionnement du cerveau de Dallas constitue un véritable crime contre l'humanité. Dès mon retour à Potomac, j'ai envoyé un texto à Hettie pour lui donner l'ordre de planquer la poire à jus histoire que ma femme (qui a le feu au cul) ne la trouve pas. Certes, je refuse d'éjaculer dans son corps, mais je la crois tout à fait capable de conduire jusqu'à la banque du sperme la plus proche pour se commander deux grosses paillettes à emporter.

En fin de compte, rien de mieux que l'abstinence, parce que j'ai réussi à tenir quatre jours sans entrer en contact avec mon Épouse du Chaos. Par contre, je l'ai observée sur les quarante-neuf caméras qui maillent ma résidence.

Shortbread s'ennuie. Et comme je l'ai découvert à mes dépens, une Shortbread qui s'ennuie est un agent destructeur. J'applaudis son talent pour ne faire absolument rien et pourtant parvenir à tant de résultats. Cette femme passe ses journées à manger, à enchaîner les bouquins (elle termine parfois des sagas entières en vingt-quatre heures) et à dépenser des sommes absolument dingues.

Je la soupçonne de faire flamber ma carte de crédit juste pour m'emmerder, et non pas pour acheter des objets qu'elle convoite réellement. Puis je me suis connecté sur son relevé de compte et j'ai remarqué qu'elle venait de faire un don pour la création d'un orphelinat à Chattanooga, qu'elle avait équipé un district scolaire d'ordinateurs portables dernier cri et fait un chèque à sept chiffres pour la recherche sur la mort inattendue du nourrisson. Ces actes sont cohérents, ils sont alignés avec son incapacité de se retenir à chaque fois qu'un être en couche-culotte passe à moins de cinq kilomètres. Elle me laisse une ardoise de centaines de milliers de dollars tous les jours, comme pour me défier de venir l'arrêter de dépenser de l'argent. Je n'ai jamais été du genre à céder sous la contrainte.

Depuis mon bureau vitré à air conditionné, je regarde périodiquement les agissements de mon adorable femme. Jour après jour, je l'observe accueillir sa mère, sa sœur, ses amis et sa toute nouvelle masseuse personnelle, mais aussi sa pédicure, sa coiffeuse et une femme dont la seule fonction semble être de brosser ses sourcils.

Je pense qu'elle se sait surveillée. Difficile de passer à côté des signes. Elle s'arrête parfois devant une caméra et me fait un doigt ou me montre ses seins, sans se préoccuper du fait que mon équipe de sécurité ait accès aux images filmées dans la maison. Que je me retrouve marié à une femme aussi vulgaire est d'une ironie sans nom, mais je me suis convaincu qu'elle pourrait grandir, gagner en maturité et sortir de sa phase rebelle. En vérité, je refuse surtout d'envisager l'idée que ce ne soit pas une phase, mais son comportement habituel. Une caractéristique propre et non pas un bug. Elle est comme ça et rien ni personne ne pourra la changer.

Il s'est écoulé quatre jours depuis mon départ et je les ai passés à enchaîner les réunions avec Senior, Bruce et le conseil d'administration de Costa Industries, à essayer de convaincre tous ceux qui voulaient bien m'écouter que je peux assurer la pérennité de notre contrat historique avec le département de la Défense avant que Licht nous pique le marché.

Ce n'est pas vraiment un mensonge. Mais ce n'est pas tout à fait la vérité non plus.

Ils ont de bonnes raisons de s'en faire. Senior a transformé Costa Industries en une entreprise obsolète. Nous ne comptons plus parmi les meilleurs du secteur. Et Bruce, en béni-oui-oui qu'il est, l'a laissé faire.

J'aurais pu passer une semaine entière sans contacter Dallas, si ce n'est qu'au cinquième jour, quelque chose a attiré mon attention sur le moniteur. Je repousse l'étude de marché que je lisais dans un coin du bureau.

Il se passe quelque chose à la grille de ma propriété. Il ne se passe jamais rien devant chez moi. Ou chez moi, mis à part les cinquante et quelques kilos qu'occupe Shortbread dans l'espace.

J'ai conçu l'entièreté de mon quotidien pour me plier à mes tendances solitaires. Ce qui pourrait expliquer pourquoi je sens une déroutante démangeaison gagner la surface de ma peau à la minute où je repère sept voitures de luxe faisant la queue dans ma rue.

Le portail s'ouvre. L'armée de véhicules s'engage doucement dans l'allée centrale. Je plisse les yeux pour deviner qui est à l'intérieur.

Cara entre en coup de vent dans mon bureau en portant une pile de dossiers.

– Monsieur Costa, votre rendez-vous de deux heures est arrivé. M. Reynolds du département de la Défense est là…

– Pas maintenant, Cara.

Je reconnais la première personne à entrer, bien à l'abri de sa Rolls-Royce. Barry Lusito. Un ancien copain de fac, mais également un homme que j'ai personnellement expulsé de notre secteur industriel il y a quasiment sept ans quand il a dragué Morgan alors que nous étions encore ensemble.

Juste derrière lui, une Bentley remonte lentement les trois cents et quelques mètres de l'allée. Elle est conduite par l'un des ingénieurs de la boîte ou, devrais-je dire, l'un des anciens ingénieurs. Un type que j'ai viré pour harcèlement sexuel juste avant mon mariage. À quoi Dallas joue-t-elle ?

Après Barry, quelques voitures plus modestes se suivent, avec des femmes au volant. Je reconnais le tout nouveau personnel de mon épouse parmi elles. Pourquoi une personne sans emploi, sans activité et sans problème de santé a-t-elle besoin de personnel ? Ça me dépasse. À la suite de ce troupeau de femmes, Oliver von Bismarck apparaît dans une Aston Martin DBX, bien tape-à-l'œil. Il a même l'audace de me faire un coucou derrière la caméra. Derrière lui, Zach émerge de sa Lexus LC. Il déteste les voitures hors de prix et peu fiables.

Pour finir, Madison Licht. Putain de Madison Licht de Merde. Je n'en suis pas certain, parce qu'il tourne la tête pour ne pas être vu, mais son nez semble couvert d'une sorte de pansement couleur chair.

– Monsieur… me relance Cara en réarrangeant les dossiers. Vous essayez d'attirer l'attention de M. Reynolds depuis trois semaines maintenant. Je ne suis pas certaine qu'il prenne bien qu'on le fasse attendre…

– Cette réunion est annulée.

Je me lève d'un bond et saisis ma veste sur l'appuie-tête pour l'enfiler en sortant et je précise :

– Tout comme le reste de mes obligations du jour.

Impossible de recevoir Thomas Reynolds au siège, à Arlington, pendant que Madison Licht se promène chez moi en fourrant son nez partout.

Cara se précipite pour me suivre :

– Monsieur Costa…

– La réponse est non.

– Que dois-je dire à M. Reynolds ?

– Que j'ai une urgence. Familiale.

Ce n'est pas un mensonge. Il y a vraiment urgence. Je vais exploser.

Je déboule dans l'ascenseur et fais face à une Cara à bout, dans tous ses états.

– Monsieur, je vous connais depuis onze ans et vous n'avez jamais raté le moindre rendez-vous.

– Depuis onze ans que vous me connaissez, je n'avais jamais lié ma destinée à celle d'une magnifique sociopathe.

C'est la dernière chose que je lui dis avant que les portes de l'ascenseur se referment sur nous.

CHAPITRE 35

ROMEO

Je navigue dans mon allée centrale en me forçant à regarder droit devant moi. Sinon, je risquerais de péter un plomb et me retrouverais en première page de tous les journaux locaux. Sans parler des réseaux sociaux, sous tous les hashtags tendance que je partage avec Dallas. Ils n'arrêtent pas de prendre de l'importance.

Je suis incapable d'accepter l'idée que ma demeure du XIXe siècle, qui a appartenu à un général de l'armée de l'Union fédérale lors de la guerre de Sécession, soit réduite à l'état de terrain de jeux pour héritière pourrie gâtée d'une fortune du Vieux Sud.

Des gens sortent par jets de ma grande entrée. Quelqu'un charge ma Bentley en renversant sa bière sur mon pare-brise. Je ne reconnais absolument personne.

Mon sang, qui d'ordinaire circule toujours froidement, à un rythme mesuré, se met à bouillir de colère et à circuler à toute vitesse tant il a besoin d'infliger une douleur physique à une certaine personne.

Une adorable certaine personne.

Je ne me suis jamais senti aussi vivant de toute mon existence. *Ou* aussi dingue.

Dix-huit voitures différentes occupent les seize emplacements de mon garage. Il me faut huit minutes pour dénicher une place afin de me garer chez moi. J'entre dans la maison d'un pas rageur, bousculant légèrement un Vernon paniqué qui essaie de courir pour retrouver l'extérieur.

Une Hettie toute rouge me retrouve à la porte, les mains en l'air.

– Elle a dit une petite réception pour quelques amis. Je le jure.

La conception qu'a Shortbread d'une petite réception consiste apparemment en la création d'un Country Club. Et puis qui sont ces gens, d'abord ? Elle habite à Potomac depuis moins de deux mois.

Je reconnais mes amis, le *personal shopper* de chez Hermès, deux chefs triplement étoilés au Michelin dont Dallas a fréquenté les établissements et, fait assez remarquable, ce qui semble être la vaste majorité des gens que j'ai mis sur ma liste noire, sur un tableur dans mon bureau à la maison.

Cette foule de personnes auxquelles je refuse de me mêler.

Ces êtres que j'évite de croiser à tout prix.

D'une manière ou d'une autre, elle les a trouvés et les a tous invités sans exception chez moi. Incroyable.

Si je n'étais pas aussi furieux, je serais sincèrement impressionné.

– Dégagez.

Hettie, la tête basse, me laisse passer.

Je contourne une masse de corps. La plupart d'entre eux n'ont même pas pris la peine de s'habiller correctement, ils savourent la réserve de grands crus entreposés dans ma cave à vin. Ces bouteilles que j'ai mises de côté pour des occasions spéciales. Ils portent des joggings de luxe et sont chaussés de mules de cuir signées Ferragamo.

Un buffet entier s'étend sur toutes les surfaces planes disponibles, grâce à Nibbles, une petite épicerie traiteur du coin qui facture mille huit cents dollars par tête pour les réceptions.

Les gens rient, mangent, discutent et s'autorisent à visiter ma maison. Qui, d'ailleurs, résonne d'une intense cacophonie.

C'est insupportable.

Mon âme, si j'en possède bien une, n'a qu'une hâte : bondir hors de ma peau comme une balle tirée à pleine vitesse et courir se terrer le plus loin possible.

Je rentre dans l'épaule de quelqu'un dans ma quête pour rejoindre l'escalier. La personne se tourne.

Oliver.

La première chose que je fais est de le frapper en plein visage. Pas assez fort pour lui briser le nez, mais certainement suffisamment pour montrer la rage que me fait ressentir son comportement récent.

Grâce à mon enfance de merde, le recours à la violence est chez moi un réflexe surdéveloppé. Dans toute situation, instinctivement, je cherche à frapper, vraiment. J'ai contenu ce trait pendant des décennies. Shortbread a libéré cette attitude et déjà plusieurs victimes plus ou moins innocentes en ont souffert.

– Aïe ! s'exclame Oliver avant de se frotter la joue. C'était pour quoi, ça ?

– Pour avoir tenu des propos sexistes envers ma femme, pour lui avoir proposé des faveurs sexuelles en ma présence et, honnêtement, juste parce que ta tête m'énerve.

Il pousse un soupir avant de me répondre :

– C'est de bonne guerre. Sache, pour ta gouverne, que je n'ai plus envie de blaguer sur l'idée de coucher avec ta femme. Je me dis que ça nuirait à mon projet de coucher avec sa sœur.

Existe-t-il quelqu'un dans mon entourage qui ait plus de treize ans d'âge mental ?

– Qu'est-ce que tu as à dire pour ta défense ?

Il boit une gorgée de bière belge. On ne distribue même pas cette marque aux États-Unis. Bon Dieu ! Combien d'argent ma maudite épouse a-t-elle dépensé dans le court laps de temps qui s'est écoulé depuis notre mariage ?

Oliver a l'air perplexe avant de me répondre :

– À propos de quoi ?

Je perds patience.

– Bon sang qu'est-ce qui a pu te donner l'idée de répondre positivement à son carton d'invitation pour cette fête ?

– *Oh*. Il n'y avait pas de carton d'invitation, annonce-t-il en désignant son environnement d'un geste des mains. Cette petite sauterie est née sur un coup de tête. Elle a réussi à tout mettre en place à la dernière minute. Incroyable, non ? Elle pourrait faire ça professionnellement.

L'idée que Shortbread puisse avoir un boulot, ou rendre des comptes à qui que ce soit d'autre que sa petite personne totalement irresponsable, est à la fois risible et inconcevable. Cette conversation sape le peu de patience qui me restait. Oliver porte la bouteille de bière à sa bouche.

Je la tiens de force dans cette position, l'obligeant à la finir jusqu'à la dernière goutte, au risque de le noyer dans sa bière d'exception.

– Oliver. Pourquoi es-tu là ?

Quand je relâche la bouteille, il se remet en souriant, puis essuie ses lèvres du revers de sa main.

– Eh bien, il faut dire qu'elle sait organiser des fêtes de malade. Elle a dit qu'il y aurait un buffet spécial, des alcools du monde entier et un spectacle pyrotechnique. Jusqu'à présent, Derbyshire ne m'a pas déçu.

De la pyrotechnie ? Dans ma maison ? Elle joue avec le feu.

Je serre sa chemise dans mon poing, perdant tout le contrôle auquel je tiens tant.

– Où est-elle ?

Oliver hausse les épaules, du moins il essaie de bouger sous mes mains.

– La dernière fois que je l'aie vue, elle essayait la robe de cocktail d'une fille avec qui elle avait échangé ses fringues.

– Elle était nue devant d'autres gens ?

Je vais faire un infarctus. À trente et un ans.

– Je comprends pourquoi tu supportes tout ce bordel, mec. C'est un avion de chasse, cette meuf. Comment elle fait pour avoir un cul pareil ? Cinq cents squats par jour ?

Dis plutôt deux paquets d'Oreo et un McFlurry.

J'affronte une douzaine de personnes avant d'atteindre la chambre de Dallas. Fermée à clef. Bien entendu.

J'enfonce la porte d'un coup de pied. D'ordinaire, je n'apprécie pas trop d'endommager mon mobilier à cinq mille balles le panneau de bois, mais aux grands maux, les grands remèdes.

D'ailleurs, en parlant de grands maux, ma femme est assise au bord de son lit, vêtue d'une robe courte d'un vert criard qui ne lui appartient pas. Madison est agenouillé devant elle et pleure dans son giron.

Le gars arbore des yeux au beurre noir venus tout droit de l'opération du nez maison que je lui ai infligée à Paris. Il est pourtant assez con pour s'incruster sur mon territoire sans une armée entière pour l'épauler.

Dallas semble s'ennuyer ferme et incarne tout à fait son propre personnage. C'est évident, elle attendait depuis un bon bout de temps que je fasse ma grande entrée. Elle voulait attirer mon attention et maintenant, elle est malheureusement sur le point de la recevoir dans son entièreté.

Madison se lève péniblement dans la précipitation tandis que Dallas prend tout son temps pour se redresser. Un soupçon de satisfaction s'accroche à ses sublimes lèvres pulpeuses. Elle vient de gagner cette manche et elle le sait. J'ai écourté ma journée pour venir ici.

Tel un prédateur, j'approche de Madison. Mon regard ne dévie pas d'un iota.

– Dites-moi, Licht. Auriez-vous été absent le jour où Dieu a créé les neurones ?

– Tu ne peux pas me frapper en public.

Madison vient donc de me révéler toutes ses cartes de notre partie de poker. Il continue :

– Sur un plan purement pratique, nous sommes techniquement dans un lieu public. Il y a quasiment une centaine de personnes ici.

Il a raison. Certains se baladent même dans le couloir devant la porte pendant notre conversation et se demandent pourquoi quelqu'un l'a fait tomber et pourquoi nous avons l'air aussi tendus. Il semble que l'un d'entre nous sortira de cette pièce dans un sac mortuaire.

– Vous m'attribuez des qualités que je ne mérite pas, commenté-je en faisant craquer mes doigts.

Je me sens dangereusement proche du seuil de rupture, je sens que mon calme feint va bientôt disparaître.

– Je pourrais tout aussi bien vous tuer là, maintenant, tout de suite si vous ne m'expliquez pas la teneur de la scène à laquelle j'ai assisté en entrant dans cette pièce.

– Nous mettons un point final à notre rupture, m'explique Shortbread en faisant la moue.

Je lis entre les lignes. Elle a choisi de devenir actrice de notre lutte de pouvoir. Et son manège a fonctionné. En cet instant précis, elle cesse d'être un dommage collatéral.

– Ou à notre réconciliation, la contre Madison. Tout dépend du point de vue qu'on adopte, vraiment.

Il essaie tellement de me faire tomber dans le panneau pour que je commette une erreur qu'il vaudrait mieux qu'il loue un affichage publicitaire géant sur Time Square. Pourtant, pour la première fois de ma vie, je fonce droit dans son piège. J'arrête de lui tourner autour, vise sa gorge et lui lance un coup de poing. Je lui coupe pratiquement la respiration, mais quelqu'un me retient par le coude.

– Bon sang, Rom. Qu'est-ce que tu fais ? crache Zach derrière mon oreille avant de m'éloigner de Madison.

S'il n'y avait que lui, je pourrais le dégager. Nous avons la même corpulence et la même taille, mais j'ai de l'expérience dans ce domaine et une bonne vingtaine de kilos de rage en plus en cet instant.

Malheureusement, Oliver retient mon autre bras.

– Je savais qu'il allait pourrir cette fête. La prochaine fois, ne l'invite pas, Daly City.

Dallas l'ignore.

– Tout ça, ça fait très cour de récré, Costa. Tu ne sais pas contrôler tes émotions ?

– Mes émotions vont très bien. En fait, émotionnellement parlant, j'ai adoré brouter votre ex-fiancée moins de cinq minutes après vous avoir pété le nez à Paris.

Un concert de petits cris estomaqués résonne derrière moi. La plupart des gens me voient comme un homme d'affaires antipathique et efficace qui ne dépasse jamais des lignes de son coloriage et n'entreprend rien qui alimente les conversations. En positif, en négatif ou en rien. Cette image est en train de se désintégrer. À cause de Shortbread.

Madison plisse les yeux, il me rappelle pourquoi il y a des modes d'emploi sur les bouteilles de shampoing.

– Je devrais t'attaquer en justice pour ce que tu m'as fait.

– Vous devriez. Ainsi, je pourrais vous attaquer en justice pour ce que vous m'avez fait, vous.

Lui et moi savons très exactement de quoi je parle. Son sourire disparaît. Il s'éloigne un peu plus de

Dallas qui s'est désintéressée de cette conversation depuis plusieurs minutes. Elle examine maintenant ses cuticules. Ses lèvres expriment clairement son mécontentement. Heureusement qu'elle a aussi invité sa manucure.

– Allez, mec. Il est temps de se barrer d'ici avant que moi aussi je te refasse le portrait, annonce Oliver en souriant joyeusement avant d'attraper Madison par l'oreille comme un principal de collège du XIXe siècle pour le virer devant tout le monde. Désolé de te dire ça, mais tu ne peux pas te permettre plus de dégâts sur ta face. C'était déjà pas brillant avant.

Les gens pouffent d'un rire nerveux. Je remarque que nous ne sommes visés par aucun téléphone. Shortbread doit les avoir confisqués à l'arrivée de ses invités. *Elle n'est pas con.* Je vais sûrement l'étrangler, mais je lui accorde au moins ça.

Alors que Madison crache, feule, se débat, me menace de poursuites judiciaires et qu'Oliver le vire littéralement de la maison, je me tourne vers la véritable coupable, celle qui me pourrit la vie.

– Qu'as-tu à dire pour ta défense ?

– Pas grand-chose, répond-elle avec une moue. On dirait que tu fais la conversation pour nous deux. Sérieux, Rom ? Parler à la terre entière de ce qu'il s'est passé dans notre chambre d'hôtel ?

J'ai eu de meilleurs moments, je dois l'avouer. Mais je ne suis pas d'humeur à l'admettre.

– C'était notre lune de miel. Pas une personne dans cette maison ne peut penser que nous l'avons passée à jouer aux cartes et à épiloguer sur les poèmes de Dante dans notre suite. Maintenant, es-tu prête à être punie dans ta chambre comme une gamine ?

– On s'est mis au jeu de rôle, là ? C'est maintenant que je reçois ma fessée, *daddy* ?

C'est abominable, j'ai la bite qui frétille. Je suis horrifié. Pendant ce temps, Zach traîne à la limite de mon champ de vision. Il craint probablement que je fasse quelque chose que je pourrais regretter. Comme virer Dallas de chez moi et jeter ses bouquins d'Henry Plotkin dans le Potomac.

– Tu es consciente qu'Hettie est responsable de chacune de tes erreurs ?

Là, je l'ai eue. Shortbread se redresse et me rejoint en quelques pas rapides.

– Ce n'est pas sa faute. Je lui ai promis d'organiser seulement une petite sauterie. Mais je ne m'attendais pas à ce qu'autant de gens viennent chez toi. J'ai cru qu'ils allaient tous vouloir te fuir comme la peste.

– Je suis censé croire que tu as invité par erreur absolument toutes les personnes que j'ai mises sur ma liste noire qui habitent à moins de cent cinquante kilomètres ? Que tu es totalement innocente ?

Elle fait la moue.

– Je croyais que c'était ta liste d'amis. *Surprise ?*

En voyant mon air las et franchement pas amusé, elle se met à se balancer d'avant en arrière.

– Comment pourrais-je savoir de quelle liste il s'agit ? Ce n'est pas comme si tu me disais quoi que ce soit. Je ne sais absolument rien sur toi. Dans quelle ville tu es né. Le nom de ton premier animal domestique. Le nom de jeune fille de ta mère. Le plat que tu préférais quand tu étais petit.

– On apprend en posant des questions, Dallas. Pas en organisant des bacchanales visibles depuis la Station spatiale internationale.

– Mais j'en pose, des questions. Tu ne me réponds jamais.

– Potomac. Pas d'animal domestique. Serra. N'importe quel plat calorique. Tu vois, c'était facile, non ?

– Rom, nous interrompt Zach qui s'approche.

Je l'ignore.

– Voudrais-tu savoir autre chose ?

– La marque et le modèle de ta première voiture ?

– Une Porsche Cayenne.

– *Rom.*

– Quoi ? demandé-je en me tournant vers Zach.

– Ces questions ne t'évoquent rien ? Comme, euh, je ne sais pas… Des questions de sécurité informatique pour récupérer des mots de passe, peut-être ?

Dallas lui jette un regard noir.

– Alors, tu peux profiter de ma fête, mais tu ne peux pas m'aider à la financer ? Est-ce que tu vas assumer les factures s'il me coupe les vivres ? Fais-moi plaisir, ne me gêne pas quand je bosse.

– Je l'adore, Rom, s'extasie un Oliver hilare depuis le couloir.

Je ne m'étais même pas rendu compte qu'il était revenu.

– Dehors.

Je désigne l'emplacement de la porte, suivi de mes deux amis.

– Tous les deux. Dehors. Et *toi*… dis-je en me tournant vers Dallas. Toi, tu viens avec moi.

– Pourquoi ? demande-t-elle en faisant voler ses cheveux par-dessus son épaule.

Je dois faire appel à mes dernières ressources pour ne pas l'attraper par la taille et la baiser devant tout le monde pour lui rabattre son caquet. La seule chose qui m'en empêche, c'est que malheureusement, c'est probablement une étape de son grand plan diabolique.

– Parce que je l'ai dit.

Elle fait mine d'avoir le souffle coupé dans un grand geste théâtral.

– Oh, mais pourquoi tu ne l'as pas dit plus tôt ? Dans ce cas, vas-y. Je vais *certainement* te suivre.

Je lui réponds en souriant :

– Parce que la série de livres d'Henry Plotkin aura belle allure, entourée de flammes, quand ton spectacle pyrotechnique va commencer.

Voilà qui fait disparaître la petite moue satisfaite de son visage.

– Vas-y, je te suis.

Le trajet vers ma chambre se déroule dans un silence absolu. Entre nous, du moins. La maison est plus bruyante qu'un concert de BTS.

Je ferme la porte et la verrouille pour faire bonne mesure. Maintenant que nous sommes seuls, ses traits délicats trahissent une bonne dose d'incertitude. Je colle mon nez au sien, perdant ce qui me reste de sang-froid apparent.

Son dos est plaqué contre ma fenêtre.

– Tu fais une crise cardiaque ?

Elle a perdu tout son mordant. À la place, je n'entends que sa timidité.

– Parce que tu es un obsédé du rangement et qu'un milliard de personnes font la fête chez toi.

– À qui appartient cette robe ?

J'attrape le tissu de son vêtement et tire dessus. Je le tords jusqu'à l'étirer sur sa peau si douce. Elle me répond en me toisant, la tête haute :

– À Morgan. Elle est là.

– Impossible, lui dis-je immédiatement.

– Comment tu peux le savoir ?

– Parce que quand j'en ai eu fini avec elle, je l'ai exilée en Norvège. Elle n'a pas mis le pied aux États-Unis depuis six ans. Elle préférerait encore se suicider que de venir à ma rencontre.

Mes mots sont froids. Sortis sans une seule once de sympathie. Et pourtant, c'est bien plus qu'elle le mérite. Shortbread a l'air horrifiée.

– Bon Dieu, qu'as-tu fait à cette pauvre femme ?

– Elle n’a eu que ce qu’elle méritait. Maintenant, réponds à ma question. À qui appartient cette robe ?

– À Abby Calgman.

Abby Calgman est l’une des maîtresses les plus régulières de Madison. Il parade souvent à son bras dans nos cercles. En fait, je pense qu’il l’apprécie vraiment. Je parierais ce qui reste de ma maison et la femme sauvage qui l’a mise en miettes qu’ils se fréquentent toujours.

– Je devrais probablement la lui rendre…

Dallas déglutit et son embarras se lit sur ses joues rosies, probablement du souvenir récent d’avoir montré sa poitrine et ses fesses à tous ses convives.

– Il faut que j’y aille.

Elle essaie de passer sous mon bras, mais j’envahis un peu plus son espace, un sourire vicieux plaqué sur le visage.

– Eh bien, madame Costa. J’ai bien peur de ne pas pouvoir te laisser partir sans des adieux en bonne et due forme.

– Qu’est-ce que tu veux di…

En un mouvement fluide, je déchire sa robe, du décolleté à l’ourlet, laissant deux bouts de tissu informe sur le parquet. Dallas est maintenant vêtue d’un soutien-gorge noir sans bretelles et d’un string en dentelle assorti. Elle en est bouche bée.

– Tu es dingue.

Je commence à défaire ma ceinture. Si je dois perdre une demi-journée de boulot, autant en tirer quelque chose de bien. Dès que je libère ma bite, lourde et engorgée, toute protestation et réplique fielleuse quitte Dallas. Elle se lèche les lèvres.

– Dis-moi où tu la veux.

Quand elle entend mon ordre, son regard se lève pour croiser le mien.

– En moi.

– *Où* ? Sois spécifique. Tu as plusieurs trous et tous me supplient d'être comblés, là.

Dans un rare moment de lucidité, je percute que Shortbread va considérer cette déclaration comme une récompense et non comme une punition, ce qui pourrait avoir d'indésirables conséquences, comme encourager son comportement déplorable. Mais j'en viens *aussi* à la conclusion que si mon intraitable épouse ne touche pas ma bite dans les prochaines minutes, ladite bite pourrait bien exploser.

Dallas se pince les lèvres. Elle refuse d'entrer dans mon jeu. Cette femme est bien trop fière pour son propre bien.

– Là ?

J'attrape mon membre dans mon poing et le fais glisser contre l'avant de sa culotte.

Elle frissonne de partout. Quelque part, je me rappelle qu'elle a le cul plaqué contre la fenêtre. Certains invités dans le jardin en contrebas pourraient tout à fait voir ce qu'il se passe entre nous. Mais je m'en moque. J'en suis arrivé à la déprimante conclusion que ma jeune et incontrôlable épouse fait ressortir certains traits de caractère chez moi.

Des traits dont j'ignorais l'existence. Elle lève la tête un peu plus haut, mais ne répond pas.

– Ou peut-être… là ?

Je l'attrape par la taille et la fais pivoter pour la plaquer de l'autre côté contre la vitre. Je glisse un doigt sous la bande de dentelle de son string, la repousse de côté, et la laisse retomber dans un claquement contre sa peau. Puis je la caresse de mon gland. Elle cambre le dos pour laisser quelques centimètres de chair entre ses fesses.

Toujours aucun mot.

Ma bouche trouve le bord de son oreille. Mes mains remontent plus haut pour pincer ses tétons.

– Tu es peut-être enfin prête à me renvoyer l'ascenseur. Après toutes ces fois où je t'ai bouffé la chatte.

Shortbread s'agrippe au rebord de la fenêtre, se penche en avant et se colle contre moi pour que je la pénètre. Ma bite glisse sur son sexe humide, me faisant siffler d'un plaisir infini avant de me retirer. J'ai envie de m'enfoncer en elle d'un coup, comme si ma vie en dépendait, et elle le sait très bien.

– Ça, c'est criminel, dis-je en lui pinçant le bout du sein.

Elle pousse un petit cri, l'intérieur de ses cuisses est de plus en plus humide de son désir.

– C'est toi qui as commencé.

– T'es-tu jamais demandé quel goût j'avais, Shortbread ?

– Non.

– Eh bien, tu es sur le point de le savoir.

Je la fais pivoter encore une fois, glissant mes mains entre ses cuisses. Elle en a trempé son string et je frotte le produit de son excitation sur mon corps. Ses halètements soulèvent sa poitrine contre mon torse. Je me dis qu'elle a fait tout ça intentionnellement. Avec cet exact objectif en tête. Pourtant, je suis incapable de me résoudre à arrêter.

– À genoux, Shortbread.

– Dans tes rêves, connard.

Inutile de lui dire qu'elle tient le rôle principal de mes cauchemars. Aussi consternant que ce soit, ma queue ne partage pas ma vision des choses et continue à gigoter entre nous.

Elle baisse les yeux pour la regarder et se lèche les lèvres.

– D'accord. Mais je le fais pour elle, pas pour toi.

Dallas tombe à genoux, ses yeux noisette évitent le gris des miens. Elle enveloppe mon sexe de la main et je manque de jouir immédiatement sur son visage. La confiance dont elle fait preuve, malgré sa totale inexpérience, me fout en l'air. Une autre femme, n'importe quelle autre fille ayant reçu une éducation religieuse et absolument aucune expérience sexuelle demanderait des directions ou s'excuserait par avance de ce qui pourrait devenir une performance moyenne. Mais pas ma femme. Non. Elle existe dans son propre petit univers. Un univers dans lequel moi, et tous les autres hommes qu'elle a captivés, gravitent autour d'elle.

Shortbread étudie mon sexe, centimètre par centimètre, se foutant complètement qu'un homme impatient et en colère y soit attaché. Puis, elle enroule sa langue brûlante et humide autour du gland. Je rejette la tête en arrière, réprimant un grognement.

– C'est un peu salé, commente-t-elle.

Puis elle se met à faire un truc étrange et étonnant. On dirait qu'elle essaie de grignoter ma bite. Ses lèvres vont et viennent sur sa longueur, y déposant quelques baisers, la léchouillant par instants alors qu'elle l'attrape brusquement à la base. C'est tellement érotique, tellement authentique que je ne peux que la regarder intensément, ébahi.

– Tu sens bon, observe-t-elle ensuite.

On dirait qu'elle parle plus à ma bite qu'à moi. Elle recule ensuite un peu pour la regarder à nouveau avec attention.

Puis, juste quand je suis à deux doigts de m'agenouiller devant elle pour la supplier de me sucer, elle ouvre sa petite bouche, avale mon membre sur toute sa longueur et se met à l'aspirer avidement. *Putain. Putain, de bordel de putain de merde !*

Toutes mes bonnes manières s'envolent quand Dallas me fait cette faveur devant la fenêtre. Je plaque l'une de mes mains sur la vitre et enfouis l'autre dans son abondante chevelure châtaine alors qu'elle essaie de m'engloutir un peu plus. Elle fait de petits bruits de contentement tout du long, me catapultant au bord du précipice au point où je me rends compte que mes genoux sont sur le point de flancher. C'est navrant, mais j'ai peur de jouir comme un petit ado au bout de dix secondes si elle n'arrête pas.

Je tire sur ses cheveux pour la faire reculer, refusant de perdre la face.

– Sur mon lit.

Sur mon lit ? Mais putain de merde, qu'est-ce que je lui demande ? Aucune femme n'est entrée dans mon lit depuis Morgan et ce n'est pas un hasard. Sentant que cette invitation est une opportunité unique qui ne se représentera pas, Shortbread se précipite avant de se lever pour bondir sur le matelas. Le train a quitté la gare et on ne peut pas dire qu'il soit équipé de freins.

Je la fais basculer pour qu'elle s'allonge sur la couette, la tête surélevée par deux de mes oreillers. Je grimpe sur le lit et l'enserre entre mes cuisses. Je m'agrippe à la tête de lit et positionne ma bite devant sa bouche. Elle me regarde avec insistance et une jubilation pure, non dissimulée. J'essaie de la punir et en toute légitimité, elle va m'en demander encore.

Incroyable.

– Je vais me faire ta grande bouche, maintenant, Shortbread.

N'importe quelle autre femme ferait au moins une pause pour réfléchir. Plus de vingt centimètres de long et quinze centimètres de circonférence, on fait plus facile à avaler.

Mais Shortbread se contente de dire « OK ! » et d'ouvrir grand la bouche.

Je m'enfonce d'un seul coup entre ses lèvres et tape directement au fond de sa gorge. J'entends un bruit d'étouffement. Des larmes perlent à ses yeux. Je l'observe une seconde, immobile, m'attendant à ce qu'elle me repousse. Mais elle fait un truc typique de sa personnalité. Elle attrape mon cul à pleines mains et m'attire vers elle. Une fois habituée à la taille de mon engin dans sa bouche, elle me regarde par-dessous ses longs cils. Ses yeux crient l'excitation. Mon cœur bat si vite j'ai l'impression qu'il va s'arracher à ses artères pour tomber dans l'oubli.

Je me retire et entre encore brutalement.

Et encore.

Et encore.

Et encore.

Je me retrouve rapidement à lui imposer un rythme sans pitié. Me foutant totalement de notre environnement. Me foutant de capituler. Je me plie à ses désirs et je lui donne absolument tout ce qu'elle veut. Les ressorts du matelas se mettent à couiner. Dallas gémit et je grogne. Le bruit rebondit sur toutes les surfaces. Pourtant, quasiment aucun trauma ne s'éveille en moi, alors que d'habitude, il m'en faudrait moitié moins pour me faire vriller. À chaque fois que ma queue entre en contact avec le fond de sa gorge, mes testicules se contractent et je suis certain que je vais décharger d'un coup.

Dallas me suce et me lèche. Chacun de ses mouvements est affamé. Elle prend tout, elle m'engloutit comme si j'étais son plat préféré. Si je réagis comme ça dans sa bouche, que se passerait-il si je prenais sa chatte ?

– Je vais jouir sur ta langue et tu vas tout avaler. Ouvre la bouche en grand, bien comme il faut, gargarise-toi de mon sperme, goûte-le et alors seulement tu pourras l'avaler. Me suis-je bien fait comprendre ?

Aussi désobéissante qu'elle soit au quotidien, une fois dans la chambre, elle m'étonne à si bien suivre les instructions que je lui donne. Elle hoche la tête avec enthousiasme. Je m'enfonce dans sa bouche plus vite, plus fort, plus loin. Son visage est maculé de larmes. Ça me fait tiquer. Je n'aime pas la voir pleurer, même si je sais que ce n'est pas de tristesse.

Il y a quelque chose de l'ordre du beau dans mon orgasme. Je n'ai pas joui dans la bouche d'une femme depuis longtemps. Dans une femme tout court, d'ailleurs. La quantité de sperme que j'évacue est étonnante. Mon foutre coule de la commissure de ses lèvres, le long de sa magnifique gorge et sur sa splendide poitrine.

Je recule, admirant son regard chargé d'espoir.

– Ouvre la bouche.

Elle le fait. Du sperme s'en écoule encore. D'un doigt, je lui essuie le coin des lèvres en récupérant quelques gouttes dont j'enduis son mamelon dressé.

Je lui referme doucement la bouche pour remettre tout le liquide dedans.

– Régale-toi, chérie.

Elle obtempère.

– Tu aimes ça ?

Elle hoche la tête, les joues humides de ses larmes et rougies par l'effort.

– Voyons si tu dis la vérité.

Je glisse la main entre ses jambes, sous son string, et enfouis les doigts dans sa chatte toute serrée. Elle mouille tellement que je pourrais la pénétrer sans problème. Ma bite s'est remise à frétiller. Il ne s'est pas encore écoulé une minute et je bande déjà.

Un petit sourire en coin flirte avec mes lèvres.

– Tu me laisserais te faire n'importe quoi, hein, Shortbread ?

Elle hausse les épaules, la bouche encore pleine.

– Je peux te prendre le cul ?

Elle hoche la tête positivement.

– Est-ce que je peux te baiser la chatte et te mettre un doigt en même temps ?

Un hochement *enthousiaste.* Je ne vais pas le faire, mais c'est bon à savoir. Je hausse un sourcil inquisiteur et demande :

– Est-ce que mes potes peuvent se joindre à moi ?

C'est une question piège parce qu'il n'y a qu'une réponse acceptable : « Va chier, jamais de la vie. » Mais Dallas hoche encore la tête. Pourtant, un petit sourire naît sur ses lèvres, faisant encore couler mon sperme sur son menton. Je caresse l'ovale de son visage et lui ferme la bouche.

– Mauvaise réponse. Maintenant, avale-moi tout ça et ouvre la bouche quand tu auras fini.

Elle déglutit plusieurs fois et m'obéit. Sa langue est toute rose. Toute propre. Quand j'admire la vue, tout ce que je garde en tête, c'est qu'elle a dit oui quand je lui ai demandé si elle se ferait Oliver et Zach.

Je m'arrache à sa présence et remballe le matos dans mon boxer avant de boucler ma ceinture.

– Félicitations. Si tu voulais attirer mon attention, te voilà servie. Je reviens à la maison, mais ce n'est que pour m'assurer qu'elle reste debout et résiste à ta présence.

– Tout ce que j'ai entendu, c'est que je t'ai manqué, ronronne-t-elle en prenant paresseusement ses aises sur mon lit.

– Tu devrais faire vérifier ton audition.

– Tu devrais faire guérir ton cœur.

– Je l'aime bien comme ça.

J'ouvre la porte de la chambre, lui signalant que je mets un terme à notre conversation, avant de conclure :

– Couvert de glace et battant dans un seul but : la vengeance.

Je franchis le seuil. Et ô surprise. Abby attend juste devant. En fait, elle nous espionnait car elle s'écroule disgracieusement à mes pieds quand j'ouvre le battant. Elle se redresse, paniquée et embarrassée, toujours vêtue de la robe en mousseline rose de Dallas.

– Euh… Salut, Rom. Ça fait un bail.

– C'est parce que je fais mon possible pour t'éviter.

Abby fait la moue et m'assassine du regard à travers ses faux cils.

– Je suis venue chercher ma robe.

– Tu croyais qu'elle allait te tomber dans l'oreille à travers la porte de ma chambre ?

Elle rougit, souffle et flanque sa main sur sa hanche.

– Je vais récupérer ma robe, oui ou non ?

– Pas avant que tu me rendes celle de ma femme.

Ladite femme reste derrière moi, nichée sous la couette dans mon lit, ne sachant plus où se mettre à cause de ma manière de gérer cette situation. Bien fait pour elle. Je refuse de m'appesantir sur l'idée qu'il y a une femme dans mon lit pour la première fois depuis Morgan, et de très loin. Il y a bien trop de choses à disséquer là-dedans.

Rageant autant qu'elle peut, Abby commence à retirer la robe rose. Elle ne porte pas de soutien-gorge, et ses seins se balancent dangereusement près de mon torse. Je résiste au besoin urgent de vomir dessus.

– Tiens, voilà ! s'exclame-t-elle en levant les bras sur le côté pour faire tomber le vêtement à ses pieds chaussés de talons. Tu es content ?

– Pas le moins du monde. Attends ici.

Je fais demi-tour, récupère les deux morceaux de la tenue verte que j'ai déchirée, par terre à côté de la fenêtre et les lui jette à la figure.

– Dis bonjour à Licht de ma part.

– Mais attends, la robe est immettable, crie-t-elle.

– Tu es si vive d'esprit !

– Espèce de salaud !

Abby avance et je me contente de lui claquer la porte au nez.

CHAPITRE 36

DALLAS

Romeo a rapporté ses affaires le jour même. Juste après avoir viré tous mes invités et appelé l'entreprise qui vient d'ordinaire faire le ménage deux fois par semaine chez lui pour « javéliser la maison, murs et plafonds compris ».

Depuis la fenêtre de ma chambre, j'espionne la scène : une armée de salariés qui apportent ses valises à roulettes à l'intérieur. Je me réconforte en me serrant moi-même dans mes bras. Je repense à ce qu'il s'est passé entre nous il y a quelques heures à peine.

Quand Romeo a joui dans ma bouche, j'ai conservé un peu de son sperme sous la langue. J'ai lu quelque part que les spermatozoïdes pouvaient survivre s'ils restaient dans un environnement aqueux.

Ce qui est le cas.

Quand je me suis précipitée dans ma chambre, je l'ai craché dans un petit gobelet et je me suis dit que je pourrais essayer de tomber enceinte. Mais, appuyée contre le lavabo, à observer le liquide blanchâtre tanguer dans son contenant, quelque chose m'empêche d'aller jusqu'au bout.

Ma morale, peut-être.

Elle est toujours là, même si celle de mon mari a disparu quelque part en route. C'est du vol de gamètes. C'est mal. Et moi, malheureusement, j'ai des limites que je refuse de franchir.

Alors non, je ne suis pas obligée de me la jouer éthique. Pas après tout ce que Romeo m'a fait subir. Il a abusé de moi sur tellement de plans qu'il ne serait que justice que je lui rende la pareille.

Pourtant, ma fierté m'empêche de faire un bébé de cette manière.

Avec du sperme recraché.

Dans les toilettes.

Comme une voleuse.

Non. Romeo tombera de lui-même. J'ai la ferme intention de le briser. Les fêlures sont déjà apparentes, marquées partout dans son comportement.

Il me veut.

Je le sais.

Même si c'est la dernière chose dont il ait besoin.

En regardant mon bel et abominable époux zigzaguer dans le jardin, le visage de marbre, le téléphone vissé à l'oreille, certainement à parler affaires, je me demande ce que je ressentirai quand il se soumettra totalement à moi.

Je le découvrirai bien assez tôt.

CHAPITRE 37

ROMEO

Romeo Costa : Cara a fait envoyer
une robe à la maison.
Sois prête à vingt heures. Pile.

Dallas Costa : Désolée,
j'ai déjà un plan.

Romeo Costa : S'enfiler une phô
devant *Dead to Me*
n'est pas un plan.

Dallas Costa : OK, dans ce cas-là :
désolée. J'ai pas envie.

Romeo Costa : C'est pour un gala
de charité.

Dallas Costa : Le truc le plus
charitable que tu puisses faire,
c'est envoyer un chèque
et ne pas venir gâcher la soirée
de tout le monde.

Romeo Costa : Sois prête
à huit heures.

Shortbread ignore mon message. Qu'elle m'ait répondu après l'incident il y a trois jours tient tout simplement du miracle. Elle m'a lâché un « vu » qui m'est resté en travers de la gorge au moins les dix premières minutes de ma réunion avec un contact au Pentagone. Malheureusement, Bruce occupe le siège à côté du mien. Et tout aussi malheureusement, il est atrocement bon dans son job. C'est absolument rageant. En vérité, le seul défaut de Bruce est sa fonction de lèche-cul en chef de Senior. Sur le plan des affaires, il mérite son imposante réputation. Walkman, qui travaille directement sous les ordres de l'adjoint du ministre de la Défense, boit ses moindres paroles, promettant de faire changer d'avis son boss pour qu'il se range de notre côté.

Une heure et demie plus tard, je vérifie mes messages dans l'ascenseur nous conduisant au parking. Toujours aucune réponse. C'est évident, Shortbread n'a pas l'intention de venir à ce gala. En l'état, elle n'a pas le choix. Mon père devrait être présent, ce qui implique que le conseil d'administration y sera aussi. M'y montrer sans ma nouvelle épouse confirmerait les rumeurs des tabloïdes disant que Dallas et moi n'étions qu'un couple pour l'image, apparu il y a quelques mois. Le fait que la fête de Shortbread se soit retrouvée à la une des pages société de tous les sites spécialisés n'a pas aidé.

Bruce ouvre un paquet de Tresurer Luxury et joue avec la cigarette noire qu'il en extrait du bout des doigts.

– De l'orage sur ton petit nuage, Junior ?

Une odeur écœurante et douceâtre envahit l'espace confiné. Elle vient directement de Bruce. Je me rappelle encore une fois que lui et Senior ont beaucoup en commun. Par exemple, ils considèrent l'adultère comme leur séance de cardio quotidienne.

Je range mon téléphone dans ma poche, regrettant que mon penchant pour la mort ne s'étende pas à l'industrie du tabac. Que la cigarette dans la main de Bruce puisse me débarrasser de lui plus tôt.

– Shelley est-elle au courant que tu as inséminé la moitié des employées du ministère des Transports ?

– Non seulement Shelley le sait, mais elle est également assez obéissante pour venir au gala ce soir. Quel bon petit soldat, ajoute-t-il en glissant la cigarette noire entre ses canines. Et ta petite chatte sauvage ? Sera-t-elle présente ?

Même si je dois la traîner par les cheveux comme un homme des cavernes.

Quand j'arrive chez moi, je trouve la maison vide. Je vérifie d'abord la cuisine, puis le *home-cinema* et enfin sa chambre. Pas de Shortbread. Mais je trouve l'emblématique boîte vert olive de la couturière Yumi Katsura avec sa déco or et rose sur sa couette. Elle n'a pas été ouverte. Le petit mot manuscrit « Merci pour votre achat » est toujours accroché dessus.

Si je suis revenu habiter à la maison, c'est justement pour contrôler ma harpie domestique. Pourtant, elle rentre tous les soirs à minuit passé et se lève à quinze heures, juste pour repartir. C'est terminé. Je sors mon portable de la poche de mon costume italien.

Romeo Costa : Je suis à la maison
et tu n'y es pas.

Dallas Costa : Pour déjeuner,
j'ai mangé du ota'ika et du lu-sipi.
Toi, tu as mangé des choux
de Bruxelles et du poulet.

Pas trop compliqué de savoir ça. Après tout, je mange la même chose tous les jours. À tous les repas. Trois cent soixante-cinq jours par an. Même le jour de notre mariage.

Romeo Costa : ?

Dallas Costa : On ne dit pas les trucs
qu'on a faits aujourd'hui ?

Hélas, sa capacité à raisonner de façon logique laisse beaucoup à désirer. Sortant de la messagerie, j'appuie sur le raccourci me permettant d'appeler immédiatement l'équipe chargée de sa sécurité. Je retrouve Shortbread dans une petite librairie indépendante à l'autre bout du comté. D'après son garde du corps, elle a passé l'après-midi à essayer toutes les pâtisseries du coin après avoir pris ses quartiers dans un restaurant des îles Tonga tenu par une femme et son père. Puis elle a fait un saut dans un hôpital pour enfants en faisant une donation tellement énorme que j'envisage d'ouvrir mon propre établissement. Depuis les deux dernières heures, elle a ouvert et reposé tous les livres des rayons Romance et Fantasy de cette librairie.

Je m'approche de Dallas, la boîte contenant la robe dans les mains. Elle va devoir se changer dans la voiture et elle pourra remercier sa bonne étoile de n'avoir besoin d'aucun stratagème esthétique évolué pour être belle femme dans toutes les pièces dans lesquelles elle entre.

Quand je lui tapote l'épaule, elle sursaute, puis s'affale en avant en m'apercevant.

– Oh, c'est toi.

Elle touche un autre livre et le sort du rayon. *Ses immondes caresses.*

– Il y a un gala de charité ce soir. Présence obligatoire.

Elle remet le livre à sa place et passe à un autre rayon.

– Je sais. J'ai lu le SMS. Pas envie.

Sa langue si bien pendue met le feu aux poudres qui sommeillent en moi. *Impatience.*

– Ce n'était pas une question.

– Crois-moi. Tant que je resterai dans la posture de la participante récalcitrante, tu ne veux pas que je t'accompagne.

Puisqu'elle marque un point avec cet argument, je lui parle le seul langage qu'elle semble connaître : celui de la nourriture.

– Les organisateurs ont fait venir un maître *itamae* directement d'Hokkaido.

Elle m'accorde enfin toute son attention.

– Des sushis ?

Je note qu'elle a mangé il y a tout juste deux heures.

– Oui. C'est un menu en onze temps.

– Hmmm… Une dégustation dirigée.

Elle pondère sa décision un instant, s'arrêtant entre le rayon Horreur et celui de la Fantasy avant de rejoindre celui de la Littérature érotique.

– Je mange de tout sauf des œufs de cabillaud.

– Alors il y a quelque chose sur terre que tu ne mangerais pas ?

– C'est plus un dégoût lié à un incident quand j'étais petite. Emilie et Sav m'ont dit un jour qu'on couvait les œufs de poisson dans le ventre et qu'une fois éclos dedans, ils sortaient… *par en bas*. Et puis, ils nageaient dans les canalisations pour retrouver les océans.

– Et une fois par an, un vieil homme ventru avec une barbe blanche se glisse dans des milliards de cheminées en une seule nuit.

Une vague d'amusement s'écrase sur son visage.

– J'étais jeune.

– Être jeune n'est pas une excuse à la stupidité.

Je pose la boîte contenant la robe sur le livre grand format qu'elle tient à deux mains (*Le Coup de l'amant*).

– Je te suggère de fermer la bouche quand nous arriverons.

– Tu as peur que je te mette dans l'embarras ?

– J'ai peur que tu t'y mettes toute seule. Dès que tu l'ouvres, tout le monde est plus que conscient que je ne t'ai pas épousée pour ton esprit affûté. Ce qu'ils peuvent en déduire n'est ni ma responsabilité ni ma faute.

– Je n'ai jamais accepté d'y aller.

– Ne pas y aller n'a jamais été une option.

Elle jette un coup d'œil dans la boîte.

– Oooohh… Ça vient de la nouvelle collection de Yumi Katsura. Ils n'en ont plus aucun modèle à la Tyson Galleria. J'ai appelé le siège social et ils m'ont dit qu'ils avaient repassé commande.

– Comme c'est étonnant.

– Je veux cette robe dans toutes les couleurs.

– L'ordre a déjà été donné.

Ce n'est pas une question d'affection. Cette robe est véritablement magnifique. Tout comme Dallas. Toutes deux vont bien ensemble.

– OK.

Elle ferme la boîte et me la recolle dans les bras pour la remplacer par un autre livre, une belle édition. Cette fois-ci, le titre est *Les Yeux bandés par mon professeur*.

– Je vais songer à réfléchir à ma participation.

– Est-ce que tu vas songer à réfléchir au même rythme que tu adoptes pour avancer dans la vie ? L'événement commence dans une heure.

– Tu as dit que la soirée était pour soutenir quelle association, au fait ?

– Je ne l'ai pas dit.

– Romeo.

Pour gagner en rapidité, je cède :

– L'Armée de Friedreich.

Shortbread en est bouche bée. Je ne doute pas un instant qu'elle a cherché à en savoir plus sur l'asso après notre mariage. Elle connaît l'existence de l'ataxie de Friedreich. Elle a fait le lien entre cette maladie et le cas de Senior.

Comme je m'y attendais, elle connecte tout de suite et bafouille une réponse immédiate :

– D'accord. Je viens.

Je choisis de ne pas l'informer que je ne participe pas à cette soirée à cause de la maladie de mon père, mais plus parce qu'une palanquée de membres du conseil d'administration détenant des droits de vote pour la gouvernance de l'entreprise familiale seront présents. Ils suivent Senior partout. Laissons-la croire que je me soucie de la vie de mon donneur de sperme, tellement que je ne me montre pas à ce gala sans ma femme.

Elle traverse un rayon de livres de développement personnel avec une sélection soigneusement choisie d'ouvrages sur les addictions sexuelles pour aller directement au panneau comportant cinq petits piments au-dessus de l'étagère étiquetée « #Sugar Daddy – Dominateur – Fifille à papa ».

– J'ai juste besoin de lecture pour la soirée, quand ça deviendra ennuyeux.

Elle choisit un volume grand format dont la couverture arbore deux hommes bleus, torse nu, affublés de cornes et de queues, agenouillés devant une femme à moitié nue.

– Absolument pas.

Je lui pique le livre des mains et le lève trop haut pour qu'elle puisse l'attraper.

– Ne sois pas aussi rabat-joie. Je cacherai la couverture avec une jaquette. On peut même en choisir une dans les classiques de la littérature.

– Nous n'en avons pas le temps.

Elle passe au rayon « Coffrets spéciaux » et en glisse un hors de sa prison, caressant la couverture cartonnée dans tous les sens. Je l'observe le monter à son nez et le renifler. Puis, elle l'ouvre et vérifie les pages une à une. De ses doigts, elle retrace l'embossage des lettres sur la couverture, sentant ses creux et ses reliefs. Comme si elle n'allait pas le cacher sous la jaquette d'une édition de *Crimes et châtiments*. Enfin, elle lève le bouquin au niveau de ses yeux et le penche dans tous les sens pour scruter… Je ne sais pas trop quoi. De la poussière ? Des marques ? Sa raison ? Un peu tout ça ?

– Dépêche-toi.

Je regarde l'heure, remarquant que la grande aiguille approche dangereusement du douze.

– Je t'achèterai cette librairie. Tu pourras y revenir après le gala et choisir ce que tu veux dedans. Tout le stock, s'il le faut.

– Tu es riche. On l'a compris, annonce-t-elle avant de bâiller. Les seuls milliardaires que j'apprécie sont des personnages de roman.

– Pourtant, les seules personnes qui peuvent assumer ton train de vie – et encore – sont des milliardaires.

Je croise le regard du responsable du magasin, un homme aux cheveux frisottants, et lui intime l'ordre de nous rejoindre de mon air le moins aimable.

– Votre patron est-il présent ?

– Ouais, acquiesce-t-il en faisant bouger sa masse capillaire au passage. Je crois.

– Trouvez-le et dites-lui de venir.

Il lui parle par leur système radio en se dandinant d'un pied sur l'autre.

– Il est dans la réserve. Il arrive dans une seconde, Monsieur.

Je récupère ma carte Centurion dans mon portefeuille quand mon entêtée de femme me passe sous le nez en se dirigeant vers la sortie. Je me retrouve à la suivre et ce n'est pas la première fois.

– Tu ne prends rien ?

Elle s'installe sur le siège passager, l'air contrarié.

– Maintenant que tu as l'intention d'acheter cette librairie, je ne peux plus rien y acquérir. Je ne veux pas faire tourner tes affaires.

Incroyable.

CHAPITRE 38

ROMEO

– Le truc avec la glace… c'est que ça fond toujours.

Zach fait tourbillonner un scotch dans son verre en observant un certain Elmer Nelson Bischoff peindre dans son garage souterrain qu'une équipe d'architectes a converti en galerie d'art sur mille quatre cents mètres carrés.

Zach était raisonnable en matière de voitures, de vêtements, de femmes et de carrière, mais il était complètement enragé dès qu'il était question d'art. Depuis qu'il avait prêté un quart de sa collection privée à Sotheby's deux mois plus tôt, il avait saisi l'opportunité de remplir de nouveau cet espace laissé vacant par de nouvelles trouvailles.

La glace dont il parle, c'est celle de mon cœur. Plus spécifiquement en référence au show que j'ai donné avec Madison il y a treize jours lors de la pseudo-fête de Dallas. J'étais content de lui raconter qu'à part cette soirée de gala qu'elle avait passée à essayer de piquer ses recettes top secrètes à un maître japonais de la gastronomie, nous nous étions à peine vus. Je passe mes rares heures à la maison à l'ignorer, terré dans mon bureau. Je bosse non-stop pour prouver à Senior que je suis digne du poste de P.-D.G.

– Mon cœur n'est pas enfermé dans un bloc de glace. Il est plus entouré d'une couche de rien à battre de qui que ce soit.

Ma voix résonne sur les murs qui se renvoient l'écho. Je zigzague dans cet immense espace et m'arrête devant une peinture abstraite de Gerhard Richter.

– C'est pas faux, commente Oliver, affalé contre un bout de mur vierge avant de boire cul sec un petit verre d'alcool fort. Quand je pense à quelqu'un qui n'en a rien à foutre de rien, je pense à un crétin qui a failli assassiner son ennemi juré devant une douzaine de personnes dans sa propre maison, encore plus surveillée que le Pentagone. Tout ça parce que le coupable a discuté avec sa femme.

– J'ai du mal à croire que je vais dire ça, mais je suis d'accord avec Ollie, avoue Zach en passant sa main dans ses cheveux d'un noir d'encre. Elle te retourne complètement.

– Elle est l'incarnation même du concept de bordel qui a besoin d'être rangé et restructuré, dis-je pour les contrer en avançant vers l'œuvre suivante.

– Est-ce qu'on peut au moins se mettre d'accord pour dire que tu fais super bien la femme de ménage ?

Oliver se détache du mur et avance vers un véritable Picasso. Il s'apprête à le toucher. Zach se matérialise à ses côtés à la vitesse de la lumière puis lui donne une claque sur la main pour l'écarter.

– Tu te crois où ? Dans une ferme pédagogique où tu peux tout caresser ?

Oliver se met à bâiller et observe les lieux, probablement à la recherche du coin des nus.

– Je ne comprendrai jamais ce que tu vois dans tout ça.

– Dans *Les Femmes d'Alger* de Picasso ?

Zach l'assassine du regard comme s'il lui avait suggéré de remplacer l'œuvre par une représentation de ses propres déjections.

Oliver trotte jusqu'à un chariot à alcool vintage et sélectionne une carafe de whisky. La tenant par le col, il la fait tournoyer en l'air.

– Est-ce qu'on va tous prétendre ne pas voir que cette « œuvre d'art » ressemble à un truc pondu par une femme au foyer qui s'ennuie dans son club de peinture du fin fond du Midwest pour exprimer la souffrance de son mariage bousillé avec un courtier en assurance qui l'a quittée pour sa secrétaire ?

– C'était une tirade étonnamment détaillée et le fruit d'une incroyable ignorance, commente Zach en clignant des yeux.

Je salue Zach de ma bière et complète son propos :

– N'oublie pas que c'était également un cliché condescendant.

– Moi ? Condescendant ? s'étouffe Oliver dans son verre. Je vous fais part de la réalité de la classe moyenne. Ce truc-là, ajoute-t-il en désignant une peinture de Cy Twombly nommée *Untitled*, ça ressemble à la dernière page de mon cahier de maths en cinquième. Et ça, là, continue-t-il en désignant *17A* de Jackson Pollock, c'est clairement le résultat du coït entre un pull de Noël de mauvaise qualité et la boule de régurgitation d'un chat angora.

Zach plisse le nez de dégoût et se dirige vers le gros bouton d'alarme rouge sur l'un des murs et appuie dessus.

– Sécurité. Il y a ici un homme que vous devez faire sortir de ma maison.

Haussant un sourcil interrogateur, je détaille rapidement l'homme en question.

– Je ne qualifierais pas Oliver d'homme.

– Oui, je suis plus une légende renchérit Oliver en acquiesçant.

– Elle est au courant pour Morgan ? demande Zach en se tournant vers moi.

– Pas vraiment.

Shortbread sait quelques bribes de mon histoire, mais pas ce qui a fait de moi une bête sans cœur.

– C'est quoi sa stratégie ?

Oliver pose son verre dans la paume d'une déesse grecque. La seule statue qu'il « comprenne », avant de poursuivre :

– À l'évidence, elle cherche quelque chose.

Nous nous séparons pour déambuler dans différentes directions, nous arrêtant devant les œuvres qui nous parlent.

Je cale devant un *Balloon Dog* de Jeff Koons et réponds à sa question :

– Elle cherche à tomber enceinte.

– Bonne chance pour ça, s'esclaffe Oliver.

Je ne lui ai pas avoué qu'elle est très proche du but, à se balader dans la maison avec ses nuisettes vaporeuses en essayant constamment de me séduire.

– Quoi qu'il en soit, Mme Costa n'est pas un problème à l'heure actuelle, dis-je en finissant ma bière en une gorgée avant de la reposer sur le chariot. Licht Holdings est entré en Bourse aujourd'hui.

– J'ai vu ça, rebondit Zach en se caressant le menton. Leurs actions devraient péter tous les records.

Ce qui veut dire qu'il est temps que j'entre en action pour me mêler de leurs affaires. J'attrape mon manteau Burberry et l'enfile avant de répondre :

– J'ai passé en revue leurs audits. Ils ne sont pas en béton. La courbe de développement de leur chiffre d'affaires n'est pas exponentielle ces dernières années.

– C'est parce qu'ils ont investi dans l'innovation, pas dans la production.

Oliver passe la langue sur ses dents du haut, les lèvres retroussées, avant de dire :

– Et parce qu'ils n'ont pas encore officiellement piqué votre marché historique avec le département de la Défense.

Si je ne voulais pas moi-même irrémédiablement détruire Costa Industries, je trouverais le ton jubilatoire de mes amis de mauvais goût. Toutefois, pour hériter du poste de P.-D.G., je dois m'occuper de ce problème.

Ce qui ne sera pas une mince affaire, puisque Senior est parvenu à faire plonger la très profitable entreprise de ses ancêtres avec un certain succès.

Je salue mes amis d'un coup de chapeau imaginaire et prends congé :

– Si vous voulez bien m'excuser, Messieurs, j'ai un vrai travail et des choses à effectuer.

À cet instant, l'équipe de sécurité de Zach jaillit dans son garage. Igor et Dane s'avancent automatiquement vers Oliver. Ce n'est pas la première fois que Zach le vire de chez lui pour ses comportements de troll IRL.

Oliver me rejoint à la porte.

– Ne vous en faites pas, les gars. Je vais me sortir tout seul.

Nous nous dirigeons vers nos voitures respectives que nous avons utilisées alors que nous habitons tous les trois dans la même rue. Avant qu'Oliver glisse sur son siège passager, il pousse un soupir sur l'air de « *Demande-moi ce qui ne va pas* ».

Je sais qu'aller dans son sens serait une erreur, mais ne pas le faire briserait une tradition qui a cours depuis trois décennies.

– Qu'est-ce qui ne va pas ?

– Je ne sais pas comment te le dire, Rom.

– Avec aussi peu de mots que possible, et vite.

– Le jour où ta femme a organisé sa petite fête…

Il hésite, puis m'observe. En l'entendant parler d'elle, je suis tout de suite plus attentif.

– Elle a essayé de me séduire.

– Elle a essayé de te séduire. De te réduire en bouillie, tu veux dire ? Ce serait plus logique.

Et aussi plus aligné avec son comportement habituel.

– Elle s'est offerte à moi, précise-t-il en posant son coude sur la porte ouverte de son Alfa Romeo. Elle m'a dit qu'elle le faisait juste pour t'emmerder.

Alors *ça*, je peux le croire.

Maintenant, je me souviens que Dallas a aussi accepté que je la partage avec mes amis. Un défi que je lui ai lancé pour l'asticoter et qui m'a explosé en pleine figure. Son histoire commence à prendre corps.

J'ai la nuque qui chauffe. Les doigts qui fourmillent d'envie de l'étrangler. Des sentiments qui sommeillaient depuis des années reviennent me hanter, sombres, suffocants et pleins de rancœur. Je finis par lui cracher quelque chose :

– Et comment as-tu réagi ?

– Je lui ai dit de me rappeler après votre tout prochain divorce, bien entendu, répond-il en me souriant de toutes ses dents.

Il ne m'en faut pas plus pour me jeter sur lui. En quelques secondes, je le plaque contre l'asphalte, les poings serrés autour des pans de sa chemise.

Secoué par la rage, je tire dessus jusqu'à ce que nos nez soient collés l'un contre l'autre.

– Si jamais tu la regardes encore une f…

Avant que je finisse ma phrase, des applaudissements ténus me parviennent derrière mon épaule. Zach sort de son garage.

– D'accord, von Bismarck, tu as gagné 50K. Essaie de ne pas tout claquer en prostituées.

Oliver me repousse et se lève en époussetant ses vêtements.

– J'aime tellement les prostituées.

Je me redresse et mon regard va de l'un à l'autre, blasé.

– Quel était l'objet de votre pari ?

Zach désigne Oliver d'un coup de menton et enchaîne :

– Von Bismarck, là, a dit que ta réaction serait pire qu'après ce qu'il s'est passé avec Morgan, annonce-t-il avant de pencher sa tête de côté. Merde, Costa, j'ai vu des préados se comporter avec plus de retenue que toi pendant un concert des One Direction. Dès qu'il s'agit d'elle, tes émotions sont incontrôlables, tu craches du feu dans tous les sens.

– Mec, elle n'a pas vraiment cherché à me draguer, clarifie Oliver en me tapant l'épaule avant de se pencher vers moi pour me regarder droit dans les yeux. Mais faut que tu saches… si jamais ça arrivait, je me la taperais tellement fort que je laisserais des marques de bite partout sur son corps.

Parfois, j'aimerais qu'Oliver ait encore sa mère, juste pour que je puisse la baiser et le faire chier avec ça jusqu'à la fin des temps. Je m'ébroue pour l'écarter, décidant contre toute attente de terminer cette soirée sans me faire arrêter. Enfin je suis sur le point d'aller retrouver Senior, donc ce n'est pas gagné.

– C'est différent. Je ne suis pas jaloux. J'ai envie de la garder pour moi. Dallas n'a rien fait de mal, à part venir au monde.

– Denver a fait pas mal de conneries, rectifie Zach un sourire triste aux lèvres. Mais tu n'arrêtes pas de les lui pardonner.

CHAPITRE 39

DALLAS

« … Pour réparer ça, il faut au moins six chiffres sur le chèque… »

« … il faut plus de caméras dans l'aile est… »

« Quelqu'un sait où a disparu le satané pénis de la statue romaine qui était au milieu de la fontaine ? »

Les mots se mélangent, rebondissant sur toutes les surfaces de ma boîte crânienne. Ils viennent de partout. De voix que je ne reconnais pas. Des tons suraigus, perçants, qui suggèrent une certaine incrédulité devant la situation.

J'ouvre un seul œil, actionnant ma paupière pour chasser les points lumineux. Une armée de spécialistes en matière de restauration du patrimoine prend possession du séjour où je me suis endormie hier soir pendant une session intensive de télé où j'ai bingé *Friday Night Tykes*.

Ils entrent et sortent de la maison depuis quelques semaines, faisant de leur mieux pour réhabiliter cette propriété historique et lui rendre son charme originel. Apparemment, ma petite sauterie a créé de sérieux dégâts. Si on voit le bon côté des choses, au moins, on peut dire que Romeo a des relations qui savent faire la fête.

Hettie surgit devant moi, un gobelet contenant un jus vert tendu entre nous. J'accepte son verre et le vide en deux gorgées. J'ai le cerveau qui souffre d'avoir essayé pendant des heures de dormir au milieu d'une symphonie de coups de scie, de transpalettes et de pistolets à clous.

– Romeo t'a laissé une boîte sur ton lit.

Je retourne m'enfoncer dans les coussins du canapé, pas du tout intéressée par ce que mon mari a essayé de me donner. Quoi que ce soit, j'y suis indifférente, à moins que l'objet de son attention requière de fréquents changements de couches et que son premier mot soit *Maman*.

– Il a mentionné un truc comme quoi tu n'aurais pas pu choisir les livres que tu voulais avant le gala de charité.

Je fais voler la couverture qui m'enveloppait et cours vers ma chambre.

Sans surprise, une énorme boîte de livres est posée sur mon lit.

Je plonge dedans et commence à empiler les belles éditions sur ma couette de luxe. Il y en a des douzaines. Au minimum.

Une histoire radicale de la finance.

Psychologie de l'argent.

L'Investisseur sauvage.

Chaque titre est pire que le précédent. Nous savons tous que les seuls ouvrages que je consomme contiennent un champ lexical à base de *bite*, *chatte* et *foutre*.

Mais qu'est-ce qui a pu le pousser à se dire que je lirais ça ?

Encore une nouvelle punition, sans aucun doute.

En vérité, j'ai vraiment fait une faveur à Romeo quand on pense que sa maison n'avait pas été rénovée depuis le début du XIXe siècle et qu'elle avait terriblement besoin d'être modernisée. Puisque les équipes travaillent à la remise en état de la maison, elles pourraient peut-être remplacer la monstruosité en cristal de l'époque de Lincoln qui pend dans l'entrée par un chandelier Sputnik à LED flambant neuf.

Je remets tous les bouquins dans leur boîte. Je préférerais me cramer les yeux plutôt que de les lire. En plus, je ne peux pas en être certaine, mais Romeo pourrait leur avoir fait un truc. Comme en enduire les pages de mort-aux-rats.

Je regarde la boîte d'un air mauvais, me demandant quoi faire. Est-ce que je dois les donner ou en aurait-il trafiqué le contenu d'une manière ou d'une autre ? Je pourrais finir derrière les barreaux pour avoir involontairement envoyé des livres empoisonnés à l'antenne locale de l'Armée du Salut. Ce serait bien ma chance, ça.

Je décide d'éviter de prendre ce risque et j'appelle Vernon par l'intercom.

Sa voix rocailleuse grésille dans le haut-parleur quelques secondes plus tard :

– Vernon à l'appareil.

– J'ai remarqué un emplacement pour faire du feu il y a quelques semaines. Puis-je l'utiliser ?

– Celui qui est à l'est du parc ? Avec une vue sur le Potomac ?

– Je crois. Pourriez-vous allumer un feu pour moi ?

– Pas de soucis, ma belle.

CHAPITRE 40

ROMEO

Je traverse le hall du siège de Costa Industries en portant une pile de documents. Il est près de minuit et je ne suis pas pressé de retrouver mon agent du chaos personnel. Le bâtiment est mort, il n'y a plus que mon père dans les locaux. Ironiquement, j'*aimerais* qu'il le soit, mort.

Je débarque dans son bureau directorial.

– Il est de bon ton de frapper avant d'entrer chez quelqu'un.

Je m'installe sans y avoir été invité dans le fauteuil face au sien.

– Il est de bon ton de ne pas baiser la fiancée de son fils.

La bouche de Senior n'est plus qu'une ligne droite, signe de son mécontentement. Je n'arrêterai jamais de lui rappeler qu'il n'est pas en position de me faire la morale. Pas après que je l'ai surpris dans mon appartement à toit-terrasse, à bouffer la chatte de ma fiancée en guise de déjeuner.

Elle était allongée sur la table de la salle à manger, les pieds en l'air façon grand écart, toujours chaussée des Louboutin que je lui avais offerts pour Noël. Quant à Senior, il continuait à lécher son propre foutre qui lui sortait du vagin.

J'ai viré Morgan, toujours complètement nue, alors que nous étions mi-décembre et qu'il faisait plus froid que dans certains recoins de mon cœur. J'ai savouré un whisky depuis mon balcon en la regardant poursuivre sa marche de la honte, ne portant rien d'autre que ses talons avant qu'un policier la ramasse.

Après cet incident, Senior et moi avons passé un marché. J'ai accepté de ne pas tout raconter à Monica et donc de ne pas lui dire qu'il l'avait *encore* trompée. En échange, il me nommait directeur financier, le plus jeune de toute l'histoire de Costa Industries.

À vingt-quatre ans, je gérais des contrats à plusieurs milliards. Je m'en sortais bien, mais mon grand projet secret avait toujours été de réduire en cendres ce que Senior avait aimé.

Il veut des héritiers. Alors je ne lui en donnerai jamais.

Il aime son entreprise plus que l'oxygène qu'il respire. Alors j'ai fait le serment de la détruire, la liquider et de flamber tous les fonds financiers qui vont avec si nécessaire, juste pour voir la souffrance se peindre sur son visage avant qu'il passe l'arme à gauche.

Morgan était ma seule et unique tentative de vie normale.

Et mon père a annihilé cet effort.

Senior se rencogne dans son fauteuil.

– Est-ce que tu vas revenir là-dessus pour l'éternité ?

Ses mains tremblent. Ces derniers temps, c'est constant.

Je bâille avant de lui répondre :

– Tu n'as pas abîmé la carrosserie de ma voiture. Tu t'es tapé ma fiancée, merde.

Son front se plisse comme une vieille serviette froissée.

– Tu n'as pas prononcé de gros mots depuis des années. Tu changes.

J'en ai assez qu'on me dise à quel point j'ai changé depuis que Shortbread a débarqué dans ma vie. À l'heure actuelle, même au milieu d'une conversation, mes pensées voguent vers Dallas. Vers quoi d'autre ? Je montre peu d'intérêt pour le monde des affaires depuis que ma bite a découvert que son lieu de séjour préféré était la chatte de ma femme.

Je balance les documents sur son bureau.

– Allons droit au but.

– Licht Holdings est entré en Bourse ce matin.

– Merci pour le scoop d'hier, dis-je en parcourant la pile de papiers à la recherche d'un document en particulier. Je n'ai pas pu avoir ce rendez-vous avec Thomas Reynolds.

Principalement parce que j'étais occupé à mettre un terme à une fête improvisée chez moi et à fourrer mon pénis dans la jolie bouche de Dallas.

– Mais je lui ai parlé au téléphone hier soir. Il m'a confirmé que la Défense ne va certainement pas renouveler notre contrat.

Mon père se frotte la joue comme si mes mots l'avaient giflé.

– Est-ce qu'il a dit pourquoi ?

– Notre technologie est périmée par rapport à celle de Licht.

Je trouve ce que je cherchais : une liste d'armes et d'artillerie manufacturée par Licht Holdings pour une fraction du prix que nous proposons. Et je la glisse vers lui.

– Sans parler du fait qu'ils sont simplement moins chers. Ils fabriquent dans le Sud alors que tu as gardé la production en Nouvelle-Angleterre, où le salaire minimum est bien plus élevé qu'ailleurs. Ils ont aussi passé des accords très intéressants avec des producteurs d'acier et de puces électroniques.

Senior me rend la liste comme un gamin de deux ans refuserait de goûter un nouveau plat.

– Je ne veux pas voir ça. Je veux que tu trouves des solutions.

– Nomme-moi P.-D.G. et je le ferai.

– Fais-le. Ensuite je te nommerai P.-D.G.

Senior jouissait d'un beau visage, frais et jeune, autrefois. Quand Licht est entré dans le paysage, j'ai délibérément échoué dans ma tentative de l'arrêter. Depuis, des rides sont apparues sur ses traits, des cernes aussi, et des cheveux gris.

En vérité, il aime assez Costa Industries pour céder et me regarder la sauver. C'est son patrimoine, ce qu'il léguera au monde. La seule chose que son bon à rien de père (on voit un schéma qui se répète ?) lui ait laissée.

– Écoute, se lance-t-il en levant les bras au ciel. Ce n'est un secret pour personne, je n'ai plus ce qu'il faut pour nous sortir de là. Je veux prendre ma retraite depuis un an maintenant. La seule raison pour laquelle Bruce est encore dans la course, c'est que je ne peux pas totalement te faire confiance, tu pourrais faire quelque chose de dingue juste pour te venger de moi.

Il tape en plein dans le mille, puis il en remet une couche, tout aussi précis. Mais ce n'est pas comme si j'allais l'admettre.

– Tu as une trop haute opinion de ta personne. Je veux le poste de P.-D.G. parce que je le mérite. Et parce que personne ne peut s'occuper de cette entreprise aussi bien que moi. Je suis l'héritier manifeste.

– Et tu es aussi *manifestement* un petit enfoiré vindicatif, réplique-t-il en passant la main dans ses cheveux gris. J'ai vu ce que tu as fait à ce pauvre

Madison Licht pour te venger de bien moins que ce que je t'ai infligé.

– Madison Licht n'est pas pauvre et tu ne sauras jamais vraiment tout ce qu'il m'a fait.

– Quand même, débarrasse-nous du problème Licht et je te nommerai P.-D.G. Un dernier effort. Promis.

Je garde le silence. Si longtemps, en fait, qu'il tire d'un coup sec sur ses jambes sous son bureau.

– Il va falloir me le promettre par écrit.

– Je signerai avec plaisir, appuie-t-il en hochant la tête.

– Mes avocats entreront en contact avec les tiens.

Je rassemble mes documents, content de m'éloigner le plus possible de lui.

– Tu devrais me remercier, tu sais.

Parce que clairement, être une véritable perte de ressources pour l'environnement n'est pas suffisant, il faut en plus qu'il se fasse des films sur le sujet.

– Pour quoi ? demandé-je en feignant de m'intéresser à ce qu'il dit. Pour mon enfance de merde ou pour avoir détruit ma seule et unique relation amoureuse semi-normale ?

Même si, il faut l'avouer, Morgan porte également sa part de responsabilité. Personne ne l'a forcée à écarter les cuisses pour mon père non plus.

– Pour le fait que Morgan n'était clairement pas la femme que tu voulais épouser, exactement comme je t'en avais averti. Depuis que tu connais ton épouse, tu es sorti de ta coquille, tu as un peu vécu et tu t'es remis à dire des gros mots et à jurer.

– Oui, Dallas mérite un prix Pulitzer pour m'avoir poussé au blasphème.

– Ce qu'il faut retenir, c'est que tu as trouvé quelqu'un de mieux.

– Tu t'es mis à l'apprécier, c'est ça ?

– Bien sûr.

– La dernière fois que c'est arrivé, tu es allé au bout de tes envies, dis-je en me levant. Ça n'arrivera pas de nouveau, père. Si tu approches un tant soit peu de Dallas, je te tuerai de mes propres mains. Et je me ferai un plaisir d'en faire quelque chose de sale.

– Pourquoi crois-tu que je commettrais la même erreur à deux reprises ? demande-t-il, le sourire chancelant.

– Parce que tu ne peux pas t'en empêcher, ajouté-je en le toisant. Depuis la minute où je suis né, tu as toujours voulu tout ce que j'avais. Et moi ? Je n'ai jamais voulu qu'une chose de toi : ton titre.

CHAPITRE 41

Ollie vB : @ZachSun
Tu veux savoir ce que j'ai fait
avec les 50 K
que tu m'as donnés ?

Zach Sun : Tu les as offerts
aux fatigués, aux pauvres,
aux cohortes qui aspirent
à vivre libres ?

Ollie vB : Ah ouais. Je suis tellement
pas surpris que tu n'aies jamais été
invité aux raves clandestines
à Harvard.

Romeo Costa : Vas-y, éclaire
notre lanterne, @OllievB.

Ollie vB : J'ai acheté une œuvre d'art.

Zach Sun : Tu n'as pas fait ça.

Romeo Costa : @ZachSun
Je crois qu'il parle d'une édition
vintage d'un vieux *Playboy*.

Ollie vB : Ah Ah Ah. Ô vous, hommes de peu de foi.

Zach Sun : Une édition limitée d'un ancien *Penthouse* ?

Ollie vB a envoyé une image au groupe.

Romeo Costa : Commence par me promettre que si j'ouvre ce fichier, je ne serai pas fiché au FBI.

Ollie vB : Avec tout ce que je subis sur ce fil de conversation, je vais finir sur le canapé d'un psy, un jour.

Zach Sun : Tu devrais y aller trois fois par semaine au minimum. Tu as plus de traumas à traiter qu'il n'y a de femmes sur terre.

Ollie vB : Contente-toi d'ouvrir la pièce jointe.

Zach Sun : C'est un… tweet ?

Romeo Costa : D'une étudiante en train de lécher une glace, vêtue d'un bikini ?

Ollie vB : NFT, baby.

Zach Sun : Ollie.

Zach Sun : OLLIE.

Zach Sun : Il n'y a pas plus grosses
fake news que les NFTs
depuis qu'on a annoncé
que la Terre était plate.

Ollie vB : Ce n'est pas parce que tous
les autres objets célestes
sont sphériques que le nôtre doit l'être
aussi, @ZachSun. Ne sois pas
un mouton comme tous les autres.
Sors des sentiers battus.

Zach Sun : J'imagine que
c'est la boîte ovale ?

Romeo Costa : Tu viens juste
de perdre 50 K, mec.

Ollie vB : Mais il y a un gars
sur Reddit qui m'a dit qu'un jour ça
vaudrait des millions.

Zach Sun : Il n'a pas vraiment fait ça.

Ollie vB : Bien sûr que non.
Je voulais juste voir si vous pensiez
que j'étais aussi con que ça.

Romeo Costa : Tu as la réponse
à ta question.

Ollie vB : Ouais. Mais j'ai toujours
du mal à comprendre
pourquoi Rom est celui qui
se retrouve marié à un mannequin
Victoria's Secret et refuse
de lui faire un gosse

et pourquoi je dois être celui
qui a un IQ d'huître.

Zach Sun : Tu veux dire QI d'huître ?

Ollie vB : Va te faire foutre, Sun.

CHAPITRE 42

ROMEO

J'ai pris une mauvaise habitude plus que douteuse. Je me suis mis à observer Dallas à longueur de journée au travail *via* mes caméras de surveillance et j'ai embauché un garde du corps pour la suivre dès qu'elle quitte la maison.

Sachant que mon activité professionnelle controversée fait de moi une cible ambulante, je peux m'accorder cette bonne excuse : je m'inquiète pour sa sécurité. Mais au fond, je sais que je la surveille en permanence pour m'assurer qu'elle ne fait rien que je lui aie interdit.

Pour ma défense, cette liste est constituée d'une seule ligne : fréquenter d'autres hommes.

Dans les semaines qui ont suivi mon retour à la maison, mon épouse, cette petite fleur délicate, est parvenue à faire pas mal de choses, dont officiellement abandonner ses études à l'université d'Emory, financer à elle seule un gala en l'honneur du mois de la sensibilisation à la mort inattendue du nourrisson, payer les arriérés de frais médicaux des patients de trois hôpitaux pour enfants de la région et essayer tous les restaurants étoilés au guide Michelin accessibles en voiture depuis chez nous.

Elle passe ses journées à lire des bouquins, à harceler les grandes entreprises pour les forcer à faire de gros dons pour la recherche contre la mort inattendue du nourrisson et à faire des parties de jeu de société avec Hettie et Vernon. Le soir, elle enchaîne des heures de visionnage de merdes sur Netflix et s'extasie sur les bébés des gens sur les réseaux sociaux.

Personnellement, je ne vois pas l'intérêt des enfants. Elle veut tellement avoir un bébé, sinon plusieurs, que je suppose qu'elle a atrocement besoin d'un hobby.

Et non, manger n'est pas une activité de loisir, comme elle a essayé de m'en convaincre à de nombreuses reprises.

Elle s'est aussi mis en tête de revoir l'organisation de ma maison en poussant des meubles à des endroits où ils n'ont pas lieu d'être. Pas pour m'emmerder, je ne pense pas. Mais plus parce qu'elle ne peut pas brider son désir de rendre son environnement aussi chaotique que sa personne.

Un jour, je l'ai trouvée de bon matin dans mon bureau, debout sur mon fauteuil à roulettes. Hettie était assise sur l'accoudoir et séparait des Oreo en deux.

Je me suis approché du bureau pour récupérer mon ordinateur portable.

– Qu'est-ce que tu fais ?

– J'accroche notre portrait de mariage, a-t-elle répondu en léchant la crème à l'intérieur du biscuit.

– Dans mon bureau ?

– Où voudrais-tu le mettre, sinon ?

D'un signe de tête, elle a donné l'ordre à Vernon de remonter le coin gauche, puis de s'arrêter en levant un petit gâteau.

– C'est parfait.

J'ai observé l'image et remarqué une chose importante :

– Je ne suis pas sur cette photo.

– Je sais, a-t-elle répondu, tout sourire. C'est parfait, non ?

J'ai laissé le portrait à sa place. Je ne sais toujours pas pourquoi. Mais son image me hante à chaque fois que je mets les pieds dans mon bureau.

Mon portefeuille d'actions, tout comme ma valeur nette ont franchement plongé depuis mon mariage, sujet que mes amis aiment beaucoup aborder dès que possible.

Ollie vB : On dirait que tu vas bientôt
devenir millionnaire. Félicitations.

Zach Sun : À ce train-là,
tu vas flamber ta fortune plus vite
que Sam Bankman-Fried.

Ollie vB : Qui s'est dit que ce serait une bonne idée de balancer une tonne de fric à un mec dont le nom veut dire « Banquier Grillé » ?

Romeo Costa : Joli, venant de la part du mec qui a investi dans les Chicago Bulls, parce qu'à l'envers, leur logo ressemble à un robot qui se fait un crabe...

Ollie vB : En fait, c'est un enfant de chœur qui lit la Bible. Et c'est moi le païen ?

Zach Sun : Païen est un mot trop faible pour te définir. Que penses-tu d'hérétique ? Renégat ? Le meilleur symbole pour désigner le renoncement et la déchéance de toute forme de civilisation ?

Généralement, Dallas et moi cohabitons en paix sans reconnaître la présence de l'autre dans les lieux. Shortbread a mis fin à cette période en débarquant, couverte de sueur, dans mon bureau, quelques jours plus tard, interrompant ma visio au passage. Je sors de la réunion, beaucoup moins irrité que je ne le devrais.

Plutôt que de me saluer, ce qui serait bien trop poli pour la harpie qui me sert de femme, elle plante ses poings sur mon bureau en envoyant valdinguer ma souris sur mes genoux.

– J'ai besoin de ton aide.

J'observe Dallas, attrapant vigoureusement la télécommande, les joues rougies de colère. On peut lui faire confiance pour se mettre dans un état pareil à cause d'une émission de téléréalité.

Je me rencogne dans mon fauteuil et croise les doigts en me demandant ce que je vais lui proposer en échange.

– Si c'est à propos de cette histoire d'achat de tanks pour animer l'enterrement de vie de garçon de ton copain de lycée, je t'ai déjà dit que j'ai les mains liées.

– Aide-moi à monter un lobby pour la sûreté et la qualité des produits à destination des enfants, annonce-t-elle en essuyant la sueur de son front. Je sais que tu as des relations à Washington.

À ce stade, son obsession pour les gamins m'inquiète vraiment. J'ai peur qu'elle en kidnappe un.

Je repose ma souris à sa place et ouvre un e-mail de Cara.

– Même si je soutiens la cause, Costa Industries ne fait pas de politique en dehors du secteur de la défense. Nous avons pour règle de maintenir un strict support équitable entre les partis.

– Costa Industries ne fera absolument rien, me contre-t-elle en tapant son index contre son torse. C'est *moi* qui ferai tout le boulot.

– *Toi*, tu es ma femme, et en tant que telle, une extension de Costa Industries. Un petit conseil : le lobbying est un boulot infernal en général, absolument pas un passe-temps. Essaie d'apprendre à marcher avant de courir, dis-je en jetant un coup d'œil à la goutte de sueur sur sa tempe. Le simple trajet du canapé à mon bureau semble t'avoir bien fatiguée.

– J'ai déjà eu un boulot.

– La gestion de la *kiss cam* pour les matchs de l'équipe de basket de ta fac ne compte pas. D'autant plus que tu t'es fait virer.

– *Injustement* virer.

– Au lieu de filmer des amoureux qui s'embrassent, tu dirigeais la caméra sur les bébés.

– Où veux-tu en venir ?

Elle repose la télécommande et contourne mon bureau pour venir à mes côtés, puis elle continue :

– Aux infos, on vient d'annoncer qu'un groupe politique a présenté un projet de loi visant à supprimer l'interdiction des tours de lit tressés. Pourtant, cela augmente les risques de mort inattendue du nourrisson.

C'est quoi son truc avec ce syndrome ? J'ai déjà trouvé plus d'une douzaine de donations sur sa carte de crédit pour des associations luttant contre ce phénomène. Je ne savais même pas qu'il en existait autant.

– Je ne peux pas prendre le risque de montrer la moindre faiblesse devant Bruce et Senior, sinon ils en profiteront pour me déchiqueter.

Je transmets un document pour relecture et passe au message suivant dans ma boîte e-mail, de la part d'un analyste financier, et je conclus ma diatribe :

– Donc, il m'est impossible de contrevenir à une règle stratégique ayant cours depuis très longtemps dans l'entreprise.

– *Rom.*

– Ma réponse ne changera pas.

Elle hésite un instant, recule d'un pas, et se rapproche. Ses paupières papillonnent, puis se ferment. Lentement, tellement, tellement lentement, et elle se met à genoux. L'espace d'un instant, elle ne respire plus. Et moi non plus.

Enfin, elle rouvre les yeux, pose ses poings serrés à en faire blanchir ses jointures sur mes genoux et me regarde droit dans les yeux. Je me demande si elle y décèle une âme.

– Je suis littéralement en train de te supplier, Romeo.

– Et je te réponds littéralement de la manière la plus pragmatique et la plus logi…

– Mais va chier avec ton pragmatisme !

Sa respiration est saccadée et puissante, ses yeux lancent des étincelles partout où elle regarde, c'est le feu dans mon bureau quand elle me relance :

– Tu ne t'es jamais demandé pourquoi cette cause est si importante pour moi.

Si. Tout le temps. Mais je me tais en attendant qu'elle continue.

– Quand j'avais six ans, Frankie et moi avons vu notre vœu le plus cher exaucé. Une petite sœur. Une magnifique petite fille. Maman nous a laissées choisir son prénom. Victoria.

Elle déglutit visiblement. Ses yeux sont tournés vers moi, mais elle ne me regarde pas vraiment.

Je me rigidifie dans mon fauteuil. Pour la première fois depuis une éternité, un sentiment de panique s'empare de moi, il s'enroule autour de mes os avec une étonnante familiarité.

Merde.

– Elle était adorable. Tellement mignonne avec ses bonnes joues, si joyeuse. En bonne santé. Elle était en bonne santé, Rom.

Toujours à genoux, Dallas fronce ses sourcils délicats, recueillant ses souvenirs entre ses doigts tremblants, retrouvant le fil de son passé.

– Je me souviens du jour où je l'ai trouvée. Un dimanche. Je m'étais levée super tôt en vue de choisir des robes assorties pour aller à l'église. Victoria, Tory… Elle n'avait que quatre mois.

Elle s'arrête et passe la main sur son tee-shirt, comme si elle pouvait calmer sa douleur.

– Je l'ai trouvée toute bleue et raide. On aurait dit qu'elle dormait toujours. Angélique et confortablement installée. Mais juste… bleue.

Sa sœur était morte subitement de cette manière. Maintenant je comprends pourquoi elle est fascinée par le sujet. La première mort dont elle a été témoin, une tragédie absolument atroce, a forgé sa personnalité.

Et elle me supplie de l'aider à combattre ses démons. Mais j'ai les miens à détruire également.

– Romeo.

Elle appuie ses mains sur mes genoux et me regarde maintenant avec défiance, tristesse et brutalité, mais, je le remarque, sans aucune larme.

– S'il te plaît. Aide-moi à faire ça pour Victoria. Elle est morte, mais son souvenir peut encore agir sur le monde.

Lui faire ça me tue. Lui refuser quelque chose d'aussi profond et important pour elle. Tellement à son image.

Je caresse l'ovale de son visage, lui redressant le menton et repoussant la boule dans ma gorge en même temps.

– Tu peux donner assez d'argent pour financer l'extension de l'hôpital pour enfants que tu veux. L'argent n'est pas un problème. Mais former un lobby est hors de question.

Dallas se lève doucement, centimètre après centimètre, et je retiens mon souffle.

– Tu es un lâche.

Elle parle d'une voix neutre, dénuée d'émotion, tout comme son visage quand elle continue :

– Heureusement, tu es *mon* lâche. Je connais ta faiblesse maintenant, Romeo. Et j'ai la ferme intention de l'utiliser.

CHAPITRE 43

ROMEO

Quelques jours après l'explosion de la bombe que Dallas a lâchée dans mon bureau, je la vois se dandiner pour rentrer dans l'une de ses nombreuses robes Chanel, entortillée dans une tonne de bijoux hors de prix. Elle applique son rouge préféré sur ses lèvres pulpeuses.

Shortbread me fait un doigt d'honneur en passant devant une caméra alors qu'elle sort de la maison pour entrer dans la Maybach conduite par Jared.

Depuis mon bureau au siège social de Costa Industries, je compose le numéro d'Alan, le champion d'arts martiaux que j'emploie pour la suivre.

– Ma femme est sortie. Veillez à sa sécurité. N'oubliez pas de m'envoyer par message sa localisation et de me dire avec qui elle est.

Je me demande si mon mensonge est plus convaincant pour lui que pour moi.

– Très bien, Monsieur.

– Où Jared la conduit-elle en ce moment ?

– On dirait qu'elle se dirige vers vos bureaux, Monsieur.

Mon cœur, ce traître, ce bon à rien, se met à battre la chamade dans sa cage. J'attrape le portrait d'elle que je garde sur mon bureau pour sauver les apparences.

Aurais-tu découvert d'une manière ou d'une autre que j'ai secrètement appuyé ton interdiction de matériel pour berceaux auprès d'un contact au Congrès ? Viens-tu à ma rencontre pour me remercier d'un petit numéro sexy sous ta robe ?

Laissant tomber le stylo gravé à mon nom sur mes documents, je me rencogne dans mon fauteuil, croise les mains et tapote mes lèvres. Je suppose qu'il s'est écoulé assez de temps depuis la dernière fois pour que je puisse la goûter à nouveau.

La rapidité avec laquelle j'ai attrapé la télécommande pour baisser les rideaux à l'avance jusqu'en bas aurait dû me mettre la puce à l'oreille. J'aurais dû me rendre compte que lorsque Dallas est concernée, j'ai de moins en moins de jugeote.

Malheureusement, mon cerveau ne capte pas le message.

Au lieu d'utiliser mes neurones pour faire quelque chose de productif, comme travailler, je mastique mon chewing-gum et range mon bureau déjà parfaitement en ordre. Comme si l'ordre était quelque chose qu'elle appréciait.

Quand les dix minutes deviennent vingt, je commence à me poser l'éternelle question : *C'est quoi, ce bordel ?* Toutefois, appeler Alan pour l'enquiquiner en lui posant mille questions sur les faits et gestes de ma femme est indigne de moi.

Ils sont peut-être coincés dans les embouteillages. Dans mon coin de forêt, les horribles accidents de voiture ne sont pas inhabituels. Ils concernent en général des dignitaires étrangers protégés par l'immunité diplomatique dont les loisirs incluent de renverser des gens comme s'ils étaient dans *GTA*.

Quand les vingt minutes en deviennent trente, mes doigts me chatouillent ; j'ai envie d'appeler Alan. D'ailleurs mon téléphone se met à danser sur mon bureau et son nom s'affiche sur l'écran. Je décroche.

– Oui ?

– Elle est arrivée à destination, Monsieur.

Impossible. Si elle était vraiment arrivée à destination, elle serait à genoux sous mon bureau en train de me sucer la bite.

– Comment ça ?

Je réduis en bouillie le chewing-gum entre mes molaires, légitimement sur mes gardes, au vu de l'autorité avec laquelle Shortbread se comporte.

– Ou est-elle, exactement ?

– Elle vient d'entrer dans Le Bleu. Elle a pris une table face à la rue sur la terrasse et a commandé une bouteille de champagne. On dirait qu'elle attend quelqu'un.

Une chose est certaine, ce n'est pas moi. Le Bleu est un restaurant deux étoiles situé juste en face de mon bureau. En fait, le bureau de Bruce a une vue directe sur l'établissement.

J'ai soudain deux certitudes : 1) Dallas me fait encore un coup, juste pour me faire chier. Elle avance ses pions ; 2) c'est la dernière fois qu'elle essaie de me forcer.

Elle n'aura pas de nouvelle deuxième chance.

Pas de place pour négocier quoi que ce soit.

– Vérifiez qu'il n'y a pas de paparazzi dans les parages.

Ma mâchoire se bloque autour de mon chewing-gum. Je parierais toute ma fortune personnelle et mon testicule droit qu'il y en a.

Alan s'éclaircit la voix, prend un moment, certainement pour les chercher.

– Oui, Monsieur. Il y en a. De l'autre côté de la rue.

Un autre siège social jouxte celui de Costa Industries. Celui de Licht Holdings.

– Monsieur, quelqu'un l'approche. Je vais raccrocher et lancer un appel vidéo, pour que vous puissiez…

– Inutile, le coupé-je en me levant pour enfiler ma veste. Laissez-moi deviner : assez grand, blond, le nez amoché, vêtu d'un costume sur mesure et ne dégageant aucun charisme ?

– Ah ouais. Comment avez-vous deviné ?

– J'arrive tout de suite.

Je raccroche et me dirige vers la salle de conférences de l'autre côté du couloir. D'une manière ou d'une autre, Shortbread a repéré le garde du corps qui la suivait discrètement et de loin, et s'est vengée en organisant un rendez-vous avec Madison dans un endroit public.

Message reçu.

Maintenant, à moi de faire passer le mien.

L'objectif de Madison dans cette histoire peut être repéré les yeux bandés depuis le haut de l'obélisque de Washington. Il veut être vu en compagnie de ma femme et que la rencontre soit documentée par les tabloïdes et la presse locale pour m'humilier.

Mais je joue sur le long terme.

Du reste, à chaque minute qui passe où je ne me précipite pas dans le restaurant pour créer un scandale, leur malaise augmente.

Mon index appuie sur le bouton de l'intercom.

– Cara.

Mon assistante se matérialise en se précipitant derrière moi dans ses escarpins, un iPad coincé entre ses doigts manucurés.

– Oui, monsieur Costa.

– Je vais vous envoyer une liste de personnes qui doivent participer à une conférence téléphonique urgente.

– Urgente quand ?

– Urgente maintenant.

Pendant cinquante-cinq minutes, Dallas et Madison bouillonnent dans leur marasme gênant et je termine mon rendez-vous téléphonique. S'ensuivent une assiette complète de choux de Bruxelles et un blanc de poulet préparé par le chef cuisinier de l'entreprise. Les messages d'Alan font vibrer mon téléphone de façon exponentielle.

Alan Reece : Très étrange,
Monsieur. Ils se contentent
de se regarder sans parler.

Alan Reece : On dirait qu'ils attendent
quelque chose.

C'est probablement moi.

Alan Reece : Ils mangent tous
les deux du thon rouge.
L'homme regarde sa montre
toutes les deux secondes.

Si Madison espère que je vais lui faire le portrait encore une fois en public, il va sérieusement déchanter.

Je dois reconnaître une qualité à ma jeune épouse. Elle parvient à me faire ressentir des choses, pour un homme qui se vante d'avoir un panel d'émotions proche du néant. De la colère, de la frustration, de l'irritation et du dégoût. Ce sont tout de même des sentiments.

Enfin, une heure après l'arrivée de Dallas et de son ex-fiancé dans le restaurant, je me mets en route pour les rejoindre. Je rencontre Bruce au pied de l'ascenseur.

– On dirait qu'il y a encore du grabuge avec ta petite Belle du Sud.

Il appuie sur le bouton du rez-de-chaussée et observe les numéros au-dessus des portes coulissantes. Il doit avoir aperçu Madison et Dallas depuis son bureau. Difficile de passer à côté de la marée de paparazzi devant la porte.

– Ça ne va pas faire de bien à ta réputation.

Je caresse mon costume.

– Tout comme un article de tabloïde sur un potentiel P.-D.G. qui trompe sa femme avec une intendante de parcours de golf.

Son sourire disparaît plus vite qu'une corbeille de pain devant Dallas au restaurant.

– C'est une rumeur infondée, de la pure malveillance.

– Dis ça à la petite Ginny qui m'a promis qu'elle écrirait une confession complète et circonstanciée si je remboursais son prêt étudiant.

Dès que je franchis la porte tambour qui marque l'entrée de Costa Industries, les paparazzi m'encerclent comme une bande de piranhas affamés et prennent des centaines de clichés.

Soixante minutes que je me prépare à ça et voilà que j'entre en ébullition dès que je traverse la rue. Shortbread est affalée dans son fauteuil Wassily sur la terrasse du Bleu. Dès qu'elle me voit, elle se redresse. Elle m'examine attentivement en me détaillant centimètre par centimètre. Le regard à l'affût, elle cherche désespérément à déchiffrer une expression sur mon visage impassible.

Ensuite, je tombe sur Madison qui n'a franchement pas l'air ravi non plus. Affichant un rare sourire éclatant (en ayant recours à toute ma réserve de sérénité interne), je grimpe en coup de vent les trois volées de marches du restaurant.

À la double porte, une hôtesse d'accueil et deux serveurs s'inclinent profondément en ouvrant les deux panneaux.

Bon. La direction a reçu des instructions. Je savoure déjà le fruit de mon labeur.

J'avance vers Shortbread, attrape une chaise sur une table occupée sans demander la permission et m'invite à rejoindre celle de ma femme et de son ex-fiancé.

– Comment était le thon, ma chérie ?

Je me saisis de sa fourchette et me taille un joli morceau bien juteux pour le propulser dans ma bouche. Dallas se gratte la tempe et fronce les sourcils. Les flashs des appareils photo illuminent ma vision périphérique.

– Ferme la bouche, s'il te plaît, ma puce.

J'utilise le bout de mon index pour la lui fermer, puis pique un morceau de poisson mort qui traîne entre nous et termine :

– Ce n'est vraiment pas à ton honneur de ressembler à ce que tu manges.

Madison s'éclaircit la voix. Il sue par tous les pores de sa peau, comme s'il cherchait une crise qui ne viendrait jamais.

– Nous étions au milieu d'une conversation. Personne ne t'a invité à te joindre à nous.

– Vous avez absolument raison, lui dis-je en me tournant vers lui. Mais, je suis venu vous faire une proposition.

– Cette proposition n'a aucun intérêt pour moi, quelle qu'elle soit, répond-il en arquant un seul sourcil.

– Prête-toi un peu au jeu.

– Romeo…

Shortbread se saisit de son verre. L'eau manque d'en jaillir, petit cadeau offert par sa main tremblante. Qu'est-il arrivé à la fontaine d'attitude défiante qui m'abreuve jusqu'à plus soif à longueur de journée ?

Étonnamment, je ne trouve pas cette version timide de ma femme aussi attirante que sa version fougueuse à laquelle je me suis habitué. Que je pense assez à elle pour développer des préférences devrait m'inquiéter.

Madison serre les dents. Il essaie vainement de me toiser, ce qui provoque un véritable éclat de rire dans mon corps.

J'attrape la serviette de Dallas et tamponne la commissure de mes lèvres.

– Puisque vous avez visiblement du mal à rester loin l'un de l'autre, j'en suis venu à l'inévitable conclusion que je ne peux plus m'opposer à ce qui semble être clairement la plus grande histoire d'amour de votre vie.

Autour de la table, le silence devient assourdissant, on se croirait dans une morgue. Madison prend la parole en premier :

– Tu l'as épousé.

– En effet. Mais voyez-vous, il existe une chose appelée le divorce. C'est incroyablement efficace et rapide, particulièrement pour les personnes dotées d'un contrat de mariage en béton comme le nôtre, dis-je en serrant la main droite de Dallas. N'est-ce pas, ma chérie ?

Elle est aussi pâle que la neige qui vient de tomber, et tout aussi glaciale. Comme toujours, ses sentiments sont écrits très lisiblement sur son visage.

Oui, ton plan s'est retourné contre toi.

Oui, je sais que tu désires Madison Licht à peu près autant que tu as envie d'avoir les membres déchiquetés par un requin.

Oui, nous savons tous les deux que Madison est encore plus pourri que ton cher et tendre.

Madison jette sa serviette sur son assiette et rétorque :

– Tu as pris sa virginité.

– Ne soyez pas aussi prude, Licht. Votre propre virginité s'est envolée il y a si longtemps et a été si méthodiquement pillée que je serais surpris qu'elle soit encore dans la même galaxie que nous. Du reste, ajouté-je en me tournant vers Dallas, n'est-ce pas ce que tu as toujours voulu ? Un moyen de sortir de ce mariage ?

– Si, avoue-t-elle rapidement. Mais pas pour me jeter dans une autre relation toxique.

Je claque ma langue en me caressant la mâchoire.

– Tu aurais dû le spécifier.

Madison se tourne immédiatement vers Shortbread.

– Je ne l'épouserai pas.

Elle repousse ses cheveux derrière son épaule, insensible à son rejet.

– Pareil.

– C'est bouleversant, commenté-je en bâillant. Et moi qui croyais qu'un ange allait gagner ses ailes grâce à mes talents de marieuse.

Quand je me lève, ils m'imitent, comme collés à moi par un mélange enivrant d'horreur et d'appréhension. Je finis par me tourner vers lui :

– Monsieur Licht, veuillez évacuer les lieux.

Madison se redresse de toute sa hauteur et rejette ses épaules en arrière, prêt à me faire le numéro auquel il s'est préparé.

– Tu ne peux pas me dire quoi faire. Ce n'est pas ton restaurant.

– En fait, si.

Je pêche mon téléphone et incline l'écran vers lui.

– L'acte de vente a été signé il y a moins d'une heure. J'avoue que réveiller Jean-Pierre en France pour le convaincre de me vendre son bel établissement a été un challenge, mais comme vous le savez si bien, je ne recule jamais devant ce genre de chose.

Madison reste bouche bée devant le contrat.

– Tu as *acheté* ce restaurant juste pour pouvoir m'en virer ?

– Ainsi que tous les autres établissements de restauration plus ou moins rapide et même les vendeurs ambulants de cette rue, je lui confirme, conscient que les cameramen qui nous entourent encore sont trop éloignés pour capter notre conversation. Ce qui veut dire que les pauses déjeuner vont devenir compliquées pour vous.

– Tu ne peux pas faire ça.

– Mais pourquoi me dire que je ne peux pas faire des choses que je viens de faire ?

– C'est officiel, tu as perdu les pédales. J'avais entendu des rumeurs, mais maintenant que j'en suis le témoin, je vois que c'est la réalité.

– Je doute d'en avoir déjà eu, des pédales, rétorqué-je en soupirant. Un dernier mot avant que j'appelle le service d'ordre ?

Malheureusement, s'il avait quelque chose à dire, je n'ai pas eu l'opportunité de l'entendre, car Madison sort d'un pas rageur sans même un adieu à la femme avec laquelle il vient de partager un repas.

Je pivote vers Shortbread. C'est le deuxième jour de travail en moins d'un mois qu'elle me pourrit totalement. Même si on ne peut pas lui en vouloir de ne pas apprécier les affaires de Senior, j'ai au moins besoin de prétendre m'en préoccuper.

– N'hésite pas à profiter de nos superbes desserts. Désolé de te fausser compagnie.

Sur ces mots, je m'en vais. Elle me suit, j'étais sûr qu'elle le ferait. Je me glisse à l'arrière de ma Maybach, sans lui accorder un regard quand elle rentre de l'autre côté, sans y avoir été invitée.

– Tu as deux options, lui dis-je en prenant mes aises sur le cuir brun tandis que Jared manœuvre pour sortir du parking alors que Dallas se penche vers moi en buvant mes mots, car elle sait que sa vie en dépend. Puisque je sais à quel point tu veux avoir des enfants et retourner dans ta famille, je ne t'accorderai aucune de ces deux faveurs, je pourrais te planquer dans mon manoir des Hamptons où tu resterais assez loin de tout ce que tu aimes, personne ou objets, en étant dépourvue de toute faculté d'infliger le moindre dégât à mon existence. *Ou alors...*

Je me frotte le menton en réfléchissant.

En règle générale, je ne récompense pas les comportements douteux. Mais dans le cas de Shortbread, je me retrouve souvent à faire des exceptions, comme la fois où je lui ai offert un carton de livres pour avoir participé au gala de charité malgré ses erreurs de conduite lors du troisième envoi du menu.

(Elle a essayé de gober un verre à shot avec une langue d'oursin à l'intérieur en le prenant sans les mains dans le décolleté d'une pop star. Quand je l'ai éloignée en lui faisant la morale sur son image publique, elle s'est débarrassée de moi d'un haussement d'épaules en me disant qu'avec les grands pouvoirs viennent les grandes responsabilités.)

Cette fois-ci, c'est cette même capacité à pardonner que je ne me connaissais pas avant qu'elle débarque dans ma vie qui veut lui donner une deuxième chance. Enfin, une millionième deuxième chance.

Toujours parce que j'ai détruit son existence. C'est probablement pour cette raison que j'ai encore une once de patience pour la créature devant moi. Les sourcils de Shortbread sont tellement remontés qu'ils en toucheraient ses cheveux :

– Ou alors ?

– Ou alors, je te donne ce que tu veux. Je t'accorderai le divorce. Tu pourras retourner à Chapel Falls et tu y deviendras un scandale sur pattes. Déchue. Tu finiras probablement par épouser un veuf ou un homme divorcé avec des enfants. Mais tu auras la liberté dont tu as tellement envie.

Mon souffle se recroqueville dans mes poumons alors que nous nous dévisageons, ce qui me met dans une rage folle. J'attends de voir quelle option elle va choisir. Je fais exprès de laisser de côté toute proposition qui pourrait lui plaire. Dallas doit comprendre la gravité de la situation.

Enfin, elle rompt le silence.

– Je peux y penser pendant le trajet ?

Quelque part, elle n'aurait pas pu choisir de pire réponse. L'attente sera une véritable torture.

Je hausse les épaules et détourne mon attention en lisant mes messages. Quand Jared nous dépose, Hettie et Vernon nous attendent dans l'allée.

Avant même que Shortbread ouvre totalement sa porte, Hettie l'assaille :

– Alors ? Tu l'as mis en rogne ?

Vernon avance tranquillement pour enchaîner :

– Est-ce qu'on va enfin avoir un petiot dans la maison ?

J'entre chez moi en premier, ce qui veut dire que mon personnel déloyal (qui s'est retourné contre moi par l'action de ma propre femme) recule d'un pas, les joues sérieusement rougies et les yeux baissés vers le sol.

– Tous les deux, sortez d'ici.

Vernon, ce gentil géant, cligne plusieurs fois des yeux.

– Pour aller où ?

– N'importe où, pourvu que ce soit hors de ma vue si vous voulez conserver votre emploi.

Je me débarrasse de mon manteau et me dirige vers l'escalier. Je n'accorde pas un regard à Shortbread.

– Tu as encore trente minutes pour réfléchir à ta réponse pendant que je passe quelques appels. Je viendrai dans ta chambre quand je serai prêt.

J'observe Shortbread s'effondrer dans sa belle robe au pied de l'escalier à travers les grandes baies vitrées. Sa tête tombe entre ses bras et ses cheveux cascadent le long de son dos.

Elle n'aura pas de bébé.

Elle n’aura pas de divorce non plus.
Tout ce qu’elle aura, c’est un retour à la réalité.
Et moi ?
Moi, j’obtiens toujours, *toujours*, ce que je veux.

CHAPITRE 44

ROMEO

Quarante-cinq minutes après l'avoir laissée sangloter dans l'escalier, j'entre furtivement dans la chambre de Shortbread. Je ne suis pas surpris de la trouver vide.

La stupide rose qu'elle garde dans une boîte à Coton-Tige a semé des pétales partout. L'équipe de ménage n'a pas nettoyé sa table de chevet, ce qui doit être dû à l'intervention de ma souillon d'épouse. Je ne perds pas de vue qu'elle fait désormais partie intégrante de ma maison.

Je pars à la recherche de Dallas dans les couloirs. La pluie tambourine sur le toit et les fenêtres. Les températures ont chuté depuis notre retour de Paris. Le froid ne m'a jamais ennuyé, j'y suis habitué à l'intérieur comme à l'extérieur. Mais je me rends compte que ma femme pourrait ne pas être enchantée par l'air glacial mordant qui est arrivé depuis que l'automne a laissé place à l'hiver.

Pas d'humeur à jouer à cache-cache, je sors mon téléphone pour la localiser *via* les caméras de sécurité.

Retournant en arrière sur la vidéo, je trouve le passage où on la voit tirer une énorme malle Louis Vuitton vers le garage sous-terrain, ses poings agrippés à la poignée comme si elle abritait un corps humain inanimé.

Une valise. Je fonce dans cette direction. Un puissant mélange de colère et d'inquiétude bouillonne dans le chaudron de mon ventre. Non, mais qu'est-ce qu'elle croit ?

Elle choisit l'une des deux options que tu lui as proposées. Elle te quitte, espèce de débile.

Je ne suis pas plus surpris que ça que Dallas me fasse réagir : c'est devenu un fait à ce stade. Mais constater à quel point elle s'est glissée sous ma peau me retourne les organes, formant une boule d'angoisse. Elle s'est infiltrée dans mes chairs, mon sang, lacée entre mes os. Elle est passée à travers mes cellules souches, mes cicatrices mentales et une très épaisse carapace de glace. Elle tape pile-poil dans le mille, là où ça fait mal. Là où il est impossible d'échapper à la douleur. Non pas parce que je l'apprécie – car en vérité, je n'apprécie pas particulièrement Dallas Costa – mais parce que je la *veux*. Je crève d'envie de la posséder. Parce que je ne pense qu'à une chose : la toucher.

Le temps que j'arrive en claquant les portes du garage, j'ai assez de rage en moi pour illuminer

Las Vegas. Toutefois, mon sang-froid apparent reste impeccable. Dallas est perchée sur une montagne de valises à côté de la voiture et grignote des Mikados à la fraise. Elle balance ses jambes qui ne touchent pas le sol, comme une gamine. Voir qu'une personne aussi peu sophistiquée détient un tel pouvoir sur moi me rend malade.

Je tourne autour d'elle, les mains dans le dos.

– Tu pars dans un endroit sympa ?

– N'importe quel endroit où tu n'es pas est sympa.

Quelque chose en moi, *quelqu'un*, me hurle dessus, m'intimant l'ordre de la forcer à rester. Non pas parce que je pourrais la tolérer, mais parce que la perdre impliquerait de perdre face à Madison.

Pourtant, je feins l'indifférence.

– Chapel Falls ou les Hamptons ?

– Chapel Falls.

Elle lèche la garniture à la fraise avant de remettre le biscuit dans sa boîte, puis reprend :

– Ça ne me dérange pas de me marier avec quelqu'un qui a déjà des gamins. Plus d'enfants autour de moi, comme ça.

C'est quoi son truc avec les humains miniatures ?

– J'appelle Jared.

Je lève le téléphone vers mon oreille. Pour la première fois en trente et un an, quelqu'un me met au pied du mur. Incroyable. En plus, ce quelqu'un apprécie les livres d'Henry Plotkin et la téléréalité.

Un ronronnement satisfait fait vibrer sa gorge, elle lèche un nouveau gâteau.

– Pas la peine. Je l'ai déjà appelé, il arrive.

Tu lui as donné un ultimatum. Elle a fait son choix. Maintenant va-t'en tant que ta dignité est encore intacte et trouve un autre moyen d'anéantir Madison Licht.

Je range mon portable et poursuis la conversation :

– Mes avocats t'enverront des papiers à signer pour finaliser le divorce. Grâce à notre contrat de mariage, ça ne devrait pas prendre trop de temps.

– Super.

Elle sourit de toutes ses dents autour de son biscuit et je fais un pas vers elle.

– Toutefois… Vu la durée de notre mariage, une annulation est peut-être une meilleure solution.

Une annulation ferait d'elle une pécheresse à Chapel Falls. La ville ne la laisserait jamais s'en sortir comme ça.

Dallas rejette ses cheveux derrière une épaule, insensible à ce que je viens de lui dire.

– Écoute, Costa, je me fous complètement que tu me renvoies là-bas avec un gang de Chippendales accroché à mes basques et couverte de capotes usagées. Tout sera mieux que vivre dans une prison où je suis à la fois constamment surveillée et ignorée. Une prison où on me refuse la seule chose que je veuille de toi : un bébé.

– C'est vraiment le summum de tes aspirations ? Devenir le réceptacle servant à porter quelqu'un d'autre, puis devenir son esclave pour les dix-huit années qui suivent ?

– Oui. Et avant que tu me dises que je dois abattre les murs du patriarcat que je porte en moi, sache que vouloir me réaliser en tant que mère est tout aussi noble que vouloir devenir neurochirurgienne. C'est ma passion et tu dois la reconnaître en tant que telle.

Comme d'habitude, je ne suis absolument pas d'accord avec elle, mais il est inutile d'en débattre. Quelques secondes passent en silence. Elle bâille et me relance :

– Qu'est-ce que tu fais encore là ? Va-t'en, Jared va arriver d'une minute à l'autre et je ne serai plus qu'un mauvais souvenir.

Je devrais y aller. Faire demi-tour et partir. Je me lance, ce qui me soulage immensément. L'écho de mes pas résonne entre les murs nus. Je ne regarde pas derrière moi. Je sais qu'il me faudrait seulement un aperçu pour commettre une grossière erreur. Voilà qui est pour le mieux. Il est temps de me débarrasser de mes mauvais investissements et d'admettre ma seule et unique erreur en trente et un ans. Passer à autre chose. Ma vie va reprendre son cours normal. Paisible. Propre. Silencieuse. *Moins ruineuse*.

Ma main s'enroule autour de la poignée de la porte. Je suis sur le point de l'ouvrir.

– Eh, connard !

Je m'arrête, mais ne me retourne pas. Je refuse de répondre à pareille interpellation.

– Un dernier coup pour la route… Ça te dit ?

Je me retourne, tout en sachant que je ne devrais pas faire ça, et je trouve ma presque ex-femme affalée sur le capot de ma Maybach, sa robe remontée autour de la taille, montrant qu'elle ne porte pas de culotte. Sa chatte, nue et luisante, me révèle qu'elle est prête pour moi. C'est un défi. Je ne renonce jamais devant un défi.

Me débarrassant de toute idée de prudence (et des derniers neurones qui n'ont pas cramé à cause de son inepte conversation), j'avance vers elle.

Quand j'éteins le moteur, elle lève la main pour m'arrêter et la plaque sur mon torse.

– Pas si vite.

Sachant que je suis à deux doigts de jouir rien qu'en te regardant comme ça, ce n'est pas vite que ça va arriver, mais très très vite.

J'arque un sourcil moqueur et la relance :

– Tu te dégonfles ?

– Nan, c'est ton truc d'être gonflant. Je ne veux pas te piquer tes meilleurs traits. Soit on va jusqu'au bout, soit on ne va nulle part. C'est tout ou rien.

À chaque fois que je lui donne le choix, elle fabrique une alternative, ce qui me rend dingue. Si je lui donne une option, elle l'échange contre une autre tout droit sortie de son imagination.

Maintenant, au bout de mon ultimatum, elle m'en sort un autre.

Et comme un crétin condamné, je choisis *tout*.

J'opte pour la chute.

Nous explosons ensemble dans un baiser sale et frustré, plein de langues et de dents. Elle se jette à mon cou, m'étouffant à moitié, me câlinant plus ou moins. De mes doigts maladroits, je tente de descendre ma braguette, libère ma bite qui à ce stade luit déjà de mes premières sécrétions, si lourde et si dure, que la position verticale est désagréable. Je mordille son menton, puis sa gorge avant de faire un truc que je m'interdis depuis cinq putains d'années. Je m'enfonce en elle, d'un seul coup. *Sans protection.* Mon membre disparaît dans son corps, tape un point crucial et se retrouve compressé par ses muscles.

Oh putain.

Mon front vient se poser sur le sien. Une fine pellicule de sueur nous colle l'un à l'autre. Je n'avais jamais rien ressenti d'aussi bon de toute ma vie. Je voulais m'évaporer en une brume, m'infiltrer en elle et ne jamais revenir. Je veux vivre, respirer et exister à l'intérieur de ma belle et exaspérante maudite épouse. Elle est la seule chose que j'ai jamais voulue, jamais autant désirée, à en crever. Pire encore, je sais que je ne pourrai plus jamais lui refuser quoi que ce soit, une robe ou un bijou. Ou, malheureusement, mon cœur sur un plateau d'argent embroché pour qu'elle puisse le dévorer. Encore battant et vibrant, du rouge carmin d'une pomme d'amour.

Je recule pour m'enfoncer encore plus fort. Puis je me retire pour m'y précipiter une nouvelle fois.

Mes doigts s'agrippent à sa taille pour la maintenir. J'en deviens sauvage, fou de désir et de passion charnelle. Je la pénètre de mouvements frénétiques et désordonnés. C'est l'acte d'un homme assoiffé de sexe. Et je la baise jusqu'à plus soif.

Maintenant que j'ai officiellement déposé une mesure d'éloignement à l'encontre de ma raison, je l'attrape par la gorge et enfonce les dents dans sa lèvre inférieure. Mon souffle teinté de l'odeur de la menthe parcourt son visage. Le capot de la voiture a réchauffé ses cuisses, le moteur était encore chaud de sa précédente course, ce qui fait grimper d'un cran la température entre nous. De légers glapissements teintés de désespoir s'échappent de ses lèvres.

Les seuls autres sons qui s'élèvent dans cette caverne sont mes grognements, le claquement de nos chairs l'une contre l'autre et ses petits cris de plaisir. La voiture bouge d'avant en arrière au rythme de mes va-et-vient. Dallas s'agrippe à l'avant-bras qui lui tient la gorge et écrase son dos sur le capot alors que je continue à la baiser de toutes mes forces.

La porte s'ouvre derrière nous et Jared entre.

– Oh, pardon. Je ne voulais pas…

– Tirez-vous !

J'ai rugi cet ordre avec tant de force que je m'étonne de ne pas voir les murs se fissurer. La porte est immédiatement refermée.

Peut-être parce que c'est, de loin, l'expérience sexuelle la plus forte que j'aie jamais eue, mon orgasme n'est pas instantané. Il rôde en moi, plante ses griffes dans tous mes membres et m'emporte comme une drogue. Je sais que je vais regretter ce qui est sur le point de se produire. Pourtant, je ne peux pas supporter l'idée d'arrêter.

Dallas tremble sous moi. Les muscles de ses cuisses sont éreintés. Je glisse encore quelques fois dans son intimité brûlante et finis par entrer en éruption à l'intérieur de son corps. Je touche le sublime. En même temps, j'ai l'impression que quelqu'un a aspiré tout le contenu de mon torse. Il est vidé. Et je jouis, je jouis encore et encore dans la chatte de Dallas.

Quand je sors enfin, toute chose coincée entre nos corps est gluante. Je baisse les yeux pour regarder entre ses jambes. Mon foutre, épais et blanc, goutte de ses lèvres rouges et enflées directement sur le capot de la voiture. De petits filaments roses de sang se retrouvent çà et là au milieu du liquide blanchâtre. Haletant et essoufflé, je prends conscience que je me suis laissé aller pour la première fois de ma vie. Que j'ai tout oublié. Tout, même qu'*elle* était présente.

Mon regard monte de son sexe endolori à son torse. À un moment donné, pendant notre rapport, j'ai déchiré le haut de sa robe sans même m'en rendre compte. Des marques rouges couvrent sa poitrine exposée. Sa peau est pleine de griffures et de morsures. Son cou porte encore la marque de mes doigts. L'aurais-je serrée aussi fort que ça ? Même si je redoute de voir les conséquences de mes actes sur son visage, je ne peux pas m'empêcher de regarder.

Je lève les yeux et manque de me plier en deux pour vomir. Des taches roses marquent ses joues. Une unique larme silencieuse roule dessus. Ses yeux noisette, presque dorés, sont comme voilés, aussi vides que mon torse. La commissure de ses lèvres est soulignée d'une trace rouge de sang. De son fait. Pas du mien. Elle s'est mordue pour atténuer ses cris de douleur. Shortbread voulait tellement que je la monte à cru, qu'elle a souffert pour supporter ce calvaire. Une incommensurable culpabilité m'écrase. Un goût amer remonte le long de ma gorge. Je l'ai prise sans prendre son plaisir en considération. Alors que je savais que c'était une mauvaise idée. Au passage, j'ai gâché sa toute première expérience d'un réel rapport sexuel.

– Pardon.

Je m'éloigne d'un bon de Dallas, remballant ma demi-molle dégoulinante dans mon pantalon.

– Bon Dieu. Merde. Je suis tellement…

Le reste de la phrase s'envole dans ma gorge. Toujours incrédule, je secoue la tête. Je l'ai baisée à faire couler son sang et ses larmes. Sans même lui accorder un regard.

Elle se redresse. Cette unique larme scintille encore sur sa joue. Bizarrement, c'est pire qu'un gros sanglot.

– Tu aurais un chewing-gum ?

Sa parfaite maîtrise de sa voix me secoue. En fait, tout en Dallas me secoue.

Passant en mode pilote automatique, j'en sors deux de ma boîte métallique et les lui tends. Elle les met tous les deux dans sa jolie bouche toute rose. Cette bouche que je n'embrasserai plus jamais. Je n'y ferai plus rien d'autre.

– Shortbread…

Je m'interromps. Des excuses ne suffiront jamais.

– Non, c'est mon tour de parler.

Elle ne donne aucun signe indiquant qu'elle va s'enfuir. Me donner une claque. Appeler la police, ses parents, sa sœur. Mon sperme sort toujours en grosses gouttes blanchâtres de son sexe dénudé. Une traînée de sang macule le capot de ma voiture.

Je suis assez loin d'elle pour ne pas représenter de menace, alors j'écoute.

– Je veux que tu arrêtes de me faire suivre.

Ses mots sortent sur un ton froid, clinique, comme s'ils résonnaient entre les murs d'une salle de conseil d'administration. Prononcés devant une armée d'actionnaires, pas dits pour son mari.

– Plus de voitures qui suivent Jared. Plus de garde du corps. Et tu arrêtes de m'observer *via* les caméras de sécurité. J'ai l'impression d'être une candidate dans *Big Brother*. Sauf que je ne peux jamais gagner, s'exclame-t-elle en levant les mains au ciel. Je veux que ce bâtiment devienne ma maison, pas ma prison.

La surprise d'entendre qu'elle souhaite rester manque de me faire tomber à genoux. Mais je reste debout, et garde le visage impassible. S'il y a une chose que j'ai apprise de mon père, c'est de me tenir droit et fier, même quand on n'a rien qui nous rende fier.

Neutre, elle creuse le chewing-gum de ses dents, l'espace d'un instant étonnant, elle me fait penser à moi.

– Dis-moi que tu comprends et nous en aurons terminé. Sinon je m'en vais et je t'accorde ce divorce que tu souhaites tant.

La langue me démange, j'ai très envie de lui dire que j'appelle un Uber pour la ramener à Bibleville. Toutefois, ma raison ne laisse pas ma fierté prendre le dessus.

– C'est acceptable.

Elle prend une inspiration tremblotante et poursuit :

– Je veux avoir un bébé.

Et moi, ce que je veux, c'est qu'elle prenne la pilule du lendemain. Mais cette demande serait de la pure lâcheté. J'ai perdu le contrôle, ce n'est pas sa faute. Nous jouons tous les deux pour gagner. Je joue à domicile et j'accuse une terrible défaite aujourd'hui. Une défaite que je n'avais pas anticipée. Inutile de lui voler sa victoire en trichant. Elle pourrait avoir gagné le gros lot, peu importe. Elle pourrait tomber enceinte. Ces vingt dernières minutes pourraient déterminer le restant de mon existence.

Je récupère ma boîte métallique et glisse un chewing-gum entre mes lèvres.

– Moi pas.

– Pourquoi refuses-tu à ce point de procréer ?

– Un trauma.

– Tu ne me le diras jamais ?

– Non.

Elle ne semble pas surprise par ma réponse. Ni fâchée. En fait, en avançant vers elle, je remarque de petites bulles dans sa larme, qui est *encore* là. Non. Ce n'est pas une larme. Serait-ce… *de la salive ?* Je me rends compte pour la première fois que je n'ai en fait jamais vu Dallas pleurer. Jamais.

Je sens un changement s'opérer en moi en cet instant. Je ne vois plus Dallas Costa comme une nuisance. Après tout, c'est elle qui a dominé tous nos petits jeux de manipulation. Et cette fois-ci, elle m'a attiré au bord du précipice, puis m'a poussé par-dessus bord. Elle a fait en sorte que je la baise sans capote, sans culpabiliser *ni* négocier pour passer un marché avec elle en plus. Dallas Costa n'est pas un jouet sans défense. Elle est mon égale et il serait sage de la traiter en tant que telle.

Shortbread fronce les sourcils. Elle se livre certainement à un débat interne pour savoir ce qu'elle souhaite négocier. Si je lui donne l'opportunité de prendre la parole en premier, elle demandera certainement mon âme dans son intégralité.

– Je t’accorde la liberté si tu me donnes du temps.

Les mots sont sortis de ma bouche de leur propre volonté.

– Du temps pour faire quoi ?

Du temps pour me débarrasser de toi selon mes propres conditions après avoir achevé ma mission : détruire irrémédiablement Madison Licht.

– Pour penser à cette question de bébé.

Je mens. Elle y réfléchit. Avant qu’elle puisse répondre, j’ajoute :

– Mais j’ai une condition moi aussi.

Elle se lèche les lèvres et hoche la tête pour y répondre :

– Je ne prendrai plus jamais rendez-vous avec Madison.

– Promets-le.

– Je le promets.

Elle saute du capot de la Maybach, ce qui reste de sa robe toujours de travers et remonté autour de sa taille. Ma semence lui colle le long des cuisses, jusqu’aux genoux, jusqu’aux chevilles. Un nuage de sang coagulé s’étale sur l’intérieur d’une cuisse. Nous le regardons tous les deux en silence. Je m’entends ensuite grogner :

– Tu veux que je fasse partir la douleur en la léchant ?

– Oui, merci.

CHAPITRE 45

DALLAS

On pourrait dire, et à raison, que je surestime souvent mes talents d'actrice. Mais pas aujourd'hui. J'ai fait quelque chose de mal. Un peu mal. OK, *très* mal. J'ai simulé une larme. Que dire ? Quand Romeo a choisi de prendre le parti d'une entreprise qu'il déteste plutôt que de contribuer à la prévention contre la mort inattendue du nourrisson, j'ai vécu une expérience cathartique : je l'ai vu s'effondrer parce qu'il pensait que j'étais bouleversée.

Je ne le suis pas. Pas du tout. En fait, j'ai beaucoup aimé qu'il m'attrape la gorge, j'ai adoré qu'il morde mes tétons et j'ai pris mon pied quand il m'a pilonnée tellement fort que je l'ai senti taper au fond. Et quand il s'est mis à genoux pour lécher sa propre semence sur mes jambes et qu'il est remonté toujours plus haut jusqu'à me mordiller le sexe, sucer le clitoris et gratter mes chairs de ses dents et me faire jouir sur son visage, j'étais quasiment prête à donner mes deux reins et mon foie pour qu'il recommence.

Est-ce que provoquer Romeo avec Madison pour la millionième fois peut être classifié comme immoral ? C'est certain. Est-ce que faire culpabiliser mon mari pour lui faire songer à avoir un bébé est une basse manœuvre ? Peut-être. Mais est-ce que je me sens mal ? Pas le moins du monde.

Quelques heures plus tard, je me pavane dans la maison en pyjama Disney acheté sur Internet. Impossible que Romeo l'approuve, ce qui m'a poussée à le commander dans toutes les couleurs.

Après le dîner, qu'il a pris dans la salle à manger alors que j'ai englouti le mien directement à la sortie du four, Romeo s'est terré dans son bureau, probablement pour faire des trucs ennuyeux d'adulte. Moi, j'ai échangé les derniers potins avec Frankie au téléphone en grignotant un sucre d'orge. À chaque fois que je me rappelle l'accord que j'ai passé avec lui, un sourire remonte sur mes joues.

Alors oui, ma première véritable expérience sexuelle était… *bizarre.* Je n'ai pas joui. Enfin, jusqu'à ce qu'il me bouffe la chatte après. Et j'ai douillé quand il m'a pénétrée. Mais il y avait quelque chose d'excitant à voir mon mari perdre le contrôle pour la première fois depuis que nous sommes mariés.

– Est-ce qu'il est toujours aussi dur, ce pénible et sexy connard ?

Je ne peux pas vraiment lui dire qu'il m'a donné d'autres trucs bien durs. Elle ne comprendrait pas. En fait, *moi-même*, je ne comprends pas ce qu'il se passe entre nous deux. Je sais qu'il existe une bonne grosse ligne rouge qui sépare l'amour du désir, mais que se passe-t-il quand on la chevauche ? Je n'ai pas envie de le découvrir.

– Il est horrible ! lui dis-je joyeusement en mâchonnant ma sucrerie. Vraiment terrible. Je n'arrête pas de faire des bêtises juste pour le rendre dingue. Rien qu'aujourd'hui, je suis allée déjeuner avec Madison. Et j'ai invité les paparazzi.

– Beurk, Madison. Il était à Chapel Falls la semaine dernière. Je ne te l'ai pas dit ? Il a fait la tournée des popotes, racontant à quel point tu lui manquais. Mais quelle raclure de menteur. Avec ses larmes de crocodile, il a réussi à mettre Deirdre Sweeting et Jean Caldwell dans son lit. Tout le monde en parle.

– Frankie. Nous sommes bien au-dessus de ces vilains ragots.

– Oh, Dal !

Je peux me l'imaginer avec sa mimique exagérée quand elle poursuit :

– Mais les gentils ragots sont si ennuyeux.

Nous éclatons de rire ensemble.

– Et la fac, comment ça va ?

Je change de sujet. J'ai peur, si nous parlons trop longtemps de Romeo, de tout déballer et de lui confesser que même si je le déteste au quotidien, dès qu'on est au lit, je suis sa plus grande fan.

– Il s'est passé des trucs intéressants ?

– J'ai planté quasiment tous mes partiels, ce qui est fascinant, je crois. Du moins pour maman, papa et nos voisins trop curieux.

– Tu devrais faire un effort, Frankie, dis-je en soupirant.

– Oh, j'en fais, des efforts, surtout pour ne coucher avec personne avant le mariage. Et ça, crois-moi c'est difficile.

– Frankie, tu sais ce qu'il se passe si tu donnes le lait avant que la vache soit achetée.

– Peut-être que je n'ai pas envie qu'on m'achète. Peut-être que j'ai envie de rejoindre ce satané XXIe siècle, merde !

Si seulement c'était aussi simple. Nous savons toutes les deux que nous sommes les produits de notre éducation. Que nous jouons en suivant les règles du jeu de l'endroit d'où nous venons. La nature humaine, même si elle a fait d'énormes progrès, est toujours guidée par des règles tribales. Déménager à Potomac m'a libérée, même si j'ai échangé une cage contre une autre.

– Il y a quelqu'un en particulier qui te chatouille l'envie ?

Je glisse le long de la rambarde de l'escalier, du premier au rez-de-chaussée, juste pour voir si Romeo va me gueuler dessus. Pour vérifier qu'il a arrêté de m'observer *via* les caméras de sécurité.

La maison reste abominablement silencieuse, c'en est flippant. Jusqu'à présent, il semble tenir sa part du marché.

Le sourire de ma sœur s'entend à l'autre bout de la ligne.

– Il y a beaucoup de quelqu'un, annonce-t-elle avant de prendre un ton bien plus sombre. Tu es triste, Dal ? Tu pourrais ne jamais faire l'amour parce que tu as épousé un homme que tu détestes.

Je ne peux pas faire ça. Je ne peux pas lui dire que c'est déjà fait. Que c'était une expérience à la fois primitive, exaltante et cosmique. Que tout ce que je veux, c'est m'envoyer en l'air avec mon mari.

Je n'ai surtout pas envie de lui dire à quel point c'est fun quand on joue avec la tentation en dehors des liens sacrés du mariage. Je ne suis pas prude, mais je sais aussi quels problèmes l'attendent si Chapel Falls la juge compromise. Malheureusement, je parle d'expérience.

Je m'arrête à l'entrée de la cuisine, pieds nus.

– Je suis sûre que ça finira par arriver pour moi.

– Oui. Tu vas le dresser à un moment donné et il t'accordera le divorce, j'en suis certaine.

Ce qui impliquerait la fin des rapports sexuels avec mon mari tellement sexy que c'en est ridicule. Des expériences qui changent le cours d'une existence, qui font trembler les murs. Plus d'orgasme sous sa langue si talentueuse. Plus de bébé aux yeux gris. Non. Je ne veux pas divorcer. Pas du tout.

Après avoir raccroché et terminé mon troisième dîner de la journée (un steak *tagalog* et un *lumpia*, soit un rouleau de printemps indonésien), je me retire dans ma chambre pour lire Henry Plotkin, puisque Romeo a sorti mes livres de leur exil. Il est temps de les relire avant la sortie du quatorzième et ultime tome de la saga.

– Shortbread.

La voix arrogante de Romeo gronde depuis les confins de son bureau.

– Viens. Je me réjouis de ta présence.

Tu veux dire... comme tu as joui en moi tout à l'heure ? Gloussant toute seule, je lui obéis. Il est assis derrière son bureau en acajou et travaille sur son ordinateur portable, la bibliothèque derrière lui contient tous les bouquins illisibles que j'ai croisés dans ma vie.

– Oui ?

Je me baisse pour remonter mes chaussettes rigolotes par-dessus mon bas de pyjama Minnie Mouse.

– C'est Halloween ?

– Non.

– Alors pourquoi es-tu habillée comme un bébé ?

J'entre d'un pas nonchalant dans son bureau en lui offrant mon sourire le plus éclatant, car je sais que ça le met de mauvaise humeur.

– Le confort avant tout, non ?

– C'est faux, rétorque-t-il, les doigts zigzagant au-dessus de son clavier. Le confort est ce que recherchent les gens médiocres lorsqu'ils se rendent comptent que la monnaie du succès est un travail acharné.

Naturellement, je me dirige vers sa bibliothèque et remarque la rangée du bas, qui contient une quinzaine d'ouvrages. Les couvertures des livres sont reliées en lin. Ils ont perdu leur jaquette et toute indication de leur sujet. J'en tripote un et le sort de son emplacement avant de le reposer.

– Ils sont là pour décorer ?

– Non.

Il ne sait même pas de quoi je parle.

– Alors comment fais-tu pour les différencier ?

– Je les ouvre.

– C'est encore un truc esthétique des gens riches pour faire deviner aux pauvres ce qu'ils lisent ?

– Tu es riche.

– Oui, mais je suis une aberration pour les riches.

– Tu es une aberration tout court. Et non, ce n'est *pas un truc esthétique des gens riches pour faire deviner aux pauvres ce qu'ils lisent.*

– Alors… le libraire te les a vendus comme ça ? C'est criminel.

– Ils avaient une jaquette à l'origine.

Je suis bouche bée à l'idée qu'on les ait massacrés, c'est répugnant.

– Que leur est-il arrivé ?

– Elles sont maintenant sur les livres que je t'ai offerts.

– Quels livres ?

Il ne veut certainement pas parler de ces livres-là.

– *Son immonde caresse, Le Coup de l'amant, Les Yeux bandés par mon professeur, Dominée par deux Aliens*. Dois-je continuer ? Je perds des neurones à chaque seconde où nous en parlons.

J'essaie de me souvenir si j'ai pris le temps de regarder sous la jaquette de ces bouquins pour me rendre compte de leur nature véritable. Pas du tout. *Oups*.

– Ah. Ces livres-là.

Romeo me regarde d'un air suspicieux.

– Oui, ces livres-là. Tu en as fini avec eux ?

Ah oui, pour en avoir fini, j'en ai fini...

– On peut dire ça…

– Que s'est-il passé ?

Je bâille, couvrant ma bouche de ma main pour brouiller mes prochains mots.

– Je pourrais y avoir mis le feu.

– Tu as fait un autodafé ?

Je vois à sa joue qu'il serre les dents. Le mouvement est imperceptible. Si je ne faisais pas attention à tous les détails de l'anatomie de mon mari, je ne l'aurais pas remarqué.

Je joue avec l'ourlet de mon haut de pyjama, regardant Minnie Mouse. Il doit être trop tard pour présenter des excuses. Il doit y avoir prescription maintenant.

– Ouais, bon. C'est arrivé il y a une éternité. Ce n'est pas la peine de revenir sur le passé.

– Tant qu'on y est, on devrait aussi interdire les cours d'histoire. Voire le cursus scolaire entier de la maternelle au secondaire.

– Moui. Tout à fait, lui dis-je en hochant la tête, un grand sourire aux lèvres. Ça a super bien marché pour les femmes dans le passé.

Et nan. Je n'arrive toujours pas à me forcer à présenter des excuses. Pourquoi suis-je comme ça ? Pourquoi est-il comme ça, lui aussi ?

Au milieu de ce silence plus que gênant, j'ai les joues en feu. Je les évente avec un livre inidentifiable. Romeo continue à taper sur son clavier. Il s'arrête un instant, sort sa vieille boîte métallique et attrape à l'intérieur un petit rectangle blanc qu'il lance dans sa bouche. Son chewing-gum.

J'ai envie de me rapprocher. De plonger dans son passé. De regarder d'un peu plus près sa boîte. Et je remarque pour la première fois qu'elle a effectivement une imperfection qui endommage sa surface mate totalement lisse.

Mais je continue mon exploration de ses rayonnages, je me donne en spectacle. Des doigts, je caresse tous les dos des livres dénudés. Aucun problème pour leur demander pardon à eux, par contre. En fait, j'aurais même organisé une veillée à la bougie en leur honneur si je ne pensais pas que ce serait de mauvais goût au vu de la disparition précoce de leur jaquette.

Je presse mes mains l'une contre l'autre et offre une prière silencieuse à chacun d'entre eux. J'ai brûlé leur peau dans un feu de joie après tout.

S'il te plaît, Seigneur, lave-moi de mes péchés et trouve un meilleur foyer à ces livres pour leur vie éternelle. De préférence chez une personne de goût. La Vaste Histoire des bilans financiers *? Sérieux ?*

Si l'on considère le bon côté des choses, j'ai enfin découvert une autre addiction à Romeo, en plus du chewing-gum et de ma détresse : l'argent. Ses étagères sont couvertes d'ouvrages sur la finance.

Ce qui me paraît étrange. Si je me fie à mes exceptionnels talents pour fouiner, j'aurais pu jurer qu'il avait étudié l'ingénierie puis s'était ensuite consacré au management et à l'entreprenariat en faisant un MBA.

J'incline ma tête et prends soudain conscience de quelque chose :

– Tu as mémorisé les titres des romans que j'ai sélectionnés dans cette librairie ?

Il rompt enfin le silence et se tourne vers moi pour répondre à ma question entre deux phases d'observation occupées à me faire des trous dans le crâne avec son regard gris glacial.

– Ce n'est que le produit de la supériorité de ma mémoire. *Ce n'est pas la peine de revenir sur le passé*, me cite-t-il en me prenant le bouquin des mains pour me le coincer dans la bouche, juste entre les dents. Tu as fini ?

Il n'attend pas ma réponse pour revenir à son ordinateur.

Je le crache dans mes mains et avance vers lui :

– Tu devrais bosser dans la finance. Je parie que si tu faisais quelque chose qui t'intéresse, tu abandonnerais ton plan *Mission impossible : Me venger de papa qui est un gros vilain méchant.*

– Super plan. Il néglige l'intégralité de ma carrière à Costa Indus…

– Ce n'est pas une carrière. C'est une quête de vengeance. Et c'est puéril. Elle te bouffe de l'intérieur, aspirant ta joie et ton âme au passage.

Je désigne d'un geste l'essai niché dans ma main, dont le titre est probablement un truc comme *Richesse générationnelle. L'impériale histoire de la médiocrité des produits du népotisme*, ou autre chose, tout aussi ronflant et pénible, puis je reprends :

– Tu *aimes* travailler avec de l'argent. La vie est trop courte pour ne pas faire ce que tu apprécies.

– La vie est assez longue pour que je puisse faire les deux.

Une soudaine envie dévorante de le prendre dans mes bras me saisit.

– Oh, Romeo. Tu ne peux jamais savoir si ton prochain souffle ne sera pas le dernier. C'est tellement stupide de ne pas saisir l'instant.

Sur la télévision fixée au mur à côté de lui, un bandeau défile sur les infos à l'écran : « Attaque informatique sur Licht Holdings. »

Il est ensuite précisé qu'un hacker anonyme a volé et fait fuiter les plans d'une nouvelle arme de technologie de pointe, rendant sa production sans valeur. C'est le genre d'action que ferait mon mari. Ce type ne se calmera pas tant qu'il ne tiendra pas Madison par les couilles.

Je plisse les yeux pour mieux voir ce dont il s'agit et remarque en faisant la moue :

– Ah ouais. Je ne savais pas que Zach trempait dans le hacking.

Où était-il quand Sav m'a filmée en train de bourrer mon soutien-gorge de gâteaux au chocolat lors de la soirée pyjama d'Emilie, et m'a fait chanter pour ne pas la diffuser ? J'y ai laissé mes Jimmy Choo en édition limitée.

Romeo ne lève pas les yeux de son écran et continue à tapoter sur son clavier.

– Ce n'est pas le cas.

Je ne m'attendais pas vraiment à ce qu'il se confie à moi.

– Alors pourquoi m'as-tu fait venir ici ?

– J'ai une surprise pour toi.

Mon cœur fait immédiatement quelques saltos, se gonfle puis se contracte à une vitesse record. Je ressens également comme une pression entre les jambes.

– On peut le faire sur ton bureau ? Oh ! Je peux monter m'habiller comme une secrétaire sexy ?

Enfin ! Je vais pouvoir me servir de toutes ces jupes crayon que Cara a achetées pour moi. Dire que j'ai failli les prendre pour un message subliminal de Romeo me disant de trouver un boulot.

Le gris arctique de son regard se lève de son écran, surpris, et… serait-ce de la délectation que j'y lis aussi ?

– Je ne parlais pas de sexe.

– Oh.

– Mais je suis content de savoir que je ne t'ai pas traumatisée à vie cet après-midi.

Le regard qu'il m'adresse me dit qu'il sait que j'ai simulé ces larmes et ne trouve pas ça amusant. Il m'en punira plus tard. Avec un peu de chance, dans la chambre. Sur ses genoux pour me donner la fessée. Je pourrais porter cet uniforme d'écolière que j'ai acheté dans cette optique.

Je balaie son jugement, puis range le livre et pose mon cul sur le coin de son bureau.

– D'accord. Qu'est-ce que tu as pour moi ?

Il s'adosse à son fauteuil, attrape l'extérieur de ma cuisse à travers mon bas de pyjama et remonte la main sans ménagement jusqu'à ma taille.

– Puisque j'ai été assez stupide pour croire tes larmes sérieuses tout à l'heure, j'ai fait une donation pour deux bâtiments au nom de notre famille aujourd'hui. L'un à Georgetown et l'autre à Johns Hopkins.

Je cligne des yeux, ne comprenant pas encore ce qu'il me dit.

– Tu vas les transformer en bibliothèques pour moi ? C'est un peu extrême de priver tant d'étudiants de leur diplôme…

– Tu peux maintenant choisir dans quelle université tu veux terminer tes études.

Son menton fièrement dressé m'indique qu'il pense m'avoir fait une faveur.

Moi, par contre, j'ai envie de le baffer. Mais quelle connerie. Il ne me connaît pas du tout, alors ? J'y suis peut-être allée un peu fort quand je lui ai fait une scène parce qu'il m'avait empêchée de finir ma licence.

Alors qu'il se plante sur l'interprétation de mon air surpris, qu'il pense y lire de l'émerveillement et de la gratitude, un sourire carnassier étirer les coins de sa délicieuse bouche :

– Je prendrai mes remerciements sous la forme d'une pipe, même si je suis très partagé à l'idée de te bouffer la chatte sur le plan de travail dans la cuisine également.

Je lève les bras au ciel et me mets à grogner :

– Mais comment as-tu pu me faire une chose pareille ?

Voilà qui efface son sourire suffisant.

– Tu as laissé tomber Emory, me fait-il remarquer comme si le détail m'avait échappé.

– Oui, réponds-je en lui tapant le torse d'un index accusateur. C'est littéralement la seule et unique chose positive à laquelle je me suis raccrochée quand tu m'as prise pour femme.

– Tu ne veux pas de diplôme d'études supérieures ?

Le masque de l'indifférence revient s'emparer de son regard.

– Bien sûr que non. Tu connais une seule personne qui compte et qui en ait un ?

Il me dévisage comme si je venais de parler une langue étrangère. Je pousse un soupir et lui liste les plus grands esprits de notre génération. Ils ont tous laissé tomber la fac :

– Steve Jobs, Mark Zuckerberg, Bill Gates, Jack Dorsey…

– Shortbread, m'interrompt-il en fronçant les sourcils. Je ne pense pas que tu prennes le risque de priver le monde d'un futur génie de la tech. Quand ton téléphone bugge, tu le tapes contre une surface dure au lieu de le redémarrer. Je t'ai déjà vue faire. Plusieurs fois. Tu ne connais absolument rien à la technologie et à l'industrie des réseaux sociaux. Du reste, toutes ces personnes ont laissé tomber leurs études dans des universités de prestige, dans lesquelles elles n'ont pas dû faire de donations démesurées pour être acceptées.

– Est-ce que tu es en train de dire que je suis stupide ?

J'ajoute une inflexion d'indignation à ma voix, surtout pour faire changer le sujet de notre conversation et ne plus parler de mes études inachevées.

– Non. Tu as prouvé que tu étais incroyablement intelligente.

– Alors, c'est quoi, le problème ?

– Je ne serai pas marié à une femme sans instruction.

– Tu aurais dû y penser avant de me kidnapper.

Je commence à déplacer des objets : stylos, agrafeuse, presse-papier, juste pour laisser mon empreinte dans son bureau, généralement parfaitement organisé. Maintenant que j'y pense, il aurait bien besoin d'une œuvre d'art pour l'animer. Une touche de couleur, peut-être ?

– Tu finiras tes études, assène-t-il en m'attrapant gentiment le poignet pour que j'arrête de continuer à mettre le bazar dans son espace de travail. Un point c'est tout.

– Sinon quoi ?

Je glisse de son bureau et m'installe à califourchon sur son fauteuil. Je passe les bras autour de ses épaules et le regarde droit dans les yeux pour l'achever :

– Tu vas me virer pour me planquer dans les Hamptons ? À Chapel Falls ?

Nous savons tous les deux que je n'irai nulle part. Je ne sais pas pourquoi ni comment ça se fait, mais c'est devenu un accord tacite entre nous. Pourtant, je pense qu'étrangement, ce que nous vivons, ce qui se trame entre nous dans cette maison géante est mieux que la réalité dans laquelle nous avons évolué tous les deux auparavant. C'est complètement pété et absolument malsain.

Il attrape mon cul et me presse contre son érection. Les muscles de sa mâchoire tressautent et son regard se fait lourd.

– Et puis merde, je t'achèterai un diplôme.

– Je le brûlerai. Je veux que les gens sachent que je suis autodidacte.

– Dans quel domaine ? Traînage dans le canapé et léchage de crème d'Oreo ?

Son membre dur vient séparer mes grandes lèvres à travers nos vêtements et taquiner mon clitoris.

– Deviens au moins la présidente d'une association.

– Je continuerai à faire des dons de façon anonyme.

Perplexe, il me dévisage.

– Pourquoi ?

– Parce que je n'ai pas besoin d'impressionner qui que ce soit et toi non plus.

Je me penche pour l'embrasser. Il attrape mes lèvres des siennes et m'attire dans un baiser plein de langues.

– Maintenant, puis-je me déshabiller ?

– Certainement.

Il m'écarte de lui et se concentre sur son travail avant de m'achever :

– Mais juste parce que les vêtements que tu portes sont hideux. Je suis occupé.

Même s'il me vire gentiment de son bureau, je suis assez contente quand j'en sors en roulant des hanches. C'était notre première interaction non toxique. C'est pathétique, mais ce fait me met en joie. Hélas.

Je retourne dans la cuisine pour aller chercher une bouteille d'eau. Je suis toujours assoiffée après nos confrontations et je repasse devant son antre en remontant.

Je m'arrête et remarque que son regard n'est plus braqué sur son écran. Ses coudes sont posés sur son bureau et sa tête, dans ses mains. Il a le regard baissé.

Il a l'air exaspéré. Mécontent.

Mais aussi de ne plus me haïr.

CHAPITRE 46

DALLAS

Romeo et moi glissons dans un train-train quotidien. Une routine dans laquelle je fais ce que je veux quand je le veux et il arrête de m'embêter avec ça. Mes journées sont principalement remplies de déjeuners avec Hettie, de sorties dans les librairies du coin et de grandes plages de lecture d'Henry Plotkin en prévision de la sortie du quatorzième et ultime tome de la série. Pas vraiment une vie de folie.

Cette soirée se déroule comme toutes les autres. Tandis que je zone autour de la cuisinière à piquer des morceaux de porc *adobo* avant qu'Hettie puisse seulement les mettre dans un plat, Romeo mange son ennuyeuse assiette de blanc de poulet dans son ennuyeux bureau. Il ne faudrait surtout pas que ses employés de maison le surprennent à adopter un comportement civilisé envers son épouse, ne parlons pas de malheur.

– Tu n'es pas un torchon, Dal, m'interrompt Hettie en me retirant la casserole. Tu n'as pas besoin de lécher la vaisselle pour la nettoyer.

– On appelle ça l'efficacité. J'économise l'eau pour nous préserver de la sécheresse.

– Celle de l'autre côté du pays ?

– C'est ce qu'on nomme le patriotisme, Hettie.

– Nous savons toutes les deux que tu termines ton dîner en deux secondes tous les soirs pour me virer plus tôt. Comme ça, Lucifer et toi pouvez faire des trucs contre nature.

Puisqu'elle ne dit que la stricte vérité, je fais exactement ce qu'elle prédit, les pressant de sortir, Vernon et elle. Quand Romeo entre dans ma chambre, je l'attends déjà sur ma couette, nue, Henry Plotkin dans une main et un Stabilo dans l'autre.

En vérité, je compte les jours, les heures et les minutes jusqu'à mes prochaines règles. J'ai même très envie de me lever le matin (OK, l'après-midi) pour découvrir que j'ai du retard.

Rien ne me rendrait plus heureuse que de me savoir enceinte. J'en suis certaine. Même si ce qui est pour moi une bénédiction sera une malédiction pour Romeo.

Il avance d'ailleurs vers moi et essaie de retirer mes doigts de la couverture. Je résiste en faisant la moue :

– Attends. Madison va bientôt…

Il s'immobilise soudain.

– Madison ?

– Le *personnage* ? La sœur d'Henry.

Madison la Raclure, par contre, je n'ai pas eu de nouvelles de lui depuis notre tour de force au restaurant. Je mentirais si je disais que je suis à l'aise avec la façon dont nous avons laissé les choses en plan. Je ne culpabilise pas. Madison s'est servi de moi contre mon mari qui à son tour m'a utilisée comme un pion contre mon ex. Si j'étais juge, je les condamnerais *tous les deux*. Nous sommes tous les trois coincés dans les limbes de cette lutte d'*ego* pour l'argent et le pouvoir et c'est vraiment nul.

Je lâche le livre, permettant à Romeo de le poser sur ma table de chevet. Puis il entreprend de me montrer le paradis dans un endroit qui devrait être mon enfer personnel. On fait tout sauf vraiment baiser. Nous passons des heures à explorer nos corps. Chaque muscle. Chaque courbe. Tout en caresses avec nos langues, en baisers, petites griffures et suçons. Il connaît parfaitement mon anatomie. Le grain de beauté sous ma hanche droite. Chaque tache de rousseur sur mon épaule.

Et je l'ai étudié en détail, apprenant exactement là où il est chatouilleux (entre ses abdos et sa hanche), ce qui lui fait prendre une grande inspiration (quand je couvre son gland de ma bouche, puis souffle sur le bout) et ce qu'il tolère à peine parce qu'il sait que j'aime ça (quand je lèche le lobe de son oreille, ce qui lui donne la chair de poule).

À minuit deux, il enfile son pantalon. Je reste allongée sur le lit, les lèvres enflées, les cheveux en bataille, le corps délicieusement endolori. Romeo jette un coup d'œil à la pauvre fleur et marmonne quelque chose qui sonne furieusement comme « incapable de s'occuper d'une plante, alors d'un enfant… ».

La rose de Vernon a survécu à l'impossible : moi. Ma chambre dépourvue de lumière naturelle, l'eau visqueuse dans laquelle elle marine et ma négligence en général. Romeo s'en occupe, changeant l'eau de temps en temps. Un jour, il a même utilisé les petits ciseaux dont je me sers pour entretenir mes sourcils et a coupé le bout de la tige. C'est peut-être pour cette raison qu'un seul pétale est tombé depuis que nous avons commencé à batifoler régulièrement ensemble. Je ne sais pas ce qui m'impressionne le plus : la capacité de Vernon à créer une sous-espèce de rose ou les compétences secrètes de mon mari pour s'occuper de choses avec la douceur d'un père dévoué.

Le lendemain matin, je danse autour de l'îlot central dans la cuisine avec Hettie, absorbée dans un challenge chocolat. Toutes les marques disponibles sont représentées sous notre nez : Godiva, Cadbury, Dove, Ghirardelli, Lindt et La Maison du Chocolat.

Vernon, notre juge, est juché sur un tabouret de bar surmonté de quatre gros bouquins de finance piqués dans le bureau de Romeo pour être plus haut. Non pas qu'Hettie ou moi puissions le voir avec nos yeux bandés. Je grignote une perle à la ganache de framboise et déclare :

– Godiva.

Vernon s'éclaircit la voix, interrompant ma manche gagnante. Je mène 4 à 3.

– Madame Costa, vous avez de la visite.

Comme toujours, il insiste pour m'appeler comme ça. Et comme toujours, je frissonne d'horreur.

J'arrache le bandeau de mes yeux et m'exclame :

– Frankie !

Mais ce n'est pas elle. Pas ma maman, non plus. Mes poumons se vident, tout leur air franchit mes lèvres. Shepherd Townsend se tient devant moi.

Il reste planté sur le pas de la porte, le chapeau à la main, se balançant d'un pied sur l'autre. Il porte mon costume préféré. Noir, avec des rayures jaunes. Un mélange hilarant qui lui a valu le surnom de Bubba le Bourdon. Ces jours me semblent si lointains, maintenant. Une éternité. Désormais, je ne ris plus.

– Dallas. Tu ne prends plus mes appels.

Je repousse le chocolat.

– Oui. J'en suis consciente.

– J'espérais qu'on puisse parler.

Il lève une épaule, manquant de confiance en lui, pour une fois. J'en ai mal au cœur, voir ça me bouffe. Malgré ses actes, je ne peux pas le détester complètement.

Je montre la table couverte de sucreries devant moi :

– Tu vois bien que je suis occupée.

Une colère épineuse me déchire la gorge. Elle remonte bien plus loin que le jour où il m'a promise à Romeo sans mon consentement. Papa m'a déjà fait le même coup avec Madison. Ce qui me bute, c'est la révélation qui m'a sauté aux yeux lorsque mon mari m'a traînée hors de ma maison d'enfance, pieds nus et en robe de chambre. À cet instant, j'ai su que mon père ne me sauverait pas, comme si je me voyais à travers la clarté d'un miroir fraîchement poli. Or, les pères sont censés protéger leurs enfants. Pas la réputation de leur famille.

Shepherd Townsend évolue dans un monde d'hommes où les femmes sont des objets. De simples créatures écervelées qu'on doit calmer à coups de carte bancaire.

Il croyait que je trouverais le bonheur avec Madison, tout comme il a parié que je m'habituerais à Romeo. Après tout, ils étaient tous les deux pas trop mal foutus et méchamment riches. Qu'est-ce qu'une femme pourrait bien vouloir d'autre ?

Bah oui, quoi ?

Peut-être avoir une voix. Du pouvoir. Du respect.

Mon père est un phallocrate. Tout comme le reste de la population de Chapel Falls. Maintenant que je ne vis plus sous son toit, je peux exactement lui montrer ce que je pense de sa vision du monde.

Son visage est traversé par une vague de surprise.

– Tu peux certainement m'accorder quelques minutes.

Pendant qu'Hettie et Vernon détalent comme des lapins pour nous donner une intimité dont je ne veux pas, je me balade autour de l'îlot pour rassembler les ingrédients nécessaires à la fabrication d'une chantilly.

– Qu'est-ce qui te fait dire ça ? Parce que je n'ai pas d'enfants à élever ? De sol à laver ? De déjeuner à organiser ? Parce que je suis une femme, papa ?

Si je continue sur ma lancée, il va falloir un chariot élévateur pour remettre sa mâchoire à sa place. Si on considère le bon côté des choses, il pourrait peut-être se faire pardonner son machisme en donnant ses yeux à la science. Je ne savais même pas qu'ils pouvaient devenir aussi gros. Ou être aussi vides. Comme deux planètes devenues désertes.

– Ça sort d'où, ça ? Tu étais tellement mignonne.

Son chapeau lui tombe des mains et atterrit lentement sur le sol quand il reprend :

– Que t'est-il arrivé ?

– Ce qui arrive à toutes les filles qui échappent à Chapel Falls. J'ai grandi et je me suis rendu compte qu'il y a une vie au-delà des murs couverts de lierre de cette ville. Que maintenant, les femmes ont le droit de faire des erreurs, d'être humaines, de vivre leur vie, d'expérimenter autant que les hommes, d'essayer des choses sans avoir à payer un abominable prix.

– Tu savais ce qui se passerait si on te surprenait avec un homme avant le mariage. Ce n'est pas moi qui ai écrit les règles. C'est la société.

– Il y a deux mille ans. La majeure partie de la société ne vit plus comme ça aux États-Unis.

– Tu étais en colère contre moi avant même ton départ pour le Maryland.

Étrangement, il me semble plus petit. Plus vieux. Bien moins puissant que dans mes souvenirs. Passer du temps loin de lui a éteint cette espèce d'aura que je lui trouvais à l'époque. Celle que toutes les filles voient sur leur père avant que la réalité fasse son travail.

Je rince mes mains, les essuie sur un torchon, comme toute illusion que je pouvais entretenir sur le souci que mon père se fait pour moi.

– Oui. Quand tu m'as donnée à Romeo, je me suis rendu compte que je n'avais jamais choisi Madison non plus. À l'époque, j'ai accepté pour ne pas te mettre en colère. Tu ne m'as jamais donné voix au chapitre. C'est ironique que j'aie pu la trouver de toute façon, et dans la cage dorée dans laquelle tu m'as expédiée, rien de moins.

Papa observe notre environnement. La beauté. Le luxe. La richesse.

– Je pensais qu'il serait bon pour toi. La réputation de Costa est irréprochable. C'est si horrible que ça, ici ?

Non. Pas du tout. Mais ce n'est pas mon *choix*, non plus.

Juste au moment où je me prépare à lui dire ce que je pense, des bruits de pas rapides résonnent dans le couloir. Cette cadence. Cette confiance discrète. Elles ne peuvent émaner que de mon mari.

Deux choses se passent simultanément. D'un côté, mon cœur fait un bond, j'ai hâte de le revoir, même si trois heures à peine se sont écoulées depuis qu'il s'est repu de moi pour son petit déjeuner. Puis mes nerfs, déjà soumis à une si rude épreuve que j'ai peur qu'ils pètent comme des élastiques, se mettent au garde-à-vous.

Romeo entre nonchalamment dans la pièce, plus grand et plus menaçant que mon père. Que la cuisine. Que tout le *manoir*.

Comment ai-je fait pour ne pas le voir plus tôt ? Que mon mari – tiré à quatre épingles avec sa mâchoire carrée et ses yeux gris cendré – était lui-même l'incarnation d'une arme de guerre.

Il se met à côté de mon père, saisit l'expression de mon visage et tourne son regard assassin vers Shep Townsend. Un vent glacial circule entre nous.

– Avez-vous reçu une invitation pour vous présenter ici ?

L'*ego* de mon père le pousse à bomber le torse. Tout à l'heure, des rides barraient son front, trahissant sa frustration. Aux mots de Romeo, elles disparaissent. Shepherd Townsend refuse de recevoir une leçon d'un homme qui a la moitié de son âge.

– Je n'ai pas besoin d'avoir une invitation. Ma fille…

– Est maintenant ma femme, ma responsabilité, et ainsi, me concerne. À l'heure actuelle, elle ne souhaite pas vous parler. À moins que je me trompe ?

Romeo pivote vers moi et arque un sourcil interrogateur. Je n'ai même pas besoin de secouer la tête, il lit dans mon regard. Il se retourne alors vers mon père et lui dit :

– Partez.

– Dallas…

Mon père, il n'est plus mon « papa », je m'en rends compte, froisse sa veste de costume dans ses mains et cherche à croiser mon regard.

– Tu vas vraiment le laisser traiter ton propre papa comme ça ?

La culpabilité plante ses griffes dans mon torse, encercle mes côtes et atteint mon cœur. Je l'ignore et croise mes bras sur ma poitrine. Il lève les siens quand Vernon apparaît derrière lui pour le guider vers la sortie en lui prenant le coude.

– Tu as dit à maman que tu étais heureuse.

– J'ai dit beaucoup de choses à maman pour ne pas lui briser le cœur, réponds-je avant de déglutir. Ton cœur à toi mérite d'être réduit en poussière.

– Permettez-moi de vous faciliter la tâche, Shep, dit Romeo en plaquant une main sur l'épaule de mon père (je suis d'ailleurs surprise de ne pas le voir s'enfoncer dans le sol et y disparaître). Si je vous surprends ici encore une fois sans y avoir été invité ou que votre présence soit désirée, je vous couperai les jambes pour m'assurer que vos erreurs ne deviennent pas des habitudes. Ne sous-estimez pas ma méchanceté. Après tout, j'ai vraiment réduit à néant la réputation de votre aînée, ses fiançailles et son avenir, le tout en l'espace d'une soirée. Je suis terriblement efficace quand il s'agit de cruauté. C'est un talent dont j'ai hérité. Devenir mon ennemi n'est pas recommandé pour les âmes sensibles.

Le calme d'acier qui s'installe entre mes épaules à la vue de mon père forcé à quitter la maison aurait dû me perturber. Je ne me reconnais pas. Pourtant, je sais que je ne reviendrai plus en arrière. Peu importe ce qu'il se passera.

Mon âme appartiendra toujours à la Géorgie, mais je suppose que mon cœur vit maintenant ici. À Potomac.

Une dangereuse bulle prend forme en moi. Ma grossesse ne ternira peut-être pas l'existence immaculée de Romeo. Et si je pouvais le convaincre que donner la vie à quelqu'un d'autre valait plus la peine que de détruire celle de son père ?

Mes yeux s'accrochent à Romeo qui se retient au petit dossier d'un tabouret rembourré. Il me regarde intensément avec un mélange de tendresse et d'aversion. Dans les rares moments où il fait preuve de gentillesse envers moi, il se déteste.

Il me regarde d'un air sévère, interprétant mal mon désir. Il prend l'expression de mon visage pour une accusation.

– Je croyais que tu voulais te débarrasser de lui.

– C'est le cas.

– Pourquoi tu me regardes alors ?

– Je ne te regarde pas, d'habitude ?

– Seulement quand tu veux que je te bouffe la chatte ou que tu as perdu ta carte de crédit et que tu as donc besoin d'en avoir une autre.

Bon Dieu, c'est vrai, ça ? J'étais tellement occupée à le comparer aux personnages énamourés de Shakespeare que je n'ai pas remarqué que je n'avais pas gagné le prix de la meilleure épouse de l'année non plus. Je lui réponds d'un ton sec :

– Eh bien, je te regarde, là. Et j'aime bien ce que je vois.

– Tu es bourrée ? demande-t-il en se retournant brusquement vers moi.

– Je ne peux pas te faire de compliments ?

– C'est moi qui assure les paiements dans cette relation. Arrête tout de suite ton truc, quoi que ce soit.

Nos regards sont tant accrochés l'un à l'autre que je ne sais pas comment détourner le mien. Il recule en premier en secouant la tête, puis annonce :

– Je vais faire du sport.

Je l'aurais bien suivi. Vraiment. Mais à mes yeux, les machines pour faire de l'exercice ressemblent à des cousines distantes de la guillotine. Ce n'est pas ma faute si je suis venue au monde avec un instinct de conservation absolument stellaire. Je fais la moue.

– Tu vas toujours faire du sport.

– C'est vrai, répond-il en ouvrant la porte du frigo pour attraper au vol une bouteille d'eau qu'il boit d'un trait. Je veux vivre davantage que l'âge canonique de trente-trois ans et ton seul but dans l'existence semble être de m'épuiser.

Il écrase la bouteille en plastique dans son poing et la jette dans la poubelle du recyclage.

– Tu viendras dans ma chambre, après ?

Je regrette immédiatement ma question. Ça fait meuf collante. Je n'attends jamais que Romeo vienne me voir. Il le fait tout simplement et dans les rares occasions où il ne se présente pas, je fais comme si je n'avais rien vu.

Romeo se tourne complètement vers moi et m'observe des pieds à la tête.

– *Pourquoi ?*

OK. J'aurais pu me passer de son incrédulité.

– Peut-être que tu me manques ?

– J'espère pas. Nous ne sommes peut-être plus des ennemis, Shortbread, mais nous ne serons jamais des amants, dit-il en frôlant mon épaule de la sienne lorsqu'il sort de la cuisine. Assure-toi qu'Hettie nettoie tout ce chocolat fondu sur le plan de travail. Des têtes tomberont si je trouve une fourmi dans ma maison.

CHAPITRE 47

DALLAS

Après m'être pris la vérité nue de Romeo en pleine tête, je me fais couler un bain pour me débarrasser de la puanteur de ses mots sur ma peau. Je voulais que nous soyons un couple. Un *vrai* couple. Je ne sais pas trop quand cette idée a germé, mais maintenant que c'est le cas, toute autre finalité me conduira au désespoir.

Le deuxième coup de la journée vient sous la forme d'une tache rose dans ma culotte. Grosse, large et impossible de ne pas la reconnaître. *Et* avec un jour d'avance. J'approche le bout de tissu de la lumière comme si j'avais encore un doute sur sa nature. La voir de près me transperce. Une détresse totale suinte de cette blessure ouverte. Cette tache est comme une trahison. Comme du chagrin et de la haine que je me porte à moi-même. Je présente ce bout de coton à mes ciseaux les plus affûtés, j'enfonce les lambeaux au fond de la poubelle et je tire la bonde de la baignoire, refusant de macérer dans mon propre sang. Si je ne portais pas l'odeur du stupre comme une fille dans un bordel à cause de ma matinée, j'aurais même esquivé la douche. Alors j'en prends une super rapide avant de me blottir dans mon pyjama le plus puéril et le plus confortable et je rampe sous ma couette.

Le troisième coup vient quand je me force à pleurer et que je n'arrive pas à faire monter ces larmes qui m'ont manqué toute ma vie. J'ai besoin d'être soulagée. D'une façon ou d'une autre. Pourtant, mon corps me trahit encore. Dans les larmes. Dans ma fertilité.

D'accord. Ce n'est pas la faute de mes ovaires s'ils souffrent d'une sécheresse de sperme. Je préfère simplement ne pas reconnaître cette simple vérité. Romeo refuse de coucher avec moi. Malgré toutes mes avances. Malgré toutes ces activités *parasexuelles* qui provoquent ces délicieux et sublimes orgasmes.

La tempête prend naissance autour de mes chevilles, elle s'enroule autour d'elle-même. Mon père qui me rend visite inopinément. Mon mari qui me rejette. Mes règles. Mon existence dépourvue de vie sexuelle. Tout se mêle dans une sorte de marasme bouillonnant qui gagne en puissance pour devenir une chose sinistre et dangereuse.

Donc, quelques heures plus tard, quand la porte s'ouvre en grand, je sais que sa visite ne se terminera pas bien. Romeo ne frappe jamais avant d'entrer et je n'en ai jamais rien eu à faire.

Sauf que ce soir, si.

Son ombre glisse dans la pénombre. Il s'arrête juste au-dessus de moi. Son odeur, un mélange de menthe, d'eau de Cologne et d'homme puissant, assaille mes narines. *Il est venu.*

Parce que je le lui ai demandé ? Parce que je lui manquais ? Ou parce qu'il doit satisfaire ses besoins. Je ne le sais jamais.

Romeo caresse du dos de la main sa constellation de taches de rousseur préférées sur ma joue.

– Qu'y a-t-il ce soir au menu, madame Costa ? demande-t-il d'une voix rauque et grave qui s'insinue directement sous ma peau. Un autre soixante-neuf, ou vais-je enfin pouvoir prendre ton joli petit cul tout serré ?

À ces mots, la tempête se transforme en ouragan, venant du plus profond de moi pour monter à la surface. À la différence d'une catastrophe naturelle, sa vitesse et sa puissance ne s'amenuisent pas en touchant terre. Non, elles gagnent en puissance. Se démultiplient.

J'écarte sa main d'une claque et rétorque :

– Sors de ma chambre et ne reviens jamais.

Je te déteste. Je te hais de tout mon être et même plus.

Mon Dieu, est-ce toujours aussi douloureux de respirer ? C'est vrai, ce que l'on dit. Il n'y a pas de loi de conservation pour l'amour. On n'obtient pas toujours à mesure de ce que l'on donne.

– C'est notre conversation de tout à l'heure ? demande-t-il sur un ton léger et détaché qui me frappe comme une arme. La dichotomie est la meilleure amie des simples d'esprit. Tu devrais viser plus haut, Shortbread. L'amour n'est pas dans nos cartes, mais ça ne veut pas dire que nous ne pouvons pas profiter de la compagnie de l'autre. Si je ne pouvais vraiment pas supporter nos brefs échanges, je t'aurais accordé ce divorce que tu souhaites tant.

Je ne veux pas divorcer, espèce de crétin égoïste.

Je veux des dîners aux chandelles, des soirées ciné et des blagues que nous seuls pouvons comprendre. Je veux des baisers, des mots réconfortants, je veux être sa lumière au bout du tunnel quand les ténèbres s'emparent de lui.

Je rabats la couette sur ma tête.

– Barre-toi, c'est tout.

La température chute brutalement dans la pièce, ce qui indique son changement d'humeur.

– Quel est le problème ? Ton comportement a été étrange toute la journée.

– Tu sais, commencé-je en marmonnant dans mon oreiller, je ne pense pas que Leonardo Di Caprio ait fait son trou avec *Romeo + Juliet*. Je crois qu'il s'est vraiment fait remarquer avec *Titanic*. Et je pense que tout le monde était désolé pour lui. Cette fichue porte aurait clairement pu supporter son poids avec celui de Rose.

Le silence qui suit m'envoie une vague de panique directement dans le bide. Il n'est quand même pas vraiment parti.

Hélas, non.

– Je suis certain qu'il y a une logique derrière tes mots, même si je suis infoutu de la comprendre.

– Je veux coucher avec quelqu'un qui m'accorderait une place sur la porte !

Je rejette la couette et le regarde d'un air mauvais dans le noir. Il me jauge comme si on se rencontrait pour la première fois. Il m'évalue, prend des notes, décide comment aborder la question.

– Nous n'avons pas à faire de croisière. Personnellement, je déteste les yachts…

– Aaaahh, Romeo !

Je bondis hors du lit et lui pousse le torse. J'ai le désespoir qui suinte quasiment par tous les pores. Pourquoi ? Je n'en sais vraiment rien.

– Je ne parle pas de yacht.

Il allume la lumière. Nous restons tous les deux dans le silence. Il attend que j'éclaire sa lanterne. Je décide de mettre un terme à ses souffrances.

– Félicitations. J'ai mes règles.

Je marche d'un pas décidé vers la porte et l'ouvre. J'attends qu'il parte.

Romeo reste planté là. Silencieux. Je n'ai pas l'impression qu'il soit vraiment content. Pas vraiment triste non plus.

– Je suis désolé.

Ses mots sont une obligation affligeante. J'ouvre la porte un peu plus grand :

– Non, ce n'est pas vrai. Maintenant, va-t'en.

– Serai-je invité à revenir ici dans un futur proche ?

– Seulement si tu veux avoir des rapports sexuels comme un vrai couple.

– Ennuyeux, de courte durée et une semaine sur deux ?

Je vois bien qu'il ne veut pas se disputer, il ne veut pas redevenir mon ennemi, mais il ne veut pas non plus faire de compromis, quoi qu'il puisse en dire.

– Sans préservatif.

Avant, j'aurais dit le vide en moi sans fond. Mais en le voyant partir, le visage de marbre, comme lorsqu'il est arrivé, je le sens grandir et grandir, jusqu'à ce que je sois certaine que si quelqu'un criait dans ma bouche, on entendrait un terrible écho.

Je sais qu'il ne reviendra pas. Pas demain. Pas la semaine prochaine. Pas même dans un mois. Il a échappé à une balle et il ne risque pas de jouer encore une fois avec un pistolet chargé.

J'avais une seule chance. Et mon corps l'a laissée filer.

CHAPITRE 48

DALLAS

Je trouve la volonté d'attirer mon mari dans le piège du sexe sans protection au cinquième jour de notre guerre froide. Au dernier jour de mes règles, je me réveille avec une énergie renouvelée, des plombes avant mon réveil de quatorze heures et je passe un temps fou à me préparer.

Depuis notre dispute, Romeo m'a évitée à tout prix. C'en est terminé.

J'arrive dans la salle à manger en grande pompe à six heures, pile. Je sais que Romeo y sera après ses sept kilomètres de jogging matinal et sa douche froide. Franchement, c'est *moi* qui devrais m'inquiéter de me reproduire avec lui. Les gènes de la psychopathie sont-ils héréditaires ?

Quand j'arrive dans la pièce, telle une tornade, Romeo tourne la page de son journal, une tasse de café fumante près des lèvres. Je me sers un croissant, du beurre du Vermont et deux pains aux raisins préparés par Hettie, comme tous les matins. Puis je me glisse sur la chaise face à la sienne.

Romeo ne lève pas les yeux.

– Bonjour, Shortbread. Est-ce que j'hallucine ou tu es bel et bien sortie de ton lit avant quinze heures ?

– Tu hallucines, c'est certain.

– Sachant que je viens de te voir étaler la moitié d'une plaquette de beurre sur un seul croissant, je ne pense pas imaginer la scène. C'est bien trop réaliste pour être un mirage.

Il referme son journal et le replie précisément avec des angles nets avant de le poser à côté de lui.

– Tu te sens mieux ?

– Oui, et ce n'est pas grâce à toi.

– Crois-le ou non, dit-il en reposant son café, j'avais l'intention de prendre de tes nouvelles ce week-end si tu n'avais pas montré le bout de ton nez d'ici là.

– Et on dit que l'amour est mort ! je m'exclame, une main sur le cœur.

– L'amour est déjà mort. Les applis de rencontres l'ont tué il y a plusieurs années. Tu es la seule à y croire encore. J'ai à moitié peur que tu aies passé un temps démesuré à regarder *Ghostbusters* juste au cas où tu rencontrerais un fantôme.

J'engloutis mon croissant en deux bouchées.

– J'ai envie que tu me distraies aujourd'hui.

Je ne sais absolument pas pourquoi, mais je sais qu'il le fera. Il me donne toujours une version de ce que je veux, sans faute. Il finit son café avant de me répondre :

– Je peux faire un tour dans ta chambre en fin de journée, si mon emploi du temps me le permet, à la condition que tu assouplisses la réglementation en cours sur les rapports sexuels.

– Je voulais dire en journée.

– Et que faire de cette petite chose ennuyeuse qu'on appelle le travail ?

– Eh bien, emmène-moi à ton bureau.

– Non, merci.

– Ce n'était pas une demande.

– Ce n'était pas une offre.

Il marque un temps d'arrêt. Il l'utilise pour pousser une grande expiration, comme pour s'empêcher de m'étrangler, puis il clarifie :

– Pas aujourd'hui. Nous avons prévu une démonstration d'armes à feu et ma présence est nécessaire. C'est dangereux.

– J'aime le danger.

– Et j'aime que tu sois en un seul morceau.

Puis, après une petite période de réflexion, il ajoute :

– Comme l'une de mes plus chères possessions, bien entendu. Ton entretien me coûte des centaines de milliers de dollars. Par mois.

– Je viens au travail avec toi aujourd'hui.

– Non.

Je fais la moue et enroule une mèche de cheveux autour de mon index avant de reprendre :

– Tu sais ce qu'il se passe quand je m'ennuie.

J'adopte évidemment un comportement délibérément grognon, car je sais parfaitement que ça lui fait péter un câble.

Mon reflet brille dans ses yeux de requin apathique. J'y vois nos derniers mois se dérouler. La quantité de merdes que nous nous sommes infligées l'un à l'autre. En fin de compte, Romeo n'a jamais craint mon mauvais comportement. Cette fois-ci, ses intentions se lisent clairement sur sa figure.

Une concession pour une autre.

Quelle idée stupide. J'espère bien évidemment qu'il va continuer à y croire. Nous sommes dans une impasse.

Enfin, il se lève et regarde l'heure sur sa Rolex :

– J'enverrai Jared te chercher à midi. La démonstration aura lieu sur un tarmac, à l'extérieur. Attends-toi à du vent, des courants d'air froid, de la boue et une bonne dose d'inconfort. Ne porte rien qui attire l'attention, notamment des chaussures à talons aiguilles. Quand tu y seras, ne me quitte pas d'une semelle. Tu ne te promèneras pas et tu ne feras rien qui ne soit spécifié dans le manuel d'instructions que je t'enverrai par e-mail après mon départ.

– Oui, Monsieur, réponds-je en ronronnant.

– Si tu es sage, ce dont je doute grandement, nous pourrions sortir pour un déjeuner tardif, ensuite. Ne me fais pas regretter ma décision, Shortbread.

Je me lève d'un bond et brandis le poing dans un geste de victoire.

– Promis !

Il secoue la tête d'un air dépité et drape son avant-bras de sa veste de costume avant de sortir. Je jurerais l'entendre marmonner : « C'est déjà le cas. »

***

Romeo aurait peut-être dû mieux définir le concept de *tenue qui n'attire pas l'attention*. Parce que quand je sors en roulant des hanches de sa voiture pour remonter ce tarmac sans fin, il n'a pas l'air impressionné par ma performance. Par « pas impressionné », je veux dire qu'il semble vouloir joyeusement me balancer du haut d'une falaise s'il en avait une dans son champ de vision.

C'est la première fois que je vois son regard s'embraser, et ce feu, c'est pour me faire cramer. Si on me posait la question, je dirais que ma petite robe noire super courte à lacets est très bien.

Les pièces de Nylon couleur peau qui préservent ma pudeur ne peuvent être décrites que comme à la pointe de la mode. Je porte des cuissardes Louboutin avec douze centimètres de talon pour compléter ma tenue et pour que Romeo ne puisse pas complètement me surplomber. Leur cuir couvre toutes mes jambes et s'arrête au-dessus de mes genoux.

Dans les confins d'Alexandria, des douzaines d'hommes en uniforme s'affairent sur l'asphalte où est garée une Jeep blindée de la taille d'une maison. Absolument tous me fixent, bouche bée et le regard vitreux.

J'ondule des hanches en me dirigeant vers mon mari, son père et sa Némésis, comme si j'étais à un défilé de mode. Ils sont à côté d'un hélicoptère, portent des casques antibruit, et ne me quittent pas des yeux.

Je suppose que je suis parvenue à atteindre mon objectif : rappeler à Romeo à quel point sa femme est désirable. Tous les hommes que je croise me déshabillent du regard, et le grand sourire que j'affiche ne fait que renforcer l'air assassin de mon mari. Il retire brusquement son casque et le fourre dans les mains de Cara.

Senior étudie en détail mon décolleté, comme s'il y avait perdu ses clefs de voiture. À ses côtés, Bruce a l'air de vouloir se porter volontaire comme tribut pour creuser et les chercher.

Les pales de l'hélicoptère fouettent l'air autour de nous et pourtant j'entends clairement Senior exploser de rire par-dessus le vacarme.

– Qu'est-ce qu'elle pense faire ?

– Elle fait tout pour que je l'enferme jusqu'à la ménopause.

Romeo a déjà commencé à avancer vers moi, plus vite que le vent qui danse entre nous. Nous nous retrouvons au milieu du terrain. Sentant sa présence si proche, ma peau se met à chanter, sachant que tous les regards convergent vers nous à deux kilomètres à la ronde.

– Salut, mon petit mari.

Je passe les bras autour de son cou et me dresse sur la pointe des pieds pour lui donner un baiser. Sa bouche est froide et insensible. Je passe la langue entre ses lèvres puis aspire celle du bas.

Il refuse de bouger.

– Tu as une dégaine de salope.

Le mot me coupe le souffle, il me donne le vertige. J'en perds l'équilibre. J'aurais pu tomber s'il n'avait pas posé la main dans mon dos. Il ne m'a jamais appelée comme ça auparavant. Pas même quand je lui ai flanqué mes organes génitaux en pleine figure, exigeant d'être satisfaite, ce qui arrive tous les jours. Le Romeo que je connais ne voit pas les femmes sexuellement libérées comme des pécheresses.

Quelque chose l'a perturbé.

Ou peut-être cherches-tu à trouver une excuse à ta masculinité toxique.

Il a toujours l'air aussi dur, implacable, et ses épaules sont rigides quand il poursuit :

– C'était ton intention, n'est-ce pas ?

Ma réplique meurt avant même de pouvoir se développer et je déteste ça. Il faut l'avouer, j'ai déjà vu des stars du porno entortillées dans de la lingerie avec plus de tissu qu'il n'y en a dans ma robe. Si le vent souffle dans le mauvais sens, tous les mecs autour pourront profiter d'une vue imprenable sur ma poitrine.

Et il y a *beaucoup* d'hommes dans le coin. Beaucoup de vent, aussi.

– Très bien. Si tu veux que je te traite comme telle, félicitations. Je vais te laisser être ma petite salope.

Je m'arrache pour m'écarter de lui, blessée et fébrile. Même au plus fort de nos épisodes haineux, il n'a jamais osé me parler ainsi. Il a toujours gardé une forme de respect pour moi, quand bien même sous-jacent. Ce n'est plus le cas.

Il avance vers moi, attrape ma taille d'une main d'acier jusqu'à me donner l'impression que mes os vont être réduits en bouillie. Ses lèvres traînent sur ma joue et s'arrêtent devant mon oreille puis il me murmure :

– Mets-toi à genoux, sors ma bite et branle-moi jusqu'à ce que j'éjacule sur ta « tenue ». Vas-y. Fais-le.

D'instinct, mon genou gauche plie, mais je me force à rester debout. Un vent brutal nous lacère. Les boucles sur lesquelles j'ai tant travaillé tout à l'heure pour obtenir ce résultat nous fouettent comme les lames d'un mixeur. Je suis clairement consciente que la seule chose qui empêche mes tétons de sauter aux yeux de tous les hommes qui nous entourent est la sueur qui colle les petits bouts de tissu à ma peau.

Si j'avais eu assez de cran, j'aurais surenchéri. Je me serais mise à genoux. Je l'aurais pris dans ma bouche devant tous ses employés. Mais non. Je me contente de rester plantée là. J'ai peur de m'écrouler si je bouge, même si je sais que Romeo ne me laissera jamais tomber.

– C'est bien ce que je me disais, Shortbread.

Ses doigts effleurent l'ourlet de ma robe, creusent mes cuisses quand il continue :

– Je vais foutre le feu à cette chose, la cramer complètement, comme tout ce que j'estimerai inapproprié dans ta garde-robe dès que je rentrerai à la maison ce soir. J'imagine que tu seras débarrassée de moi après ça.

– Débarrassée ?

J'ai la bouche sèche. Ce n'est pas du tout ce que je veux. Plutôt l'inverse, en fait.

– Où vas-tu ?

– En prison.

– Quoi ?

– Où veux-tu que j'aille quand j'aurai arraché les yeux de tous les hommes qui s'en seront servis pour te déshabiller dans leur tête ?

Je l'observe attentivement pour déceler du sarcasme dans son attitude, mais tout ce que je trouve, c'est cette très nette absence d'expression et un avertissement. De l'autre côté du tarmac, la voiture me fait de l'œil. Elle m'invite à fuir. Mais je refuse de perdre la face devant son père et ses collègues. Je ne lui donnerai jamais cette satisfaction.

Alors je retire une imperfection imaginaire sur sa veste et réponds :

– Oh. Tu as peur que je m'enfuie avec un homme, un vrai ? Peut-être un mec qui n'a pas de problèmes de la taille du Vietnam avec son papa ?

J'ignore son regard si dur et j'enchaîne :

– J'ai dit Vietnam ? Nan, c'est trop petit. Je voulais dire de la Chine.

– Surveille ta grande bouche.

Il ratisse mes cheveux de ses doigts dans un geste qui pourrait avoir l'air d'une caresse vu de loin, mais je ne me méprends pas sur ses intentions quand il tire dessus et reprend :

– Sinon ce soir, je vais y aller tellement fort que tu ne pourras pas t'en servir pendant une semaine.

Ses mots ne devraient pas avoir trempé ma culotte. Mais c'est quand même le cas. Plus que tout, je me réjouis pathétiquement qu'il n'en ait toujours pas fini avec moi. Je me colle un sourire aux lèvres :

– Essaie de fourrer ta bite dans ma bouche, bébé. Je la mordrai et ton vœu de ne jamais avoir d'enfants dans cette vie sera exaucé.

– Dallas, ma chérie, m'interpelle Senior en me faisant un signe de la main pour que je le rejoigne. Nous sommes à deux doigts de commencer l'exercice. Tu ne veux pas rater cette splendeur.

Je me dépêche d'aller le retrouver, surtout pour échapper à Romeo avant de perdre les pédales.

Quand j'arrive, il m'embrasse sur la joue et me tend des lunettes en plastique.

– J'espère que mon fils ne te fait pas trop de misères.

Bruce fait péter son casque antibruit et surenchérit :

– Junior peut se montrer un peu immature, parfois.

Je me tourne et essaie de me concentrer sur l'énorme Jeep blindée : le Humvee, de couleur kaki, avec des roues assez monstrueuses pour écraser un petit centre commercial de banlieue et probablement acheté grâce à mes impôts. Enfin, les impôts de Romeo. C'est l'avantage quand on est au chômage. Senior désigne le véhicule d'un geste :

– Nous sommes les seuls fournisseurs des huit prototypes de blindés de l'US Army. Voici notre dernière création, explique-t-il en s'arrimant au bras de Bruce pour garder l'équilibre. Nous produisons plus de vingt mille Humvee par an, mais aucun n'est aussi sophistiqué que ce bébé, et de loin. C'est le HMWWV3. J'aurais pu trouver un nom plus accrocheur, mais ce n'est probablement pas à moi de suggérer une refonte marketing de la chose. De toute façon, les armes ont tendance à se vendre toutes seules sans l'aide de jingles et de pubs radio.

Je hoche la tête et observe d'un air mauvais le trépied pour mitrailleuse, faisant tout mon possible pour ignorer ma déconvenue. Je n'ai jamais été aussi humiliée de ma vie. Alors même qu'on venait d'atteindre une sorte de cessez-le-feu, en plus.

Je me force à me concentrer, refusant de chercher Romeo.

– Qu'est-ce qu'il a de spécial ?

– Merci d'avoir posé la question, dit Senior en me prenant le bras pour avancer vers la porte en Kevlar d'un pas inégal et faible. Le vitrage est assez résistant pour supporter un tir direct. Il est aussi très léger. C'est notre véhicule le plus rapide à ce jour. Il peut supporter trois fois plus d'équipement militaire que ceux de nos concurrents et pourtant, il est doté d'amortisseurs capables d'encaisser la plupart des tirs de missiles balistiques.

– Oh.

Superbe contribution, Dal. Tu vas faire quoi ensuite ? Pondre une dissert ?

Ce que je veux vraiment savoir, c'est où est passé Romeo. Je trouve étrange qu'il passe à côté d'une opportunité de piétiner Bruce devant son père.

Nous nous arrêtons devant une rangée d'hommes, parés d'un treillis noir, de lunettes de protection et de casques. Ils me regardent, interdits, comme si je leur rendais visite depuis Mars. J'y suis peut-être allée un peu fort avec mon ensemble robe et cuissardes.

Mais la crise de Romeo était injustifiée.

Senior fait un signe à l'homme le plus près du véhicule.

– Voici Matthew Krasinski, l'un de nos meilleurs ingénieurs. Matt, voici ma belle-fille, Dallas.

– Un plaisir de vous rencontrer, dit-il en me tendant la main.

Je la lui serre, en regardant partout autour de moi pour chercher Romeo. Mais impossible de le trouver.

Je suis prise de panique. Est-ce l'étincelle qui met le feu aux poudres ? Après tout ce que nous avons traversé ? Une stupide minirobe La Perla va nous envoyer dans le bureau d'un avocat pour signer notre acte de divorce ?

Puis je me prends une révélation en pleine tête. Ce que je sais inconsciemment depuis des semaines, mais que je refuse d'admettre : je ne veux pas divorcer. Je veux le contraire. Et ce bon vieux truc que j'utilise : le pousser à réagir en l'énervant avec ma paresse, mon bordel et mon comportement indigne, tout ça ne fonctionne pas.

Je ne l'attire pas de cette manière.

Je le repousse.

Matt avance vers le monstrueux tank :

– Vous êtes prête à voir ce petit bébé en action ?

Pas du tout.

– Bien sûr.

Mais le Humvee ne démarre pas. Les hommes restent plantés là, sans bouger.

Enfin, Senior, l'air goguenard et navré, commente :

– OK, je vois que tout le monde est un peu distrait. Laissons-les respirer, hein Dallas ?

Il pose la main dans mon dos et m'escorte jusqu'à l'hélicoptère. Bruce nous suit.

Je balaie du regard le tarmac encore une fois et demande :

– Où est passé Romeo ?

– Il est probablement parti bouder, répond Bruce qui s'installe à mes côtés. Junior fait souvent ça. Il ne supporte pas quand les gens sont gentils avec son père. C'est un vilain trait de caractère chez une personne qui est censée hériter d'un poste à hautes responsabilités.

– Il ne te mène pas la vie trop dure, j'espère ? relance Senior en hochant la tête.

– Non, pas du tout.

C'est sorti tout seul. Une étrange sensation de possessivité s'empare de ma gorge. Je suis la seule à pouvoir vanner Romeo.

– Tu peux toujours venir me voir pour quoi que ce soit. J'aurais dû te le dire plus tôt. Je suis là si tu as besoin de moi.

– Euh… merci.

Je continue à le chercher, vaguement consciente que quelque chose ne va pas, et pas seulement mon mari. La main de Senior a glissé, elle est maintenant posée sur le rebondi de mon arrière-train. Je sursaute, puis mes épaules s'affaissent quand il la remonte dans mon dos. Mes joues s'embrasent d'une rougeur née de ma mortification.

– Je suis désolé. Mes mains ne sont plus comme avant, malheureusement. Elles ne sont plus aussi stables.

Je lui accorde le bénéfice du doute, parce que l'alternative me paraît vraiment étrange.

Bruce se précipite aux côtés de Senior et lui offre son bras.

– Où est Junior quand son père a besoin de lui ? Il n'est vraiment pas fiable.

Dès que l'exercice commence, je comprends pourquoi Romeo ne voulait pas de moi ici. L'expérience consiste à faire circuler le blindé léger conduit par un spécialiste en lui lançant dessus tous les produits possibles issus des catastrophes naturelles ou humaines pour tenter de l'annihiler.

Le véhicule dévale le tarmac au milieu d'obstacles dangereux ; de la boue, de la glace, de l'eau, des arbres, pendant que des douzaines d'hommes armés lui tirent dessus par-derrière.

Quand le bruit s'apaise, une explosion secoue le sol sous mes talons. Je tangue et chancelle, à deux doigts de me planter, la tête la première, dans le ciment. Senior semble encore plus secoué, à peine capable de garder l'équilibre, ce qui est déjà une difficulté régulière pour lui. Bruce vole à son secours, lui offrant encore son bras.

Le tank s'arrête lentement et le moteur se coupe. Un homme muni d'un bâton lumineux orange le dirige pour le faire passer devant nous et le lancer sur le deuxième parcours d'obstacles. Ma robe super courte remonte un peu plus haut, elle expose légèrement mon cul. Je me force à regarder la démonstration, tremblante dans ma stupide micro-tenue en me maudissant d'avoir ignoré les recommandations météo de Romeo.

Senior écarte Bruce, attrape son portable et le dirige sur un lance-roquettes pour le filmer en action.

– C'est le moment que je préfère. Tu vas voir comment le véhicule s'en sort sans la moindre égratignure.

Mais apparemment le tout-puissant Humvee ne peut pas supporter un simple trajet de cinquante mètres, car à peine le moteur est-il relancé qu'il tombe directement dans un fossé.

– Qu'est-ce que c'est que ce bazar ?! Que s'est-il passé ?

Senior trébuche jusqu'au tank qui, planté à la perpendiculaire de la route, est tombé, le capot dans un fossé de deux mètres de profondeur.

Le conducteur s'extirpe du véhicule et retire brusquement son casque.

Matt court l'aider en m'assassinant du regard.

– C'est votre belle-fille, Monsieur. Steven n'a pas pu s'empêcher de la regarder et il s'est laissé distraire.

Ledit Steven se redresse d'un bond, les joues cramoisies.

– Je suis désolé, Monsieur. Ce n'est pas… Enfin… vous voyez, Monsieur. On pouvait voir tout son, euh, *vous voyez*, habillée comme ça.

– Reprenez-vous, mon garçon, l'admoneste Senior qui tangue sous la force de ses vitupérations.

Vous ne devriez pas commenter la tenue de ma belle-fille, et encore moins ce qu'il y a dessous. Où est mon fils ?

Il passe en revue la foule toujours plus nombreuse tandis que Matt tire Steven par le coude pour l'éloigner.

– Il devrait arriver d'une minute à l'autre, nous informe Cara qui vient de se matérialiser, bien à l'abri dans un manteau très pratique.

Un magnifique manteau, parfaitement adapté à la situation. J'ai les dents qui claquent et des engelures sont en train de se former sur mes doigts.

– Il est allé chercher quelque chose dans l'hélicoptère.

– Depuis un quart d'heure ?

– Il a dû prendre un appel important, répond Cara, la tête haute.

Il n'y avait pas d'appel. Je le sais tout aussi bien que je sais que Romeo a disparu pour ne pas avoir à me trucider en public.

– Il a raté l'exercice ? s'étonne Senior, ébahi. Mais c'est quoi, son problème ?

– Quel déplorable exemple pour nos collaborateurs, ajoute Bruce.

Pourquoi ce crétin est-il présent, d'ailleurs ?

D'accord, je n'ai pas à être ici non plus. En fait, je regrette même de m'être montrée. Cara pince les lèvres pour répondre.

– Je ne tiens pas à outrepasser mes fonctions, monsieur Costa, mais Romeo vous avait averti que Steven était trop inexpérimenté pour une telle mission.

Senior se tourne vers moi et change de sujet :

– Laisse-moi t'inviter à déjeuner, Dallas, puisque mon fils, ce grossier personnage, n'a pas les compétences nécessaires pour distraire efficacement sa propre femme.

– Je n'ai pas faim.

Non seulement c'est la (surprenante) vérité, mais en plus Senior n'a jamais vraiment décollé sa main de mes reins, même si nous sommes retournés au niveau de l'hélicoptère. Si j'avais à deviner, je dirais qu'il la laisse là pour le plaisir d'être vu dans cette position, ce que je n'apprécie pas du tout.

Matt court nous rejoindre et s'arrête quelques mètres plus tôt quand il repère le bras de Senior autour de ma taille. La seule raison pour laquelle je ne l'ai pas repoussé d'une petite tape, c'est que j'ai un doute, c'est peut-être accidentel.

– Monsieur, nous allons avoir besoin d'environ quarante personnes pour sortir le véhicule du fossé. Nous n'avons pas assez d'hommes. J'ai appelé des renforts.

– Qu'il ne soit pas capable de sortir d'un trou sans aide est un comble, une honte en soi, annonce Senior en désignant le blindé d'un doigt. Une boîte de conserve géante aurait de meilleures performances que ce truc bon pour la casse, commente-t-il avant de me faire un grand sourire. Tu es vraiment un élément perturbateur, hein ?

Avant que je puisse lui demander de retirer ses mains, il me pince la hanche et enchaîne :

– Eh bah, eh bah. Tu es bien en chair. Bien plus que Morgan. Je comprends pourquoi il est si protecteur vis-à-vis de toi.

Je suis alors prise en embuscade par une terrible révélation interne. Cet homme est horrible, une abomination lubrique. Pas étonnant que Romeo déteste tellement son père. Toutes les pièces du puzzle s'emboîtent.

Senior et Morgan.

Morgan et Senior.

Pas étonnant que mon mari m'ait quasiment arraché la tête quand je me suis pointée habillée comme si j'étais une cible légitime.

La souffrance, le désir et la vérité sont l'ADN de l'amour. Il a validé deux des cases et j'ai désespérément envie de cocher la troisième. Maintenant qu'elle est à portée de main, j'en redoute les conséquences.

– Enlève tes pattes du corps de ma femme avant que je les casse devant tous tes salariés.

La voix glaciale de Romeo vient de fendre l'air. Bruce se met à ronronner :

– Junior. Nous qui pensions que tu étais parti te faire changer la couche par Cara et que tu n'allais pas nous faire l'honneur de ta présence.

Je tourne brusquement la tête et observe Romeo contourner l'hélicoptère. Il retire son manteau Burberry en cachemire. Senior s'écarte quand il m'en drape les épaules. Bruce sait qu'il vaut mieux ne pas se mettre sur son chemin.

Je ne sais pas trop s'il m'a couverte pour que j'arrête de montrer la marchandise à son personnel ou si c'est parce qu'il fait froid, mais j'en fais des bonds de gratitude à l'intérieur, quoi qu'il en soit. Pas seulement de gratitude, aussi d'euphorie.

Bon Dieu, je suis foutue.

Mon cœur se relance à la vue de son visage.

Il boutonne son manteau comme si j'étais une enfant, s'assurant que je sois bien emmitouflée. Je jurerais qu'il sent l'alcool et le sang. Son front est traversé d'une ligne profonde marquant sa colère, la ligne de sa mâchoire, dure, le rend inaccessible. Il faut quand même que j'essaie.

– Romeo, je suis tellement déso…

– Je ne suis pas intéressé par les excuses standard qui viennent généralement après un comportement déplorable, dont tu n'assumes jamais la moindre conséquence.

Il se tourne vers Cara et ajoute :

– Ramenez ma femme à la maison et veillez à ce qu'elle ne la quitte pas avant mon retour.

Cara serre les poings autour de ses clefs, à en faire blanchir la jointure de ses doigts.

– Bien sûr.

Maintenant que j'ai compris, ça me semble évident. Cara sait ce qu'il s'est passé entre Morgan et Senior. Après tout, elle y a même fait allusion le jour où elle m'a apporté ma nouvelle garde-robe.

Une autre évidence : Cara me déteste à cause du tour que je leur ai joué aujourd'hui. Je ne peux même pas lui en vouloir. Je commence à ne pas trop m'apprécier non plus pour tout ce que j'ai infligé à son patron.

Elle m'escorte jusqu'à la voiture de Jared. Je tourne la tête comme une chouette, souhaitant désespérément croiser le regard de Romeo, mais il refuse de m'accorder son attention.

Il garde les yeux braqués sur son père. Ce père qu'il ne peut pas tabasser maintenant, même si ce serait totalement justifié, bien qu'il cherche à prendre son poste de P.-D.G.

En arrière-plan, des hommes baraqués sortent des Jeep et courent vers le fossé.

Quel désastre.

Et tout ça par ma faute.

J'ai envie d'interpeller Romeo, mais ma voix s'éteint au fond de ma gorge.

Les ténèbres m'absorbent, lacérant ma peau et mes os pour atteindre mon âme. Je me rends compte que quelque chose de terrible est arrivé à mon mari et cette souffrance lui a été infligée par sa propre famille. Cette révélation s'agrippe à moi avec les serres rouillées d'un démon.

Comment ai-je pu être aussi aveugle ?

J'aurais dû me rappeler ce que j'ai appris dans les livres.

Les monstres ne naissent jamais ; ils sont créés.

CHAPITRE 49

Ollie vB : Putain de merde.
J'ai du mal à croire que Rom
est allé jusque-là.

Zach Sun : Ce n'est peut-être pas
lui qui l'a fait ? Peut-être que
les médias ne se sont pas
trompés pour une fois ?

Romeo Costa : C'est faux.

Zach Sun : C'est pour cette raison
que l'optimisme devrait être illégal.
Ce n'est rien de moins
que de la publicité mensongère.

Ollie vB : L'histoire est vraie ?

Romeo Costa : Oui.

Ollie vB : C'est génial.

Zach Sun : Génial pour qui ?
Pas pour la nature et certainement pas
pour l'humanité.

Ollie vB : POUR ROM. Zach, merci de pourrir le groove de notre meilleur ami. Tu sais que le mot « conscience » commence par CON ?

Zach Sun : Il y a aussi tortue dans torture et chat dans châtiment. Est-ce qu'il faut penser aux animaux mignons quand on en parle ?

Romeo Costa : @ZachSun Arrête, tu vas lui faire exploser le ciboulot.

Zach Sun : En parlant de choses qui explosent, on dit en ville que ton exercice du jour ne s'est pas super bien passé.

Romeo Costa : Tu peux mettre ce désastre au crédit des prouesses de ma femme. Ça nous a coûté 800 K$, ce bazar, sans compter la main-d'œuvre supplémentaire.

Ollie vB : Son talent pour claquer du pognon est ébouriffant. Tu t'es demandé si elle ne pourrait pas s'inscrire à *L'Amérique a un incroyable talent* ?

Zach Sun : Comment va DesMoines d'ailleurs ?

Romeo Costa : Elle ne m'adresse pas la parole.

Ollie vB : C'est génial, le mariage.

Ollie vB : @ZachSun Bientôt, dans une réalité près de chez toi.

Zach Sun : Je n'épouserai jamais une totale étrangère (clairement atteinte psychologiquement parlant).

Romeo Costa : Ne jamais dire jamais.

ROMEO

Je résiste à mon envie plus que pressante de surveiller Shortbread par le biais des caméras. À la différence de Senior, j'honore mes promesses et les contrats que j'ai signés. Je n'arrête pas d'ouvrir le tiroir de mon bureau. Je me calme un peu plus à chaque fois.

Un Glock 19 y est niché. Déchargé.

C'est une sorte de doudou.

À chaque fois que Senior me pousse à la limite de la folie, je le regarde en me rappelant qu'il va bientôt mourir. Qu'il ne deviendra rien de plus qu'un lointain souvenir et des os entourés de chairs en putréfaction.

Sa mort imminente me met d'humeur décente, mais je finis toujours par le revoir en train de tripoter Dallas. Si j'avais été là, ça ne serait jamais arrivé. Je me suis enfermé dans l'hélicoptère de manière préventive. Qu'est-ce que j'essayais d'éviter, au juste ? D'aller au bout de ma menace d'arracher les yeux de tous ceux qui la déshabillaient du regard.

Une fois à l'intérieur, j'ai joué avec un verre de whisky et l'ai écrasé dans mon poing nu sans l'avoir bu. Le verre a transpercé ma peau. Cara a dû me recoudre après avoir déposé Dallas à la maison.

Quant à Senior, j'aurais dû savoir qu'il ne pourrait pas s'en empêcher. Je n'aurais pas dû me dire qu'elle ne l'intéressait pas juste parce qu'il s'est servi de Morgan pour me donner une bonne leçon. Mais Dallas n'est pas Morgan. Elle est incontestablement et irrévocablement mienne. Une constante non négociable dans ma vie. Un fait que je revendiquerais en faisant des choses effroyables. Dont la traiter de salope, apparemment. Peu de mots me révoltent. Celui-ci en fait partie.

Il n'existe pas beaucoup de créatures plus molles du bulbe qu'un macho phallocrate, comme celui que j'ai montré de manière criante. Aujourd'hui, j'ai utilisé ce mot pour la première fois. Ce sera aussi la dernière.

Le brandir pour la provoquer était un acte de rébellion juvénile. Je lui dois des excuses. Puisque je n'en ai jamais présenté à qui que ce soit dans ma vie, je suis à peu près certain à quatre-vingt-dix-neuf pour cent de foirer.

Et puis, on dirait que c'est le thème général de notre mariage.

Cara entre en coup de vent dans le bureau avec les documents que je lui ai demandés.

– J'ai oublié de vous dire quelque chose. J'ai trouvé ça si charmant.

Elle trouve toujours des choses charmantes chez Dallas, même si à chaque fois qu'elles sont dans la même pièce, elle ne lui accorde que très peu d'attention ou de soutien.

Je ferme mon tiroir d'un coup sec en acceptant le discours qu'elle vient d'imprimer.

– Je doute de partager votre sentiment, mais allez-y.

– Elle s'est changée pour se mettre en pyjama dès qu'elle a franchi le seuil de la maison.

– Êtes-vous certaine que le mot que vous souhaitez utiliser est « charmant » et non pas « fainéant » ?

– C'est ce qu'elle a fait après quand elle pensait que je ne la regardais pas qui était charmant. Elle a traîné votre manteau partout dans la maison comme s'il s'agissait d'une peluche. Elle le reniflait lorsqu'elle croyait être à l'abri des regards.

Shortbread a commencé à montrer des signes de domestication. On pourrait se dire que j'y prendrai du plaisir. Après tout, je veux la garder.

Malheureusement, ce n'est pas le cas. Je n'apprécie pas de voir ma jeune et naïve épouse confondre le désir avec quelque chose de plus profond. Je ne suis pas une créature aimable. Je ne prétendrai jamais pouvoir être aimé.

Je parcours le discours, les lèvres pincées, et y apporte quelques modifications avant la conférence de presse urgente que j'ai organisée dans une heure.

– Merci Cara.

– Si ça peut faire la moindre différence, me relance Cara en s'attardant, un soupir aux lèvres, elle semblait secouée par tout ce qu'il s'est passé. Je pense qu'elle a des regrets. Je le crois vraiment.

Je déteste que Cara sache que Morgan m'a trompé avec mon père. Je déteste que ce soit elle qui me l'ait annoncé en me demandant de rentrer chez moi de toute urgence ce jour-là parce qu'elle savait que j'avais besoin de le voir pour le croire.

– Je ne suis absolument pas intéressé par l'état de santé mentale de mon épouse.

Je me lève et lui tends le discours amendé en faisant claquer mon chewing-gum. Je suis surpris que mes mâchoires soient encore intactes avec tout ce que j'ai mastiqué aujourd'hui.

– Faites éditer et relire ce texte, puis ramenez-le-moi dans les vingt prochaines minutes. Et trouvez-moi ma cravate dorée. Celle qui passe le mieux à la caméra.

Elle fait une grimace et accepte les feuilles.

– Vous vous projetez, Romeo. Dallas n'est pas Morgan. Elle n'est qu'une gamine. Une sauvageonne, mais une bonne petite. Elle ne devrait pas payer pour les erreurs de Morgan.

C'est vrai, Shortbread n'est pas Morgan. Elle ne sera jamais en position de me blesser. Les murs autour de mon cœur sont trop hauts, trop épais, trop froids pour qu'elle s'y glisse.

CHAPITRE 50

ROMEO

Si seulement j'avais pu voir la tête de Madison quand j'ai donné ma conférence de presse, je l'aurais encadrée pour la mettre dans la collection de Zach. En réalité, je l'ai vraiment fait. J'ai engagé Alan pour la capturer. C'est pour cette raison que j'ai attendu une heure de plus avant de lancer la conférence de presse.

Il fallait bien qu'il trouve le meilleur angle.

Je me suis installé derrière le podium marqué au nom de l'entreprise dans la salle de presse du siège social de Costa Industries. Je me suis entraîné à faire cette tête il y a quelques minutes à peine, car ce n'est pas une expression qui m'est familière. Plein de remords, dévoué et sombre. Ce n'est pas trop compliqué, puisque j'ai passé la majeure partie de l'après-midi à me motiver à ne pas tuer mon père. Une nuée de reporters, journalistes et autres photographes de la presse nationale et internationale sont installés devant moi. Je prends délibérément mon temps, faisant attention à ne pas avoir l'air de trop me réjouir. Enfin, le peu de gratification que je possédais, Shortbread a fait en sorte de le pourrir aujourd'hui, comme elle me pourrit la vie.

– Mesdames, Messieurs. Aujourd'hui, à 10 h 30 environ, heure locale, nous avons appris que Licht Holdings Corporation, que nous pensions être une entreprise amie de pairs, de collaborateurs dans notre effort pour renforcer l'US Army, a volontairement relâché des douzaines de produits chimiques dont des substances comprenant des polyfluoroalkylées dans la rivière traversant la commune de Newsham en Géorgie, la petite ville industrielle dans laquelle elle a installé une manufacture.

Je marque une pause, comme si ça me touchait d'une manière ou d'une autre. Assez pour convaincre les gens que je m'en soucie vraiment et qu'ils ne se doutent pas que j'ai donné le tuyau à quelques journalistes d'investigation.

– Après une enquête minutieuse, nous avons pu faire confirmer que la population locale, déjà en difficulté, souffre d'un fort taux de cancer, mais aussi de dépression, menant parfois au suicide, de difficultés d'apprentissage et d'asthme.

Une autre pause.

– Nous sommes encore au stade de découverte de toutes les souffrances et de la douleur que cette pratique irréfléchie et dangereuse de la part de Licht Holding a infligées à ces personnes. Toutefois, je voudrais vous assurer ici et maintenant que Costa Industries condamne ces actes. Nous sommes et nous serons toujours dévoués aux communautés auxquelles nous appartenons et non l'inverse.

Quelques journalistes lèvent la main. Les photographes font crépiter les flashs, bouillant d'énergie. On ne peut pas raconter une telle histoire sans images, alors j'ai payé une petite fortune les familles affectées par ces déchargements de produits toxiques pour partager les photos de leurs proches à l'agonie, de ces poumons à bout de souffle, de leurs membres infectés et des ravages des chimiothérapies.

Je ne culpabilise pas le moins du monde. Pas parce que j'ai payé des gens en difficulté pour qu'ils racontent leur histoire tragique. Pas parce qu'en mettant en lumière ce phénomène, j'empêche d'autres entreprises de reprendre cette mauvaise habitude à l'avenir.

– Même si je partage peu de choses sur ma vie privée en public, je me dois de mentionner que mon épouse est née en Géorgie et y a été élevée, ce qui explique pourquoi je suis particulièrement attaché à cet État.

Une vague de gloussements traverse la foule. Au moins, de parfaits étrangers me prennent pour un cœur d'artichaut. Dommage que les derniers mots de Shortbread tout à l'heure aient été une promesse de m'arracher la queue avec ses dents si je m'approchais un peu trop.

– Je connais Madison Licht, le fils de Théodore Licht, P.-D.G. de Licht Holdings, et le considère comme un pair dans notre secteur. La famille a établi de profonds liens avec l'État de Géorgie, j'ai donc été étonné, pour ne pas dire abasourdi, de découvrir qu'ils ont pu faire une chose pareille à leur propre peuple, leur État, leur communauté, leurs propres ressources naturelles.

J'y vais tellement fort que je suis surpris que mes yeux ne soient pas montés au ciel. Il est temps d'arrêter, sinon je vais en faire trop.

– Alors que nous faisons face à cette nouvelle ère d'incertitudes, de traumatismes et de dramatiques pertes de vies au sein de cette grande nation, j'aimerais prononcer un vœu au nom de Costa Industries. Je promets de ne jamais faire défaut aux citoyens de ce pays. Ni aux États qui accueillent nos sites de production.

Davantage de mains se lèvent, elles ondulent. *Les journalistes*. Tellement impatients.

– De plus, je voudrais annoncer qu'au regard de ces récentes découvertes quant à la dangerosité de la présence de polyfluoroalkylées dans l'environnement, Costa Industries a fait don de cinquante-cinq millions de dollars aux salariés et résidents de la commune de Newsham qui doivent affronter actuellement les conséquences de ces pratiques catastrophiques, de cette gestion irresponsable et de ce très mauvais exemple d'opérations menées par une entreprise du secteur de la défense.

Des applaudissements résonnent dans la salle. Certaines personnes se lèvent, particulièrement celles que j'ai payées pour le faire.

– Merci d'accorder votre confiance à Costa Industries. Nous vous promettons de ne jamais vous trahir.

Je prends un bain de foule et je permets aux photographes de capturer mon image sous tous ses angles avant de sortir de scène.

Notre responsable des relations publiques monte à son tour sur le podium, souriant de toutes ses dents dans sa robe et sa veste.

– M. Costa ne répondra à aucune question. Il souhaite naturellement rester auprès de ses proches et apporter son soutien à sa belle-famille.

Les Townsend vivent très loin de Newsham. Et Shep Townsend est à peu près autant un ouvrier que je suis une serveuse en mini-short dans un bar à bières, mais les médias n'ont jamais cherché à me mettre au pied du mur ou en difficulté.

Quand je passe en coulisses, Cara et Dylan (mon analyste financier) me suivent à petites foulées pour compenser mes grands pas énergiques. J'avance vers l'ascenseur en desserrant ma cravate.

– Donnez-moi de bonnes nouvelles.

J'ai beaucoup travaillé sur le terrain pour m'assurer que cette histoire se retrouve entre les mains de tous les plus grands médias du pays. Le regard de Dylan est braqué sur son iPad et il remonte ses lunettes sur son nez.

– Leurs actions sont en train de plonger. C'est une catastrophe pour eux. On parle d'une perte nette de cinquante pour cent de leur valeur. Au minimum.

Honnêtement, je n'ai jamais rien vu de tel. Même pas après Parkersburg. Ils n'avaient pas encore stabilisé leurs titres en Bourse. Leur entrée était très récente.

Il ne me dit rien que je ne sache déjà.

Je devrais savourer le moment, après tout ce que j'ai infligé aux Licht, pourtant, je ne ressens que de la culpabilité. Elle est lancinante, persistante, elle me matraque comme un pivert.

Dallas. Elle est toujours en train de se faire une place dans ma tête.

– Monsieur ? Vous avez entendu ce que je viens de dire ? m'interpelle Dylan en secouant son iPad. Leur titre plonge en Bourse. Pourquoi n'êtes-vous pas content ?

C'est une excellente question. J'aimerais avoir la réponse, tout autant que lui. Cara prend un appel.

– Oui. Je le lui dirai. Merci.

Elle n'a pas besoin de me dire qui a téléphoné ni ce qu'il veut, mais elle le fait.

– Votre père requiert votre présence dans son bureau. Il semble très content.

Presque assez pour me donner le poste de P.-D.G. Je peux le sentir. J'ai gagné. Il m'a fait sauter dans les cerceaux enflammés comme un animal de cirque et jusqu'à présent, les flammes ne m'ont pas atteint.

– J'y vais tout de suite.

La victoire est à portée de main, si puissante et si douce que je peux pratiquement la goûter.

CHAPITRE 51

DALLAS

– Et qu'est-ce qu'il fait maintenant ?

Je me tourne sur le dos, pose mon livre sur le matelas et mes pieds pendent dans le vide.

Je ne sais pas trop à quel moment j'ai fait tomber Hettie dans mon camp, mais je ne m'inquiète plus de savoir de quel côté elle est. Parfois, j'ai l'impression que nous partageons une chambre d'étudiantes à la fac. Ou peut-être sommes-nous comme des ados coincées en colo, loin de chez elles. Nous avons les mêmes affinités, celles de deux jeunes femmes forcées d'affronter un homme difficile qui parfois les piétine.

Elle plisse les yeux pour voir dans l'interstice entre la porte entrouverte et le chambranle.

– Il fait des allers et retours devant la porte en marmonnant qu'il sait que tu es là.

J'accueille sa description d'un reniflement peu gracieux et rouvre mon livre. Après quelques pages, je lui demande :

– Et maintenant ?

Hettie se penche en avant, plisse les yeux puis le front et pose les mains contre le panneau de bois.

– Je crois qu'il essaie de te rappeler.

Je ne prends pas la peine de vérifier mon téléphone qui vibre sur ma table de chevet. La dernière fois que je l'ai regardé, j'avais seize appels en absence. C'était il y a deux heures. Romeo ne montre toujours aucun signe de découragement devant ma détermination à ne pas le voir.

– Je peux vous voir, Hettie. Si vous n'ouvrez pas, je vous virerai.

Ses mots passent à travers la porte. Elle met une main devant sa bouche pour s'empêcher d'éclater de rire. Je tourne une page de mon livre et lui crie depuis ma place :

– Tu ne feras jamais ça. Si tu essaies, je la rembaucherai et la paierai pour qu'elle soit ma copine à temps plein.

– Avec quel argent, dis-moi ?

– Le mien. Oh, j'ai oublié de te le dire. J'ai vendu quelques-unes de tes montres de designer pour m'assurer de ne pas manquer de fric. Ça ne t'embête pas, dis-moi ?

Le silence de l'autre côté de la porte me dit qu'il fait appel à toute la patience dont il est capable pour rattraper les horreurs qu'il m'a balancées tout à l'heure.

– Ouvre la porte, Shortbread.

– Donne-moi une bonne raison de le faire.

J'apprécie le challenge de notre échange.

– Pour que tu puisses m'expliquer comment tu es parvenue à défier les lois de la gravité dans ma maison à onze millions de dollars, rien de moins. Le plafond de ma salle de bains a été éclaboussé de vert.

C'est *ça* qui lui pose problème, là ? Mon petit accident de soin du visage ?

Une chose est sûre, j'espère que la chlorophylle sera aussi efficace sur mon visage que le promettent les magazines, parce qu'elle l'a été sur les précieuses moulures du plafond de Romeo.

– Tu devrais me remercier. Ta maison a besoin de couleur. Ici, tout est crème ou beige.

– Ouvre la porte.

Bon sang, on dirait un disque rayé.

– Commence par présenter des excuses.

– Pourquoi ? Pour avoir abîmé ma maison avec une abominable tache verte ou pour avoir fait capoter un exercice paramilitaire avec un prototype qui coûte plus de huit cent mille dollars ?

– Mon Dieu ! Il coûte si cher et n'a même pas de toit ouvrant.

Même si j'ai envie de faire traîner notre dispute jusqu'au siècle prochain (et même peut-être celui d'après aussi), je sais que rien n'est ni tout noir, ni tout blanc. Son père m'a *vraiment* draguée aujourd'hui. De façon flagrante et devant plein de gens, manquant de respect à son fils honnête, loyal et si dur à la tâche. Si ce que je soupçonne est vrai, Romeo a été terriblement trahi par Morgan et Senior.

Je suis dévorée par la curiosité.

– Je peux y aller ? me demande Hettie. Il va clairement dormir devant ta porte si tu ne lui ouvres pas.

Je lui réponds d'un signe de tête affirmatif, ferme mon livre et me lève.

– Par contre, ne le laisse pas entrer quand tu sors.

– T'inquiète.

Je serre Hettie dans mes bras pour lui dire au revoir. Dès qu'elle se faufile hors de ma chambre, je ferme la porte à clef pour faire bonne mesure. Romeo tambourine sur le battant de l'autre côté.

Quelqu'un est arrivé au bout de sa réserve de patience.

– Tu as exactement cinq secondes pour ouvrir cette porte avant que je la défonce. Je te préviens tout de suite que je n'en installerai pas d'autre et que tu n'auras plus aucune intimité, elle se sera envolée, tout comme l'intégralité de ta collection de vêtements sexy.

Je ne serai absolument pas surprise qu'il tienne sa promesse et mette le feu à ma robe qui ne cache pas grand-chose. Ce n'est pas parce qu'il a prononcé des mots qu'il n'aurait pas dû qu'il pense avoir eu tort.

Posant le front contre la porte, je ferme les yeux et retiens mon souffle avant de lui parler.

– J'ai quelques conditions.

– Ta seule condition est d'être insupportable.

Mais le ton de sa voix n'a plus le même mordant, il a été remplacé par autre chose, quasiment une cajolerie. J'ignore ses mots et continue :

– Tu dois demander pardon. Tu n'aurais jamais dû me traiter de salope aujourd'hui. Et tu dois me promettre de ne jamais, jamais recommencer. Pas pour moi. Ni pour personne. C'est un mot humiliant. Sa fonction est de faire honte aux femmes d'avoir les mêmes désirs et besoins que les hommes.

Un silence absolu s'immisce entre nous. Pendant quelques secondes, je le pense parti. Peut-être pour se trouver une autre femme plus agréable.

– Très bien. Je n'aurais pas dû dire ça. J'en suis désolé. Je ne pense pas que tu es une salope et je partage ton opinion : on ne devrait pas faire honte aux femmes d'exprimer leur désir sexuel.

Même si ça ne m'avait jamais traversé l'esprit auparavant, ses mots me soulagent grandement. Après tout, nous avons bel et bien fait ce type de petite incartade dans le dos de Madison, tous les deux.

– Je ne le dirai plus jamais, me promet-il sur un ton sombre. Même si tu te décides à te promener toute nue. Perspective qu'à mon grand regret, je ne peux pas écarter à ce stade, maintenant que je te connais.

Un sourire touche mes lèvres. Je fais un petit tour sur moi-même et tombe sur ma rose blanche. Cette rose qui survit encore. Un peu comme notre relation.

– Quelle est ton autre condition ?

J'entends un petit bruit me laissant penser qu'il s'appuie contre le battant de la porte. Je pose les mains sur le panneau de bois où j'imagine qu'il se repose.

– Tu dois me raconter ce qu'il s'est passé entre Morgan et ton père, dis-je avant de déglutir. Tu dois tout me dire.

Les mots m'ont échappé avant que je me dégonfle. J'hésite même à revenir dessus. Je suis partagée. J'ai comme envie de tourner la roue du temps pour lui épargner cette souffrance.

Mais que faire de *ma* souffrance à moi ? Tant qu'il me punit pour les fautes d'une autre, je ne trouverai pas le véritable bonheur.

Le silence s'infiltre à travers les fêlures, il s'enroule autour de mes chevilles, me rive sur place. Cette fois-ci, je sais qu'il est encore là. J'entends son souffle laborieux. Je sens presque les battements de son cœur à travers la porte.

Il finit par rompre le silence.

– Pourquoi ?

– Pour que je puisse t'aider à guérir. Parce que tu veux détruire le peu qu'il reste de la vie de ton père plus que tu ne veux profiter de la tienne. Et puisque mon destin est enchaîné au tien pour l'éternité, je mérite de savoir quand tout s'est mis à dérailler. Quand as-tu décidé que la haine était plus importante que l'amour ?

– La haine *est* un vecteur plus puissant que l'amour.

– N'importe quoi.

De mes doigts, je touche le bois comme s'il s'agissait de son visage, comme si je pouvais le caresser. Le toucher. Faire partir sa douleur.

– L'amour gagne toujours. Après chaque guerre, il y a un baby-boom. Après chaque tornade, le printemps arrive et tout se remet à fleurir. C'est juste avant l'aube qu'il fait le plus sombre. L'amour est un combustible puissant qui ne demande aucun effort. Il est plus facile à entretenir que la haine. Il ne consume pas, il alimente. Tu utilises le mauvais carburant, mon cher mari.

Encore une pause.

Encore un souffle.

Puis ses pas s'éloignent. J'ai le cœur dans les chaussettes. Il est parti. Je ferme les yeux très fort et me cogne le front contre la porte.

Stupide. Stupide. Stupide. Pourquoi t'as fait ça ? Pourquoi le forcer à s'ouvrir à toi quand il n'est clairement pas prêt ?

Ses pas réguliers reviennent quelques minutes plus tard, il approche.

– Ouvre la porte.

Je pivote, puis tourne la clef dans la serrure, doucement, car je sais que ce qui m'attend de l'autre côté ne sera pas beau à voir.

Il est là, devant moi, les yeux injectés de sang, les cheveux emmêlés, décoiffés, irrésistiblement sensuel dans son attitude désordonnée. Sa cravate est défaite, posée par-dessus son costume, sa chemise à moitié déboutonnée. J'aperçois le net contour de ses pectoraux. Il tient deux verres de whisky.

Nous nous dévisageons et je sais que plus rien ne sera pareil entre nous après cette conversation.

Il m'offre un verre et annonce :

– Ce que je vais te dire ne sortira pas des murs de cette maison.

Je fais un pas de côté.

– Je ne suis pas Morgan, Romeo. Je ne te laisserai jamais tomber.

CHAPITRE 52

DALLAS

– J'ai rencontré Morgan lors de la fête d'été de Monica dans les Hamptons.

Romeo s'installe à l'autre bout de mon tapis et fait tourner son alliance toute simple. Il ne la retire jamais. Il ne l'a jamais fait depuis que nous avons échangé nos vœux. J'ai toujours pensé qu'il cherchait à profiter des avantages de sa réputation de bon garçon. Ce n'est pas ce que j'ai en face de moi ; Romeo Costa est presque trop loyal.

– Elle était jeune fille au pair pour un couple voisin. Une charmante ballerine du Midwest. Blonde, belle, ensorcelante. Elle avait intégré l'université de Juilliard en décrochant une de ces rares bourses qui prenaient en charge la totalité de ses frais de scolarité. Elle avait aussi des fossettes quand elle souriait et des manières irréprochables. Et elle était adorable avec les enfants.

Il ramasse son verre et fait tourner le liquide ambré. Quelques éclats dorés luisent dedans. Il l'observe en fronçant les sourcils.

– J'avais vingt et un ans. Elle en avait dix-neuf. J'étais riche. Elle ne l'était pas… À l'époque, je n'en avais rien à faire. Je n'en ai toujours rien à faire. Mais dès que Senior m'a surpris en train de la regarder, il m'a informé que le sang bleu ne se mélange pas bien avec celui des simples mortels. « Traite-la comme l'océan, mon fils. Quelques petites incartades ne te feront pas de mal, mais ne va pas trop loin. » Je l'ai ignoré. Ce qui avait commencé comme quelques conversations en la raccompagnant après le boulot s'est vite transformé en parties de jambes en l'air à l'arrière de ma voiture, en bains de minuit dans l'océan et en discussions jusqu'au bout de la nuit quand les bouches s'assèchent.

La jalousie me tord le bide de sa main de fer, c'en est douloureux. Cette créature inatteignable, hors du commun, qui s'est pointée dans une salle de bal il y a quelques mois, ce mec qui pouvait choisir n'importe quelle femme à cet événement a dragué une fille ordinaire comme n'importe quel jeune homme. Une fille normale qui n'avait pas un papa possédant une entreprise majeure et dont le nom de famille n'ouvrait aucune porte.

Il boit une petite gorgée en regardant dans le vide et reprend :

– À la fin de l'été, il était clair que notre relation n'était pas une simple amourette de vacances. Elle a laissé tomber Juilliard pour s'installer avec moi pendant que je finissais mes études. Senior l'avait vue venir. Il disait que les filles comme elle ne peuvent jamais être à égalité avec les hommes comme nous. Que Morgan était trop aveuglée par ma fortune pour l'être. J'ai refusé de prendre des conseils conjugaux de la part d'un type qui a copieusement et publiquement trompé ma mère toute ma vie.

Le voyant serrer les dents, je constate qu'il regrette de ne pas avoir suivi son avis. Il poursuit :

– Quoi qu'il en soit, Morgan a emménagé avec moi et Senior a vu rouge.

Je sais comment ça va se terminer. Je glisse les jambes sous mes fesses et avale une gorgée de whisky pour me calmer.

– Morgan s'est très vite habituée à un mode de vie luxueux. Pendant que j'allais en cours, elle faisait du shopping, allait chez le coiffeur, faisait du sport et se glissait dans la peau d'une femme trophée. Toutefois, nous n'étions pas encore mariés. Pas même fiancés. C'était un problème pour elle.

Un sourire amer touche ses lèvres, comme s'il se souvenait de quelque chose de particulièrement déplaisant.

– Elle a patienté jusqu'à ce que je termine la fac avant de me dire qu'elle attendait ma demande.

– Vous étiez si jeunes.

Il me jette un coup d'œil.

– Plus vieux que toi aujourd'hui.

À cet instant, je sais qu'il regrette de m'avoir épousée contre ma volonté. Je ne m'imagine pas le perdre, même s'il ne m'a jamais vraiment appartenu.

– Je suis née pour être épouse et mère.

Je marche à quatre pattes vers lui et lui caresse les doigts. Même s'il ne marque pas de mouvement de recul, il ne me prend pas la main comme je le souhaiterais. Puis, je reprends :

– Je sais que c'est un peu vieux jeu et limite rétrograde, mais je ne peux pas m'empêcher de vouloir ce dont j'ai envie. S'il te plaît, continue.

Il serre les dents et pose la main sur le bas de son visage avant de reprendre :

– J'étais prêt à la demander en mariage. Je savais que je l'aimais, tant pis pour ses imperfections. Dieu sait que j'en ai moi aussi. Quand je lui ai fait part de mes intentions, Senior a pété un câble. Il m'a informé qu'il voulait bien que je me marie, mais selon ses termes. Il voulait une femme à exhiber. Une femme avec un nom de famille ayant de l'influence, une femme qui apporterait sa propre fortune à la table des négociations pour nous rendre encore plus riches.

Une fille comme moi. Je savais que je n'avais jamais été le premier choix de mon mari. Que j'étais pratique parce que j'ai appartenu à Madison et que je peux m'enorgueillir d'un pedigree acceptable, mais ce rappel me fait l'effet d'un coup de couteau à la lame si aiguisée que j'en sens la brûlure sur ma peau.

– Senior m'a dit qu'il était temps que j'affronte la réalité. Il m'a même suggéré de la larguer pour la reprendre après mon mariage avec une autre fille, plus convenable. Je crois que ses mots étaient les suivants : « Tout le monde le fait, mon garçon. La monogamie est un concept inventé par les classes supérieures pour opprimer la classe moyenne. Nous n'avons pas besoin d'y adhérer. » Monica elle-même vient d'une famille très fortunée. Ses parents ont payé la facture à chaque fois que Costa Industries a eu besoin de capitaux extérieurs. Aux yeux de Senior, un mariage qui n'inclut pas un contrat d'affaires est absolument inutile.

J'écarte mes mains des siennes.

– Mais tu ne l'as pas écouté.

– J'ai acheté un anneau à Morgan. J'avais vingt-deux ans, elle en avait vingt. Je ne voulais pas acheter une bague de fiançailles avec la carte de crédit de mes parents. Comme ils étaient tous les deux opposés à ce mariage, ça me paraissait une mauvaise idée. Monica, un peu moins, elle avait toujours pensé que Morgan était une croqueuse de diamants, mais elle me laissait vivre ma vie. Alors je l'ai achetée avec l'argent que j'avais économisé en bossant comme assistant d'enseignement à l'université.

Ça ne pouvait pas être grand-chose. Romeo confirme mon intuition en finissant d'un trait son whisky.

– J'ai présenté à Morgan une babiole à dix mille dollars. Elle était livide.

– Elle a refusé ?

Un petit cri m'a échappé et Romeo part d'un petit rire amer avant de répondre :

– Oh non. Elle a dit oui. Mais elle a aussi dit d'autres choses ; que je ne l'aimais pas vraiment parce que cette bague de fiançailles était embarrassante comparée à celle de ses nouvelles copines riches. Qu'elle ne pouvait pas être vue en public à son country-club avec ça au doigt. Elle s'est plainte en disant que je n'étais pas assez sérieux pour elle. Qu'elle avait quitté Juilliard pour moi. Qu'elle avait mis toute sa vie en attente pour moi.

– Tu lui avais demandé de faire ça ?

– Jamais. Mais j'étais jeune et idiot. J'ai joyeusement accepté ses sacrifices sans me dire un seul instant qu'elle allait exiger que j'en paye le prix.

J'enfonce les ongles dans les paumes de mes mains, hochant la tête pour lui dire de reprendre.

– À cette époque, Licht Holdings venait de se positionner en sérieux concurrent. Nous nous sommes rabibochés. Je l'ai emmenée en vacances aux Bahamas. Quand nous sommes revenus j'ai commencé à travailler pour Costa Industries et j'envoyais des candidatures pour être pris en master. Ma première année à Costa Industries a agi comme un baume sur la pression qui s'exerçait sur notre couple. J'ai commencé à bien gagner ma vie et j'ai eu accès à mon fond fiduciaire, ce qui impliquait qu'elle dépensait beaucoup plus d'argent. J'allais dîner avec elle chez mes parents une fois par semaine en espérant qu'elle gagne leurs faveurs. Monica s'est dégelée, mais Senior est resté de marbre. En même temps, il flirtait toujours avec elle quand on était à table. Je n'y avais jamais accordé la moindre attention. Ils avaient quasiment trente ans d'écart, sans oublier que c'était ma fiancée.

Je grimace, me préparant au pire.

– Tout s'est emballé quand j'ai commencé mon MBA alors que je travaillais à temps plein pour Costa Industries. Je passais très peu de temps avec Morgan et elle m'en voulait. Elle s'est mise à traîner avec Madison et ses amis. Toutes ces riches personnes de Géorgie qui ont envahi Potomac du jour au lendemain. Elle les appréciait. Ils trouvaient la ville ennuyeuse et allaient souvent à New York. Elle se joignait régulièrement à eux. Je ne pouvais pas lui accorder ce temps de présence qu'elle désirait, alors ça m'arrangeait. Madison et moi nous entendions bien à l'époque.

Morgan l'aurait trompé avec Senior *et* Madison ? Romeo me pique mon whisky et le porte à ses lèvres.

– Quand j'ai terminé mon MBA, Morgan et moi n'étions guère plus que des colocataires qui avaient des rapports sexuels de temps en temps. L'amour que je lui portais s'était transformé en obligation. Je voyais bien qu'elle m'en voulait d'être obsédé par ma carrière et de m'être concentré dessus à fond. Mais j'avais un but.

– Faire tomber Costa Industries ?

Si l'histoire avec Morgan n'avait pas déclenché sa soif de vengeance, alors quoi d'autre ?

– Oui.

Il n'approfondit pas et continue son récit :

– Je ne peux pas le nier, je n'ai pas été le plus attentif des fiancés, mais j'étais aussi fiable, fidèle, et je lui donnais tout l'argent que j'avais. Donc quand nous avons commencé à nous éloigner, je doutais qu'un mariage puisse fonctionner entre nous. Pourtant, Morgan m'attirait toujours dans ses filets. Je culpabilisais trop de l'avoir arrachée à sa vie d'avant pour voir clair dans son jeu.

Le jour de ma première promotion, Senior m'a appelé dans son bureau et m'a informé qu'il avait sélectionné plusieurs épouses potentielles pour moi. Que si je ne rompais pas avec Morgan, il le ferait pour moi. Nous avons eu une vilaine dispute, mais je n'y ai plus pensé par la suite. Les jours ont passé, puis les semaines. Un jour, Cara, qui faisait régulièrement des courses pour nous, m'a appelé. J'allais chez Zach. Je passais de plus en plus de temps avec Oliver et lui parce que je ne trouvais rien d'accueillant dans ma maison. Cara m'a poussé à rentrer chez moi. Elle m'a dit qu'il y avait quelque chose que je devais voir. Effectivement.

La tempête qui couvait dans ses yeux gris m'emporte dans son tourbillon émotionnel.

– J'ai trouvé mon père en train de bouffer la chatte de ma fiancée. Elle ne portait rien d'autre qu'une paire de chaussures à talons pour lui. Il ne s'est même pas arrêté quand je suis entré. Il s'est contenté de me regarder droit dans les yeux et m'a dit que c'était ce qu'il se passait quand on choisissait une fille issue d'un milieu populaire plutôt qu'une jeune femme de bonne famille, élégante et malléable. Qu'elle préférerait toujours l'argent.

Il marque un temps d'arrêt pendant que je lutte pour ne pas vomir.

– Et il avait raison. Tout ce qu'il lui a fallu pour écarter les cuisses, pour me faire ça à moi et à ma *mère* qui l'accueillait chaque dimanche, c'est une carte de crédit noire et une vague promesse de divorcer pour elle.

– Oh, Romeo.

Je plaque la main sur ma bouche.

Maintenant je comprends son approche amère des choses du mariage. Ce n'est pas comme s'il avait eu un bon exemple à la maison. Ses parents ne s'entendent pas et sa seule et unique petite amie l'a trompé de la pire des manières.

Il me rend mon verre et continue :

– Garde tes larmes pour quelqu'un qui les mérite. Le pouvoir est un excellent substitut à l'amour. Et j'en ai à revendre. La vie est bien plus facile quand tu acceptes que tout le monde te fera du mal un jour ou l'autre.

Je conserve mon whisky sur mon torse, mon cœur battant contre le verre. Il a raison, mais il passe aussi à côté de la partie la plus importante. Tout le monde te blessera. La clef du bonheur, c'est de trouver quelqu'un digne d'endurer cette douleur.

– Après avoir viré Morgan, la mettant à la rue toute nue, j'ai observé Senior remballer son matériel et j'ai pris conscience qu'il avait raison depuis le début. La fiancée issue de la classe ouvrière. La capacité à se sortir de n'importe quelle situation si l'on possède assez d'influence. J'aurais pu lui démolir le portrait. J'ai de l'expérience dans ce domaine après tout.

Il s'adosse à mon pied de lit, puis reprend :

– Mais la vengeance est un plat qui se mange froid. J'ai déjà mis en place des plans pour détruire ce qu'il préfère : ses affaires. Ça et achever la dynastie des Costa par mon dernier souffle. Après tout, Senior a toujours prévu d'avoir plus d'enfants pour perpétrer sa lignée. Ça n'a pas très bien fonctionné.

Un sourire amer gagne les lèvres de Romeo, puis il continue :

– Alors j'ai tout misé sur le long terme. J'ai engrangé ce que j'ai pu de contrôle et d'influence pour l'utiliser plus tard contre lui. J'ai reconnu que Morgan était une erreur. Je me suis assis autour d'une table avec lui pour boire un verre. J'ai juré de lui donner ce qu'il voudrait en temps voulu : une épouse salement fortunée et de haut rang.

Donner un héritier à Romeo impliquerait d'accorder à son père tout ce qu'il veut.

Je serre le verre si fort dans mes mains que son rebord laisse une marque sur ma peau.

– Tu as pris un verre avec ton père immédiatement après l'avoir surpris en train de coucher avec ta fiancée ?

– Effectivement.

– C'est tellement malsain.

Romeo hausse les épaules et continue :

– L'amour n'existe pas. Le mariage est un moyen pour arriver à une fin. Mon seul regret est d'avoir entraîné quelqu'un sur mon sentier de guerre. Avant de te rencontrer, il m'était facile de t'écarter de l'équation en t'assimilant à une version de Morgan, issue de la bonne société. Une écervelée qui se moque de savoir qui elle épouse tant que sa qualité de vie reste inchangée. Je ne pensais pas que te piquer à Madison te toucherait d'une manière ou d'une autre. Sur ce plan, je ne suis pas mieux que ton père.

Je l'observe avec une tristesse renouvelée.

Il s'est détourné, refusant de voir ce qui macule mon visage.

– Pourquoi détestes-tu Madison à ce point ? Quel a été son rôle dans cette histoire ?

Romeo serre encore les dents. Je remarque qu'il ne mastique pas de chewing-gum et je me rends compte qu'il se sent mal à l'aise ainsi.

– Quand elle a compris que mon père l'avait roulée, Morgan a essayé de regagner mes bonnes grâces. Un échec, à l'évidence. Elle me laissait des messages vocaux toutes les heures. Des messages très longs. Me suppliant de la reprendre. Elle savait que mon attrait pour l'ordre ne me permettrait pas de passer outre une notification en rouge sur mon téléphone. Dans l'une de ses divagations, elle a mentionné qu'elle n'avait même pas dit à Madison quoi que ce soit qui puisse me porter atteinte. Cette crétine s'est vendue elle-même. J'ai découvert que Madison l'avait payée les six derniers mois de notre relation pour collecter des informations confidentielles contre Costa Industries à travers moi. C'est pour cette raison que je l'ai définitivement exilée dans un endroit où elle ne peut pas me blesser.

C'est bien là le Madison que j'ai appris à connaître et à détester à Potomac. Et j'ai bien l'impression que c'est mon ex-fiancé qui a fomenté cette guerre entre eux. Cette haine qui se consume éternellement.

– Qu'est-ce qu'il a découvert ?

J'avale une grosse boule dans ma gorge, craignant sa réponse. Romeo croise mon regard. Le sien semble éteint et froid.

– Pas grand-chose sur le plan pratique, mais beaucoup d'autres pour me mettre dans l'embarras. Morgan ne s'est jamais souciée de mes affaires. Elle n'a jamais rien voulu savoir. Alors pour se faire un joli paquet de fric, elle s'est rabattue sur mes secrets personnels. Mes peurs. Mon enfance *complexe*, énonce-t-il en soufflant, le regard lointain. Elle a commis un acte bien plus moche que de l'espionnage industriel. Elle lui a révélé mes faiblesses et comment les utiliser.

– Où est-elle maintenant ?

D'un certain côté, je n'ai pas envie de le savoir. Je suis susceptible d'aller la trouver pour l'étrangler moi-même.

– En Norvège.

Le ton traînant de sa voix m'indique que je n'ai pas à poser plus de questions sur le pourquoi du comment, mais il précise :

– Elle travaille dans un petit commerce et a appris à ne plus se mêler de mes affaires. Sa situation n'est pas géniale. Elle est toujours célibataire. Elle a aussi dépensé tout ce que Madison lui a donné en quelques semaines après notre rupture, elle n'a fait aucun investissement sensé.

– Tu penses que tu la reverras un jour ?

– Elle est morte à mes yeux, dit-il en faisant non de la tête. Elle le sait très bien.

– Alors il n'y a aucune raison pour qu'elle reste là-bas. Tu dois la faire revenir en Amérique.

– Non.

– *Si*. Tu peux haïr quelqu'un pour de bonnes raisons mais la vengeance te force à t'abaisser pour te mettre au niveau de la personne qui t'a blessé.

Il me regarde, empreint de tristesse.

– Il m'était plus facile de te détester quand je pensais que tu étais idiote.

Le silence s'installe entre nous. Bizarrement, je n'ai pas beaucoup de questions à poser. Une seule, en fait. Tout le reste est clair comme de l'eau de roche. Ses motivations. Ses désirs.

– Ça s'est passé il y a plusieurs années. Pourquoi m'as-tu épousée maintenant ?

– Pour plusieurs raisons, explique-t-il en glissant une mèche de cheveux derrière mon oreille sans y penser. Tout d'abord, je suis maintenant le DAF de Costa Industries, le poste de P.-D.G. est à ma portée. Senior est très malade et va prendre sa retraite d'un jour à l'autre. Madison et toi n'avez rendu publiques vos fiançailles que très récemment. Je n'ai appris ton existence que quelques jours avant de te rencontrer. Très longtemps, je ne pouvais pas tolérer l'idée d'une femme à mes côtés, même comme une simple potiche. Le temps a émoussé ma colère, mais il n'a pas obscurci mes souvenirs.

– Alors pour toi, toutes les femmes sont les mêmes ?

– Non. Pour moi, une fois cassé, un cœur ne peut jamais vraiment être réparé. Il peut fonctionner. Mais tu ne peux pas réparer quelque chose de brisé en mille morceaux.

Je ne suis pas d'accord avec lui. Mais mon cœur n'a jamais été brisé. Même si, en ce moment, j'ai l'impression qu'il s'en approche dangereusement.

– Alors maintenant, tu sais, conclut-il en ramassant nos verres avant de se lever. Tu sais pourquoi j'ai détesté te voir parader devant Senior. Pourquoi il t'a touchée juste pour me montrer qu'à ses yeux tu étais une proie idéale. Pourquoi je n'aurai jamais d'enfants.

Il ne laisse aucune marge de négociation. De réflexion non plus. Je l'observe depuis ma place sur le tapis et je me rends compte qu'il m'a donné exactement ce que je voulais : la vérité. Pourtant, je ne suis pas plus près de réussir à décongeler son cœur. En fait, la mission me semble encore plus impossible qu'avant.

– Je ne t'aimerai jamais, Dallas Costa et j'en suis désolé. Parce que tu es vraiment digne d'être aimée.

CHAPITRE 53

Zach Sun : C'est moi ou on n'a pas vu Romeo depuis plusieurs semaines maintenant ?

Ollie vB : Pas que toi. Il est occupé avec sa petite chérie.

Zach Sun : Detroit ?

Romeo Costa : @ZachSun
Tu es conscient que cette blague
n'était pas drôle la première fois
et qu'elle l'est encore moins
au cinquantième coup ?

Ollie vB : Ah te voilà, mon petit rayon de soleil. Où avais-tu disparu ?

Romeo Costa : C'est le bordel
en ce moment.

Ollie vB : Trop le bordel
pour te joindre à notre annuelle
semaine de snowboard
d'avant Noël ?

Romeo Costa : J'en ai bien peur.

Ollie vB : Tu mens. Tu n'as peur de rien. Sauf d'attraper des sentiments.

Zach Sun : @OllievB Tu entends ce bruit ?

Ollie vB : Le son de @RomeoCosta qui se fait mener à la braguette ? Ouaip.

Zach Sun : @OllievB Tu te souviens de l'époque où Rom avait encore ses couilles ?

Ollie vB : @ZachSun Ouais.
Elles étaient magnifiques.
Quand il courait, elles se cognaient l'une contre l'autre en tintant.
On aurait dit des cloches qui sonnaient un mariage.

Romeo Costa : En parlant de mariage. C'est pour quand, le tien, @ZachSun ?

Zach Sun : Jamais.

Romeo Costa : Je lui donne trois mois.

Ollie vB : Je vais être généreux et lui en donner six.

Romeo Costa : On parie 100 000 ?

Ollie vB : Deal. Celui qui s'approche le plus de la réalité gagne.

Zach Sun : Je vous hais tous les deux.

Ollie VB : J'entends encore des cloches d'église.

Romeo Costa : Fausse alerte. Ce sont juste les couilles de Zach qui tremblent.

CHAPITRE 54

ROMEO

Une semaine après avoir vu Shortbread se balader couverte avec à peine plus qu'un Post-it sur les parties stratégiques, je dîne avec Tom Reynolds au restaurant Le Bleu. Cette réunion n'a que trop tardé. La dernière fois, j'ai dû annuler parce que Dallas s'est prise pour Gatsby le Magnifique et avait organisé la plus terrible des fêtes, du genre à rester gravée dans les annales.

Aujourd'hui, je dois convaincre Tom d'influer sur la décision du département de la Défense d'accorder notre marché à Licht Holdings et ainsi de nous faire établir un nouveau contrat. Je suis prudemment optimiste. Nos concurrents sont au beau milieu d'un scandale et ils ont bien trop d'incendies à éteindre pour se consacrer à ce monstrueux contrat et en remplir les obligations.

Jared appuie brutalement sur la pédale de frein et évite de peu une Tesla qui lui coupe la route.

– *Ouh là !*

Shortbread s'affale sur moi et renverse du cidre sur mes souliers Bruno Cucinelli.

Je lui arrache la bouteille de la main et la jette à la poubelle.

– On est à quelques minutes du restaurant. Est-ce vraiment nécessaire ?

– Je m'entraîne pour le match.

– Tu en mets surtout partout.

Ce qui me rappelle le seul inconvénient de ce dîner auquel Tom a invité sa femme : Shortbread doit également venir. Rien de mauvais chez ma femme. Elle est magnifique, divertissante et absolument adorable, une vraie gentille. Elle fera la conversation à Casey, qui ne voudra certainement pas entendre parler de drones, de tanks et d'armes semi-automatiques. Il n'y a qu'un problème avec Dallas : j'ai du mal à penser à autre chose que m'enfouir en elle dès qu'elle est à côté de moi.

Shortbread fait la moue, tire des mouchoirs du corset qui enserre le haut de sa robe et essuie mes chaussures en m'offrant une vue imprenable sur son décolleté plus que généreux.

– *Dallas.*

– Moui ?

Que pourrais-je lui dire ? *Range tes seins avant que je te sorte une érection carabinée qui fera regretter à Tom d'avoir demandé à voir mes armes ?* Je lui tends un mouchoir.

– Rends-toi présentable et nettoie ça.

Au lieu de l'utiliser pour essuyer le sucre collant sur ses mains, Dallas porte le carré de tissu à son nez et inhale l'odeur de mon eau de Cologne.

– Tu sais, ce n'est pas parce que j'ai accepté de t'accompagner ce soir que j'approuve ton occupation professionnelle.

Je lui prends le mouchoir des mains et attrape son pied chaussé d'un escarpin pour en tamponner l'alcool moi-même en ignorant ses mots.

– Enfin, je ne crois pas les humains capables de s'occuper correctement de notre planète et ils n'ont qu'une chose à faire : ne pas trop merder. Pourquoi leur faire confiance et leur fournir de l'artillerie lourde ?

– Tu n'es pas censée faire confiance à quiconque est en possession d'artillerie lourde. C'est tout l'intérêt de la chose. Les guerres les plus courtes sont celles qui n'ont jamais commencé.

– C'est si profond, commente-t-elle en battant des cils. Le prix Nobel de la paix est à ta portée. Assure-toi que ton costume est repassé.

C'est à cette femme que j'ai confié ma vérité et ça me rend dingue. Je sais qu'elle gardera bien mes secrets. Ce qui ne m'apporte absolument aucun réconfort, sachant que je veux localiser, disséquer et dévorer chacune de ses failles. N'importe quoi pour me la rendre moins attirante. Elle a plein de défauts, d'ailleurs. Je me souviens avec quelle rapidité je les ai repérés quand elle a emménagé chez moi. Mais tout ce que je détestais chez elle (son rire gras et tonitruant, son désordre perpétuel, son aptitude à forger des liens avec n'importe qui et n'importe quoi, plantes incluses) ne m'énerve plus.

Alors certes, elle n'est pas très éduquée sur le plan universitaire, mais elle a lu la moitié du fonds de la bibliothèque municipale en moins de quatre mois et elle est dotée d'un sens de la repartie fulgurant. Elle a également fait preuve d'aptitudes avec les nombres et a massacré Vernon aux échecs et à bon nombre de jeux de cartes basés sur les mathématiques. Son obsession pour la nourriture est limite malsaine, mais ses connaissances en matière de gastronomie me fascinent. Surtout, ce qui me déçoit, c'est que ma femme n'est pas vraiment fainéante. Elle attend juste de devenir mère de famille pour reporter son énergie sur ses enfants.

Par contre, j'ai découvert une bonne raison de ne pas être content d'elle, juste en me rendant de la voiture à mon tout nouveau restaurant :

– Tu dois vraiment faire autant de bruit quand tu respires ? Les extraterrestres peuvent t'entendre depuis les planètes environnantes.

Elle est essoufflée, comme si elle venait de finir un marathon.

– Toi aussi, tu crois en eux ? se réjouit-elle avant d'apercevoir mon air blasé du coin de l'œil. Attends, maintenant c'est ma *respiration* qui te gêne ?

Je lui ouvre la porte pour lui répondre :

– Tu es jeune et pour une raison incompréhensible, totalement décorrélée de ton mode de vie, tu sembles en excellente santé. Pourquoi fais-tu tant de bruit en respirant ?

– Je respire normalement, Rom. Tu es peut-être seulement devenu hyper-attentif, tellement à l'écoute de mon corps que maintenant, tu peux m'entendre même quand je suis calme.

Rom. Mon surnom sur la rosée de ses lèvres sonne comme le plus beau mot de notre langue. Quand Oliver et Zach m'appellent comme ça, j'ai juste envie de les frapper.

– Dans tes rêves, Shortbread, lui dis-je en lui posant une main dans le dos pour l'escorter jusqu'à notre table. D'ailleurs, n'oublie pas d'être courtoise, sympa, et de faire preuve de bonnes manières. J'ai besoin de Reynolds.

– Arg. J'avais prévu de manger dans leur assiette, mais maintenant que tu me le demandes…

Tom et Casey nous attendent déjà à table. Ils ne sont pas tous seuls. Ils sont venus avec leur gamine de deux ans. Sans déconner. Ainsi s'ensuit un tourbillon de cajoleries, d'exclamations et d'embrassades. Casey s'extasie immédiatement sur les cheveux de Dallas, puis sur sa robe, ses yeux et son existence en général. Simultanément, ma femme se saisit de la môme et la colle contre son torse.

– Qui avons-nous là ?

– Freida. Sa nounou nous a plantés à la dernière minute, soupire Casey. Ça ne vous embête pas, j'espère ?

– M'embêter ?

À en juger par la réaction outragée de Dallas, on penserait que Casey vient de lui suggérer de faire de l'échangisme. Elle enchaîne :

– Les enfants sont ma passion et celle-ci semble absolument délicieuse, n'est-ce pas ma petite chérie ?

Malgré cette dernière phrase qui pourrait l'expédier sur la liste de surveillance des pédocriminels, je suis saisi d'un pincement de fierté en l'entendant.

J'observe Dallas d'un œil neuf. Elle est d'une incomparable beauté. Pourtant, plus que tout, j'admire sa résilience, sa douceur, son impétueuse honnêteté et sa dévotion envers les enfants. Je ne suis pas assez arrogant pour penser qu'elle se satisfait de ce que nous partageons. Elle en veut plus. Plus de sentiments. Plus de romance. Plus de rendez-vous en tête à tête. Plus d'*héritiers*. Elle mérite tout ça, également. Mais je ne pourrais les lui accorder qu'en la quittant. Ce que je refuse de faire.

Le blabla abrutissant d'une conversation mondaine commence dès que nous nous asseyons. La petite Freida, avec ses cheveux bouclés et sa robe au tissu écossais jaune, est assise sur les genoux de Dallas. Elle mange de la nourriture écrasée entre ses doigts. Je pose des questions sur les parents de Tom, son dernier tournois de golf et son hobby (le pilotage de drones). Ces sujets m'intéressent un peu moins que l'avis de Kanye West sur les minorités marginalisées.

De temps en temps, je saisis des bribes de la conversation de Dallas et Casey qui discutent du rehaussement chirurgical des sourcils, un sujet crucial. Comme un idiot, je me détourne de Tom Reynolds, que je courtise depuis plusieurs semaines, pour écouter la conversation de Shortbread. Sa respiration régulière traîne dans mes oreilles, accompagnée de son rire tonitruant, de ses mastications et des petits mouvements de sa gorge quand elle sirote son Pink Martini. Sa façon de faire des bisous dans le cou de la petite fille ou de lui caresser l'épaule quand elle s'agite. Aurait-elle raison ? Suis-je devenu hyper-attentif à tout ce qu'elle fait ? L'idée même me fait frémir d'horreur.

Il me faut un petit bout de temps pour revenir en mode business, mais une fois le cap passé, j'oublie l'existence de Dallas. Elle semble amuser le clan féminin de la famille Reynolds. Je note dans un coin de ma tête de la récompenser d'une bonne baise pour sa coopération. Je vais faire ça intelligemment. Maintenant que je connais son cycle et que je sais quand elle a ses règles, je me la ferai quand il y aura peu de risques qu'elle tombe enceinte.

– Je vais être honnête. Ça ne sent pas bon pour Licht Holdings, annonce Tom en soufflant et en secouant la tête d'un air sombre quand nous en venons enfin au fait. Je doute qu'ils soient capables d'honorer notre contrat, même si nous décidons de passer outre l'opprobre public et que nous ne les boycottons pas. Je dois dire que le ministre de la Défense n'a pas trop envie d'agir de la sorte. Cameron Lyons vient de Géorgie.

Je sers un autre verre de vin à Tom. Ses mots sont comme un baume de silence dans mes oreilles allergiques à la musique.

– Leur production a drastiquement baissé ?

– Il ne m'appartient pas de discuter de leurs affaires avec vous. Vous le savez aussi bien que moi, Costa, m'admoneste Reynolds avant de passer en revue la foule des convives lourdement parés de bijoux pour continuer à mi-voix. Mais leur usine de Newsham a fermé et une autre, en Alabama, est soumise à une enquête rigoureuse. Je ne vois simplement pas comment ils pourraient s'en sortir sans rater la date limite de livraison de plusieurs mois. On parle d'arriérés qui pourraient coûter des milliards au Pentagone.

– Nous pouvons assumer leur charge de production et rester dans les temps. Peut-être même vous remettre certains équipements en avance. Comme vous le savez certainement, nous venons de recruter cinq cents personnes pour notre usine de Smethport. Rappelons-nous la Prophétie des ossements desséchés, du Livre d'Ézéchiel, dans l'Ancien Testament. Voici la résurrection de Costa Industries qui retourne à la Terre promise.

Si tout se passe comme je l'ai prévu, ce qui est le cas depuis longtemps, le département de la Défense et Reynolds ne verront rien de leur contrat finalisé et livré. Costa Industries n'existera plus d'ici là. Dûment détruite, liquidée et mise en sommeil. Je n'en ai strictement rien à faire. Comme Dallas aime à me le faire remarquer, je travaille pour l'industrie de la mort et de l'intimidation.

Reynolds hoche la tête et se caresse le menton. Sa fille gazouille en arrière-plan.

– J'en parlerai à Lyons. Au départ, il voulait travailler avec Licht Holdings à cause de leurs tarifs attractifs, mais ce n'est plus d'actualité, alors je vais voir ce que nous pouvons fai…

Un bruit fracassant explose dans mes oreilles. La double porte d'entrée s'effondre par terre. Des gens crient. Des couverts et des flûtes à champagne s'écrasent sur le parquet dans une symphonie de verre pulvérisé. Des serveurs plongent par terre, cherchant à se protéger sous les tables. Quatre hommes en pantalon cargo, tee-shirt noir à manches longues et la tête cagoulée entrent en force dans le restaurant. Je reconnais immédiatement le groupe de malfrats de haute volée qui terrorise la bonne société de Potomac depuis quelque temps. Ils n'ont toujours pas été appréhendés depuis qu'ils sévissent dans la région. À côté de moi, Dallas a planqué Freida derrière elle sans se soucier de sa propre sécurité.

L'un des voleurs désigne le sol de la pointe de sa carabine semi-automatique Savage 64F et s'exclame :

– Les portables par terre, ou tout le monde crève, putain.

Des douzaines d'iPhones glissent alors vers ses pieds.

Tout le monde crève ? Avec un fusil de chasse hors d'âge ? Je ne crois pas, non. En plus, ils interrompent mon rendez-vous d'affaires, rien de moins. Irrité, je passe un bras autour de Shortbread qui a coincé Freida contre le mur et je glisse nos deux téléphones sur le parquet en bois exotique. J'ai lu ce qu'on écrit sur eux dans la presse. Je sais ce que font ces crétins. Ils s'attaquent aux restaurants à la mode accueillant de riches convives, ils volent la recette dans la caisse (pas grand-chose, nous sommes au XXIe siècle, tout le monde paye par carte) et partent en laissant leurs victimes choquées, mais indemnes. À la différence des autres lieux qu'ils ont ravagés, à la minute où j'ai acheté Le Bleu, j'y ai fait installer un système de sécurité Costa. Il est si avancé et sophistiqué que les flics ont dû quitter le commissariat avant même que les voleurs entrent dans le restaurant. Une équipe de sécurité externe monitore nos caméras vingt-quatre heures sur vingt-quatre et sept jours sur sept.

La peau de Shortbread est glacée. Je la serre fort et pousse sa tête sous mon menton. Non pas que je me soucie d'elle, mais ça fait bien devant Tom et Casey. Qui, d'ailleurs, semblent frappés par l'horreur. Casey jette des coups d'œil reconnaissants à Shortbread d'avoir caché sa fille. Freida se tortille, mais ma femme lui fait des grimaces pour l'empêcher de pleurer.

– Tout le monde les mains en l'air !

Un voleur armé d'un Glock lève un bras et tire un coup au plafond. Ce clown a visé le chandelier qui s'écrase à ses pieds, ce qui provoque une vague de cris de terreur.

– Maintenant, mon copain et moi, on va faire le tour des tables et vous allez nous filer toutes vos merdes qui ont de la valeur. Bijoux, montres, cash et même vos coupons de réduction à la con. Vous allez attendre avec les mains bien visibles que j'arrive ou je vous fous une putain de balle dans le crâne.

Je me tourne vers Dallas pour lui délivrer mes recommandations :

– Fais ce qu'il te dit. Il ne t'arrivera rien de mal.

Elle déglutit, mais elle ne couine pas comme Casey qui s'est effondrée en une masse hystérique à l'instar des autres convives. J'ai longtemps suspecté ma femme d'être ce que les représentants de la génération Z désignent avec beaucoup de ridicule une *badass bitch*. Comme d'habitude, j'avais raison.

Les voleurs travaillent très vite. Ils attrapent tout ce qui a de la valeur et l'enfouissent dans leur sac à dos. Celui qui est armé d'un Glock arrive à notre table tandis que les trois autres s'affairent à vider des poches et des sacs.

Casey retire ses bagues tout comme ses boucles d'oreilles, son collier, et lui glisse également sa pochette Chanel. Tom et moi lui offrons nos alliances, nos montres et le peu d'espèces que nous avons sur nous. Dallas tend sa bague de fiançailles, son alliance, un bracelet et un sac Birkin. Freida est toujours cachée dans son dos, loin des yeux. Elle assassine du regard l'homme en passe-montagne comme un professeur mécontent. Un éclat de rire me chatouille la gorge. Elle est insolente, même sous la menace d'une arme. Du Shortbread tout craché.

– Les boucles d'oreilles aussi, lui intime l'homme cagoulé.

Shortbread caresse du bout des doigts la petite perle toute simple sur son lobe et refuse d'un signe de la tête.

– Non, je ne peux pas faire ça. Elles appartenaient à grand-maman. Et elle est morte…

– Je m'en fous, de ta mamie, même si elle a passé l'arme à gauche. Balance tes perles, sale pute.

Qu'est-ce qu'elle fout ?

Elle est sentimentale et gentille. Ce pour quoi tu te moques d'elle si souvent.

Elle appuie les mains à plat sur la nappe et lui répond :

– Je ne vous donnerai pas mes boucles d'oreilles.

Freida se met à pleurer. Ses cris résonnent sur les murs du restaurant comme une déflagration.

– Chérie…

Je ne l'appelle pas par son nom, ce serait stupide de ma part de révéler notre identité.

– Non.

Elle glisse la petite sous la table et regarde ce connard droit dans les yeux en le défiant silencieusement, puis elle ajoute :

– Tirez-moi dessus si vous voulez. Mais vous n'aurez pas les perles de grand-maman.

Le visage du voleur se contorsionne d'une rage visible, sous le tissu noir.

– Je vais te niquer, connasse.

Il lève son arme pour la frapper. Dallas ferme les yeux, comme pour se préparer à une douleur qui ne viendra jamais. Je bloque le barillet à quelques centimètres de son visage.

Je tiens la main de l'agresseur en le serrant à mort.

– Je vais transformer ton crâne en putain de pot à crayons si tu regardes seulement vers ma femme.

Il recule la main brusquement, le visage en sueur.

– Mais putain, pour qui tu te prends ?

– Écoute-moi bien. Baisse ton arme et tire-toi.

Freida pleure de plus belle. Franchement, je ne comprends pas la fascination de Dallas pour les gamins. Ils sont incroyablement bruyants pour leur taille.

– Je vais tirer sur cette pute si elle ne me file pas ses boucles d'oreilles.

– Allez T., il faut qu'on y aille.

Les interjections urgentes des autres voleurs mettent « T. » en panique. Il se balance de gauche à droite. Ses très chers collègues sont à la porte, les sacs sur le dos. Un arsenal de sirènes de police se fait déjà entendre à l'extérieur, c'est un assaut pour mes oreilles, mais il signale la fin de cette absurdité.

– Pas avant qu'elle m'ait filé ses putains de boucles d'oreilles. Je vais tirer sur sa saleté de môme.

Il pense que Freida est notre enfant.

Alors Dallas pète un câble. Elle se précipite pour détacher ses boucles d'oreilles. Mais je l'arrête en posant la main sur son bras.

– Non. Tu gardes tes perles.

– T., putain, qu'est-ce que tu fous ? l'interpelle l'un des voleurs.

Il semble très jeune.

– Elle ne va pas me manquer de respect.

T. pointe son Glock sur Shortbread.

Quelque chose d'étrange se produit dans ma poitrine à cet instant. Une sorte de tourbillon de folie. Un intolérable appétit de sang et de violence. Je me lève d'un bond, m'immisçant entre lui et Dallas. Il trébuche en arrière quand j'arrive devant lui et le pousse. Ses amis fuient en le laissant derrière… bande de *lâches*. Pendant qu'il essaie de retrouver son équilibre, j'attrape son arme par la crosse.

– Stop ! dit T. en secouant son arme de toutes ses forces. Putain, lâche-moi.

– Je t'ai dit de ne pas menacer ma femme, non ?

Je le force à pointer son arme vers le sol et saisis T. par la gorge de ma main libre. Je serre si fort que ses yeux sont exorbités, roses sur les bords et pétrifiés.

– Qui sème la merde récolte le merdier. Quiconque menace ma femme ne s'en sort pas indemne.

Il fait des bruits étranglés. De la mousse sort de sa bouche. J'entends des sirènes, des petits cris de frayeur, et Dallas me supplie d'arrêter. Mais je n'en suis pas capable. Je ne le pourrais pas même si j'essayais. Tout ce à quoi j'arrive à penser, c'est qu'il l'a visée avec son arme parce qu'elle voulait garder ce souvenir de sa grand-mère. Une grand-mère que je ne connaîtrai jamais. Il y a tant de choses sur elle que j'ignore et cet idiot a failli faire en sorte que je ne les découvre jamais. S'il lui avait fait quoi que ce soit… s'il l'avait blessée… je lui serre la gorge si fort que je sens les os de sa nuque, comme sur le point de se briser.

– Oh, mon Dieu ! s'exclame Dallas quand le voleur s'effondre par terre par manque d'oxygène.

Je ne pense pas qu'il soit mort. Il aura peut-être quelques séquelles au cerveau. Ce n'est pas une grande perte si l'on songe au niveau d'intelligence de ses actes jusqu'à présent.

– Romeo !

Dallas me saute dessus et m'agrippe les épaules. Elle tend Freida à Casey quand elle voit la tête que je fais. Elle prend mon visage dans ses mains tremblantes. Ses magnifiques yeux noisette luisent de larmes non versées.

– Est-ce que tu vas bien ? S'il te plaît, s'il te plaît, dis-moi que tu vas bien. Tom a appelé les secours. L'ambulance est en route.

– Rien à faire de cette raclure, je m'en bats les steaks. Il peut mourir par terre sur mon parquet.

– Pas pour lui. Pour toi !

Pour moi ? Je commence par faire un état des lieux de Dallas. Bras. Jambes. Cou. Tout semble intact. Une soudaine douleur transperce mon bras gauche. Ce même bras gauche qui maintenant me fait l'effet d'un poids mort. Comme s'il n'appartenait plus à mon corps. Je baisse les yeux et constate que je patauge dans mon propre sang. Je remonte d'un cran pour voir mon bras. On m'a tiré dessus. Enfin, égratigné, plus exactement.

Voilà qui ne m'arrange pas.

À mesure que l'effet de l'adrénaline s'estompe, la douleur commence à monter.

Dallas passe une main devant mes yeux et essaie de capter mon attention encore une fois. Puis, elle me tapote le front.

– Hello ? Il y a quelqu'un ?

– Heureusement, le biceps est très éloigné de la tête, dis-je en arrachant un peu de tissu déchiré.

– Tu t'es pris une balle dans le bras. Comment peux-tu être aussi calme ?

Elle fait un pataquès pour un peu de peau arrachée en sautillant d'un pied sur l'autre comme si la blessure allait disparaître si elle la regarde sous un autre angle.

– Est-ce que si je courais dans tous les sens avec de grosses larmes sur le visage, ça refermerait la blessure ?

– Tu testes toi-même tes propres produits, ou quoi ?

Non, mais j'ai survécu à des bagarres bien pires que celle-ci.

Des douzaines de flics débarquent d'un coup dans le restaurant et récupèrent l'homme inconscient à nos pieds avant de lui passer les menottes. Une palanquée de gens s'agite autour de moi. Reynolds et deux policiers essaient de les repousser pour me donner de l'espace. Je déteste que l'attention se porte sur moi, surtout si elle est positive. L'un des agents pousse Dallas pour la mettre de côté. Elle rue, lui donne des coups de pied et lui crie de ne pas la toucher, refusant de s'éloigner de moi. Un fait qui me surprend et me ravit.

De mon bras valide, je la plaque contre mon torse et déclare :

– Ma femme reste.

L'ambulance arrive juste après. Un urgentiste me fait monter à l'intérieur et découpe mes vêtements pour atteindre ma blessure. Nous l'examinons tous les deux d'un regard neutre. Shortbread reste à côté des portes ouvertes du véhicule et grogne, telle une chienne de garde devant tout journaliste approchant.

– Cette blessure semble peu profonde. Je pourrais avoir besoin de points, mais on dirait bien une égratignure, dis-je en écartant la main de l'ambulancier. Je pourrais les faire moi-même. Je n'ai pas de temps à perdre à l'hôpital pendant plusieurs heures.

– D’après le protocole, vous devez venir avec nous à l’hôpital, déclare-t-il en tamponnant la blessure de liquide antiseptique.

– Rien à battre du protocole.

– Vous ne pouvez pas…

– Allez-vous m’y conduire contre ma volonté ?

– Non, mais…

– Alors, je peux le faire.

Dallas tourne brusquement la tête vers nous.

– Tu devrais faire recoudre cette blessure.

La terreur que je décèle dans sa voix me procure un plaisir intense. C’est ce qui me permet de comprendre que je suis complètement et irrémédiablement foutu.

– Promis. Je sais ce que je fais.

Je saute de l’ambulance et avance vers la Maybach où Jared nous attend.

– Allez, Shortbread, on y va.

Elle semble déchirée entre l’envie de me convaincre d’aller à l’hôpital et celle de faire ce que je lui dis. En fin de compte, elle paraît se rappeler que son mari n’obéit à personne, pas même à elle, et elle finit par me rejoindre. Je me glisse dans la voiture, saignant comme un porc sur le cuir de ma banquette, torse nu. Jared ne pose pas la moindre question. Il sait rester à sa place.

Tu la fermes et tu conduis.

CHAPITRE 55

ROMEO

On dirait que Shortbread a des comptes à régler. Ou dans son cas, à dilapider. Je l'ignore et avance à grands pas vers ma chambre. Je saigne toujours. Elle suit les gouttes de sang par terre, comme Hansel et Gretel suivent les petits cailloux. Dans ma salle de bains, je sors le kit de premiers secours et désinfecte à nouveau la plaie. J'ai déjà reçu des blessures plus graves, mais celle-ci a une sale tête.

Dallas saute pour s'installer sur la coiffeuse. Elle se tient les genoux avec les bras, puis pose son menton dessus et m'observe avant de demander :

– Besoin d'aide ?

Je tamponne la zone concernée pour la faire sécher puis sors l'aiguille et le fil avant de regarder le biceps que je dois recoudre d'un air sévère.

– Tu sais recoudre une plaie par balle ?

– Non.

– Alors comment penses-tu pouvoir m'aider ? En m'encourageant de loin, en portant une pancarte à mon nom ?

La dureté de mes mots la fait cligner des yeux, elle semble blessée. Glissant le fil dans le chas de l'aiguille, j'ajoute :

– Tu peux y aller. Tu as bien travaillé aujourd'hui. Je pense que nous avons sauvé le contrat.

– C'est tout ce qui compte pour toi ?

Je passe l'aiguille sur les bords de la plaie, à la recherche du point de rupture initial. C'est vraiment le pire angle pour me recoudre.

– Bien sûr que non. Je pense aussi à tous les dégâts infligés au Bleu. Cara va devoir parler à la compagnie d'assurances et aux autorités. La bureaucratie, c'est vraiment galère.

– Tu m'as sauvé la vie.

– Ce clown n'allait pas t'infliger de réelles blessures. C'était juste un gamin.

Elle bondit pour descendre du meuble, se penche pour croiser mon regard par en dessous et prend mon visage en coupe.

– Non. Il était en colère, frustré et blessé. Tu as pris une balle pour moi, Romeo.

– N'en fais pas un fromage, dis-je en fonçant les sourcils.

– Merci.

Puisque je n'ai pas progressé dans ma recherche du point de départ pour ma suture, je m'éclaircis la voix et recule d'un pas.

– Je t'en prie. Maintenant, va-t'en.

– J'ai envie de toi.

Elle passe la main sur mon torse et me caresse l'épaule.

Moi aussi j'ai envie de toi. C'est pour cette raison que j'ai besoin que tu te barres fissa. Je ne me reconnais plus, ni moi, ni mes actes dès que tu es concernée. Tu es devenue un handicap que je ne peux plus assumer.

Plutôt que de la virer, je repose l'aiguille.

– Tu peux te frotter sur ma cuisse, si tu veux.

– Je veux ta *bite*, répond-elle en taquinant l'ourlet de sa courte robe en satin vert olive. Quand tu m'as forcée à te suivre au Bleu, tu ne m'as pas promis de me baiser si je me comportais comme il faut ? Mission accomplie.

– Je t'ai dit que je te baiserais quand tu aurais tes règles.

– Je n'ai pas interprété ça comme ça.

– Il ne s'agit pas d'un essai de Spinoza. Il n'y avait rien à interpréter.

– Je m'en fous. Ce n'était pas si génial que ça la dernière fois, de toute façon.

Comme pour contredire ses mots, sa robe remonte de quelques centimètres, flirtant avec la dentelle de ses sous-vêtements.

– C'était il y a si longtemps que je ne me souviens pas de grand-chose. J'étais là ? Et *toi* ?

Elle essaie de me faire marcher et ça ne fonctionnera pas. Malheureusement pour elle, je suis bien trop sophistiqué pour ce type de stratégie. Ne se laissant pas décourager, elle persiste :

– Oliver m'a dit que tu t'étais refait une virginité. Tu sais que ton zizi a plusieurs fonctions, n'est-ce pas ?

– Va-t'en, Dallas.

Mais elle reste là. Pire, elle tombe à genoux et s'attache à défaire ma ceinture. Je m'appuie contre le bord du lavabo, incapable de l'arrêter. Je m'accroche au bord du meuble et tente un dernier truc :

– Je vais mettre du sang partout.

Elle extirpe mon membre, lourd et engorgé. Ses doigts l'encerclent sans se toucher. J'aime voir à quel point elle est minuscule par rapport à moi. À quel point nous formons un couple incongru. Les gens doivent se demander comment j'arrive à entrer dans son corps. La délicieuse réponse à cette question est que j'y arrive *à peine*, d'ailleurs.

– Ça ira très bien avec le vert que j'ai mis partout sur ton plafond.

Elle enveloppe mon sexe de ses lèvres et l'avale centimètre par centimètre. Sa chaleur m'absorbe. Je tremble en sentant sa langue à plat contre mes chairs.

Je laisse tomber la tête en arrière et pousse un grognement. Dallas est une excellente suceuse. Elle a l'endurance nécessaire après tout : sa bouche fonctionne à longueur de journée pour manger. *Et* elle déborde d'enthousiasme. Je vois qu'elle aime me tailler des pipes. Je me suis fait sucer par assez de femmes qui le faisaient uniquement pour réchauffer mes draps pour le savoir. Elles clignaient des yeux, m'examinaient sous leurs cils en souriant d'une manière qu'elles pensaient séduisante, me suçaient gentiment, me caressaient de haut en bas comme si c'était un violoncelle. Pas Shortbread.

Shortbread aime tout. Sucer, cracher, embrasser, ma bite qui lui tape au fond de la gorge quand j'attrape ses cheveux et que je lui maintiens la tête. Elle aime s'étouffer dessus et essaie souvent de me prendre en entier dans sa bouche, jusqu'à la base. On dirait que c'est le seul aspect de la vie de Dallas dans lequel elle n'est *pas* fainéante.

Baissant le menton, je l'observe en train de me sucer. Des gouttes cramoisies tombent sur ses cheveux brillants et roulent sur son front. La voir souillée par mon œuvre me fait quelque chose. J'éprouve un sentiment de possessivité que je ne m'autorise normalement pas. C'est peut-être d'avoir perdu du sang, mais je ne veux pas finir comme ça. Jouir dans sa bouche ne va pas le faire. Enroulant ses longs cheveux bruns autour de mon poing, je l'écarte de mon sexe. Elle résiste un peu et me regarde d'un air interrogateur.

– Tu veux que je te baise ?

Je recule un peu et tire son visage vers le mien, écrasant nos nez l'un contre l'autre. J'attrape sa robe par-devant, la chiffonne, plaquant le tissu contre sa peau et l'étirant jusqu'à ce qu'il se déchire.

– Tu veux que je te mette en cloque ?

– Oui, dit-elle dans un souffle. *Oui.*

Je me laisse tomber par terre sur le marbre et repose le dos contre la coiffeuse.

– Demande gentiment.

– S'il te plaît.

– *Plus gentiment.*

Elle avance vers moi à quatre pattes, s'installe à califourchon sur mes genoux et attrape ma main pour la mettre entre ses jambes. Ses doigts guident les miens dans sa chatte toute lisse et trempée. Deux des siens se joignent aux miens dans sa chaleur torride. Mes lèvres trouvent son téton et je le mords à travers le tissu de sa robe. Ensemble, nous nous occupons de sa chatte de tous nos doigts, les recourbant à l'intérieur jusqu'à l'en faire trembler. Je les regarde disparaître. Elle se cambre pour essayer de nous accueillir le plus possible.

Ses lèvres trouvent le pavillon de mon oreille et elle me susurre :

– S'il te plaît. S'il te plaît, *s'il te plaît.*

Je retire mes doigts rapidement, déchire sa robe par le milieu et capture sa taille des deux côtés, puis la fais glisser sur mon membre, jusqu'à la garde. Sa tête tombe en arrière. Elle me mord l'épaule jusqu'au sang et ondule des hanches. Elle est si étroite que j'ai l'impression de la sodomiser. Ses spasmes me pressent, comme pour me traire de ma semence. Je la laisse se faire plaisir sur moi jusqu'à ce que mon impatience prenne le dessus et que je la soulève pour la retourner, la positionnant à genoux. Le marbre est froid sous la peau de ses mains au sol. J'aime voir cette fille pourrie gâtée accueillir mon sexe, sentir son inconfort. Ma nymphe née avec une cuiller en argent dans la bouche.

Je la prends par-derrière. Elle me rend tout, coup par coup. Mes doigts s'enroulent autour de sa gorge et je la relève, jusqu'à ce que son dos se colle contre mon torse. Elle tourne la tête pour capturer mes lèvres et glisser sa langue entre mes dents. Elle cambre son dos et ses mains partent à la recherche de son clitoris. Je les chasse d'une petite claque, puis la paume de ma main se plaque sur son cul.

– Rom, j'ai besoin de jouir.

– Ce dont tu as besoin, c'est d'être reconnaissante, putain.

Mon sang me donne raison. Il macule son dos, ses bras, ses seins et même ses cheveux qui forment des paquets. Je lâche sa gorge et lui caresse le crâne en lui murmurant des compliments.

– Quelle bonne fille.

Je n'aurais jamais cru dire ça. Surtout à cette fille en particulier, qui est tout *sauf* obéissante à deux cents pour cent.

– Si seulement tu suivais aussi bien mes ordres quand tu n'as pas ma bite en toi.

Je passe la main devant pour trouver son clitoris, la récompensant d'une petite caresse. Elle pousse un cri et tombe en avant, à quatre pattes.

D'autres gouttes écarlates s'écrasent sur son dos. J'ai rouvert ma blessure et la repeins en rouge. Je trempe un doigt dedans et écris mon nom entre ses fossettes.

– À qui appartient ton cul ?

– À toi.

– Plus fort.

– *À toi.*

– Maintenant, avance et montre-moi ta chatte de derrière. Je veux voir si elle mérite mon sperme.

En grognant de réticence, elle s'éloigne de quelques centimètres, se tortillant à moins d'un mètre de moi. Elle va se tourner quand je lance :

– Je ne veux pas voir ta tête, madame Costa. Juste la chatte que j'ai volée à mon ennemi.

Elle écarte ses cuisses, exposant son intimité. Elle ruisselle jusqu'au sol, mêlant le fruit de son excitation à mon sang, créant une petite flaque rose sous elle. Je caresse mon membre, enduit de mélange, face à l'odeur de cette femme dont je n'arrive pas à me lasser.

Sentant mon explosion proche, je souris.

– Embarrassée ?

– Non. Vide.

Putain de merde. Comment cette femme aurait pu finir avec une mauviette comme Madison ? Aucune idée. Elle en aurait fait des boulettes.

– Regarde devant toi. Je te baiserai quand j'en aurai envie.

Je résiste deux minutes avant de me remettre à la pilonner par-derrière. Ses coudes flanchent quand elle laisse échapper un petit cri de surprise au premier assaut.

Mes couilles se contractent. Je la pénètre jusqu'au dernier centimètre en grognant.

Je jouis dans son corps. Par jets épais. Infinis. Mon gland presse aussi loin que possible. Quand elle se rend compte de ce que j'ai fait, son corps entier se tend. Elle entre en éruption autour de moi, m'enduisant elle-même de sa jouissance. Je sors et observe ce liquide tomber en cascade sur le sol. Elle s'effondre sur le marbre, puis se tourne sur le dos, un grand sourire lascif aux lèvres.

Je tends la main, ramasse un peu de ma semence s'échappant de son sexe et la remets dedans en me rappelant ses mots de tout à l'heure.

– C'est ça qu'il faut que je fasse avec mon zizi ?

Les bras en croix, elle éclate d'un rire frais et juvénile. Au plaisiromètre, la faire rire vient juste après la faire jouir.

– Tu as éjaculé à l'intérieur, murmure-t-elle, presque perplexe.

– Effectivement.

Et malheureusement, j'ai envie de recommencer.

Encore.

Et encore.

Autant de fois qu'elle me laissera faire.

Elle s'étire, puis pose l'un de ses pieds sur ma cuisse.

– Ton cœur de verre, Romeo… Un jour, je vais le faire fondre.

– Si quelqu'un en est capable, c'est toi.

Je pourrais lui donner un enfant sans lui donner mon cœur. Et c'est bien ce que je projette de faire maintenant. Merde.

CHAPITRE 56

DALLAS

Romeo et moi avons fait l'amour. *Vraiment*. Il semble presque prêt à accepter l'idée de fonder une famille. Sans mentionner qu'il m'a sauvé la vie la semaine dernière au Bleu. Ce type s'est littéralement pris une balle pour moi. Sans hésiter. Sur le papier, je devrais être folle de joie. Alors pourquoi ne suis-je pas heureuse ?

Deux nouveaux pétales de la rose de Vernon sont tombés. De *ma* rose. Plus elle en perd, plus elle me semble triste et fragile. Elle émerge au milieu de ses congénères d'un blanc douteux parce que je refuse de jeter le moindre d'entre eux. Bizarrement, elle ne m'en semble que plus nue. Comme un soldat esseulé au milieu d'une guerre oubliée.

Malgré toutes ses concessions, ses gestes et sa dévotion, Romeo me tient encore à distance. Nous ne sommes toujours pas sortis ensemble comme un couple normal. Je sais reconnaître une adoration authentique quand j'en vois une. Shep Townsend est peut-être un très mauvais père, mais il aime ma mère. Alors que Romeo ne m'accorde pas vraiment son attention. Pour lui, je suis devenue une sorte de constante. Un meuble. Une distraction. M'en rendre compte m'a ravagée. Après tout, il n'y a pas pire souffrance qu'un amour à sens unique.

Malheureusement, je me sentirais stupide d'expliquer ça à Hettie. Alors nous jouons à un jeu de société pendant que la télévision murmure en arrière-plan.

Soudain, je m'agrippe à son avant-bras.

– Attends ! Monte le son.

– Dal, tu ne peux pas changer les règles du jeu à chaque fois que tu perds.

– Non. Les infos.

– Oh merde !

Elle attrape brusquement la télécommande et monte le son du petit écran plat de la cuisine d'un coup.

Une journaliste pleine de bonne humeur croise les mains sur son bureau et annonce : « Une source anonyme nous a rapporté qu'une démonstration d'artillerie chez Costa Industries a mal tourné et qu'une explosion a eu lieu en plein milieu de l'exercice, laissant trois employés hospitalisés. Des investisseurs se demandent si l'entreprise sera en mesure d'assumer ses engagements vis-à-vis du Pentagone et de remplir ses obligations contractuelles au vu de cet énorme revers. »

Une infographie s'affiche sur l'écran, qu'elle commente : « Comme vous pouvez le voir, leurs actions ont plongé depuis les premiers échos de ce fiasco. »

Cette « fuite », est signée. C'est du Madison tout craché. Je l'avais presque oublié. Je n'avais plus eu de nouvelles de lui depuis notre déjeuner au Bleu et ce n'était pas plus mal.

Une photo de mon mari souriant, prise lors d'un gala de charité, s'affiche à côté de la présentatrice. Pendant qu'elle lit son commentaire officiel, ledit mari fait irruption dans la cuisine. Sur l'horloge, je vois qu'il est midi deux. Romeo ne rentre jamais à la maison avant six heures.

Hettie se tourne vers moi et sirote le café vietnamien aux œufs que nous avons commandé un peu plus tôt.

– Je crois que ton mari vient d'entrer dans la cuisine.

– Nan, dis-je en accompagnant ma déclaration d'un signe de tête et en essayant furieusement de ne pas rougir. C'est certainement les bonbons au cannabis qu'on a mangés tout à l'heure. Impossible qu'il rate tout ce bon temps au bureau.

Nous n'en avons jamais consommé, mais j'aime toujours l'asticoter, le faire douter. Ça le force à s'intéresser un peu à moi et moi, qui suis toujours à quémander son attention, je m'empresse de ramasser les miettes qu'il m'octroie.

– Dallas, annonce-t-il en ignorant Hettie. Nous avons des choses à nous dire. Suis-moi.

Mon sourire s'évapore. J'ai fait une bêtise ? Comment ? Je n'ai pas parlé à Madison depuis une éternité. En plus, ce qu'il s'est passé aujourd'hui n'a rien à voir avec moi. Au fond de la pièce, le sujet sur les problèmes grandissants de Costa Industries tourne en boucle.

Je feins un bâillement, mais mon cœur bat la chamade.

– Tout ce que tu as à dire peut être dit ici.

Il s'appuie d'une épaule contre le chambranle de la porte et croise les bras sur sa poitrine. Ses muscles se contractent sous sa chemise. Je sais que sous sa manche, sa chair recousue est endolorie. J'ai envie de lui faire des bisous tout autour pour que ça aille mieux.

– C'est un sujet personnel.

Hettie se dandine sur sa chaise. Elle n'a clairement aucune envie d'être là et encore moins dans la position dans laquelle je l'ai mise. Elle me pince sous la table. Je fais de même.

– Notre cercle est confidentiel. Hettie fait partie de la famille.

– Non, ce n'est pas vrai. Et même si c'était le cas, cette dernière n'a pas à être témoin de tout ce qu'il advient entre époux.

Le revoilà qui parle à nouveau comme un duc du XIXe siècle. Je ne peux pas nier qu'il me donne envie de revoir mon point de vue sur la romance historique.

Mais je refuse de me soumettre à lui quand il est de mauvaise humeur, ce qui est clairement le cas.

– Je ne partage pas ton opinion, dis-je en me redressant. Qu'importe ce que tu veux de moi, nous pouvons en parler ici.

Il contourne Hettie sans lui accorder la moindre attention et hausse les épaules.

– Très bien.

Romeo me rejoint en deux pas, me soulève et pose mes fesses sur l'îlot central de la cuisine, puis commence à défaire sa ceinture entre mes jambes.

Le souffle coupé, je me tourne pour regarder Hettie derrière moi.

– Nan, mais qu'est-ce que tu crois faire, là ?

Il m'étale sur le plan de travail. Mes cheveux viennent chatouiller le coude d'Hettie. Puis, il soulève mon tee-shirt et expose mon ventre. De la langue, il trace un chemin jusqu'à mon sein. De violents frissons de plaisir me traversent. En une seconde, j'ai les cuisses trempées.

– Tu as dit que tout ce que j'avais besoin de faire avec toi pouvait avoir cours ici. Devant Hettie. Je passe une très mauvaise journée et j'ai besoin d'un remontant. Je suis rentré à la maison pour me faire la petite chatte bien serrée de ma femme et donner quelques claques à ses seins. Hettie peut nous quitter à tout moment.

Sa tête disparaît sous mon tee-shirt et ses dents s'attaquent déjà à mon téton à travers mon soutien-gorge.

– Hettie se barre maintenant avant de ne plus jamais pouvoir vous regarder en face tous les deux…

Sa chaise racle le sol. Un éclair blond sort de la cuisine à toute vitesse. Vernon qui venait nous rejoindre fait demi-tour en marmonnant un « Grands dieux ».

Romeo fait valser mon tee-shirt, puis mon soutien-gorge. Sa bouche dévore le creux de mon cou quand je lui fais remarquer :

– Ce n'est pas hygiénique. Il y a des gens qui mangent ici.

– J'ai la ferme intention de bouffer quelque chose aussi. Ta chatte.

– Je croyais que tu étais en colère contre moi.

Je me redresse à moitié et m'appuie sur les coudes pour le regarder, fascinée.

Il tire sur mon jean et ma culotte, puis enfouit le visage entre mes cuisses. Il me dévore avec l'urgence d'un homme affamé. Sa langue, brûlante et humide, me caresse tandis que son nez appuie sur mon clitoris.

– Pourquoi devrais-je t'en vouloir ? murmure-t-il dans mon intimité.

– À cause du cours de tes actions… Madis…

– Ne prononce pas son nom quand ma langue est assez profondément enfouie dans ton vagin pour toucher ton utérus.

La brûlure familière d'une rougeur se répand le long de mon cou.

– J’ai eu peur que tu penses que j’avais fait quelque chose.

Visiblement à contrecœur, il lève les yeux pour me regarder. Il a compris que nous avons besoin de parler. Il pousse un soupir, dépose un baiser sur l’intérieur de ma cuisse et se redresse pour me regarder droit en face.

– Je sais que tu ne le vois plus.

– Comment ça ?

D’une manière ou d’une autre, j’étais sûre et certaine qu’il avait arrêté de me faire suivre. Romeo tient parole. Toujours.

– Parce que toi et moi savons très bien que je t’enverrais en exil loin de Potomac et demanderais le divorce si tu me trahissais après tout ce que nous nous sommes dit.

Un incendie s’embrase dans ses yeux d’un gris glacial. Malgré la malice que j’y décèle, son regard me réchauffe comme un rayon de soleil qui viendrait briller jusqu’au bout de mes doigts.

Maintenant, il se soucie assez de moi pour pouvoir être blessé. Ce n’est pas grand-chose, mais c’est assez pour que j’en aie la tête qui tourne, de joie.

– Alors, reprend-il en trempant deux doigts dans mon intimité et en les recourbant lorsqu’il entend le fruit de mon excitation résonner dans l’air. Puis-je dévorer ma femme, puis la baiser, puis lui bouffer encore la chatte ensuite ? J’ai fait annuler tous mes rendez-vous aujourd’hui pour me consacrer à cette occupation.

Il retire ses doigts et lèche mon désir pour lui dessus.

– Tu peux y aller, je lui dis dans un sourire.

***

Je suis aussi satisfaite qu'épuisée. Tous mes muscles sont douloureux. Romeo est devant la cuisinière. Il réchauffe du lait pour me faire un chocolat. Une préparation à base de chocolat blanc de chez L.A. Burdick qu'il a spécifiquement demandé à Hettie de commander avant l'hiver. C'est son premier geste semi-romantique envers moi.

Ça ne veut rien dire, Dal.

Mais je n'arrive pas à tenir compte de ma propre mise en garde.

Romeo tamise deux cuillers de copeaux de chocolat de luxe dans la casserole et m'explique :

– Je m'en faisais toujours une Thermos pour aller en cours quand il se mettait à faire froid. Même quand j'étais au MIT et que le magasin le plus proche était à Harvard Square, à l'autre bout de la ville ou de l'autre côté du pont.

Je prétends avoir le souffle coupé.

– Tu veux dire qu'il existe d'autres aliments que les choux de Bruxelles et les blancs de poulet ?

J'ai les yeux rivés sur ses avant-bras noueux qui fouettent la mixture. Mon Dieu.

– Tu comprendras quand tu essaieras.

Pour être honnête, même si ça avait un goût de purin liquide, j'en demanderais encore, ne serait-ce que pour être au premier rang du spectacle pornographique qu'offrent ses mains pendant qu'il cuisine. Je me régale à l'observer. Torse nu, glorieusement puissant et *presque* à moi. Ses muscles bandés fléchissent au moindre de ses mouvements. Une fine pellicule de sueur s'attarde sur son corps bronzé. Je l'observe avec plaisir depuis ma place, sur la chaise qu'Hettie occupait une petite heure plus tôt.

– J'ai commandé des copies de ta bague de fiançailles et de ton alliance. Elles devraient arriver en fin de semaine prochaine.

Romeo verse le chocolat chaud dans mes mugs en forme de chaudron, marqués de formules magiques sorties des livres d'Henry Plotkin.

Mon idiot de cœur fait des bonds. Il est tellement difficile de garder mes sentiments à distance quand tout ce que je voudrais, c'est les libérer. Les regarder grandir, se développer et mûrir.

Je feins l'ennui.

– Et ton alliance à toi ?

Il lèche une goutte de lait sur son pouce et pose le mug face à moi. Il ajoute de la crème tout juste fouettée et quelques copeaux de chocolat à la menthe. Juste comme j'aime. Aurait-il été attentif ? Romeo s'assied face à moi pour me répondre :

– Mon alliance devrait arriver à peu près en même temps.

J'entends tout ce que je voulais qu'il me dise. Pourquoi ne suis-je pas satisfaite ? Et si la rose mourait doucement avant que Romeo ait le temps de tomber amoureux de moi ? Serais-je juste de mauvaise humeur ? La faute aux hormones ? La nostalgie ?

Je touille mon chocolat chaud et me concentre sur la tâche.

– Shortbread ?

– Oui ? dis-je en levant brusquement les yeux.

– Pourquoi sembles-tu si déprimée ?

Parce que tu ne ressens toujours rien pour moi. Tu acceptes simplement que je sois dans ton quotidien. Comme on accepte un nouveau collègue ou un nouveau voisin. Une personne entrée dans notre vie pour y rester.

J'essaie de ravaler ma frustration, mais j'en suis incapable. L'idée de me mettre au lit ce soir avec lui, de partager mon corps sans partager la moindre pensée, cette idée me hante. Je m'approche pour lui répondre :

– Parce que ceci n'est pas réel.

– Élabore ta pensée.

– Ça. *Nous.*

Je pousse un soupir et repousse mon chocolat. C'est sérieux quand je ne suis pas d'humeur à avaler quelque chose de sucré. Alors je me lance :

– Nous partageons tant de choses et pourtant rien du tout. Tu ne me connais pas. Pas vraiment. Tu n'as même pas cherché à en savoir plus sur moi.

Tu t’es ouvert à moi et je t’en suis reconnaissante. Mais tu ne sais rien de qui je suis. Rien d’attirant, rien qui me rende plus attrayante ou attachante à tes yeux. Tu ne connais pas ma couleur préférée. Mon plat préféré. Ni quels sont mes rêves…

– Ta couleur préférée est le bleu.

Bon Dieu, est-ce qu’il pourrait avoir l’air plus désintéressé ?

Mais il a raison. Je suis sous le choc.

Il se repose contre le dossier de sa chaise et continue :

– Tu portes toujours du bleu. Cette couleur te va très bien au teint. Et tu es toujours attirée par les choses bleues. De ta coque de téléphone Henry Plotkin à ton sac Chanel préféré : tout est bleu. Quant à ton plat préféré, je dirais *lomo saltado. Extra aji verde.*

Même le plus petit des sourires en coin de sa part provoque des ondes de désir en moi.

– Tu commandes ce plat trois fois par semaine. Le livreur connaît quasiment le code pour entrer chez nous par cœur. Tu varies toujours les plaisirs dans les autres restaurants. Mais pas dans les établissements péruviens.

Pile-poil. Encore. Je suis peut-être plus transparente que je le pensais. Je réprime un sourire, sachant que si je le laissais libre de s’exprimer, il verrait à quel point je l’aime comme une idiote. *Oh, non. Alors c’est vrai ? J’aime Romeo Costa.*

Le plus froid et le plus antipathique des hommes de la planète Terre. Le dieu de la guerre.

Toute humidité quitte ma cavité buccale. L'adrénaline me réveille de ma torpeur post-coïtale.

– Mais tu ne connais rien de mon rêve. Le vrai. Pas ceux dont je parle pour rigoler.

– Avoir des enfants ? demande-t-il en arquant un sourcil interrogateur.

– C'est un but, pas un rêve.

– Alors non. Je ne sais pas. De quoi rêves-tu, Dallas Costa ?

D'être Dallas Costa parce que tu l'as choisi et non pas parce que c'est une étape dans ton plan.

J'ai un autre rêve aussi. Un rêve bien plus ancien.

– Je veux une maison qui soit également une bibliothèque.

– Une bibliothèque dans la maison ? me corrige-t-il, perplexe.

– Non, ce n'est pas ce que j'ai dit. Je veux une maison transformée en bibliothèque. Chacune de ses surfaces. Toutes les pièces doivent avoir des rayonnages sur tous les murs, du sol au plafond. Peu importe la pièce. Cuisine. Salle à manger. Toilettes. Partout.

Il m'observe comme si j'étais une œuvre d'art intrigante sur laquelle il venait de tomber dans un musée. Complètement nouvelle à ses yeux. Il hoche doucement la tête, se munit de sa boîte métallique et pose un petit cube de chewing-gum sur sa langue.

– Maintenant je le sais.

Eh bien, voilà qui est décevant.

J'avale une grosse boule dans ma gorge. Je me sens stupide et puérile. Je change le sujet de la conversation.

– Alors tu ne te sentais pas bien aujourd'hui et tu es venu me voir. Attention. Je pourrais penser que tu commences à avoir des sentiments pour moi.

Ma blague tombe complètement à plat. On dirait plus une accusation qu'une réflexion pour flirter.

– J'avais besoin de tirer un petit coup et de laisser sortir toute la rage qui bouillait, dit-il en attrapant une bouteille d'eau pour en boire une gorgée. Rends-toi service et ne va pas chercher plus loin. Je n'aime pas te blesser, Shortbread. Tes sentiments sont précieux. Tout comme toi, d'ailleurs.

C'est le pire des compliments. On ne m'en a jamais fait d'aussi terrible. Il arrive à être condescendant, traître et méchant à la fois. Et je ne peux même pas le lui dire, parce qu'il saurait à quel point il m'a fait mal.

– Eh, Romeo ?

– Moui ?

– As-tu remarqué que tu n'as pas mâché compulsivement de chewing-gum ces derniers jours ?

Moi, si. Je remarque tout à propos de lui. Il penche la tête pour me répondre :

– Effectivement. Ça fait quelque temps.

– Un de ces jours, tu vas devoir me dire pourquoi tu aimes tant les chewing-gums et le silence.

Je le taquine et accompagne mes paroles d'un mouvement de pied sous la table contre le sien.

– Pourquoi est-ce que ça te fascine autant ?

– Parce que nos habitudes disent qui nous sommes. Tes petites habitudes sont un morceau de ta personnalité. Et j'ai envie de reconstituer ce puzzle, Romeo Costa. Enfin, si tu me laisses faire.

Il se lève d'un bond en embarquant sa bouteille d'eau.

– Je vais travailler dans mon bureau. Merci pour la baise, Shortbread.

CHAPITRE 57

ROMEO

Merci pour la baise, Shortbread ?

Je mérite une bonne baffe de la part de toutes les femmes de la Terre.

Mais bon, je le pense toujours.

Même si ses sentiments ont *effectivement* leur importance, il ne faudrait pas que Dallas confonde la nature cordiale de notre relation avec du romantisme. Pour être honnête, Morgan n'a rien à voir là-dedans.

Mon cœur avait pourri depuis longtemps quand elle est entrée dans ma vie.

Non. Ce qui m'alarme, ce n'est pas mon cœur mort. C'est le danger qu'incarne ma femme, ce qu'elle pourrait lui faire. Le dépoussiérer d'un adorable souffle. Savonner sa pierre tombale de ses mains habiles. Lui insuffler la vie avec son insupportable, mais indéniable douceur.

Depuis son portrait dans mon bureau, Shortbread se dresse au-dessus de moi. Son regard s'accroche à mon profil alors que mes mocassins écrasent le tapis. Dans un sens, puis dans l'autre.

Alors oui, le courant passe bien entre nous. Je lui fais confiance. J'apprécie même sa compagnie. Sa chatte est de loin ce que j'ai goûté de plus doux, peut-être à cause des quantités phénoménales de sucre qu'elle ingurgite au quotidien.

Mais il n'y aura jamais plus que ça.

Et comment pourrais-je garder ma femme en lui offrant seulement une fraction de ce qu'elle mérite ? Nous savons tous les deux qu'elle vaut mieux que ça.

Je ne vais pas dans sa chambre ce soir-là.

Ni le suivant.

Non, je vais chez Oliver avec Zach. Ils rentrent tout juste de notre séjour annuel dans le Colorado avant Noël pour faire du snowboard. Voyage que j'ai éludé pour la première fois de ma vie.

Les gars jouent au billard pendant que je sirote une bouteille, perché sur une machine d'arcade vintage pour jouer à *Pac-Man*. Un match des Commanders passe sur l'écran devant eux.

Une soirée plaisante dans l'ensemble.

Maintenant que je passe le peu de temps libre dont je dispose avec Shortbread, ces soirées potes devraient me manquer.

Mais bizarrement, ce n'est pas le cas.

– Alors, quand penses-tu lui accorder le divorce ? demande Oliver en s'allumant un cigare.

Il récupère au passage un string entre les coussins de son canapé en cuir naturel et le jette à la poubelle. Bon sang, j'avais oublié que cet endroit est un laboratoire pour les maladies vénériennes dont l'objectif est d'en créer de nouvelles.

Je m'avance vers le bar pour étudier son impressionnante collection d'alcools.

– Qui a dit que nous allions divorcer ?

– *Toi !* s'esclaffe Zach depuis le billard.

– Plusieurs fois, surenchérit Oliver.

– Six fois, même, précise Zach qui en plus d'être un génie semble avoir la capacité de mémorisation d'un troupeau d'éléphants. Je peux te réciter tous nos échanges en incluant la date et le contexte.

– Je crois que tu as très précisément dit : « Les tableaux sont rarement accrochés au même mur pour toujours », ajoute Oliver en se grattant la tempe.

J'ouvre le frigo et les avertis :

– Dallas et moi avons trouvé un accord.

– Bien essayé, commente Oliver en fourrant un string rouge dans sa poche alors qu'un nuage de fumée lui sort de la bouche. Ta femme et toi parlez à peine la même langue.

Je tente une nouvelle tactique :

– Si nous divorçons, ce ne sera pas tout de suite. Je ne suis pas pressé. Elle non plus. J'ai des problèmes plus urgents à régler.

Zach et Oliver connaissent mes projets pour Costa Industries. Et leurs raisons. Je ne leur cache rien, mis à part mes sentiments complexes vis-à-vis de Dallas. Mais ces derniers sont assez récents et il n'y a pas grand-chose à en dire.

– Pas vraiment, relance Oliver qui fait le tour de la pièce en dénichant de la lingerie de différentes tailles, styles et couleurs pour la jeter dans sa poubelle. Elle va vouloir des enfants un jour ou l'autre.

– Je les lui donnerai, dis-je, irrité, sur un ton tranchant.

Zach passe à côté de sa balle et tape sur la bordure. Une demi-douzaine de soutiens-gorge tombe des mains d'Oliver. Leurs sourcils respectifs se retrouvent très haut sur leur front.

Zach digère l'information en premier :

– Ah oui, tu ferais ça, toi ?

J'attrape une bouteille de bière par le col, sans même lire l'étiquette, et en dévisse la capsule.

– J'ai besoin d'un héritier. Elle a besoin d'un hobby.

– Depuis quand as-tu besoin d'un héritier ? glousse Oliver en renversant sa tête en arrière. La dernière fois que nous avons abordé le sujet, tu t'étais tellement encroûté du pénis que tu t'étais refait une virginité rien que pour éviter d'avoir des enfants.

– Il faut bien que quelqu'un hérite de ma fortune.

Zach tape encore dans les bandes de la table de billard et propose :

– Fais un coup à la Bill Gates et MacKenzie Scott : donne presque tout à des œuvres de charité.

– Tu me connais ? réponds-je d'un air sévère. Si je rencontrais l'incarnation de la philanthropie dans une ruelle sombre, elle ferait semblant d'être morte pour ne pas avoir à me parler et je la tuerais *quand même* juste pour le sport.

Zach claque la langue et met du bleu sur sa queue de billard.

– Ce que j'en déduis, c'est qu'on est à peu près certains que tu baises ta femme.

Oliver finit la fumigation de son antre de la masculinité et le ramassage de lingerie laissée par ses coups d'un soir. Il passe ensuite à la récolte des emballages de préservatifs par terre. Pourquoi me suis-je dit que ce temple de la luxure était un cadre digne de recevoir ma cérémonie de mariage ?

– Et qu'elle est *douée* pour se servir de sa tête et de tout ce qui la compose.

– C'est l'hydre de Lerne, approuve Zach. Elle n'a pas assez d'une tête pour briser la glace. Je pense qu'elle en a environ cinq, minimum.

– Arrêtez de parler de ma vie sexuelle, dis-je d'un ton mordant.

– Sa sœur est majeure, c'est bon ?

Je lui jette ma bouteille de bière à moitié vide en peine tête.

Gros con.

***

Ce soir-là, je n'ai pas rendu visite à Dallas dans sa chambre.

Principalement pour me prouver que je contrôle toujours la situation. Nous ne sommes pas obligés de passer du temps ensemble.

Je ne suis pas obsédé.

Sa chatte brûlante ne me manque pas du tout, la chaleur de ses baisers non plus.

Pas quand je suis allongé tout seul dans mon lit bien trop grand et bien trop froid.

Et pas quand je regarde le plafond en me demandant quel supplice je vais bien pouvoir inventer pour Madison Licht demain matin.

CHAPITRE 58

ROMEO

Depuis le début, nous avons convenu que Dallas passerait Noël avec sa famille et moi avec la mienne. Un accord passé dans les rares moments où nous discutions avant de retirer nos vêtements. Nous pensions que c'était une bonne idée. Le problème, c'est que je me demande comment je vais pouvoir tolérer cinq jours sans Dallas à mes côtés.

Cette terrifiante perspective me pousse à tenter une expérience. Je projette d'éviter Shortbread pendant quelques jours pour me prouver que je suis capable de vivre ma vie sans enfoncer ma bite ou ma langue dans son corps, comme pendant mes trente et une premières années.

Le premier jour, je suis rentré assez tard à la maison pour qu'elle soit déjà endormie.

Le deuxième, je suis arrivé avec un invité. Oliver. Voilà qui la gardera à bonne distance.

À ma grande surprise, Shortbread n'est pas dans la cuisine quand nous entrons. C'est pourtant son habitat naturel. Elle n'est pas non plus dans le séjour ni dans mon bureau (elle aime y lire et y laisser des miettes de goûter ou de collation juste pour me rappeler que je n'aurai plus jamais de maison propre).

Oliver se sert une part de ce que Hettie a préparé un peu plus tôt pendant que je prétends ne pas être déconcerté par le comportement inhabituel de Dallas.

J'aboie sur la cuisinière alors qu'elle lutte pour enfiler une doudoune.

– Hettie ! Est-ce que Short… euh, Dallas est là ?

Elle se tourne vers moi en fronçant les sourcils.

– Ce n'est pas le jour de la sortie du quatorzième livre d'Henry Plotkin ? Elle fait probablement la queue devant la librairie de Potomac pour essayer de dénicher une première édition dédicacée.

Ah, mais oui. Elle adore ces idioties.

Je jette un coup d'œil à l'extérieur d'un air sévère. La neige s'entasse par amas blancs.

– Elle était bien couverte en sortant ?

La tête d'Oliver se lève brusquement de son bol de ragoût de bœuf. Il me regarde, bouche bée, une cuiller lui tombant des lèvres.

– Oh, je ne l'ai pas vue partir. J'achetais mes cadeaux de Noël.

Hettie enroule trois fois l'écharpe autour de son cou et enfouit les mains dans ses mitaines. Il fait si froid qu'elle empile les couches de vêtements pour supporter la petite traversée de la pelouse pour rejoindre sa résidence.

– Elle porte probablement une robe d'été et des sandales.

– La connaissant, probablement, confirme Hettie en riant.

Elle nous salue d'un signe de la main avant de sortir.

Je reste de marbre encore quelques secondes tandis qu'Oliver me dévisage d'un air curieux. Il charge sa cuiller de nourriture et avale son contenu.

– Tu peux l'appeler, tu sais.

Effectivement. Mais elle ne répondra jamais. Elle n'a sûrement pas aimé me voir disparaître ces derniers jours.

– Je vais chercher un manteau et une écharpe et les donner à Jared pour qu'il les lui apporte. Je reviens tout de suite.

Je secoue la tête pour feindre l'exaspération, mais je suis plus inquiet qu'énervé.

Dans l'escalier, je me rappelle que je ne dois rien à Dallas. Notre mariage est un arrangement et elle le sait très bien. Nous ne nous sommes pas vus pendant quelques jours, et alors ? Ce n'est pas comme si elle avait cherché ma compagnie, non plus.

Quand j'atteins sa chambre, je suis surpris de la trouver à l'intérieur. Encore plus de la voir au lit. Shortbread ne songe jamais à dormir avant une heure du matin. Pourtant, le radio-réveil sur sa table de chevet indique en rouge bien vif qu'il est dix-neuf heures. Sa rose a flétri, il ne lui reste plus que deux pétales, s'agrippant à ce qui leur reste de vie. Je n'arrive pas à comprendre pourquoi elle ne s'est pas débarrassée de cette horreur.

– Laisse-moi deviner, dis-je en entrant en trombe dans sa chambre. Tu as recruté quelqu'un pour faire la queue à ta place et ne pas avoir à bouger ton précieux petit cul…

Le reste de ma phrase se coince dans ma gorge quand je l'aperçois enfin.

Dallas Costa a vraiment une sale tête, probablement pour la première fois de sa vie. Une rougeur criarde s'étale sur ses joues, mais elle est livide partout ailleurs. Elle est aussi pâle que sa rose mourante. Ses lèvres sont gercées, sèches et ses yeux, voilés. Je pose la main sur son front. Elle est brûlante.

– Bon Dieu ! Tu as beaucoup de fièvre.

Elle est trop dans les vapes pour parler. Ou bouger. Depuis combien de temps est-elle dans cet état ? Hier déjà ? Suis-je passé à côté de ses problèmes de santé dans ma quête pour me prouver que ma bite n'a pas pris les rênes du carambolage sentimental qui s'annonce ?

Je retouche son front. Il est bouillant.

– Chérie.

– Va-t'en, s'il te plaît.

Les mots se bousculent dans sa gorge.

– Quelqu'un doit prendre soin de toi.

– Ce quelqu'un n'est certainement pas toi. Tu me l'as bien fait comprendre ces derniers jours.

Je garde le silence. Elle a raison. Je n'ai pas pris la peine de prendre de ses nouvelles. J'aurais peut-être aimé qu'elle prenne des *miennes*. En vérité, elle a déjà dépassé toutes mes attentes en essayant de faire fonctionner ce truc entre nous. Et moi, je lui ai claqué la porte au nez. Plusieurs fois.

– Shortbread, laisse-moi t'apporter des médicaments et de la tisane.

– Je ne veux pas que tu me soignes. Tu m'entends ?

Elle doit détester que je la voie dans cet état. Faible et malade.

– Appelle ma maman et Frankie. Ce sont elles que je veux.

J'ai du mal à avaler ça, mais je ne la contredis pas. Elle ne veut pas se sentir humiliée, je la comprends. Elle ne veut pas que l'homme qui s'est assuré de lui faire comprendre son insignifiance la soigne. Mon bobard est gros comme une maison, elle a dû le repérer à des kilomètres. Comment peut-elle croire que je ne ressens rien pour elle ?

– D'abord, je vais aller te chercher des médicaments, de la tisane et de l'eau. Puis je vais appeler Hettie pour qu'elle te tienne compagnie. *Ensuite*, j'avertirai ta mère, dis-je en lui remontant la couette sous le menton. Un point c'est tout.

Elle essaie de me chasser d'un geste de la main en grognant.

– M’en fous. Barre-toi. Je ne veux pas voir ta tronche.

Je lui donne ce qu’elle veut, mais comme toujours, pas comme elle l’entend. Le séquençage de mes actions après mon départ n’est pas celui que j’ai annoncé. J’ai commencé par contacter Cara pour qu’elle envoie un jet privé en Géorgie. Puis j’ai appelé ma belle-mère et Franklin (séparément) pour exiger qu’elles viennent. Ensuite, je suis allé dans la cuisine lui chercher de l’eau, de la tisane et de l’ibuprofène pour sa fièvre.

Évidemment, en fidèle branleur chronique qu’il est, Oliver est toujours attablé dans ma cuisine. Il se paye maintenant une énorme tranche de gâteau. Je suis à peu près certain que ce Red Velvet était pour Dallas.

Je collecte les choses dont j’ai besoin pour elle et lui demande d’un ton impérieux :

– Qu’est-ce que tu fais encore là ?

– Tu m’as invité, répond-il en se grattant la tempe du manche de sa fourchette l’air hébété. Tu voulais voir un match de foot. Tu te souviens ?

Non, je ne m’en souviens pas. Je ne me rappelle même pas ma propre adresse à l’heure actuelle.

– Va-t’en.

– Et le m…

Je lui arrache l’assiette des mains en me disant moi-même que mon comportement est plus sauvage qu’acceptable et lui coupe la parole :

– Ce gâteau n’était pas pour toi.

– Tu es devenu dingue en moins de dix minutes, commente Oliver en me dévisageant, les yeux écarquillés. Que t'est-il arrivé ? Est-ce que Durban n'a pas réussi à mettre la main sur le dernier Henry Plotkin et s'est vengée sur toi ?

Merde.

Ce bouquin.

Je vire Oliver tenant toujours sa fourchette sale et je compose le numéro d'Hettie de ma main libre.

Elle me répond en bâillant :

– Oui ?

– Dallas est malade. Vous devez venir ici vous occuper d'elle jusqu'à ce que ma belle-famille arrive dans environ deux heures.

– Ah ouais ? rétorque-t-elle, pleine d'énergie. Et qu'est-ce que vous allez foutre pendant ce temps ?

– Je vais me geler les couilles.

***

J'aurais pu envoyer Cara s'en occuper mais ça n'aurait pas été mon plus grand moment de galanterie. Cara approche de la soixantaine, souffre d'un mal de dos chronique et mérite de se reposer à Noël, mais j'ai fait pire. J'aurais même pu envoyer l'une de mes six autres assistantes moins qualifiées, merde ! Mais non.

Quelque chose me pousse à rejoindre les trois cents personnes qui font la queue devant la librairie pour avoir une chance de mettre la main sur le tout nouveau et dernier tome de la saga Henry Plotkin : *Henry Plotkin et le spectre cadavérique*.

Et je dois l'obtenir pour Shortbread. Même si je dois l'arracher des mains d'un orphelin de quatre ans en stade terminal d'une maladie incurable. Je n'aurai aucun scrupule à mettre le feu à tout le bâtiment si ça pouvait me permettre d'en sortir avec ce précieux bouquin. C'est ce qu'elle veut, ce qu'elle avait prévu de faire ce soir, et Dieu m'en est témoin, elle l'aura.

Je prends un air maussade et pincé quand une poignée de journalistes interviewent des gens qui se gèlent dans la queue pour savoir depuis combien de temps ils attendent (entre quatre et sept heures), comment ils projettent de passer leur temps jusqu'à l'ouverture de la librairie le lendemain matin (avec des boissons chaudes et un sac de couchage) et ce qu'ils pensent voir arriver dans ce dernier livre (là, je n'écoute plus).

J'en suis à me demander comment j'ai pu atteindre un tel abysse. Je n'ai jamais rien fait d'aussi inconfortable pour qui que ce soit. Et de loin. Pas même pour mon ex que je pensais pouvoir tolérer. Morgan aurait pu longtemps rêver pour que j'aille faire le pied de grue une nuit entière pour elle. Je pétais un câble quand elle m'envoyait chercher des tampons après vingt et une heure.

C'est peut-être par culpabilité que je souffre dehors par des températures glaciales, mais je n'en suis pas certain. Déjà, je n'ai aucune conscience morale. Ensuite, même si j'en avais une, je l'aurais utilisée quand je l'ai forcée à m'épouser et non pas pour avoir omis de prendre de ses nouvelles pendant quarante-huit heures.

De temps en temps (toutes les sept minutes exactement), j'envoie un SMS à Hettie en exigeant un bulletin de santé de Dallas.

Romeo Costa : Comment
se sent-elle ?

Hettie Cuisinière : Pas bien,
mais vous le savez déjà.
Elle a pris de l'ibuprofène
et a bu de l'eau. Là, je lui fais
une soupe appelée avgolemono.

Romeo Costa : Est-ce que sa fièvre
a baissé ?

Hettie Cuisinière : Depuis les cinq
dernières minutes,
soit la dernière fois
que vous m'avez posé la question ?
Non.

Hettie Cuisinière : La fièvre remonte
toujours le soir, alors arrêtez
de vous inquiéter.

Romeo Costa : J'ai appelé
le médecin. Il va passer
dans les quarante prochaines minutes.

Hettie Cuisinière : Quarante minutes ?

Hettie Cuisinière : J'espère
qu'elle va tenir tout ce temps.

Romeo Costa : ???

Hettie Cuisinière : JE DÉCONNE.
ELLE A JUSTE LA CRÈVE.

C'EST BON.
RELAX.

Je suis tellement relax que je ne sens même plus mon nez. Alors mes couilles…

Romeo Costa : Vous êtes virée.

La nuit se traîne. Le médecin est passé. Il a conclu de son examen qu'il fallait que la fièvre de Dallas baisse, ce qui lui vaut à mes yeux le titre de Médecin le Plus Inutile de la Planète. Il lui a prescrit du repos et recommandé de boire du liquide et d'apposer des compresses froides sur sa tête. Pour ce que ça vaut, Hettie partage mon analyse.

Hettie Cuisinière : Est-ce que
vous avez vraiment engagé
le chef des urgences de la clinique
Johns Hopkins ?
Le pauvre type avait l'air paumé
quand il s'est aperçu que Dallas
n'était pas sur son lit de mort.

Romeo Costa : Vous aussi vous avez
pensé qu'il ne servait à rien ?

Hettie est partie à l'arrivée de Franklin et Natasha, ce qui me force à ralentir sur les textos. J'essaie d'être sur la réserve avec ma belle-sœur, sachant que Dallas aime particulièrement me casser du sucre sur le dos avec elle.

Romeo Costa : Est-ce qu'elle se sent mieux ?

Franklin Townsend : Comme si t'en avais quelque chose à foutre.

Romeo Costa : C'est une question à laquelle on répond par oui ou par non.

Franklin Townsend : Non. Aucune amélioration.

Romeo Costa : Tenez-moi au courant.

Franklin Townsend : C'est pas toi le patron.

Romeo Costa : Dieu que vous êtes pénible. Une vraie peste. J'espère vraiment qu'Oliver finira avec vous quand vous en aurez l'âge.

Franklin Townsend : Hein ?

Une décennie plus tard, le soleil perce enfin le ciel pâle et gris de ce matin réticent. La boutique ouvre. Les gens se précipitent à l'intérieur. Il me faut quinze abominables minutes pour atteindre la caisse.

Le caissier, un gamin, ouvre le livre pour le feuilleter pendant qu'il scanne le code-barres.

– J'ai hâte de savoir comment Henry se sort de ses problèmes avec le duc d'Hollowfield, pas toi ?

– Attention au dos du livre, sinon, je brise le vôtre, dis-je en sortant brusquement ma carte de mon portefeuille.

Il me dévisage, bouche bée, essayant de fermer le volume sans trop trembler.

– Un sac ?

– Donnez-le-moi. Je ne vous fais pas confiance, vous pourriez l'abîmer encore plus.

Je le fourre moi-même dedans pour l'emballer proprement.

Alors que Jared circule entre les rues bordées d'arbres en passant devant de gigantesques demeures au gazon impeccable et aux décorations de Noël généreuses, je ne peux pas m'empêcher de douter de mon tout nouveau cadeau de Noël pour Dallas.

À l'origine, j'avais acheté un week-end dans un Spa dans le Tennessee pour Franklin et elle, mais ce livre semble bien plus porteur de sens. Je ne dirais pas que cette perturbante sensation d'être pressé que quelque chose arrive est étourdissante, mais je ne suis définitivement pas mécontent à l'heure actuelle.

Quand j'arrive à la maison, il est assez tôt pour que Vernon ne soit pas arrivé. Une Hettie au regard endormi se déplace d'un pas bancal dans la cuisine pour retrouver la pâte feuilletée qu'elle prépare tous les soirs pour le petit déjeuner de Dallas.

Je m'arrête devant l'îlot central en m'agrippant fermement au livre, comme si un meuble pouvait me le voler.

– Dallas est dans sa chambre ?

– Elle dormait quand je suis arrivée, mais Frankie m'a dit que sa fièvre avait baissé.

– Comment se sent-elle ?

Hettie bâille et rassemble ses cheveux aux pointes roses en queue-de-cheval sur le sommet de son crâne.

– Assez bien pour refuser tous les sirops contre la toux qu'on lui a proposés.

– Pourquoi ?

– Elle dit qu'ils sont dégueus.

– Ce sont des médicaments. Ils ne sont pas censés avoir bon goût.

– C'est vraiment mauvais. Sur l'étiquette, il y a écrit que c'est au raisin, mais à l'odeur, on dirait plus un mélange de cornichon et de pâté sucré, m'informe-t-elle, le nez plissé de dégoût. Entre Vernon, sa famille et plusieurs personnes qui travaillent ici, nous avons regardé chez tout le monde pour trouver des cachets. Ils n'ont rien. Le pharmacien nous a dit qu'un sale virus tournait en ce moment.

– Je m'en occupe, dis-je en attrapant au vol ladite bouteille sur le plan de travail. Est-ce que sa sœur et sa mère sont avec elle ?

– Frankie, ouais. Natasha est allée dormir dans une chambre d'amis. Je crois qu'elle s'est autorisé une pause parce que Dal se sent mieux.

Je monte les marches quatre à quatre. À chaque pas, mon humeur s'allège. Les intonations de la douce et belle voix cristalline de Shortbread m'accueillent dans le couloir. Calme, mais c'est indéniablement elle.

Pourquoi m'a-t-il fallu attendre aujourd'hui pour m'apercevoir que j'appréciais le son de sa voix ? Son existence en général ? Peut-être parce qu'il s'agit du seul son que je peux supporter en dehors du silence absolu que chérissent mes oreilles.

Quand j'arrive à sa porte, je lève le poing avec la ferme intention de frapper. J'ai tellement hâte de lui montrer le livre. Je suis pris d'une sorte de fierté puérile. Je suppose que c'est ce que ressentent les enfants quand ils font quelque chose de nouveau qu'ils savent important aux yeux de leurs parents pour gagner leur approbation. Enfin, je crois. Les miens ont rarement fait attention à moi.

– … J'arrive pas à croire que tu ne m'as pas dit que vous avez fait… euh crac-crac.

Franklin utilise encore cette expression désuète et tente de chuchoter en criant tant elle est excitée.

Un petit rire se loge dans ma gorge. Je ne suis pas du genre à écouter aux portes, mais rester caché quelques secondes pour entendre la réponse de Dallas n'entrera pas dans ma liste des dix mille pires trucs que j'aurai faits dans ma vie.

– C'est comment ? Ça fait quoi ?

– En vrai, ça va, enfin je crois, répond-elle en toussotant, encore faible. Je ne souffre pas trop.

Si ça, c'est pas un euphémisme, ma belle...

– Donc en fait, tu l'aimes bien ? s'étrangle Frankie en retenant son souffle.

Pour une étrange raison, je fais de même.

Il n'y a aucune pause ni hésitation dans la réponse de Dallas.

– Bon Dieu, Frankie. Bien sûr que non. Je te l'ai déjà dit, ce type est l'équivalent humain d'une injection de chlorure de potassium. Ça n'a pas changé du tout.

Je me prends sa réponse comme un coup de poing dans l'estomac. Elle me frappe si fort que j'en perds l'équilibre.

À quoi tu t'attendais ? Qu'elle tombe amoureuse de toi après un mariage forcé et des mois passés à la réprimander ?

– Alors pourquoi tu fais crac-crac avec lui ?

Ah oui, pourquoi ?

– Parce qu'il ne me libérera jamais de cet arrangement. Alors autant en tirer un peu de fun au passage, non ? répond-elle avant de se moucher. En plus, je veux vraiment avoir un bébé. Tu sais que j'ai toujours désiré une grande famille Frankie. Ce n'est pas parce que je n'apprécie pas mon mari que je ne pourrais pas élever une famille que j'aimerai de tout mon cœur. En fait, plus tôt je tomberai enceinte, plus tôt je pourrai retourner à Chapel Falls. Il ne voudra pas de moi dans le coin quand j'aurai un enfant dans le ventre, de toute façon. Il déteste les enfants.

Je ne déteste pas les enfants.

OK, si en fait.

Sauf que récemment (ces derniers jours pour être précis), j'ai commencé à me dire que ce ne serait pas si terrible que Dallas et moi ayons un enfant. Surtout si cet enfant hérite de son regard noisette plein de curiosité et de son rire si attachant.

Et maintenant, je découvre que la seule raison pour laquelle ma femme me chevauche comme si j'étais sa monture préférée, c'est qu'elle veut fuir à Chapel Falls. J'entends toujours sa voix dans le couloir :

– C'est mon plan. Continuer à faire des allers-retours ici pour me faire engrosser et retourner en Géorgie jusqu'à avoir trois ou quatre enfants. Je suis certaine de ne pas lui manquer.

Mes mains tremblent et serrent le livre de plus belle. Mon souffle, tendu et laborieux, tourbillonne dans ma gorge. Je lui ai proposé le divorce, pourquoi ne l'a-t-elle pas accepté ? Pourquoi n'a-t-elle pas fui ?

Mais la raison m'apparaît comme un néon fluo devant les yeux.

Comme je le lui ai fait remarquer, elle serait retournée chez elle en femme déchue. Elle aurait dû tout recommencer depuis le début, se contenter des restes de ce que Chapel Falls aurait à lui offrir et supporter d'avoir mauvaise réputation pour le restant de ses jours.

Si elle porte mon enfant, elle peut aller et venir à sa guise. Elle aura toujours ce statut d'épouse parmi les gens les plus riches du pays.

Personne n'osera dire quoi que ce soit de négatif à son sujet. La bonne réputation de sa famille, sa dignité et le respect qu'elle attend resteraient intacts.

– J'espère qu'il va bientôt te mettre en cloque, glousse Frankie. Tu me manques tellement. J'ai tellement hâte que tu reviennes à la maison.

– Moi aussi, Frankie. Crois-moi.

Je n'aurais pas dû me sentir aussi mal que quand je suis tombé sur Morgan sur la table de ma salle à manger en train de se faire bouffer la chatte par mon père. Pourtant, j'ai l'impression que c'est mille fois pire.

C'est comme si Dallas avait pris un couteau, qu'elle m'avait entaillé le bide pour donner mes organes en pâture à une meute de loups.

Ce degré de trahison est tout bonnement incompréhensible.

C'est tellement ironique ; j'ai toujours cru que sa déloyauté viendrait par Madison Licht, alors que depuis le début, Dallas ne voulait de personne d'autre.

C'est juste qu'elle ne voulait pas de *moi*.

Alors je fais demi-tour et remonte le couloir, puis descends l'escalier en balançant ce stupide bouquin dans la première poubelle venue. Si elle ne veut rien avoir à faire avec moi, elle n'a pas besoin de me le dire deux fois.

Je vais lui accorder l'espace dont elle a besoin.

Et même plus encore.

CHAPITRE 59

ROMEO

Reconnaissant peut-être un véritable moment de crise quand il en a un sous les yeux, Zach me propose de venir squatter chez lui pour les fêtes. Pour le réveillon de Noël, je me traîne lamentablement chez mes parents, surtout parce que je sais que mon père a très envie de prendre sa retraite. Le poste de P.-D.G. ne m'a jamais semblé aussi proche. Même si j'ai l'impression de m'être fait rouler dessus un million de fois par notre blindé léger tout pété, je décide de finir consciencieusement ce que j'ai commencé et d'achever Costa Industries.

Le dîner est un non-événement absolu pendant lequel Monica passe son temps à geindre à propos de la maladie de Dallas (elle lui aurait apparemment rendu visite un peu plus tôt dans la journée, ce qui lui a donné matière à nous annoncer qu'elle était atteinte d'une fièvre persistante) et Senior qui chipote avec sa nourriture par manque d'appétit.

Zach et ses parents séjournent à Plitvice pour les vacances, ce qui me permet de rester tout seul chez lui et de réfléchir à l'information que m'a communiquée ma belle-mère par SMS quand je suis revenu de ce médiocre repas.

Natasha Townsend : Bonsoir Romeo,
Je voulais te tenir au courant
de la situation puisque ton personnel
de maison est en vacances.
La fièvre de Dallas ne baisse pas.
D'après son médecin, elle est aussi
atteinte d'une pneumonie maintenant.
Il lui a prescrit des antibiotiques.
Franklin et moi allons rester
dans tes chambres d'amis.
As-tu prévu de rendre visite
à ta femme dans un avenir proche ?

Le ton passif-agressif ne m'échappe pas. Je ne peux pas lui en vouloir. J'ai disparu alors que sa fille, ma femme, souffre d'une pneumonie pendant les fêtes de fin d'année. Je suis au sommet de l'échelle des maris pourris. Pourtant, je doute qu'elle apprécie la réponse que j'ai ébauchée dans mes brouillons pour elle :

Romeo Costa : Bonjour
madame Townsend, Désolé d'être
absent. Je suis actuellement absorbé
par un important programme :
j'alterne la consommation d'alcool
excessive pour essayer de me tuer
et l'échange de coups de poing

dans les bars pour évacuer la rage,
provoquée par votre fille
qui a été très claire
dans ses propos. Ce que je pensais
être une véritable relation est en fait
le produit de ses manœuvres
désespérées pour m'échapper.
J'arriverai dès que je me serai remis
de l'idée que je ne suis qu'un tas
de fric et un jouet sexuel
plein de sperme à ses yeux.

Affalé sur un canapé en cuir minimaliste dans le salon de Zach, un verre de whisky qui coûte une fortune entre les mains, je prends conscience d'une chose : je suis indubitablement amoureux d'elle alors que je n'en ai pas envie. C'est totalement inapproprié. En fait, l'une de ses rares qualités quand je l'ai épousée était, à mes yeux, mon absolue certitude que jamais je n'aurais de sentiments pour elle. Tout ce que je trouvais bizarre et frustre chez elle a fini par devenir ma kryptonite.

Le verre dans ma main devient le troisième, puis le cinquième, et j'en passe. Jared étant en vacances, je finis par me retrouver dans un Uber, enturbanné dans une écharpe Burberry avec trois tours de laine sur le visage pour ne pas être reconnu. Pour une raison qui m'est étrangère, je choisis de me rendre dans les locaux de Costa Industries. Il n'y a pas âme qui vive dans le bâtiment, à part l'équipe de sécurité réduite à sa plus simple expression, alors je m'affale sur le marbre du hall et je m'enfile du whisky à même la bouteille.

Je lâche un rire sans humour.

Tu t'es pris une balle pour elle.

Tu as enfreint ta règle de vie « pas d'héritier » pour elle, ou du moins, tu en avais l'intention.

J'ai accepté ses exigences, ses défauts, ses passions et ses habitudes. Et elle ne veut toujours pas de moi. Je ne vois vraiment pas l'intérêt d'essayer de la convaincre du contraire. Le pire, c'est que même si je lui en veux de s'être approprié mon amour, je m'inquiète toujours pour elle. Même après tout ce qu'elle a dit sur moi à Franklin, j'ai envie d'être à ses côtés. De lui tenir la main. De m'occuper d'elle.

J'avais tort. Je n'ai jamais aimé Morgan. Ce que je ressentais pour elle, c'était de la possessivité et le sentiment que tout m'était dû. Mais c'est à ça que ressemble l'amour. Comme si l'un de mes organes était dans les mains de quelqu'un d'autre et que je ne pouvais pas le récupérer même si j'en avais envie.

Je déteste être amoureux de Shortbread, chaque instant est un supplice.

Mais ça ne les en rend pas moins vrais.

***

Je trébuche au milieu de la porte tambour de Costa Industries et je tamponne un gros lourdaud non alcoolisé au visage impassible. Malheureusement, je ne suis pas assez bourré pour halluciner. Oui, c'est bien Madison Licht qui se tient devant moi, dans toute la gloire de son mètre soixante-quinze. Ou du moins dans toute sa modestie.

– Eh bien, eh bien, qu'avons-nous là ?

L'air glacial nous fouette tous les deux, mais puisqu'il a un teint de bonhomme de neige en train de fondre, ses joues sont les seules à devenir rouges comme un clown.

– On se prépare aux fêtes de fin d'année en buvant seul ?

– Tout le monde ne peut pas se rouler dans la fange du plaisir de voir son entreprise s'effondrer. Comment va Licht Holdings, au fait ?

Je mets la main sur mon téléphone pour appeler un Uber. Cinq minutes d'attente, putain. Madison serre les dents :

– Nous saurons remonter la pente. Comme toujours.

– En ville, on dit qu'en plus de votre montagne de problèmes juridiques, vous avez planté plus d'audits que le Pentagone. Si seulement vous aviez un expert de la finance avec une décennie d'expérience dans le secteur de la défense.

– Plutôt crever qu'accepter la moindre aide de ta part.

– J'espérais cette solution, dis-je en balançant la bouteille de whisky dans une poubelle à proximité. Préparons donc cette mort prématurée.

– Tellement suffisant ! s'exclame-t-il, la fumée lui sortant presque des naseaux. Tu te crois vraiment au-dessus de tout le monde, intouchable, c'est ça ?

Je sais que c'est lui qui a fait fuiter l'info de notre démo ratée à la presse. Je laisse échapper un rire amer.

– Oh si, on peut me toucher. Ton ex-fiancée me touche tout le temps. *Partout.* Elle est délicieuse. Merci pour ça, d'ailleurs.

Madison avance et attrape le col de ma chemise. Il n'aurait jamais réussi à faire ça ou à s'en tirer si j'avais été sobre. Son haleine de chacal m'assaille.

– N'oublie pas que je connais ton petit secret. Que Morgan m'a révélé tes peurs les plus intimes et les plus sombres avant de se faire baiser.

– Mes secrets ne peuvent pas me tuer.

Je prends conscience pour la première fois que c'est la vérité. Le passé n'est que ce qu'il est : le passé. Aussi atroce, douloureux et insupportable qu'il soit.

Il me relâche, lève le pouce au niveau de son cou, me fait signe qu'il le tranche en me regardant droit dans les yeux et conclut :

– Mais *moi*, je le peux.

***

Je me lève le matin de Noël avec une gueule de bois carabinée et un message de Frankie. Je ne sais pas trop lequel est le pire.

Franklin Townsend : Je pars demain
avec maman. Tu ferais mieux
de te ramener ici et de t'occuper
de ta femme ou je te jure
que tu ne trouveras pas grand-chose
en revenant. Je vais défoncer
toute ta baraque, Costa.

La rage est certainement une constante dans le clan Townsend.

Je continue à boire toute la journée en ignorant les femmes de la famille alors qu'elles essaient de me joindre sur mon portable et sur la ligne fixe de Zach. J'ai pris mes dispositions pour qu'Hettie et Vernon arrivent quelques heures avant le départ de Natasha et Franklin. Ils s'occuperont d'elle pendant que je m'apitoierai sur mon sort sur le canapé de Zach.

Vient un moment où j'en ai assez de boire et de regarder les murs, alors je sors de chez lui. Le froid glacial me fouette le visage alors que je marche d'un pas lourd à travers les monceaux de neige. Je suis confronté à une ville fantôme à chaque coin de rue de laquelle je croise des bars et des restaurants fermés. J'erre dans les rues jusqu'à sentir des engelures se former sur mon visage et je retourne chez Zach pour céder. Je lâche l'affaire et suis la volonté de mon cœur.

Romeo Costa : Comment va-t-elle ?

Franklin Townsend : Viens le voir
par toi-même, connard.

Romeo Costa : Je suis occupé.

Franklin Townsend : Moi aussi.
Arrête de m'écrire.

Qu'elle aille se faire foutre.

Une nuit d'insomnie suit ma journée de merde. Quand le soleil se lève dans le ciel, je jette un coup d'œil à ma montre et prends conscience que Frankie, Natasha ont déjà décollé pour la Géorgie et j'appelle Hettie.

– Vous êtes là ? Elle va bien ?

J'arpente le séjour en usant le tapis de mes chaussettes (la famille Sun fait respecter une politique très stricte de « pas de chaussures à l'intérieur »).

– Bonjour à vous aussi.

J'entends le crissement de la neige et de glace fondue sous ses bottes. Sa respiration difficile perce quand elle continue :

– Je suis coincée à New York à cause de cette météo de merde. Il n'y a plus de bus ni de trains. On commence seulement à saler les routes, alors…

– Et vous ne me le dites que maintenant ?

J'ai hurlé dans le téléphone en courant vers mes chaussures. Tant pis pour son règlement intérieur. Je les lace en un temps record et enfile déjà mon manteau.

– Vernon ne sera pas là avant cet après-midi. Dallas est toute seule.

Cette idée me fout en l'air. Elle est malade. Elle peut me détester tout ce qu'elle veut et ne pas vouloir de moi à ses côtés, mais elle est malade. Je fonce sur la porte de Zach et avance vers sa Tesla. Ça ne le dérangera certainement pas. Et encore plus certainement : je n'en ai rien à foutre.

– Pour être honnête, Romeo, vous êtes en ville, alors…

Hettie ne finit pas sa phrase. Elle pense que je suis resté chez mes parents.

– Ramenez-vous juste le plus rapidement possible.

Je raccroche et appuie si fort sur la pédale pour rentrer chez moi que je bats Waze de quinze bonnes minutes.

***

Je suis accueilli par une maison vide et silencieuse. Je pousse un juron en me maudissant mille fois alors que je fonce dans l'escalier pour gagner la chambre de Shortbread. J'ouvre la porte sans frapper. Les politesses sont un luxe que je ne peux pas me permettre.

Une couette couvre sa succulente silhouette. Ce n'est qu'en approchant que je remarque ses yeux fermés. Des taches rouges marbrent ses joues. Sa fièvre doit avoir perduré. Une ribambelle de mouchoirs parsème sa table de nuit, ainsi qu'un assortiment de sirops et de bouteilles d'eau.

Je me prends la gravité de sa maladie en pleine tête. Une fois encore, je me dégoûte, j'en ai envie de vomir. Comment ai-je pu choisir mon si précieux *ego* plutôt que ma belle épouse ?

– Chérie ?

Je me précipite à ses côtés et pose la main sur son front. Elle est brûlante.

– Quand as-tu pris une douche pour la dernière fois ?

– Laisse-moi tranquille, grince-t-elle, les yeux fermés. Tu es très doué pour ça ces derniers temps.

– Je suis désolé. Tellement désolé.

Je m'agenouille à côté de son lit et prends sa main dans la mienne. Elle semble sans vie. Je dépose un baiser dessus et l'informe :

– Je vais te faire couler un bain.

– Je ne veux pas que tu fasses quoi que ce soit pour moi. Hettie va arriver bien assez tôt pour s'occuper de moi.

Elle préfère attendre que quelqu'un d'autre vienne l'assister. Dallas tourne la tête de l'autre côté pour que je ne la voie pas. À chaque fois que je crois que le couteau planté dans mon cœur ne peut pas causer plus de dommages, elle me prouve le contraire.

Je file dans la salle de bains attenante à sa chambre et prépare son bain. Tant que j'y suis, je change l'eau de sa rose, car je sais à quel point elle tient à cette horreur, puis je lui prépare une tasse de thé et une tartine au beurre de cacahouète.

Je m'installe sur son lit et la nourris, lui mettant un demi-bagel sous le nez et l'encourageant à manger.

– Allez, encore une bouchée, chérie. Tu peux le faire. Je sais que tu en es capable. Je t'achèterai toute la nourriture péruvienne de la terre si tu finis ça.

Elle ne répond pas. Ne me remercie pas non plus. Elle se contente d'avaler de petites bouchées sans même les savourer. Je ne peux pas lui en vouloir. Quels que soient ses sentiments pour moi, je suis sûr et certain qu'elle me soignerait si les rôles étaient inversés. Je suis un lâche. Un crétin puéril qui a voulu la punir de ne pas m'aimer.

Une fois la baignoire pleine, je la déshabille et la guide dans la salle de bains, puis traîne une chaise depuis sa coiffeuse. Si j'en crois ses grognements de plaisir, je pense ne pas trop me foirer en lui massant le crâne pour lui shampooiner les cheveux. Après les avoir rincés, je savonne son corps centimètre par centimètre avec une éponge douce. Le simple fait de respirer semble lui être douloureux.

Bien joué, connard. Comment as-tu pu être aussi égoïste ?

L'eau du bain ayant refroidi, je la porte jusqu'à son lit, la pose sur une serviette étalée et lui sèche le corps en lui tamponnant doucement la peau. Puis, je fais glisser une culotte le long de ses jambes, je retire la serviette et rabats la couette sur ses épaules.

– Tu as oublié le reste de mes vêtements, gémit-elle, trop faible pour m'engueuler.

– Je n'ai pas oublié. Nous allons faire tomber ta fièvre.

Avant que tu me fasses chuter, moi, avec un peu de chance.

Elle me regarde me déshabiller d'un air morne. Je conserve mon boxer en me glissant à ses côtés sous la couette. Je me place derrière elle pour qu'elle ne puisse pas me voir et la prends dans mes bras.

Le nez enfoui dans ses cheveux, je décide à cet instant que si elle est assez dingue pour m'accorder une deuxième chance, je lui donnerai tout ce qu'elle veut, sans lui poser la moindre question et n'exigerai rien en retour. Si grâce à ça, je peux la garder, j'accepterai une vie entière à me faire mener en bateau, lui faire un enfant et la voir partir à Chapel Falls pour ne revenir que lorsqu'elle en aura envie.

Shortbread tressaille entre mes bras.

Je la plaque contre mon torse, la gorge serrée de tous les mots qu'elle mérite d'entendre et que je n'ai jamais pu lui dire.

– Tu frissonnes, chérie ?

Ses épaules tremblent. Après une longue pause, elle me répond :

– Non, je suis triste, espèce d'idiot.

Je ne sais pas pourquoi, mais ça me fait un peu rire.

– Pourquoi ?

– Parce que tu m'as abandonnée.

– Je ne t'ai pas abandonnée, dis-je en en déposant un baiser sur son visage. Je pensais que tu ne voulais pas me voir.

C'est assez proche de la vérité, je suppose.

– Tu es mon mari. Qui d'autre aurais-je voulu voir ?

Ta mère et ta sœur, à qui tu as déclaré ne pas pouvoir me blairer.

– Je suis là, maintenant, et je ne vais nulle part.

Je caresse ses cheveux. Je ne peux plus m'empêcher de lui embrasser la joue. Mon corps absorbe sa fièvre, nos peaux sont plaquées l'une contre l'autre, nos chairs se mêlent.

– Je te hais.

– Je sais. Je me hais, moi aussi.

Me penchant en avant, j'embrasse sa joue, dépourvue de larmes. J'ai remarqué qu'elle ne pleurait jamais, même quand je m'y attends le plus. Encore un autre aspect de sa personnalité sur lequel je ne lui ai jamais posé de questions. J'espère qu'elle m'accordera la chance de le découvrir.

Dallas frissonne dans mes bras jusqu'à ce que sa respiration devienne régulière. Je sais qu'elle s'est endormie. Une autre chose s'est endormie sous elle : mon bras, mais je n'ose pas bouger d'un iota. Pas même quand une heure devient deux, puis trois, puis quatre et que je commence à avoir la certitude qu'il va falloir l'amputer quand elle se réveillera.

En fait, je n'accorde pas grande attention à mon bras, parce qu'enfin (putain, enfin !) la fièvre de Dallas commence à baisser. J'en prends conscience quand les draps se chargent de transpiration, sans l'odeur de la maladie. Elle se trémousse et grogne à mesure que celle-ci s'échappe de son corps. Je ne peux pas faire grand-chose d'autre que caresser ses cheveux humides, lui embrasser la nuque et l'observer retrouver la santé.

Tout le temps où je la tiens, je suis en admiration devant ce que je ressens. De me voir capable de donner de l'amour à quelqu'un sans rien attendre en retour. En admiration aussi devant le fait que je suis revenu dans son lit sans aucune raison. C'est là que mon cœur va certainement se briser.

CHAPITRE 60

DALLAS

Je reviens à moi dans une pièce sombre. Je m'étire dans mes draps humides. De petites étoiles blanches dansent devant mes yeux quand la réalité revient s'insinuer dans mon existence. Romeo est allongé à mes côtés, son corps musclé recouvre à moitié le mien. *Il est encore là.* Je gigote mes doigts et mes orteils pour essayer de garder mon calme. Je décide de ne pas lui dire que si mon corps ne voulait pas guérir, c'était à cause de lui. Mais dans mon cœur, je connais la vérité. Dès l'instant où je l'ai vu sortir en trombe de la cuisine en m'ignorant, un malaise vénéneux s'est emparé de moi, s'attaquant à mes organes les uns après les autres, jusqu'à ce que je doive lutter pour rester debout, respirer, *exister*.

Même si mes canaux lacrymaux semblent ne jamais avoir eu l'info, le reste de mon être semble en parfaite adéquation avec mon âme. Tous deux ne veulent et ne réclament que Romeo. Et ces deux entités, bien trop obstinées pour leur propre bien, ont décidé de se mettre en grève jusqu'à obtenir satisfaction. Une fois encore, mes romances me prouvent qu'ils ont raison. L'amour est un accident. Un truc qui vous tombe dessus sans pouvoir avoir le moindre contrôle ni la moindre considération pour votre sécurité.

Au début, j'ai été séduite par l'idée de lui tendre la main. Puis ma fièvre s'est mise à grimper en flèche et mes os sont tombés bien bas dans un abîme de douleur. Plus le temps passait, plus je me sentais mal. Plus je me sentais mal, plus j'étais en colère qu'il n'ait même pas pris une fois de mes nouvelles.

Et maintenant il est là. Je ne sais pas si c'est par obligation ou parce qu'il s'inquiète vraiment. Peu importe. Un sentiment absurde de gratitude vient me rendre le souffle qui me manquait. Je me sens mieux maintenant. Comme si j'étais toute neuve, en fait. Et j'ai hâte de regagner les bonnes grâces de mon mari. Nous sommes tous les deux presque nus dans mon lit, comme ça tombe bien. J'ondule des fesses contre sa bite, qui prend vie en quelques secondes. Pour quelqu'un d'aussi opposé à la reproduction, sa réaction virile est d'une fiabilité saisissante. Collant mon dos à son torse, je pose la tête sur son épaule et tends la main vers son sexe.

Il attrape mon poignet avant que mes doigts passent sous son boxer.

– Non, merci.

Ma respiration s'accélère. Mon sang bat dans mes tempes. Je croise son regard, froid et morne. C'est celui que j'ai vu lors du bal des débutantes. Pas celui de l'homme qui m'a préparé un chocolat chaud et a accepté de me faire cet enfant que je désire tant, de sacrifier ses propres projets pour les miens. J'essaie de lui parler d'un ton détaché :

– Tu n'as plus envie de moi ?

– J'ai plus envie de toi que de mon prochain repas. Ma prochaine nuit de sommeil. Ma prochaine respiration. Mais je ne peux pas me le permettre, Shortbread. Te céder pourrait juste me tuer.

Sentant mes yeux s'écarquiller, je me retourne brusquement.

– De quoi tu parles ?

Il se glisse hors du lit et enfile son pantalon en me tournant le dos.

– Tu te sens mieux ?

– Je… euh… oui. Je ne pense plus avoir de fièvre.

Je m'assieds et j'ai la tête qui tourne, probablement à cause du mouvement soudain et non pas à cause de la conversation, enfin, c'est ce que je me dis.

– Effectivement.

Alors il a vérifié. Puis il continue :

– Hettie est arrivée. Vernon aussi. J'ai parlé au docteur Reuben. Il viendra un peu plus tard pour t'examiner. Il t'a recommandé de prendre une dose supplémentaire de sirop pour éloigner les derniers vestiges de l'infection.

– C'est pas bon, dis-je l'air dégoûté.

– C'est un médicament.

Il attrape le minuscule gobelet et y verse une dose de sirop violet jusqu'à la ligne et le pose contre mes lèvres.

– Bois.

Je refuse d'un mouvement de tête.

– Shortbread.

Encore un non. Je sais que si j'ouvre la bouche, il le versera dedans. Non seulement ce truc a un goût de machin périmé, mais en plus, ça reste des heures dans la bouche. Le gobelet toujours contre mes lèvres, Romeo baisse le nez pour me caresser le creux du cou, l'ovale du visage et l'oreille.

Un gémissement m'échappe et il a juste le temps de glisser le produit dans ma gorge et de me murmurer :

– Avale.

Le terme *fair-play* ne fait absolument pas parti de son vocabulaire. Je m'exécute en fronçant les sourcils.

– C'est dégueulasse.

– Très bien. Souviens-toi de ce goût et ne tombe plus jamais malade.

– Ce n'est pas ma faute.

– Est-ce que tu es allée faire du patin sans manteau ? N'essaie pas de mentir. Tu as laissé tes tickets horodatés de la patinoire de Rockville sur ta table de chevet. En plus, Hettie a confirmé les faits.

– D'accord, j'aurais dû me couvrir davantage.

Il récupère son portefeuille et son téléphone, puis les fourre dans sa poche.

– Tu t'en vas ?

Cette question, je l'ai couinée en le regardant boutonner sa chemise. Il manque tellement à mes yeux que je n'ose même pas les laisser cligner. Il enfonce ses pieds dans ses chaussures.

– Oui.

– Mais… pourquoi ? demandé-je, la lèvre inférieure tremblante.

– Parce que tout ce que tu veux de moi, c'est que je te mette en cloque pour pouvoir retourner à Chapel Falls. Et tout ce que je veux, c'est me perdre en toi et ne jamais quitter ton lit. Tu es ma faiblesse. Une addiction. Une distraction.

Je sors du lit d'un bond. Ce mouvement abrupt me donne la nausée. Mes genoux flanchent. Romeo me rejoint en moins d'une seconde pour me redresser. Pourtant, son regard reste froid et impitoyablement rationnel. Je pourrais me liquéfier et me transformer en flaque de regrets ici et maintenant, autour de ses pieds chaussés de créations de Bruno Cucinelli. Furieuse, je lui tambourine le torse.

– Ce que tu dis n'a ni queue ni tête ! En aucun cas je ne veux retourner à Chapel Fa…

– Arrête de mentir !

C'est la première fois qu'il hausse le ton en me parlant. Depuis toujours. Il s'écarte violemment et passe la main dans ses cheveux ébouriffés d'un noir d'encre.

– Arrête de me mentir, Dallas. Je t'ai entendu dire à ta sœur à quel point tu me détestes et comment tu veux que je te mette enceinte pour pouvoir retourner chez toi.

Oh non. Non, non, non, non, non. Je n'arrive pas à croire qu'il ait assisté à cette conversation. Quel désastre. Je rejette la tête en arrière et me force à rire.

– Oh mon Dieu. Je lui ai menti, Romeo.

– Pourquoi ?

– Elle a découvert que nous avions des rapports. Mes draps puaient le sexe. Il a fallu que je trouve une excuse pour t'avoir autorisé à venir dans mon lit. Je ne me suis pas confiée à elle alors que je ne lui avais jamais caché quoi que ce soit. Elle se sentait trompée et écartée de ma vie. Elle était blessée.

Je ne me suis jamais demandé si lui aussi pouvait être blessé en m'entendant parler. Mais j'aurais dû. C'était un tissu de mensonges. Il arque un sourcil interrogateur et me demande :

– Et le fait qu'on s'entend bien n'était pas une réponse acceptable ?

– Non.

– Pourquoi ?

– Parce qu'elle ne comprendrait pas, dis-je après un soupir.

– Elle ne comprendrait pas quoi ?

Que je suis amoureuse de toi. De mon ravisseur. Mon ennemi. Ma bête.

– Parce que notre situation est compliquée et qu'elle ne comprend pas les relations humaines. Écoute-moi, Rom. Je ne veux pas m'en aller. Je ne veux pas retourner à Chapel Falls. J'ai menti à ma sœur et je réparerai mon erreur. Je te le promets. Mais il faut que tu me croies.

Je m'agrippe à sa chemise. S'il me laissait tomber maintenant, ma vie serait terminée. Ou du moins, la vie que je souhaite avoir.

Il baisse les yeux vers moi. Je vois bien qu'il ne veut pas m'accorder de crédit. Son instinct de conservation surdéveloppé le supplie de se préserver d'un autre trauma. Il ne veut pas qu'on lui brise le cœur à nouveau. Encore une fois par ma faute, il est confronté à la trahison, je n'arrive pas à y croire. J'en suis malade.

– Je n'ai aucune raison de te croire, finit-il par dire dans un calme mortel.

– Je sais.

Je reste agrippée à lui. Nous sommes si proches que je peux sentir son odeur. J'ai envie de me noyer dedans pour ne plus jamais faire surface.

– Alors pourquoi le devrais-je ?

– Parce que je te le demande, réponds-je avant de me lécher les lèvres. Et parce que ça devrait être suffisant.

Il souffle par le nez. Je sais qu'il ne veut pas me donner une nouvelle chance. Je sais aussi que c'est exactement pour ça qu'il m'a ghostée. Il veut se mettre en retrait de cette relation et de son intensité. Eh bien, je refuse. Je le veux. Je le veux lui, tout entier.

Posant les mains à plat sur ses joues, j'incline son visage vers le mien. Son front se pose sur le mien. Nos nez se touchent. Je respire fort et mes lèvres bougent sur les siennes.

– Tu n'es pas le seul ici à avoir une âme avec une touche de noirceur. J'irai loin, extrêmement loin, pour m'assurer que tu me reviendras. Tu es à moi. Je te veux. Et je ne renoncerai pas juste parce que tu as décidé que tu voulais essayer de vivre sans moi encore une fois.

Il n'en a pas fallu plus pour que ses lèvres fondent sur les miennes. Avant que je comprenne ce qu'il se passe, il m'attrape l'arrière des cuisses et me hisse sur lui. Mes jambes s'enroulent autour de sa taille quand il me porte à travers la chambre. Il enfouit la langue dans ma bouche et m'embrasse profondément, furieusement.

Je gémis et donne à ce baiser tout ce que j'ai avant d'avoir besoin d'air frais. C'est là que je prends conscience que nous sommes dans le couloir.

– On va où ?

Je lui mordille le menton et m'attaque déjà aux boutons de sa chemise. Je n'arrive pas à croire qu'une semaine entière s'est écoulée sans qu'on s'envoie en l'air.

– Dans ma chambre.

Il me fait des suçons dans le cou et écarte ma culotte sur le côté pour me doigter avec la main qui n'est pas enroulée autour de ma taille quand il précise :

– *Notre* chambre.

– Notre chambre ?

Je m'écarte un peu pour le dévisager, les yeux écarquillés.

– J'en ai assez de te demander la permission de te voir tous les soirs. À partir de maintenant, c'est aussi la tienne.

***

Le lendemain matin, Romeo est déjà dans son bureau lorsque je me réveille. Noël ou Nouvel An, il ne prend pas de vacances. Je fais l'étoile de mer dans son énorme lit, *notre* énorme lit, en souriant de toutes mes dents. Bizarrement, la journée d'hier a débouché sur l'abattage d'une de ses barrières psychologiques. Je suis maintenant bien plus près de devenir sa femme non seulement sur le papier, mais aussi dans les faits.

Mon ventre gronde, annonçant royalement la fin de sa trêve pour cause de maladie. Il exige d'être comblé, notamment de petits gâteaux de Noël tous plus décadents les uns que les autres. Mais le reste de mon corps a plus pressant à faire. Comme déménager toutes mes affaires dans la chambre de

Romeo avant qu'il change d'avis. Je me précipite dans le couloir en me rappelant que j'ai aussi besoin d'aller faire pipi. Je file vers les toilettes et m'assieds sur la cuvette en gloussant toute seule. Du coin de l'œil, je repère quelque chose dans la poubelle à côté du lavabo. Je m'essuie, tire la chasse et plonge dans les ordures. *Un sac de la librairie du coin ?*

Le cœur battant, j'en retire le contenu, même si je sais déjà ce que c'est. Le dernier livre d'Henry Plotkin. Le truc que je veux plus que tout. J'en ai le souffle coupé. Je ferme les yeux et presse le dos de mes mains contre mes joues fraîches et encore sensibles. Il y est allé. Romeo. Il a fait la queue toute la nuit devant la librairie pour m'obtenir le livre que je voulais, sachant que je ne pouvais pas m'y rendre moi-même.

Puis il est revenu le lendemain matin pour m'entendre lui casser du sucre sur le dos avec Frankie… Pas étonnant qu'il ait été en colère. Abominablement triste. Après s'être ouvert à moi. Après avoir partagé son corps et son avenir avec moi. Après tout ça. Et pourtant. Je compte pour lui. Il s'est inquiété pour moi. Il m'a soignée, s'est occupé de ma santé, il m'a baignée alors qu'il croyait que je m'inquiétais si peu de lui.

Je ne suis pas en train de tomber amoureuse de mon mari. Je fonce droit dans le piège d'une obsession furieusement malsaine.

S'il me quitte maintenant, je ne m'en remettrai jamais. Il sera toujours mon Romeo, sombre et parfait.

CHAPITRE 61

DALLAS

Ni le comportement froid et réservé, ni la soif de revanche de Romeo ne me perturbent plus que ça. Par contre, sa capacité à prendre ses distances avec tout être vivant me tue. D'autant plus quand j'entre dans cette catégorie.

Nous partageons le même lit tous les soirs, mais dès que le soleil se lève, nous allons chacun dans notre propre direction. Visiblement, parmi ses stratagèmes pour survivre, il y a : « Se convaincre que ses sentiments pour moi sont gérables. »

Même si j'ai très envie de chercher à attirer son attention, je m'en abstiens. Bizarrement, au bout d'un moment, je me suis mise à faire passer ses besoins avant les miens et c'est comme ça que j'ai compris à quel point j'avais plongé. Grand-Maman avait raison. L'amour est une maladie dont le premier symptôme est de faire passer le bonheur de l'autre avant le sien.

Au moins, nous faisons l'amour sans protection.

Au moins, j'abriterai bientôt un morceau de lui dans mon ventre, quelque chose d'aussi unique que lui, Romeo Costa.

Pendant mon temps libre, j'accepte des invitations à des galas, des événements caritatifs et même une soirée pour le Nouvel An. Au même moment, les paparazzi capturent des images de mon mari qui fait tourbillonner une très belle femme sur la piste de danse lors d'une soirée privée organisée par un milliardaire quelconque.

– Ton mec est canon, commente Hettie en agrandissant la photo sur un blog de potins mondains. La mère de Zach aussi.

J'observe le cliché, verte de jalousie devant les yeux rieurs de Romeo. Quand il l'a fait plonger en arrière, Mme Sun rayonnait d'une adoration et d'un amour tout maternels.

Une véritable affection que je n'ai jamais vu Monica lui offrir.

Mi-janvier, je décide de faire un saut à Chapel Falls. Je jette des robes et des escarpins dans la bouche béante de ma valise en lui disant :

– Il est temps que j'y aille. J'étais censée leur rendre visite à Noël de toute façon. Ils m'attendent depuis longtemps.

Ce n'est pas un mensonge à proprement parler, mais pas franchement la vérité non plus. J'ai besoin de prendre l'air. Récemment, j'ai remarqué que je regarde l'heure tous les soirs, car j'anticipe le retour de mon mari.

Les longues jambes de Romeo dépassent de la méridienne de notre chambre.

– D'accord. Par contre, une semaine entière, c'est un peu abuser.

Il fait claquer son chewing-gum et repousse un exemplaire du *Financial Times* sur ses genoux. Voici le seul homme de moins de soixante ans à être resté abonné à un magazine papier sans femme dépoitraillée dessus.

– Qu'est-ce que tu vas bien pouvoir faire là-bas pendant si longtemps ? Il n'y a pas de théâtre, ni de restaurant étoilé, aucun lieu culturel.

– Il y a plein de lieux culturels.

Je boucle ma valise d'un geste sec et lutte pour la fermer. Personne n'en sera surpris. Je ne suis pas du genre à voyager léger. Et j'ajoute :

– En plus, c'est chez moi. Je n'y vais pas pour m'amuser, j'y vais pour voir des gens.

Romeo se lève et manipule la fermeture Éclair de mon bagage avec aisance.

– Tu as plus d'affection pour un paquet de Cheetos que pour ton père.

– Soyons clairs, un paquet de Cheetos ne me fera jamais mal, dis-je en fourrant quelques élastiques à cheveux dans la pochette avant. Il ne m'offrirait jamais à un parfait inconnu pour que je l'épouse. Au pire, avec ces chips, j'aurais le bout des doigts orange.

– Je te jure que la prochaine fois que je le vois, je lui mettrai mon poing dans la gueule de t'avoir refilée à moi si rapidement.

Secouant la tête, je tire ma valise pour la faire tomber du lit au tapis.

– Tu ne repères pas l'erreur dans ton raisonnement ?

– Trois jours, marchande-t-il en bloquant ma sortie. Tu as amplement le temps d'ouvrir tes cadeaux et de prétendre que ta sœur est un être humain tolérable. Si tu veux y retourner, tu pourrais y aller après Pâques.

– Pourquoi exiges-tu que je revienne aussi rapidement ? Ce n'est pas comme si on faisait grand-chose ensemble ?

Il semble perplexe.

– On fait plein de trucs. Trois fois par jour, au minimum. Cinq si tu inclus les pratiques orales.

– Je ne te parle pas que de sexe.

Pour une fois. J'ai l'impression de ne penser qu'à ça quand il est dans le coin. Je reprends :

– Je pense à des soirées en amoureux, à regarder la télévision, dîner ensemble… des trucs de couple.

À voir ses sourcils se soulever brusquement, j'en suis presque à me dire qu'il ne comprend rien au concept. Je penche la tête sur le côté et le mets sur la piste :

– Tu as déjà eu une fiancée, avant.

– Oui, mais sa plus grande activité était de dépenser mon argent et elle me laissait seul.

Je travaillais tout le temps et l'emmenais en vacances une fois par an.

Ah, la vache ! Sa vision de l'amour, c'est abriter quelqu'un, nourrir cette personne et lui fournir une carte de crédit.

– Et vous étiez heureux comme ça ?

Il me répond d'un regard assassin dont le sous-titre est : « Jure ? »

Oups.

Je connais déjà la fin de ce film.

Posant une main sur son torse, je me hisse sur la pointe des pieds pour déposer un baiser dans son cou.

– Tu voudrais faire plus de choses avec moi quand je reviendrai ?

– Comme quoi ? demande-t-il, l'air interloqué.

Pour la première fois, je ne suis pas la plus inexpérimentée dans notre relation, ni la plus bizarre. Je suis prise d'une sorte de bouillonnement joyeux.

– On pourrait sortir ensemble un soir. Aller dîner, puis se faire un ciné. *Ensuite*, je pourrais bouquiner avec la tête sur ton épaule pendant que tu lirais ton journal sur la finance.

– La presse financière.

Il lève ma main de son torse à ses lèvres et l'embrasse d'un air distrait avant de conclure :

– Si tu veux. Mais je pense toujours que tu devrais revenir au bout de trois jours.

Je caresse des lèvres l'ovale de son visage et mon sourire chatouille sa barbe naissante.

– Pourquoi ? Je vais te manquer ?

– Le manque sentimental est une invention de Jane Austen pour vendre des bouquins, répond-il, l'air pincé.

J'éclate alors de rire si fort que ma tête part en arrière et que j'en ai mal au ventre.

– Tu survivras sept jours sans moi, mon petit mari. Tu vas voir.

CHAPITRE 62

ROMEO

En fait, je n'ai même pas survécu *deux* jours sans elle.

Le premier, j'ai boudé, balancé des ordres incohérents à Cara, Dylan, et à toute personne passant à proximité.

Le deuxième, j'ai cherché l'embrouille avec Senior, Zach, Oliver et une barista chez Starbucks qui m'a proposé une paille. (« Tu aimes chier sur ta planète ? T'en as une autre planquée quelque part qu'on pourrait utiliser quand la nôtre sera submergée ? »)

Au troisième, je suis devenu dingue. J'en ai fait voir de toutes les couleurs aux autres.

Littéralement.

Zach a à peine levé la tête de son écran d'ordinateur portable pendant son conseil d'administration en visio.

– Éloigne-toi de mon mur, Costa. Les plafonds de cette maison sont très hauts, c'est la croix et la bannière de les faire peindre.

– Ton mur est de deux couleurs différentes, je viens juste de le remarquer.

Il est beige et blanc cassé.

– Et toi, t'es bien marron. Elle te mène à la braguette.

De l'autre côté du bureau, Oliver s'adonne à son hobby préféré en passant en revue sa collection de pornos de haute qualité.

– On dirait que quelqu'un vient de zigouiller ton hamster.

J'arpente la pièce de long en large.

– Je m'ennuie.

– Je proposerais bien de te distraire comme ta femme, mais ma bonne résolution cette année est de ne baiser que les personnes que je trouve attirantes.

La moquette s'aplatit sous mes pieds nus. Dans un sens, puis dans l'autre. Encore. Et encore. Jusqu'à ce que Zach se mette à gronder :

– Tu me donnes la migraine, Costa.

– C'est peut-être à cause de ton mur de deux couleurs.

Je m'arrête devant la fenêtre et fronce les sourcils.

Mes parents habitent en face de chez Zach. Parfois, quand j'arrive à son niveau, je regarde dehors dans l'espoir de voir une ambulance monter vers la maison de mes parents pour aller récupérer le corps sans vie de mon père dans son lit. Pour un homme mourant, il semble tenir bon. Quand va-t-il enfin me nommer P.-D.G. ?

– Quel temps fait-il en Géorgie à cette époque de l'année ?

En m'entendant poser cette question, Zach ferme son ordinateur d'un geste sec.

– Je ne sais pas, mais si tu ne te tires pas immédiatement pour le découvrir, je t'y amènerai personnellement de force en te tractant par l'oreille. Contente-toi d'admettre ta défaite. Tu es tombé amoureux. D'une gamine.

– Est-ce qu'on pourrait faire normaliser les relations sexuelles avec les femmes majeures par la loi ? marmonne Oliver.

– Non, répondons-nous à l'unisson.

– Elle est avec sa famille.

Les mots sont sortis tout seul. Comme si j'y avais réfléchi. D'ailleurs, y ai-je réfléchi ?

– Tu fais partie de sa famille, maintenant.

Oliver finit par s'arrêter sur une vidéo montrant une femme au foyer se faisant démonter par son mari et son beau-frère en même temps. Ils partagent le même trou. Même de là où je suis, de l'autre côté de la pièce, je vois que si l'idée est peut-être hot, son exécution est du genre à envoyer au moins deux des participants aux urgences.

– Et si elle ne voulait pas me voir ?

Depuis quand j'en ai quelque chose à foutre ?

– Eh bien, au moins, tu sauras où tu en es.

Zach se lève et se dirige vers la porte. Il l'ouvre en grand et m'attend juste à côté. Puis il conclut :

– Où que soit cet endroit, c'est loin de chez moi et tant mieux. Dégage, Costa.

***

Retourner à Chapel Falls est quelque part sur ma to do-list juste au-dessus d'« emménager avec Oliver von Bismarck » et en dessous de l'implantation de poils pubiens.

Pourtant, me voilà devant la porte de la maison dans laquelle a grandi Dallas.

Je fais maintenant ce que j'aurais dû faire bien plus tôt : je tiens un bouquet de fleurs dans l'espoir de recevoir l'affection de la femme que j'ai choisie pour épouse.

Quand il me voit, Shep recule de deux pas et se crispe, comme pour se préparer à recevoir une claque.

Pour être honnête, l'idée m'a traversé l'esprit une ou deux fois, mais comme me l'a fait remarquer sa fille, c'est autant ma faute que la sienne.

– Dallas a dit que vous saviez qu'elle était ici.

– Visiblement. D'où ma présence.

Il rassemble ce qu'il lui reste de dignité et de courage et incline la tête, optant pour la solution brutale.

– Elle s'amuse. Ne lui gâchez pas son moment.

– Je n'en ai pas l'intention.

Je le contourne en le poussant un peu, tout comme je l'ai fait il y a quelques mois. Il me suit, toujours.

– Alors que faites-vous là ?

– Elle me manque.

Shep est sous le choc, je ne peux pas lui en vouloir. Après tout, je n'arrive pas à croire que je suis venu jusqu'ici. Il s'avère qu'en matière d'amour, la raison n'a pas lieu d'être. L'amour existe pour tout détruire. Même la logique.

Je suis le tintement cristallin. Ce rire que je détestais et sans lequel je suis incapable de survivre plus de quarante-huit heures.

Il vient de la cuisine.

Évidemment.

La pièce préférée de Shortbread dans n'importe quelle maison, la bibliothèque mise à part. Mon ventre grouille d'un mélange de crainte et d'anticipation. Elle s'amuse sans moi, alors que je suis incapable de faire la même chose sans elle.

Je remonte le couloir et m'appuie contre le chambranle de la porte de la cuisine, observant Dallas, Franklin et Natasha faire une tarte aux pommes. Shortbread déroule des bandes de pâte. Son nez et ses joues dont constellés de taches de rousseur. Son regard brille de bonheur quand elle pivote sur elle-même avant de remarquer ma présence. Elle ouvre la bouche.

– Romeo ? Que fais-tu ici ? Tout va bien à la maison ? C'est Senior ?

La maison. Est-ce vraiment ce que représente ma résidence pour toi ?

– Tout va bien. Mon père est malheureusement toujours en vie, c'en est déprimant.

Je garde les yeux rivés sur elle, refusant de voir Franklin et de me rappeler les mots très durs que Dallas a employés avec elle pour me décrire. Je ne sais absolument pas si Shortbread est douée pour la cuisine, mais elle est douée pour me cuisiner sur mes sentiments et cultiver la honte.

– Que se passe-t-il alors ?

Elle pose sa pâte à tarte sur le plan de travail et fait quelques pas vers moi. Je lui remets mon bouquet de roses blanches. Elle les prend et je vois un million de questions danser dans son regard.

– Rien.

Je passe un bras autour de sa taille fine et l'attire vers moi, me foutant royalement d'être observé par toute sa famille.

– Je me disais que j'allais accepter ta proposition de sortie à deux.

– Cette soirée était censée avoir lieu à mon retour.

– Mauvais *timing* pour moi.

– Pourquoi pas ? demande-t-elle, perplexe.

– Parce que je ne peux pas rester loin de toi plus de quarante-huit heures.

Au moins, mes mots semblent lui faire plaisir. Ma présence aussi. Elle pose une main sur ma joue et m'adresse un grand sourire. Je jette un petit coup d'œil à Franklin. On dirait que je viens de déclarer mon intention de manger mon propre bras à la télévision. Une fois encore, je n'en ai rien à cirer, de ce qu'une ado pense de mes affaires. Je ne sais qu'une chose : il est bon de tenir ma femme dans mes bras à nouveau.

Dallas lève les yeux vers moi. Impossible de m'en empêcher. Je pose un baiser sur son nez enfariné.

– On peut la faire maintenant, si ça te va ? Notre soirée.

– Maintenant c'est parfait, lui dis-je. Mon emploi du temps est tout à toi.

– Laisse-moi juste me changer.

Je l'embrasse sur le front avant de lui répondre :

– Je t'attends.

Pour l'éternité et bien plus encore, s'il le faut.

– La dernière fois, tu m'as chronométrée, dit-elle en clignant des yeux.

– La dernière fois, j'étais un connard.

Elle glousse en riant, les yeux pleins d'étoiles. Des étoiles que je lui ai données.

– Et maintenant, qu'est-ce que tu es ?

Maintenant, je suis amoureux.

CHAPITRE 63

ROMEO

Maintenant, je comprends pourquoi les hommes se lancent dans des actes insensés pour déclarer leurs intentions à une femme. Pourquoi les Grecs ont envahi Troie pour Hélène. Ou, dans mon cas, pourquoi je parade au bras de ma femme dans les rues d'une petite ville de province ennuyeuse.

Shortbread sourit de toutes ses dents et avance d'un pas bondissant. Notre première destination : la bibliothèque municipale.

– C'est ici que j'ai eu mon premier rencard avec M. Darcy, dit-elle en se pâmant devant un banc en bois usé à côté de la cafétéria. Et là, j'ai échangé mon premier baiser avec Lars Sheffield. C'était le quarterback de l'équipe de foot de mon lycée.

– Dommage que tu aies mentionné son nom, dis-je en mêlant nos doigts. Maintenant, je vais devoir le tuer.

– Tu veux jouer à un truc ? glousse-t-elle.

Évidemment, d'instinct, j'ai envie de dire non.

– Bien sûr.

– J'y jouais tout le temps avec Frankie quand on était petites. On définit un sujet : les mammifères, les saisons, les fleurs, *ce que tu veux*. Puis tu l'écris sur un bout de papier. On les plie et on les met dans un chapeau. On remue avant d'en tirer un au hasard. Le premier qui trouve cinq livres dans le thème gagne.

– On gagne quoi ?

Elle agite les sourcils.

Ah. Il y a certainement un défaut dans sa logique de système de récompense puisque gagnants comme perdants récoltent les bénéfices, mais je ne vois pas l'intérêt de porter ce point à son attention.

Shortbread propose quelques sujets, récupère la casquette de base-ball d'un gars qui passait par là et tire au sort un papier. *Les fruits*. Elle couine et s'exclame :

– Il est top, ce sujet. Je ne l'ai jamais eu.

Nous nous aventurons dans les rayonnages à la recherche de titres ou de couvertures avec des fruits. Je dois l'admettre, son jeu n'est pas complètement con. Je prends plusieurs romans dont *Les Raisins de la colère* et *Beignets de tomates vertes*. Les tomates sont des fruits comme les autres, je n'en démordrai pas. Je camperai sur cette position jusqu'au bout. D'ailleurs, en parlant de fruits, j'ai de plus en plus faim. Je n'ai pas mangé avant de monter dans l'avion, j'étais trop préoccupé pour remarquer que j'étais affamé.

– C'est bon ! annonce Shortbread du milieu de la bibliothèque sans se préoccuper de son volume sonore.

Elle a tellement de bouquins dans les bras que je ne vois plus son visage. Une vieille bibliothécaire lui fait signe de se taire. Dallas ne la remarque même pas dans sa précipitation pour me retrouver et me montrer ses trouvailles.

– *Les Fabuleuses Tribulations d'Arthur Pepper* ? C'est un légume, commenté-je en la regardant d'un air sévère.

– Mais il est doux comme un fruit.

– C'est une interprétation très vague du concept de fruit. Si on suit ta logique, la vodka est un type de pain, puisque tous deux sont fabriqués avec des céréales.

Mon ventre gargouille. Il faut qu'on arrête de parler de nourriture.

– Eh bien, c'est peut-être *effectivement* un genre de pain, affirme Dallas en passant les bras autour de mes épaules, son joli visage illuminé par la joie. De toute façon, j'ai gagné.

– Super. Allons manger un bout et réserver une chambre d'hôtel où on pourra prétendre que je suis un étranger que tu as ramassé dans un bar.

Il faut bien que je rattrape le fait qu'elle ne connaîtra jamais d'autre homme que moi, car je ne la laisserai pas partir.

– Oh, on doit vraiment faire ça ? demande-t-elle, décomposée. Je voulais te montrer mon lac préféré. J'ai écrit un poème dessus et il a été publié dans le journal de la ville.

Je n'ai pas mangé depuis dix heures.

Rappel à moi-même : ce n'est pas grave. Tu es un adulte. Tu peux t'en passer.

– Faisons ça, cédé-je en lui déposant un baiser sur la joue. Ensuite, j'aimerais que tu me lises ton poème.

– C'est vrai ? s'illumine-t-elle.

– *Toute nue.*

– Gros cochon, commente-t-elle en me tapant l'épaule.

Super. Maintenant je ne pense qu'à manger du bacon.

Nous sommes partis voir son lac préféré, où nous avons fait une pause, assis contre son chêne préféré, et Shortbread a fait ce qu'elle préfère au monde : elle a parlé de la nourriture qu'elle aimerait goûter et où elle aimerait la déguster. Le Japon, la Thaïlande, l'Inde et l'Italie sont tout en haut de sa liste.

Une heure passe, puis une autre.

Mon estomac commence à devenir véritablement douloureux.

– Il faut qu'on y aille, ma chérie.

Je me lève en lui proposant ma main. Si je ne mange pas rapidement, je risque de commettre un meurtre.

Elle se lève, le visage sombre.

– Tu regrettes d'être venu ici pour notre rendez-vous ?

– Non. Pourquoi tu dis ça ?

– Parce que tu veux partir depuis le début.

Je me sens comme un con.

– J'ai un peu faim, c'est tout.

– Allons manger, alors, dit-elle en me prenant le bras.

Malheureusement, les habitants de Chapel Falls sont aussi incompétents qu'ils sont prêts à juger n'importe qui. Les trois premiers restaurants que nous essayons n'ont pas de table disponible. Le quatrième est temporairement fermé pour travaux de rénovation. Le temps qu'on se glisse sur les banquettes collantes d'un petit *diner* sans prétention, je tremble de faim. Mon corps crie famine.

Je commande un burger et un Coca Zero ; Shortbread, des pancakes. Elle essaie de me faire la conversation pendant que je prétends faire attention.

Vingt minutes plus tard, la serveuse passe devant notre table dans son uniforme rose pétard pour nous annoncer qu'elle n'a plus de burgers.

– Comment un *fast-food* peut-il être en rupture de stock de burger ?

Je serre les dents pour éviter de lui hurler dessus. Elle hausse les épaules.

– Demandez au proprio. Je ne suis là que pour prendre les commandes.

– Alors, prenez celle-ci : bougez votre cul jusqu'à la cuisine pour aller me chercher le manager. Fissa.

Shortbread en a le souffle coupé et se tourne vers moi pour me dévisager.

– Romeo, est-ce que tout va bien ?

– Non, rien ne va.

Je m'éjecte de la banquette et avance d'un pas martial vers la cuisine.

Ils doivent bien avoir un truc à manger. À ce stade, je suis prêt à ronger la jambe de quelqu'un si ça peut me permettre d'atteindre une sensation de satiété.

J'ouvre d'un coup les deux portes façon saloon et je déboule dans une cuisine où tout grésille. Contournant les cuistots et les lave-vaisselle, je fonce droit vers un gars vêtu d'un costume bon marché. Dallas et la serveuse sont sur mes talons. Il se tourne vers moi, son bloc-notes à la main.

– Eh ! Vous ne pouvez pas entrer ici.

Je le coince contre le mur au son des casseroles qui cognent et des ordres criés à toute vitesse. Je hais le bruit. Les seuls sons que je supporte sont ceux que fait Dallas.

Je l'attrape par la chemise et le soulève avant de le plaquer contre le congélateur industriel.

– Alors vous n'avez plus de burgers ?

– Romeo ! s'exclame Dallas en se pendant à mon bras. Laisse cet homme tranquille. Bon sang, que t'arrive-t-il ?

– On… on… on a toujours des steaks, bafouille le Mac Manager, les yeux exorbités. Dé… désolé pour les burgers. On a eu un pot de départ tout à l'heure. Beaucoup de gens en ont commandé et…

– Je ne veux pas de steak. Je veux un putain de burger.

– Je vais demander à quelqu'un d'aller au supermarché pour en acheter…

Une rougeur s'étale sur ses joues et de la sueur coule de ses tempes par seaux entiers.

– En attendant, nous allons immédiatement vous offrir des *onion rings* et des frites.

Shortbread parvient enfin à me repousser.

– Romeo, lâche-le, enfin.

Je romps le contact à contrecœur. Elle s'immisce entre nous, les joues roses. L'expression de son visage me ramène à la réalité. Merde, que vient-il de se passer ? Je m'éloigne lentement du type en reculant de quelques pas, les mains en l'air pour signaler que j'ai fini de maltraiter le personnel.

Dallas leur offre un sourire d'excuses.

– Merci pour l'offre… et pour les *onion rings*, mais nous allons manger ailleurs.

Elle m'expulse de la cuisine, puis du restaurant. Paumé, je la laisse me traîner sur le parking puis m'installer dans le siège passager de la voiture de Natasha. Une sueur froide me démange au niveau de la nuque. Dallas passe dans un *drive-in* et achète deux énormes burgers avec tout ce qui va avec, des frites et des sodas.

Elle me fourre la nourriture dans les mains avant même de ranger sa carte.

– Mange.

– Je t'attends.

– Mange ça tout de suite ou je te le fourre dans le gosier, Rom. Je te le jure devant Dieu, tu as intérêt à bouffer.

Eh bien, c'est elle qui insiste.

Je dévore la nourriture en quelques minutes. Tout y passe en moins de temps qu'il n'en faut pour traverser deux pâtés de maisons quand nous atteignons un parc niché derrière une zone résidentielle.

Shortbread éteint le moteur et se tourne vers moi.

– Tu as fait une crise d'angoisse.

La honte m'envahit. En fait, elle ne m'a jamais vraiment quitté. Je regarde droit devant moi, les balançoires et les toboggans dans le viseur. Je ne me permets jamais de passer plus de quatre heures sans me nourrir. Ça ne m'est pas arrivé depuis des décennies. C'est pour ça que je ne mange que des repas nutritifs, mais faibles en calories. J'ai constamment besoin de consommer de la nourriture pour maîtriser mes angoisses.

– J'avais faim, c'est tout.

– Mon cul. Tu es la personne la plus pointilleuse que j'aie jamais rencontrée. Tu n'as jamais perdu les pédales. Quelque chose a déclenché cette crise. C'était quoi ?

Tu ne possèdes pas assez de mes secrets ? De mes défauts ? De mes flagrantes imperfections ? Dois-tu vraiment tout savoir sur moi, même le pire ?

Ces questions doivent se voir comme mon nez au milieu de ma figure, parce qu'elle hoche la tête pour me répondre par la positive.

– Je suis ta femme. Tu es en sécurité avec moi. J'ai besoin de tout savoir. Je te l'ai déjà dit : je ne te trahirai jamais.

Bon, d'accord. Si elle veut un aperçu de mon âme, elle l'aura. Mais personne ne devrait avoir l'infortune d'être le témoin de ces horreurs. En même temps, je suis incapable de lui refuser quoi que ce soit. Mes secrets. Mes pensées. Mon cœur.

Tout est là, sur un plateau d'argent. Elle peut s'en goinfrer. Cette femme me tient avec un collier d'étranglement, je la suivrais au bout de l'enfer si l'envie lui prenait de découvrir son climat torride.

Je rassemble les papiers d'emballage du burger et des frites et les froisse dans mon poing, et j'évite encore tout contact visuel avec elle.

– Comme je te l'ai déjà dit, ce n'est pas avec Morgan que mon père a commencé sa carrière d'homme adultère. Avant elle, Senior avait déjà la détestable habitude de baiser tout ce qui avait un trou et un vague intérêt pour lui.

Son regard s'accroche à mon profil et réchauffe ma peau.

– Il a toujours trompé Monica à plus ou moins grande échelle. Leur union est le fruit d'un mariage arrangé tout ce qu'il y a de plus banal. Elle est issue d'une famille fortunée, il a voulu mettre la main dessus. Leurs deux familles sont italiennes. Catholiques.

Ambitieuses. C'était logique. Malheureusement, Senior l'a pris au pied de la lettre : leur mariage était un arrangement qui lui était profitable. Il en a profité, alors que Monica tombait follement amoureuse de lui et exigeait sa fidélité.

L'amour est une chose terrible. Il fait ressortir le pire chez les gens. Même si je commence à voir qu'il peut aussi produire de belles choses.

Shortbread pose la main sur ma cuisse et la presse.

– Mes parents tournaient en rond en répétant leurs schémas vicieux. Romeo la trompe. Monica le vire de la maison. Puis il finit par revenir à genoux quémander une nouvelle chance. Toujours dans l'espoir de l'engrosser. Et on recommence. Sauf que le bébé n'est jamais venu. Monica était quasiment stérile. Coup de bol pour moi.

Un sourire amer s'affiche sur mes lèvres. J'ai perdu le compte du nombre de fois où j'ai regretté d'être venu au monde.

– Quand j'avais six ans, Monica a découvert que Romeo la trompait. Pas seulement en tirant un coup à droite et à gauche. Non, il avait une maîtresse. Qui avait emménagé dans son appartement en ville. Elle y avait apporté ses affaires et tout. Même son gosse.

Ce même appartement que j'ai occupé de temps en temps pendant que Shortbread révolutionnait mon univers. Ce même appartement que j'ai partagé avec Morgan. Quand j'y pense, je ne trouve pas meilleure destinée à ce logement qu'un incendie.

– Quand j'étais petit, j'avais pris l'habitude de prendre soin de moi tout seul quand mes parents passaient en mode crise. Je me lavais seul, préparais mes vêtements, mon déjeuner et faisais mes devoirs seul. Monica ne m'accordait que très peu d'attention, elle passait son temps à essayer de trouver comment séduire mon père et à tenter de tomber enceinte. Elle ne savait pas s'occuper de l'enfant qu'elle avait déjà, mais peu lui importait. Donc, au début, quand elle a viré Senior, je me gérais.

Je souffle un bon coup, je pose la main sur celle que Shortbread a laissée sur ma cuisse.

– Je suis entré en CP. Rapidement, on a vu qu'il n'y avait pas d'adulte dans mon quotidien. J'arrivais en retard à l'école, si j'y arrivais, puisque le chauffeur de Monica faisait des courses pour elle et n'avait pas le temps de m'y conduire. J'étais débraillé. Je puais. Et je n'arrivais pas à faire mes devoirs. À la fin du premier semestre, les services sociaux sont venus frapper à la porte.

Les doigts de Shortbread se crispent sur ma jambe. Je regarde le paysage à travers la fenêtre de toit, refusant de voir la pitié dans son regard.

– La solution naturelle aurait été d'engager de nouvelles nounous, mais mes anciennes baby-sitters rompaient toujours les termes de leur contrat, notamment la clause de confidentialité, et allaient parler à la presse. La mère de Zach avait bien proposé de m'accueillir quelques semaines, des mois même, tant que nécessaire.

À cette époque, Zach et moi étions déjà devenus aussi inséparables que des frères.

– En fin de compte, Senior n'a pas pu supporter la honte que des gens apprennent qu'il avait confié son fils unique à des étrangers. Il était en colère contre Monica et lui en voulait d'avoir foiré son seul boulot : être mère. Alors il a trouvé une solution. Il m'a envoyé chez sa petite sœur à Milan.

Sabrina Costa était l'incarnation même du concept de bordel.

L'enfant naturel d'une vie de privilèges et de stupidité.

Cette fille passait son temps à sauter d'une relation toxique à une autre sans s'arrêter pour reprendre son souffle. Ses journées étaient une succession de fêtes, de virées shopping et de consommation de cocaïne à l'insu de sa famille. Son addiction l'avait conduite de l'autre côté de l'océan, dans un endroit où ses parents ne pouvaient pas surveiller ses moindres mouvements.

Dallas pose les mains sur ses genoux pour essuyer la graisse laissée par la nourriture.

– Ils t'ont arraché à ton cadre familier en pleine année scolaire ?

– Oui, confirmé-je en hochant la tête. Puisque je ne parlais pas italien, mes parents ont décidé que je devais être scolarisé à la maison avec Sabrina qui ne doit pas posséder plus de connaissances académiques qu'une boîte à musique de la marque Little Einstein.

Je suis peut-être un peu dur. Ce type de jeu permet de connaître plus de noms de couleur ou de sons d'animaux que ma tante.

– À la minute où je suis arrivé à Milan, j'ai compris de quoi il en retournait. Sabrina ne m'a pas accordé une minute. Elle sortait tout le temps, faisait la fête ou restait à la maison avec un petit ami, jamais le même. J'étais seul dans son appartement. Il n'y avait que moi et les manuels scolaires que Senior avait fournis. Une fois par semaine, elle revenait avec un sac ou deux de courses, mais il y avait à peine de quoi faire deux repas par jour.

Shortbread se crispe, comme si elle se préparait à recevoir un coup. Une sorte de rire vide m'échappe.

– Je ne m'en sortais pas si mal. Je trouvais toujours des boîtes de conserve qui traînaient. Parfois, je ne mangeais que quelques cuillers de concentré de tomate dans une journée. Des pâtes sèches, car je ne savais pas les cuire. Quand elle apportait des boîtes de thon, c'était vraiment la fête. Une vraie gâterie. Et puis un jour, même ces livraisons se sont arrêtées. L'un de ses petits copains a pris le relais.

Dallas se raidit à mes côtés, la serviette mouillée serrée dans son poing. Le parking est plongé dans le noir. Nous sommes passés à côté du coucher de soleil.

– Le jour où je l'ai rencontré, il m'a fait faire un tour dehors. J'étais content. C'était la première fois que je sortais depuis que j'étais arrivé dans l'appartement, quasiment un mois plus tôt. Je pensais que Sabrina avait enfin trouvé quelqu'un de pas trop merdique. Gabe m'a annoncé qu'il m'emmenait quelque part pour manger et c'est ce qu'il a fait, mais ce n'était pas un restaurant. Il m'a conduit dans une arène dédiée aux combats dans la banlieue de Modène.

Les yeux de Shortbread s'écarquillent. Pourtant, elle garde le silence.

– Il m'a fait rentrer dans une cage, enfermé à l'intérieur, et m'a dit que si je voulais manger, je devais gagner. J'ai perdu. Les quatre premiers rounds. En fait, les deux premiers matchs, je ne me suis même pas battu, j'étais sidéré. Ils ont ouvert la cage, m'ont poussé, avec une pique à bétail, vers le centre où un orphelin un peu plus âgé que moi m'a défoncé le portrait.

La serviette mouillée lui glisse des mains.

– Avec le temps, j'ai appris à me battre violemment contre les orphelins plus lourds que moi. Ils s'étaient déjà endurcis, ils étaient vicieux et avaient remporté un nombre incalculable de victoires, toutes récompensées d'un repas. Un petit repas, mais c'était au moins de la nourriture. Je n'avais pas mangé depuis plusieurs jours. Après le cinquième combat, je me suis ressaisi. J'ai tapé, cogné, griffé. J'ai tout fait pour gagner. Et j'y suis arrivé. On a dû m'éloigner de l'autre gamin. Il avait probablement un an de plus que moi, il devait avoir sept ans, mais je l'ai tellement massacré qu'il a fallu le porter pour sortir.

On m'a donné à manger. Ce que Gabe ne m'avait pas dit, c'est que ce serait bon. Je n'avais pas avalé de nourriture cuisinée depuis un mois. Alors, quand on m'a offert une demi-assiette de risotto, je serais tombé à genoux si je n'étais pas déjà assis par terre dans la crasse de ma cage. Gabe m'a raccompagné à l'appartement et m'a confié qu'il avait bien profité de ses paris sur moi ce jour-là. Qu'avec un peu d'entraînement, il voyait de grandes choses pour mon avenir. Il s'est même arrêté dans un marché pour m'acheter de la junk food. Ce butin m'a permis de tenir quelques jours et j'étais content de lui faire plaisir, tant que j'aurais de nouveau accès à ce risotto.

Nous sommes retournés dans l'arène tous les week-ends. Quand je gagnais, les organisateurs m'offraient des repas. Gabe me conduisait à la maison en me balançant des conseils pour le combat sur la route, puis faisait des courses pour moi. Mais je ne voulais jamais partir. Je voulais me battre. Je voulais *manger*. Des aubergines à la parmesane. Des *linguine alle vongole*. Des *gnudi* à la ricotta. On me donnait à peine de quoi survivre entre deux combats. J'étais jaloux des orphelins qui pouvaient rester et se battre tous les jours. Les autres, les gamins comme moi ou issus de familles pauvres, ne venaient que le week-end.

J'avale une grosse boule dans ma gorge et j'ose enfin croiser son regard. Ses yeux sont secs, sa mâchoire, crispée. Elle refuse de me voir comme un cas social et pour ça, je lui en suis reconnaissant.

– J'ai fini par avoir l'idée de venir avec une boîte. Une petite boîte de conserve dans laquelle je mettais ma récompense pour la faire durer jusqu'au suivant.

Je retourne ma petite boîte métallique dans ma main. À l'intérieur, les chewing-gums tintent contre le métal.

– Ça n'a duré que six mois. Dont quatre avec Gabe. Sabrina n'avait jamais eu de relation qui aussi longue. C'est probablement toujours le cas. Il l'approvisionnait, alors elle le gardait, lui. Mais leur histoire a pris fin et je ne l'ai jamais revu. Le jour où il est parti, il m'a souhaité bonne chance. Il m'a dit qu'il ne viendrait plus. Je me suis mis tellement en colère que je lui ai jeté cette boîte en pleine tête, dis-je en la lui montrant du côté où elle est endommagée. Puis j'ai chialé comme un bébé. Sans lui, je devais encore compter sur Sabrina pour avoir à manger.

Je ne lui dis pas que certains jours, je n'avais rien à me mettre sous la dent. Que j'ai perdu tellement de poids que je ressemblais à un gamin de quatre ans. Que mes os étaient devenus si saillants que j'avais mal quand je m'allongeais dans mon lit pour dormir. Je ne lui dis pas que j'ai perdu deux dents. Que mes cheveux sont devenus tout secs et tout fins, qu'ils pendaient comme un nuage terne autour de ma tête.

– Ma tante avait très peu de nourriture dans son appartement, mais elle avait beaucoup de chewing-gums. Elle sniffait tant de cocaïne que sa mâchoire se bloquait régulièrement, alors elle en avait toujours à disposition. J'en mâchais à longueur de journée, car ça m'aidait à apaiser ma faim.

Je n'ai commis l'erreur d'avaler mon chewing-gum pour me remplir l'estomac qu'une fois. J'ai eu tellement mal que j'ai dû ramper d'un endroit à un autre pendant deux jours. Cet événement m'a rappelé que je ne pouvais pas aller à l'hôpital si nécessaire. Que je devais prendre soin de mon corps et ne jamais me remettre dans ce type de situation.

– C'est pour ça que tu es obsédé par les chewing-gums, déduit Shortbread en caressant respectueusement la boîte dans mon poing. C'est comme un doudou. Ça t'a aidé à tenir pendant ton pire cauchemar.

– Ça m'aide à garder mon calme.

– Et le bruit ? Pourquoi détestes-tu autant le bruit ?

– Le bruit me rappelle l'arène. Le public. Ils avaient leurs chouchous, moi, surtout. J'étais celui qui se battait le plus fort. Je leur faisais gagner beaucoup d'argent. Ils ont même fini par me crier leurs encouragements dès qu'on ouvrait ma cage. Chaque fois que je portais un coup, que je cassais la côte d'un autre enfant, ils hurlaient leur joie. J'avais l'impression que ce bruit perçait mon crâne.

– Les cicatrices.

Elle hoche la tête comme pour se dire à elle-même qu'elle reconstitue les pièces de mon puzzle de gamin bousillé.

– Que s'est-il passé ensuite ? Qui t'a ramené ?

– Senior.

J'ouvre la porte pour aller jeter les papiers dans la poubelle, puis je reviens. Il ne m'a pas fallu plus de trente secondes, mais j'ai pu profiter de l'air frais dont j'avais besoin avant de reprendre.

– Il est venu prendre de mes nouvelles à la fin de l'année scolaire. Il n'a pas aimé ce qu'il a vu, si je puis dire. Il m'a mis dans un avion pour Potomac, a engagé deux nounous et averti Monica que si elle ne se reprenait pas, il divorcerait et obtiendrait ma garde exclusive.

Ah ouais. Je vois sa bouche former ces deux mots plus qu'elle ne les dit.

– On dirait que ton père a enfin compris qu'il devait mieux s'occuper de son fils.

– Il a surtout pris conscience que Monica ne lui fournirait pas d'autre héritier et il voulait garder en vie celui qu'il avait déjà, réponds-je en grognant. C'est pour ça que je me nourris d'un repas équilibré toutes les quatre heures. Que je mâche du chewing-gum. Que je ne supporte pas le bruit. Que, par réflexe, je réagis avec les poings.

C’est effectivement une pratique instinctive. Je ne supporte pas de ne pas contrôler toute situation.

Une émotion que j’ai du mal à identifier se fait jour chez elle, à mi-chemin entre la colère et la fierté. Elle se penche vers moi et prend mon visage en coupe.

– Tu as battu l’adversité. Regarde-toi. Tu es beau. Tu as du succès. Tu es talentueux.

– J’ai surtout un pet au casque.

Mes lèvres cherchent les siennes, elles exigent d’être embrassées.

Elle me rend mon baiser lentement, sûrement et en écartant toute passion. Quand elle recule un peu, elle me tapote le ventre et m’annonce :

– Je te jure solennellement de toujours m’assurer qu’il y a de la nourriture dans ton bidou. Crois-moi, ça ne me demandera pas un grand effort. Je suis moi-même très fan de bouffe.

Elle essaie d’alléger l’ambiance. Même si j’apprécie son geste, il est inutile.

– Je vais mieux, maintenant.

Je caresse du pouce ses taches de rousseur qui me rendent dingue avant de poursuivre :

– Enfin, la plupart du temps.

– Je te promets d’être une bonne maman pour nos enfants. Je ferai passer leurs besoins en premier. Et tant pis pour leur papa.

Je la crois. C’est l’une des choses que j’apprécie le plus chez Dallas. Elle a déjà l’instinct maternel.

Son enfant ne manquera jamais de vêtements, de nourriture ou d'hygiène.

Dallas s'agrippe à mes épaules et presse son front contre le mien. Elle me murmure :

– Je sais que tu as été blessé d'une manière ignoble. Les personnes qui étaient censées te protéger, Monica, Senior, Morgan, t'ont trahi. Mais si un jour ton cœur s'ouvre à nouveau… J'espère être celle qui en possédera la clef.

Je suis déjà abominablement amoureux de toi. Mais tu ne dois jamais le savoir.

Elle aurait alors tellement de pouvoir sur moi. Si elle connaissait l'étendue de mes sentiments pour elle, elle pourrait me détruire.

Dallas Costa m'effraie. Elle n'est pas Morgan. Elle n'a pas besoin de posséder de clef pour ouvrir mon âme.

Elle a déjà défoncé la porte à grands coups de pied.

CHAPITRE 64

DALLAS

L'idée de me séparer de Romeo après notre retour à Potomac m'horrifie. Mais il a un boulot. Des responsabilités. Une vie en dehors de mon existence.

Et moi ? J'ai l'impression d'avoir été abandonnée par la gravité.

Comme si je flottais au-dessus de la Terre, luttant pour m'ancrer dans ma nouvelle réalité. Une réalité chargée d'arènes de combats, de relations complexes avec la nourriture et d'une soif de vengeance justifiée.

J'ai envie de le serrer dans mes bras. De le guérir. Surtout, j'ai envie de me maudire de l'avoir jugé. Il n'y a pas de « bête ». Seulement des gens dont la souffrance est gravée sur leur corps.

Toutes les nuits, Romeo se glisse dans notre lit et apporte son soutien à *mon* rêve. Nous avons des rapports sexuels. Beaucoup de rapports sexuels. Sans protection. Dans la cuisine. Dans notre *home-cinema*. Dans le sauna. Même dans la salle de sport où il m'a traînée pour une session de *spinning* avec Casey Reynolds (je n'ai toujours pas compris le but de l'exercice). Pourquoi pédaler sur un vélo qui ne va nulle part ?

Une semaine après notre retour de Chapel Falls, je zone dans le canapé du salon en passant en revue des photos de mon mariage avec Hettie. Ce coup-ci, j'ai l'intention d'en imprimer une avec mon mari dessus.

– Et celle-là ?

– Meuf, pour la cinquantième fois, c'est indécent d'avoir l'air aussi canon sur toutes les photos. Je crois que je vous déteste un peu à cause de ça.

– D'accord. On peut s'arrêter. Pour le moment.

– Oh, purée, merci, s'exclame-t-elle en attrapant la télécommande pour sortir de l'appli de diffusion de photos. On mate *Friday Night Tykes* ? Rien de mieux que de regarder des hommes piquer des crises de colère irrationnelles à cause de gamins de dix ans qui courent après une baballe.

Un truc s'affiche sur l'écran avant qu'elle change de chaîne.

– Attends, dis-je en m'agrippant à son bras. Retourne en arrière.

Elle appuie sur une touche, révélant un reportage télé. Sur un bandeau défile une information : « Les actions Licht Holdings plongent encore. »

La journaliste parle dans son micro : « Nos caméras sont posées devant le bâtiment de Licht

Holdings, alors que le P.-D.G., Theodore Licht, accompagné de son fils Madison est menotté et escorté par des représentants de la répression des fraudes. Nos sources au ministère de la Justice nous ont fait savoir que les Licht père et fils ont été arrêtés pour escroquerie. Maintenant qu'ils n'ont plus aucune chance de remporter un marché public, qui va prendre leur place ? Plus d'informations à venir dans le prochain journal. »

Hettie baisse le son de ma télévision et se tourne vers moi.

– *Oh. Mon. Dieu.*

Je prends une grande inspiration. Je sais ce que cette nouvelle implique. À l'inverse de ce qu'elle pourrait penser, ce n'est pas bon.

Depuis que je suis à Potomac, j'ai pris conscience du degré de bassesse et de mesquinerie dont Madison est capable. Il a besoin d'avoir le dernier mot. Il ne laissera pas passer ça. Rien n'est terminé.

Acculé, Madison est un homme dangereux. Dans l'avion en revenant de Chapel Falls, Romeo a mentionné qu'il l'avait rencontré à Noël.

Je me jette sur mon téléphone. Les doigts tremblants, j'appelle Romeo en vitesse.

Il répond à la première sonnerie. Hettie sort pour nous laisser un peu d'intimité.

– Shortbread ?

– J'ai vu les infos.

– Tu n'as pas l'air ravie.

– Non. Je suis inquiète.

J'arpente la pièce en mordillant nerveusement une mèche de cheveux.

– Il a été arrêté pour des pratiques frauduleuses. Il sera libéré sous caution en un rien de temps. Il va falloir le gérer jusqu'au procès, tant qu'il sera en liberté. Ça peut prendre des années, Romeo.

– J'ai déjà engagé une équipe de sécurité. À partir de demain, dès que tu quitteras la maison, tu seras suivie par un expert en arts martiaux. Promets-moi que tu le laisseras faire son travail.

– Ce n'est pas pour moi que je m'inquiète, mais pour *toi*.

– Ne t'en fais pas. Le bâtiment de Costa Industries est l'un des plus sûrs de tout le comté d'Arlington.

– Le Pentagone y est également.

– C'est bien ce que j'ai dit.

Je peux pratiquement l'entendre sourire, mais je ne me trouve pas la même capacité.

J'arrête de faire des allers et retours. J'ouvre la bouche. Trois mots me brûlent la langue. J'ai envie de les libérer. De les propulser dans l'univers. De l'entendre les dire lui aussi. Mais non. Je ne lui ferai pas cette confession maintenant, au téléphone, juste après l'arrestation de Madison.

Je les ravale.

Sans me dire que je pourrais le regretter plus tard.

CHAPITRE 65

ROMEO

Pour la première fois depuis plus d'une décennie, je reste à côté de mon père sans avoir envie de lui coller mon poing dans la figure. Après tout, j'ai besoin que sa bouche fonctionne pour qu'il fasse l'annonce qu'il projette dans les dix-huit prochaines minutes (je viens de vérifier sur ma Rolex). Nous sommes installés devant nos plus grands actionnaires pour l'assemblée générale annuelle de Costa Industries. Impossible de trouver un meilleur *timing*. Nous avons passé les trente premières minutes de la réunion à nous réjouir collectivement de la chute de Licht Holdings en regardant la photo d'identité judiciaire de Madison et de son père, prise lors de leur arrestation, sur l'écran derrière moi.

Tout est en place. Après une courte pause, Senior va officiellement annoncer qu'il prend sa retraite et me désigner comme son remplaçant. Bruce boude dans un coin en martyrisant un bout de pain dans son poing. Dommage que je ne tire aucune joie ni aucun plaisir de savoir que je vais bientôt être nommé P.-D.G. En fait, je ne veux pas de ce poste. Je n'en ai besoin que le temps nécessaire pour détruire cette entreprise. Quant à Bruce, il n'a jamais vraiment cherché le conflit avec moi. Je l'ai su dès que je l'ai écarté de mon chemin. J'ai toujours pensé qu'il serait insignifiant, malgré son aigreur persistante. Un peu comme un pet. Mais avec un gros bulletin de salaire à la fin du mois.

Je jette un coup d'œil à mon fil de conversation quand un message de von Bismarck arrive.

Ollie vB : Vous voulez parier
combien que les résidents
de la prison du coin trouvent
que la face de Madison Licht est faite
pour recevoir des coups ?

Romeo Costa : Honnêtement,
je préférerais qu'ils la trouvent
baisable.

Zach Sun : On s'en fout. Rom,
on en est où de la nomination
du nouveau P.-D.G. ?

Romeo Costa : C'est pour moi.
D'une minute à l'autre maintenant.
Licht Holdings est dans les choux.
Bruce s'est mis à bouffer
pour se calmer. Pendant que
je faisais des heures supp,
il se tapait la nouvelle réceptionniste.

Elle a à peine vingt-deux ans.
Senior n'a pas aimé. Son mari non plus. Il menace de tout déballer en public.

Zach Sun : Je suis fier de toi.

Zach Sun : (Fais comme si ça me touchait vraiment.)

Ollie vB : T'occupe pas de lui. MOI, je suis fier de toi, mon lapin. Ton application à pourrir la vie des autres ne peut être comparée qu'à celle de Stefano DiMera.

Zach Sun : Je ne connais pas ce nom. C'est un politicien ? Un personnage historique ?

Ollie vB : Un personnage de *Des jours et des vies.* Un super méchant. À côté de lui, Billy the Kid est un gentil chaton.

Romeo Costa : Une question, @OllievB pourquoi ?

Ollie vB : Tu oublies que ma vie consiste à être payé pour respirer. Dans ma jeunesse, je n'avais que cette bonne vieille télé en journée, avant l'arrivée des plateformes de streaming.

Je fronce les sourcils en regardant ma messagerie, perdant à la fois le fil de la conversation et ma patience.

Ollie vB : Ne chie pas dessus
tant que tu ne sais pas
ce que c'est vraiment. La fois
où Marlena s'est fait posséder
par le démon, c'était dingue.
La scène de l'exorcisme
est l'un de mes meilleurs moments
de télé.

Zach Sun : C'est parce que ton temps
d'écran est principalement occupé
par le visionnage de porno amateur.

Ollie vB : C'est pas pareil, le porno
amateur, ça ne touche pas au même
endroit. Tu peux vraiment te laisser
embarquer et croire que ces gens
sont de la famille par alliance, tu vois ?
On ne peut pas faire ça avec le porno
pro.

Zach Sun : Se laisser embarquer ?
Tu viens de mentionner une intrigue
de soap-opéras où une femme traverse
une pièce en lévitation alors qu'elle
n'a plus d'yeux.

Zach Sun : Tu sais que le Père Noël
n'existe pas, hein ?

Ollie vB : Bien sûr qu'il existe.
Je l'ai vu à la galerie commerçante
à Noël dernier.

Zach Sun : Tu as désespérément
besoin d'un hobby.

Ollie vB : Je sais. Mais Rom refuse de
me donner le numéro
de sa belle-sœur. :(

Romeo Costa : Elle est trop jeune
pou…

Je suis à deux doigts d'informer Oliver qu'il n'est pas loin de perdre ses amis d'enfance quand je remarque quelque chose d'étrange. Les conversations à mi-voix vont bon train entre les actionnaires.

Cara se précipite vers moi depuis la table des rafraîchissements, mettant son portable dans sa poche au passage. Elle se penche et me dit à l'oreille :

– Madison et son père ont été libérés sous caution.

Merde.

– Déjà ? D'habitude, il faut quarante-huit heures pour avoir une audition auprès d'un juge.

– Leurs avocats ont accéléré la procédure et les Licht ont beaucoup d'amis à Washington.

La menace de Madison résonne dans ma tête. Ce crétin a la force de caractère d'un vieux chewing-gum, mais quand il s'agit de Dallas, je refuse de prendre le moindre risque. J'attrape mon téléphone et balance un message à Alan que je viens de réengager. Il n'était pas censé reprendre sa mission avant demain.

Romeo Costa : Vous pouvez
commencer plus tôt ?

Alan Reece : Plus tôt quand ?

Romeo Costa : Plus tôt maintenant.

Alan Reece : Je suis dans un avion
New York-Potomac.
J'atterris dans une heure.

Putain, merci la vie. Cara s'écarte quand j'envoie une alerte à l'équipe de sécurité qui s'occupe de ma résidence en lui demandant de déclencher l'alerte jaune et de suivre le protocole.

À mes côtés, Senior se lève et prend place devant le micro, sur le podium.

– Reprenons, Messieurs.

Dans le public, Marla Whitmore affiche un air pincé. Elle est la seule femme de notre conseil d'administration et mon père aime à prétendre qu'elle n'existe pas. Le fait qu'elle refuse de lui lécher les bottes n'en est que plus délectable.

– Comme nous reprenons notre réunion, j'aimerais faire une annonce que vous attendez depuis un certain temps, j'en suis certain.

Dans un coin de la pièce, Cara me fait signe avec son téléphone et capte mon attention. Le mien se met à vibrer quelques secondes plus tard. Un SMS.

Cara Evans : Urgent.

Romeo Costa : Ça peut pas attendre ?
Il va faire son annonce d'une minute
à l'autre.

Effectivement, Senior se lance.

– Je prends aujourd'hui ma retraite. Mon dernier acte en tant que P.-D.G. de Costa Industries sera de nommer mon successeur…

Cara Evans : Je viens d'apprendre que Madison Licht est en route pour chez vous.

Dallas est à la maison. Je me lève d'un bond et envoie ma chaise valser derrière moi. Elle s'écrase contre le mur, un pied se cassant au passage. Mon père glousse dans le micro.

– Doucement. Je n'ai pas encore prononcé ton nom, Romeo. Les enfants, de nos jours… continue-t-il en secouant la tête. Ils sont si vigoureux.

Quelques rires épars se cognent contre les murs. Je fonce vers la sortie derrière Senior, qui fronce les sourcils.

– Où vas-tu, mon fils ?

Ses mots sont répétés dans tous les haut-parleurs de la pièce.

Je ne lui réponds pas. Il fait signe à la sécurité de me bloquer. Quatre hommes en costume m'entourent, ils forment un demi-cercle devant moi. Je pourrais me les faire. J'ai l'expérience nécessaire au combat et j'ai assez d'adrénaline liée à la panique dans les veines pour ça.

Mais pour gagner du temps, je me tourne vers Senior et lui annonce :

– Madison Licht a été libéré sous caution et se dirige vers mon domicile. Vers ma *femme*.

– Alerte ton équipe de sécurité.

– C'est déjà fait.

Autour de nous, les murmures des actionnaires vont bon train. Voyant les rayons du soleil darder à travers les nuages pour la première fois depuis que mon père lui a fait part de sa décision, Bruce sort la tête du plateau de petits gâteaux avec lequel il calmait ses émotions.

Senior s'éclaircit la voix. Il n'a pas l'habitude qu'on remette son autorité en question en public.

– Tu ne peux rien faire d'autre. L'assemblée générale n'a lieu qu'une fois par an. Va t'asseoir.

Je me tourne vers ses laquais en l'ignorant.

– Un million de dollars à chacun d'entre vous si vous me laissez passer.

Ils s'interrogent mutuellement du regard en essayant de deviner si je vais tenir ma promesse.

– Mon offre diminue de cent mille dollars à chaque seconde qui s'écoule. Un…

Ils se dépêchent de s'écarter.

Depuis son podium, Senior n'a toujours pas pigé que, comparé à Dallas, mon projet de détruire Costa Industries, c'est du pipi de chat.

– Assieds-toi, Romeo Costa Junior, sinon, tu ne remettras plus les pieds dans cette pièce et tu seras encore moins nommé P.-D.G. de Costa Industries.

Je sors sans un regard en arrière.

CHAPITRE 66

ROMEO

La Maybach m'attend dans la rue quand je m'échappe du bâtiment. Cara doit avoir alerté Jared. Je m'empresse de m'installer sur le siège arrière et extrais mon portable de ma poche.

– On va où, Boss ?

Jared m'observe dans le rétroviseur en me saluant d'un signe de sa casquette. Un jour, Dallas m'a exaspéré à exiger que je lui retire son uniforme. Elle prétendait qu'il devait avoir l'impression d'être un animal de cirque dedans.

Dallas.

La prochaine fois qu'elle me fera une suggestion, même si c'est donner mes deux reins à la science, je lui obéirai sans attendre.

Je parviens à répondre à Jared sans crier.

– À la maison. Le plus rapidement possible.

Le chauffeur m'offre un bref signe de tête pour réponse et attrape une bouteille d'eau dans le mini-frigo à côté de lui pour me la tendre, comme il le fait toujours. Putain, je n'ai pas le temps pour sa petite routine à la con.

Je coince la bouteille sous mon bras et balance un message à Zach et Oliver.

Romeo Costa : @ZachSun :
Tu peux localiser Madison Licht
à quelle vitesse ?

Ollie vB : On parle de la prison
du comté ? D'un centre de détention
du FBI ? S'il y a un Dieu,
un site secret de la CIA ?

Je bois une gorgée en essayant de ne pas perdre mon calme, attendant la véritable réponse. Je fais de mon mieux. J'arriverai à temps. Je n'ai pas le choix.

Romeo Costa : Il a été libéré
sous caution.

Ollie vB : Merde.

Zach Sun : S'il a son téléphone sur lui,
il me faut une minute. Attends.

Romeo Costa : @ZachSun T'as fini ?
Ta putain de minute est écou…

Un frisson zèbre ma peau, il me dresse les poils et les cheveux sur la tête. Comme si j'avais été électrocuté.

Certainement un coup de jus, la faute à l'électricité statique.

Mais je n'arrive pas à finir de taper ma phrase. Une vague de nausée me percute le ventre comme un coup de poing. Un grognement guttural s'échappe de mes lèvres. Je lève la bouteille d'eau dans l'intention de boire encore et c'est là que je remarque que mes mains tremblent.

Mes mains ne tremblent *jamais*.

Je fais l'inventaire de mes symptômes. Mains qui tremblent. Respiration difficile. Vision trouble. Mon corps convulse comme si des serpents s'agitaient à l'intérieur. Je croise le regard de Jared dans le rétroviseur avant qu'il se concentre à toute vitesse sur la route. Je sais reconnaître un air coupable quand j'en vois un. Et je peux sentir le goût de la trahison à des milliers de kilomètres.

J'ai été empoisonné.

Madison ou Bruce ? Pas la peine de réfléchir plus longtemps. Madison, bien sûr. Bruce est sournois, mais bien trop conformiste pour aller jusqu'au meurtre. Ce type est à peu près aussi affûté qu'un ballon.

Madison doit avoir payé mon chauffeur pour me tuer. Le problème, c'est que je n'ai aucune idée de ce qu'il a mis dans l'eau. Impossible de savoir à quel point ma situation est merdique ou de connaître la nature de l'antidote. Je doute que Jared le sache également.

Une chose est certaine : lui en parler maintenant, alors que je suis trop faible pour respirer correctement, serait une erreur. Me concentrant à nouveau sur mon téléphone, j'écris un seul mot : « Empoisonné ».

En moins d'une demi-seconde, le nom de Zach s'affiche sur mon écran. J'accepte l'appel, mais je suis trop faible pour parler. Ce qui tombe bien, car il ne veut pas me faire la conversation. Il a besoin de me localiser grâce à nos GPS.

– J'ai hâte d'arriver à la maison.

J'ai croassé cette phrase d'une voix rauque pour qu'il puisse entendre dans quelle direction je me dirige. Si je me réfère au paysage, je devrais arriver dans quatre minutes.

Plusieurs messages s'affichent sur mon écran.

Ollie vB : J'ai envoyé une ambulance
chez toi. Elle est en route.

Ollie vB : Note pour plus tard :
j'apprécie de t'avoir vu mettre un point
après le mot empoisonné,
même sur ton lit de mort. Ta passion
pour une grammaire correcte force
l'admiration.

Ollie vB : Oh, et garde ce que tu as
bu ou mangé sur toi pour qu'on puisse
l'analyser et voir ce qu'il y a dedans.

Je suis heureux d'avoir des amis pleins de ressources, même s'ils ont apparemment treize ans d'âge mental. Quand je prends conscience que Madison va probablement laisser Shortbread tranquille, je suis soulagé. Il sera inutile de s'en prendre à elle si je ne suis pas assez vivant pour la voir blessée.

Les épaules de Jared sont secouées de spasmes nerveux. Il me jette des coups d'œil dans le rétro et s'agrippe brutalement à son volant, laissant des traces de sueur sur son gainage de cuir.

Soit il s'attendait à ce que je meure brusquement foudroyé et se demande pourquoi je suis toujours assis d'un air calme et tranquille, soit il a des remords.

Aucune chance pour que je te laisse t'en tirer comme ça. Si je m'en sors vivant.

Je n'ai jamais été très fan de la vie. En grandissant, j'ai passé un nombre incalculable de jours à regretter d'être venu au monde. Alors, cette espèce de panique nouvelle qui me secoue la poitrine me surprend. Et avec elle vient une prise de conscience troublante.

Je ne veux pas mourir.

Je veux passer plus de temps avec Dallas « Shortbread » Costa.

Avec ma femme.

Je veux entendre son rire. Essayer de nouveaux plats avec elle. Danser dans des salles de bal, cette fois-ci parce qu'elle en aura envie, pas parce qu'on lui aura mis la pression.

J'ai envie de la séduire et d'être séduit par elle. J'ai envie d'une nouvelle lune de miel à Paris.

Enfer et damnation, j'ai même un peu envie de voir notre enfant.

Est-ce que ce sera une fille ou un garçon ? Aux yeux gris ou noisette ? Avec son caractère ? Ou mon sens de l'humour caustique ? Et son rire ? Est-elle déjà enceinte ?

Merde, et si c'était le cas ? Je ne suis pas prêt à lui dire adieu.

La voiture se gare devant chez moi. C'est peut-être la dernière fois que je vais dire bonjour à Dallas dans notre maison. Si elle y est encore.

Je pousse la portière, trébuche et zigzague en avançant vers l'entrée.

Jared s'éjecte de la voiture en restant sur mes talons.

– Boss, vous faites une sale tête. Est-ce que je…

Je m'effondre en arrivant à l'intérieur. Je tombe à genoux. Mon corps est en train d'arrêter de fonctionner. Un organe après l'autre.

Je rampe vers l'escalier et passe devant Hettie qui sort de la cuisine, un sac d'oranges dans les bras, et je lui marmonne :

– Empêchez Jared d'entrer.

Elle ne pose aucune question. Elle fait ce que je lui demande et bloque le passage au chauffeur de son corps svelte.

Le trajet dans l'escalier en colimaçon est insoutenable. Chaque marche semble me coûter une année d'espérance de vie. Mon corps est couvert de sueur. Des points blancs dansent devant mes yeux.

Enfin, je parviens à rejoindre la chambre de Dallas. Même si elle dort dans la nôtre, elle aime toujours cette pièce. Elle est pleine de ses livres. De son odeur. De la douceur de son existence. Elle passe la majeure partie de ses après-midi à lire sur le bord de la fenêtre.

Mon soulagement à la voir pelotonnée devant sa fenêtre, un livre de poche sur les genoux, est immédiat. Au moins, je peux lui avouer ce que j'ai sur le cœur.

On dirait un tableau, si unique, si spécial, que même Zach ne pourrait pas mettre la main dessus. Sa robe d'un turquoise très pâle. En arrière-plan, ce paysage hivernal de neige couleur perle.

De petites mèches bouclées s'échappent de son chignon à moitié défait. Je me maudis pour toutes les fois où j'ai voulu les ranger derrière ses oreilles, mais où je me suis retenu. Putain, la vie est trop courte pour ne pas être irrémédiablement amoureux de la fille qui t'a eu à l'usure.

Le regard de Shortbread saute des pages de son bouquin à moi et sa bouche s'ouvre en grand.

Le ciel s'effondre dans le reflet de ses yeux. Même si je ne l'entends jamais me rendre les mots que je suis sur le point de lui dire, j'en sais assez.

– Rom !

Elle jette son livre. Il rebondit par terre. La voir maltraiter son bouquin me procure une grande satisfaction. Entre ces pages se cache tout son univers.

Elle se précipite vers moi et me prend dans ses bras. Elle s'accroupit et lève ma tête pour la poser contre elle. J'en déduis que j'ai l'air aussi atroce que ce que je ressens parce que ses mains tremblent tellement qu'elle me laisse tomber sur ses genoux dans un grand *boum*.

Ses pupilles esquissent une danse hystérique sous ses paupières.

– Que se passe-t-il ? Pourquoi es-tu si pâle ?

– Poison.

Je n'ai même pas l'énergie de dire le mot « empoisonné ».

Elle en perd le souffle, mais sort son téléphone pour appeler les secours. Je parviens à lever la main pour le faire tomber. Je ne sens plus ses mains. Sa chaleur. J'ai l'impression d'être dans un cocon dépourvu de température.

– Ambulance en route.

– Je vais le tuer.

Elle enfouit son nez dans le creux de mon épaule. Impossible de sentir l'odeur de rose de ses cheveux.

– Madison. C'est lui qui t'a fait ça.

Mes paupières papillonnent et se ferment. Je rassemble les forces qu'il me reste. Je n'aurai qu'une chance de le révéler. Je dois être ferme. Clair.

J'ouvre les yeux et plonge mon regard dans le sien.

– J'ai quelque chose à dire.

Bizarrement, je suis plus préoccupé par l'idée de lui annoncer ce que je suis venu lui avouer que je ne suis pas en colère contre Madison. En fin de compte, Dallas avait raison. L'amour l'emporte face à la haine. Le bien triomphe du mal. Quand tu rends ton dernier souffle, tu ne penses pas aux gens que tu détestes. Tu penses à ceux qui te sont chers.

– C'est très important, Shortbread. Tu m'écoutes ?

Même si je ne peux plus sentir son corps, je peux sentir sa douleur. Elle est l'incarnation d'un cœur brisé. Comme le soir où je l'ai rencontrée lors de ce bal des débutantes. Merde. Même à cette époque, je ne pouvais rien faire contre elle, non ? À l'instant où je l'ai vue dans cette salle de bal, dans son propre petit univers peuplé de sucreries et la tête pleine de terres lointaines de fiction, je l'ai désirée.

Elle tremble et tient mes joues encore plus fort. Nos visages fusionnent.

– Oui. Je t'écoute, Rom.

– Je suis amoureux de toi, Dallas Costa. J'aime tout en toi. Chaque cellule de ton corps. Chacun de tes souffles. Chacun de tes rires. Tu m'as ensorcelé et je ne veux pas quitter ce monde en pensant que tu ne sais pas à quel point tu m'as changé.

– Non, Rom. Non.

Dallas repose ma tête par terre. L'idée que j'ai perdu tout contrôle sur mon corps me revient. Elle déboutonne ma chemise dans une tentative désespérée de me sauver. Son regard parcourt mon torse, à la recherche d'un signe. Une morsure. N'importe quoi pour lui permettre de faire quelque chose.

Pour la première fois depuis que je l'ai rencontrée, une unique larme perle au coin de son œil. Elle roule le long de sa joue et dépasse son menton.

Juste une larme et pourtant, cette goutte m'apporte plus de joie que le restant de mon existence.

Au final, ma courageuse et réfractaire épouse est *capable* de pleurer.

Il me suffit de mourir pour provoquer ça.

Soudain, ses joues sont maculées de larmes, elles tombent de son menton sur le mien. En voyant ce liquide couler sur mon visage, elle prend un air perplexe. Elle vérifie mes yeux avant de comprendre que ça ne vient pas de moi.

D'une main tremblante, elle touche sa joue du bout des doigts pour récolter une larme.

Dallas l'observe, déroutée.

– Je pleure.

Moi aussi, je t'aime, Shortbread.

Les sirènes des ambulances emplissent la chambre de leurs hurlements hystériques. Je ferme les yeux, me demandant pourquoi je ne peux pas mourir en paix dans les bras de la femme que j'ai fini par aimer, à mon corps défendant.

– Ils viennent pour te sauver. Attends, s'il te plaît.

Dallas pose un baiser sur ma joue. Sur mon front. Sur le bout de mon nez. Sur mes paupières. Depuis quand mes yeux sont-ils fermés ? Impossible de m'en souvenir, mais c'est arrivé, car je ne peux plus la voir. J'ai besoin de la voir. Une dernière fois.

– S'il te plaît, Rom, reste éveillé. *S'il te plaît.* Pour moi ?

– Je ferais n'importe quoi pour toi.

Ce sont les derniers mots que je m'entends dire avant que le monde devienne tout noir et que les ambulances cessent de hurler.

– Tu es mon rebondissement préféré.

CHAPITRE 67

DALLAS

Alors, ça fait ça de pleurer.

Comme si la mort m'étranglait de ses mains cruelles et que je luttais contre sa poigne, même si je crève d'envie de le rejoindre.

De grosses larmes roulent sur mes joues. La culpabilité me ronge comme un monstre assoiffé de sang qui se repaît de mes organes.

C'est toi qui lui as fait ça.

C'est ta faute.

Alors que Romeo est allongé, immobile, dans mes bras, je ne peux pas m'empêcher de me demander où est le truc qui l'a empoisonné et comment mettre la main dessus et le rejoindre dans son sommeil éternel. Le vœu que j'ai fait tourne en boucle dans ma tête : *Mon seul et unique vœu est que tu meures dans mes bras, Romeo Costa. Je veux te voir rendre ton dernier souffle. Sentir ta peau refroidir et la vie te quitter sous mes doigts. Mon vœu, c'est d'être le témoin de ta mort, de te voir batailler pour respirer une dernière fois, dis-je avant de marquer une pause, la main sur le cœur. Je veux te voir souffrir pour toute la peine que tu m'as infligée. Et il n'y a rien d'autre que je désire plus dans cette vie.*

Mon fantasme est devenu réalité et ma réalité est devenue mon pire cauchemar.

Je me balance d'avant en arrière, tremblante. Chaque sanglot me transperce comme un coup de poignard.

– Tu ne peux pas me quitter. Pas maintenant. Pas quand tu m'aimes enfin. Tu ne peux pas mourir. Tu as survécu à trop de choses.

Je prends son visage en coupe, si pâle et si froid dans mes mains.

– Mon Romeo, si sombre. Ma bête incomprise. Tu es plus fort que le poison, plus fort que la mortalité, que la *mort*. Je n'ai jamais pu te révéler que je t'aimais. Réveille-toi et je te promets de te le dire aussi.

Il ne bouge pas.

Ne cligne pas des yeux.

Ne *respire* pas.

Le temps est l'arme de prédilection du regret. Cette fois-ci, il me percute avec une telle puissance que je sais que je ne m'en remettrai jamais.

Je presse mon front contre le sien, suppliant quiconque de prendre la froideur de son corps en échange de la chaleur du mien.

– S'il te plaît, reviens. Je t'aime plus que le reste de ma vie mis bout à bout : ma famille, mes amis, mes livres, moi.

Je lève un peu la tête et vois un pétale de rose tomber en tourbillonnant sur ma table de chevet.

Le dernier pétale est tombé.

Juste quand Romeo m'a avoué son amour. Bien après que je lui ai succombé. Et je continuerai. À chuter dans l'abîme infini de mon amour pour lui.

Mais notre histoire ne connaîtra pas de dénouement heureux, comme dans les contes de fées. Non, moi j'ai droit à une histoire avec une morale.

Je le serre un peu plus fort dans mes bras, même après avoir senti une main se poser sur mon dos.

– Viens, Dallas.

C'est la voix de velours de Zach. Ce type pourrait annoncer l'apocalypse à la télévision, vous auriez toujours l'impression qu'il essaie de vous attirer dans un lit avec lui.

– Les secours sont arrivés.

Il faut une certaine force pour détacher mes bras de mon mari, alors que l'équipe médicale encercle Romeo et le hisse sur un brancard.

Je suis toute molle dans l'étreinte de Zach. Il essaie de me redresser pour me faire tenir debout, mais je m'effondre par terre.

Les mains sur les hanches, il me regarde de haut d'un air mauvais et m'annonce :

– Votre mariage arrangé est le plus fleur bleue que j'aie jamais vu.

Je geins, toujours enroulée sur moi-même, le cou plein de mes propres larmes.

– Je l'aime. Je l'aime tellement que je ne peux pas vivre sans lui.

Zach fait un pas en arrière, comme si les sentiments étaient une maladie contagieuse. Oliver entre d'un pas décidé alors qu'on évacue Romeo.

Je sais que je devrais leur courir après dans le couloir. Me joindre à eux pour aller à l'hôpital. Leur poser des questions. *N'importe quoi* sauf rester ici. Mais je me sens trop vide pour bouger.

Oliver incline la tête sur le côté.

– Eh bien, eh bien, qu'avons-nous là ?

– Une Juliette en détresse. Elle dit qu'elle ne peut pas vivre sans lui.

Le ton de Zach ressemble maintenant à celui d'une publicité pour produits pharmaceutiques. La partie où l'on débite la liste des effets secondaires d'un traitement. Il sort une petite bouteille de gel hydroalcoolique de sa poche et en fait couler une bonne quantité dans la paume de sa main.

– Elle le montre en faisant une sieste sur le parquet ?

– Je ne fais pas la sieste, connard.

Je me lève d'un bond. Une colère toute neuve me fait bouillir les sangs et je reprends :

– Je vais me battre pour lui. Je dois lui montrer ce qu'il représente pour moi.

Je ne sais pas pourquoi je leur annonce ça. J'ai peut-être besoin de le dire à haute voix pour l'entendre moi-même.

Oliver fait rouler ses clefs autour de son index.

– Je vais la conduire à l'hôpital.

– Et je vais rattraper Jared pour le mener à la police, précise Zach après un hochement de tête. Il va falloir aussi que je leur raconte les conneries de Madison.

Ils font peut-être ça pour moi, mais leur calme me fait presque oublier la dernière fois que j'ai tenu Romeo dans mes bras. Il était aussi froid que le sol de marbre de la salle de bal dans laquelle nous nous sommes rencontrés.

– Il va s'en tirer, hein ?

Je m'agrippe à la veste de Zach. J'ai l'impression qu'il est impossible de se fier à ce qui sort de la bouche d'Oliver.

Zach détourne le regard et me fait sortir de la chambre en me poussant les reins.

– Allons-y.

Je me tourne pour regarder avec insistance l'endroit où j'ai tenu Romeo dans mes bras pour la dernière fois.

Je ne l'avais jamais compris avant. Le mariage est un miroir dont le reflet vous montre les endroits vides qui ont été remplis grâce à lui.

Si Romeo me quitte, je serai vide pour toujours.

CHAPITRE 68

DALLAS

Je ne quitte pas son chevet à l'hôpital. Pas pour manger. Pas pour dormir. Pas pour me laver.

Frankie, maman et Monica se sont précipitées pour me rejoindre dès qu'elles ont appris la nouvelle. Elles se sont relayées pour m'apporter de la nourriture et des vêtements propres, mais elles n'ont jamais réussi à me persuader de prendre plus qu'une pause pipi. Même dans ces instants, je me dépêchais.

Les jours s'enchaînent. Le temps n'est pas mon ami, il glisse comme du sable entre mes doigts. J'alterne les instants où je suis folle de joie que Romeo ne soit pas mort, que son cœur batte encore, qu'il ait rassemblé ses forces et qu'il continue à lutter à chaque respiration, et ceux où je m'effondre en me vautrant dans le désespoir. Il ne va pas mieux. Il existe comme une statue dans toute sa gloire : immobile, mais beau.

La porte ne cesse de s'ouvrir pour accueillir de nouvelles personnes : Zach. Oliver. Mme Sun. Cara. Monica. Senior. Maman. Frankie. Des centaines de bouquets de fleurs et de plats cuisinés arrivent tous les jours de la part de collègues ou d'amis. J'envoie tout à des œuvres de charité. Ils me donnent l'impression que Romeo n'est plus en vie. À cette simple idée, j'ai envie de me jeter par la fenêtre.

Au quatrième jour de son coma artificiel, son avocat entre d'un pas décidé dans la chambre avec Senior. Jasper Hayward. Je le reconnais du jour où j'ai signé mon contrat de mariage. D'un seul coup, je me redresse. J'essuie mes larmes et je me lève d'un bond puis regarde les deux hommes tour à tour.

– Que faites-vous là ? Vous n'avez pas besoin de lui rendre visite. Son état n'a pas évolué et les médecins n'ont pas parlé de le débrancher, alors il n'y a vraiment pas moyen que…

– Dallas, m'interrompt Senior en posant une main sur mon épaule, me faisant reculer d'un pas brusque. Ne t'inquiète pas tant. M. Hayward est là pour passer certains documents en revue. C'est tout.

Documents, mon cul. J'ai autant confiance en Jasper Hayward qu'en la méthode du retrait pour la contraception. J'ai encore moins confiance en Senior. J'ai vu la vidéo pirate de l'assemblée générale qui a fuité sur les réseaux. Dès que Romeo a quitté la pièce pour me sauver, son père a mis sa menace à exécution et a nommé Bruce à sa place.

D'un regard prudent, je les observe tous les deux et leur annonce :

– Faites vite. Je resterai ici.

– Tu l'aimes vraiment, alors, mon enfant ? demande Senior, interloqué.

Je lui rends son regard sévère avec une expression peu commode pour lui répondre :

– Je *tuerais* pour lui, Monsieur.

Après le silence qui a suivi ma déclaration bien trop dramatique, mais véridique, Jasper se traîne jusqu'au lit de Romeo pour l'observer. Mes mains se crispent. Je résiste à la tentation de m'interposer entre eux pour cacher mon mari, pour qu'on ne l'aperçoive pas dans une telle position de vulnérabilité.

Je l'ai toujours vu avec un air impérial, intouchable. Impossible de me rappeler de lui autrement. Cette vision de lui, alité, ne cesse de me secouer, même après quatre jours.

Jasper ouvre son attaché-case et fouille dans un tas de document.

– Bien évidemment, nous espérons tous et prions pour que Romeo Junior se remette rapidement. Toutefois, j'aimerais vous informer que si la santé de M. Costa venait à se dégrader, il a été très clair dans ses intentions quant à l'avenir de sa fortune et de ses résidences. Même si vous ne disposez pas d'un contrat de mariage, il a laissé un testament.

Je cligne lentement de mes paupières si enflées que c'est à peine si je vois quelque chose, puis je secoue la tête.

– Vous vous trompez. Il y a un contrat de mariage. Je l'ai signé moi-même. Devant vous.

J'ai l'impression que c'était il y a plusieurs années, mais ma mémoire ne me fait pas défaut. Jasper Hayward fronce des sourcils.

– Madame Costa, je pensais que votre mari vous avait mise au courant.

– Mise au courant de quoi ?

– Mise au courant qu'il était passé me rendre visite il y a quelques semaines, qu'il avait déchiré votre contrat de mariage et qu'à la place, il avait fait son testament. Il vous a tout laissé. Absolument tout.

Je recule de quelques pas en trébuchant, manquant de m'évanouir. Si je reste sur mes pieds, c'est un pur miracle.

– Vous êtes sérieux ?

– Je suis bien trop payé pour faire des blagues à ce sujet.

Romeo m'a tout laissé. Son argent. Sa maison. Ses voitures. Tout. Je sais pourquoi. Il me l'a dit quelques secondes avant de perdre conscience. La question, c'est : quand a-t-il dicté son testament ? Quand a-t-il décidé qu'il m'aimait ?

– De quand date le document ?

Je m'accroche impérieusement à cette nouvelle info comme si elle avait de l'importance. Comme si elle pouvait me le ramener.

– Quand est-il passé vous voir ? Quel jour ? Quelle date ?

Jasper ouvre la bouche pour répondre à l'instant même où mon son préféré s'élève dans la pièce.

– *Shortbread ?*

***

Il a été plongé dans un coma artificiel, tu n'as absolument pas pu l'entendre.

Pourtant, ça me semble réel. Parfait à m'en briser le cœur. Je me tourne doucement, de peur de m'être mise à halluciner. Après tout, je ne dors qu'une heure par jour. Mais quand je regarde le lit de Romeo, il est bel et bien dedans et m'observe de son regard pâle qui ne semble jamais diminuer en intensité même sous les dures lumières d'une chambre d'hôpital.

– Oh mon Dieu ! m'exclamé-je en tombant à genoux à côté de lui pour prendre ses mains dans les miennes. Pitié, dis-moi que ce n'est pas le fruit de mon imagination et que tu es vraiment réveillé. Je suis bien trop fragile pour me faire écrabouiller par la déception.

Un rire rauque secoue son torse. Il tente de serrer ma main dans la sienne.

– Ce n'est pas le fruit de ton imagination trop fertile.

Derrière moi, Senior avance vers le lit.

– Mon fils.

Romeo ne lève même pas les yeux. Il continue à regarder mon visage quand il lui répond :

– Senior, Jasper ? Barrez-vous. Tout de suite.

Ils prennent la fuite en quelques secondes à peine. Je prends son visage en coupe, les sourcils froncés, et de délicieuses étincelles crépitent sous mes doigts. Ne devrais-je pas au moins être *un peu* préoccupée par le fait que mon mari défie les lois naturelles ?

– Je croyais… Je croyais que tu étais maintenu dans un coma artificiel.

Je pose le menton sur le bord de son matelas, fière de si bien me maîtriser. Je ne lui ai pas encore sauté dessus pour l'embrasser.

– Enfin, c'est ce qu'ils ont fait ces quatre derniers jours.

– Dis donc, ma femme a bien des manières pour une aide-soignante, déclare-t-il en me reluquant lentement.

Impossible de m'empêcher de rire malgré mes épaules tremblantes.

– Ne pleure pas.

– Je ne pleure jamais.

Mais ce n'est pas vrai. Du moins, ça ne l'est plus.

Un sourire en coin vient agiter ses lèvres.

– Tu as pleuré pour moi. Même si j'apprécie le sentiment, si tu recommences, mon corps subira encore un choc traumatique.

– Tu as signé un formulaire pour le sortir de son coma artificiel hier, annonce Oliver en entrant dans la pièce sans frapper comme s'il était le maître des lieux. Tu as dû oublier puisque tu ne carbures qu'au café, aux crises de colère et en plantant rageusement des aiguilles dans la poupée vaudoue de Madison Licht que Frankie t'a cousue.

Je jette un coup d'œil au canapé que j'occupe depuis quatre jours et je vois la poupée vaudoue pleine d'aiguilles réalisée au crochet par ma sœur. Elle ressemble à une poupée de chiffon avec des cheveux jaunes façon calvitie naissante et un sourire débile dessiné au marqueur.

Romeo mêle ses doigts aux miens.

– Oliver ?

– Oui, mon lapin ? répond-il en battant des cils.

– Casse-toi.

– Pas avant que tu m'aies donné le numéro de Frankie.

– Je commencerai plutôt par t'envoyer un bon coup de poing dans la figure, lui dis-je en guise d'avertissement.

Impossible de trouver un candidat moins approprié pour ma sœur.

Une fois Oliver parti, je me concentre à nouveau sur mon mari. Romeo lève la main et range derrière mon oreille une mèche de cheveux qui s'était échappée de ma queue-de-cheval en souriant d'un air canaille.

– Rom ?

– Oui ?

– Quand as-tu écrit ton testament ? Annulé notre contrat de mariage ?

J'ai envie de savoir à quel moment il a pris conscience qu'il était amoureux de moi.

– Le lendemain du jour où tu as organisé cette fête monstrueuse chez moi et que tu m'as forcé à revenir à la maison.

– Tu me détestais à l'époque, dis-je l'air perplexe.

– Bébé, répond-il en prenant mon visage en coupe. Je ne t'ai jamais détestée. Je suis passé de l'indifférence à la peur panique de ce que tu pourrais faire à mon cœur, puis à si atrocement amoureux que j'avais à moitié envie que tu me largues pour que je puisse penser : « Je te l'avais bien dit. »

– Le soir de la fête, commenté-je en fredonnant tout en lui serrant la main. Waouh. Je suis si bonne que ça pour tailler des pipes ?

Il rigole et même si je vois qu'il souffre, il m'attire à lui pour un baiser.

– C'est difficile à dire. Peut-être aurais-tu la bonté de me faire un rappel ?

ÉPILOGUE

DALLAS

Six mois plus tard

– Pour la dernière fois, je te promets que Franklin Tabitha Townsend n'a jamais été possédée de sa vie. Combien de fois devrais-je te le rappeler ?

Je me rattrape avant de lever les bras au ciel. Je ne veux pas distraire Romeo pendant qu'il conduit. Jared (et Madison) sont en prison en attendant leur procès, il n'a pas trouvé de remplaçant.

Romeo insiste pour dire qu'il est *content* d'avoir été empoisonné, puisqu'une inculpation pour tentative de meurtre implique l'incarcération de Madison dans un quartier de haute sécurité et pas dans le carré VIP d'un centre de détention avec courts de tennis, massages et rôti du dimanche au bœuf Wagyu.

Il actionne le clignotant pour tourner à gauche.

– Est-ce qu'on l'a laissée tomber sur la tête ?

– Pas que je sache.

– Est-ce qu'elle a mangé des éclats de peinture détachés du mur quand elle était bébé ?

– Na…

Je m'interromps. Je ne mens pas à Romeo et puisque c'est le genre de trucs qu'aurait pu faire Frankie quand elle était bébé, je me reprends…

– Comment pourrais-je le savoir ? Je n'étais pas bien vieille à cette époque.

– Elle n'emménagera pas avec nous, Shortbread. Elle peut prendre l'appartement de Washington, mais il est hors de question que ce Gremlins arpente les couloirs de la maison dans laquelle je suis censé dormir en sécurité la nuit.

– D'accord. Marché conclu.

Je me rencogne dans mon fauteuil, bien contente qu'il ait proposé la solution pour laquelle Frankie militait depuis le début. Après tout, Romeo a bien dit qu'il voulait faire démolir cet appartement. Je ne trouverai pas de meilleur agent de destruction que Franklin Townsend.

– Ce n'est que l'affaire de quelques mois, dis-je en sortant un en-cas de la boîte à gants. Le temps que papa se calme et que sa fac la réintègre.

Shep est redevenu « papa ». Pour le moment.

– Comment a-t-elle fait pour inonder tout un bâtiment ? demande Romeo en sortant sur l'autoroute qui dessert l'aéroport privé. Comment est-ce seulement possible ?

Puisque j'ai un jour réussi à mettre de la chlorophylle sur notre plafond en l'éclaboussant avec un produit, il ne m'appartient pas de juger son acte. En fait, les taches vertes sont encore là. Disséminées entre les spots lumineux, comme un test de Rorschach. Quant à papa, il a pété un câble quand l'école lui a envoyé une facture de vingt-trois millions de dollars de réparation. Il les a pris directement sur la part d'héritage de Frankie pour lui donner une leçon, qui restera définitivement ignorée.

Je pose les jambes sur le tableau de bord et grignote des Mikado en lui répondant :

– Est-ce que ça a la moindre importance ? J'en suis tout aussi coupable qu'elle.

– Ce n'est pas toi qui as inondé une résidence universitaire en pleine semaine de partiels.

– Certes, mais c'est ma faute si papa accorde autant de liberté à Frankie.

C'est comme ça que papa essaie de me présenter ses excuses. Pendant l'année, il a offert à Frankie toute la liberté qu'il ne m'avait jamais accordée pour me prouver qu'il avait changé.

Même si je me réjouis pour elle, je redoute les conséquences de son geste. On compte déjà à son actif la débâcle de chez Home Depot, le fiasco du séjour au ski en Suisse et le quasi-incident diplomatique international à Dubaï.

Romeo s'arrête au feu et se tourne vers moi pour me dire :

– Ton père peut s'acheter une virilité et te présenter ses excuses. Ensuite, on pourra tous passer à autre chose. Tourner la page, ouvrir un nouveau chapitre. Dans lequel Frankie n'est pas virée de chez elle pour apprendre le sens des responsabilités à la dure.

Je chasse ses mots d'un geste.

– En parlant de tourner la page, quand vas-tu engager un nouveau chauffeur ?

Six mois depuis que Jared a été arrêté et il n'a *toujours* pas fini son enquête de sécurité sur les candidats potentiels pour le remplacer. Soyons honnêtes, son ancien chauffeur a effectivement essayé de le tuer. On ne peut pas lui en vouloir d'être méticuleux.

– Cara m'a envoyé par e-mail les résultats des recherches ce matin.

Ah. Cara. Le dernier vestige de Costa Industries restant dans la vie de Romeo. Quand il est parti (OK, quand il a été viré), elle l'a suivi. Il l'a récompensée de sa fidélité par une monumentale augmentation. Il s'avère que mon mari est meilleur pour vendre des actions que, disons, pour passer à l'action.

Romeo franchit les grilles de son domaine et remonte la très longue allée centrale en passant devant un transpalette.

– Pourquoi y a-t-il un transpalette chez toi ? demandé-je en tournant la tête pour observer cette horrible chose alors qu'il la dépasse. Il y a des travaux à la maison ? Je n'ai rien cassé avant de partir. Pas cette fois.

– Ils étaient censés partir hier soir, répond Romeo, l'air préoccupé. J'ai allongé un million pour qu'ils aient terminé avant notre retour.

– On parle de travaux de quelle ampleur, là ? On est partis faire notre tour du monde de la bouffe il y a seulement trois mois.

Trois mois de pur bonheur. À passer d'un pays à l'autre, à manger tout ce qu'on trouvait, du stand de *street food* aux restaurants étoilés guindés du *Guide Michelin*. Non seulement il s'est rappelé tous les pays mentionnés sur ma liste lors de notre *date* à Chapel Falls, mais en plus, il a conçu un itinéraire culinaire dans chacun d'entre eux. Le fait que Romeo soit à l'heure actuelle sans emploi a bien aidé. D'accord. Il boursicote. (Il me jure que c'est un métier. Je vais le croire sur parole.)

– J'ai engagé une entreprise pour s'occuper de l'architecture intérieure de la maison.

– De toute la maison ?

Sans me consulter ? J'en suis bouche bée.

Romeo éteint le moteur devant la porte et tend les clefs à Vernon qui nous attendait.

Hettie ouvre ma portière et se marre quand je me jette dans ses bras.

– J'ai hâte que tu voies le résultat. C'est incroyable.

– Est-ce que tout le monde était au courant de ces travaux de rénovation sauf moi ? demandé-je en lançant un regard accusateur à Romeo.

Hettie passe un bras autour du mien et m'escorte vers l'entrée.

– Quand tu vas voir ça, tu vas fondre, comme du chocolat au soleil. C'est tout ce que tu as toujours voul…

En voyant la tête que tire Romeo, elle s'arrête en pleine phrase.

– Du vent.

Il récupère mon bras et désigne le bâtiment réservé au personnel de maison à l'arrière de notre résidence en précisant sa pensée :

– Avant que vous ruiniez tout effet de surprise.

– Bon, d'accord.

C'est trop tard. Je cours déjà vers la double porte d'entrée et la pousse pour l'ouvrir en grand. Je sais ce qu'il y a à l'intérieur, car je connais mon mari.

Ce mec se plie en douze pour me rendre heureuse.

Comme je m'y attendais, il a transformé notre maison en bibliothèque. Chaque centimètre de mur est couvert d'étagères du sol au plafond. Le séjour. L'entrée. Le *home-cinema*. Même son bureau. Mes jambes me portent de pièce en pièce à la vitesse de la lumière. Même si je me dépêche, je n'en manque pas une miette. Il a tout catalogué par genre, par format, exactement comme je l'avais envisagé. Les thrillers et les polars sont dans le bureau. Les ouvrages de voyage et de gastronomie, dans la cuisine. La romance et la littérature érotique, dans la chambre.

Je virevolte pour me tourner vers Romeo qui m'a enfin rattrapée et je lui saute dessus pour déposer une volée de baisers sur son visage.

– Merci, merci, merci.

– Je regrette déjà ma décision, m'informe-t-il en me portant dans l'escalier en direction de notre chambre. Les livres de la salle de bains vont probablement moisir.

– Je les imperméabiliserai.

– Ceux de la cuisine pourraient prendre feu.

– Je les ignifugerai.

Il dépose un baiser sur le bout de mon nez.

– Est-ce exactement ce que tu voulais ?

– C'est encore mieux.

***

ROMEO

Un an plus tard.

Romeo Costa : Je vais devoir annuler ce soir. Pour une raison étrange et inconnue, ma femme s'est enfermée dans son salon de lecture avec trois pots de glace à la crème anglaise de chez Morgenstern.

Zach Sun : Elle a peut-être le mal du pays ? Sa maison pourrait lui manquer.

Romeo Costa : C'est peut-être ton cerveau qui a mal.

ELLE EST CHEZ ELLE.
DANS SA MAISON.

Ollie vB : Amène Daytona chez KFC. Ça lui remontera tout de suite le moral.

Romeo Costa : Elle est originaire de Géorgie, pas du Kentucky, espèce de bouffon inculte.

Zach Sun : Y a-t-il seulement une différence entre les deux ?

Ollie vB : KFC = KOREAN Fried Chicken.

Ollie vB : Espèce de bouffon inculte.

Je remets mon téléphone dans ma poche et avance à grands pas vers l'ancienne chambre de Dallas. Des pleurs et gémissements filtrent sous la porte. Ma femme, qui n'a pleuré que *lorsque j'ai failli mourir*, est en train de chialer à pleins poumons. J'appuie les mains à plat sur la porte pour essayer de l'ouvrir de force.

– Dallas. Ouvre.

Pas de réponse.

– Dallas.

Toujours rien.

Je cogne plus fort, avec les poings, mais le bruit est noyé dans ses pleurs.

– Dallas Maryanne Costa.

Un vent de panique misérable se loge dans ma gorge, il atteint ensuite mes entrailles, comme une ancre surdimensionnée.

– Tu vas bien ? Que se passe-t-il ?

Et *toujours* pas de réponse.

– Putain, Dallas. Je vais défoncer la porte si tu ne l'ouvres pas tout de suite.

Rien.

Fidèle à ma promesse, je lève la jambe et donne un grand coup de pied qui fait exploser le bois en mille morceaux.

Affalée par terre, entourée d'un cercle de pots de crème glacée, comme pour une cérémonie incantatoire, Dallas s'agrippe à son coffret en verre de présentation. Celui dans lequel trône le quatorzième tome de la saga Henry Plotkin. Normalement, elle le garde de l'autre côté de la pièce, il est accroché au-dessus de son chevet, près du tableau de pétales séchés que Vernon a fait avec les restes de sa rose blanche.

Des torrents de larmes ruissellent sur ses joues et tombent par seaux sur le sol. Bon, d'accord, pas vraiment. Mais mes jambes n'ont pas encore l'info quand elles me propulsent vers elle à la vue de trois larmichettes qui roulent sur sa joue.

Je lui prends le coffret des mains, le pose par terre et la hisse sur mes genoux. Elle est assise à califourchon sur mes cuisses.

– Que s'est-il passé, bébé ?

– Oui.

Hein ?

Je glisse une mèche rebelle derrière son oreille.

– Oui à quoi ?

– Exactement.

– Dallas, ce que tu dis n'a ni queue ni tête.

Elle se met alors à couiner quand elle percute que je suis là et enroule ses bras autour de mon cou, manquant de m'étrangler au passage.

– Un *bébé*. On va avoir un bébé.

– Un quoi ?

– Je suis enceinte, Romeo. *Enceinte*.

– Ça ne fait que trois semaines qu'on essaie.

Enfin, qu'on a recommencé à essayer. Après mon empoisonnement, Shortbread et moi avons décidé que nous n'étions pas encore prêts à élargir notre famille et nous voulions profiter l'un de l'autre un peu plus longtemps avant de devoir nous concentrer sur quelqu'un d'autre.

– Je sais. N'est-ce pas merveilleux ? demande-t-elle en se penchant pour tapoter ma bite avant de lui parler. Merci pour ta superbe contribution à cette famille.

Elle lève ensuite la tête et s'adresse au plafond :

– Je n'arrive pas à croire qu'ils ont fonctionné.

– De quoi tu parles ?

La peur me retourne le bide.

Mais c'est trop tard. Mon agent du chaos personnel court déjà dans le couloir pour se précipiter vers notre chambre. Je me passe la main sur le visage, un peu préoccupé par le degré de bordel qui va s'emparer de cette maison bibliothèque dans neuf mois si mon enfant tient de sa mère.

Je suis toujours sur le cul. C'est certainement arrivé lors de notre sixième lune de miel, la énième redite de notre premier voyage à Paris. Mon choc se transforme en excitation. *Shortbread va devenir mère. Je vais devenir père.*

Quelques minutes plus tard, je me retrouve sur FaceTime avec Oliver et Zach, qui a lancé l'appel et que je regarde d'un air perplexe.

– Comment se fait-il que tu sois déjà au courant ?

– Decatur a appelé ma mère pour la remercier.

Zach est en voyage d'affaires en Corée du Sud. Il se brosse les dents dans une somptueuse chambre d'hôtel.

– Pourquoi ?

– Maman a accompagné Davenport dans un temple pour se procurer des talismans Guan Yin.

Devant mon air perplexe, il clarifie :

– Des amulettes pour la fertilité.

Ah bah oui. Pas étonnant.

Toujours aussi utile à la conversation, Oliver met son grain de sel :

– Si c'est un garçon, vous devriez l'appeler Romeo Costa Troisième du nom.

– Si tu pouvais aller te faire foutre…

– Bonne idée. Je ne me suis pas fait dégorger le poireau depuis seize heures maintenant.

Parle-t-il seulement notre langue ?

Zach se laisse tomber dans un canapé, secouant l'image de sa caméra au possible.

– Au moins, nous avons découvert la vérité dans un laps de temps raisonnable, cette fois-ci.

– Trois secondes, je n'appelle pas ça raisonnable.

Ils ignorent ma remarque. Ils m'en veulent toujours pour ce qui est arrivé il y a quelques mois. En fait, Zach va même droit au but.

– Existe-t-il une raison pour laquelle nous n'avons appris le décès de ton père qu'aux infos de six heures ?

– Le sujet n'était pas assez important pour celles de neuf heures ?

Oliver se gratte la tempe avant de demander :

– Zach, tu ne t'es jamais demandé si Romeo n'était pas sociopathe ? Ça ne t'a jamais fait flipper ?

– Je ne suis pas un sociopathe.

Pourquoi suis-je en train de parler à ces personnes au lieu d'être aux côtés de ma femme enceinte en ce moment ? Oh. Ah oui. Parce que je l'entends s'exciter avec Hettie au rez-de-chaussée et je sais qu'il va bien me falloir dix minutes avant de pouvoir l'approcher en toute sécurité.

– La question mérite d'être discutée, commente Zach en reposant son téléphone avant d'envoyer sa brosse à dents électrique dans un verre façon panier de basket. Tu te rappelles ce que tu nous as dit quand nous sommes venus présenter nos condoléances ?

– Je me souviens à peine de ta couleur de cheveux.

– « Bah. Parfois on gagne, parfois on perd, me cite-t-il en m'imitant. Et là, je viens juste de gagner. Où sont mes félicitations, les gars ? »

– Nan, mais c'est vrai, un « Je suis content pour toi » m'aurait fait plaisir.

Franchement, j'ai été sympa avec Senior tant qu'il était en vie, surtout pour Dallas. J'ai abandonné mon projet de vengeance. C'est assez généreux comme ça. Même Morgan a été autorisée à rentrer aux États-Unis. La dernière fois que j'ai eu de ses nouvelles, elle vivait dans une communauté hippie dans les Appalaches.

– Quand je passerai l'arme à gauche, tu pourras t'occuper de mon oraison funèbre ? demande Oliver en inclinant la tête sur le côté. J'ai besoin d'une personne suffisamment dépourvue d'émotions pour être capable de parler intelligiblement même après mon décès. Tous les autres seront occupés à brailler.

– Tu veux dire à grailler. Tu peux être sûr que quelqu'un organisera une fête.

Zach éteint la lumière de sa chambre d'hôtel. Derrière lui s'étend une vue imprenable sur la tour Namsan.

C'est mon signal pour raccrocher. J'appuie sur la touche en me disant que Dallas a eu assez de temps avec Hettie pour faire ce qu'elle voulait. Le temps que j'entre dans notre chambre, elle est assise au milieu d'une marée de papiers jaune poussin, le bras perdu sous notre matelas pour en récupérer d'autres.

Elle en sort des tonnes, comme un clown extrait un mouchoir sans fin de sa manche.

Elle en lève un vers le lustre comme si c'était un billet dont elle voulait vérifier le filigrane.

– Ces trucs ont dû fonctionner dès que je les ai eus. Peut-être un peu trop. Et si on avait des jumeaux ? Des triplés ?

Je m'appuie contre la porte et je regarde ma femme exister.

Intense. Bordélique. Sans la moindre honte.

Tout comme une femme aimée doit l'être pour éclore. Comme une rose au printemps.

Composition et mise en pages
Nord Compo à Villeneuve-d'Ascq